D1943483

1400 Deutsche Gedichte und ihre Interpretationen

Herausgegeben
von Marcel Reich-Ranicki

Zwölfter Band

Von
Rolf Dieter Brinkmann
bis
Durs Grünbein

Insel Verlag

Umschlaggestaltung: Hermann Michels und Regina Göllner

© Insel Verlag Frankfurt am Main und Leipzig 2002
Alle Rechte vorbehalten, insbesondere das der Übersetzung,
des öffentlichen Vortrags sowie der Übertragung
durch Rundfunk und Fernsehen, auch einzelner Teile.
Kein Teil des Werkes darf in irgendeiner Form
(durch Fotografie, Mikrofilm oder andere Verfahren)
ohne schriftliche Genehmigung des Verlages reproduziert oder
unter Verwendung elektronischer Systeme verarbeitet,
vervielfältigt oder verbreitet werden.
Quellenhinweise am Schluß des Bandes
Satz: Memminger MedienCentrum AG, Memmingen
Druck: Ebner & Spiegel, Ulm
Printed in Germany
Erste Auflage 2002

1 2 3 4 5 6 – 07 06 05 04 03 02

Von Rolf Dieter Brinkmann bis Durs Grünbein

INHALT

Rolf Dieter Brinkmann:
13 Einen jener klassischen *(Michael Zeller)*
17 Hölderlin-Herbst *(Wolfgang Rothe)*
21 Oh, friedlicher Mittag *(Uwe Wittstock)*
27 Trauer auf dem Wäschedraht im Januar *(Undine Gruenter)*

Bernd Jentzsch:
31 Gedächtnis *(Peter Härtling)*
35 Sommer *(Eva Zeller)*

Wolfgang Hilbig:
39 die ruhe auf der flucht *(Jürgen Theobaldy)*
43 Novalis *(Gerhard Schulz)*

Guntram Vesper:
49 Die Gewohnheit zu zittern *(Gert Ueding)*
53 Tagebuch Anfang Februar *(Peter Horst Neumann)*

Georg Winter:
57 Das Faultier oder Die Geschichte zur hakenförmigen Kralle *(Benno von Wiese)*

Hermann Burger:
63 Eiszeit *(Klara Obermüller)*
67 Koriphäen und Koniferen *(Sabine Doering)*
71 Kranzdeponie *(Rüdiger Görner)*

Karin Kiwus:
75 Im ersten Licht *(Wolfgang Hildesheimer)*
79 Kleine Erinnerung an den Fortschritt *(Elisabeth Borchers)*
83 Straight Flush *(Gabriele Wohmann)*

Dieter Leisegang:
87 Einsam und allein *(Harald Hartung)*

Peter Will:
91 Wetterfahnen *(Reinhold Grimm)*

Resi Chromik:
95 Christian *(Erich Trunz)*

Friedrich Christian Delius:
99 Chinesisch essen *(Egon Schwarz)*
103 Junge Frau im Antiquitätenladen *(Michael Zeller)*

Michael Krüger:
107 Die Enten *(Herbert Heckmann)*
111 Die Reise nach Jerusalem *(Eva Zeller)*

Jürgen Rennert:
115 Erschaffung des Golems *(Günter Kunert)*

Doris Runge:
119 fliegen *(Wulf Segebrecht)*
123 ich *(Eckhard Heftrich)*
127 ikarus *(Rudolf Walter Leonhardt)*
131 mit blick auf den kölner dom *(Ulla Hahn)*
135 venedig *(Matthias Hermann)*

Wolf Wondratschek:
139 Adam jr. *(Lothar Schöne)*
145 In den Autos *(Peter Rühmkorf)*

151 Lied von der Liebe *(Wolfgang Brenneisen)*

Jörg Fauser:
155 Der Zwang zur Prosa *(Wolf Wondratschek)*

Robert Schindel:
161 Kältelied *(Klara Obermüller)*
167 Leopoldstädter Tanzlied *(Walter Hinderer)*
173 Vineta I *(Volker Kaukoreit)*

Jürgen Theobaldy:
177 Abenteuer mit Dichtung *(Wulf Segebrecht)*
181 Ein Amtsschreiber erwacht *(Hans Christoph Buch)*
185 Weiche Körper *(Karl Krolow)*

Peter Paul Zahl:
189 mittel der obrigkeit *(Erich Fried)*

Thomas Brasch:
193 Der schöne 27. September *(Uwe Wittstock)*
197 Lied *(Cyrus Atabay)*
201 Schlaflied für K. *(Günter Kunert)*
205 Vorkrieg *(Reinhold Grimm)*

Reinhard Priessnitz:
209 herbst *(Barbara Frischmuth)*

Ludwig Fels:
215 Annäherungsversuch *(Günter Blöcker)*

Ulla Hahn:
219 Anständiges Sonett *(Walter Hinderer)*
223 Ars poetica *(Thomas Anz)*
227 Ballade vom Schriftsteller *(Wulf Segebrecht)*
231 Blinde Flecken *(Werner Ross)*
235 Endlich *(Hermann Burger)*

239 Für *(Alexander von Bormann)*
243 Für einen Flieger *(Peter Demetz)*
247 Gibt es eine weibliche Ästhetik *(Helmuth Kiesel)*
251 Katzenmahlzeit *(Peter Demetz)*
255 Lied der Amsel *(Jochen Hieber)*
259 Mit Haut und Haar *(Renate Schostack)*
263 Mitteilungen der Mutter *(Werner Ross)*
267 Nach Jahr und Tag *(Walter Hinck)*
271 Winterlied *(Karl Krolow)*

Gert Jonke:
275 Der Kanal *(Hans Christian Kosler)*

Franz Xaver Kroetz:
279 Tröste mich *(Wolf Wondratschek)*

Peter Maiwald:
283 Grabschrift *(Wulf Segebrecht)*
287 Himmelgeister Sonett *(Wolfgang Brenneisen)*
291 Letzte Stunde *(Karl Krolow)*

Ursula Krechel:
295 Episode am Ende *(Walter Helmut Fritz)*

Thomas Rosenlöcher:
299 Der Engel mit der Eisenbahnermütze *(Alexander von Bormann)*
303 Des Kreischens Brummbaß *(Karl Mickel)*

Friederike Roth:
307 Auf und nirgends an *(Harald Hartung)*
311 Mimosen *(Ludwig Harig)*
315 Wir beide *(Harald Hartung)*

Werner Söllner:
319 Liebende *(Jochen Hieber)*
323 Was bleibt *(Günter Kunert)*

Jörg Kowalski:
327 Neckarpartie mit Hölderlinturm *(Gerhard Schulz)*

Hans-Ulrich Treichel:
331 Von großen Dingen *(Lothar Schöne)*

C. W. Aigner:
335 Frösche in Wiepersborough *(Sarah Kirsch)*

Clemens Eich:
339 Als ich dich umbrachte, Indianerbruder *(Ulrich Greiner)*

Brigitte Oleschinski:
343 Wie eng, wie leicht: ein Tankflügel- *(Hubert Winkels)*

Matthias Politycki:
347 Tankwart, das Lied vom Volltanken singend *(Uwe Wittstock)*

Kurt Drawert:
353 … zum deutschen Liedgut *(Günter Kunert)*

Bert Papenfuß-Gorek:
357 rasender schmerts weiterlachen *(Friedrich Christian Delius)*

Lioba Happel:
361 Ich sah im Abendrot *(Heinrich Detering)*

Thomas Kling:
367 gewebeprobe *(Hubert Winkels)*

Uwe Kolbe:
373 Für den Anfang *(Kurt Oesterle)*

Barbara Köhler:
377 Guten Tag *(Werner Fuld)*

Kerstin Hensel:
381 Vita *(Walter Hinck)*

Ulrike Draesner:
385 schnabelheim *(Hermann Kurzke)*

Durs Grünbein:
389 Après l'amour *(Joachim Sartorius)*
393 Biologischer Walzer *(Alexander von Bormann)*
397 In der Provinz 5 *(Manfred Fuhrmann)*
401 Wußten wir? *(Reinhard Baumgart)*

Anhang
407 Quellenhinweise
414 Alphabetisches Gesamtverzeichnis der Autoren und ihrer Gedichte in den Bänden 1-12
461 Alphabetisches Gesamtverzeichnis der Interpreten und der von ihnen interpretierten Gedichte in den Bänden 1-12
539 Alphabetisches Gesamtverzeichnis der Gedichtüberschriften und -anfänge in den Bänden 1-12

ROLF DIETER BRINKMANN
EINEN JENER KLASSISCHEN

schwarzen Tangos in Köln, Ende des
Monats August, da der Sommer schon

ganz verstaubt ist, kurz nach Laden
Schluß aus der offenen Tür einer

dunklen Wirtschaft, die einem
Griechen gehört, hören, ist beinahe

ein Wunder: für einen Moment eine
Überraschung, für einen Moment

Aufatmen, für einen Moment
eine Pause in dieser Straße,

die niemand liebt und atemlos
macht, beim Hindurchgehen. Ich

schrieb das schnell auf, bevor
der Moment in der verfluchten

dunstigen Abgestorbenheit Kölns
wieder erlosch.

MICHAEL ZELLER
HYPERION IN DER VORSTADT

In drei lockeren Schritten kreist das Gedicht ein alltägliches Wunder ein. Der Anlaß: unvermutet regt sich an einem von der Natur und der Zivilisation doppelt benachteiligten Ort ein Leben. Im August, jener Jahreszeit, die schon bei Gottfried Benn als Zeit größter Einsamkeit erscheint, beim staubigen Ausverkauf des Sommers, am schäbigen Rand der Großstadt, dem Gastarbeiter-Asyl, einem technokratischen Zeitmaß unterworfen (»kurz nach Laden/Schluß«), drängt Musik heran, die ziehenden Sehnsuchtsrhythmen des Südens, einer »jener klassischen schwarzen Tangos«, »klassisch« in der Bändigung »schwarzer« Trauer auf dem Grund einer dunklen, nicht zu bändigenden Lebensfreude, wie sie anscheinend nur der mediterrane Raum kennt. Das Blau des Mittelmeers ist in der deutschen Vorstadt schwarz geworden. Das ideale Hellenentum Hölderlins vertreibt in Köln und anderswo Souflaki, Schafskäse und Retsina und borgt sich von dem Lande Lorcas den Tango, um seinen deutschen Gästen auch akustisch die Fremdheit um die nächste Straßenecke zu garantieren.

Und dennoch: Selbst in dieser Ersatzwelt des Sentimentalen strahlt ein wahreres Leben augenblickshaft auf. Denn hier, am Rand einer denaturierten Natur und einer entfunktionalisierten Zivilisation, »hier, beim Hindurchgehen durch die stillen, liegengelassenen momentanen Wildnisse, ist jedes wieder zufällig geworden und zeigt auch, im Negativ, das Zufällige dessen, was, etwas weiter entfernt, im Supermarkt eines der neuen Hochhäuser sinnnvoll dekoriert ist« (so Brinkmann an anderer Stelle): hier, im Staub der Vorstädte, treibt der Zufall dem modernen Lyriker seine poetischen Bilder zu.

In einem zweiten Schritt der Versuch, den Augenblick des »Wunders« zu fassen, die Unterbrechung der geregelten Trostlosigkeit: ein Stillstehen, Atemholen, ein Moment der Besinnung in dem von Ladenschlüssen und Jahreszeiten bestimmten Lebenslauf des einzelnen. Diese Zeit wird gestaut durch den Verzicht auf Verben; nur Substantive werden aufgewendet, um sich gegen die »Normalzeit« zu stemmen, um dem Moment jenseits des objektiven Zeitmaßes die Illusion von Dauer zu verleihen.

Der letzte und entscheidende Schritt: schnell muß der Chronist zu Werk gehen – und damit ist er wieder dem Diktat der Zeit unterworfen –, um das Glückserlebnis des Zufalls schriftlich zu beglaubigen. Das Geschehen wird in Sprache eingesargt, mit einer auf Klarheit und Kürze dressierten Wort-Kunst mumifiziert und ins Museum eines Buches gestellt, zur doppelten Erinnerung: an den Augenblick »in der dunstigen Abgestorbenheit Kölns« in den frühen siebziger Jahren und – säkularisierte Vorstellung vom Leben nach dem Tode – als Epitaph mit dem Namen des Autors, der vor diesem Augenblick schreibend verstummte. Mehr kann die Literatur nicht, und es ist selten, daß sie dies wenige erreicht. Kurz nach der Veröffentlichung dieses Gedichts verunglückte Rolf Dieter Brinkmann tödlich.

ROLF DIETER BRINKMANN
HÖLDERLIN-HERBST

Auf
den Baustellen
wird jetzt Tag
und Nacht gearbeitet.
Auch die Gärten
werden nicht
geschont.
Sie werden
mit rostigen Harken
durchkämmt nach den
letzten Möhren
und Kartoffeln.
(Der Grünkohl
darf stehenbleiben
bis der erste Frost
gekommen ist.)
Weiter draußen
schlachten sie Schweine.
Frisch gewaschen und gebürstet
hängen die offenen Leiber
weiß an den Leitern.

WOLFGANG ROTHE
KEINE HYMNE MEHR

Am 23. April 1975 endete auf einer Londoner Straße das Leben Rolf Dieter Brinkmanns, unter den Rädern eines Autos. Auf keinen deutschen Schriftsteller seiner Generation hätte dieser gewaltsame Tod des Fünfunddreißigjährigen mehr gepaßt, entsprach doch Brinkmann der geläufigen Vorstellung vom genialischen Künstler geradezu perfekt: unstet, nicht kompromißbereit, ohne Rücksicht auf sich und andere, ungeschickt im »Daseinskampf«, ein »lebensuntüchtiger« Hungerleider und schwieriger *Outsider.* Quasi ein deutscher Nachfahr der Ginsberg, Kerouac und Bukowski – als Importeur und Erbe der amerikanischen Pop-Lyrik, vor allem Frank O'Haras, gilt er denn auch zumeist.

Läßt sich ein größerer Gegensatz denken als der zwischen diesem Underground-Poeten und Friedrich Hölderlin, dem Sänger der Deutschen? Zwischen Brinkmanns Lakonie, die karge vier Bilder in sechs knappen Aussagesätzen anscheinend sorglos, kunstlos auf 21 Zeilen verteilt, und der Poesie von Hölderlins Hymnendichtung? Ist es leichtfertiger Scherz, Anmaßung oder gar Verhöhnung des Idols früherer Generationen, wenn Brinkmann über seinen visuellen Bericht einer Wanderung aus der Stadt ins offene Land den geheiligten Namen des romantischen Wanderer-Dichters *par excellence* setzt? Will Brinkmann das schönheitstrunkene lyrische Ich der »Heidelberg«- und »Neckar«-Oden, der »Stuttgart«-Elegie polemisch

dem modernen aufgelösten, dem Non-Ich konfrontieren, welches sich nicht mehr begeistert »ergießt«, sondern sachlich Sehakte und Bewußtseinsvorgänge rapportiert?
Vielleicht. Doch wohnt Brinkmanns Antihymne ein großer, beklemmender Ernst inne, der Ernst dessen, der eine restlose Entzauberung der Welt, den Geheimnisverlust, eine totale Desillusionierung erfuhr. Die einfachen, ruhig aufeinanderfolgenden Sätze sind ganz vom Erlebnis eines Nicht-mehr-Erlebens von Stadt und Land, der menschlichen Lebensräume, geprägt. Die glanz- und schmucklose Sprache (wie wenige und nachlässige Epitheta!) gewinnt dabei eine eigene Würde und Festigkeit, besitzt einen verborgenen Härtegrad. So elegisch, ja melancholisch die paar Bilder in Wahrheit sind – selbst der bloße Anflug einer Gefühlsäußerung, von Subjektivität wird nachgerade keusch unterdrückt. Nichts flutet, nichts schwingt mehr hölderlinisch in langen Bögen; ein Dokument der Sachlichkeit, Ungestimmtheit.
Hölderlin-Herbst: Das meint nicht etwa ein Herbstgedicht in Hölderlins Manier, ebensowenig nur das Ende einer Weise zu dichten und Dichtung aufzunehmen, noch lediglich den Abgesang auf die hochgestimmte Naturerfahrung vergangener Jahrhunderte. Hölderlin-Herbst vermeldet, weit darüber hinaus, Endzeit und Tod überhaupt, in der zerbauten Stadt, den abgeernteten Vorstadtgärten, auf den Gehöften, wo die geschlachteten Tiere aushängen. Die Hast wird den Winter nicht bannen, die Vorsorge nicht die Not.
Der vorgeblich traditionslose Pop- und *Underground*-Lyriker der sechziger Jahre steht mit seinem Gedicht, dessen Nüchternheit anrührt, in einer langen Überlieferung. Traklhaft muten das zweite und das letzte Bild an. Doch

die Kette reicht weiter zurück, bis in die Romantik, und endet dort beim jungen Hölderlin, der als Klosterschüler zu Maulbronn zwar die Natur als »Gottes Tempel« pries, aber bereits das »Graun der / Großen Vernichtungen« ahnte, von den »tausend Wunden« und von »Verwesung« wußte. Visionär redet der Achtzehnjährige von »der gewißen Vernichtung Grauen« und vom »Jammerstand« des Menschen, und dreimal fragt er – 1788 – in »Die Größe der Seele«: »wo ist dein Stachel, Todt?«

ROLF DIETER BRINKMANN
OH, FRIEDLICHER MITTAG

mitten in der Stadt, mit den verschiedenen
Mittagessengerüchen im Treppenhaus. Die Fahrräder
stehen im Hausflur, abgeschlossen, neben
dem Kinderwagen, kein Laut ist zu hören.

Die Prospekte sind aus den Briefkästen
genommen und weggeworfen worden. Die Briefkästen
sind leer. Sogar das Fernsehen hat die türkische
Familie abgestellt, deren Küchenfenster

zum Lichtschacht hin aufgeht. Ich höre
Porzellan, Teller und Bestecke, dahinter
liegen Gärten, klar und kühl, in einem blassen
Frühlingslicht. Es sind überall die seltsamen

Erzählungen von einem gewöhnlichen Leben ohne
Schrecken am Mittwoch, genau wie heute. Der Tag
ist, regenhell, verwehte Laute: oh, friedlicher
Mittwoch mit Zwiebeln, auf dem Tisch,

mit Tomaten und Salat.
Die Vorhaben und Schindereien sind
zerfallen, und man denkt, wie friedlich
der Mittwoch ist

Wolken über dem Dach, blau, und
Stille in den Zimmern, friedlich und still und
genauso offen wie Porree, wie Petersilie grün ist
und die Erbsen heiß sind.

UWE WITTSTOCK
LOBLIED AUF DAS BÜRGERLEBEN

Also, rebellisch klingt das nicht. Eher nach Mietshausidylle. Rolf Dieter Brinkmann (1940 bis 1975) wird in der Literaturgeschichte der Bundesrepublik gern die Rolle des Bürgerschrecks zugeteilt. In diesem Gedicht aber geht er mit dem Bürgerleben in unseren Städten sanft, geradezu zärtlich um. Er feiert einen gewöhnlichen Mittag – und die gewöhnlichen Menschen, die ihn mit zahllosen winzigen Verrichtungen ermöglichen: Sie haben die Fahrräder eingestellt und abgeschlossen, ohne den Kinderwagen zu blockieren, sie haben das Essen zur rechten Zeit auf den Tisch gebracht, die Briefkästen geleert und lästige Prospekte weggeschafft. Aus Ehrfurcht vor der Ruhestunde des Tages wurde sogar das Fernsehen abgestellt, kein Laut ist zu hören, allenfalls klappern Teller und Bestecke, und die Gärten in den Hinterhöfen sind offenbar liebevoll gepflegt.

Kein Wort des Widerwillens fällt, nirgendwo Hohn oder Spott. Der Autor steigt angesichts dieser biederen Ordentlichkeit nicht auf die Barrikaden, sondern ihm geht das Herz auf.

Doch Brinkmanns lyrischer Schnappschuß ist nicht naiv, er verschweigt keineswegs die Schattenseiten unserer zeitgenössischen Metropolen: Das Küchenfenster der türkischen Nachbarn öffnet sich zum Lichtschacht hin, was nicht gerade für architektonischen Glanz spricht. Die Briefkästen sind leer, was kaum ein Übermaß an Kommunikation vermuten läßt. Der Tisch ist mit Zwiebeln, Tomaten und Salat gedeckt, was Zweifel am Wohlstand der Tischbesitzer erlaubt. Dazu die Gerüche im Treppenhaus, das Gedränge im Hausflur. Brinkmann schildert kein urbanes Paradies. Er verschweigt nicht, daß die »Schindereien« nur für einen flüchtigen Moment vergessen sind, nur für einen friedlichen Mittag, nach dem jeder von seinen Pflichten wieder eingeholt wird.

Woher nimmt ein Autor, der erkennbar nicht mit Einfalt, Bescheidenheit oder christlicher Demut begabt ist, den Mut, eine banale Szenerie wie diese so vorbehaltlos zu glorifizieren?

Seine Vorliebe für die bejubelte Tageszeit hat er wohl von Nietzsche übernommen, dem größten Verehrer des Mittags unter den deutschen Philosophen. Dessen Werken widmete sich Brinkmann während der studentenbewegten Jahre – mit abschätzigem Blick auf jene Generationsgenossen, die nur noch Marx gelten lassen wollten. Für Nietzsche war der Mittag die Stunde nach dem Tod Gottes, nach dem Ende der religiösen Sinnstiftung und dem Zerfall der traditionellen Weltordnung. Es war für ihn der Augenblick, in dem erkennbar wird, daß die metaphysischen Fundamente der Moral zusammengebrochen sind und also jeder einzelne für die Gesetze seines Handelns selbst die Verantwortung trägt.

Brinkmann hat dieser Idee das Zarathustra-Pathos ausgetrieben. Sein Gedicht überführt sie in den Alltag – wo sie knapp hundert Jahre nach Nietzsche auch hingehört: Der Gedanke, die Welt müsse vermutlich ohne umfassende göttliche Ordnung auskommen, zählt längst zum geistigen Allgemeingut.

Um so überraschender ist dann aber ein friedlicher Mittag,

um so bewundernswerter sind die Menschen, die ihn möglich machen. Ihnen zollt Brinkmann Respekt: den Bewohnern des Hauses, die sich an die Regeln halten, obwohl doch über ihrem Dach nur Wolken und keine himmlischen Strafgerichte warten, die sich, anstatt alle Rücksicht aufzukündigen, bemühen um jenes »gewöhnliche Leben ohne Schrecken«, das buchstäblich im Zentrum des Gedichts steht.

Kurz, die Hochachtung des Autors gilt hier nicht den Rebellen, die gegen die Konventionen aufbegehren. Sie gilt den Bürgern, die in einer offensichtlich heillosen Welt ihren Grundsätzen treu bleiben, die – um es mit einem von Brinkmanns Lieblingsworten zu sagen – dennoch unbeugsam »weitermachen«.

ROLF DIETER BRINKMANN
TRAUER AUF DEM WÄSCHEDRAHT IM JANUAR

Ein Stück Draht, krumm
ausgespannt, zwischen zwei
kahlen Bäumen, die

bald wieder Blätter
treiben, früh am Morgen
hängt daran eine

frisch gewaschene
schwarze Strumpfhose
aus den verwickelten

langen Beinen tropft
das Wasser in dem hellen
frühen Licht auf die Steine.

UNDINE GRUENTER
ELEGIE MIT STRUMPFHOSE

Es gibt ein deutsches Wort, sagte vor Jahren ein Ausländer, ein Wort für das *Wörterbuch des Unmenschen*, das Wort heißt *Strumpfhose*. Mit *Strumpfhose* ist alles gesagt. Sie tauchte auf, als Erotik, die jahrhundertelang verstanden wurde als Erfahrung von Passion, umschlug in hygienische Gymnastik aufgeklärter Sexualität. Strumpfhose war ein Fanal der Emanzipation, und die Frauen streiften gern ihre Strümpfe und Strapse ab, die sie zu Objekten gemacht hatten. Die Strumpfhose war so praktisch wie ein Pappbecher. Strumpfhose markiert den Zeitpunkt, seit dem über *Liebe als Passion* nur noch anachronistisch zu sprechen war, abgeschoben in die höheren Regionen der Kunst und in die archäologischen Verfahren einer Kulturkritik zwischen Bataille und Roland Barthes.

Brinkmanns Trauer hat zwei Beine. Sie gehen nicht, sie baumeln wie die Beine von Gehenkten – auf einem Wäschedraht. Gibt es Wäschedraht? Eher Wäscheleinen. Diese Trauer ist gehängt und wie erdrosselt. Sie erinnert an ein Bild von Tàpies, das aus demselben Jahr stammt wie Brinkmanns Gedichtzyklus: 1974. Zwei Füße baumeln ins Bild, an den Gelenken gefesselt und in Höhe der Waden, unter dem oberen Bildrand, durch ein Nummernschild gekennzeichnet.

Was bei Tàpies ein pathetisches Signal ist, ist bei Brinkmann ein lakonisches. Fesselung, Gefangenschaft ist ersetzt durch banale Wäsche. Denn genau besehen ist es zunächst nicht die Trauer, die bei Brinkmann (Tränen) Wasser läßt, sondern ein Sauberkeits-Idol. Was ausgewaschen ist, ist das Unmögliche der Liebe, der Dreck der Passion. Die ganze falsche Hoffnungs- und Gesundbeterei, die im Motiv des Frisch-Gewaschenen, des Jahresanfangs, des frühen Morgens, der bald wieder blühenden Bäume angelegt ist, baumelt dort. Hinterrücks erst schleicht sich durch die Bezeichnung »Trauer« im Titel ein Aufblinken jener aussichtslosen Lage ein, das die Endgültigkeit des Verlustes wieder relativiert. Anders ausgedrückt: Trauer, die ein Bewußtseinszustand und die Verfaßtheit des Schriftstellers Brinkmann ist, hat die Eindeutigkeit des Entweder-Oder ausgewaschen.

Der Bindestrich ist auf ein *und* ergänzt. Im *Entweder* liegt der Abschied von der Vorstellung leidenschaftlicher Liebe, im *Oder* eine negative Utopie der Liebe, die sich nicht mehr auf zukunftsträchtige Liebesseligkeit beruft, sondern auf die Erfahrung ihrer Gegenwart, im Schwarz zum Beispiel. Zwischen dem Wissen, daß Wäsche und der Banalisierungsprozeß, den sie vorantreibt, nicht rückgängig zu machen sind, und dem Setzen auf einen unausgewaschenen Fleck gerade in diesem Prozeß bewegt sich das Bewußtsein dieses lyrischen Ich wie ein Transvestit – er hängt in der Ambivalenz, im Paradox.

Brinkmann, der fünfunddreißigjährig 1975 an einer Londoner Straßenecke von einem Lastwagen überfahren wurde, hat Technik und Bilder des Comic strips in seine Lyrik geholt. »Ein neuer Realismus entstand, er stand rum«, heißt es in *London, Flat 6*. Sein »Realismus« war die Tarnung eines fanatischen Sammlers, der Worte wie Zigarettenschachtel, Konservendose, Bloody Mary in unendlichen Ketten aneinanderreihte wie Fetische einer Selbst-

vergewisserung im Alltagsabfall. Die »Kunstlosigkeit«, mit der er das tat, ähnelt den Bildern der Verrückten aus Dubuffets Sammlung.
Seine Gedichte sind monströs überfüllte Environments, in denen der *horror vacui* jede wohlgesetzte Versstruktur unterläuft. Daß seine Lakonie sich in manchen Gedichten dieses Zyklus liest als pathetische Beschwörung von Generationssymbolen zwischen Leonard Cohen und Velvet Underground, zeigt einmal mehr, daß auch Anti-Kunst Patina ansetzt.

BERND JENTZSCH
GEDÄCHTNIS

Im Fremden ungewollt zuhaus.
Wer schrieb das?
Ich, oder du,
Als du gingst durch Zürichs Hügelgassen.
Du hast es aufgeschrieben,
Wo ich jetzt gehe,
Im Fremden ungewollt zuhaus.

PETER HÄRTLING
DER WIEDERHOLTE SATZ

Bernd Jentzschs Gedicht gibt sich bescheiden: Es scheint einfach und hat doch einen doppelten Boden. Es spricht leise und möchte doch schreien. Es erzählt einen Sachverhalt und doch zwei Geschichten. Es wirkt wie aus einem Guß und hat doch zwei »Gießer« gehabt.
Auch der Titel entpuppt sich als List. Anstelle von »Gedächtnis« könnte ebensogut »Gedenken« stehen. Beides ist gemeint und beides meint eines: Exil. Und wiederum, im Namen Zahlloser, das Exil von zweien: von Bernd Jentzsch und Max Herrmann-Neiße. Um dies zu erklären, sei in aller Kürze eine Geschichte erzählt.
Jentzsch, 1940 in Plauen im Vogtland geboren, lebte und arbeitete bis zum Herbst 1976 in der DDR. Er veröffentlichte Gedichte, Erzählungen, Kinderbücher und machte sich einen Namen als kundiger Herausgeber. Als Wolf Biermann ausgewiesen wurde, hielt sich Jentzsch in der Schweiz auf, und in einem offenen Brief an Erich Honekker nahm er fürs erste Abschied von seinem Land. Unversehens, »ungewollt« fand er sich in Zürich, im Exil, wieder. Und ihm, dem Belesenen, fiel ein anderer ein, für den, dreiunddreißig Jahre zuvor, Zürich die erste Station auf der Flucht vor Hitler war: Max Herrmann-Neiße, einer der großen unerkannten Lyriker unseres Jahrhunderts. Er hat viele Zeilen über das Exil geschrieben; bittere wie »Ein deutscher Dichter bin ich einst gewesen« und verwundetverwunderte wie »Im Fremden ungewollt zuhaus«.

Der Schatten wird brüderlich. Die Zeile des Vorgängers (welche Bedeutung bekommt plötzlich dieses Wort) wird erfahren und zur eigenen. Die ungewollte Wirklichkeit bestätigt die paradoxe Einsicht: Im Fremden zu Hause zu sein. »Im Fremden ungewollt zuhaus.« Nun läßt sich gegen den Schmerz weiterreden, weiterfragen: »Wer schrieb das?« Die Geschichte wiederholt sich wohl nie ganz, aber die von der Geschichte Getriebenen können Sätze wie Losungen tauschen. »Als du gingst durch Zürichs Hügelgassen.« Voller Zärtlichkeit gibt der Jüngere dem Vergessenen seinen Schatten und seinen Satz zurück. »Du hast es aufgeschrieben.« Es ist ein Bündnis, in dem jeder seine Stimme gegen die Zeit haben soll. Der eine erlitt, was der andere zu erleiden beginnt: »Wo ich jetzt gehe, / Im Fremden ungewollt zuhaus.«

So schlicht kann Schwieriges gesagt werden. Unauflösbar schwierig aber wird es wieder, wenn der Redende an den Angeredeten denkt. Bernd Jentzsch, inzwischen Lektor in Olten, und immerhin in seinem Sprachraum, weiß, daß Max Herrmann-Neiße 1941 in London vereinsamt, ausgestoßen aus der geliebten Sprache, starb. Darum bleibt das Gedicht, das sich als Rondo schließt, dennoch offen.

BERND JENTZSCH
SOMMER

Hier in den Mulden, in den schäumenden Wiesen,
Im Regen, der uns segnet und sonderbar singt,
Auf dem offenen Feld, im Hafer, der uns jetzt sticht,
Im Tollkraut, im Trollkraut, dunkel und licht,
Liebste, hier wolln wir machen, was den Tod
Zu Tode erschrickt, hier, im singenden Regen,
Damit es aufgehe in deinem Leib wie ein Brot,
Auf dem roten Acker, mein ein und mein alles,
Im Regen, Liebste, und nicht unterm Dach,
Hier, wo wir singen, in den schäumenden Wiesen.

EVA ZELLER
DER ERNSTFALL LIEBE

Gefühl, so hat Hölderlin gesagt, sei die beste Nüchternheit des Dichters, vorausgesetzt, dieses Gefühl sei richtig, warm, klar, kräftig.
Selten habe ich ein Gedicht gelesen, in dem ein richtiges, warmes, klares, kräftiges Gefühl vom ersten bis zum letzten Wort in übereinstimmender Fülle so zur Sprache gekommen ist wie in dem Gedicht »Sommer« von Bernd Jentzsch.
Dieses Liebesgedicht ist der äußerste Gegensatz zur konkreten Poesie mit ihrem ausgeworfenen Silbenschutt. Kein kühles Operieren im Wortelabor, kein Spielen auf Mallarmés Worteklavier, kein Abbau des personalen, poetischen Bewußtseins, keine vorsätzlichen produktiven Dunkelheiten – und wie immer die aus ernsthafter künstlerischer Not durchexperimentierten Stilmittel heißen, die erprobt werden mußten, weil immer ungültiger werdende Lebensgewißheiten die Poeten dazu zwangen. Das Erstaunliche an den Gedichten von Bernd Jentzsch – und an dem hier vorgestellten insbesonders – ist die Tatsache, daß hier einer ohne alle artistischen Raffinements auskommt, daß keine Zeile dieses Gedichts sich ins hochpoetische Nichts zurückzieht.
Mit welchen Stilmitteln, wenn nicht mit den modernen oder modernistischen der Verfremdung und Irritation erreicht Bernd Jentzsch die Dichtigkeit und Triftigkeit seiner Verse?

Das einstrophige Gedicht beginnt mit dem Wort »hier«, und dieses »Hier« steht viermal in zehn Verszeilen und leitet jeweils eine eindringliche, beschwörende Ortsbestimmung ein, als müsse das *Wo* um so genauer beschrieben werden, weil das *Was* durch ein einziges falsches Wort verdorben werden könnte.

»Hier« bezeichnet den Ort (nicht den Schauplatz) eines unaussprechlichen Glücks. Unaussprechlich? »Im Regen, der uns segnet.« Bernd Jentzsch scheut einen solchen Satz nicht. Als falle er sich aber rasch selbst ins Wort nach dieser hymnischen Zeile heißt es fast spitzbübisch in der Manier Anakreons weiter: »Im Hafer der uns jetzt« (ganz drastisch) »sticht«! Und nun folgt anspielungsreich: »Im Tollkraut, im Trollkraut«. Ein Wort, ein botanischer Terminus, leiht wortwörtlich der Liebesverzückung seinen Rausch und Taumel. In einer Zeit, in der Sexualität zum Konsumartikel geworden ist, spricht ein Dichter von der Liebe mit Worten, die keine Schwüle aufkommen lassen und schon gar keine Kälte.

»Damit es aufgehe in deinem Leib wie ein Brot!« Diese Zeile offenbart vollends, daß es sich hier um den Ernstfall Liebe handelt. Diesem »Wie ein Brot« folgt die Zeile, in der es Jentzsch gelingt, der abgegriffenen, verkitschten Redewendung »mein ein und alles«, diesem »Gartenlaube«-Jargon, ihren ursprünglichen innigen Wortsinn zurückzugeben, indem er lediglich das Wörtchen »mein« einschiebt: »Mein ein und mein alles.« Wenn es so etwas wie die Auferstehung gestorbener Worte gibt, hier hat sie sich ereignet: in diesen Versen voller vitaler Wärme.

WOLFGANG HILBIG
DIE RUHE AUF DER FLUCHT

warten –
  oh noch einmal einen abend ausruhn
vor der unendlichkeit der nacht
die uns mit allem vieh zu paaren treibt
und sich schon sammelt vor den abgestreiften schuhn ...

reglos
  im angesicht der flut die bald erwacht
noch eine stunde sitzen auf dem mauerrand
stille im schädel und den fuß im sand
dem atem nachsehn der uns aus den lungen schwindet
dem zorn
  dem gold das in den augen sichtbar bleibt
wenn die erschöpfung uns in dem entschluß verbindet
noch eine stunde vor dem dunklen ufer auszuruhn –

und dieses tags zu denken der zuletzt uns wärmte
des großen abends der uns unerschrocken sonnte
indes fernher ein kupferrotes lodern lärmte
und schon erlosch im riesengong der horizonte.

JÜRGEN THEOBALDY
IM NIEMANDSLAND DER ZEITEN

Zwar ist die »unendlichkeit der nacht« kaum noch sagbar, und dennoch weitet dieser Genitiv hier den Blick ins Offene, auf ein neues, zwischen Bangen und Zuversicht ersehntes Leben, für das die Flüchtenden nichts mitbringen außer ihren Erwartungen und ihrem Instinkt, zusammenzubleiben. Das Wort »reglos« bricht den Rhythmus. Am Abend dämmert die Stunde der Anfechtung herauf, in der von neuem die Ungewißheit zunimmt über einen Entschluß, dessen Folgen kaum abzuwägen sind. Stille – hier eine harte Fügung. In der Weite, die das Gedicht schafft, rücken die, von denen es spricht, zueinander. Auch wenn es gleich nach dem ersten Wort abbricht, um scheinbar an derselben Stelle wieder einzusetzen: Das Gedicht hat einen großen Atem. Der ungeheure Hoffnungsraum, den es entwirft, ist erfüllt von der niedergehaltenen Unruhe der Flüchtenden.

Erst mit »dem atem« beginnen die Verse zu strömen; in einer Parallelführung von Sprache und Geschehen gleiten sie über das Ende des Einschubs hinweg, das die Grenze im Gedicht bildet, und münden in die letzte Strophe. Diese wirkt als einzige in sich geschlossen. Das Imperfekt gibt ihr den Charakter eines Rückblicks. Kein Reim aus den beiden vorangegangenen, auch im Schriftbild gebrochenen Strophen reicht da hinein. Metrum und Rhythmus sind regelmäßig, die unbetonten Versschlüsse klingen weich, und die Zäsuren innerhalb der Trimeter

werden zum Ende des Gedichts hin merklich schwächer.
Es ist ein Kunstgriff, mit dem Wolfgang Hilbig nicht nur einen nostalgischen Ausklang verhindert. Der Auftakt »warten« erschließt viel Raum, auch Zeitraum, die Parenthese holt den vergangenen Moment des Innehaltens in die Gegenwart des Gedenkens. Das Ziel der Flüchtenden war nicht, wie noch für Brecht, »in großer Ferne ... deutlich sichtbar« – den Nachgeborenen war es ein »dunkles ufer«, aber zu erreichen. Hilbig, der 1941 in Meuselwitz (Thüringen) zur Welt kam, in einer Bergarbeiterfamilie aufwuchs und seit 1985 im Westen lebt, kehrt Brechts Perspektive um; er richtet den Blick auf den Weg, an dessen Ende die Ernüchterung gewartet hat. Der Aufbruch, die Erregung unterwegs, der Tag vor der Ankunft: Dies war's, was »wärmte«.
Sicher lese ich das vor vier Jahren geschriebene Gedicht unter dem Eindruck der aufwühlenden Ereignisse in der DDR heute. Es ist ein Abendlied, das von der Glut des Sonnenuntergangs singt und das nicht besänftigen will. Statt der Abendglocken erklingt der »riesengong der horizonte«. Noch ist unentschieden, ob dieses Echo einer Menschheitsdämmerung eine epochale Umwälzung oder eine Katastrophe angekündigt hat. Das Kollektiv hier spricht von sich nur in dem passiv getönten »uns«. Von einem solchen »uns« erwartet man eher, daß ihm etwas zustößt, als daß es die Lage beherrscht. Ausruhen, Atem holen, die Stille wirken lassen – in dem teils erschöpften, teils überwachten Zustand, in dem man seinen einstigen Träumen nachsinnt: gefaßt auf das, was aus ihnen noch werden könnte.

WOLFGANG HILBIG
NOVALIS

ich ging von ihren tischen voller speisen
hinaus und trank im saal der schatten
was abend in den garten warf mit matten
düften denn ich sah die nacht verwaisen

trunken stieß ich auf die straße in das dunkel
die mich führte so wie einst ein gott es plante
seit ich spürte daß die schultern alles fallen ließen
blühn blumen auf ringsum die ich kaum ahnte

allem ledig seh ich nun vor meinen füßen
licht zerspringen und die hohen nächte grüßen
mit freiheit mich und ich hab raum

für meinen schmerz in dem die liebe ruht
und gottesnah und frei von hab und gut
geh ich und unerschöpflich wird mein traum.

GERHARD SCHULZ

DREI EBENEN

Gedichte über Dichter, wie dieses hier, besitzen drei Ebenen der Zeit. Zum einen ist das die Zeit ihres Gegenstandes, in diesem Falle also das ausgehende achtzehnte Jahrhundert des Freiherrn Georg Friedrich Philipp von Hardenberg, der unter dem Namen Novalis in die Literaturgeschichte eingegangen ist. Das zweite Datum ist das Jahr 1970, in dem Wolfgang Hilbig sein Gedicht geschrieben hat. Die dritte Ebene aber ist nichts anderes als das unbestimmbare Heute, also die jeweilige Gegenwart, das Wissen, Denken und Empfinden der Lesenden, die sich zu diesen Versen in Beziehung setzen.

Daß dieses Gedicht nicht um der Literaturgeschichte willen geschrieben wurde, liegt auf der Hand. Zu wenig ist von ihr konkret erkennbar in diesen vierzehn Zeilen. Aber es setzt immerhin den Leser Hilbig voraus, der sich aus dem einen oder anderen von dessen Werken eine Vorstellung von Novalis gemacht hat. Vom Kontrast zwischen Nacht und Licht, einem zentralen Thema von Novalis' »Hymnen an die Nacht«, ist in diesem Gedicht die Rede. Auch ein paar weitere Bilder oder Begriffe erscheinen, die in Novalis' Poesie eine besondere Rolle spielen, Blumen zum Beispiel oder Schmerz, Liebe, Traum und Gott. Und gewählt wurde die Form des Sonetts, die als Kontrast zu antiken Versmaßen kurz vor 1800 in der deutschen Lyrik neue Belebung erfuhr, also dem Romantischen sehr angemessen ist, mit dem Novalis in der Literaturgeschichte gern verbunden wird.

Aber Hilbig verhält sich, wie Goethe sagen würde, produktiv zu seinem Gegenstand: ein Gespräch zwischen zwei Zeiten entsteht, bei dem, wie sich zeigt, die Stimme des Schreibenden über die des Lesenden dominiert. Denn natürlich schreibt hier einer über sich selbst, eignet sich historisch Fernes an, um eigenen Gedanken und Gefühlen Ausdruck zu geben. Allerdings geht es dabei nicht allein um Sprache, um das Spiel mit vorgeprägten, aus einer anderen Zeit überlieferten Begriffen und Metaphern. Mit einer derart produktiven Aneignung wird auch die Idee einer Kollegenschaft, einer Brüderschaft über die Zeiten hinweg suggeriert, und das kann gerade dort, wo man sich allein gelassen, ausgesetzt, fremd in seiner Welt fühlt, eine beträchtliche Stärkung und Stütze sein.

Wolfgang Hilbig, 1941 geboren, ist in der DDR aufgewachsen. Über die Entstellungen des Menschlichen, über die Zerstörung der Vernunft und des unabhängigen Denkens dort hat er in seinem trotz manchen Lobs noch immer unterschätzten Roman »Ich« Auskunft gegeben, der die institutionalisierte Desorientierung, ja die Auslöschung der Persönlichkeit im totalitären Überwachungsstaat zum Gegenstand hat. Im Bezug darauf läßt sich Hilbigs Novalis-Gedicht lesen. »Freiheit« und »Raum« zu haben waren unter diesen Bedingungen elementare Bedürfnisse um der eigenen Identität und Integrität willen, und die ängstliche oder empörte Entgegensetzung des Ichs zu den anderen wurde eine immer wiederkehrende Haltung; *ich ging von ihren tischen*.

Aber wir haben Hintergrundwissen in das Gedicht hineingetragen. Denn natürlich läßt es sich auch ohne Bezug auf die Lebensgeschichte seines Autors lesen und aufnehmen. Sogar er selbst würde wahrscheinlich solchen zeitgeschichtlichen Bezug zur Motivierung seiner Verse nicht als ausreichend empfinden. Zweimal ist von Gott die Rede und dann eben auch von Liebe und Schmerz – alles Begriffe von sehr viel größeren Dimensionen, als sie politische Realitäten besitzen, bei aller tiefdringenden Gewalt, die diese ausüben können.

In der Geschichte europäischer Lyrik spricht die Form des Sonetts stets von der Absicht, Realität nicht nur abzubilden, sondern sie in der strengen Form des Kunstwerks zu transzendieren. Auch die Bildersprache in diesen Versen ist Ausdruck davon. Mit ihrer gewissen Feierlichkeit mag sie zuweilen an den George-Kreis erinnern. Auf Novalis jedoch scheinen, wie gesagt, die Begriffe des letzten Terzetts direkt zu zielen: Schmerz, Liebe, Traum und Gottesnähe. Nur in einem wesentlichen Punkt verschiebt sich der Akzent. Bei Novalis war es die Erfahrung des Todes, die ihn zur Erkenntnis des Zusammenhangs der anderen Begriffe führte. Bei Hilbig ist es ganz offenbar die Erfahrung der Unfreiheit. Denn sie ist mit *hab und gut*, mit den *tischen voller speisen* ursächlich verbunden. Die Nacht hingegen gibt sich als *saal der schatten*, als Medium der Trunkenheit wie der Befreiung.

So bleibt am Ende die Frage nach der dritten Ebene des Gedichts. Die aber besteht in der Schönheit seiner Form – nicht nur in der vorgegebenen Harmonie der Zeilen und Reime im Sonett, sondern in der Harmonie der Klänge überhaupt, der fein abgestimmten Laute, der Reime und Binnenreime. Und da nun ist Hilbigs Gedicht wahrhaftig ein kleines Meisterstück, wohin man auch sieht. Seine Bewährung als gutes Gedicht freilich findet es erst, wenn die drei Ebenen so sehr ineinander verschmelzen, daß man mit bloßem Auge keine Trennungslinien mehr sieht. Solche

Qualität aber bin ich gern bereit, diesem Gedicht zuzugestehen.

GUNTRAM VESPER
DIE GEWOHNHEIT ZU ZITTERN

Aus der engen Höhle der Eltern
zog scharfer Geruch durch die Wohnung
Besserungsanstalt
für mich
von Anfang an.

Das Dienstmädchen folgte mir
bei jeder Flucht
was machst du.

Ich dachte an längere Sommer
an einen Mond, der größer als unserer war
und sagte
die Sterne

In deinem Alter Astronomie, rief
die Mutter
in den finsteren Hof
du hast nichts
gesehen.

GERT UEDING
DAS FREMDE KIND

»Liebet die Kindheit, begünstigt ihre Spiele, ihre Vergnügungen, ihren liebenswürdigen Instinkt. Wer von Euch hätte sich nicht bisweilen nach diesem glücklichen Alter zurückgesehnt?« Es gibt kaum einen größeren Kontrast zu diesem begeisterungsvollen Bilde (Rousseau hat es der europäischen Literatur wirkungsmächtig vorgezeichnet) als die Erfahrungen, die Guntram Vesper in eindringliche Verse gefaßt hat.

Das Gedicht steht am Anfang eines kleinen Zyklus von sechs Gedichten mit der Überschrift: »Das fremde Kind«. Es erzählt die Geschichte einer Entfremdung in knappen Fragmenten, die eine Situation, eine bezeichnende Szene nur andeuten. Die heimatliche Wohnung: eine enge Höhle, zu der jener Geruch gehört, wie ihn auch alte Schulen konservieren und den jeder, der ihn einmal in der Nase hatte, sofort mit Zwang, Einschüchterung, Angst identifiziert. Nein, diese Kindheit ist kein Zustand problemloser, glücklicher Harmonie, das Kind fühlt sich eingesperrt darin, eingeschränkt, überwacht und unverstanden.

So fremd ihm das Nächste, so vertraut ist ihm das Fernste, der Mond und die Sterne, alles Draußen, das mit seiner Höhe und Weite lockt; natürlich gehört auch der Sommer dazu, der aus dem Haus ins Freie führt und deshalb nicht lang genug sein kann. Dieser Gegensatz durchzieht das Gedicht, erscheint in der antithetischen Verskomposition

und wird zur schroffen Unverträglichkeit gesteigert durch die stichwortartig nebeneinandergesetzten Wendungen, die sich hart im Raume des Gedichts stoßen.
Drinnen und Draußen, Höhe und Tiefe, Enge und Weite, Licht und Finsternis, helle und dunkle Jahreszeit, das sind nicht bloß verschiedene Raum- und Zeitverhältnisse, sondern ebenso Bezeichnungen des Bewußtseins. Das kindliche Streben ist auf Offenheit und Freiheit, auf das Leben als ein unbegrenztes Meer von Möglichkeiten gerichtet und kollidiert mit der Welt der Erwachsenen, mit Aufpassern und Mauern. So fühlt sich das Kind bald verraten und verkauft – »verstoßen in ein fremdes Land«, um es mit den Worten des Novalis zu sagen. Allein die Gedanken bleiben noch als Ausfalltore in die ersehnte Freiheit.
Eine Verständigung zwischen den beiden Welten ist nicht möglich. Die launige Bemerkung der Mutter (»In deinem Alter Astronomie«) zeigt aber noch mehr als bares Unverständnis diesem Kind gegenüber, das ihr ebenso fremd ist wie sie ihm. Die Ironisierung ist hier auch eine Form der Abwehr, das machen die beiden letzten Verse deutlich, die in ihrer so unangemessen wirkenden apodiktischen Schärfe, ihrem Klopfen auf die Empirie (»den finsteren Hof«) verraten, daß hier zugleich die eigene Versuchung, mehr zu sehen, als es die fix und fertigen Tatsachen erlauben, bekämpft werden soll.
Die Fremdheit zwischen Mutter und Kind gewinnt ihren schärfsten Ausdruck im Augenblick der größten Nähe, eine Paradoxie, die nun auch die Überschrift des Gedichts zweideutig macht. In Gestalt und Bewußtsein der Eltern erfahren wir nicht nur den Widerpart des Kindes, sondern auch den Endpunkt einer Entwicklung, an deren Anfang es erst steht. Dem Zittern des Kindes vor Enge, Zwang

und Dunkelheit, eingeübt in der Besserungsanstalt der Familie, entspricht die Angst des Erwachsenen vor Weite, Freiheit und Licht, vor einem Licht gar, das in die Finsternis scheint und das sie doch nicht sehen können.
Nur in der ganz unverstandenen, fremden Sehnsucht des Kindes kommt noch etwas von jener Kindheit zum Vorschein, die für Rousseau und seine Zeitgenossen Chiffre für Natürlichkeit und Glück, für die ursprüngliche Freiheit und Gleichheit aller Menschen war.

GUNTRAM VESPER
TAGEBUCH ANFANG FEBRUAR

Große Kälte seit Sonntag. So zersprang
heute nacht im Schlafzimmer
während ich las
die Zentralheizung unter dem geöffneten Fenster.

Ihr Aufschrei.

Was wird aus einem Land, wenn
sein Gedächtnis krank ist
und was bedeutet ein Mensch, der
keine
Erinnerung hat.

PETER HORST NEUMANN
ES ENTSCHEIDET EIN WORT

Wer den Verfasser dieses Textes nur als Erzähler kennt, mag trotzdem darauf vorbereitet sein, ihm andernorts auch als Lyriker zu begegnen. Denn Guntram Vesper berührt in seinen Erzählungen – etwa in dem Buch »Nördlich der Liebe und südlich des Hasses« – oft jene Sprachgrenze, die Prosa von Poesie trennt und in deren Nähe dann Sätze erscheinen, die weder Erzählung noch Lyrik, sondern lyrische Prosa sind. Komplementär zu diesem Lesebefund stehen Vespers Gedichte, von denen er sagt, sie seien »stark stilisierte, verkürzte und verdichtete Geschichten«.

Nun sind Erzählen und Dichten aber durchaus zweierlei. Für die Gedicht-Qualität eines Textes gibt es kein sicheres Indiz, als daß seine Botschaft sich gerade nicht in prosaischer Rede vermitteln läßt. Wen es vom Erzählen her zum Gedicht drängt, der sollte wohl wissen, daß man auf diesem Weg eher zu schwacher Prosa als zu Poesie gelangt. »Tagebuch Anfang Februar« eignet sich gut zur Probe auf diese Regel, denn es bestätigt sie – ich meine: als Ausnahme.

Im ersten Abschnitt wird in der Art eines Tagebuch-Protokolls etwas Erlebtes mitgeteilt, »Prosa des Lebens«, sozusagen. Im Zerspringen der Zentralheizung konkretisiert sich eine große Februar-Kälte. Vom Sprechenden prägt sich uns ein – es ist vorerst nicht eben viel –, daß er lesend im Bett liegt und daß er gut getan hätte, wenigstens

sein Fenster zu schließen. Das Personalpronomen »ich«, in der untergeordneten Stellung einer Zeitangabe, erscheint hier zum einzigen Mal.
Auf andere Art prosaisch liest sich der letzte Abschnitt. Es ist Denkprosa, und auch sie läßt den Sprecher nicht sonderlich kenntlich werden. Unverwechselbar wird hier gewiß nicht gesprochen. Im Understatement der rhetorischen Frage drückt sich Ratlosigkeit aus, eine verzweifelte Ratlosigkeit. Sie hat viele Subjekte, sie gehört jedem, der begriffen hat, welche Verdrängungsmentalität unser Leben und das Leben unserer Gesellschaft bestimmt.
Man könne fragen: Was hat diese Ratlosigkeit mit der zerspringenden Heizung zu tun? Gibt es eine Sinneinheit der disparaten Textteile? Aber uns bleibt keine Zeit, so zu fragen. Denn genau in der Textfuge steht ein Wort, das die Prosa davor und die Prosa danach blitzartig zusammenschließt – das Wort »Aufschrei«. Es nötigt uns, das nacheinander Gesprochene gleichzeitig wahrzunehmen, und mehr als nur dies.
Denn obwohl das Pronomen »ihr« uns vorschreiben will, nur an die Heizung zu denken, als ob so ein Ding jemals »schreien« könnte, haben wir im selben Augenblick begriffen – und dafür war kein anderes sprachliches Zeichen nötig –, daß hier in einer »großen Kälte« anderer Art etwas ganz anderes zersprang und aufschrie. Ein Schrei, für den eine Menschenbrust nicht ausreichen möchte; vielleicht mußte er deshalb im Laut eines Dinges vernommen werden. Ich glaube, es ist der Aufschrei unserer immer wieder verdrängten historischen Verzweiflung. Jeder von uns wäre zu schwach, ihn zu schreien. Aber hier hören wir ihn – durch ein Gedicht, das zum Gedicht wird, indem es uns zwingt, ihn zu hören.

Durch dieses eine Wort gelangt der aus prosaischen Elementen geformte Text an jenen Punkt, der sich auf keine »vernünftige« Weise vorausberechnen läßt: unsere Wahrnehmung greift weit über alles Gesprochene hinaus. Und auch der Sprechende ist nun – als Hörender – kenntlich geworden.

GEORG WINTER
DAS FAULTIER ODER
DIE GESCHICHTE ZUR HAKENFÖRMIGEN KRALLE

»Seit Jahren hängst du faul im Baume«!
trompetete der Elefant.
Das Faultier reckte sich die Arme
und sprach, vom Ast herabgewandt:
»Ein Elefant mag Bäume schleppen
und noch dazu des Körpers Last.
Ich dien' mir selbst als Hängematte,
die Arbeit tut für mich der Ast.«

»Wer sich so hängen läßt, wird fallen.
Ich warn' Dich!« meckerte die Gams.
Das Faultier wiegte sich am Zweige
und gähnte von der Höh' des Stamms:
»Ihr Gemsen müßt gut balancieren,
daß euch beim Sprung das Bein nicht bricht,
Ich schwing' im Hängen stets von selber
zurück ins sichre Gleichgewicht.«

»Du wirst verhungern!« grunzt' der Eber,
»wenn du nichts tust, mein fauler Freund!«
Das Faultier kaute ruhig zu Ende,
Spie einen Stengel aus und meint':
»Warum soll ich nach Trüffeln graben
im Erdreich wie das Warzenschwein?

Die Früchte schwellen an den Zweigen
und fallen mir zum Mund herein!«

»Du Faulpelz!« scholl es gell von oben,
der Adler kreiste überm Baum.
Das Faultier folgte mit den Augen
und regt' die Lippen halb im Traum:
»Ihr Adler schraubt euch in den Himmel,
hinabzustoßen eure Krall'.
Ich häng' am Aste, aufzuschauen
und mir gehört das ganze All.«

BENNO VON WIESE
IRONISCHE VERTAUSCHUNG VON TRÖDEL UND ABSOLUTEM WERT

Unser teils gereimtes, teils ungereimtes Gedicht handelt vom Dialog eines Faultiers mit verschiedenen Tieren, die in der Nähe des Baums sich mehr oder weniger unwillig zu Wort melden: einem Elefanten, einer Gams, einem Eber und einem Adler. Das Gedicht steht im ersten Abschnitt – »Von Pflanzen und Tieren« – des Bandes »Der Trödelbarde«. Es soll uns »nach Eden«, also ins Paradiesische führen. Gemeint ist damit ein vormenschlicher Bereich mit Tieren, »noch verschont von jenen Wilden, die, zu denken, ein sich bilden«.

Das Paradies ist jedoch zugleich in eine leise Ironie getaucht; denn immerhin ist es ja mehr oder weniger ein Streitgespräch, das hier geführt wird. Elefant, Gams, Eber und Adler, behutsam auf die vier Strophen verteilt, werden mit gewollter Verkürzung gesehen und geben dem Paradies die Nähe zur Komik. Das Faultier antwortet jedem der Tiere mit philosophischer Gelassenheit. Jeder lebt auf seine Weise das für ihn Richtige. Die abgewogene Rede endet jedoch in einer emphatischen Pointe. Im Gegensatz zu vielen anderen Pointen bei Georg Winter, der 1941 geboren wurde und in Hamburg lebt, darf man diese keineswegs ironisch verstehen. Sie feiert im Gegenteil den Sieg der absoluten Kontemplation über die partikularen Vorwürfe, die von den anderen Tieren gegen sie erhoben wurden.

Der Dichter nennt seine Gedichte Balladen. Der Ausdruck ist wohl absichtlich übertreibend gewählt, um sich scheinbar »altmodisch« zu geben. Als Gattungsbezeichnung stimmt er nur insofern, als es erzählende Gedichte sind, alle von mittlerer Länge. Im ganzen Band wird in verschiedenen Variationen mit dem Reim gespielt. Unser Gedicht hat vier Strophen, von denen jede in acht Zeilen gegliedert ist. Der Reim wird nur sparsam verwandt, verstärkt aber den musikalischen Reiz dieser Verse. Der Vers selbst ist streng gebaut und gestattet sich im Rhythmus keine Abweichungen. Mit dieser genau kalkulierten Verskunst und der Vielfalt ihrer Ausdrucksformen steht Winter im Kontrast zu weiten Teilen der modernen Poesie, denen diese grandiose Direktheit verdächtig geworden ist.

Auch die dargestellte Welt ist durchaus sinnlich und körperlich. In der Schilderung seiner Vorgänge ist der Verfasser von einer erstaunlichen Genauigkeit. Dennoch läßt er keinen Zweifel darüber aufkommen, daß es gerade die seltsamen und wunderbaren Dinge sind, die ihn interessieren: sie gehören ins Reich der Dichtung und nur dorthin. Winters Selbstverständnis ist durchaus ambivalent. Er kann Dichtung sehen nur als Trödelkram, als Spielzeug, aber sie besitzt trotzdem ihre eigene unverfälschte Wahrheit, die an die Wachheit aller Sinne des Menschen appelliert.

Ja, man kann geradezu auftrumpfen: die Illusion siegt über die Brutalität der Wirklichkeit, indem das lyrische Sprechen wie von selber bis zum Wunderbaren vorstößt. So macht sich der »Trödelbarde« lustig über seine Kunden, wenn er seine Ware weit unter ihrem Wert verschenkt, aber er weiß trotzdem, daß seine Geschenke unbezahlbar sind. Das Vergnügen, das der aufgeschlossene Leser hier empfindet, ist zugleich das Vergnügen an der ironischen Vertauschung von Trödel und absolutem Wert.

Wunderlich ist ja in unserem Gedicht bereits, daß die Tiere alle reden, das Faultier sogar auf besonders kluge Weise. Das ist aber nicht lehrhaft wie in der Fabeldichtung, wo die Tiere durchweg stellvertretend für die Menschen stehen. Hier bleiben sie in ihrer eigenen Sphäre, werden aber durch die Sprache uns soweit angenähert, daß sie ihre Fremdheit dadurch verlieren. Auch das gehört zur Atmosphäre des Wunderbaren, und der Trödelbarde kann sich dabei noch weit über die Tiere hinaus für den gesamten Umkreis der Dingwelt interessieren und fordert uns schalkhaft dazu auf, wie die Kinder Spaß am Spielen zu haben. Großes wird klein, Kleines groß.

Immer aber geht es um das Leben in seiner Ursprünglichkeit und nicht um seine zivilisatorischen Spätformen, die einer radikalen Kritik unterworfen werden.

HERMANN BURGER
EISZEIT

Die Kälte nehm ich
als bittern Pelz um den Hals
und folge blind der Rentierspur,
die mich durch Eiszeiten führt,
durch Mindel und Riß über
Spalten bösen Gelächters hinweg.

Nebelgeweihe leuchten am Weg.

Noch funkelt der Goldfisch
in meiner Brust, noch
taucht und wendet er stumm.
Bald, denk ich, bald
wirst auch du erfroren sein, und
Licht trauert auf deinen Schuppen.
Licht, das sich tausendfach bricht
in den Kristallen,
die von meinem Mund fallen.

Dann, ihr rosa Flocken,
schneit mir das Gesicht zu
und die Herzmuschel auch.

KLARA OBERMÜLLER
EIN OPFER DER KÄLTE

Man hat es mittlerweile fast vergessen: Hermann Burger hat mit Gedichten angefangen. »Rauchsignale« nannte er das Bändchen, mit dem er sich 1967 erstmals zu Wort meldete. »Rauchsignale« – im nachhinein ahnen wir, daß dieser Titel wohl damals schon wörtlich zu verstehen war: das Gedicht als Notruf, Worte, die wie Rauchzeichen aufsteigen und Leben signalisieren, wo niemand es mehr vermutet.

Als ein solches Signal läßt sich auch das Gedicht »Eiszeit« lesen: als einen frühen Versuch, Worte zu finden für einen Zustand, der sich im Grunde der Sprache verweigert. *Die Kälte nehm ich / als bittern Pelz um den Hals / und folge blind der Rentierspur, / die mich durch Eiszeiten führt* – das sind Worte für jene Schwermut, die Hermann Burger zeit seines Lebens immer wieder befallen, ihn niedergestreckt und der Sprache beraubt hat, bis ihm eines Tages die Kraft fehlte, sich aus der Erstarrung wieder zu erheben. Der Autor war Anfang Zwanzig, als er sie schrieb. Er scheint schon damals unter der Krankheit gelitten zu haben, die ihn schließlich das Leben kostete.

Hermann Burger hat im Verlaufe der Jahre zahlreiche Ärzte aufgesucht und Kuren über sich ergehen lassen. Doch für einen, der wie er wußte, daß »keine Gesundheit sei, wo das Wort gebreche«, blieb am Ende doch nur die Sprache als Antidot gegen die Sprachlosigkeit. Mit immer wieder neuen Bildern, neuen Metaphern, hat er versucht, sich der tödlichen Umklammerung durch die Depression zu erwehren und Sprache werden zu lassen, was ihm die Sprache verschlug. Es war ein titanischer Kampf, von dem zahlreiche seiner Werke ein beredtes Zeugnis ablegen. Der Paradoxie, die darin lag, sich mit Sprache aus der Sprachlosigkeit befreien zu wollen, muß er sich stets bewußt gewesen sein. Seine bisweilen schwindelerregende Sprachakrobatik ist der beste Beweis dafür, wieviel Anstrengung es ihn kostete und wie wenig selbstverständlich es ihm war, sich immer von neuem den Weg aus der Totenstarre der Melancholie zurück ins Leben zu bahnen.

Das frühe Gedicht mit seiner konsequent durchgeführten Eis- und Kälte-Metaphorik liest sich wie eine Vorwegnahme dessen, was den Autor in den späteren Jahren erwartete. Noch regt sich Leben in ihm, *noch funkelt der Goldfisch* der Kreativität in seiner Brust; doch er ist stumm von Natur aus, und Burger weiß, daß es nicht mehr lange dauern kann, bis auch er ein Opfer der Kälte geworden ist. Dann gibt es nur noch das Licht, das trauert, und nur das Funkeln in den Eiskristallen kündet noch vom Leben, das hier sich einmal hatte entfalten wollen. Wie Stufen eines unaufhaltsamen Weges führen die Wörter »noch«, »bald« und »dann« hinab in die Tiefe: dorthin, wo der Autor sich vor der Zeit, einem Scheintoten gleich, vom Schnee in sein Leichentuch hüllen lassen muß.

Später, als die Zeiten eisiger Erstarrung immer länger und die Phasen überreizter Betriebsamkeit immer kürzer zu werden begannen, hat Hermann Burger sich der Metaphorik seines frühen Gedichtes noch einmal erinnert. Schon im Roman »Die künstliche Mutter« taucht eine Figur auf, die Glaziologie studiert hat und sich bestens auskennt auf jener eiszeitlichen Spur, die den jungen Mann vor Jahren schon *durch Mindel und Riß über / Spalten bösen Gelächters* hinweggeführt hatte. Und noch offensichtlicher werden die Parallelen in der Erzählung »Blankenburg«, die den schier übermenschlichen Kampf des Autors gegen seine Melancholie zum Thema hat. Mit der Gewalt einer frühlingshaften Schneeschmelze bricht hier das Wort sich zwar noch einmal Bahn: »Ich bin an einem Satz erwacht, ohne daß ich wüßte, an welchem, aber es hat inwendig in mir gesprochen, der eine quälende Ewigkeit lang unterbrochene Dialog ist wiederaufgenommen worden, ich werde wieder lesen können ...«

Doch im nachhinein wissen wir – und Burger wußte es wohl von allem Anfang an –, daß der scheinbare Aufbruch nur ein Aufschub war. *Bald, denk ich, bald / wirst auch du erfroren sein*, hieß es vorausahnend in dem frühen Gedicht.

HERMANN BURGER
KORIPHÄEN UND KONIFEREN

Zwei Koniferen, kegelförmig geschnitten, mit Spinnweb
  Über und über durchspannt, ecken nadelvermummt
Jakob Hunzikers Denkmal ein an der westlichen Mauer:
  Schwer der Stein aus Granit, glimmergrünlich getönt.
Biegt man die Zweige zur Seite, kommt der »Professor« zum Vorschein,
  Auch der »Doktor hil.«, abgebrochen das p.
Stumpf die einst golden glänzenden Lettern, sie haben den Friedhof-
  Grünspan angesetzt, Hunzikers Name bleibt tot.
Unten aber steht auf dem Gotthardsockel, er lebe
  In seinen Werken fort. Wer kennt noch etwas von ihm?
Wirkte an der Kantonsschule Aarau vier volle Jahrzehnte,
  Hatte den Doktor h. c. für seine Philologie.
Titel um Titel im Nadelgehölz der Friedhofbepflanzung:
  Schüler waren sein Werk, längst bestattet auch sie.

SABINE DOERING
DAS ALPHABET DER VERGÄNGLICHKEIT

»Mitten im Leben vom Tode umfangen« – die mittelalterliche Einsicht in die Allgegenwart des Todes trifft ins Zentrum von Hermann Burgers Werk. Mit jedem neuen Buch, vor allem in seinen wortgewaltigen Romanen, versuchte er der Faszination zu begegnen, mit der ihn der Gedanke an die Vergänglichkeit schon früh in Bann geschlagen hatte. Seine einzige Waffe im Kampf gegen die Verführung durch den Tod handhabte Burger, der von 1942 bis 1989 lebte, mit enormer Virtuosität. Denn allein in der poetischen Sprache, der er immer kühnere Wendungen und neue obsessive Beschreibungen abgewann, fand er eine Möglichkeit, der Macht des Todes eine vitale Kraft entgegenzusetzen.

In den vierzig »Kirchberger Idyllen« des Achtunddreißigjährigen dominiert allerdings der gelassene Ton eines Aufklärers. Im elegischen Distichon, dem traditionellen Versmaß der Totenklage, stellt Burger sich und seinen Zeitgenossen eine nüchterne Diagnose: »Sind wir doch samt und sonders Todes-Analphabeten, / Klammern das Sterben aus, sondern die Leichname ab«. Diese Sprachlosigkeit im Angesicht des Todes, für die er geschmeidige Verse fand, versuchte Burger mit seinen Friedhofsgedichten abzuwehren.

Sein damaliger Wohnwort bot dem Dichter gründliche Anschauung für das Projekt einer Erziehung zum Tode. 1972 hatte Burger das alte Pfarrhaus auf dem Kirchberg in der aargauischen Gemeinde Küttingen bezogen, das unmittelbar an den Friedhof grenzt. Die Zweiteilung der poetischen Welt in die Bereiche »diesseits und jenseits der Mauer« hat in diesen »Idyllen« nichts mit der politischen Wirklichkeit der Nachkriegszeit zu tun, sondern erhebt die Friedhofsmauer zur existenzbestimmenden Erfahrung: Nur wer sich in der Sphäre der Toten auskennt, wird sich auch unter den Lebenden zurechtfinden.

»Koriphäen« entdeckt Burger unter den Bäumen des alten Friedhofs, Berühmtheiten der Aargauer Lokalgeschichte. Jakob Hunziker, dessen Grabmal allmählich der wuchernden Vegetation anheimfällt, lebte von 1827 bis 1901. Der nachgeborene Dichter mußte in dem gebildeten Lehrer zweifellos einen frühen Zunftgenossen erkennen, war doch auch Hermann Burger als Literaturwissenschaftler zu akademischen Ehren gekommen und hatte jahrelang an derselben Aargauer Schule unterrichtet. Hunzikers Ruhm, von dem sich, entgegen der pessimistischen Einschätzung des Gedichts, noch heute Zeugnisse finden, beruhte vor allem auf seiner sechsbändigen Geschichte des schweizerischen Hauses – ein Musterstück tüchtiger Gelehrsamkeit und stupenden Fleißes.

Für den Dichter der Elegie jedoch erweist sich die Berühmtheit des Gelehrten von nur begrenzter Haltbarkeit, denn die physikalischen Prozesse der Verwitterung nehmen auf ehrfurchtgebietende Titel keine Rücksicht. Die stolze Würde des Ehrendoktors mutiert mit der Zeit zu einem absurden Buchstabenrätsel, dessen Sinn sich auch dem Philologen allein in der Abwesenheit jeder wörtlichen Bedeutung erschließt. Als vergänglich offenbaren sich schließlich alle Felder akademischer Anstrengung: Hunzikers ehemals ehrenvoller Name wird nach und nach unlesbar, seine Werke sind vergessen, die Schüler gestorben – so nimmt es jedenfalls der Betrachter wahr, der seinen Blick über das Grabmal schweifen läßt. In der Mitte des Gedichtes stehen die Worte »Friedhof« und »tot«, denen der ungewöhnliche Zeilensprung zusätzlich Schwere und Endgültigkeit gibt. Der Hoffnung auf ein Leben nach dem Tode, in welcher Form auch immer, lassen sie keinen Raum.

Beständig erscheint allein der »Gotthardsockel«, gefertigt aus dem harten Urgestein schweizerischen Nationalbewußtseins, doch die Botschaft, die ihm eingemeißelt wurde, ist zur leeren Floskel verblaßt. Mißtraut der Dichter also seinem eigenem Medium, der Kraft des geschriebenen Wortes? Zumindest treibt Burger sein poetisches Spiel mit der Flüchtigkeit des Ruhms und der Wirkungslosigkeit pathetisch-beschwörender Rede, die er wiederum in kunstvollen Distichen beschreibt.

Wer aber die Aufregung vor Augen hat, mit der sich bis heute die Verleihung akademischer Titel verbindet, und wer auch nur einmal, womöglich durch unmittelbare Beteiligung, den immensen Aufwand erlebt hat, der mit der Besetzung von Lehrstühlen einhergeht, sollte Burgers Verse über die zerbröckelnde Doktorwürde mit tiefer Sympathie lesen. Jedem neu berufenen Professor, jeder frisch gekürten Professorin möchte man diese Erinnerung an die Begrenztheit akademischer Ehren auf die Ernennungsurkunde schreiben. Allerdings wußte auch Hermann Burger, daß sich das Alphabet der Vergänglichkeit, in dem das abgebrochene »p« einen gewichtigen Platz einnimmt, am leichtesten aus der Distanz ruhiger Betrachtung entziffern läßt.

HERMANN BURGER
KRANZDEPONIE

Rasch verdorrt ist der Schmuck, den die Hinterbliebenen stiften:
 Kränze, gerömert, geschuppt, fleischig mit Blumen besteckt.
Zwygart schichtet zum Turm die Gebinde und fährt sie zur Mulde,
 Stück um Stück wird zerpflückt, Spruchschleifen flattern im Wind.
Kinder sammeln begeistert die abgefallenen Lettern,
 Lernen das Alphabet, legen Majuskeln in Gold.

RÜDIGER GÖRNER

TÖDLICHE IDYLLEN

Daß große Prosaschriftsteller lyrischen Versuchungen erliegen können – und das nicht nur zu ihrem Nachteil –, weiß man von James Joyce (»Chamber Music«) und Thomas Mann (»Gesang vom Kindchen«), von Thomas Bernhard (»Ave, Vergil«) und eben Hermann Burger. Zumeist ließen sie sich dabei nicht auf den freien Vers ein, sondern bevorzugten antikisierende poetische Formen. Offenbar wollten sie ihn noch spüren können, den epischen Atem, den großen Zusammenhang, und strukturierten deswegen ihre lyrische Sprache nach klassischen Mustern.

Als 1980 Hermann Burgers vierzig in Distichen geschriebene »Kirchberger Idyllen« erschienen, lösten sie eine gewisse Verwunderung aus. Kannte und schätzte man doch ihren Verfasser als furiosen *Erzähler*, der in »Schilten« (1976) und »Diabelli« (1979) seine Kunst der Prosa eindrucksvoll unter Beweis zu stellen verstand. Nur Kenner erinnerten sich daran, daß Burger seinerzeit mit Gedichten debütiert hatte (»Rauchsignale«), deren knappe Diktion freilich noch an Paul Celan und Ingeborg Bachmann orientiert gewesen war.

Die volle Bedeutung dieser »Rauchsignale« erschloß sich erst durch Burgers letztes Buch »Brunsleben«: Im Rauch verflüchtigten sich die Konturen der Welt. Er läßt nur noch eine Art Unschärfebeziehung zur Mitwelt, aber auch zur Vergangenheit zu. Auch die »Kirchberger Idyllen« beginnen mit einem Rauch-Bild: »Rauchringe blasend studier ich ...« Im Rückblick auf Burgers Werk wirken diese trügerischen Idyllen wie ein letztes tiefes Atemholen vor der Prosa »Der Schuß auf die Kanzel« und »Brunsleben«. Die meisten dieser Idyllen kosten das Morbide aus. Das »Friedhofsarsenal« ist ihr Arkadien. Die Luft, die man hier atmet, zersetzt die Lungen.

Burger, gelehrter Poet, der er war, nahm in diesen Idyllen Maß an Schiller, Hölderlin und Mörike. Aber er imitierte sie nicht; keiner dieser Verse klingt epigonal; vielmehr parodieren sie ihre Vorbilder. Nicht mehr die Dichter stiften das, was bleibt, wie in Hölderlins »Andenken«; die »Hinterbliebenen stiften«, was »rasch verdorrt«. Das Klirren der Fahnen in der sprachlosen, kalten Welt von Hölderlins »Hälfte des Lebens« hat sich bei Burger in das Flattern der Spruchschleifen verwandelt; ihre formelhaften Worte bedeuten nichts mehr. In seiner Abhandlung »Über naive und sentimentalische Dichtung« hatte Schiller die Idylle als einen Gedichttypus vorgestellt, der »Natur und Ideal« als Wirklichkeit und einen »Gegenstand der Freude« feiere. Ausdrücklich zählte er sie zur elegischen Gattung, womit er andeuten wollte, daß in der Idylle stets auch ihr Gegenteil angelegt sei, die Klage über den »Verlust von Natur und Ideal«.

Burger nun setzte Idylle und Elegie gleich und versuchte damit dem Verlust auch eine idyllische Seite abzugewinnen. In den »Kirchberger Idyllen« ist es der Totengräber Zwygart, der vor allem im Gedicht »Kranzdeponie« unwissentlich zu diesem Versuch, das vermeintlich Idyllische in der Klage zu orten, beiträgt. Er bestattet nämlich nicht nur die Toten; er entsorgt auch die Relikte der Trauer, schichtet »zum Turm die Gebinde«, den Kindern zur Freude, die anhand der »abgefallenen Lettern« der Spruchschleifen buchstabieren lernen.

Die »Kranzdeponie« verwandelt sich somit in einen Ort spielerischer Resteverwertung. Dort werden nicht nur Kränze »Stück um Stück zerpflückt«; dort zerfällt sogar das Trauern in seine formalen Bestandteile. Jedoch geben die »Kinder« dem Gedicht eine ungeahnte Wendung. Sie greifen verspielt, aber wißbegierig auf, was der verläßliche, vom Dorf angestellte Trauerabarbeiter Zwygart ihnen an verblichenem Trauergut zuträgt.

Das dichterisch verbrämte pädagogische Ethos Burgers, das bereits sein erstes literarisches Bravourstück »Schilten« geprägt hatte, durchbricht nur am Ende dieses einen Gedichts das elegische Pathos der übrigen »Kirchberger Idyllen«. Das geschieht jedoch nicht mit schulmeisterlich erhobenem Zeigefinger, sondern rein poetisch, mittels eines eindringlich wirkenden Bildes: Kinder spielen mit Buchstaben und tragen mit ihrem Eifer dazu bei, den abgestorbenen (oder nur scheintoten?) Worten neues Leben einzuflößen. Eine größere Hoffnung als diese Art der, abermals mit Hölderlin gesprochen, »Pflege des Buchstabens« kann es für Sprachkünstler (und wirkliche Leser) nicht geben.

KARIN KIWUS
IM ERSTEN LICHT

Wenn wir uns gedankenlos getrunken haben
aus einem langen Sommerabend
in eine kurze heiße Nacht
wenn die Vögel dann früh
davonjagen aus gedämpften Färbungen
in den hellen tönenden frischgespannten Himmel

wenn ich dann über mir in den Lüften
weit und feierlich mich dehne
in den mächtigen Armen meiner Toccata

wenn du dann neben mir im Bett
deinen ausladenden Klangkörper bewegst
dich dumpf aufrichtest und zur Tür gehst

und wenn ich dann im ersten Licht
deinen fetten Arsch sehe
deinen Arsch
verstehst du
deinen trüben verstimmten ausgeleierten Arsch

dann weiß ich wieder
daß ich dich nicht liebe
wirklich
daß ich dich einfach nicht liebe

WOLFGANG HILDESHEIMER
ENTTÄUSCHUNG EINKALKULIERT

Dieses Gedicht ist dem Band »Von beiden Seiten der Gegenwart« entnommen. Zwar ist es nicht das stärkste der Sammlung – es gibt da zarte Gedichte, voller kunstvoll verhaltener Sehnsüchtigkeit –, doch in seinem unverbrauchten Wortlaut, seinem unverblümten Ausdruck ist es typisch für die in diesen Texten sich offenbarende Erfahrungswelt der Autorin, für die Frische und Freiheit ihrer Mitteilung, die der Hermetik nicht bedarf, den Krampf nicht kennt und deren sparsame Anwendung der Metapher durchweg glücklich ist.
Dankbar konstatiert der Leser, daß ihm kein Mitleiden an Neurosen auferlegt wird, sondern die zwanglose Aufforderung, flüchtige, meist schmerzliche Erfahrung nachzukosten, deren Zauber der Wiedergabe in ihrer Gefaßtheit liegt, der Kontrolle von Emotionen; der Mitvollzug von Augenblicken hellwacher Sensibilität und die Prüfung der Wahrhaftigkeit ihrer Wortgebung, die ihren Gegenstand analysiert, indem sie ihn wegwischt.
In der Tat gelingt es Karin Kiwus meist, in einem einzigen Gedicht mehr Wirklichkeit einzufangen, als anderen in seitenlanger fiktionsgetränkter Prosa, die Gebundenheit ihrer Sprache erscheint genau berechnet, um den »Erguß« abzuschnüren. Ihre Wirklichkeit ist subjektiv, aber eben zutiefst erlebt. In jedem Wort spüren wir Erfahrung des Sinnlichen, zugleich die Melancholie seiner Vergänglich-

keit und den ebenso mutigen wie mutwilligen Zugriff, um ihrer Herr zu werden.
Sie kann den Partner umreißen, an dem ihre Kritik sich entzündet, die Luft, in der ihr körperliches Wohlsein sich entfaltet, und die Wasser, mit denen sie gewaschen ist; ihre oft atemberaubende Spontaneität erfrischt den Leser auch dort, wo ihr Objekt die Abgegriffenheit der Erfahrung darstellt. Denn Schwermut und Desillusion folgen dem Erlebnis wie die Nacht dem Tag. Der emotionalen Erfahrung folgt die ernüchternde rationale Verarbeitung. In diesem Prozeß ist die Enttäuschung nicht nur einkalkuliert: der Akt der Läuterung wird zur Quelle der Eingebung –, ich denke: sofern sie einmal wunschloses Glück erfährt, wird es nicht notiert, damit das Erlebnis nicht wegerklärt werde.
Die Erkenntnis, daß die Autorin der »zwischenmenschlichen Beziehungen« letztlich nicht froh werden kann, wird zwar niemals verallgemeinert, doch bietet sie sich dem Vergleich mit eigener Erfahrung an. In Karin Kiwus' Verneinung liegt eine Qualität *sui generis,* sie macht uns nicht zu Zeugen der Verzweiflung, sondern zu Teilnehmern scheiternder Versuche der Annäherung an eine immer wieder als banal entlarvte Wirklichkeit.
Im »ersten Licht« am »tönenden frischgespannten Himmel« erklingt hier noch ein – wahrscheinlich uns allen bekanntes, von vielen vielleicht schon vergessenes – Glücksgefühl auf, noch ist das bittere Erwachen nicht vollzogen, noch ist die Möglichkeit der Dauer gegeben. Dann aber beginnt es, Schlechtes verheißend, mit dem »ausladenden Klangkörper«, der sich »dumpf« aufrichtet, und vorbei ist es mit der frischen Frühe, das Licht fällt auf prosaischste Körperlichkeit, den »trüben verstimmten Arsch«, der die

noch in den »mächtigen Armen« ihrer »Toccata« Liegende aus ihren Wolken fallen läßt, und nun ist alles aus, Verstimmtheit herrscht, der Arsch wird zum Zentrum, zum Symbol der Seele des nunmehr Ungeliebten.
Eindringlich und definitiv – »verstehst du« – wird die mit ihm verbrachte Nacht zum retrospektiv sich auswirkenden Irrtum. Und auch der Leser sieht nunmehr den Besitzer dieses *corpus delicti* mit den Augen derer, die ihn so negativ besingt: der Mann ist erledigt, freilich auch ein wenig bedauernswert, da er es noch nicht weiß. Diese Szene ist wahrhaftig und vollkommen, die Mitteilung ist geglückt, wie alle Mitteilungen der Karin Kiwus.

KARIN KIWUS
KLEINE ERINNERUNG AN DEN FORTSCHRITT

Ja, damals, als wir Kinder waren,
nach der Revolution, haben wir
in Baschkirien noch
den Großvater gesehen, wie er
mit hellen lachenden Augen
die erste Glühbirne verfolgt hat,
die blitzend nackt durch unser
Dorfschulzimmer gependelt ist,
hin und her und hin und her.

Aber nun?

ELISABETH BORCHERS
DAS LICHT VON BASCHKIRIEN

Als wir Kinder waren, das war nach der Revolution, und die war 1917... Immer wenn man sich dem ausgewählten Sujet annähern will, so tun will, als sei man, zum Beispiel, im südlichen Ural, zum Beispiel in Baschkirien, zu Hause, und dies in einer Zeit, die längst vergangen ist, schlüpft man in eine Rolle, um das, was man sagen will, glaubwürdig zu machen. Man tritt eine Zeitreise an. Das nennt man Rollenprosa oder wie hier: ein Rollengedicht.
Damals, so behauptet man, lebte der Großvater noch, der vielleicht der Dorfschullehrer in Person war und der Zeuge eines ungeheuren Ereignisses wurde. Das erklärt das Sieghafte seiner Freude angesichts einer pendelnden Glühbirne im Schulhaus. Lenin hatte proklamiert: Kommunismus – das ist Sowjetmacht plus Elektrifizierung des ganzen Landes. Allen Hindernissen zum Trotz, vor keinem Opfer zurückscheuend, das heißt um jeden Preis müsse der Plan der Elektrifizierung Rußlands verwirklicht werden. Und nun war es soweit.
Die Dorfkinder waren wohl anwesend, und er, der Lehrer, der jahrzehntelang, wie die Schüler, im Halbdunkel hantiert hatte, der gab der herabhängenden Glühbirne einen Stups, damit sie pendele, vor aller Augen, seht her, hin und her, und wieder zurück. Welch eine revolutionierende Begebenheit im Leben eines Volkes, das sich Jahr um Jahr mit den Unbilden Baschkiriens herumgeplagt hatte und nun eine Zivilisationssensation erleben durfte. Ein Wunder-

werk: der Sieg über die Dürftigkeiten eines Landes als Beginn eines neuen Zeitalters. Und die Kinder saßen stumm vor Staunen. Die Glühbirne, die Besiegerin der Dunkelheit, die große Erleuchterin der Winterszeit, die Wegweiserin in eine strahlende Zukunft, ein enormes Licht – welch eine Revolution.

Ich stellte mir die Szene vor in einem gottverlassenen Schulhaus, erfüllt von den Mühsalen des Lesens und Schreibens, raus aus der Unwirtlichkeit des Analphabetismus. Die Kinder sehen das Hin und Her der Glühbirne, als sei da ein neuer Stern aufgegangen. Wie damals über Bethlehem, der aber nicht wirklich hatte etwas ausrichten können, nichts Endgültiges, der nicht die grundlegende Erleuchtung gebracht hatte. Hier aber strahlt ein größerer Hoffnungsschimmer auf, und die Glühbirne schafft, was Sterne nicht schaffen können.

Dieser Erinnerung folgt eine Leerzeile, eine Pause für den Leser, daß er zu Atem kommt, sich faßt und stärkt für die letzte Zeile, für die aus zwei Wörtern bestehende Frage: *Aber nun?* Wir, die wir wissen, was der Glühbirne im Schulhaus folgte, weil wir Zeiten, Kriege und Katastrophen für ein Weilchen überlebt haben, weil wir, zum Beispiel, mit eigenen Augen das Betreten des Mondes gesehen haben - wir werden diese Frage nach so viel Fortschritt ganz gewiß nicht beantworten müssen.

KARIN KIWUS
STRAIGHT FLUSH

Wenn du Glück hast
mit uns und dieses stille
Leuchten in deinem Gesicht
übergreift auf mich,

dann möchte ich wieder
einfach zusammenfallen
wie ein Haus
an der Kartenstraße
Herz.

GABRIELE WOHMANN
HERZPOKER

Dieser Tip für die Liebe beruht auf einer über Glück oder Pech entscheidenden Erfahrung. Das Überschwangsstadium der Anfänger (die keine Zeit fürs genaue Beobachten haben) liegt hinter den beiden. Trotzdem hat auf dieser Zwischenstation die Liebe noch Chancen, große Chancen sogar, aber strikt unter Vorbehalt. Die Absenderin der klaren Botschaft besteht selbstbewußt auf einer Bedingung, und wenn der Mann sie nicht erfüllt (vermutlich hat sie ihn schon einmal beim Mogeln ertappt), dann wird es sein Pech sein und kein »Glück mit uns«. Keine Tricks! Falschspieler werden enttarnt, ob es um die Liebe geht oder ums Pokern, das der Titel allegorisch zitiert.

»Wenn *du* Glück hast mit *uns*«: Sofort überrascht die originelle und auf ungewohnte Art Rollenparts zuweisende Betrachtungsentschiedenheit. Energisch und mit sanfter Strenge heißt das: *Du* bist verantwortlich, wenn du keine Fehler machst, wird das ein erfolgreiches Spiel. Das ist korrekt und ein freundlicher Deal. Für den Adressaten bedeutet der Liebesvorschlag mit Konditionsklausel: Eine bequeme Selbstbedienung wird nicht erlaubt. Mit herkömmlich weiblich-erbötiger Serviceleistung kannst du nicht rechnen. Du *könntest* Glück haben (wie früher schon, und was für ein Glück!), aber nicht mit dir allein, mit *uns*, weil ich keine Vollstreckungsgehilfin sein werde. Daraus, daß die Frau den Tip-Empfänger so radikal behandelt (und ehe ich ihn bemitleide), schließe ich: Ihr Alles-oder-nichts-Entschluß gibt sich mit angeknacktem Glück nicht mehr zufrieden. Sie braucht den Übergriff. Fünf Karten gleicher Farbe, As, König, Dame, Bube, Zehn: *Straight Flush*. Doch an die Spielregel mit unterschwelliger Nimm-dich-in-acht-Mahnung ist eine zärtlich einladende Verlockung geknüpft. Es wird sich lohnen, aufzupassen.

Die Präzision der Anweisung nimmt dem »stillen Leuchten« alles Prekäre und mulmig Sentimentale, das in einem taumelig affirmativen »positiven« Liebesgedicht vom wohligen Gelingen aller schönen Aktionen nichts weiter als kitschig wäre. Inmitten der kassiberhaften coolen Einfachheit dieser zwei Strophen aber nützt ein »stilles Leuchten« sogar als Akzent, der sich in den lakonischen Kontext als Geheimnis setzt. Und ob Liebe oder Poker, wenn es nicht öde zugehen soll, bedarf es einander ebenbürtiger Gegner. Ohne »stilles Leuchten« kein Signal an die anspruchsvolle Partnerin in diesem Spiel, von dem sie verlangt: Es muß sein. Es ist uns ernst. Wir machen's nicht so nebenbei, weil es ganz nett ist und eine Ablenkung und dazugehört, aber natürlich, wir könnten es auch lassen.

Sie ist nicht für halbe Sachen. Ihr macht man nichts vor. Will einer Glück haben mit ihr und sich, muß er aufs Ganze gehen und den *Straight Flush* in der Hand halten. Damit wirkt sie auf den ersten Blick als sehr modern-emanzipiert und auf Liebhaber vielleicht abschreckend. Ist sie nicht aber vielmehr mit derart beharrlich puritanischer Ernsthaftigkeit beim Maßstab für das Lieben und das Glück beinah auch altmodisch? Fast anachronistisch, so überaus gewissensgenau? Ihr Tip, eine maskierte Forderung, ist kein schnell hinzuschluderndes, recht annehmbares Dessert aus der Gefriertruhe, jederzeit praktisch rasch aufzutauen und zu verschmausen und ebenso schnell zu vergessen. O ja, so betrachtet, sehen wir in ihr eine unzeitgemäße, höchst beachtliche Person, keineswegs bloß *sexy*, und ihre Verheißung, beim »Glück mit uns«, ist wahrlich nicht von schlechten Eltern. Immerhin kündigt sie, sofern der Geliebte den *Straight Flush* hinlegt, diese hochwertige Straße von Karten (alias »stilles Leuchten«), jeder Blick ein As, nichts Geringeres an als ihr »Zusammenfallen an der Kartenstraße / Herz« – was für eine trickreich wundervolle Wortspiel-Adresse! Leicht pokert und liebt es sich nicht mit ihr, aber sie lohnt jede Mühe: Ihr Einsturz, den sie sich ja wünscht (»*...möchte ich wieder / einfach zusammenfallen...*«), wird keine Nebensache sein.

Nachdem ich mich ganz auf die Meßlatte der Frau konzentriert habe, die keinen Rabatt gibt, fällt mir wieder ihr Gegenüber ein: der Bedauernswerte! Ihm könnte doch, wenn es so definitiv abverlangt wird, das »stille Leuchten« mißlingen, und was kann er dazu, wenn er schlechte Karten hingeworfen kriegt? Fordert sie zuviel?

DIETER LEISEGANG
EINSAM UND ALLEIN

Einsam ist ja noch zu leben
Hier ein Ich und dort die andern
Kann durch die Alleen wandern
Und auf Aussichtstürmen schweben

Einsam ist noch nicht allein
Hat noch Augen, Ohren, Hände
Und das Spiel der Gegenstände:
Und die Trauer, da zu sein

Doch allein ist alles ein
Ist nicht da, nicht dort, nicht eben
Kann nicht nehmen oder geben
Leergelebt und allgemein

Oktober 1972

HARALD HARTUNG
DAS LEERGELEBTE LEBEN

Der zweiundzwanzigjährige Dieter Leisegang schrieb in einem Gedicht: »Wladimir hat recht / Nur keine Erinnerungen / Schießt sich den ganzen Klimbim / Aus dem Hirn«. Schnoddrige Todeskoketterie, so schien es; unpräzise dazu, denn Majakowski, der solcherart Angesprochene, schoß sich ins Herz, nicht in den Kopf. Aber dann, am 21. März 1973, vier Monate nach seinem dreißigsten Geburtstag, wählte Leisegang eben jene Weise des Suizids, die er Majakowski zugeschrieben hatte.
Sein Freitod war keine Nachricht, die die literarische Öffentlichkeit bewegte. Leisegangs Gedichtbände, schmal und in kleinen Verlagen erschienen, hatten kaum Resonanz gefunden; ihr Autor lag quer zur herrschenden Tendenz, die das Persönliche verpönte. Was man später Neue Subjektivität nannte, war bei Leisegang schon vorhanden – zugleich mit der Erkenntnis ihrer Problematik. Ich-Befangenheit wurde ihm zur Ich-Kritik, die sich in diesem Leben nicht mehr zu helfen wußte. Eine aphoristische Notiz aus seiner Feder lautet: »Meine Gedichte bestehen aus lauter letzten Worten. Schon von daher geht ein Zwang aus, mich in Kürze aufzulösen.« Warum datierte er so viele seiner Gedichte? Um die tödliche Konsequenz zu fixieren oder um sich im Schreiben seiner eigenen Existenz zu versichern?
»Einsam und allein« ist auf den Oktober 1972 datiert. Der Titel nimmt eine Gedankenlosigkeit auf – wie oft sagt man

so, wenn man mitleidheischend Verlassensein oder Sichverlassenfühlen benennen will. Was wir mit dem Bindewort »und« aneinander pappen, reißt Leisegang auseinander in seine Differenz, markiert es als Grenze von Leben und Tod. Hier noch, wenn auch eingeschränkt, die Möglichkeit des Lebens – dort die absolute Negativität, das leere Allgemeine.

Der Einsame kann ja immer noch »durch die Alleen wandern«, wie Leisegang Rilke verkürzt. Er ist bloß einsam, nicht wirklich allein. Sein »Schweben« auf Aussichtstürmen ist zwar ein bißchen prekär, aber nicht *aussichtslos*. Noch gibt es Möglichkeiten für den melancholischen Narziß, dessen Name *Einsam* heißt: das Spiel der Sinne und der Gegenstände (die ihren Wider-Stand verloren), schließlich die Trauer der Existenz, immerhin noch ein Gefühl.

Darauf will der Sprechende schon nicht mehr hinaus. Ein schneidendes »Doch« kappt das »Noch« der voraufgegangenen Strophen. Der Gedanke tritt in die Finalität. Formal klingt das wie Synthese, denn Reimklänge aus Strophe eins und zwei kehren wieder. Doch der Gleichklang höhnt, er meint die Monotonie der leergelebten Existenz. Der trochäische Vers kommt fallbeilartig, der umarmende Reim stranguliert. Die Sprache gerät in tödliche Verlegenheiten, ihre Negationen weisen über »da« und »dort« auf ein vages »eben«. Meint das Räumliches oder Zeitliches oder schafft es nur »eben« den Reim zum kurzen Prozeß? Die Mechanik der Sprache ist eben nur intakt, mehr nicht. Aber der Kunstfehler ist erlaubt, wo es auf Kunst nicht mehr ankommt. Nur die präzis gefaßte Negativität gilt: nicht mehr nehmen oder geben, das hebt den Menschen auf. Will das Gedicht auf diesen tödlichen Schluß hinaus?

Dann hätten wir einen Wink überlesen, den uns das Wort-

Spiel gibt: »Denn allein ist alles ein.« Das ist nicht bloß negatives Summieren, das klingt wie Rätselspruch. Ist Leisegangs »allein« womöglich die Kontraktion eines uralten »All-Einen«, das die frühgriechische Philosophie gedacht hat? Kontraktion der Fülle zum Nichts? Wird nicht, wo *allein* auf *alles-ein* verweist, an eine Totalität erinnert, die doch einst positiv war? Und kehrt erst das leergelebte Leben in dies Allgemeine, All-Eine zurück? Mir scheint, zu dem Philosophen Leisegang, der bei Adorno und Julius Schaaf studierte, hätte solche negative Dialektik sehr wohl gepaßt.

PETER WILL
WETTERFAHNEN

Wir Wetterfahnen
Stecken den Blechfinger aus
Drehn uns geschwind
Mit dem günstigsten Wind
Wechseln die Farben
Reden mit metallenen Stimmen
Kein Wind bringt uns fort
Bleiben rostend am Ort.

REINHOLD GRIMM
WOHER DER WIND WEHT

Selten habe ich in so wenigen Worten so viele Anklänge gehört, in so wenigen Versen so viele Beziehungen wahrgenommen. Andererseits spricht der kleine Text ja durchaus für sich. Rollengedicht und eine Art sangbares Epigramm, übt er von Anfang an den Sog seiner einzigen langen, doch gänzlich unmißverständlichen Periode aus und erhält ihn bis zur verblüffenden, aber völlig zwingenden und unzweideutigen Pointe aufrecht. Das Gleichnis, wahrhaftig nicht schmeichelhaft, ist durchsichtig genug.
Mir gefallen diese acht Zeilen. Sie sind, finde ich, ebenso aufschlußreich wie auf bescheidene Weise vollkommen. Oder sollten sie mich wirklich bloß deshalb reizen, weil man sie nicht allein als Klartext lesen kann, sondern zugleich als ein Übereinander verschiedener, halb noch entzifferbarer Textschichten aus älteren Zeugnissen – und folglich auch dergestalt lesen muß?
Der Anklang an August Kopischs Ballade »Die Heinzelmännchen« scheint allerdings reines Echo zu bleiben. Heißt es bei Will: »Drehn uns geschwind / Mit dem günstigsten Wind«, so bei Kopisch: »Das ging so geschwind / Wie die Mühl' im Wind!« Indes, wie verhält es sich mit dem ebenfalls unüberhörbaren Anklang an ein ähnlich kurzes, ähnlich aus einer einzigen langen Periode und Strophe bestehendes Gedicht von Christoph Martin Wieland? Es ist nicht minder gleichnishaft: »Der Pflicht vergessen / Wir Fische nie; / Haben viel Müh' / Und karg zu

essen, / Baun spät und früh / Uns luftge Schlösser, / Hätten's gern besser / Statt immer schlimmer / Und raten immer / Und treffen's nie.« Man hat diesen Wielandschen Gesang kleiner Fische, pointiert und zu Recht, als ein »bürgerliches Schicksalslied« bezeichnet. Wenn aber die untergründige Beziehung zu ihm gilt – wessen Schicksal verkünden dann die wie Heinzelmännchen geschäftigen (freilich nur auf den eigenen Vorteil eingeschworenen) »Wir«-Sager in der Willschen Strophe?

»Stecken den Blechfinger aus«, eröffnen sie uns. Ihr wortspielerischer Trick, der das Aufstecken von Fahnen oder Fähnchen und das Ausstrecken eines benäßten, die Luft prüfenden Fingers verbindet, ist so geschickt wie einfach. Doch ihrer emsig in und um sich kreisenden Statik vermag er nicht einmal die magere Geste jenes bekannten Wegweisers abzugewinnen, der nach dem Ausspruch des Philosophen die Richtung zwar angibt, selber jedoch »am Ort« verharrt.

Wills »Wetterfahnen«, die vielfältig rührig sind, nämlich auch Ursprung geschwätziger »Reden« und obendrein »rostend«, zeigen beileibe nicht, wohin der Weg führt, sondern lediglich, woher der Wind weht. Nichts »bringt« sie »fort«: und ihr »Wechseln« der »Farben« dient so beflissen dem »Bleiben« wie all ihr sonstiges Tun.

Der Verfasser, Jahrgang 1942, lebt und schreibt in der DDR. Was – über Wahrheiten aus dem Wetterwendischen hinaus – stellt sein blechernes Parabelchen dar? Hat man mit diesem Poem einen Schulfall von Eklektizismus vor sich? Ein Musterbeispiel für »aufgehobenes Erbe«? Einen Kassiber in östlicher »Sklavensprache«? Ist es umgekehrt eins der beliebten satirischen Rollenporträts der westlichen Intelligentsia, der angepaßten, sich ständig neu anpassenden »Tuis«, wie Bertolt Brecht sie genannt hat? Oder wäre dies Epigrammerl etwa gar eine heimliche Selbstkritik und Selbstbezichtigung und damit ein fortgeschrittenes, nach dem bürgerlichen nun also »sozialistisches Schicksalslied«?

Apropos Brecht! In Versen von ihm, die ihrerseits von dauerndem »Wechsel« handeln, wird in der Tat (wenn auch jeweils in der Einzahl) mit einer »metallenen Stimme« gesungen, von einer »Fahne« und deren Farbe geredet ... Man lese sein Gedicht »Die Gesänge« nach und mache sich, wohl oder übel, einen Reim darauf.

RESI CHROMIK
CHRISTIAN

Leben
mit dir
war.

Leben
war
mit dir.

Mit dir
war
Leben.

ERICH TRUNZ
MIT VIER WORTEN

Die Überschrift des Gedichts ist ein männlicher Vorname. Die erste Strophe sagt, daß das Leben mit ihm Vergangenheit sei. Die langsame Sprache – angedeutet dadurch, daß jede Zeile nur ein oder zwei Wörter hat – und der Ton auf »war« sprechen mit großem Ernst. Der Leser ahnt, daß der Genannte gestorben ist. Die zweite Strophe legt den Ton auf die Worte »mit Dir«. Das Leben war eine Gemeinschaft. Jede Strophe ist ganz kurz, die Strophen sind gleich lang, das Betonte steht am Ende. Dieser Klang ist nach 2 Strophen bereits in den Hörer eingegangen. Das Besondere in der dritten Strophe ist das Wort »Leben«. Es ist so herausgehoben, daß wir sofort spüren, was gemeint ist: erfülltes Leben, Leben in seiner höchsten Möglichkeit.

Das sind die kurzen Aussagen des Gedichts. Das Besondere ist, wie es gefügt ist und welchen Klang dadurch jedes Wort hat. Durch den Klang wird der Wortinhalt gesteigert in eine Melodie, die bei aller Knappheit Größe hat. Das Gedicht hat drei Hauptmotive. Diese kehren in veränderter Stellung wieder. Es hat also Ähnlichkeit mit einem Dreiklang in der Musik. Man kann ihn so anschlagen, daß in der Oberstimme der Grundton ist oder die Terz oder die Quinte. Jedesmal derselbe Akkord, aber anders klingend, weil jedesmal ein anderer Ton herausgehoben ist. So auch in diesem Gedicht.

Das Gedicht hat eine geradezu mathematische Strenge. Diese Strenge des Baus zeigt sich besonders, weil das Gedicht so knapp ist. Jede Strophe hat nur vier Worte. Und drei von diesen sind einsilbig: »mit – dir – war«. Nur das Wort »Leben« hat zwei Silben. So hat jede Strophe nur fünf Silben. In fünfzehn Silben ist ein Lebensschicksal ausgesprochen.

Die drei Glieder des Satzes werden dreimal untereinander vertauscht, so daß jedes Glied einmal am Schluß der Strophe steht. Und der Schluß ist die betonte Stelle. Dabei wird vor der letzten Zeile eine kleine Pause gemacht, dann hat der Satzschluß seinen besonderen Ton. Das Gedicht nutzt also den Ausdruckswert der deutschen Wortstellung und des deutschen Satzakzents bis in alle Feinheiten. Es lebt weitgehend durch den Klang.

Die Worte sagen nur: Ein gemeinsames Leben ist zu Ende. Hört man aber die Satzmelodie der ersten Strophe, die Pause nach dem Wort »dir« und das betonte »war«, so fühlt man den Schmerz. Und so ist in der zweiten Strophe das Glück. Es lebt aber nur in der Fügung des Satzes und im Klang. In der dritten Strophe ist das Gewesene aufgehoben im Jetzt. Kein Wort darüber, wieweit es Schmerz, wieweit es Kraftquelle ist. Aber es besteht ein Wissen, wie Leben sein kann. Dieses Wissen ist Gegenwart. Dadurch ist dieses Gedicht des Schmerzes ein Hinweis auf die Möglichkeit erfüllten Lebens, an welche manche nicht glauben mögen.

Durch die Umordnung der Satzglieder klingen die sich wiederholenden Worte an den verschiedenen Stellen ganz verschieden. Das Gedicht beginnt und endet mit dem Wort »Leben«. Doch zu Beginn klingt es ganz anders als am Ende. Die zweite Strophe endet »mit dir«. Die dritte Strophe beginnt mit den gleichen Worten, doch hier sind sie höher im Ton, rascher im Tempo, so daß die Gleichheit nicht stört, sondern die Variation aufhorchen macht.

Durch den Klang, den ruhigen Klang, spüren wir, daß die Beziehung zu dem Du harmonisch war. Es ist nichts von Gespanntheit, von Problematik in diesem Klang. Durch die Satzmelodie ist das Gedicht voll Gefühl. Blickt man aber auf die Worte, spricht keins von ihnen irgendein Gefühl aus. Diese Verbindung macht einen wesentlichen Zug des Gedichts aus. Dieses Gedicht eines Lebensschicksals, das dessen verschiedene Seiten aufleuchten läßt, ist nicht nur knapp – fünfzehn Silben –, sondern es benutzt nur vier Worte. Mit diesen vier Worten ist alles gesagt.

FRIEDRICH CHRISTIAN DELIUS
CHINESISCH ESSEN

Ja Ente mit Mandeln oder Krabben süßsauer
Acht Kostbarkeiten Schwein scharf gebackene Nudeln
Heut essen wir besser chinesisch als
Neunhundert Millionen Chinesen
Ja die Genüsse hören nicht auf
Wir haben die volleren Mägen die besseren
Informationen:
Die Fische sterben weg Das Fleisch wird vergiften
Herr Ober noch Äpfel mit Honig
Ja satt auf den Stühlen und der Hunger
So weit von uns weg wie ein benachbarter Erdteil
Wir stellen uns ein auf Morcheln Algen Bambussprossen
Auf Kämpfe um Ententeiche und Großmarkthallen
Wir fressen ihnen den Reis weg die Hirse die Nüsse
Und sie merken es merken es nicht
Ja mit Messer und Gabel der Kampf gegen die bloßen
Hände
Bis wir fallen Das letzte Gefecht mit
Fleischfressenden Pflanzen

EGON SCHWARZ
DAS GELAGE ENDET MIT DEM FALL

Dichter ist, wer das Wort beim Wort nimmt, wer weiterfragt, wo andere sich zufrieden geben. »Wir essen chinesisch« sagen ungezählte Europäer. Der Dichter aber fragt: Essen wir wirklich *chinesisch*, wenn wir chinesisch essen? Und schon wird die Mehrdeutigkeit des Wortes sichtbar, schon stellen sich Assoziationen ein, zeichnen sich Konturen eines Gedichtes ab. Denn die Antwort muß lauten: Nein, wir essen besser als Millionen und Abermillionen Chinesen, selbst und gerade wenn wir chinesisch essen.
Dies ist freilich erst die Idee eines Gedichtes, noch nicht das Gedicht selbst. Dazu bedarf es einer poetischen Struktur und sprachlicher Mittel, die eine Einheit herstellen, kurz, es bedarf der Ausführung. Aber auch hier bewährt sich der Dichter. Die poetische Einheit liefert das Metapherngeflecht aus der Sphäre des Speisens, welches das ganze Gedicht durchzieht, die strukturelle Gliederung das viermalige Ja, das in allen möglichen Tonarten erklingt, zuerst affirmativ-süffisant, dann zynisch-aggressiv, noch später halb trotzig, halb konzessiv als Ausdruck schlechten Gewissens und schließlich resignativ-fatalistisch in seiner Unfähigkeit, die Katastrophe aufzuhalten. Mit diesen Stufen sind aber auch die Stadien angedeutet, die die technische Zivilisation in ihrem ausbeuterischen Verhältnis zur Natur und zur sogenannten unterentwickelten Welt durchläuft.
Der Anfang ist noch sybaritisch, drückt die Selbstzufrie-

denheit materiellen Wohlbehagens aus, im »oder« spiegelt sich wählerische Feinschmeckerei. Aber schon in der zweiten Zeile schleichen sich Zweifel ein. Die allzugenauen Angaben der Zahl »acht« und des Adverbs »scharf« bezeugen nicht nur kulinarische Raffinesse, sondern enthalten bereits versteckte Ironie. Im zweiten Abschnitt artikuliert sich offene Kritik. Dem besseren Essen entspricht das bessere Nachrichtenwesen, und dieses verdirbt einem die Freude, weil es nicht imstande ist, die Folgen des Raubbaus zu verhehlen, es läßt Bilder des Todes, ja des gewaltsamen Sterbens ein. Von besonders unheimlicher Wirkung ist der Satz »Das Fleisch wird vergiften«, weil er in seiner Lapidarität das Verbum unentschieden zwischen einer transitiven und intransitiven Aussage schweben läßt und so die Möglichkeit eröffnet, daß sich die der Natur angetane Schändung gegen die Täter selber wendet. Angesichts solcher Drohung gewinnt die nächste Zeile einen geradezu sarkastischen Sinn von unbekümmerter Rücksichtslosigkeit.
Im dritten Abschnitt bricht nun der Konflikt unaufhaltsam los. Die polaren Unvereinbarkeiten »satt« und »Hunger« stehen kraß in der gleichen Zeile nebeneinander, der letzte Versuch, sich die tödlichen Konsequenzen vom Leibe zu halten, mißlingt, weil der einst ferne Kontinent mit seinem unabweisbaren Anspruch in unbequeme Nähe gerückt ist, was sich in der Paradoxie »weit von uns weg« und »benachbart« ausdrückt.
Jetzt aber weitet sich das Gedicht zur Allegorie aus. Meisterhaft bleibt es seinem Titel treu, indem es weiterhin sein Anschauungsmaterial der chinesischen Speisekarte entnimmt, aber seine Bedeutung entgrenzt sich ins Historische, der Kampf um Ententeiche und Markthallen signali-

siert den Kampf um die Märkte überhaupt, ebenso wie die Gegenüberstellung von Essen mit Eßbesteck und Essen mit »bloßen Händen« offensichtlich eine Ungleichheit viel grundsätzlicherer Art. Trotz ihrer besseren Ausrüstung ist jedoch die Niederlage der Überlegenen unvermeidlich. Ihr »wir-sie«-Denken wird ihnen zur Fatalität. Der technische Mensch ist nicht nur, was er ißt, er wird auch von ihm gefressen, sein Gelage endet mit seinem Fall, die vergewaltigte Schöpfung nimmt ihn zurück.

Eine Zeile in diesem Gedicht zeigt, daß die Persona, die es spricht, keinen Anteil an der Zynik des Dargestellten hat, die Zeile »Und sie merken es merken es nicht.« In ihr wird dank der beschwörenden Wiederholung eine magisch-lyrische Schmerzlichkeit laut, in der das Grauen und die Verzweiflung über den geschichtlichen Vorgang, die Mahnung zum Innehalten Ausdruck finden.

FRIEDRICH CHRISTIAN DELIUS
JUNGE FRAU IM ANTIQUITÄTENLADEN

Zwischen dem üblichen Kram
(den ich nicht weiter aufzähle)
steht die junge Frau
(die eine andre Gesellschaft will,
aber nicht weiß, ob sie
den Mann zuhaus noch will,
der auch eine andre Gesellschaft will)
und sieht sich um und
steht vor dem Antiquitätenhändler
(der ihre Zuneigung weckt, indem
er ihr sehr altes Spielzeug vorführt,
der keine andre Gesellschaft will,
ihr aber die Enttäuschung ansieht).
So steht sie unschlüssig und
schon bereit, sich ihm hinzugeben
weil er von ihr was zu kapieren scheint,
dreht dann aber doch ab
und macht die Tür von außen zu.

MICHAEL ZELLER
DAS SEHR ALTE SPIELZEUG

Bei diesem Gedicht brauche ich mich nicht zu fragen, ob es schön ist. Ich sehe es nicht von außen. Keine Widerstände halten mich beim Lesen auf, keine Fremdheiten beunruhigen mich. Ich muß mich nicht anstrengen, um Metaphern aufzulösen, Bilder mir zu vergegenwärtigen, Situationen auf meine eigene Lebenspraxis zu übertragen und an ihr zu messen. Mir fehlt die Distanz, ich bin unkritisch.

Wenn ich das Gedicht lese, bin ich bei mir, ziellos, so wie ich durch Fußgängerzonen der Großstädte streife, durch die labyrinthischen Gänge von Kaufhäusern. Ziellos, wie ich verweile in Bücherantiquariaten, irgendeinen alten Band in die Hand nehme, der Blick gleitet darüber hinweg auf die Bluse der jungen Verkäuferin, die auf meine Entscheidung wartet. Welche Entscheidung? Ich frage sie nach dem Preis. Er ist viel zu hoch. Ist sie dafür verantwortlich? Der Besitzer des Antiquariats? Die Angebot-Nachfrage-Spirale? Das System?

Ritualisierte, fast bewußtlose Gedankenströme von Dreißigjährigen. F. C. Delius ist 1943 geboren, in Rom. Er bringt es fertig, die leisen, absichtsfreien Begegnungen des Alltags zur Sprache zu bringen, ohne sie durch den Intellekt zu überfremden. Er läßt ihnen das Recht der geheimen Wünsche, der ziellosen Hoffnungen, des gebrochenen Realitätssinns.

Eine junge Frau mit gesellschaftskritischem Anspruch

verirrt sich in einen Trödelladen. Sie weiß sehr gut, hat oft darüber diskutiert, daß die Antiquitätenhändler die Parasiten dieses Wirtschaftssystems sind. SS-Dolche, Hakenkreuze, Stahlhelme vertreiben sie zu horrenden Preisen und schaffen und bedienen damit jene so gar nicht harmlosen Bedürfnisse, die unter dem Schlagwort »Nostalgie« firmieren. Heimweh: die Angst vor der Zukunft entlädt sich in rückwärtsgewandte Idylle, beschwichtigt sich an altem Trödel. Was treibt die junge Frau, die so selbstgewiß eine zukünftige, bessere Gesellschaft im Auge hat, in die Arme ihres ideologischen Gegners? Warum verrät sie ihren Zukunftsglauben?

Ihr eigenes Leben ist in Unordnung geraten. Sie hat sich zu viel vorgenommen mit ihrer menschenfreundlichen Utopie. Sie ist eingeholt worden von jenen Betriebsunfällen des Lebens, die sich jeder Planung entziehen. Mit ihrem Freund teilt sie nur noch die Zukunftserwartung, nicht mehr die Gegenwart. Die Entfremdung in der Gesellschaft, gegen die die junge Frau angeht, hat sich in ihren Privatraum geschlichen und macht alles unglaubwürdig, wovon sie überzeugt war. Sie ist älter geworden, und sie ist enttäuscht. Man sieht es ihr schon an. Auch der Antiquitätenhändler sieht es. Er lockt sie mit »sehr altem Spielzeug«.

Darin sehe ich die einzige metaphorische Wendung dieses Gedichts, die ganz leicht nur, wie absichtslos, aus dem alltäglichen Sprachgebrauch hinausragt: der Mann ködert die Frau mit dem »sehr alten Spielzeug« der Sexualität. Davon werden die Wände ideologischer Vorbehalte eingerissen. Die Sexualität verhöhnt die gutgemeinten Denkmodelle der Menschen; sie schaffe sich triumphierend Platz jenseits von »rechts« und »links«. Mit einer letzten

Kraftanstrengung – geschieht es aus Angst? aus Überzeugung? – reißt sich die Frau von dem Verführer los. Ihre Widerstandskraft reicht gerade noch hin, die »Tür von außen« zu schließen.

Die rebellische Protesthaltung, mit der die damals Zwanzigjährigen 1967/68 die bestehenden Verhältnisse ins Wanken bringen wollten, sie hat sich bei den Dreißigjährigen heute bestenfalls zur mühsamen Abgrenzung gegenüber ihren Gegnern verflüchtigt. Viele machen inzwischen die Tür von innen zu. Die eigene Jugend wird damit widerrufen, und nicht nur, weil gegen den biologischen Alterungsprozeß auch die hehrsten Ideale machtlos sind.

Es ist ein trauriges Liebeslied, das F. C. Delius gedichtet hat. Wenn ich gefragt werde, wie es mir gehe, lese ich oft diese Verse vor. Sie sprechen von mir, sie sprechen für mich.

MICHAEL KRÜGER
DIE ENTEN

Schneeüberkrusteter See, stöhnend
unter den Schuhen. Jeder Schritt schmerzt
und läßt das Wasser im eisfreien Streifen
am Ufer zittern. Eine Frau überquert
den See an seiner breitesten Stelle, ich
kann es hören. In der Mitte
eine wäßrige Zunge, besetzt mit Enten,
deren scholastischer Disput die Sonne
tanzen läßt. Stehenbleiben, warten,
zählen. Ein Ort, der mir günstig ist.
Zwei Schwäne fliegen dumpf klatschend
über mich weg: eine weiße Seite
wird umgeblättert, eine einzige weiße Seite.

HERBERT HECKMANN
BESTANDSAUFNAHME

In den Gedichten Michael Krügers führen die Tiere ein eigenes, vom Menschen unabhängiges Leben. Niemals sind sie Hätschelwesen, die menschliche Streicheleinheiten erdulden müssen – oder die Kugel des Jägers. Sie bleiben uns bei aller Nähe fremd und widersetzen sich dem Verfügungseifer des Menschen, den sie noch obendrein verspotten, indem sie ihn nachahmen. So lernt der Verfolger die Lächerlichkeit seiner Unternehmungen kennen.
In diesem Gedicht Krügers ist von Enten die Rede, *deren scholastischer Disput die Sonne / tanzen läßt.* Die Leidenschaft ihrer geschnatterten Thesen und Gegenthesen bleibt nicht ohne Folgen. Jemand, der über den zugefrorenen See geht, bleibt stehen und wartet. Er hat das Bedürfnis, Übersicht zu gewinnen – und zählt. *Ein Ort, der mir günstig ist,* bekennt er. Er ist auf dem schwankenden Eis fast bis zur Mitte des *schneeüberkrusteten Sees* gekommen. Dort auf einer wäßrigen Zunge disputieren die Enten. Ein Hauch von Gefahr und Unsicherheit schärft die Aufmerksamkeit des Beobachters, die Frau ist wagemutiger gewesen. Er sieht, wie zwei Schwäne sich aus dem Wasser erheben und *dumpf klatschend* über ihn hinwegfliegen. In diesem Augenblick fallen seine Beobachtungen auf ihn selbst zurück. Krüger hat die Winterlandschaft eines Augenblicks festgehalten, in dem die Geräusche dominieren. *Ich kann es hören.* Er weiß jedoch zu guter Letzt, daß in diesem Augenblick nur eine einzige weiße Seite um-

geblättert wird. Warum aber dann das Gedicht, das eine Seite füllt?
Nicht zufällig hat ihm Krüger den Titel »Die Enten« gegeben. Tatsächlich machen diese mit ihrem scholastischen Disput die Mitte des Gedichts aus. Die Unverständlichkeit ihres Schnatterns regt den Beobachter zu dieser Metapher an, die dann auch die Schlußpointe vorbereitet. Es bleibt eine leere Seite. Der Disput mußte nicht aufgeschrieben werden. Man tut dem Gedicht unrecht, wenn man nur seine ironische Pointe hervorhebt. Das Gedicht »Die Enten« ist im strengen Sinne auch ein Gedicht über Gedichte. Naturgedichte sind gerade in Deutschland zu einem romantisierenden Seelenritual geworden, in dem die Natur nur noch als Kulisse gilt. Der Mensch sieht sich in der Natur, die Natur selbst sieht er jedoch nicht. So bleiben nur weiße Seiten. Der vorurteilsfreie, hingebungsvolle Beobachter indes respektiert das Fremde in der Natur. Im Innersten seines Herzens weiß er, daß ein weißes Blatt die einzige Antwort ist, in der sich das Erschrecken über das Anderssein des Gesehenen offenbart. Nur wenn man dies weiß, kann man Gedichte schreiben, die die Natur zur Sprache bringen.
Krügers eher hingetuschte Sätze verraten, wie sehr er das Anderssein der Natur, der Tiere achtet. Fast scheut er sich, seine Beobachtungen in vollständige Sätze zu fassen. Schon das Partizip der Gegenwart in der ersten Zeile: *Schneeüberkrusteter See, stöhnend ...* verrät diese Scheu. Vorsichtig muß auch der Schritt auf dem Eis sein, das stöhnt. Dieses Stöhnen wird durch das Partizip der Gegenwart nachgerade als Zustand und nicht als eine Tätigkeit hingestellt. Die Natur ist verletzt. Die Begegnung mit ihr verlangt so eine außergewöhnliche Behutsamkeit: *Ste-*

henbleiben, warten, zählen. Das ist nicht die Pose des alles niedertrampelnden Siegers, der seine Beute zählt, sondern eine Aufforderung, das Übriggebliebene zu zählen. Eine Bestandsaufnahme ist es, in einer Sprache vorgetragen, der bewußt geworden ist, wie sehr die Wörter Raubbau getrieben haben. Die Enten führen es vor: Ihr scholastischer Disput läßt die Sonne tanzen.

MICHAEL KRÜGER
DIE REISE NACH JERUSALEM

Griechenlands steinerne Faust sah ich
im Mittelmeer liegen und ein Schiff,
das dem Wasser die Bläue abzog
in gekräuselten Streifen. Weiter östlich
türkische Gedichte, unaussprechlich,
von Wellen rhythmisch bewegt.
Ich sah, wie sich das Wasser trennte
vom Salz an der büßenden Küste.
Zwischen all den mürrischen Steinen
entstanden die Epen: die Erzählung
der Distel und des Brots,
von der Sonne gebacken.
Dort unten ging die Sprache an Land,
und jedes Ding erhielt einen Namen.
Ich konnte es deutlich sehen –
die Worte zitterten wie eine Schar Vögel
über dem öden Grund.
Wir mußten uns anschnallen, festgezurrt,
mit angehaltenem Atem
erreichten wir das gelobte Land.

EVA ZELLER
DIE BITTENDEN AUGEN

»... sah ich«, »Ich sah«, »ich konnte es deutlich sehen«: dreimal ist in zwanzig Gedichtzeilen vom Sehen die Rede, vom Sehen aus der Vogelperspektive, aus der sich Griechenland als »steinerne Faust« im Mittelmeer zeigt. Rasch gleiten die Bilder – nicht nur über die Netzhaut aufgenommene – unter dem Betrachter hinweg; weiter östlich erblickt er »türkische Gedichte«, und schon wieder geht's im Fluge fort mit neunhundert Stundenkilometern Geschwindigkeit.

Hier aber unternimmt bei Gott kein Tourist eine Erlebnisreise. Der da auf einem Fensterplatz im Düsenjet sitzt, überwindet nicht nur den Raum, vielmehr auch die Zeit, denn aus den Ländern, die er überfliegt, sprechen für ihn Epen der Welt: die Ilias, die Odyssee, die Bibel. Aber die Weltliteratur wird nicht etwa andeutungsweise zitiert oder gar aufgezählt. In diesem schlanken, unaufwendigen Gedicht genügt ein Fingerzeig, um die versunkene Wort- und Bilderwelt Vorderasiens heraufzubeschwören: Der Dichter läßt vor unseren Augen eine »büßende Küste« aufsteigen.

Spätestens hier zog das Gedicht mich in seinen Bann und mit einem Widerhaken in eine neue Dimension. Diese Wortverknüpfung ist mehr als die in der modernen Lyrik geforderte eingebaute Ohrfeige, mehr als das Aufbegehren gegen talentierte Schreibkunst, die ein geneigtes Ohr erwartet. Michael Krüger kommt in seinen Versen ohne

Schockgebärde aus, ohne blitzende Aperçus und ausgepichtes Artistentum. Mit der Atemeinheit »büßende Küste« verblüfft er nicht nur. Wer dieser vom Salz gezogenen Linie ansichtig wird, hat kein Aha-Erlebnis, wie es der Weltreisende hat, der den Riesenjesus über Rio oder den Tafelberg über Capetown aufsteigen sieht.

Wer sich mit auf die Reise nach Jerusalem nehmen läßt, macht Erfahrungen, die er anderswo nicht machen könnte: Er sieht dort unten »die Sprache an Land gehen«; und augenöffnende, die Wahrnehmung lenkende Verse lassen ihn »das gelobte Land« erblicken.

Gelobtes Land? Es gehören Mut und Können dazu, solche Worte in den Mund zu nehmen, nicht nur weil sie eine bis zur Belanglosigkeit ausgereizte pathetische, auch weil sie eine religiöse Floskel sind. Vor hundert Jahren hätte ein Poem in Gottes Namen so enden können. In einer Zeit, die so säkularisiert ist, daß die Menschen kaum noch metaphysische Bedürfnisse zu haben scheinen, der Religion bestenfalls mit toleranter Ablehnung gegenüberstehen und die Kirchen der Geringschätzung der meisten Zeitgenossen gewiß sein dürfen, könnte ein so altbackener Topos das ganze Gedicht verderben. Es bedarf der Sprachmagie eines Dichters, heute noch oder wieder »gelobtes Land« zu sagen – und das ganz ohne Ironie und Arroganz. In Michael Krügers Gedicht erweisen sich alle vorangegangenen Zeilen als unverzichtbare Prämissen für diesen logischen Schluß. Erläuterungen dazu erübrigen sich. Zwei scheinbar verbrauchte Worte setzen eine Bilderflut in Gang und eine Energiemenge frei. Der Leser wird nicht bevormundet: Was unausgesprochen bleibt, läßt der Imagination weiten Raum.

Ein lyrisches Ich spricht von dieser Reise nach Jerusalem.

Erst als die Maschine zum Landeflug ansetzt, als alle Passagiere sich anschnallen müssen und die Motoren den Ton wechseln, wechselt auch das Gedicht in die erste Person Plural: »Mit angehaltenem Atem / erreichen wir das gelobte Land.« Der Berührungszauber zwischen Literatur und Malerei wird in Michael Krügers Lyrik lebendig. Immer atmet in seinen Versen auch der Geist der Schwesterkunst, als schreibe hier einer mit den Augen. Im Titelgedicht des Bandes »Wettervorhersage« heißt es: »Irgendwann / werden die Wolken hochgehen / und die Bühne freigeben / für die bittenden Augen.«

JÜRGEN RENNERT
ERSCHAFFUNG DES GOLEMS

Adonai, dein Schutzgeleite
ist ein Schirm uns und ein Dach!
Doch wer schützt uns von der Seite
Und vor ihrem Ungemach?

Uns zu Schutz und dir zu Ehren
Kneten wir uns einen Rufer,
der von hier ist, aus dem schweren,
Aus dem Lehm vom Moldauufer.

Sieh, er liegt genäßt, gebrannt.
Kann nicht rufen, kann nur schweigen.
Nimm ihn dennoch bei der Hand,
Daß er aufsteht, sich zu zeigen.

GÜNTER KUNERT
GOLEMS SPÄTBILD

Selbst da, wo so vieles verloren und untergegangen scheint, findet sich unerwartet eine minimale miraculöse Spur dessen, was gründlich verschwunden. In dem Gedichtband »Märkische Depeschen« des jungen DDR-Lyrikers Jürgen Rennert, geboren im Jahre 1943, wird aufs merkwürdigste etwas evident, was in der DDR für literarisch abgestorben zu halten gewesen ist: Überlieferungen des Judentums.

»Das Jüdische«, um es provisorisch mit einer Kurzformel zu benennen, erscheint thematisiert nur im Bezug auf die nationalsozialistische Verfolgung, auf antifaschistischen Widerstand, auf die »Endlösung« oder in den Memoiren Überlebender als fixierte Lebenserfahrung. Hier nun treten, zum ersten Male, wie ich meine, Züge jüdischer Tradition im Erstlingswerk eines Dichters zutage, der, ein Nicht-Jude, eine Wahlverwandtschaft erkoren hat, von der nicht abzusehen ist, wie sie sein eigenes Schicksal künftig prägen wird. Bruderschaft mit Toten bedeutet nicht nur ein Moment persönlicher psychischer Stärkung, sondern auch eine Gefahr.

In Rennerts Zyklus innerhalb seines Bandes ist dieses jüdische Element nicht leichtfertig, nicht pro-semitisch oder gar trivial-nostalgisch verwendet, etwa in der Art des Musicals »Anatevka«, als die Präsentation einer exotischen Chagallschen Lebenswelt und -weise. Die Thematisierung vollzieht sich durchaus im Sinne der erwähnten Tradition:

als Gleichnis und Parabel, als Auslegung überlieferter Texte und Legenden, was auf Rennerts erstaunliche Kenntnis des hebräisch-jüdischen Schrifttums schließen läßt.

Ein Unterschied freilich zeigt sich: die Auslegung ist Interpretation geworden, sucht nicht Transzendenz im metaphorischen Indiz, ist statt dessen weltlich und realistisch, mit einem Hang zum Balladesken.

Der Golem, der in Rennerts Gedicht erzeugt wird, ist keine chthonische Gewalt, domestiziert vom heiligen Wort und durch dieses auch wieder aus der Welt geschafft, eher erweist sich dieser Golem als ein hilfloser Schutzpatron, als passiver Nothelfer, der namens der zum Schweigen Gebrachten rufend aufzutreten hätte, aber genausowenig in der Lage ist, den Mund aufzutun, und das Einzige, was überhaupt noch möglich erscheint, ist, daß – indem seine stumme Gestalt vorgeführt wird – auch sein Schweigen als Geste, als ein Zeichen voller Bedeutung sichtbar wird.

In der Kabbala des Mittelalters galt Gershom Scholem (Judaica 2) zufolge der Golem als ein spätes Spiegelbild Adams, des ersten Menschen. Durch das Wort zum Dasein befähigt, war der Golem dort ausgerüstet mit zerstörerischer Gewalt: der Golem des Gedichts jedoch ist ein armer Teufel, und an dieser Stelle verschmilzt sein Bild mit einem Grundzug moderner Dichtung: der »Evokation des Schweigens«, diesem tiefinnerlichen Widerspruch zeitgenössischer Literatur. Insofern gehört es unleugbar zu jener wachsenden Zahl von Gedichten, denen das Schweigen wahrhaftiger erscheint als eine Sprache, deren manipulatorische Zweckdienerschaft ihren Wahrheitsgehalt schon zu überwuchern begonnen hat.

Das stückweis in der ersten Strophe eingearbeitete Gebet »Moaus Zur«, »Schirm und Schutz« zu deutsch, das zu Chanukka nach dem Lichteranzünden gesungen wird, endet am Schluß des Gedichtes als ein Zeugnis für den Verlust der Sprache.

DORIS RUNGE
FLIEGEN

meine flügel ließ ich dir
du rupftest sie
für unser daunenbett
nun träume ich nachts
vom fliegen

WULF SEGEBRECHT
VON DER FREIHEIT IM DAUNENBETT

Das Gedicht, so kurz es auch ist, enthält eine ganze Geschichte. Es ist eine Liebesgeschichte. Die Stationen dieser Geschichte sind im Gedicht durch den Wechsel vom Imperfekt in das Präsens deutlich markiert. Von der Vergangenheit und von der Gegenwart der Liebe ist die Rede und, wenigstens andeutungsweise, am Ende auch von ihrer Zukunft.

Ein Ich spricht. Das muß, streng genommen, nicht unbedingt der weibliche Part in einem Liebesverhältnis sein, doch darf man annehmen, daß es sich so verhält. Sie wendet sich an das Du, an ihren Liebhaber, und rekapituliert ihm gegenüber die Geschichte ihrer Liebe, und diese Geschichte begann damit, daß die Liebende ihrem Geliebten ihre Flügel überließ – was immer das heißen mag. Jedenfalls ist es für jemanden, der Flügel besitzt, der äußerste Beweis selbstloser Hingabe, ja Auslieferung, wenn er diese Flügel dem Partner überläßt: Die Freiheit, die die Flügel ermöglichen, wurde dem Du ganz und gar preisgegeben.

Der so Beschenkte ist, wie man liest, mit den Flügeln auf höchst prosaische, ja brutale Weise umgegangen: Er »rupfte« sie, wie man Geflügel rupft, er riß den Flügeln die Federn aus, um sie auszuwerten. Die Idealität der Flügel wird von ihm rigoros materialisiert, und die Liebesgeschichte scheint damit in die üblichen, herkömmlichen Geschlechterrollen einzumünden: die sich hingebende Geliebte einerseits, der zerstörerische Liebhaber anderer-

seits, vergleichbar dem »wilden Knaben«, der einst das Heideröslein brach.
Doch die ewig-alte Geschichte nimmt hier eine andere Wendung: Zwar ist die gewaltsame Ausbeutung der Flügel durch den Beschenkten nicht zu bestreiten, aber sie dient doch nicht egoistischen Zwecken (beispielsweise der bloßen Triebbefriedigung), sondern der Gemeinsamkeit von Ich und Du im Daunenbett, das aus den Federn dieser Flügel besteht. Beide Partner tragen dazu bei, daß dieses Bett »unser« Bett genannt werden kann; beide bringen das ihnen jeweils Wesenseigentümliche in diese Gemeinsamkeit ein: sie die Hingabe, er die Arbeit; sie die Idee der schönen Freiheit, er deren materielle Ausbeutung und konzeptionelle Umwandlung zum Nest. Das Bett gehört den Liebenden gemeinsam und in ihm können sie einander gehören, nachts – wie harmonisch, wie schön!
Die Bilanz dieser so harmonisch klingenden Liebesgeschichte aus der Sicht der Berichterstatterin fällt allerdings mehrdeutig aus und stimmt nachdenklich: Das einst geflügelte, frei schwebende Wesen, das seine Flügel einem Du ausgeliefert und sie in die Gemeinsamkeit mit ihm eingebracht hat, träumt, so liest man, »nun« nachts vom Fliegen. Trauert es der Freiheit nach, die es aufgegeben hat? Oder ist der Traum vom Fliegen, der sich nachts im gemeinsamen Daunenbett einstellt, noch viel schöner als die einstige Fähigkeit, fliegen zu können? Steckt in dieser Schlußbemerkung Sehnsucht nach dem Verlorenen, Resignation, Sublimation, Enttäuschung? Oder enthält der Traum vom Fliegen das Element einer Steigerung und ist vielleicht sogar selbst die höchste Glückserfüllung? Diese Fragen beantwortet das Gedicht nicht eindeutig und nicht alternativ. Es läßt sie offen, weil beide Empfindungen offenbar un-

trennbar zusammengehören. Es gibt kein Glück ohne einen Rest von Traurigkeit.

DORIS RUNGE
ICH

sagt diese stimme
mein erbstück
mein wortführer
mein lispelnder versucher
mein mönchischer bruder
ich teile deine zelle
die verrückten früchte
deiner hirnschale
ich bin deine hand
dein mund
ich bin da
wenn der kuß fort ist
(dein bißchen glück war immer sprachlos)
ich zimmre dir ein leben
beleg dich rückwärts mit daten
beschönige verschweige
das macht sinn
ich war dein himmelschreiender anfang
deine greisenhafte verweigerung
dein trotziges ja hier bin ich
und ich bin
auf dem rückzug
langsam
unaufhaltsam

ECKHARD HEFTRICH
SCHEIN UND SELBSTBETRUG

So viele Zeilen hat diese Poetin der gewagten Verkürzungen sich und dem Leser nur selten gegönnt. Dennoch fehlt auch den vierundzwanzig Versen, von denen ohnehin einige nur zwei oder drei Wörter umfassen, die einem raschen Verständnis entgegenkommende Eloquenz. So bleibt das Gewicht der Worte erhalten.

Die Gedichte ihres ersten Bandes, »jagdlied« von 1985, schrieb Doris Runge in einem Alter, wo so manches als Junggenie gefeierte Talent schon wieder verstummt ist oder vom Betrieb verschlissen wird. Mit einem späten Beginn, der ein langes Reifen voraussetzt, hängt zusammen, daß sogleich jener ganz eigene Ton dominiert, der in den folgenden Bänden zum unverwechselbaren Stil dieser Autorin wurde. Noch ein scheinbar äußerliches Merkmal, die Kleinschreibung ohne Satzzeichen, ist deshalb keine avantgardistische Attitüde, sondern die Konsequenz sowohl der Verdichtung wie der ganz dem inneren Rhythmus des freien Verses folgenden Wortfügungen und Zeilenumbrüche. Vom Ohr zuerst wird daher auch das bewußt eingesetzte Spiel mit dem Doppel- und Mehrfachsinn mancher Wörter bemerkt.

Car je est un autre, »Ich ist ein anderes«: Die triumphierende Parole, mit der Rimbaud drei Jahrzehnte vor dem letzten *Fin du siècle* noch einmal den Dichter als Seher zum Aufbruch ins Unbekannte aufrief, fand hundertfältigen Widerhall in der Lyrik unseres Jahrhunderts. An dessen

Ende ertönt, als fernes Echo, dieses Gedicht von Doris Runge. Nicht mehr erwacht, wie bei Rimbaud, »das Messing als Trompete«. Was hier vielmehr schon zu Beginn gebrochen klingt, wenn es als Stimme *ich* zu sagen anhebt, verhallt zuletzt *langsam/unaufhaltsam*.
Im Band »jagdlied« findet sich eine Vorstufe mit dem Titel »bruderschaft«. Das ist nicht ironisch gemeint, wie die Verse über die hier noch traulich anmutende Zwiesprache des lyrischen Ich mit sich selbst verraten: *»nächtliches gespräch / wörter / ein fetzen papier / eine stimme raschelt / die eigene // so reden wir oft miteinander.«* In den beiden folgenden Sammlungen (»kommt zeit«, 1988, und »wintergrün«, 1991) kann man Stationen eines Passionsweges entdecken und den immer wieder aufgenommenen und abgewandelten Bildern entnehmen, warum der frühere Bruder nun als *mönchischer* erscheint, und zudem noch in der zweifelhaften Verwandtschaft zum Wortführer und zum Versucher. Mit der zunehmenden Konzentration hat sich auch die Skepsis verdüstert. Aber wir bleiben von narzißtischem Weltschmerz so gut wie von der kostengünstigen Untergangsstimmung verschont.
Hirnschale, Hand, Mund: Sie stehen für das, was unser genetisches Erbe ausmacht, und auch die Stimme ist dergestalt körperhaft vorgegeben. Solange in der Wechselwirkung von Erbanlagen und Einflüssen sich ein Ich entwikkelt, sich behauptet und noch im Zerfall sich zu bewahren sucht, dient die Stimme, die Sprache, dem blinden Willen, noch im Beschönigen und Verschweigen.
Da entsteht, was pathetisch ein Schicksal heißt und heute meist die eigene Biographie genannt wird. Daß es sich dabei auch um Schein und Selbstbetrug handelt, verrät der Satz, mit dem die verkommene Rede der falschen Tröstung

in das schon verstummende Gedicht hineinspricht: *das macht sinn*. Erst wenn man diese laute Trivialität als Ironie erkennt, wird ganz verständlich, warum die eigentliche Botschaft in die Mitte des Gedichtes gesetzt wurde, unaufdringlich und verschlüsselt durch die zweideutige Klammer.

So verhalten und diskret ist selten über die prästabilierte Disharmonie, das vorgeprägte Mißlingen der Liebe, geklagt worden wie in diesem, nur scheinbar wie nebenbei gesagten Satz. Abschätzig spricht *diese* das Gedicht vordergründig dominierende *stimme* vom *bißchen glück*. Aber indem sie es sprachlos nennt, wird gerade jene andere Stimme des anderen Ich vernehmbar, dem allein wir die wahren, dem Verstummen abgewonnenen Gedichte verdanken – auch die stets verschatteten Liebesgedichte von Doris Runge.

DORIS RUNGE
IKARUS

das herz randvoll
mit himmel
als die erde
mein raubvogel
immer größer
und dunkler werdend
mich mitten
im flüchtigen traum
schlug

RUDOLF WALTER LEONHARDT
SPRÖDER VERZICHT AUF GEFÜHLSÜBERSCHWANG

Einige Gedichte von Doris Runge sind in Zeitungen und Zeitschriften (auch in der F.A.Z.), andere vor Jahren beinahe unter Ausschluß der Öffentlichkeit erschienen in einem Prachtband auf Bütten, tausend Exemplare nur, der seine Wirkung eher den Lithographien von Wolfgang Fratzscher verdankte. Aber seit 1985 gibt es ein schmales Bändchen »jagdlied«. Dort steht auch das Gedicht »ikarus«. Und es steht dort gut als Beispiel für Eigentümlichkeiten einer Lyrik, die so, ganz so nur bei Doris Runge zu finden und durch vier Eigentümlichkeiten charakterisierbar ist:

1. Äußerste Verkürzung ist Stilprinzip.
2. Chiffren treten an die Stelle von Aussagen.
3. Das Visuelle hat Priorität vor dem Intellektuellen.
4. Vorherrschende Stimmung ist eine resignierende Melancholie.

Zu 1. Die Länge dieses Gedichtes hält sich im Durchschnitt der Runge-Längen. Ein Thema, das Stoff für eine Ballade liefern könnte, wird in neun Versen abgehandelt, deren jeder höchstens drei Worte hat. Man glaubt zu spüren, wie die Autorin es scheut, redselig oder gar sentimental zu erscheinen. Dabei sind die Aussparungen auch eine Form der Diskretion: nur ja nicht zu viel sagen. Das wirkt sich besonders bei Doris Runges wenigen erotischen Gedichten aus, wo es jede erotische Schwülheit auslöscht und statt ihrer spröde Gefühlslandschaften entstehen läßt.

Zu 2. Der Verzicht auf Großschreibung und Interpunktion ist hier keine Manier. Die Sätze sind keine Sätze, keine greifbaren Aussagen. Alles schwebt. Das Objekt des ausklingenden Satzes kann zum Subjekt des anklingenden werden. Der Leser denke sich das Seine, und der Interpret ist frei, sich Gedanken darüber zu machen, was sich die Autorin wohl gedacht hat. Also zum Beispiel der Titel »ikarus«. Nichts wird erzählt von jenem Flug des Dädalus-Sohnes, der der Sonne zu nahe kam, so daß das Wachs in seinen kunstvoll gefertigten Flügeln schmolz und er abstürzte. Hier stürzt nicht der Fliegende. Hier wird das Bild umgedreht und dadurch neu: die Erde stürzt auf ihn, oder eher wohl auf sie, zu.

Zu 3. Jede Chiffre zeichnet ein Bild: den Jubel des Aufstiegs, wie ihn alle, die gern fliegen, empfinden; den größer und dunkler werdenden »Raubvogel« Erde, der in Doris Runges »jagdlied« besser paßt als in die Ikarus-Legende; das Ende einer Ur-Angst, die nachträglich zum »flüchtigen Traum« verharmlost wird.

Zu 4. Doris Runges Lieblings-Bilder zeigen das Jagen, das Fliegen und das Abstürzen. Alle diese Bilder sind sprachlich auf das Mindeste, das Allermindeste eingeengt. Erotisches läßt sich dabei immer heraushören oder hineinlesen. Frauen und Männer: Gejagte und Jagende, Fliegende und Abstürzende – oder umgekehrt. Weder Frauenrechtlerinnen noch Hierarchen können Doris Runges Gedichte für sich in Anspruch nehmen. Beide sind Täter und Opfer zugleich.

Mir gefallen diese Gedichte, für die »ikarus« ein Beispiel ist, wegen ihrer äußersten Sparsamkeit an Worten in einer

Welt der Geschwätzigkeit; wegen ihres unbedingten Willens zur Aufrichtigkeit, wenn auch nicht zur Entschiedenheit – gerade die Ambivalenz versöhnt; wegen der Genauigkeit, mit der Bilder in Worte umgesetzt werden; wegen der – bei aller Freude an Herzen, die randvoll mit Himmel sind – resignierenden Melancholie, die auf die Höhepunkte folgt.

Ob wir alle Lyriker besonders mögen, die unseren eigenen Gefühlen und Stimmungen Ausdruck geben auf eine Weise, die wir als echt empfinden und makellos? So jedenfalls erkläre ich mir die Anziehungskraft, die die Gedichte von Doris Runge auf mich ausgeübt haben.

DORIS RUNGE
MIT BLICK AUF
DEN KÖLNER DOM

wir sehen nicht
was wir wissen
den doppellauf
der türme
den himmlischen
rücken küssen
wir frühstücken
apfel und ei
erkennen
daß wir im nebel
reisen müssen

ULLA HAHN
EIN PAAR IN EINEM HOTELZIMMER

wir sehen nicht / was wir wissen: Ein Satz, der ebensogut als Motto einer philosophischen Abhandlung vorangehen könnte. Und auch hier zu Beginn des Gedichtes verleitet er den Leser zum Apriori jeder philosophischen Tätigkeit: zum Fragen. Denn sogleich hat er hinter diese beiden Zeilen in Gedanken einen Doppelpunkt gesetzt und steht nun ratlos da: Was sieht dieses »wir« nicht, und wer ist denn dieses »wir« überhaupt?
Die nächste Zeile schafft mit einem Objekt Klarheit; das »wir« sieht »den doppellauf« nicht. Das klingt nach Flinte, nach Jagd – »Jagdlied« heißt der erste Lyrikband Doris Runges –, gar nach Gefahr, doch die nächste Zeile wandelt das Wort in die Metapher: *den doppellauf / der türme*. Welche »türme«? Ach ja, da war doch die Überschrift: die Türme des Kölner Doms sind gemeint; eine ungewöhnliche, höchst männliche Sicht auf ein sakrales Bauwerk, aber schon hebt die nächste Zeile mit ihrem Adjektiv den kriegerisch-maskulinen Aspekt wieder auf, wenn »der doppellauf« als »himmlisch« apostrophiert wird. Oder? Dem Leser wird eine weitere philosophische Anstrengung abverlangt: der Zweifel. Denn ist nicht eher von einem »himmlischen rücken«, einem ganz außerordentlichen Rücken, vergleichbar einem himmelstürmenden Bauwerk, die Rede? Beginnt das »wir« am Ende selbst zu »rücken«, sich also jener Tätigkeit hinzugeben, die das »Tier mit den zwei Rücken« macht? (O Doris Runge, was

tust du uns mit deiner Kleinschreibung an!) Denn zweifelsfrei beginnt das »wir« zu »küssen«. Oder?
Doris Runge schüttelt die Zeilen zu immer neuen überraschenden Bildern und Perspektiven, zu einem sinnen-, keineswegs jedoch sinnverwirrenden Kaleidoskop. Die Autorin behält die Fäden, die sinnstiftenden, in der Hand, hat am Ende Erbarmen mit dem Leser und hält ein: »wir frühstücken«. Den »himmlischen« sei dank, die Erde hat sie wieder, die beiden, auch wenn das »wir« immer noch nicht nicht sieht, was es weiß. Der Leser weiß nun, was er sieht: ein nach glücklicher Umarmung frühstückendes Paar. Zeile für Zeile hat Doris Runge die Szene enthüllt. Welches Behagen, wieviel irdisches Vergnügen ruht in diesem Tatbestand: »wir frühstücken« und dazu noch »apfel und ei«, das ist gesund und gut, das ist sichtbar, nahrhaft, konkret und ganz und gar von dieser Welt. Wer wollte da noch nach Philosophie oder Kunstgenuß verlangen, wo die hand- und fußfesten, die mundgerechten Genüsse doch so nah liegen?
Die berühmte Liebe, die blind macht, Selbstversunken-, Selbstvergessenheit zu zweit wäre also die Antwort auf die Frage, warum unserem »wir« der Blick auf den Kölner Dom entgeht. Oder? Klipp und klar die Mitteilung der Autorin: *erkennen / daß wir im nebel / reisen müssen.* Hier endet das Gedicht, und der Leser hat endlich das ganze Bild: ein Paar hat in einem Hotelzimmer, »mit blick auf den kölner dom« übernachtet, wahrscheinlich auf der anderen Rheinseite, so ist auch der Nebel durchaus konkret. Man ist aufgewacht, hat einen Blick aus dem Fenster getan, um den mitbezahlten »blick« zu haben, und siehe da: *wir sehen nicht / was wir wissen.* Also ziehen sich die beiden auf sich zurück, verkürzen einander die Wartezeit

in der Hoffnung, daß sich der Nebel lichtet, aufs schönste und finden sich schließlich damit ab, »im nebel« reisen zu müssen. Wohin? Nach Hause, in die Ferne? Das wird nicht mehr mitgeteilt.

Das Bild des Menschen im Nebel hat eine lange Tradition in der Lyrik. Der Nebel, der uns unsicher tasten, stolpern, straucheln läßt, Gefahren wie Chancen gleichermaßen vor uns verbirgt, stand seit jeher als Allegorie für das Leben des Menschen. Wem klingen nicht gleich die berühmten melancholisch-resignativen Zeilen Hermann Hesses im Ohr »Seltsam im Nebel zu wandern« ... und »... jeder ist allein«. Doris Runge hat diesem Topos eine Variante hinzugefügt. Bei ihr hat der Nebel seine Schrecken verloren, wenn er mit einem geliebten Menschen erfahren wird. Dann wird der Nebel, die Ungewißheit allen Lebens, als Tatbestand akzeptiert, der weder als »seltsam« noch als bedrohlich erscheint. Diese verhaltene Zuversicht finden wir bei Doris Runge selten. Sie macht das Gedicht zu einem ihrer schönsten Liebesgedichte.

DORIS RUNGE
VENEDIG

deine schönheit venedig
erschreckt deine liebhaber
sie tragen ihre liebe
in immer dunklere kanäle

du schlägst ihnen jede brücke
schaukelst ihre ergriffenen
spiegelbilder in deinen
moorigen armen
jedem trunkenen wirfst du
eine weiße taube
auf den markusplatz
brichst blutrote
scherben muranoglas
aus deinem herzen

dir bleibt
von soviel liebe
nur ein schlechter atem

MATTHIAS HERMANN
HOHES KLAGELIED

»Sie weint des Nachts, daß ihr die Tränen über die Backen laufen. Es ist niemand unter allen ihren Liebhabern, der sie tröstet.« Mitnichten hat der klagende Prophet Jeremia eine Frau im Sinn. Oder doch? Ist Jerusalem, denn dieser Stadt gilt des Propheten Klage, für ihn mehr als ein Ort? Jerusalem, Metapher für das Schönste des Schönen – die Frau?

Doris Runge bewegt sich, wahrscheinlich unbewußt, mit ihrem Venediggedicht auf biblischen Spuren. Wie Jeremia spricht sie augenscheinlich über die Stadt. Doch hinter der venezianischen Maskerade verbirgt sich mehr. Wie jedes gute Gedicht hat auch dieses einen doppelten Boden. *deine schönheit venedig / erschreckt deine liebhaber.* Die ersten Zeilen führen sofort auf besagte Doppelbödigkeit. Erste Ebene: die Stadt und ihre Besucher. Zweite Ebene: die Frau und ihre Liebhaber. *sie tragen ihre liebe / in immer dunklere kanäle.* Dieses Bild, pointiert an den Schluß der ersten Strophe gesetzt, deckt beide Ebenen ab. Einmal sieht man die Stadt mit ihren unzähligen Wasserläufen, sieht begierige Touristen ihren rücksichtslosen Reiselüsten frönen – und man sieht eine Frau, die ihre Liebhaber durch ihre Schönheit in schaurigschöne Schrecken versetzt.

du schlägst ihnen jede brücke. Venedigs Brücken werden zum Liebesanerbieten. Die Frau reicht ihre Hände wie Brücken einladend entgegen.

schaukelst ihre ergriffenen / spiegelbilder in deinen moorigen armen. Diese Zeilen sind der dramatische Verhältniswechsel innerhalb der zweiten Bedeutungsebene. Aus der großzügig sich hingebenden Frau wird eine benutzte. Sie, die ihre Brücken herreicht, wird zum Objekt versteckter Selbstbefriedigung. Ihre Liebhaber sind nicht auf der Suche nach der Liebe, sie sind auf der Suche nach sich. Ihre Spiegelbilder suchen und finden sie in den Armen der Frau. Eine so mißbrauchte gerät zwangsläufig in den Ruf, eine Hure zu sein. Da hilft ihr auch nicht, daß sie jedem Trunkenen jungfräuliche weiße Tauben zuwirft.

Doris Runge hat in ihrem Gedicht nicht nur die zwei Ebenen bis zum bitteren Ende durchgehalten, sie hat in fast jeder Zeile ein hochpoetisches Bild erfunden. An diesem Versgeschmeide prangt nicht eine billige Zuchtperle.

Der Prophet Jesaja über Jerusalem: »Wie geht das zu, daß die treue Stadt zur Hure geworden ist? ... Dein Silber ist Schlacke geworden und Deine Weine mit Wasser verfälscht.« Nun, wie geht das zu, daß uns *ein schlechter atem* entgegenschlägt? Es ist nicht, wie wir uns gerne vormachen, der schlechte Atem der Geschichte; es ist unser eigener.

WOLF WONDRATSCHEK
ADAM JR.

Adam las die Bibel
Eva kaute Obst
Gott schlief die meiste Zeit
Es war so
Jeder kannte jeden
Die Schlange war der Chef im Garten Eden

Das Paradies war offensichtlich reine Nervensache
Ich weiß jetzt auch nicht so genau wie's weitergehen soll

Gott träumte schlecht
Er sah die Schlange die es mit der Mutter trieb
Aus war die schöne Theorie
Vorbei der Traum
Die Affen paarten sich mit dem was übrigblieb

Das Paradies war offensichtlich reine Nervensache
Ich weiß jetzt auch nicht so genau wie's weitergehen soll

Gott wachte auf
Ich kam im Ruhrgebiet zur Welt
Die Sache hat sich seitdem zugespitzt
Sonntags sitzt Gott im Irrenhaus
Teilt Würfelzucker aus
Und glaubt er sei der Held

Das Paradies war offensichtlich reine Nervensache
Ich weiß jetzt auch nicht so genau wie's weitergehen soll

LOTHAR SCHÖNE
DIE ENTGLEISTE SCHÖPFUNG

Mit Protest und Aufruhr, Subkultur und Widerstand, all den Stempeln, die man dem Autor Ende der sechziger, Anfang der siebziger Jahre aufdrückte, hat dieses Gedicht nichts zu tun. Die erste Strophe teilt lediglich einen Zustand mit – auf lakonische und, wie die erste Zeile zeigt, auch auf ironische Weise. Der Ton der Langeweile ist dabei nicht zu überhören, einer mißgestimmten, mißmutigen Langeweile (Eva aß nicht, sie »kaute« Obst, und jede Emphase durch ein hinweisendes »So war es« wird vermieden, statt dessen die träge, fast bedauernde Inversion »Es war so«).
Zugleich wird ein Begriff, eine Instanz eingeführt, von der in der Literatur der siebziger Jahre nicht allzu häufig die Rede ist: Gott. Im ganzen Gedicht taucht der Name viermal auf, in Zusammenhängen, die wenig schmeichelhaft sind. Denn dieser Gott schläft, träumt schlecht, wacht schließlich auf und sitzt zum Schluß im Irrenhaus. Ein äußerst passives Verhalten also, auch wenn er offenbar das Irrenhaus Welt alle sieben Tage aufsucht, um Zucker zu verteilen. Und doch ist er der innere Bezugspunkt aller drei Strophen. Um ihn geht es, er ist stets das Subjekt, der Ausgangspunkt aller Aussagen, und selbst die beiden Refrainzeilen beziehen sich auf das unklare, ungewisse Verhalten eines das Paradies vernachlässigenden Gottes.
Wolf Wondratschek arbeitet mit Sätzen, die wie Blitzlichter aufleuchten, nur für einen Augenblick, schon geht ein anderes an. Dabei schneidet er die Zeilen häufig wie Szenen

im Film hintereinander (»Gott wachte auf / Ich kam im Ruhrgebiet zur Welt«). Er argumentiert nicht, er entwikkelt keine Beweiskette, er verknüpft seine einfachen Aussagen nicht zu einem logischen Zusammenhang – das ist Aufgabe des Lesers.

Und nicht trotz, sondern gerade wegen dieser scheinbar simplen Machart, dieser unartifiziellen Sprache, die ungenau sein will und umgangssprachliche Wendungen (»reine Nervensache«, »es mit der Mutter trieb«) geradezu aufsaugt, trifft das Gedicht das Lebensgefühl vieler, die damals glaubten, die Welt auf ein besseres Gleis schieben zu können. Resignation, Ratlosigkeit, ja Hoffnungslosigkeit sind die begrifflichen Entsprechungen für die zweite Zeile des Refrains.

Aber diese pessimistischen Vokabeln sind nicht etwa durch ein privates Unglück hervorgerufen; das Gedicht teilt nichts Geringeres mit als eine ungeheure Fehlentwicklung der gesamten Menschheit. Schon im Paradies ist alles schiefgegangen, aus den Fugen geraten, schon dort war die Schlange der »Chef«. Und der Schuldige ist niemand anderes als jene Instanz namens Gott. Sie hat versagt, weil sie die Zeit nach der Schöpfung verschlafen, weil sie nicht auf die Schöpfung aufgepaßt hat.

Aber wie lautet eigentlich der Vorwurf? Schläft man aus Interesselosigkeit oder aus Zutrauen in das eigene Werk? Wer hat eigentlich wen enttäuscht und wessen Zutrauen nicht gerechtfertigt? »Die Affen paarten sich mit dem was übrigblieb«: Hier begann die Tragödie. Und sie endet dort, wo diese Instanz Würfelzucker austeilt: eine mitleidige, besänftigende und auf jeden Fall unzureichende Wiedergutmachung.

Das Gedicht entpuppt sich also als eine große Anklage –

des Lebens schlechthin und von Anfang an. Und nur der Ton, die laxe und leichtfüßige Diktion, scheint zu verhindern, daß es sich zu einer Litanei auswächst, obwohl das Merkmal einer Litanei im ursprünglichen Wortsinn des Wechselgebets zwischen Geistlichen und Gemeinde vorhanden ist: der Refrain lädt zum Mitsprechen oder Mitsingen geradezu ein. Auf jeden Fall aber macht das Gedicht seinen zwar nicht neuen, aber doch gewaltigen Inhalt durch seine Form gewissermaßen zugänglich, man könnte auch sagen, konsumierbar.

Und wo bleibt das lyrische Ich? Es erwähnt sich, außer im Refrain, nur kurz: »Ich kam im Ruhrgebiet zur Welt / Die Sache hat sich seitdem zugespitzt.« Seit dieses Ich zur Welt kam, einer relativ kurzen Zeitspanne gemessen an der Zeit, die das Gedicht durcheilt, hat sich die Situation also verschlimmert. Das macht, zumindest für den Autor, sein Gedicht so dringlich. Aber ist es eigentlich weniger dringlich für den Leser? Und ist es auch nur einen Deut weniger dringlich geworden, wenn wir es heute lesen?

WOLF WONDRATSCHEK
IN DEN AUTOS

Wir waren ruhig,
hockten in den alten Autos,
drehten am Radio
und suchten die Straße
nach Süden.

Einige schrieben uns Postkarten aus der Einsamkeit,
um uns zu endgültigen Entschlüssen aufzufordern.

Einige saßen auf dem Berg,
um die Sonne auch nachts zu sehen.

Einige verliebten sich,
wo doch feststeht, daß ein Leben
keine Privatsache darstellt.

Einige träumten von einem Erwachen,
das radikaler sein sollte als jede Revolution.

Einige saßen da wie tote Filmstars
und warteten auf den richtigen Augenblick,
um zu leben.

Einige starben,
ohne für ihre Sache gestorben zu sein.

Wir waren ruhig.
hockten in den alten Autos,
drehten am Radio
und suchten die Straße
nach Süden.

PETER RÜHMKORF
GEPÜNKTELTE HOFFNUNGSLINIE

Was wie eine Ballade anfängt, eine Reiseromanze vielleicht, gibt schon in der Eingangsstrophe über den Erzählstoff hinaus zu denken. Ein vergleichsweise unauffälliges, wenn nicht farbloses »Wir« hockt lässig in *den* alten Autos (Bekanntschaft vorausgesetzt) und sucht *die* Straße nach Süden (wir verstehn uns, Compagni?), wobei der bestimmte Artikel schon für sehr bestimmte Artikel steht.

Trotzdem scheint das lyrische Wir seiner eigenen Position nicht ganz so sicher, wie es sich in Positur setzt. Statt Reiseeindrücke zu vermerken oder Landschaft im Fluge festzuhalten, verzeichnet das Fahrtstenogramm Gedanken und Erinnerungen, die den Zurückgebliebenen gelten: einer unbeirrbaren Avantgarde hier, einer geschlossenen Bruderloge dort, unter sich unverbunden alle, wie sie da sind, aber jedes in seiner Art auf einen festen Nenner zu bringen oder bei einem Glaubensinhalt zu packen.

Vergleicht man die unterschiedlich entschiedenen Elitekorps noch einmal genauer mit unseren *Trial-and-error*-Touristen, dann ist allerdings unübersehbar, daß hier klare, um nicht zu sagen absolute Positionen gegen ein ziemlich vages Disponiertsein stehen. In sechsmaligem Ansatz werden sogenannte alternative Verhaltensmodelle von uns aufgeführt und hingereiht, hinter denen jeweils eine unbedingte Heilsgewißheit steht, ganz egal, ob vom Glauben an »endgültige Entschlüsse« bewegt oder vom

Vertrauen auf den einzig möglichen, »den richtigen Augenblick« getragen.

Interessant scheint mir dabei, und ich meine, artistisch interessant, daß die konkurrierenden Alleinvertretungsansprüche nicht bloß einfach von außen her bestritten oder abgewiesen werden, sondern als Widersinnigkeiten-in-sich auf die Bühne gerufen. Missionarische Postkarten aus der Einsamkeit sind ja letzten Endes genauso paradox wie das Totalitätsverlangen nach einer niemals untergehenden Sonne; und wer von einem alle Finsternisse durchdringenden Erwachen immer bloß »träumt«, gerät in die nämliche Absurdität wie jemand, der sich totstellen muß, um den eigenen Kairos nicht zu verpassen.

Damit ist das Gedicht mit seiner Kunst allerdings noch nicht am Ende. Diese hebt erst richtig an, wo die Frage nach dem Sinn von solchen Daseins-Radikalen sich zunehmend dramatisiert und in einem beinah mechanisch anmutenden Abbuchungsverfahren auf einmal der Schicksalsknoten geschürzt wird. Mögen die finalen Umstandsbestimmungen (grammatikalisch gesprochen) zunächst noch offenlassen, wohin es mit der schlimmen Ausschließlichkeit einmal führen kann (»um uns zu endgültigen Entschlüssen aufzufordern« – »um die Sonne auch nachts zu sehen«) – in der klug kalkulierten Engführung des fünften Statements (»saßen da wie tote Filmstars ... / um zu leben«) gibt das scheinbar absichtslos wiederholende Aufzählen dann auf einmal seinen heimlichen Hintersinn preis, und wo eben noch ein rechthaberisches »Um zu« genügte, einen eigentlichen Daseinszweck zu bezeichnen, sieht sich das Finalitätsdenken plötzlich in die Nähe eines heillosen Finales gerückt »Einige starben, / ohne für ihre Sache gestorben zu sein.«

Und seltsam, was uns am Anfang des Gedichtes noch so vag und zag und unentschieden erschien, dieser Singsang vom Aufbrechen und vom planlos beiläufigen Herumprobieren (hocken – drehen – suchen), das klingt im zweiten Durchgang beinah wie ein kleiner Trutzgesang. Ohne daß der Autor auch nur ein einziges Wörtchen an seiner Introduktion geändert hätte, lesen sich die un- und fast unterbetonten Aussagesätze auf einmal wie erklärte Ausrufesätze mit einem dick unterstrichenen *Wir* zu Beginn und einer erwartungsvoll in die Zukunft hineingepünktelten Hoffnungslinie beim Ausklang.

WOLF WONDRATSCHEK
LIED VON DER LIEBE

Wir lagen, faul vor Liebe,
noch im Gras, da färbten schon
sich über uns die Blätter.

Dann standen die Bäume kahl.
Ich sah den Himmel, mehr davon,
als mir lieb war.

Nein, mit der Liebe unten
hat der Himmel nichts zu tun.
Ich nahm eine Handvoll Erde.

Da hast du gesagt: das da
in deiner Hand, so will ich,
daß ich werde.

WOLFGANG BRENNEISEN
LEISER TROST

Wolf Wondratschek war ein Kultautor, zweifellos. In den siebziger, ja noch in den achtziger Jahren war er, gemessen an den Verkaufszahlen seiner Gedichtbände, einer der erfolgreichsten deutschen Lyriker, wahrscheinlich der erfolgreichste. Warum? Hans Werner Richter, *Spiritus rector* der »Gruppe 47«, erklärte das Phänomen so: »Wondratscheks Erfahrungen sind die Erfahrungen einer ganzen Generation. Das ist das schnell gelüftete Geheimnis seines Erfolgs.« Der *Sound* seiner Gedichte, so muß man wohl sagen, kam gut an, die geschickte Montage von Elementen der Pop- und Gegenkultur, das etwas kraftmeierische Verletzen gesellschaftlicher Tabus, die unbekümmerte Subjektivität, die intellektuelle *Coolness.* Nur: Die Zeit schreitet voran, auf eine Generation, die eben noch ganz vorne und *in* war, folgt die nächste, und unversehens ist der jugendliche Barde in dem Alter, in dem sich andere schon in den Vorruhestand zurückgezogen haben. Die Frage im Falle Wondratschek, Jahrgang 1943, lautet: Was bleibt, wenn die irrlichternden Blitze von ehedem verloschen sind?

Das »Lied von der Liebe« also aus einem ganzen Band mit Liebesgedichten, als Blütenlese von schon Bekanntem und noch Unveröffentlichtem. Ein zartes Gedicht von einem Mann, der sich in anderen Texten von großen Boxern und Fightern fasziniert zeigt. Zwei Seelen wohnen, ach, in seiner Brust, und in manchen seiner Gedichte ist durchaus

von beidem die Rede, von der Liebe und von der Gewalt.
Das Sujet, die Szenerie, die Motive – das ist nicht neu, doch wenn es sich um eine existentielle Situation handelt, ist eine variierende Wiederholung legitim oder, anders gesagt: Dichten bedeutet immer auch das Fortspinnen eines Fadens, der bis in die Zeit zurückreicht, als das menschliche Bewußtsein erwachte. Die Liebenden im Gras, der weite Himmel darüber, die kahl werdenden Bäume – das darf man, soll man wiederholen, das muß im Gedächtnis der Menschen bewahrt werden.
Natürlich denkt man dabei an Brechts »Erinnerung an die Marie A.«, an die unvergeßliche Wolke im Sommerhimmel: *Sie war sehr weiß und ungeheuer oben / Und als ich aufsah, war sie nimmer da.* Im Vergleich dazu erkennt man auch, daß unser Gedicht nicht ganz vollkommen ist. Als »Lied« klingt es etwas holprig, man stolpert beim Lesen und Sprechen in einen störenden Prosarhythmus hinein. Aber gerade diese Unvollkommenheit macht die Authentizität des Textes aus, ist ein Indiz für die Ehrlichkeit des Schreibenden: Der Dichter mißtraut dem glatten Fluß der Sprache, er möchte nicht von seinen Gefühlen überwältigt werden und rettet sich in das Parlando des Alltags.
Was aber dieses Gedicht neben dem großen Brechtschen Monolithen bestehenläßt: Das Du, die Frau, die Geliebte bekommt eine Stimme. Dort ist *die stille bleiche Liebe* nur eine Erinnerung, fast ein Spuk wie die verschwindende Wolke. Hier aber wird sich das Du mitten in der Gegenwart der Liebe schon des Vergehens, des Todes bewußt und spricht das gegenüber dem Geliebten aus. Angesichts der Unheimlichkeit des Daseins, der Mitleidlosigkeit des Himmels liegt in diesem Aussprechen, im Sich-bewußt-

Werden einer realen, aber erschreckend flüchtigen Gemeinsamkeit ein leiser, wunderbarer Trost.

JÖRG FAUSER
DER ZWANG ZUR PROSA

Der Zwang zur Prosa, das ist der
Zwang zur Liebe, zum Rausch, zur
Metzelei, der rasende
Berserker greift zum Schlachtschwert
und zerlegt die Cafés von Angers,
es ist der Zwang zur Prosa,
der ihn berauscht, der den Poeten
mit spitzen Fingern das Pernodglas leeren
läßt und den Schlüpfer der Hure
an der Leine im Hinterhof streichelt,
es ist die Liebe zum Lamm,
die den Hirten niederbeugt in die Lache
der Erde, er trinkt das Blut, er badet
in Flüssen jenseits aller
Vernunft, jenseits der Bürger
und mäßigen Arbeiter, in seinen
Armen wiegt er das Kind
der heiligen Jeanne, er ist schutzlos,
ein Idiot mit Musik in den Muskeln,
er trinkt ihr Blut, er stirbt
den Tod der Ratte, unter Hausbesorgern
beißt er ins Gras, ein Mann
wie ein Rausch, ohne Zukunft, Berserker
ohne Bar ohne Frau ohne Schwert,
an der Loire ein Mann, er badet
in Bildern, in Prosa, in Wein,

er badet im Land, in der Sonne, im Blut
und tut alles unter der Fahne
des Winters, er weiß, es gibt
Liebe nicht so, Lämmer nicht so noch Heilige,
er sonnt sich in Schnäpsen, in Frauen,
in Prosa, in sanfter, vernünftiger
Metzelei . . .

WOLF WONDRATSCHEK
ZUM STAUNEN

Der Zwang zur Prosa? Mir scheint dieses Gedicht von Jörg Fauser, der 1944 geboren wurde, von jener kollektiven Konsistenz zu sein, die wir am ehesten aus unseren Träumen kennen.

Das Gedicht beginnt mit einer Erklärung seines verblüffenden Titels, daß es sich bei dem Zwang zur Prosa um den gleichen Zwang handelt wie den zur Liebe, zum Rausch, zur Metzelei. Wahrlich, ein rasantes Tempo. Denn, bitte, was haben Metzelei und Liebe wohl gemeinsam? Die drei Behauptungen peilen knapp und eindeutig die Hauptfigur an, um die es hier geht: den rasenden Berserker. Er schafft den Zusammenhang, die Gemeinsamkeit, ohne daß sein Name genannt wird.

Wir erfahren, daß es sich nicht um einen ganz normalen Amokläufer unserer Tage handelt, sondern um einen Mann (der Geschichte offenbar), der mit dem Schlachtschwert ausgerechnet die Cafés von Angers zerlegt. Deutlicher braucht man es eigentlich nicht zu sagen, um ihn vor sich zu sehen: Gilles de Rais, ein Rasender, ein Berserker, Soldat, Geliebter, Kindsmörder. Immer schon eine Hauptperson in ganz besonderen Träumen. In dieser Radikalität verbleibt das Gedicht, wobei sich hier nur noch einer hinzugesellt: der Träumer selbst, der Poet.

Gilles de Rais also – und bei ihm (im Geiste dieser Vision) der schüchterne Poet, der seine Legende bis weit herüber holt zu den Symbolen der christlichen Reinheit. Aber für einen Pernodtrinker hängen eben auch im Garten Gethsemane die Schlüpfer der Hure auf der Leine. Wie die Poeten das machen? Ich kann selbst nur staunen. Und wie recht er hat, der Poet! Die Legende des Adeligen fließt wie ein schrecklicher Größenwahn zuletzt in die Wiederholungen und Variationen, die Wörter und die Bilder. Sanfte vernünftige Metzelei? Natürlich nur, wenn man Fausers Überzeugung teilt, daß der Zwang zur Prosa die einzige und wohl einzig wirkliche Errettung darstellt vor dem Elend unglaublicher Exzesse.

Wird ein Gedicht um so besser, je eindeutiger wir es schließlich interpretieren können? Lernen nicht die Schüler Poesie erst dann hassen – freilich von allem Anfang an –, wenn man sie zu jener Art Vergewaltigung anregt, die darin gipfelt, das Objektive festzustellen? Oder wie es heißt: den Sinn?

Zum Beispiel könnte es sein, daß Fauser tatsächlich eines schönen Tages irgendwo am Flußlauf der Loire gelegen hat, berauscht vom Wein, von der Erinnerung an den Mann dieser Landschaft, den Schlachten, dem Morden und der Geschichte einer Erlösung, die auf sich warten läßt. Und daß ihm bei der Niederschrift seines Gedichts das »Objektive« so restlos gleichgültig war wie einem Ertrinkenden die chemische Zusammensetzung des Wassers.

Ich finde an diesem Gedicht die artistische Seite interessant, den Versuch, sprachlich, rhythmisch, metaphorisch Vision und Gegenwart zu verschmelzen zu einem Eindruck, der – trotz allen Zwangs zur Prosa – so nur in der Poesie möglich ist.

Das vergleichsweise Außergewöhnliche dieses Gedichts ist ja, daß Fauser hier einen fast mittelalterlichen, gregorianischen Ton trifft und auch melodisch durchhält, der

wie ein Psalm klingt, der Psalm eines Abendmahls mit Blut und Schnaps, Huren und Heiligen – und dem trunkenen Poeten dazu (auch wenn das schon beinahe ein selbstgefälliges Bild darstellt, das nur noch schwer zu akzeptieren ist). Er liegt am oder schon unterm Tisch. Was hat dann einer wie er, der nur Füße sieht, für eine Erleuchtung?
Er sieht keine Schlachten mehr, auch keine Flüsse in Blut, Jeanne d'Arc – auch von ihr mag er nur eine poetische Vorstellung haben. Also ist er ihr Bruder im Geiste, ihr Geliebter, zurückgekehrt in der Verwandlung des kleinen miesen Poeten, der nur im tiefsten Schatten sich einbilden mag, ein Sonnenkönig zu sein. Er ist kein Berserker, es sei denn, der Zwang zur Prosa höre auf, und zweifellos ist er kein Hirt – über welche Herde sollte er wachen?
Dieses Gedicht ist nicht rätselhaft und doch ein Rätsel; auch Träume, wie wir wissen, sind auf ihre Art wirklich. Die Hinterhöfe, sie grenzen manchmal tatsächlich auch an die Ufer jener Flüsse jenseits der Vernunft. Zum Staunen ist es schon.

ROBERT SCHINDEL
KÄLTELIED

1

Und hast du nichts im Maul, nur Luft
Der Westwind fährt dir durchs Gewand
Du stehst herum mit deinem Großen Gähnen
Und schluckst und schluchzt. Du bis im Ohneland.

Was tust du da, was soll dir das Gelaufe
Zur Willenlosigkeit? Verborgen hast
Paar Wünscheldinge. Intensiv bis du
So laut und heiser und verstorben fast.

Was nutzts – ihr Nutzen ist die wahre Leidenschaft.
Die Menschverwalter üben ihre Macht
Sie gieren und sie registrieren.
Und auf uns senkt sich ihre Rattennacht.

2

Und hauen deinen Bruder in den Bauch
Verlangen von der Schwester Futabgaben
Gehen einher als Leute, die was haben
Und also leben, und es ist der Brauch

Daß du gesellig dich dazubequemst
Mit deiner Liebe ihren Rebbach speist
Dich unter ihren Krötenküssen dehnst.

Ach – mach sie nach. Nach ihrer Gier – dein Giern
Lebe das Leben aus der Dämmerhand
Versüß dir das vertraute Unbekannt.
Die toten Ahnen stehn dir auf der Stirn

3

Und wie sie sind so kannst nicht sein
und was du bist das bist du nicht
Die Kälte schwängert dich. Die Sucherein
Nach der PERSON in morgenrotem Licht

Verpissen sich. Dein Denken
Zerfasert. Doch dein Hasenlauf
Zuckt noch ein wenig: Du gibst auf.
Du hast die Kälte fest in den Gelenken.

KLARA OBERMÜLLER
DIE TOTEN AHNEN AUF DER STIRN

Schon die Titel seiner Gedichtbände verheißen keine Harmonie. Robert Schindel liebt das schräge Bild, die unerwartete Wortpaarung, das Oxymoron, und nur wenige bewegen sich so unbekümmert und wagemutig im Garten der deutschen Sprache wie der bald fünfzigjährige Österreicher aus Wien.

In seinem ersten Gedichtband »Ohneland« aus dem Jahr 1986 hat Schindel den Ort bezeichnet, von dem aus er schreibt, ein Land- und Heimatloser, ein »Aushäusiger«, wie es in Österreich heißt, einer, der nicht dazugehört, ein Fremder im eigenen Land. In einem seiner jüngsten Gedichte, »Vineta« heißt es, stellt er sich selber vor: *Ich bin ein Jud aus Wien, das ist die Stadt / Die heisse Herzen, meines auch, in ihrem Blinddarm hat / die schönste Stadt der Welt direkt am Lethefluss / Ich leb in ihr, in der ich so viel lachen muss ...* Diese Standortbestimmung steht nicht im Widerspruch zum oben Gesagten; sie ist viel eher eine Erklärung dafür.

Der Sohn jüdischer Kommunisten, dem die Nazis den Vater ermordet und die Mutter durch die Konzentrationslager getrieben haben, ist zurückgekehrt an den Ausgangspunkt, in die »Wortheimat« Wien, in die die Erinnerungen einfallen wie Krähen und den Gedanken an die Toten wachhalten. Dort lebt, liebt und schreibt er als einer, der weiß, daß er hier im Grunde nicht sein sollte. *Und schuldig ich, und wie, ein Halbgerechter / Denn ich vergnüg mich gar nicht schlecht in deutschen Landen,* heißt es in dem Gedicht, das seinem jüngsten Band »Ein Feuerchen im Hintennach« den Titel gegeben hat.

Aus der Spannung unterschiedlicher Herkunft lebt nicht nur Schindels 1992 erschienener Roman »Gebürtig«; die Spannung ist auch in den Gedichten, die ihr mit paradoxen Wortschöpfungen und widerständiger Poesie oft unmittelbarer Ausdruck verleihen, als die geregeltere Prosa dies vermöchte. Im Bänkel- und Balladenton, Villon im Gepäck und an barocker Bildersprache geschult, gibt Schindel Alltagserfahrungen wie existentiellen Befindlichkeiten Ausdruck. Im Grunde hat er nur ein Thema, und das ist er selbst. *Doch weil du tot bist, rede ich von dir / Indem ich von mir red,* sagt er im Gedicht auf den Tod eines väterlichen Freundes.

Auch im »Kältelied« hält einer Zwiesprache mit sich selbst. Die Anrede hilft ihm, den eigenen Standort zu bestimmen: *Du stehst herum mit deinem grossen Gähnen / Und schluckst und schluchzt. Du bist im Ohneland.* Es ist, als wolle einer sich die eigene Unbehaustheit in Erinnerung rufen, bevor er es sich allzu wohl sein läßt an einem Ort, der ihn jederzeit wieder vertreiben könnte. *Was tust du da?*, lautet die Frage, die ohne Antwort bleibt. Sie, die andern, die *Menschenverwalter*, sorgen dafür, daß sie nicht zur Ruhe kommt. Schindel sagt sich vor, was sie ihm und den Seinen angetan haben und unter Umständen wieder antun könnten.

Er braucht die Mahnung, um zu verhindern, daß er, der Ausgehauste, sich dazu bequemt mit einer Liebe, die auf Gegenliebe hofft. *Ach – mach sie nach*, ruft er sich zu, *versüß dir das vertraute Unbekannt. Nützen wird's nichts. Die toten Ahnen stehn dir auf der Stirn* und grenzen aus –

in den Augen der andern und, notwendigerweise, auch in den eigenen. Der allzu gefälligen Anpassung droht der Identitätsverlust: *Und wie sie sind so kannst nicht sein / und was du bist das bist du nicht.* Der Versuch, einen Ort zu finden, an dem man mit sich und den andern im reinen wäre, scheitert. Die Flucht gelangt an kein Ziel; sie ermüdet nur und gibt schließlich, *die Kälte fest in den Gelenken*, auf.

Doch Schindel wäre nicht der, der er ist, wenn er Kälte und Verzweiflung das letzte Wort überließe. »Gedichte vom Holz der Paradeiserbäume« lautet der Untertitel des Bandes »Ohneland«. Die Spannung von sinnlichem Behagen und panikhaftem Fluchtreflex treibt eine Sprache an, die sich im Widerspruch zum Gegebenen fortlaufend neu erfindet.

ROBERT SCHINDEL
LEOPOLDSTÄDTER TANZLIED

1
Ich habe Lust auf Lüftesprünge in den Winterwiesen
Auf Entenparlamente auf dem dünnen Eis zu
Heustadel
Auch auf die nackten Misteln in den Jesuitenbäumen
Bekommen hab ich Lust, fest in die Luft zu beißen.

Mit welchen Zähnen in welch kalten Wintern?
Ich frags nicht aus. Will mit der Freundin
Eisküsse tauschen und ums Lusthaus rennen.
Habe die Gier so sehr nach Königinnenschnee.

2
Das ists, was mir gefällt an mir: so ein Gefallen,
Ein wienerisches Wurzelziehn, ein Rustenschacher
Nebel,
Ein Schüttelstraßenwind mit dem gewiegten Orion
Der auf die Simmeringer Lände schaut.

3
In diesen knochekalten innerlichen Wintern
Daweil ich doch allein bin und es Kröten regnet
In meinen Träumen wird die Lust ganz aberwitzig
Und beißt der Wind zurück. Mir machts nichts aus.

4
Die Hauptallee entlang humpelt mein alter Freund
Der Kärntner Urslawone aus Kagranien
Und möchte Wurzelziehn beim Bildermalen.

Ich hüpf daneben, bis um halba fünf die Krähn
Den Himmel rupfen
Vor sie in den Schlaf verfallen.

Da werd ich torkeltanzen und die Roßkastanien
Setzen das Abendlicht in ihre Schunkelhöhn.
Ich hab den Schlund voll Lust, indes die Fröste gehn.

WALTER HINDERER
EIN FROSTEMANN MIT SÜDGIER

Der österreichische Lyriker Robert Schindel schreibt, wie er rezitiert: mit Temperament und Melos. Er liest und dichtet eben nicht bloß mit den Augen, was eben Nietzsche an den Deutschen kritisiert, und hat mitnichten »seine Ohren... ins Schubfach gelegt«. Im Gegenteil: er musiziert in seinen Versen zugleich unbekümmert und auf subtile Weise raffiniert. In seinen erfrischend persönlichen Gedichten steckt noch viel von der widerborstigen kakanisch-kakophonischen Melange und verbinden sich Wiener Dialektpartikel mit jiddischen Idiomen. Er, »ein Jud' aus Wien«, so kommentiert der Dichter selbst seine biographische Situation in dem Text »Vineta 1«, lebt zwischen der Erinnerung an eine schlimme Vergangenheit und dem Bewußtsein einer täuschenden Gegenwart. Kurzum: er wohnt, wie Schindel den Widerspruch signalisiert, in der »schönsten Stadt der Welt direkt am Lethefluß«. Die vitale Lebenslust dieses barocken Sinnenmenschen schlägt deshalb in seiner Lyrik immer wieder in Äußerungen von Depression, Melancholie oder Sarkasmus um.

Zu seinen schönsten Gedichten gehört für mich sein »Leopoldstädter Tanzlied«, welches die unmittelbare Umwelt des Dichters veranschaulicht. Da sind die »Entenparlamente auf dem dünnen Eis zu Heustadel«, »die nackten Misteln« in den Bäumen auf der Jesuitenwiese im Grünen Prater, die Rustenschacher Allee oder die Simmeringer Lände, die der Autor von seinem Fenster aus sehen kann.

Doch wie ansteckend wird in diesem Tanzlied »die Lust auf Luftsprünge« sprachlich und rhythmisch dargestellt!

Das Lustgefühl unterbricht der Autor allerdings in der zweiten Strophe mit einer Frage, die aber auffallend knapp abgewiesen wird. Statt zu antworten, will der Autor lieber mit seiner »Freundin Eisküsse tauschen und ums Lusthaus rennen«. Nichtsdestoweniger schieben sich im zweiten und dritten Teil des Gedichts deutlich reflexive Elemente in den Vordergrund. Das Bewußtsein verdoppelt gleich noch sprachlich das Gefallen, das dem Dichter das »wienerische Wurzelziehn« bereitet und das auch der »Kärntner Urslawone« beim Bildermalen praktizieren möchte.

Andererseits dienen hier die Bildstenogramme dazu, das Lustgefühl vom Verstand her zu erklären. Es wird nun also doch ausgefragt und die problematische Situation erhellt: zwischen außen und innen, zwischen der »Lust und Lüftesprünge« und den »knochekalten innerlichen Wintern«, den aberwitzigen Träumen und dem Gefühl des Alleinseins. Die Behauptung »Mir machts nichts aus«, die so auffallend mit dem Entschluß »Ich frags nicht aus« korrespondiert, kann man leicht als ein verstecktes psychologisches Zeichen für das Gegenteil deuten. Im letzten Teil scheint die Erscheinung des humpelnden alten Freundes, des Bildermachers, zu neuen, wenn auch zunächst gemäßigteren Sprüngen anzuregen. Der Dichter greift hier das Scherzo des Anfangs auf und steigert es zu »Schunkelhöhn«, bis er geradezu epigrammatisch die inhaltlichen und musikalischen Motive auf den Nenner bringt: *Ich hab den Schlund voll Lust, indes die Fröste gehn.*

Im Rückblick läßt sich das Gedicht als ein kunstvoll inszenierter Gegengesang gegen den inneren »Kältstrom« lesen.

Der »Frostemann mit Südgier«, wie sich Schindel in einem seiner Verse nicht ohne Selbstironie apostrophiert, erfindet ein sprühendes lyrisches Feuerwerk, um das Eis in sich aufzutauen. Nicht von ungefähr heißt es in dem Refrain des Gedichtes »Atmung«: *Als ich mein Herz zuschloß / Wuchs die Vergangenheit / zur Kruste.* Um diese Kruste immer wieder aufs neue aufzubrechen, schreibt Robert Schindel seine verführerischen Lieder.

ROBERT SCHINDEL
VINETA I

Ich bin ein Jud aus Wien, das ist die Stadt
Die heiße Herzen, meines auch, in ihrem Blinddarm hat
Die schönste Stadt der Welt direkt am Lethefluß
Ich leb in ihr, in der ich so viel lachen muß

Einst Welthauptstadt des Antisemitismus ist sie heute
Vergessenshauptstadt worden. In ihr lachen Leute
Die für das nackte Leben grad gnug Tränen haben
Sitzen in der Dunkelküche, eine halbe Welt geladen

Dies Wien liegt dennoch nicht im Österreiche
Und wer noch glaubt, daß diese Stadt, die herzensbleiche
Dem Land der Hauptsitz ist vom schroffen Alpenbunker

Der soll vom Transalpinen kommen da herunter
Möge uns geben den Devisenklunker
Und in der Hofburg riechen Östreichs beste Leiche

Ach diese Stadt ist nicht fürs Alpenglühen da
Sondern sie lebt, wie ich, längst in Diaspora

VOLKER KAUKOREIT
EINE HALBE WELT GELADEN

Ich kenne kaum ein deutschsprachiges Gedicht aus neuerer Zeit, das vergleichbar *in medias res* drängt und mit geradezu schamloser Schlichtheit seinem lyrischen Ich eine so eindringliche Stimme verleiht: »Ich bin ein Jud aus Wien.« Ein unpoetischer Klartext aus sechs einsilbigen Wörtern, in denen einzig dem Rhythmus eine Silbe geopfert wird. Hier spricht kein »Jude«, sondern ein »Jud«. Metrischer Zwang oder mehr?

Doch kaum so furios aufgetreten, rückt dieses Ich schon wieder in den Hintergrund, gänzlich in den drei Folgestrophen. Sprachlich schnörkellos ist noch der Übergang »das ist die Stadt«, dann zieht es den Leser zunehmend in eine bilddichte Lokalitätsbeschreibung, die sich parallel zum Rückblick in die Geschichte traditioneller Poesiesprache und althergebrachter Motive bedient. Nicht schönfärberisch an der blauen Donau liegt Wien, sondern am mythologischen Wasser des Vergessens, in einer Unterwelt, ja repräsentiert selbst eine untergegangene Sagen-Metropole wie die in der Ostsee versunkene Handelsstadt Vineta. Damit einhergehend eine Verbeugung vor zwei literarischen Wiener Wahlverwandten: vor Karl Kraus, der bereits 1924 in der »Fackel« ein tot-lebendiges Vineta-Wien glossierte, und dem 1939 im KZ Dachau gestorbenen Schriftsteller Jura Soyfer. Soyfers »Vineta«-Einakter von 1937 dominiert ein Motiv: »Das ist ja die Stadt des Vergessens hier...«

Was aber wird in Wien vergessen? Der Judenhaß des Bürgermeisters Karl Lueger, dessen Namen noch heute repräsentative Straßen und Plätze tragen? Männer, die Hitler die Ideen gaben, wie der Ritter von Schönerer und Lanz von Liebenfels? Die pflasterschrubbenden Juden des Jahres 1938? Von daher die Formel »einst Welthauptstadt des Antisemitismus«. Mit dem Dritten Reich (dem »Österreiche«, von Hitler zuletzt als »Alpenfestung« bezeichnet, deshalb »Alpenbunker«) hat Wien »dennoch« nichts mehr gemein. Das sollten auch die betuchten Nachbarn und Touristen aus Deutschland wissen, die der 1944 geborene Lyriker mit sarkastischer Geste zum Lokalaugenschein in die Hofburg lädt, unter anderem Sitz des österreichischen Bundespräsidenten.

Schindel's Verse entstanden während der Amtszeit Kurt Waldheims. Dessen Erinnerungslücken und die antijüdischen Untertöne des Wahlkampfs von 1986 gehören zum moribunden Wien. Das heißt nicht, daß das – durch dreifache Wortwiederholung fast magisch beschworene – »Leben« in dieser Stadt positives Gegenbild wäre. Wo das Tote und das Lebendige so beieinanderliegen (wie bei Soyfer und überhaupt der für Wien so typischen Barockseele), ist die Welt nur halb oder, anders gesagt, nur im Paradoxon erfahrbar. Die »schönste Stadt der Welt« versus »Vergessenshauptstadt«, »Lachen« versus »Tränen« (und der atavistische, an den frühen Heine gemahnende Neologismus »herzensbleich«).

Daß darüber hinaus die personifizierte »Blinddarm«-Stadt selbst von anderen vergessen oder zumindest unverstanden scheint, resultiert aus ihrer janusköpfigen Situierung im Ost-West-Grenzbereich. Hier herrscht ein eigentümliches, unvollkommenes, widerspruchsvolles, in der »Diaspora« anachronistisch tradiertes und in seiner Versprachlichung zuweilen verunsichertes Lebensgefühl vor, das trotz allem und mit Weh und »Ach« gegen trivialpoetische Zuschreibungen von innen und außen (»Alpenglühen«) in Schutz zu nehmen ist. So jedenfalls sieht es als Zeitzeuge das lyrische Ich, das sich in den – das traditionelle Sonett sprengenden – Schlußversen lakonisch zurückmeldet, formal auch durch die Wiederaufnahme des männlichen Reims. Mit einem weinenden und einem lachenden Auge verkündet es Entwurzelung und lokal gebundene Identität zugleich, alles in allem auch eine Art Liebeserklärung, die die zeitlose »Dunkelküche« menschlicher Existenz miterinnert, wahrscheinlich sogar den Ausklang von Petrarcas berühmtem Sonett über die Liebe in der Nachdichtung von Martin Opitz: *Ich weiß nicht, was ich will, ich will nicht, was ich weiß / Im Sommer ist mir kalt, im Winter ist mir heiß.*

»Vineta 1« ist ein kunstvolles, eigenständiges Zeitgedicht, nach wie vor aktuell, es ist ein verspielter lyrischer Pfad zu Schindels vielbeachtetem Roman »Gebürtig« (1992).

JÜRGEN THEOBALDY
ABENTEUER MIT DICHTUNG

Als ich Goethe ermunterte einzusteigen
war er sofort dabei
Während wir fuhren
wollte er alles ganz genau wissen
ich ließ ihn mal Gas geben
und er brüllte: »Ins Freie!«
und trommelte auf das Armaturenbrett
Ich drehte das Radio voll auf
er langte vorn herum
brach den Scheibenwischer ab
und dann rasten wir durch das Dorf
über den Steg und in den Acker
wo wir uns lachend und schreiend
aus der Karre wälzten

WULF SEGEBRECHT
VERBRÜDERUNG MIT GOETHE

Wer ist das eigentlich, mit dem sich Goethe, diesem Bericht zufolge, nach einem Verkehrsunfall johlend auf einem Acker herumgekugelt haben soll? Ich bin es, sagt der Dichter Jürgen Theobaldy, ich habe das Abenteuer selbst erlebt, ich berichte davon.

Ganz schön respektlos und selbstbewußt, dieser junge Mann! Ziemlich rüde plaziert er jedenfalls seinen großen Kollegen auf den Beifahrersitz seines Autos und läßt ihn dort – wen kann es wundern? – einigermaßen desorientiert und täppisch aussehen, während er selbst dem berühmten Mitfahrer gegenüber seine Routine im Umgang mit der seit Goethe fortgeschrittenen Technik stolz und überlegen ausspielen kann. Soll hier, wieder einmal, ein Denkmal vom Sockel gestoßen, ein Klassiker demontiert, Goethe als Trottel entlarvt werden?

Der Bericht über Goethes Verhalten während der Autofahrt rechtfertigt diese Vermutung bei näherem Zusehen nicht: Spontan folgte er, so wird erzählt, der Einladung zum Mitfahren, neu- und wißbegierig erkundigte er sich nach allen Funktionen des Vehikels und probierte sie risikobereit selbst aus, mit motorischer Begeisterung genoß er das befreiende und mitreißende Gefühl von Geschwindigkeit und Lautstärke. Dieser Goethe erwies sich bei der gemeinsamen Autofahrt gerade nicht als ein regungsloses Denkmal, sondern als ein höchst lebendiger, übermütiger Gefährte und Kumpan. Das sichert ihm die Sympathie des

Berichterstatters. Mit diesem Goethe kann er sich identifizieren und am Ende verbrüdern. Sein Gedicht – selbst zwanglos formuliert, ohne einengende Reime und begrenzende Strophengliederung – rekapituliert den Vorgang, der zu dieser Verbrüderung führt, als abenteuerliche Befreiungsbewegung. Gegen alle Etikette, gegen gesellschaftliche Zwänge und spießbürgerliche Rücksichten drängt es Goethe hinaus »Ins Freie«. Aus der Kerkerszene des Ersten Teils der Faust-Tragödie stammt bezeichnenderweise dieses Zitat, und es signalisiert, hier wie dort, kein konkretes Ziel, zu dem die Befreiung führen könnte, sondern die Bereitschaft zu unbedingter Selbsterfahrung. Die Wegstrecke selbst, die Richtung »Ins Freie«, wohin die Fahrt geht, hat Vorrang vor jedem denkbaren Fahrtziel. Das gemeinsam bestandene Abenteuer wird unter solchen Umständen zu einem Abenteuer der Erfahrung der eigenen Subjektivität. In ihrem Zeichen kommt es am Ende zu der Verbrüderung der Gleichgesinnten. Mit »Dichtung« (wie der Titel des Gedichts sagt) hat dieses Abenteuer insofern etwas zu tun, als Goethes Verhaltensweise für den Berichterstatter offensichtlich diejenigen Qualitäten demonstriert, die eine subjektive Poesie seiner Auffassung nach haben sollte: Umstandslos spontan soll sie sein und auf Neues aus, lustbetont und freiheitsoffen, also undogmatisch. Die Verbrüderung mit Goethe enthält das Bekenntnis zu einer solchen Dichtung.

Man sieht: Goethe – natürlich der junge Goethe, der rebellische Stürmer und Dränger, nicht der herzogliche Geheimrat – wird hier bedenkenlos für das Programm der Neuen Subjektivität der siebziger Jahre in Anspruch genommen, als deren Exponent in Theorie und Praxis der 1944 geborene Jürgen Theobaldy gilt. Sein Goethe-Gedicht findet sich bereits in dem 1973 erschienenen Gedichtband »Sperrsitz«. Programmatisch eröffnete es dann den Band »Blaue Flecken« (1974), wo es mit dem Motto Hölderlins korrespondiert: »Komm! ins Offene, Freund!«

JÜRGEN THEOBALDY
EIN AMTSSCHREIBER ERWACHT

Ich öffne die Hand,
und die Fliege darin lebt noch.
Vergebens habe ich
auf einen Gruß von dir gewartet.
Jetzt heißt es, das Bett zurechtzumachen
und die alten Briefe wegzustecken.
Die Cafés erwärmen jeden Morgen ihr Versprechen
auf ein unverhofftes Treffen.
Der Mittag wird mich daran erinnern,
daß es ausgeblieben ist.
Heute wäre ich schon mit weniger zufrieden,
wenn es nur schmeckt;
ein Tagesteller ist schließlich zu verbessern.
Als gestern nacht der Krimi zu Ende ging,
blieb die Welt für einen Augenblick stehen.
Freilich war das auch schon alles.

Neben der Tür zum Sitzungszimmer
wartet mein alter Regenmantel auf mich.
Er hat mich niemals hängen lassen.
Was die Namen angeht, bin ich vergeßlich.
Über die Eingaben lächle ich.
Das ist meine Rache an den Machern.

Und nun, vorwärts in den Tag!
Gleich wühle ich mich hinein
mit dem Propellerwirbel meiner Ellbogen.
Hat man den Bogen raus, geht es ganz leicht.
Du grüßt mich also nicht.
Im Grunde genommen hast du mich nie gegrüßt.
Aber weiter.

Ich richte mich auf,
und die Fliege fliegt weg.
Ich widme ein neues Kalenderblatt
meiner Komplizenschaft mit dem Pförtner.
Er weiß alles von dir.
Nein, alles weiß er von dir.
Nenne mich dein tragisches Ereignis,
während du Mühe hast, fahrig wie du bist,
die Zigarette auszudrücken.

Ob's dir paßt oder nicht:
Du hast mich geliebt.

HANS CHRISTOPH BUCH
IM DUNKELN PFEIFEN, UM SICH MUT ZU MACHEN

Dies ist ein Liebesgedicht, aber wie jedes gute Gedicht muß man es nicht nur zu Ende, sondern mindestens zweimal lesen, um zu verstehen, wovon hier die Rede ist. Verstehen ist schon zuviel gesagt; es geht um eine vorsichtige Annäherung, ein Nachsummen der bruchstückhaften Melodie, die der Dichter oder Sänger – hier stimmt das abgegriffene Wort – vor sich hin pfeift, um sich im Dunkeln Mut zu machen, wie der Volksmund sagt.
Die Überschrift der locker gefügten Strophen suggeriert ein erzählendes Gedicht, aber diese Erwartung wird gleich zu Anfang enttäuscht; ja, das Enttäuschen eingefahrener Erwartungen gehört zur literarischen Strategie des Autors, der jede Verszeile anders ausklingen läßt, als es die vorausgegangene nahelegt. Trotzdem wird so etwas wie eine Erzählstruktur erkennbar. Die Fliege, die der Dichter in seiner Hand gefangenhält, fliegt am Ende fort, und alles andere fügt sich zwanglos in den damit gesetzten Rahmen ein: der nicht beantwortete Brief, das fehlgeschlagene Rendezvous im Café, der unerwiderte Gruß und die fahrig ausgedrückte Zigarette am Schluß – es ist die Geschichte einer Trennung, die hier mit all ihren tristen und trivialen Details rekapituliert wird: eine alte Geschichte, wie schon Heine wußte, *doch bleibt sie immer neu / Und wem sie just passieret, / dem bricht das Herz entzwei.*
Was Theobaldys Verse von anderen Trennungsgedichten unterscheidet, die den Phantomschmerz der Liebe melan-

cholisch oder sentimental beschwören, ist der Amtsschreiber, als der sich der Autor – oder besser gesagt sein lyrisches Ich – augenzwinkernd apostrophiert. Der literarhistorisch beschlagene Leser denkt dabei an Gogols Mantel, der an der Tür des Sitzungszimmers hängt (*Er hat mich niemals hängen lassen.*), und an Melvilles Bartleby, einen stillen Kanzleischreiber, der eines Tages laut und deutlich nein sagt: »Ich möchte lieber nicht.«
Mit fast den gleichen Worten hat sich der Schriftsteller Jürgen Theobaldy, nach seinem vielbeachteten Debüt mit Lyrik und Prosa in den siebziger Jahren, vom deutschen Literaturbetrieb verabschiedet und lebt heute als Protokollant des Bundeshauses in Bern. Hier, in der Schweiz, hätte er auch das Vorbild für den Protagonisten seines Gedichts finden können. Ich meine nicht Gottfried Keller, der in Zürich als Stadt- und Staatsschreiber öffentlichen Respekt genoß, sondern Robert Walser, dessen Helden meist kleine Angestellte sind wie der in die Frau seines Arbeitgebers verliebte »Gehülfe« im gleichnamigen Roman.
All das braucht der Leser nicht zu wissen. Weder die Biographie seines Autors noch die hier skizzierte literarhistorische Tradition eröffnen einen privilegierten Zugang zu Jürgen Theobaldys Gedicht: Wie jedes Kunstwerk ist es eine leere Fläche, auf die der Betrachter seine Wünsche und Ängste projiziert, bis er darin am Ende sein eigenes Spiegelbild erblickt.

JÜRGEN THEOBALDY
WEICHE KÖRPER

Wieder die Gedanken an weiche Körper.
Eine Woche allein in hohen hellen Räumen
und du kriegst einen neuen Blick
für Kaffeelöffel, Kugelschreiber und Socken.
Draußen scheint die Sonne wie Musik.
Ein Kind schreit im Treppenhaus.
Die langen Tage voller Leiden, die noch
kommen werden. Ich bin nicht, wie manche von euch,
vorbereitet auf »ein Leben ohne Überraschung«.
Im Augenblick sind es die Gedanken
an weiche Körper. Sie steigen von den Schuhen
in den Kopf und lösen Hoffnung aus, Hoffnung ...
Oh, öffne dich, Symbolgeschichte des Frühlings
für diese kleine verletzliche Handschrift!

KARL KROLOW
ÖFFNUNG IN NEUE ERFAHRUNGSBEREICHE

Das Gedicht »Weiche Körper« stammt von dem dreißigjährigen Jürgen Theobaldy. Man findet es in seinem bei Rowohlt erschienenen Buch »Blaue Flecken«, dem im Jahr zuvor ein Bändchen Gedichte in einem kleinen Verlag vorangegangen war. Es ist ein Frühlingsgedicht und ein nichts als privates Gedicht, wie beabsichtigt vom Autor. Die meisten Gedichte des Buches sind mit solcher Absicht geschrieben. Darum kann es hier stellvertretend genannt werden.

Der Schreiber kommt aus der linken Studentenbewegung. In manchen Texten merkt man das noch. Aber es klingt wie ein Rückblick. Jedenfalls meint das Motto, das er seinem Band voranstellte – Hölderlins »Komm! Ins Offene, Freund!« – eine Aufforderung, eine Öffnung in neue Erfahrungsbereiche, zu denen auch dieses Private und die Mitteilung des Privaten, des Alltags gehört. Das für einige tabuisierte Privatleben wird in den »Blauen Flecken« überall wieder möglich, zuweilen noch ein wenig krampfhaft. Es ist, als wenn noch manches neu sich anhöre: Kaffeelöffel, Kugelschreiber oder Socken.

Die Unsicherheit gibt sich noch ein wenig ironisch. Die Ironie hilft, eine neue Position zu festigen. Sie überspielt Schwierigkeiten, die Theobaldy wohl noch hat. Die Schwierigkeiten werden in den beiden letzten Gedichtzeilen offenkundig, wenn das Wort Frühling fällt und die ganze poetische Belastung dieses Wortes noch hinzuge-

fügt wird, diese heikle und verblasene »Symbolgeschichte« einer Jahreszeit, die literarisches Repertoire ist, von dem man loskommen will.
Die »Öffnung« ist nicht leicht, oder – anders gesagt – Jürgen Theobaldy macht es sich mit ihr nicht leicht. Er ist sensibel genug, um sich die »kleine verletzliche Handschrift« einzugestehen, die eigene, noch unsichere Artikulation der neuen Erfahrung des Privaten, der privaten Gefühle, der Reaktionen auf Umwelt, menschliche Nähe, Kleinigkeiten, Banalitäten.
»Gedanken an weiche Körper« – das ist tatsächlich so etwas wie Ins-Träumen-Geraten. Das ist hier gestattet. Man gibt ihm nach, mitten in einfacher Umwelt, bei einfachen, alltäglichen Verrichtungen, in irgendeiner anonymen Wohnung mit hohen, hellen Räumen, bei Kindergeschrei im Treppenhaus, sozialem Wohnungsbau, Siedlungshaus-Szenerie. Die Sonne ist tatsächlich wieder Sonne, die »wie Musik« scheint, einfach und etwas sentimental der Vorgang und ein wenig lyrische Kolportage. »Die langen Tage voller Leiden, die noch kommen werden«, nehmen den Mund ja auch voll mit Gefühl (hinter dem – gerade weil der Mund so voll poetischen Leidens genommen wird – wieder diese Ironie auftaucht, einen Augenblick lang, um das auszugleichen, um die Gefühlsdirektheit, das Undifferenzierte, Sentimentale möglich zu machen).
Der empfindliche Schreiber – »Ich bin nicht, wie manche von euch, vorbereitet auf ›ein Leben ohne Überraschung‹« – gibt sich empfindsam, irritierbar, träumerisch. Die »Gedanken an weiche Körper« »lösen Hoffnung aus, Hoffnung ...« Das alles ist weit weg von einem »Prinzip Hoffnung«. Es bleibt bei der Gefühlswallung, beim Momentanen, beim Eingestehen eines beiläufigen Vorgangs:

Komm! Ins Offene des Gefühls, auch der Empfindsamkeit.

Der Zuschnitt des Theobaldyschen Gedichts ist bei diesem wie bei vielen anderen seines Buchs der Zuschnitt der amerikanischen Pop-Lyrik: etwas Frank O'Hara, etwas Ted Berrigan, Charles Bukowski, Gerard Malanga, Verwandtschaft (und Übernahme), wie man sie auch bei deutschen Lyrikern der Generation Theobaldys findet, bei Rolf Dieter Brinkmann oder Nicolas Born zum Beispiel. Wie diese macht Jürgen Theobaldy von Subjektivität Gebrauch. Die Unkompliziertheit des Privaten ist allerdings nur angenommen. Sie wird von einer spürbaren Labilität der Wahrnehmung kontrolliert. Auch Theobaldys Verse zielen wie die Brinkmanns auf »persönliches Datum«. Dies ist Theobaldys Gedichtstoff, wie es unser gelenkter Alltag ist.

PETER PAUL ZAHL
MITTEL DER OBRIGKEIT

man muß sie gesehen haben
diese gesichter unter dem tschako
während der schläge

man muß sie gesehen haben
diese gesichter unter dem tschako
zwischen schlag und schlag

man muß sie gesehen haben
diese gesichter unter dem tschako
nach den schlägen

sag nicht: diese schweine
sag: wer hat sie dazu gebracht

ERICH FRIED
EIN MEISTER DER AUSSPARUNG

Dieses Gedicht geht mir wahrscheinlich deshalb nicht aus dem Kopf, weil es eines der sparsamsten, zurückhaltendsten und zugleich präzisesten ist, die ich kenne, präzise durch Aussparungen. Das finde ich noch bemerkenswerter, seit ich weiß, daß es im Gefängnis entstanden ist, denn Verse hinter Gittern sind meist unbeherrschter, anspruchsvoller, reicher an Adjektiven, frommen und unfrommen Wünschen.

Der Dichter beginnt mit drei Momentaufnahmen. In seinen ersten drei Dreizeilern gibt immer nur eine Zeile den Unterschied zwischen den Bildern an: »während der schläge«, »zwischen schlag und schlag«, »nach den schlägen«. Daß die Schläger Polizisten sind, wird durch den Tschako angedeutet; gesagt wird es nicht. Gesagt wird nicht einmal, daß *sie* schlagen. Dem Satzbau nach könnten die Gesichter unter dem Tschako auch die Geschlagenen sein. Alles bleibt dem Denken des Lesers überlassen und seiner eigenen Erfahrung als Zeitgenosse. Das Gedicht will nicht zu einer feststehenden Meinung zwingen, sondern zum Denken. Auch wenn es, psalmenhaft wiederholend, dreimal einhämmert »man muß sie gesehen haben«, sagt es nicht, was man in diesen Gesichtern gesehen haben muß.

Der Leser wird auch nicht auf Polizeiknüppel aufmerksam gemacht, auch nicht auf dreinschlagende Hände oder Fäuste, nein, auf Gesichter, die selbst nichts oder wenig tun,

in denen aber Entschlossenheit oder Verkrampftheit, Zögern, Angst, Grausamkeit oder Automatismus des Schlagens zu lesen sein müssen. Dem Leser wird nicht gesagt, was er lesen soll, wahrscheinlich weil Peter Paul Zahl seine dreimalige Aussage »man muß sie gesehen haben« wörtlich meint und deshalb dichterische Zurückhaltung übt.
Damit ist das Gedicht schon fast beendet. Nur noch zwei Zeilen: »sag nicht: diese schweine! / sag: wer hat sie dazu gebracht«.
Die Bezeichnung »schweine« stünde nach Meinung des Dichters offenbar dem Erkenntnisprozeß im Wege, den schon sein Hinweis auf die Gesichter eingeleitet hat, obwohl er selbst nach drei Blicken auf die Prügelszene und in die Gesichter der Schläger das Schimpfwort offenbar so verführerisch naheliegend findet, daß er sofort vor ihm warnen muß. Noch mehr als der Schimpfverzicht um des Verstehens willen erweitert die Schlußzeile das Gedicht. Sie ist der Form nach eine Frage, birgt aber schon so viel Erkenntnis und unmittelbar bevorstehende Aussage, daß sie nicht mit »frag«, sondern mit der viel wirksameren Wiederholung »sag« eingeleitet wird.
Peter Paul Zahl schlägt dem Leser wieder keine fertige Antwort vor, sondern läßt ihn mit einer offenen Frage zurück. Sie kann die Widersprüche und Entfremdungen einer Gesellschaft meinen, die Menschen einander so aggressiv gegenüberstellt, sie kann auch aus jeder Schwarzweißmalerei ausbrechen, die die Verrohung immer nur auf der Gegenseite sehen möchte, nicht als etwas, was beide Seiten einander aufzwingen.
Durch ihr Offenbleiben hören diese Verse freilich nicht auf, ein engagiertes Gedicht zu sein, sondern werden erst eines. Als Sammlung ausgesprochener, in sich geschlosse-

ner Vor-Urteile wären sie nur ein Aufruf in Versen und ungleich weniger wirksam als diese Anleitung zum Selbst-Ausdenken und Nacherleben.
Träger einer Wertung – und damit indirekt einer Anklage – ist eigentlich nur der Titel des Gedichtes, der aussagt, daß Menschen als Mittel einer Obrigkeit in Aktion treten, also instrumentalisiert, verdinglicht. Gegen Verdinglichung von Menschen wehrt sich das ganze Gedicht.

THOMAS BRASCH
DER SCHÖNE 27. SEPTEMBER

Ich habe keine Zeitung gelesen.
Ich habe keiner Frau nachgesehn.
Ich habe den Briefkasten nicht geöffnet.
Ich habe keinem einen Guten Tag gewünscht.
Ich habe nicht in den Spiegel gesehn.
Ich habe mit keinem über alte Zeiten gesprochen und
mit keinem über neue Zeiten.
Ich habe nicht über mich nachgedacht.
Ich habe keine Zeile geschrieben.
Ich habe keinen Stein ins Rollen gebracht.

UWE WITTSTOCK
WIDER DEN SINN

Das literarische Leben der DDR hat, im Gegensatz zu dem der Bundesrepublik, ein Zentrum: in Ost-Berlin wohnen die meisten Autoren, hier residieren die wichtigsten Verlage, dazu die Akademie der Künste und der Schriftstellerverband. So konnte sich zwischen den Erzählern, Lyrikern und Dramatikern des Landes ein erstaunlich dichtes Netz von Freundschaften oder auch Rivalitäten entwickeln, die nicht selten poetische Folgen zeitigen.

Christa Wolf veröffentlichte 1974 eine vierzehnseitige Tagebuchnotiz, »Dienstag, der 27. September«, in der sie detaillierte Auskunft gibt über ihren Arbeitsalltag zu Beginn der sechziger Jahre. Demselben Datum widmet Thomas Brasch, der 1976 die DDR verließ, ein Gedicht, das später auch seinem Lyrikband den Titel gab: »Der schöne 27. September«. Die zwei Texte lassen sowohl tiefgreifende ästhetische Differenzen zwischen diesen beiden Schriftstellern erkennen als auch ihre konträren Weltbilder.

Christa Wolf berichtet ausführlich von den Mühen des Gewöhnlichen: vom Versorgen der Kinder, vom Besuch beim Arzt und in einer Parteibetriebsgruppe, von einem Gespräch mit ihrem Mann über »Kunst und Revolution« und nicht zuletzt von der kräftezehrenden Arbeit an einer Erzählung, zu der sie erst am Abend Zeit findet. Nichts davon ist in irgendeiner Weise außerordentlich oder bemerkenswert. Trotzdem schildert die Autorin ihre Handlungen mit penibler Genauigkeit und mißt ihnen – als winzige Bausteine zu einem großen Ganzen – einigen Wert bei. Sie folgt der Überzeugung, so heißt es gegen Ende, »daß nur eine fortdauernde unbeirrte Anstrengung den kleinen Zeiteinheiten, in denen wir leben, einen Sinn gibt«.

Von einem solchen »Sinn« ist in Thomas Braschs Gedicht keine Rede. Im Gegenteil: Hier hat sich jemand nicht nur den schlichten Verrichtungen entzogen, mit denen wir üblicherweise unsere Tage füllen, sondern auch den moralischen oder sozialen Forderungen, die gemeinhin als Richtschnur unseres Handelns gelten (»Ich habe nicht über mich nachgedacht /.../ Ich habe keinen Stein ins Rollen gebracht«). Die Reihe kühler Unterlassungserklärungen macht eine erschreckende Situation erkennbar: Für den Sprecher haben die Gewohnheiten, Konventionen und philosophischen Maximen, die dem Leben einen inneren oder auch nur äußeren Halt geben können, ihre Macht verloren. Dennoch bezeichnet Brasch diesen 27. September ausdrücklich als »schön«.

Jenes »Ich« nämlich, das in zehn Zeilen neunmal stolz an die Spitze gestellt wird, ist zwar aus jeder Ordnung gefallen, damit aber auch frei von allen Pflichten und Zwängen. Es kann auf die erwähnte »fortdauernde unbeirrte Anstrengung« verzichten, das eigene Tun auf einen höheren Zusammenhang hin zu organisieren. Damit gewinnt es die Möglichkeit und die Bereitschaft zum Selbstgenuß und zum Genuß des Augenblicks.

Ein radikalerer Widerspruch läßt sich kaum denken: Christa Wolfs Tagebuchprosa schenkt selbst banalen Einzelheiten Beachtung, da auch in ihnen ein umfassender Plan aufscheint, dem sich alles unterzuordnen hat. Sie bemüht sich geradezu obsessiv um Sinnstiftung. Gegen jeden derartigen Versuch polemisiert Thomas Braschs Gedicht in nüchternen, knappen Versen. Es setzt sich dem Wissen um eine hoffnungslos chaotische Welt aus und beschwört zugleich die anarchische Freiheit des einzelnen.

THOMAS BRASCH
LIED

Was ich habe, will ich nicht verlieren, aber
wo ich bin will ich nicht bleiben, aber
die ich liebe, will ich nicht verlassen, aber
die ich kenne will ich nicht mehr sehen, aber
wo ich lebe, da will ich nicht sterben, aber
wo ich sterbe, da will ich nicht hin:
Bleiben will ich, wo ich nie gewesen bin.

CYRUS ATABAY
DER NICHT-MITMACHER

Der Hungerkünstler Franz Kafkas, befragt, warum er denn nicht anders könne als hungern, antwortete: »Weil ich nicht die Speise finden konnte, die mir schmeckt.« Weiterhin zur Rede gestellt, hätte er sagen können: Ich stehe für niemand anders als für mich. In sein Tagebuch hätte er die Selbstkritik eintragen können, daß er sich noch immer nicht engagiert hat. Erzähl uns aus deinem Leben: Ich kam, hätte er sagen können, aus einem Land, wo der Wind durch verstaatlichte Hirne fegt, in eine Welt aus Beton, aus einer Kälte in eine andere Kälte. Soll ich mich hier heimisch fühlen? Ich will fort von diesem alten Kontinent, aus diesem kleinen geteilten, erschöpften Deutschland, unter offene Himmel, ich sehe einen endlos weiten Strand mit weißen, der Freude hingegebenen Völkern. Oder halluziniere ich?

Thomas Brasch, geboren 1945, gehört einer Generation an, die man die »geschichtslose« genannt hat; genauer müßte es heißen: »geschichtsverweigernde«, denn sie bietet ihre ganze Kraft auf, der Geschichte zu entkommen. Die Erfahrung der Verstümmelung des Menschen durch die Manipulationsmaschine der Menschenwelt führt zu einer gegenläufigen Kraft: die Spuren verwischen, sich ausradieren, wieder ein leeres Blatt sein, das nicht mehr beschrieben wird, nicht von den Anweisungen der Revolution, nicht von der führenden Klasse.

Dieses Gedicht (aus dem Zyklus »Der Papiertiger«), das

Thomas Brasch ein Lied nennt, schwankt zwischen Ratlosigkeit und Hoffnung. Es ist ein paradoxer Zustand: jene, die man liebt, will man nicht verlassen, aber wie kann man noch atmen und leben in diesem System? Bleibt mir vom Hals mit eurer »neuen Ordnung«, was soll aus mir werden, wenn ich mich nicht bei euch aufhänge? Jede Zeile in diesem Lied wird gebrochen und widerrufen durch ein »aber«, das sich nicht begnügt. Aus dem anfänglichen Zaudern wird schon in der zweiten Zeile Trotz, der sich zur Entschlossenheit steigert.

Es ist ein kalter Stern, auf dem wir um die Sonne fliegen, kein Ort des Lebens und des Sterbens. In der letzten Zeile dieser Strophe sind endlich die Gegensätze versöhnt. Dieses »Bleiben« ist wie ein ausgeworfener Anker in eine Zukunft, die die Reinheit einer verlorenen Vergangenheit reflektiert: Où sont les neiges d'antan?

THOMAS BRASCH
SCHLAFLIED FÜR K.

Nacht oder Tag oder jetzt
Will ich bei dir liegen
Vom schlimmsten Frieden gehetzt
Zwischen zwei Kriegen

Ich oder wir oder du
Denken ohne Gedanken
Schließ deine Augen zu
Siehst du die Städte schwanken

In den Traum oder Tod oder Schlaf
Komm in den Steingarten
wo ich dich nie traf
will ich jetzt auf dich warten

GÜNTER KUNERT
AM HORIZONT DER TOD

Die neuere Lyrik des sich immer schneller neigenden Jahrhunderts vermittelt uns eine allgemeine aktuelle Erfahrung: Nur in der Abwesenheit kommen wir noch zu uns. Keinem Bereich unseres täglichen Lebens sind vielfältige Relativierungen erspart geblieben: Von überkommenen ethischen Werten bis zu Verhaltensnormen nur Auflösungserscheinungen. Das klingt wie Klage, ist aber keine. Auch kein Hinweis auf Verfall als Sympton des Unterganges: Untergehen kann nicht, was schon gar nicht mehr vorhanden ist. Nur Konsequenzen sind noch zu ziehen. Das tut, jedenfalls in der Sphäre der Lyrik, Thomas Brasch.

Sein »Schlaflied für K.« verspricht kein gutes Ausruhen, keine Tröstung, sondern vielmehr jenen Schlummer, aus dem es kein Erwachen mehr gibt. Das Ich des Gedichts verlangt zwar gleich am Anfang nach Gemeinsamkeit, definiert sie aber nicht. Das Verb, einstmals beschönigend für Beischlaf benutzt, hat, seit dem Gebrauch eindeutigerer Benennungen, diesen Sinn eingebüßt: Beieinander-*liegen* kann man auch jenseits aller Lebendigkeit. Ohnehin: Vom schlimmsten Frieden gehetzt und zwischen zwei Kriegen, als nehme diese Zeile den bedrohlichen Vergleich von 1914 und 1980 vorweg oder habe ihn dem damit operierenden Politiker erst geliefert, bietet der im Gedicht beschworene Augenblick keine Erlösung des Ichs im Du. Ja: Kein Wort von Liebe, von Zuneigung, von Lust: Die Individuen, von denen die gedämpfte Rede ist, gehen umrißlos ineinander über, hilflos, weil gedankenlos denkend, in Vorahnung der künftigen Katastrophe, wie es die letzte Zeile der zweiten Strophe verkündet. Die dritte gibt die Richtung an: Nach dem Beieinanderliegen und Augenschließen, nach einem dialoglosen, stummen Zusammensein im Angesicht der Drohung heißt die Aufforderung: »In den Traum oder Tod oder Schlaf« – alles metaphorisch identische Zustände totaler Abwesenheit, einer, die vermutlich doch wohl nichts anderes als Mortalität ist. Denn der Steingarten, der da evoziert wird, ist ganz gewiß nicht der des Theophrast: Hinter der Bezeichnung verbirgt sich, was die vorangehende Stimmung und Wortwahl assoziiert: der Friedhof. Das letzte Treffen findet im Jenseits statt, das Diesseits hat seine Möglichkeiten erschöpft und gibt an Glücksverheißung nichts mehr her.

Dies wird in einem kühlen Ton vorgetragen, unsentimental, sprachlich spartanisch, sonst wäre es nicht glaubhaft: Ein Endzeitgedicht?

Die vielen anderen Todes-, Totschlags-, Suizid- und Mordgedichte in Braschs Gedichtband legen die Vermutung nahe. Zumindest Endzeit einer langsam vorsichhinsiechenden Epoche. Liest man neben diesen Gebilden gleichzeitig die von Nicolaus Lenau, staunt man über die Parallelen zum Thema Tod. Ich könnte schwören, seine klapprige Gestalt erscheint stets am Horizont der Literatur, wenn sich in der Gesellschaft nichts mehr regt, kein Funken, keine Hoffnung, kein Zorn, kein *élan vital*, ja, nicht einmal mehr Haß, der Wille zur Veränderung. Die allerletzte Fähigkeit, die sich erhalten hat, ist die des Wartens, wenn auch niemand mehr weiß, worauf – auch der Dichter nicht.

THOMAS BRASCH
VORKRIEG

Ich habe heute nacht geträumt
Von einem dunklen Tag
Und einer fremden Frau Wie
Atemlos ich bei ihr lag

Sie sprach von einem schönen Tod
Und von einem eisernen Krieg
Ich sah wie sie mit großem Schritt
Die eiserne Treppe hochstieg.

Ich bin ihr nachgegangen
Soldaten haben mich eingefangen
Und mit hellen Regentropfen erschossen So wurde ich wach
Aber noch immer schlagen die Tropfen aufs Dach

REINHOLD GRIMM
ZWISCHEN TAG UND TOD

Rätselhaft und erregend sind diese Verse aus dem Band »Der schöne 27. September«, diese scheinbar so einfach, fast nachlässig gebauten und gereimten Zeilen. Ich bin mir noch keineswegs sicher, ob ich sie ganz verstehe. (Was, zum Beispiel, bedeuten die Treppenstufen, die die Frau hochsteigt, was die filmischen Reminiszenzen, die ein solches Bild weckt?) Aber dennoch oder gerade deshalb ziehen mich diese drei Strophen stets aufs neue an, finde ich mich und mein Lebensgefühl »atemlos« in ihnen gespiegelt. Ist nicht, was in ihnen zum »dunklen« Ausdruck gelangt, unser aller Erfahrung zwischen »Tag« und »Tod«? Thomas Brasch hat hier ein düster-prophetisches Zeitgedicht geschaffen, das zugleich ein Liebesgedicht ist – oder doch eins von der Liebe, über die Liebe.
Sein Titel scheint zu besagen: Der Nachkrieg droht abermals, und vielleicht zum letzten Male, zum *Vorkrieg* zu werden. Doch entstammen Braschs Verse nicht dem ersten Teil seiner Sammlung, den er »Der Morgen« genannt und mit der Losung »Zwischen Widerstand und Wohlstand« versehen hat, sondern dem abschließenden vierten, der »Die Nacht« überschrieben ist und durch den Zusatz »Das Tier mit den zwei Rücken« sehr deutlich auf den Liebesvollzug anspielt. Nicht von »Soldaten« nur, die den Dichter fangen und töten, ist die Rede, sondern auch und vor allem von einer »Frau«, bei der er liegt und die mit ihm spricht, die ihn verläßt und der er folgt.

Geschildert werden ein Traum und das Erwachen daraus. Indes, es bleibt weder bei diesem alltäglichen Erlebnis noch bei solch einsinnigem Ablauf. »Nacht« und Tag, die »hellen« und die dunklen Eindrücke und Empfindungen durchdringen einander gleich Wollust und »Krieg«, gleich Tod und Verlangen. So aufgefaßt, weist der Titel auf das Vorgefühl der Feindseligkeit im Erotischen, den Liebeskampf im doppelten Sinne mit irgendeiner Unbekannten, doch Lockenden, den der Träumende ahnt. Aber wie jenes Wort metaphorisch auf die Liebe deutet, deutet umgekehrt diese auf den archaisch-elementaren und eben dadurch so erschreckenden »eisernen« Krieg, ja sogar auf den Tod, der als »schöner« gewiß von Galle und Hohn trieft und trotzdem unverkennbar auf die Liebe und deren Vollzug zurückweist.

Solche Paradoxie ist nicht in Begriffen mitteilbar, sondern allein in Bildern. Sie folgen einander mit der surrealen Logik des Traums. Besonders die dritte Strophe zeigt, mit welcher Vollendung Brasch diese verschränkende Chiffrenschrift handhabt. Denn die nächtlichen Häscher haben den Träumenden zwar erreicht und »erschossen«, doch mit den Regenschauern der Dämmerung, in die hinein er, befreit, erwacht; und obschon deren »Tropfen«, wie er weiß, bloß »aufs Dach« über ihm trommeln, spürt er sie »immer noch« wie tödliche Kugeln in seinen Leib »schlagen«. Der Dichter ist entkommen und gleichwohl weiterhin »eingefangen«: er lebt, wie wir alle, dazwischen.

REINHARD PRIESSNITZ
HERBST

auf, sagte die sonne, die säge.
da summte die blume, diese. die
wiese weilte, da meinte die erde,
rede. nun hiess das, meine. schon.
unsummen sommers, und am lande,
soweit der himmel. ab, zögernd,
stand weilend über der blüte.
du güte! aufsaugte die blume
den sommer. da sägte die rede
weiter. abzogen die hummeln.
nun hiess das. der lümmel
hielt abstand für eine weile, für
eine welle. landend, das trübe.
da sickerte die sonne zur sage,
zur sau! die erde sodann, summte.
welkend, die weile, blühte,
als sengte sommer die wiese. rede,
und dies, weil. das hiess, die
himmel zögen. ab stand der aufstand,
die absage, und zagte, eingesargt.
zarte säge! daraus das aufgeblähte,
weiter aufs land runter lümmelnde.
weilende weile, das heisst, gute
sengende sau blume. steh auf! und dies,
weil. dann insgesamt das gesummte,
die unverblümte unsumme. so weit

der himmel. absackte, absagend, die
sonne, aufsagte die sonne. auf!

BARBARA FRISCHMUTH
AUF UND AB

Reinhard Priessnitz, der im November 1985 mit nur vierzig Jahren verstorbene Wiener Dichter, hat in seinem »herbst«-Gedicht alle verwendeten Wörter miteinander in Beziehung gesetzt. In eine Beziehung, die man sich nicht nur linear vorzustellen hat, von A zu B oder von B zu C und von C zu A, sondern er hat jedes Wort, jede Satzpartikel vorwärts und rückwärts im Text auf alle anderen Wörter und Satzpartikel übergreifen lassen. Damit hat er ein Potential der Sprache genutzt, das ansonsten kaum zur Wirkung kommt, und wenn, dann in seiner Wirkmöglichkeit nicht voll ausgeschöpft wird. Der Doppel- und Dreifachsinn, der damit erzeugt wird, die Überlagerungen von Gebrauch und Bedeutung würden in der Alltagssprache wohl auch zu unbeabsichtigten Mißverständnissen führen, denn die Alltagssprache versucht ja, sich im Hinblick auf eine ungehinderte und direkte Verständigung so eindeutig wie möglich auszudrücken.
Das Gedicht hingegen ist dieser Eindeutigkeit keineswegs verpflichtet, im Gegenteil, es profitiert vom Verschwimmen der Ränder eines Begriffs, von den Überlappungen verschiedener Bedeutungsfelder, und fordert damit vom Leser Aufmerksamkeit, die, wie ich meine, Voraussetzung für jene Hochgestimmtheit ist, die die Lektüre eines Gedichts als Gedicht ermöglicht.
Schon das Wörtchen »auf«, ob mit oder ohne Rufzeichen, eignet sich dafür, die Konstruktionsweise des vorliegenden

Gedichts zu verdeutlichen, das im übrigen von zwei »auf« als Klammer zusammengehalten wird.

auf, sagte die sonne, die säge. Einmal kann das »auf« ein »auf« sein im Sinne von »steh auf«, von »auf, auf«, es kann aber auch die Bedeutung von »auf die säge« haben im Sinn von »stürz dich auf die Säge«. Wo ein »auf«, da ein »ab«. Es läßt nicht allzulange auf sich warten. Schon in Zeile sechs tritt es in Erscheinung. »Auf« kann jedoch mehr, es saugt auf, wie das »ab« abzieht, es macht einen »aufstand« wie das »ab« einen »abstand«, es bläht sich auf, wie das »ab« absagt, weist »aufs land runter«, wie das »ab« absackt, sozusagen in Symmetrie, und eine Vielzahl von Subtexten schaffend.

Auf ähnliche Weise ließe sich auch zwischen »erde« und »rede«, die noch dazu aus denselben Buchstaben bestehen, ein Beziehungsgeflecht herstellen. Natürlich bedeuten Erde und Rede im gewohnten Gebrauch ganz Verschiedenes, aber der ähnliche Klang darf nicht außer acht gelassen werden, läßt er doch zu, daß bald die »säge« ins Spiel kommt, die später auch noch den Beigeschmack von Särgen bekommt, was aber nicht deutlich ausgesprochen werden muß. Ebensowenig wird der Sinn der Zeile vier *rede, nun hiess das, meine. schon.* auf eine einzige Bedeutung eingeengt, kann es sich doch um »meine rede« handeln, aber auch um »reden« im Sinne von »eine Meinung kundtun«.

Hat man sich einmal daran gewöhnt, das Gedicht »herbst« auf diese grammatische Art zu lesen, erschließen sich einem eine Fülle von Querverbindungen und möglichen Bildern, die aber nicht willkürlich und in alle Ewigkeit hergestellt werden können. Gerade durch die verhältnismäßig wenigen Wörter, die als Kombinationsmaterial zur Verfügung stehen, ist eine straffe Vorlage geschaffen worden, die als Äquivalent zu den strengen Regeln von Reim und Versmaß bei traditionellen Gedichtformen gelten kann. So bilden die »unsummen« und »das gesummte«, die Geschwindigkeit der gesengten Sau, die zur »sengenden« wird, die »blume« und Unverblümtes einen Rahmen, der das poetische Bewußtsein zur Konzentration verleitet oder gar zur Versenkung, die in Meditation münden kann. Ein Gedicht also, das bewirkt. »auf!«

LUDWIG FELS
ANNÄHERUNGSVERSUCH

(nochmal für Rosy)

Im Süden steht dir dein Blond.
Dort bleicht es die Sonne
hier färbt es der Schnee grau.

Am Strand und im Wasser
schmiegt sich der Wind an deine nackte Haut.
Daheim bin es nur ich.

Vor fremden Tellern
und unbekanntem Essen
erscheinst du ausgeruht und
sprichst von allem
was du in der Fabrik verschweigen mußt.

Im ungetrübten Licht
erhitzt du dich rasch
und ich vergesse den Platz
an dem wir uns sonst befinden.

Ein paar Tage im Jahr
denkst du an die Ewigkeit
und schwankst zwischen Glück und Trauer.

Wir bezahlen und sind trotzdem noch dankbar.
Das ist der Unterschied
zwischen hier und dort.

In jeder Muschel und
unter jedem Sandkorn
entdeckst du die Liebe.

Nachts versteckt sich der Mond.

GÜNTER BLÖCKER
KOSMISCHE TRAUER

Das »nochmal für Rosy« des Untertitels erscheint auf den ersten Blick entbehrlich, eine private Arabeske. Dann jedoch merken wir, daß uns dieser durch Wiederholung hervorgehobene Hinweis auf eine Person, die dem Autor offenbar viel bedeutet, zu gesteigerter Aufmerksamkeit anhält, daß er unsere Aufnahmebereitschaft stimuliert.
Wir fühlen uns einbezogen in einen intimen Dialog; und als solcher erweist sich das Gedicht in der Tat, auch wenn nur der eine Partner spricht. Der andere bleibt stumm, wird aber durch die Intensität der Hinwendung zu vollkommener Gegenwärtigkeit gebracht; und das nicht nur als Individuum, sondern – darin liegt das Außergewöhnliche dieser so schlicht scheinenden Verse – vor allem auch als soziales Wesen.
Die soziale Wirklichkeit macht aus einem unzersplitterten Sein zwei getrennte, miteinander im Konflikt stehende Persönlichkeitsfragmente. Entfremdung – das allzu geläufige Wort drängt sich auf, aber Ludwig Fels spricht es nicht aus. Wie er überhaupt alles vermeidet, was das Klischee vom »Arbeiterdichter«, als der er bekannt wurde, in einem äußerlichen Sinne bekräftigen könnte.
Nicht der Aufklärer spricht, sondern das sinnlich bewegte Ich. Es tastet sein Gegenüber mit liebender Behutsamkeit ab und nimmt – zärtlich und bitter zugleich – die Widersprüchlichkeit einer Existenz wahr, die sich »im ungetrüb-

ten Licht« anders darstellt als dort, wo »wir uns sonst befinden«.

Der einigermaßen triviale Tatbestand, daß die Mehrzahl der Menschen im Urlaub heiterer, zufriedener, gelöster ist als am Arbeitsplatz, wird in die poetische Dimension erhoben. Ludwig Fels bedient sich dazu eines alten, erprobten Kunstmittels: er ernennt die Elemente zu lyrischen Nothelfern.

Das Sonnenlicht schafft ein anderes, schöneres Blond, der Wind umwirbt die vom Ferienglück Verwandelte wie ein Verführer, und noch unter einem Sandkorn ist Raum für die Liebe. Nur einmal erscheint das bedrohliche Alltagswort »Fabrik«. Es signalisiert die Vergänglichkeit eines Zustandes, in welchem man dennoch, schwankend »zwischen Glück und Trauer«, die Ewigkeit zu schmecken meint.

Dieses Schwanken zwischen zwei Gefühlssphären bestimmt das Klima des Gedichts. Es gibt ihm seine Dynamik, seine innere Bewegtheit (die man nicht mit Sentimentalität verwechseln sollte), auch seine Mehrdeutigkeit. Wenn es am Schluß in der mit Bedacht herausgehobenen letzten Zeile heißt: »Nachts versteckt sich der Mond«, dann kann das ein Akt kosmischer Diskretion sein, aber auch der kosmischen Trauer angesichts eines menschlichen Glücksverlangens, das – der Titel sagt es – nicht mehr sein kann als ein Annäherungsversuch.

ULLA HAHN
ANSTÄNDIGES SONETT

Schreib doch mal
ein anständiges Sonett
St. H.

Komm beiß dich fest ich halte nichts
vom Nippen. Dreimal am Anfang küß
mich wo's gut tut. Miß
mich von Mund zu Mund. Mal angesichts

der Augen mir Ringe um
und laß mich springen unter
der Hand in deine. Zeig mir wie's drunter
geht und drüber. Ich schreie ich bin stumm.

Bleib bei mir. Warte. Ich komm wieder
zu mir zu dir dann auch
»ganz wie ein Kehrreim schöner alter Lieder«.

Verreib die Sonnenkringel auf dem Bauch
mir ein und allemal. Die Lider
halt mir offen. Die Lippen auch.

WALTER HINDERER
LIEBE IM ZEILENSPRUNG

Unter dem Stichwort »Das poetische Joujou« meinte 1803 ein Sachverständiger: »Der Sonette giebt es im Deutschen eine so ungeheure Menge, daß man das ganze große Bedlam, Erde, über und über damit tapezieren könnte; allenfalls blieben noch genug übrig zu einem Futteral von *papier maché* für den Mond.« Von einer solchen »Sonettenwut« ist in unserer Lyriklandschaft allerdings nichts mehr zu spüren. Im Gegenteil: die alten, bewährten Formen scheint es heute nur noch in den Lyrik-Museen zu geben. Manche Kritiker werfen den Gedichten der Gegenwart sogar vor, sie seien eigentlich keine Poesie mehr, sondern von dilettantischer, unkontrollierbarer Beliebigkeit, oft »bloß steckengebliebene Prosa«.

Die hier vorgestellte ingeniöse Aneignung des Sonetts, einer schwierigen, artifiziellen lyrischen Form, ist für mich ein besonders überzeugender Gegenbeweis. Ulla Hahn unterlegt dem Adjektiv »anständig«, das sich auf die gewählte Form bezieht, noch eine zweite Bedeutung, die gewissermaßen augenzwinkernd auf den Inhalt anspielt. Es handelt sich nämlich nicht nur um ein »richtiges Sonett«, sondern auch um ein anständiges über ein heikles Thema.

In diesem Gedicht scheint alles gewagt: der amouröse Inhalt, die spröde, stark reflektierte Form und die gleichsam gemeißelte Sprache. Doch das Kunststück gelingt: Kalkulierte Gestalt und erotischer Gehalt gehen eine vollkommene Verbindung ein.

Die beiden Quartette sind sowohl thematisch als auch formal durch Zeilensprung miteinander verklammert. Sie bestehen aus sechs Liebesanweisungen in fünf Sätzen und einem Empfindungsstenogramm (»Ich schreie ich bin stumm«). Die Liebesanweisungen des lyrischen Ichs weisen gezielt auf den ersten Höhepunkt hin – die sexuelle Vereinigung. Sind bei der ersten Strophe die Pausen deutlich dem Zeileninnern eingeschrieben, so hält der vierte, längste Satz, der drei Zeilen weit ins zweite Quartett hinübergreift, die rhythmische Bewegung ein paar Zeilen durch, bis dann mit der siebten Anweisung (»Zeig mir wie's drunter / geht und drüber«) der Gipfel der erotischen Aufforderungen erreicht ist. Den eigentlichen Höhepunkt der beiden Quartette freilich liefert das Empfindungsstenogramm, das zwei körperliche Reaktionen auf die ausgeführten Liebesanweisungen nennt und das Ende der ersten Phase des Liebesspiels auch deutlich mit der Zäsur am Zeilenende markiert.

In dem ersten Terzett dramatisieren zwei kurze Aufforderungen und eine längere Anweisung Wiederholung (»wie ein Kehrreim schöner alter Lieder«) und Fortsetzung des erotischen Vorgangs. Das zweite Terzett malt eine äußere und innere Situation aus: es ist Tag (»Sonnenkringel«), die Leidenschaft klingt jetzt verhalten, sublimiert, der Wunsch nach Dauer (»ein und allemal«) verstärkt sich noch in den beiden letzten kurzen Sätzen, dem zweiten und endgültigen Höhepunkt des ganzen Sonetts. Sie unterscheiden sich von den zum Teil ebenso kessen wie herausfordernden Liebesanweisungen am Anfang durch einen anderen Ton. Er ist fast volksliedhaft in seiner Schlichtheit (»Die Lider / halt mir offen. Die Lippen auch«).

Zwar weist dieser Schluß thematisch auf den zweiten, dritten und vierten Satz der Quartette zurück, aber die Empfindungsqualität hat sich verändert, sie ist gefühlsintensiver; aus der gezielten erotischen Herausforderung ist ein allgemeiner Wunsch nach einem andauernden Zustand geworden. Deutlich wechselt auch die rhythmische Bewegung vom ersten Kulminationspunkt (»Ich schreie ich bin stumm«), dem Schlußpfeiler der Quartette, zum zweiten, dem betonten Ausklang der Terzette und des gesamten Sonetts. Danach ist kein Wort mehr denkbar.

Ulla Hahn hat mit diesem Gedicht nicht bloß mottogetreu ein »anständiges Sonett« geschrieben, das nach August Wilhelm Schlegels kundiger Bestimmung »im Gehalt wie in der Form Symmetrie und Antithese in der höchsten Fülle und Gedrängtheit« vereinigt, sondern ein gewagtes Thema und eine spröde Form in Poesie verwandelt. Ich halte dieses »Anständige Sonett« für eines der kunstvollsten erotischen Gedichte nach 1945.

ULLA HAHN
ARS POETICA

Danke ich brauch keine neuen
Formen ich stehe auf
festen Versesfüßen und alten
Normen Reimen zu Hauf

zu Papier und zu euren
Ohren bring ich was klingen soll
klingt mir das Lied aus den
Poren rinnen die Zeilen voll

und über und drüber und drunter
und drauf und dran und wohlan
und das hat mit ihrem Singen
die Loreley getan.

THOMAS ANZ
POSTMODERNE POETIK

Immer wenn mich in den achtziger Jahren jene Kritiker ärgerten, die sich über die angeblich so schlichte und deshalb erfolgreiche Konventionalität der Lyrik von Ulla Hahn mokierten, wollte ich ihnen am Beispiel dieses Gedichts den Beweis ihrer Blindheit entgegenhalten. In der Literaturkritik läßt sich freilich nichts »beweisen«, sondern nur auf manches hinweisen. Dabei bringt es manchmal Vorteile, eine Weile zu warten. In diesem Fall jedenfalls zeigt sich erst in der Rückschau, daß das 1981 erschienene Gedicht ein poetologisches Programm nicht nur zu Ulla Hahns erstem Lyrikband enthält, sondern zu einem gewichtigen Teil der Literatur eines ganzen Jahrzehnts.
In den achtziger Jahren brach der die literarische Moderne prägende Glaube an den ästhetischen Wert des Neuen und Originellen in sich zusammen. Ulla Hahns Absage an »neue Formen« und die Berufung auf »alte Normen« kommt zu einem Zeitpunkt, als in Deutschland mit einiger Verspätung intensive Debatten zur »Postmoderne« einsetzen. Daß sich das angestrengte Bemühen um Innovationen erschöpft habe, daß nicht avantgardistische Vorgriffe auf Zukünftiges, sondern Rückgriffe auf Vergangenes die Moderne aus ihrer Erschöpfung befreien könnten, solche Vorstellungen gehören zu den Voraussetzungen »postmodern« genannter Literatur – und dieses Gedichts. Es führt dabei vor, wie sehr sich Rückgriffe auf Altes von epigonalen Rückfällen in Konventionelles unterscheiden können.

Denn mit alten Formen und mit Texten aus dem tradierten Kanon der Weltliteratur treibt dieses Gedicht ein artistisches Spiel. Es beginnt und endet mit einem Zitat.
An die »Ars poetica« des Horaz knüpft Ulla Hahn insofern an, als sie hier über Poesie in poetischer Form reflektiert. Sie führt literarisch vor, worüber sie spricht. Schon der Titel ist jedoch zugleich voll spielerischer Ironie. Das Gewicht und die Autorität der lange Zeit verbindlichen Poetik weist das kurze Gedicht mit Leichtigkeit von sich. Regeln der Dichtkunst stellt es nicht auf, »alten Normen« folgt es nur unzuverlässig. Nicht einmal auf »festen Versesfüßen« steht das Gedicht, obwohl es das Gegenteil behauptet. Es spielt mit ihnen wie mit den Reimen, die sich dem naheliegenden Schema demonstrativ verweigern. Wenn das Gedicht, auch metrisch, einigermaßen regelentsprechend hätte sein wollen, dann müßte zum Beispiel die zweite Strophe so umbrochen sein: *zu Papier und zu euren Ohren / bring ich was klingen soll / klingt mir das Lied aus den Poren / rinnen die Zeilen voll.* Allenfalls in dieser Form ließe sich das Gedicht mit einigem Recht als »konventionell« oder »epigonal« abqualifizieren. Indem es jedoch »Poren« und »Ohren« jeweils vom Ende des Verses an den Anfang des folgenden verrückt, spielt es mit den Konventionen auf zugleich de- und konstruktive Weise. Zu Beginn der dritten Strophe schlägt die zunehmend ausgelassene Lust am Spiel in eine so sinnleere wie klangvolle Reihung gleicher Laute um, die nur noch den Gesetzen der Musikalität folgt – einer nicht aus dem Kopf, sondern aus dem Körper und seinen Poren kommenden Musikalität, die sich romantischen Liedtraditionen verbunden sieht. Ein Signal dafür gibt das abschließende Heine-Zitat.
Der Schluß jenes berühmten Gedichts, das mit den Versen

beginnt *Ich weiß nicht, was soll das bedeuten, / daß ich so traurig bin*, ist von todtraurigem Ernst. Das Singen der Loreley hat hier bewirkt, daß am Ende Schiffer und Kahn von den Wellen verschlungen werden. In Ulla Hahns Gedicht verführt es das lyrische Ich zu unbekümmerter Heiterkeit. Sie mag in den neunziger Jahren dem Ernst einer gefährlich unstabil gewordenen Weltlage nicht mehr angemessen sein, etwas von ihrer befreienden Wirkung im vorigen Jahrzehnt ist jedoch noch heute geblieben.

ULLA HAHN
BALLADE VOM SCHRIFTSTELLER

Er hat es wieder getan. Bei Brot und Wein im Monden
Schein im Sonnenschein. Allein. Kann nit
Verstan. Das wahre Sein. Pfingstrosen Asylanten
Heim die Augen gingen ihm über
Die Schreibtischkante hinaus und zurück ins
Als ins Nichts ins Kinkerlitz mit Kraft Süß Spreng
Stoff Aberwitz. Er tut es immer wieder.

WULF SEGEBRECHT
FÜR ALLE FÄLLE

»Er hat es wieder getan.« Er kann es nicht lassen. »Er tut es immer wieder.« So spricht man von einem rückfälligen Übeltäter, vielleicht gar von einem Verbrecher. Hier wird vom Schriftsteller so gesprochen, als wäre er ein Wiederholungs- und Triebtäter, dem auf Grund des Befundes keine günstige Prognose gestellt werden kann: Er ist unverbesserlich, unheilbar, ein Besessener.

Was ist es, das ihn »wieder« und »immer wieder« antreibt? Davon ist zwischen dem ersten und dem letzten Satz des Gedichts, also zwischen dem Befund und der Prognose, offenbar die Rede, freilich auf eine Art und Weise, die nicht eindeutige, sondern mehrdeutige Aussagen über die Schreibmotivation und -intention des Schriftstellers zuläßt. Für solche Mehrdeutigkeiten sorgen die unvollständigen Sätze, die Zitate, die Getrenntschreibungen solcher zusammengesetzter Wörter, die über die Zeilen hinweggehen (»Monden / Schein«, »Asylanten / Heim«, »Süß Spreng / Stoff«), sowie die rätselhaften Reihungen (»ins / Als ins Nichts ins Kinkerlitz«). Einiges scheint immerhin entschlüsselbar zu sein: So wird anfangs offensichtlich die Verführungskraft herkömmlicher, typisch lyrischer Situationen (»im Monden / Schein im Sonnenschein«) und typisch lyrischer Mittel (des Reims auf »-ein«) angesprochen; sie können den Schriftsteller nach wie vor veranlassen, »es« wieder zu tun, nämlich zu dichten; und das um so mehr, als diese Situationen und Mittel gleichsam nobilitiert werden durch »Brot und Wein«, wobei man an das Abendmahl ebenso erinnert wird wie an Hölderlins große Elegie: Sakrale Themen und klassische Vorbilder sind für den Schriftsteller »immer wieder« mögliche Veranlassungen seiner Poesie.

Weitere Bedingungen, Motivationen und Absichten des besessenen Schriftstellers sind, folgt man dem Gedichtverlauf: seine Einsamkeit; die Schwierigkeit, sich durch Sprache verständlich zu machen (unter Bezug auf Hebels Kalendergeschichte »Kannitverstan«); das Ringen um existentielle Wahrheit; Natureindrücke; das soziale Engagement aus aktuellem Anlaß (»Asylanten / Heim«); Liebeserfahrungen (in Anspielung auf Goethes Ballade »Der König in Thule«).

Zum Ende hin beschleunigt sich die Aufzählung möglicher Gründe für die unwiderstehliche Lust, die den Schriftsteller »immer wieder« zur Poesie treibt: Die Außenwelt jenseits und die Innenwelt diesseits der »Schreibtischkante«, das geruhsame Erzählen (»Als«) und die Einsicht in die Aussichtslosigkeit aller Bemühungen, die reine Freude am Spiel – das alles ist für ihn ebenso verlockend wie provozierend, ebenso angenehm wie gefährlich. Es ist eigentlich, recht besehen, zuletzt aberwitzig, überhaupt noch Poesie zu machen, aber gerade dieser Aberwitz ist für ihn unwiderstehlich, er ist bezeichnend für seine unheilbare Obsession.

Und warum nennt Ulla Hahn das Gedicht eine Ballade? Hier wird kein Einzelfall erzählt, keine Moritat und schon gar nicht ein Heldenstück. Hier wird aus Zitaten und Anspielungen, aus historischer Kenntnis und aus produktiver Phantasie alles mögliche zusammengetragen, summiert und generalisiert zu einer Ballade vom besessenen Schriftsteller schlechthin. Die einzelnen Geschichten, die zu dieser Ballade passen, mag sich jeder Leser aus seinem Wissen und seinen Lese-Erfahrungen in Erinnerung rufen. Sie sind bereits vorhanden, sie sind abrufbar: Den nüchternen und den trunkenen, den sozial engagierten und den artistisch verspielten, den verzweifelten und den sentimentalen, den reflektierenden und den verliebten Schriftsteller kennt jeder bereits; die daraus resultierende Ballade vom unheilbaren Rückfalltäter liest er bei Ulla Hahn. Ihre Balladen sind keine Fallgeschichten, sondern Geschichten für alle Fälle.

ULLA HAHN
BLINDE FLECKEN

Daß wir so uneins sind hält uns zusammen
du dort ich hier – wir sind auf andrer Fahrt:
Dein Istgewesen mein Eswirdnochkommen
zwei blinde Flecken in der Gegenwart
die uns gehört wie Träume vorm Erwachen
wenn wir schon wissen daß wir Träumer sind
die mit uns spielt ein Weilchen in den Winden
bis jedes hier und dort sich wiederfindet.

WERNER ROSS
DISSONANZ IST SCHÖN

Was war das für eine imponierende Reihe: Nelly Sachs, Marie Luise Kaschnitz, Rose Ausländer, Ingeborg Bachmann, die Dichterinnen! Dagegen trat 1981 fünfunddreißigjährig Ulla Hahn an, mit der Gedichtsammlung »Herz über Kopf«, deren Titel an »Hals über Kopf« erinnern sollte, an ein keckes, ungeplantes Unternehmen, an einen Handstreich. Die Feierlichkeit wurde außer Kraft gesetzt, das Pathos, das, modern gewandet, immer noch in Titeln wie »Anrufung des großen Bären« nistete, wurde konterkariert. »... Erde, Meer und Himmel. Von Küssen zerwühlt / die Erde, / das Meer und der Himmel« – so kosmisch war die Bachmann gestimmt. Und nun dagegen als Titel »Tschüs«, »Auf und davon«, »Ach was«, »Mit leeren Händen«; nun auf einmal »Ich hab die Schnauze voll«, statt der gewaltigen vulkanischen Machart die Beziehungskiste, das Anmachen und der rasche Abschied – wir, wie wir sind. Natürlich war das männlicherseits, sagen wir von Enzensberger, vorgeprobt. Aber nun kam Lyrik keß und keck aus Weibermund. Eine Art Kodex oder Kampfgesang dieser neuen Liebe ist das Gedicht »Blinde Flekken« – ein Lehrgedicht, das man nicht zu persönlich verstehen sollte. Jedenfalls fängt es sehr programmatisch an: »Daß wir so uneins sind, hält uns zusammen.« Umkehrung des Dogmas von der zwischen Liebenden obligaten Harmonie. Jede Liebesverbindung des alten Typus würde sich unter den obwaltenden Umständen schnell als Illu-

sion erweisen. Lobe ich die Dissonanz, habe ich schon halb gewonnen: Der Satz ist nach dem Muster alter emphatischer Versicherungen gebaut (»daß du nicht enden kannst, das macht dich groß«) und travestiert sie.
»du dort ich hier«, das ist die Standortbestimmung der neuen Liebe. Zwei gegensätzliche Seh- und, wie man folgern kann, Lebensweisen, und wenn nun endlich die »zwei« kommt, die Summierung von »du dort« und »ich hier«, dann zieht sie ernüchternd die Charakterisierung »blinde Flecken« nach.
Der blinde Fleck ist im Auge an der Stelle angesiedelt, wo der Sehnerv austritt. Er sieht nichts. Bekanntlich macht auch die Liebe blind. Ist das gemeint? Ich vermute. Denn was nun folgt, ist keineswegs schnöd modern, *cool*, Liebe abgebrüht, sondern, trotz oder wegen »uneins«, romantisches Zusammenspiel. »Fahrt«, also gemeinsame Unternehmung, auf Gedeih und Verderb. »Wir sind auf anderer Fahrt.« Darum »blinde Flecken« in der Gegenwart, im Jetzt und Hier, und was nun folgt, scheint aus dem resoluten Jetzt-Ton völlig auszubrechen, klingt nach Volkslied oder Sommernachtstraum, »lyrisch«, sangbar zwischen Träumen und Wachen, zwischen Spiel und Wirklichkeit.
Schön wär's. Aber das Romantische täuscht. Es gibt nicht die Melodie an, sondern bleibt ein Anklang, leicht verwechselbar, aber nicht zu verwechseln. Denn im letzten rasch schwindenden Traum vor dem Erwachen *weiß* der Träumer schon, daß er ein Träumer ist, und das Spiel in den Winden wirbelt die Liebenden nur ein bißchen herum und läßt sie wieder fallen.
Und damit erreicht das Gedicht seine perfekte Pointe. Ach, wie leicht wäre es gewesen, auf »Winden« den Plural

»wiederfinden« zu reimen, statt auf »sind« das altertümlich klingende »wiederfindt« in der dritten Person Singularis. Aber der Singular ist gemeint: denn »jedes« findet sich wieder, wo es war, hier und dort und dort und hier – allein. Eine Zeitlang gegenwartsblind, dann jedes wieder schön parzelliert. Wie geht es weiter? Der erste Vers ist zuversichtlich, Bindungslosigkeit als Formel für neue Bindungsmöglichkeit. Wie dem auch sei: Der Vision dieser neuen Liebe sind die letzten Verse des Gedichts gewidmet, die so schön sind wie große Liebesdichtung eh und je.

ULLA HAHN
ENDLICH

Endlich besoffen und ehrlich
und immer noch'n Sonett
Reißt mir den Himmel auf
legt mir die Welt ins Bett:
Ich hab genug
ich steh mir selbst bis oben
und werd dies Leben nicht
vor seinem Tode loben.
Jaja ich weiß ihr habt mir keinen Grund
für dieses Wut- und Wehgeschrei gegeben
Mir geht es gut, ich halt ja schon den Mund
nur eine Frage sei noch zugegeben
Seid ihr ganz sicher daß ihr lebt und
heißt Nichttotsein schon Leben?

HERMANN BURGER
KEINE SCHÖNSCHRIFT DES HERZENS

»Anständiges Sonett«, so hat Ulla Hahn eines ihrer schönsten Liebesgedichte im Band »Herz über Kopf« betitelt. Dies hier ist ein unanständiges. Frech und salopp, »besoffen« kommt es daher als liederlicher Reigen. Es wirft die Konvention der Strophengliederung über den Haufen und ist doch »immer noch'n Sonett«, sofern man dem Reimschema trauen darf.

»Spielende« heißt nicht nur das Buch, dem es entstammt, der Titel bezeichnet auch eine paradoxe Poetologie: spielerischer Umgang mit Worten und Formen in einer spielfeindlichen Zeit. *Les jeux sont faits.* So wird der Anfang des bekannten Adventsliedes »O Heiland reiß die Himmel auf« ebenso frei abgewandelt wie die Redensart »Man soll den Tag nicht vor dem Abend loben«.

Die schnauzige Wendung »ich halt ja schon den Mund« steht neben der philosophischen Frage, ob Nichttotsein denn schon Leben bedeute. Die unmißverständliche Antwort gibt Ulla Hahn im Gedicht »Lieber tot«: »Ich bleibe lieber tot und schreie weiter.« Die Autorin zieht das sprechende Leiden dem stummen weil zufriedenen Mittelmaß vor.

Wer verspricht, das Leben nicht vor dem Tod zu loben, dem geht es natürlich alles andere als gut, der wird gewiß nicht den Mund halten, sondern weiterhin sein »Wut- und Wehgeschrei« ertönen lassen. Wer sich selbst bis oben steht, sich also immer wieder als Naturkatastrophe erfährt, glaubt nicht an das Scheinleben derer, die ein honett Sonett so nett finden.

»Endlich« ist bis hin zum ambivalenten Titel, der an Gryphius gemahnt, an das »vanitas-mundi«-Gefühl (»Die Herrlichkeit der Erden / Muß Rauch und Aschen werden«), ein barockes Gedicht: mit seinem Anspruch, die ganze Welt ins Bett zu kriegen, mit seinem Lebensüberdruß.

»Mitten im Leben« heißt ein Lied über die Melancholie, welches das Luthersche »media vita in morte sumus« aufgreift, die Allgegenwart des Todes im barocken Lebensgefühl auf die Trauer überträgt, und in »Lieber tot« operiert die Autorin mit dem in dieser Epoche so beliebten Motiv des Scheintodes.

Die Vertauschung der Attribute »lebendig« und »tot« kommt auch in der rhetorischen Schlußfrage des zweiten Terzetts zum Zug. Doch wer ist »ihr«, und wie definiert sich das »ich«? Durch radikale Verweigerung, die bei Ulla Hahn bis zum Eß-, Atem- und Liebesstreik geht. Ihre Absage an das geregelte Vegetieren ist gleichzeitig eine Bejahung der äußersten Schmerzerfahrung, jener Grenzzustände, in denen man schreit, nicht singt.

So bleibt hier vom Sonett als formales »memento mori« nur noch das Gerippe übrig. Die Strophen sind unkenntlich gemacht, das Metrum wird zerfetzt, die Reime gehen unter oder fallen als Schminke auf wie in dem nachgestotterten »und« der zweitletzten Zeile.

Der Text macht wahr, was die Schlußverse von »Verschreibungspflichtig« programmatisch versprechen: »Mein muskulöses Zentralorgan ... / reimt sich nicht mehr / auf Schmerz.« Das Gedicht, oft mit einem Kardiogramm verglichen, will keine Schönschrift des Herzens sein.

Ulla Hahn beherrscht das Rondo ebenso wie die Volksliedstrophe, den Kreuz-, den Paarreim und den umarmenden Reim. An dem ruinierten Lottersonett demonstriert sie die Hinfälligkeit einer anderen Tradition: »Die Zeit der großen Gesten ist vorbei.« Gemeint sind die archaischen Gefühle. Sie hervorzupflügen und gegen die Kränkung des moderierten Lebens zu setzen, ist die Aufgabe des Gedichts.

ULLA HAHN
FÜR

Gott und alle Engel sollten ihn schützen
Wen Den der da liegt Wo liegt Wo
Gras wächst liegt er wie man so
auf, Wiesen liegt die Beine ein wenig
gespreizt entspannt die Sprache
eines Körpers der schläft die Täuschung
einer Sprache des Körpers der da liegt Wo
sein Helm liegt blau in den Blumen
von denen ich nicht einen Namen weiß
wunschlos traumlos
nie wieder ein Verlangen nach weichen Versprechungen
nie wieder auf roten Tigern über die Champs-Élysées
liegt er
unter dem hohen Warnruf des Vogels
den er nicht hört In seiner Mulde
zwischen Schlüsselbein und Schulter ein Körperchen
von einem Zoll gebundene Füße
ausgestreckt Arme männlich nackt
auf einem Sterlingsilberkreuz liegt leicht auf dem
der schwer im Gras liegt die Augen weit offen
als suchten sie den Himmel ab Stechmücken
fliegen hüfthoch auf in einer losen Wolke
zerstreun sich im Gestrüpp purpurn orange violett.

ALEXANDER VON BORMANN
DIE WAHRHEIT DER TÄUSCHUNG EINER SPRACHE DES KÖRPERS

Zwischen Titel und Text ist ein Zwischenraum. Der läßt Platz für einen Namen. Unser Jahrhundert hat dafür gesorgt, daß sehr viele an dieser Stelle eine Eintragung machen können. Weltweit gesehen, soll es in ihm kaum Tage ohne Krieg gegeben haben, und der trifft ja nicht nur Soldaten. Da vergehen auch ältere Tröstungen: Die Stilisierung der Getöteten zu Helden des Vaterlands, zu Opfern »der« Geschichte verfängt nicht mehr. Es bleiben Nachrufe, für Gläubige Fürbitten, auch Zorn und Schmerz, Auflehnung, Ergebung vielleicht, Trauer, Zuspruch.

Ulla Hahns Gedicht sammelt diese Gefühle, Haltungen, Sprachgesten in einen Text, den man sich vorsprechen muß. Seine Rede ist von einer unausgesprochenen Wut grundiert, noch ganz dicht bei der Entdeckung des Toten, ärgerlich über alle Begriffsstutzigkeit, die nur den Augenschein kennt, auf die Täuschung einer Körpersprache hereinzufallen droht, die man anders, als friedliche, gelernt hat.

»Im Grase« – das war seit alters ein Ort der Versunkenheit und der Einkehr, unmittelbarer Tuchfühlung mit der Natur. *Wo/Gras wächst*, das ist das Gegenteil der Idylle: Der Tote soll vergessen werden, damit das Leben ungestört weitergehen kann. Er »sollte« vor diesem Los geschützt werden – das ist Vergangenheit (Gott und alle Engel taten nichts) oder erinnerter Wunsch (die Abschiedsformel hat versagt).

Die hin und her laufenden Frage- und Antwortsätze im Anfang spiegeln die Aufregung bei der Entdeckung des Toten. Die eine Stimme weiß mehr als die andere, die an diesen Fund nicht recht heranwill. Es ist nicht nötig, an zwei Personen zu denken, ein Zwiegespräch im Ich ist wahrscheinlicher. So bilden die stockenden Sätze eine Einsicht ab: wie das Bewußtsein zögert, das Gesehene aufzunehmen, wahr-zu-nehmen. Der tapfere Zweifel – der Tod als Schlafes Bruder – muß der Sprache helfen, ihre Fassung wiedergewinnen. Wie human, daß ein einzelner Toter noch Betrachter verstören kann. Und ein wenig auch die Natur: Der Ruf des Vogels warnt vor dem Menschen, wir denken, könnte auch den Toten warnen wollen.
Erst im Mittelteil des Gedichts, im Hinblick auf das Blau, das dem Helm wie den Blumen gehören kann und das dem Himmel antwortet, faßt sich die Rede: *wunschlos traumlos/.../liegt er.* Das sind sechs Silben und zugleich sechs Hebungen, keine Unruhe mehr, Einkehr beim Tode. Die »Nie wieder«-Zeilen sprechen aus, was zu diesem Leben gehört hätte, Liebe und Ausgelassenheit, beziehen sich auf Wunsch und Traum.
Zum Schluß hin lenkt sich der Blick auf den Leib, der gedoppelt erscheint: als Christus-Amulett, mit der merkwürdigen Umschreibung »Körperchen von einem Zoll«, was wie nebenher an eine Gewehrkugel denken läßt. Doch es wiegt leicht, der Tote (vielleicht ein Blauhelm-Soldat der UN-Truppen) schwer. Immerhin wirkt die Christusfigur noch auf die Wahrnehmung dieses Todes ein: »die Augen weit offen/ als suchten sie den Himmel ab«, das mag den feindlichen Fliegern gelten, das könnte auch auf die Gottverlassenheit deuten, die Christus im Tode erfuhr.
Lyrik ist abgebrochene Rede, die Brechungen hier erzeu-

gen Mehrdeutigkeit, und die Bildebenen informieren sich gegenseitig. Das Opfer bleibt ohne Namen und Identität: ein Stellvertreter für viele andere, wie die Lücke nach dem »Für« im Titel ausweist. Das Amulett, das kein beliebiges ist, hat nicht geholfen. So steht auch die Mückenwolke nicht mythisch versöhnend für die aufschwebende Seele, dazu ist sie viel zu realistisch bezeichnet. Die auffliegenden Stechmücken zeigen eher an, daß da einer kommt und den Heimgang in die Natur, die Auflösung, stört. So wird ein Nachruf möglich, ein menschliches Wort. Den Schluß bestimmen Farbwahrnehmungen, mehrere Vorschläge. So findet sich das beobachtende Ich bei seiner Tröstung wieder, der Täuschung der Linien und Farben. Schrecken und Ästhetik gingen ihm von Anfang an zusammen: Gewalt, Natur und Kunst in einem Gespräch, das den Skandal dieses Todes gewiß nicht beschwichtigen kann.

ULLA HAHN
FÜR EINEN FLIEGER

Wenn du in Bausch und Bogen vorwärtsschreitend
das Erdreich mit den Füßen trittst bis weich
du abhebst in die höheren Regionen
und dir die Erde leicht wird oder seicht

erscheint beim Anblick dieser Millionen Toten
der Sisyphos der Tantalos die schwer
einander in den offenen Armen hängen
glaubst du von fern: sie liebten sich so sehr.

Als Lied erreicht ihr Stöhnen deine Ohren
Kains Hand scheint dir führt Abel hin zum Tanz
ein Abendlicht quillt allen aus den Poren

vergoldet dir die Sicht die Wiederkehr
zur Erde die du fast wie mich verloren
flieg höher nicht: du findest uns nicht mehr.

PETER DEMETZ
VERBORGENE IRONIE

Es gibt zwei Arten von Fliegergedichten, die einen, von Gabriele d'Anunzio und den italienischen Futuristen her, die den Piloten als heroische Figur eines neuen technischen Zeitalters rühmen, und die anderen, in der Nachfolge Brechts und Günter Kunerts, welche die Flieger, als Ikarus-Söhne, eines selbstherrischen Hochmuts bezichtigen.

Ulla Hahns Gedicht gehört in die zweite Tradition, aber sie denkt nicht an einen Herrscher der Technik, sondern an einen Meister der Worte, der sich leider in allzu dünne Lüfte emporschreibt. Wer ist dieser Flieger? Der lyrische Detektiv findet seinen ersten Schlüssel in der Form des Sonettes selbst, denn wenn er im Gedichtband »Herz über Kopf« nur ein wenig zurückblättert, entdeckt er nur *ein* anderes Gedicht ähnlicher Art, und das unter dem Motto »Schreib doch mal ein anständiges Sonett. St. H.«

Damit hat der Maigret der Poesie auch schon seine Spur vor Augen, denn St. H. ist niemand anders als der DDR-Schriftsteller Stephan Hermlin, dessen Aufsätze und Erzählungen Ulla Hahn edierte (1980), und wer nach einer Bestätigung im Text des Gedichts selbst verlangt, darf sie in dem wichtigen Worte »Abendlicht« (Zeile 11) finden – so hat ja Hermlin seine poetischen Memoiren genannt, in welchen die tragische Figur seines Bruders (er fiel als Pilot der Royal Air Force im Kriege) eine ganz besondere Rolle spielt.

Die verborgene Ironie liegt darin, daß die Schreiberin dem Rate des Dichters folgt, aber das Sonett, die dialektische, argumentative, reflexive Form *par excellence*, gegen ihn wendet. Sie schreibt ja ein Warngedicht an einen »Flieger«, der sich ihr – und uns – als Mentor, Freund und Dichter in eine Wolkenhöhe zu entziehen droht, aus welcher das Menschliche drunten nur mehr in abstrakten, verzerrten und verschönten Zügen sichtbar wird. Ob ein »anständiges« Sonett oder nicht, das Charakteristische der Schreibart Ulla Hahns ist wieder in den geglückten Kombinationen alltagssprachlicher Klischees und der rhetorisch hohen Ausdrucksweise zu entdecken und in der geradezu inständigen Diskretion, in der sie ihre Warnung ausspricht, ohne je ihre Stimme zu heben. »In Bausch und Bogen vorwärtsschreitend« läßt allerdings an Skepsis nichts zu wünschen übrig (der idiomatische Hinweis auf die törichten Verallgemeinerungen verbindet sich mit dem ironischen Bild des Schriftstellers, der sich in ganzen »Bogen«, das heißt im Papiermaß der Bücher, wie auf einer Startbahn vorwärtsbewegt); und da sind die spielerischen, die verräterischen Binnenreime (leicht/seicht), die Ulla Hahn ganz besonders liebt, und die Kette der antiken und biblischen Assoziationen, die zeigen, wie verzerrt sich, aus der luftigen Höhe des allzu Poetischen, unsere geplagte »Erde« ausnimmt.
Optische Vexier- und Betrugsbilder: die entsetzliche Gebärde der absurden Hoffnungslosigkeit wird zu einer Geste der Liebe; die Brüder gehen zum Tanz, nicht zur Mordstätte; und das »Abendlicht« umgießt alles mit einer kitschigen Aura der Serenität, in der es nichts mehr Entsetzliches, Historisches und Einzelnes gibt. »Flieg höher nicht« – die Verfasserin des Sonetts will den gefährdeten

Dichter durchaus nicht an das Machbare, ohne Träume, fesseln. Aber sie besteht doch auf ihrem eigenen, festen Standpunkt im »Erdreich« und distanziert sich, in einem Emanzipationsakt eigener Art, von jeder wolkigen Perspektive, auch der revolutionären, welche unser geplagtes Leben, so wie es ist, aus dem Blick verliert.

Ein intimes Gedicht also, Ulla Hahn und Stephan Hermlin, die Schülerin und der Mentor? Intim und ganz öffentlich zugleich, denn sie spricht längst nicht mehr für sich allein, und der verletzte, der verlorene Glaube einer ganzen Generation, an die allzu abstrakten Flüge der gesellschaftlichen Phantasie, kommt in ihrem Gedichte stellvertretend zur Sprache.

ULLA HAHN
GIBT ES EINE WEIBLICHE ÄSTHETIK

Ich sehe deine Augen
mit den hängenden
Lidern am Kinn
Fettfalten die Stirn
gefurcht deine
dünnen spitzen
Ohren überm fahlen
Haar die
kahle Stelle
am Hinterkopf ich
denke du bist
von allen Männern
der schönste.

HELMUTH KIESEL
DER BLICK DER LIEBE

Erbarmungsloser – und freundlicher zugleich – wurde wohl noch nie mit Männern umgegangen. Einen von ihnen, und offenbar den ihr liebsten, faßt die Sprecherin dieses Gedichts unter ästhetischem Aspekt einmal genauer ins Auge. Was sie zu sehen bekommt, indem sie ihren Blick über sein Gesicht gleiten läßt, nimmt die Züge einer ästhetischen Endlos-Katastrophe an.

Da ist nicht etwa in dem einen oder anderen separaten Vers von einem vereinzelten Schönheitsfehler die Rede, der nur eine kaum bemerkenswerte Beeinträchtigung eines ansonsten als schön zu bezeichnenden Antlitzes wäre, oder von einem besonders markanten Zug, der zwar nicht dem Ideal der Schönheit entspräche, aber als Indiz einer beachtlichen Lebensleistung und als Merkmal einer gereiften Persönlichkeit gelten dürfte. Da wird vielmehr in einer Diktion, in der sich die Benennungen der verschiedenen Unschönheiten und der von ihnen gezeichneten Gesichtspartien fugenlos ineinanderschieben, auf eine gleichsam sich überschlagende Weise aufgezählt, was der Blick einer Ästhetin, der von den hängenden Augenlidern über die Fettfalten des Kinns zu den Furchen der Stirn und von dort über die spitzen Ohren bis zum fahlen Haar wandert, wahrzunehmen hat: ein einziges Kontinuum des Unschönen. Und nicht genug damit. Zuletzt erlaubt sich die Betrachterin noch einen Blick, der in dem Maße indiskret und verunsichernd wirkt, in dem man ihn selber nicht haben kann: den

Blick auf den Hinterkopf. In der Tat läßt er ein neues demütigendes Defizit gewahr werden und macht die ästhetische Katastrophe total: vorne fahl, hinten kahl!
Mit diesem vollends entlarvenden Blick auf »die kahle Stelle am Hinterkopf« hat sich das lyrische Subjekt allerdings nicht nur eine letzte Indezenz geleistet. Dieses als weiblich ausgewiesene Subjekt ist zugleich einem Verlangen gefolgt, das man als ein grundlegendes Postulat der weiblichen Ästhetik bezeichnen kann, ja mehr noch: als jenes Postulat, welches die weibliche Ästhetik für uns unentbehrlich macht. Das wird evident, wenn man die vielleicht wichtigste Anregung für eine spezifisch weibliche Poetik liest: Virginia Woolfs »Ein Zimmer für sich allein«. Dort wird nämlich – gegen Ende des fünften Kapitels – gesagt, wie wichtig es für beide Geschlechter ist, sich gegenseitig schonungslos wahrzunehmen und zu beschreiben. Und dann heißt es: »Da gibt es einen Fleck am eigenen Hinterkopf, so groß wie ein Markstück, den man nie selbst sehen kann. Es ist einer der guten Dienste, die ein Geschlecht dem anderen leisten kann, diesen markstückgroßen Fleck am Hinterkopf zu beschreiben ... Ein wahres Bild des Mannes als einem ganzen kann niemals gezeichnet werden, bevor nicht eine Frau diesen markstückgroßen Fleck beschrieben hat.«
Nun ist er also beschrieben, dieser markstückgroße Fleck der Männer, nicht nur in dem Gedicht von Ulla Hahn, sondern vielfach auch in Gedichten und Romanen anderer Frauen. Und meist ist er kahl. Aber in dieser ernüchternden Feststellung hat die weibliche Ästhetik, die von Virginia Woolf 1928 gefordert und von Ulla Hahn mit ihrem Gedicht 1981 in prägnanter Form zur Sprache gebracht wurde, nicht ihr letztes Wort. Wenn die fugenlos wirkende

Beschreibung der ästhetischen Endlos-Katastrophe mit der Wahrnehmung der kahlen Stelle am Hinterkopf auf dem vernichtenden Höhepunkt angelangt ist, beginnt ebenso fugenlos die Liebe zu reden.

ULLA HAHN
KATZENMAHLZEIT

Alles ist in Roma eßbar
Artischocken schwarzes Schaf
Ciceroni Chips Cypressen
Rosmarin Maroni

Alles ist in Rom vergeßbar
Esbahn Uhahn Alster Spree
Villen Pillen Brillenträger
Papa Papperlap

Alles ist vergeßbar eßbar
Colosseum Marzipan
Minestrone Mama Mia
Dolce Duce Du

PETER DEMETZ
DIE SCHÖNEN ZEITEN SIND VORBEI

Inmitten einer Gruppe von Gedichten über italienische Sonne, Amseln und Orangen nimmt sich Ulla Hahns »Katzenmahlzeit« ein wenig wunderlich aus, und aus vielen Gründen. Ulla Hahn ist nicht als Autorin schwierig hermetischer Lyrik bekannt geworden, und ich lese mich plötzlich in einem Text fest, der meinen Erwartungen ganz und gar nicht entspricht. Die erfindungsreichen und witzigen phonetischen Spiele verbergen das Bittere des Gedichtes nicht, sondern steigern es auf modern widersprüchliche Art. Sobald ich den Titel und die erste Zeile überfliege, denke ich schon an die streunenden, halbwilden und räudigen Tiere in den Ruinen, deren »Mahlzeit« aus den Abfällen besteht, die andere hinterlassen haben.
Ganz Rom ein archäologisch-historischer Abhub, für Spätere? Die schönen Zeiten sind vorbei, da Goethe noch an Jacobi schrieb, er sei, nachdem er vom »großen italienischen Gastmahl aufgestanden«, genötigt gewesen, »sich an einem nordischen Katzentisch« zu nähren. Die nachgeborene Autorin spricht von einer Erfahrung, in der die melodramatischen Kontraste, gerade die, nicht mehr gültig sind; und ich denke mir diese Erfahrung als eine Art von Kulturschock, als eine plötzliche Dürre der Seele, oder als jene radikale Indifferenz, die alles in Gleichgültigkeit, Bedeutungslosigkeit, in einen geradezu metaphysischen Überdruß an Vielfalt und Dasein hineinzieht. Bezeichnend, aber nicht überraschend für das moderne

Bewußtsein, daß das gerade an einem Orte geschieht, der seit Jahrtausenden Weltgeschichte den imperialen Anspruch darauf erhob, weltliche und geistliche Bedeutungen zu schaffen und ins Monumentale zu verklären.
In diesem Katzenjammer-Gedicht für den denkenden Rom-Flaneur äußert sich der Schock, dem sich das Bewußtsein noch spielend zu widersetzen sucht, in einer Parlando-Tonart des Widerwillens. Das Gedicht selbst stört den Versuch, logische Sätze zu konstruieren, und bildet seine Zeilen durch Assoziationen, die anderen Ordnungen folgen. Das Entscheidende sind einzelne Laute, Lautgruppen und Binnenreime, durch die sich die auftauchenden Einzelworte widerstrebend, am Rande des Kurt-Schwitters-Nonsens, in glücklicher Notwendigkeit zusammenfügen (lyrische Experten geraten in Versuchung, vom technischen Triumph des Phonetischen über das Semantische zu sprechen).
Das »Eßbare«/»Vergeßbare« wird in Staccato-Reihen aufgezählt, die von bestimmten Konsonanten und Vokalen ausgelöst werden, so durch das italienisch-englisch-lateinische Spiel mit Ci/CHi/Cy (I, 3), die o/s/m/a-Mutation, oder die -ill-Echos (II, 3). Die sogenannte Lautmusik täuscht, zumindest beim ersten Hinhören: »Papa Papperlap« klingt wie eine heile Erinnerung an Kinderstube und Kindermund, aber ich lese, in diesem römischen Gedicht, »Papa« als »Papst« und »Papperlap« als traditionelle deutsche Parodie auf die mechanisch hingesagten Worte des religiösen Rituals (siehe den Eintrag im Grimmschen Wörterbuch) und die ganze Zeile als widerborstigen Spott.
Ein Streitgedicht also, und wie die Konkrete Poesie (an die das Gedicht deutlich erinnert) »gezeigte« Sprache ohne

jede Subjektivität? Mitnichten. Ulla Hahn hat ihre Signatur »Uhahn«, auf »Esbahn« reimend (II, 2), in die genaue Mitte des Gedichtes gesetzt, und ich wage nicht zu sagen, wie man die letzte Zeile lesen soll – das »Du« ebenso gleichgültig wie die Süße Macht, oder, gegen die Absicht des Gedichtes, erhoben und gestärkt gerade durch sie? Ein Grund, das ganze Gedicht noch einmal zu lesen, Wort für Wort, und vom Anfang an; und das tut man ja nur, wenn's ein wirklich gutes Gedicht ist, wie dieses.

ULLA HAHN
LIED DER AMSEL

Flieg mit mir hinauf
auf diesen Ast und schau
auf dich hinunter:
Auf dich in den Blumen
auf dich in den Steinen
im Gras am Wasser
auf dich unterm Baum
Du hier oben und
du da unten:
Das ist alles.

JOCHEN HIEBER
EINE FRAGE DER PERSPEKTIVE

In der poetischen Welt der Ulla Hahn diente die Amsel bisher als Lockvogel. *Samstags sang die Amsel lauter lockte in / verborgene Büsche* hieß es 1993 im Gedicht »Auf dem Dorfe«. *Glückselige Musik von Amseln und alten Meistern* kündete 1988 im Poem »Fast« von einem Abend im März und dem Anruf des Geliebten. *Eine schöne Amsel öffnet mir morgens / die Augen* erzählte das lyrische Ich 1983 im Gedicht »Erwachen« und ließ uns wissen, sie habe *das Lied der Liebe von einst* gesungen. Alles klar mithin: Wenn es um Liebe ging, dann war es die Amsel.

Die Amsel in unserem Gedicht ist nicht mehr Objekt der Betrachtung und nicht mehr Sinnbild der Sehnsucht. Sie nimmt selbst das Wort, gibt Anweisungen, macht Vorschläge, zieht die Summe am Schluß. Von der Liebe ist nicht mehr die Rede, wohl aber vom Leben und dem ungewöhnlichen Blick darauf: Es geht um die richtige Perspektive.

Perspektivenwechsel: So läßt sich annähernd ausdrücken, was Ulla Hahns bisher jüngsten Lyrikband »Epikurs Garten« von den Vorgängern unterscheidet. Seit dem überaus erfolgreichen Debüt »Herz über Kopf« aus dem Jahr 1981 hatte sie vor allem die Landschaften der Liebe vermessen, sie hatte, von der Kritik ebenso angefeindet wie gerühmt, in kunstvoll unangestrengten Versen Gefühle und Gedanken artikuliert, mit denen sich ihre Leser allemal freudig identifizierten. »Spielende«, »Freudenfeuer«, »Unerhörte

Nähe«: die Bände der achtziger Jahre waren eine Art Arsenal höchst gegenwärtiger Empfindungen, zusammengetragen von einer Autorin, die mit Alltagssprache und lyrischer Tradition gleichermaßen spielerisch umzugehen verstand.

Gegen das Spielerische nun die Strenge, gegen die Schönheit von Lust und Leiden nun überall Zeichen von Vergänglichkeit und stillem Verfall. »Epikurs Garten« versucht sich an einer Lebenskunst jenseits der Emphasen – aber auch jenseits der Resignation. Seelenruhe und Welterkenntnis werden poetisch erprobt, »Älterwerden« heißt, nicht umsonst, eines der reifsten Poeme des Bands. Das »Lied der Amsel« steht dabei, als erstes Gedicht im titelgebenden Zyklus, absichtsvoll an zentralem Ort.

Elf Verse von berückender Einfachheit. Und keinerlei Kummer, sie zu verstehen. Aber zu wem spricht die Amsel? Nehmen wir an: Zu einem von uns. Nehmen wir ferner an, wir seien für einen Moment auch fähig, der Aufforderung mitzufliegen mühelos nachzukommen: Sogleich befinden wir uns in der Lage des sonderbaren und sympathischen Helden aus Italo Calvinos Roman »Der Baron auf den Bäumen«, jenes zwölfjährigen Cosimo, der aus Abscheu vor der Gewöhnlichkeit den festen Boden verläßt und dann zeitlebens über der Erde bleibt. Calvino läßt seinen Roman im achtzehnten Jahrhundert, im Zeitalter der Aufklärung spielen: Über den Dingen stehen, lautet die Botschaft. Das heißt auch: die Dinge besser, mithin vernünftiger erkennen und durchschauen.

Ulla Hahn verdichtet Calvinos Fabel zum lyrischen Bild – und fügt ihr Entscheidendes hinzu. Vom Baum herabschauend, sieht der Betrachter wie weiland Cosimo zwar auch die Welt – vor allem jedoch sich selbst in ihr. Unversehens ist der Lockvogel darüber zum Lebensphilosophen geworden. Den Optimismus der Aufklärung aber teilt er nicht mehr: Oben und unten gelten ihm gleich viel. Allerdings ist es ratsam, sich der jeweiligen Perspektive bewußt zu sein – und sie bisweilen zu wechseln. Ist das alles? Ja, und es ist viel.

ULLA HAHN
MIT HAUT UND HAAR

Ich zog dich aus der Senke deiner Jahre
und tauchte dich in meinen Sommer ein
ich leckte dir die Hand und Haut und Haare
und schwor dir ewig mein und dein zu sein.

Du wendetest mich um. Du branntest mir dein Zeichen
mit sanftem Feuer in das dünne Fell.
Da ließ ich von mir ab. Und schnell
begann ich vor mir selbst zurückzuweichen

und meinem Schwur. Anfangs blieb noch Erinnern
ein schöner Überrest der nach mir rief.
Da aber war ich schon in deinem Innern
vor mir verborgen. Du verbargst mich tief.

Bis ich ganz in dir aufgegangen war:
da spucktest du mich aus mit Haut und Haar.

RENATE SCHOSTACK
DIE FALLE NAMENS LIEBE

Über dem Gedicht, das getragen einsetzt, mit drei vollen Silben, liegt eine geschlossene Wolkendecke. Die Atmosphäre ist gedrückt, der Himmel bleiern. Von einem ungeheuren Vorgang ist die Rede: Ein menschliches Wesen wird von einem anderen in Besitz genommen, völlig, die Aneignung geschieht als Brandmarkung wie bei einem Stück Vieh, es ist ein Akt der Verletzung, dem sich der Gebrandmarkte indessen freudig fügt. Seine Selbstaufopferung zahlt sich freilich nicht aus.
Das Seltsame: es gibt keinen Aufschrei, keinen Laut des Schmerzes, keinen Protest. Das Gedicht ist kein Klagegesang, keine Elegie, es ist ein Sonett. Das Sonett, durch seine Strenge eine kühle Form, reflektiert einen Sachverhalt. Der Gewaltakt wird, in die Gußform gezwungen, als ein vergangener, über dem die Aktendeckel geschlossen sind, eiskalt serviert.
Noch seltsamer: das Wort Liebe fehlt. Darum aber geht es. Um die Liebe einer Frau. Das sprechende Ich, daran kann kein Zweifel sein, ist eine Frau. Die Gleichsetzung von Frau und Tier ist in der abendländischen Kultur geläufig. Der Halter ist der Mann; ihm, dem Herrn, sind die zweitrangigen Wesen Gehorsam schuldig, er darf mit ihnen tun, was er will. Das steht nicht im Gedicht, es schwingt mit.
Der Einsatz ist anders. Da ist aufgeklärte Gegenwart, Moderne, Emanzipation. Selbstbewußt, mit Autorität, hat

dieses weibliche Ich gehandelt, das im Glanz der Jahre prangt, das noch in der Erniedrigung einen »schönen Überrest« besitzt. Kein Mickerwesen, das auf den Mann, einen älteren, der es wohl nötig hatte, zuging; auch keine Undine (»halb zog sie ihn ...«). Sie spricht mit großem Ernst. Ihr Geschenk: die völlige Hingabe, »mit Haut und Haar«.

Aber der Mann, freilich nur durch die Augen der Frau gesehen, kann mit der Gabe nicht umgehen. Er eignet sich den anderen Menschen an. Kein Wort davon, daß es um ihn geschehen wäre. In den beiden letzten Versen, so zugespitzt, wie es nur in dieser, der englischen, der Shakespeareschen Form des Sonetts – drei Quartette, keine Terzinen – möglich ist, die Pointe: totale Selbstaufgabe, totale Verschmähung. »Ausspucken« – das klingt burschikos und meint doch: Verachtung. Tat die Frau den ersten schönen Schritt, so der Mann den letzten schlimmen. Das Gesetz des Handelns ist auf ihn übergegangen, längst; er zieht den Schlußstrich.

Indes, das eigentliche Drama besteht nicht darin, daß der Mann unwürdig ist, sondern daß die Frau sich, Hände lekkend wie ein Hund, in ein Herrschaftsverhältnis begibt. Das Thema des Gedichts ist die allmähliche Selbstentfremdung der Frau durch die Liebe. Sie hat den Schwur, sich selbst treu zu bleiben, gebrochen. Die Hauptsünde steht genau in der Mitte der Verse: »Da ließ ich von mir ab.« Wie? Auslöschung des Ich, gänzliches Aufgehen im Geliebten – war es nicht genau das, was man sonst unter Liebe verstand?

Die moderne Frauenbewegung hat diese Art der Liebe – welche doch die alleinseligmachende ist – als Hauptursache der verhinderten Emanzipation an den Pranger gestellt. Kein Wunder, daß das Wort Liebe hier fehlt. Liebe, die nicht sein soll und doch sein will, ist eines der großen Themen der feministischen Literatur der Epoche. Niemand hat das in der Lyrik mit solcher Konsequenz, solcher Inbrunst, solcher Kunst behandelt wie Ulla Hahn. »Mit Haut und Haar« ist das dritte Gedicht in ihrem ersten Gedichtband. Dort begann sie, diese ihre lyrische Goldader zu entdecken, das neue Lied von der modernen Frau zu singen, die wohl weiß, was sie sich schuldig wäre, und dennoch von der Liebe nicht lassen kann.

ULLA HAHN
MITTEILUNGEN DER MUTTER

Sie hat Krebs sie hat Krebs sagt sie
nimm von der Suppe nimm
Mettwürstchen Rindfleisch sie liegt
schon vier Wochen man hat
sie aufgemacht zugemacht hier
ist der Essig der Senf sie war
zuletzt ganz geschwollen der Bauch
immer dick und sie trank
hier der Saft aus dem Garten es gibt
auch noch Pudding es gibt
keine Hoffnung mehr nur noch
Wochen Monate höchstens sie ist
nur zwei Jahre älter als du.

WERNER ROSS
VERGIFTETE IDYLLE

Wie man aus dem Alltag ein Gedicht macht, war immer ein Problem. Man sieht Apoll vor sich, wie er die Leier schlägt, göttlich-feierlich, auf hohem Stilniveau. Dem Silen Marsyas, der zu konkurrieren versucht, wird die Haut abgezogen. Recht geschieht dem Unwürdigen. Erst seit man Lyrik auch zur Guitarre machen kann, ist es leichter, im Plauderton zu dichten: Belangloses, Banales, das unvermutet in einen lyrischen Kontext gesetzt wird, das verfremdet wird durch die bloße Tatsache des Drucks in Absätzen und ohne Satzzeichen.
Ulla Hahn hat sich ihren Namen durch solche »kleine Prosa in Gedichtform« gemacht, durch gereimt Spitzes, Bitteres, Wildes, Scharfes, durch Pointen, die bei Heine gelernt sind und ihn hinter sich lassen, durch Nostalgien, in die es wie eine Ohrfeige knallen kann, durch kunstvoll gemischte Töne aus Alltagssatz-Fetzen. So auch in diesen »Mitteilungen der Mutter«, denen andere Mutter-Gedichte zur Seite stehen, schonungslos wie dieses.
Das lyrisch verläßliche Urgefühl, Mutterliebe, Kindesliebe, ist erloschen, nur die Situationskomik übriggeblieben: Die Tochter ist eingeladen zum Sonntagsessen und wird bedient. Mutterliebe, so weiß jeder Kundige, setzt sich in Nahrungsmittelzufuhr um, in schmeichelnde Lekkerbissen, sozusagen mit dem Schnabel dargereicht. Auch die Mitteilungen werden häppchenweise serviert. Es ist ja das ewige Klagelied der Mütter, daß die Töchter ihnen

nichts zu erzählen haben; also müssen *sie* reden. Die Frage ist heute nicht mehr: Wie sag ich's meinem Kinde?, sondern: Wie sag ich's meinen Eltern? Ein anderer Lebenszuschnitt setzt sich bei der jüngeren Generation nicht mehr in jene Art wollüstiger Mitteilung um, die von Übelmeinenden als Klatsch verpönt wird.

Klatsch, würde die Mutter entrüstet fragen, den Blick zum Himmel gerichtet, und in ihren Mitteilungen über die krebskranke Verwandte nichts anderes erblicken als menschliche Anteilnahme. So hat sie gelernt, die Dinge zu sehen: Liebe hier, Liebe dort, Menschlichkeit ringsum. Sie versorgt die Tochter und fühlt sich an frühe Zeiten erinnert, als die ein Kind, ein kleines Mädchen war. Sie versorgt sie auch mit allem Wissenswerten, und nie würde ihr der Gedanke kommen, daß Pudding und Krebs, in einem Atem genannt, Fütterung und Hoffnungslosigkeit, eine krasse Dissonanz erzeugen.

Bis dahin wäre als Genre Satire zu vermerken, Familiensatire als ätzende Durchlöcherung jenes Gefühlskomplexes, der einmal Pietät hieß. Aber das Gedicht führt darüber hinaus, oder: die Mitteilungen werden erst, indem sie darüber hinausführen, zum Gedicht. Der Satz »sie ist / nur zwei Jahre älter als du«, von der Mutter vielleicht nur als Mitleidsverstärker eingebracht, trifft die Tochter so, als ob die Mutter ihre gesamten Liebesbezeigungen nur auf diesen Dolchstoß hin zugespitzt hätte.

Nun erst wird aus der Tischszene mit Senf und Saft, aus der Betreuungs-Idylle die alte lyrische Botschaft: »Warte nur: balde ...« Nun erst wird deutlich, daß auch dieses Wort- und Wurst-Geplänkel sich der alten lyrischen Form, der Musik, nähert. Die Sätze der Mutter stellen sich als perfekter Kontrapunkt heraus; das Fehlen der Satzzeichen unterstreicht, daß da nicht logisch verfahren wird, sondern daß ein Melodiebogen weiterträgt bis zum Finale: »als du«, in dem das Goethische »du auch« zeitgemäß wieder aufklingt, nachklingt, abklingt.

ULLA HAHN
NACH JAHR UND TAG

Ein Waggon fährt vorbei
Er hat Kohle geladen

Männer links Frauen rechts
Zu den Kabinen im Freibad

Schuhe liegen auf einem Haufen
Im Sommerschlußverkauf

Haare werden geschnitten
Zu einer neuen Frisur

Menschen gehen ins Bad
Zum Baden

Ein Feuer brennt
Es wärmt

Rauch steigt auf
Eine Kerze verlischt

WALTER HINCK
ZEITENBRÜCKE

Diese Verse werden in Ulla Hahns Band »Spielende« flankiert von zwei Gedichten, die zu ihrem Verständnis nicht nötig sind, aber doch unmittelbar den Blick in jene geschichtliche Tiefe freigeben, die hier der Leser erst noch entdecken muß. Sie stehen zwischen einer Fürsprache für die Männer und Frauen, die dem KZ entronnen sind, und einer Hommage an die jüdische Dichterin Gertrud Kolmar, der keine Rückkehr beschieden war – wir wissen nur, daß sie im März 1943 deportiert wurde. Ulla Hahn hat jüngst eine Sammlung von Dichtungen dieser Verschollenen herausgegeben.

Zu den sieben Doppelversen gehört unbedingt die Überschrift hinzu; sie stellt das Gedicht nicht nur unter ein Stichwort oder ein Resümee, sie ist vielmehr die Angel, in der die Gedichtaussage hängt. Ohne sie könnte der Leser die Beobachtung von Alltagsoberfläche, die das Gedicht gerade durchbricht, auf sich beruhen lassen. Der Titel »Nach Jahr und Tag« nötigt zur Doppelsicht, schlägt eine Zeitenbrücke, so daß in der Beobachtung des Gegenwärtigen die Vergangenheit herbeizitiert wird.

In den Verspaaren sind die Zeilen nicht einfach gekoppelt, eine ausgeprägte Zweigliedrigkeit fällt auf. Eine Wahrnehmung in der ersten Zeile wird in der zweiten erläutert. Diese Erklärungen sind von geradezu aufreizender Selbstverständlichkeit, zumal in der fünften Strophe: »Menschen gehen ins Bad/Zum Baden.« So viel Normalität macht sich verdächtig, ist sprachliches Signal. Und tatsächlich hat jede beobachtete Erscheinung, die auf so naheliegende Weise begründet wird, ihren doppelten Boden.

Liest man die ersten Verse der sieben Strophen im Zusammenhang, so rufen die Bilder eine zweite, ganz andere, eine dem historischen Gedächtnis eingebrannte Wirklichkeit herbei. Der Beobachter verliert seinen Halt in der Gegenwart eines friedlichen Wohllebens und sieht sich in eines der Konzentrationslager versetzt, wo Deportierte sortiert, entkleidet, geschoren, in Duschräumen vergast und schließlich verbrannt werden. Bei alledem begnügt sich die Sprache mit Andeutungen.

Daß gerade die einfachsten Ursache- und Zweckverhältnisse denaturiert worden sind, daß gerade wohltätige Einrichtungen, die das Leben erleichtern, der Vernichtung des Lebens dienten und gerade im Freundlichen das Böse brütete, das ist die Erkenntnis, die in denkender Beobachtung alltäglicher heutiger Abläufe mit dem Erschrecken aufzuckt.

Die Sprache dieses Gedichts verdeckt nur eine Zeitlang, daß sie sowohl an den Bildern unserer täglichen Erfahrung wie an denen der geschichtlichen Erinnerung teilhat und daß die Wortbedeutungen einander überlagern. Wir haben die Neigung zu vergessen, wie sehr unsere Sprache und unser Bewußtsein durch die Schrecknisse von einst gezeichnet sind. Das Gedicht »Nach Jahr und Tag« hebt diese Verdrängung auf, und zwar so, daß es den Leser dazu bringt, sie zu durchschauen. Man hat mit Recht die These von der Kollektivschuld der Deutschen zurückgewiesen und vorgeschlagen, statt dessen von Kollektivscham zu sprechen. Es ist etwas von unserem Kollektivtrauma, das sich in diesem Gedicht Ulla Hahns zugleich verbirgt und enthüllt.

ULLA HAHN
WINTERLIED

Als ich heute von dir ging
fiel der erste Schnee
und es machte sich mein Kopf
einen Reim auf Weh.

Denn es war die Kälte nicht
die die Tränen mir
in die Augen trieb es war
vielmehr Ungereimtes.

Ach da warst du schon zu weit
als ich nach dir rief
und dich fragte wer die Nacht
in deinen Reimen schlief.

KARL KROLOW
ABSCHIED UND ZWEIFEL

Ulla Hahn hat mit ihrem ersten Gedichtband großen Erfolg gehabt. Eigentlich zeigt jedes Gedicht in ihrem Buch »Herz über Kopf«, wie es zu ihm kam. Ein »Winterlied«, zwölf Zeilen lang, spricht für viele der übrigen Texte im Band. Es ist volksliednah, so schlicht wie denkbar, gereimt und doch nicht ganz so gereimt, wie es einmal üblich war. Es ist kantabel. Das Liedhafte als ruhige Arie gibt es in einzelnen ihrer Gedichte. Doch das Lied ist in sich variabel. Hier ist es ein Liebes- und ein Abschiedslied, das dem anderen, der verlassen wurde, nachgesagt, nachgesungen wurde.
Ist es ein Abschied mit Tränen, wie in alter Zeit? Im »Winterlied« von Ulla Hahn ist trotz aller Schlichtheit nichts unterdrückt, kein Gefühl, aber auch keine Komplikation. Leise Distanz und Skepsis artikulieren sich in den Versen. Das charakterisiert die Situation: die Bewegung der Frau, ihr Fortgehen und wie »Ungereimtes«, nicht Ausgesprochenes, nicht Geklärtes sie weinen ließen: »es war vielmehr Ungereimtes«.
So glatt geht überhaupt der wiedergefundene Reim bei Ulla Hahn nicht auf. Emotion bleibt ohnehin dezent und schützt vor allem Gefühligen. Das Liedhafte ist gedämpft. (Ein anderes Lied nennt sich »Mäßig bewegt«.) Emotionen werden unter Kontrolle gehalten. Die Scheu vor dem schieren Gefühl ist groß. Fast spielerisch ist alles vorbedacht. Im Weggehen beim ersten Schneefall »machte sich

mein Kopf / einen Reim auf Weh«. Das klingt auch ein wenig kokett. Was hier leichthin in den Kopf kommt, zeugt doch auch davon, daß dem Spieler, der Spielerin »mitgespielt« wurde. Die Dichterin stellt sich vor, was nach dem »Ungereimten« zurückbleiben und wie es weitergehen könnte.

Und nochmals ist von Reimen die Rede. Der Entfernte, nach dem aus der Entfernung gerufen wird, muß sich etwas fragen lassen. Doch es ist kein Verhör, eine zarte Besorgnis vielmehr, ein leiser Zweifel. Und hier spätestens beginnt das, was ich meinte, wenn ich vom »Mitspielen« sprach. Die Frau fragt den Mann, wer »die Nacht / in deinen Reimen schlief«. Reime mögen hier für manches stehen: für Leben, Dasein, für Liebe und Zärtlichkeit, für Nähe, auch für trügerische Harmonie möglicherweise. Denn – wie gesagt – diese Reime sind nicht die hergebrachten Reime, die bei uns – von den Ausnahmen abgesehen – vor etwa zwei Jahrzehnten nach und nach verstummten, die sich aus deutschen Gedichten zurückzogen.

Der neue Reim – so schlicht er sich gibt – hat doch dieses Schweigen, dieses Fortgelassenwerden in sich aufgenommen: bei Ulla Hahn, in ihrem »Winterlied«, lebt er als kleines Bedenken, als zarte Vorsicht, die keinerlei rückhaltlose Reimerei aufkommen läßt (die als Protest auch denkbar wäre). Das Ungereimte ist anwesend. Es schleicht sich gewissermaßen ein, sowohl im Artistischen als auch im Vitalen. Ulla Hahns Liebesreime üben eine Zurückhaltung, die bis zur Strenge gehen kann, zu einer Strenge unter Tränen, die aber jedenfalls keine Weinerlichkeit ist. Der Kopf – sprich: Phantasie – soll über Wasser gehalten werden, überm Schnee, der schmelzen wird, damit das obligatorische Weh – gerade, indem es unverblümt genannt wird – nicht überwältigt. Die herbe Schönheit und die Renitenz halten sich in diesen anschmiegsamen Worten die Waage.

GERT JONKE
DER KANAL

Der Kanal
die Böschung
und das Gras auf der Böschung

Die Spiegelung der Böschung im Kanal und
die Spiegelung des Grases auf der Böschung im Kanal

Die dreifache Bewegung des Grases:
die Bewegung des Grases im Wind
die Spiegelung dieser Bewegung des Grases im Wasser und
die Bewegung der Spiegelung dieser Bewegung des Grases
in den Wellen des vorbeifahrenden Motorbootes

Hinterm Lenkrad im Boot stehst Du
Du schaust plötzlich aus wie ein berühmter Kapitän
Du nimmst Deine Mütze vom Kopf und winkst

HANS CHRISTIAN KOSLER
EINE FERNE, SO NAH SIE SEIN MAG

Sein Freund, der Schweizer Schriftsteller Urs Widmer hat ihn sich als Klavierstimmer vorgestellt. Da würde er Fräuleins der guten Gesellschaft kennenlernen und ihre Füße küssen, wenn sie die Pedale drücken. »Während ihrer Konzerte sitzt er versteckt unter dem Flügel und stimmt blitzschnell die Töne nach, wenn sie danebenhauen. Dann, wenn der Applaus verrauscht und Fräuleins und Zuhörer weg sind, setzt er sich auf den Klavierstuhl und spielt Mazurken, die die Fräuleins zu Tränen rühren würden, säßen sie nicht schon längst in einem Schaumbad und wüschen sich für einen anderen ...«
Damit ist schon das Verhältnis angedeutet, das der 1946 in Klagenfurt geborene Gert Jonke zur Realität hat: auch da erobert er nicht die Gegenstände seiner Anschauung, sondern verharrt ihnen gegenüber in einer Annäherung, die nie an ihr Ziel gelangen will. Er liebt das Trügerische, die Schwebezustände, die Illusionen, und er ist ihnen so zugetan, daß er die Grenzen zwischen Phantasie und Wirklichkeit als kaum vorhanden betrachtet. Seine Wahrnehmung den Täuschungen zu überlassen, das ist Jonkes poetisches Credo. Irgend etwas ereignet sich, aber daß im unklaren bleibt, ob es sich wirklich ereignet, dafür sorgt die Landschaft, die bei Jonke keine bloße Staffage ist, sondern die er als aktives, irritierendes Element einsetzt: die weiten Ebenen, die über ihnen gelagerte, von einem Flimmern erfüllte Luft, die sie durchziehenden Wasserstraßen, die

innerhalb von Jonkes Büchern eine leitmotivische Funktion haben. (Daß der Klagenfurter Kanal für ihn seit seiner Jugend als eine Art Zufluchtsort von biografischer Bedeutung ist, mag ein Grund dafür sein.)

Ein raffinierter Gaukler – das ist Jonke in seinen Erzählungen und Romanen, und als ein solcher erweist er sich auch in diesem Gedicht, das gleichsam ein Konzentrat seiner dichterischen Verfahrensweisen darstellt. Die Raffinesse besteht darin, daß dieser Meister der leisen, unmerklichen Übergänge von der Wirklichkeit in die Irrealität, dieser Skeptiker, dem nichts sicher ist, weil ihm nichts sicher sein will, zugleich ein äußerst genauer Beobachter ist. Es scheint, als wolle er sich mit der Genauigkeit selbst ironisch darüber hinwegtäuschen, daß er ganz der Täuschung erlegen sein wird. Mit nahezu bürokratischer Exaktheit und Umständlichkeit führt er auf sie hin: der Blick nähert sich – ähnlich einer Kamera – aus der Totale dem Detail, der Bewegung des Grases im Wind, wobei der Langsamkeit dieses Ablaufs die monoton anmutende Aneinanderreihung seiner einzelnen Stationen entspricht.

Der lange Weg zum kurzen Augenblick: erst am Ende der dritten Strophe taucht das vorbeifahrende Motorboot auf, fast beiläufig erwähnt, weil es die Wellen im Wasser und damit »die Bewegung der Spiegelung dieser Bewegung des Grases« auslöst. Aber wird hier nicht noch mehr, die Phantasie des Lesers nämlich, in Bewegung gebracht? Während der Lektüre hat sich ihm eine nicht nur zeitliche, sondern auch räumliche Ferne herangebildet, eine Ferne, die anfällig für Täuschungen macht. Und er hält es nicht für unmöglich, daß es sich bei der Gestalt hinterm Lenkrad, die vielleicht eine Frau ist, um eine

Imagination handeln könnte, die sich während des Starrens auf das Wasser einstellte.
Jonkes Gedicht, das so nüchtern begann, liest sich am Ende wie die versteckte Herbeisehnung einer Geliebten. Einer Geliebten, die nahe, aber nicht erreichbar ist, die winkend vorbeifährt, also entschwindet. Wen wohl würde man sonst zu einem »berühmten Kapitän« erhöhen? Es gibt kaum eine im traditionellen Sinne poetischere Vorstellung. »Wißt ihr überhaupt, wie das ist, wenn eine ganz Nahe wie von fern winkt?« fragte Franz Hessel in einer seiner Skizzen. Walter Benjamin, der genaue Hessel-Leser, wußte es. Er definierte die Aura als die »einmalige Erscheinung einer Ferne, so nah sie sein mag«. Eine solche Verschränkung von Nähe und Ferne findet sich in Jonkes Gedicht, einer heimlichen Liebeserklärung.

FRANZ XAVER KROETZ
TRÖSTE MICH

Tröste mich –
dir hab ich mich
anvertraut.

Dir hab ich
meine Frauen geopfert
und meine Kinder
die kennen mich nicht.

Du hast meine Gesundheit
du hast meine Kraft
du hast meine Freunde.

Du hast vom Besten
von mir
alles.

Tröste mich
denn ich hasse dich.
Literatur.

WOLF WONDRATSCHEK
GELIEBTES LEID

Das Gedicht wurde am 10. November 1985 (»Tag des totalen Zusammenbruchs«) geschrieben, und es steht auf der letzten Seite von Kroetz' »Nicaragua Tagebuch«, der atemlos aufrichtigen Reportage einer Reise in die Revolution – und einer Rückkehr in die Zwangsjacke der Selbstzweifel. Er beschreibt darin den Versuch einer Flucht in die Lebensgefahr, Traumziel Tod. Ein großangelegter Selbstmordversuch, der in monologischen Selbstverstümmelungen endet; zuletzt in diesem knappen, klaren, überzeugenden Gedicht.

Man kennt das von den Dichtern. Dahinsiechende Stagnation. Selbsthaß, Haß auf die Kultur, die Kunst, die Literatur. Aber kaum etwas ist endgültiger als das Risiko, der Sonne für immer den Rücken zu kehren.

Kroetz versuchte in diesen vier Monaten Nicaragua, Politik mit den Händen zu greifen, seine Finger aber landeten auf der Tastatur seiner Reiseschreibmaschine. Er litt solidarisch und privat, er berichtet von seinem Abenteuer wie von einer Improvisation über ein neues, ganz anderes Leben.

Kroetz wird das Gedicht in einer Minute hingeschrieben haben, wenigstens hoffe ich das. In so einer Stimmung kann einem Literatur gestohlen bleiben. Und doch ist gerade sie es, deren Trost er haßerfüllt fordert. Und es ist auch kein Geheimnis, daß noch die pure Verzweiflung nicht jener Kunst entkommt, gegen die sie rebelliert. Die Kunst, eine Frau? Die Literatur, auch eine?

Die Kunst nährt sich von ihren Opfern. Sie ist grausam, lacht gern über die Seufzer der Enttäuschten, gibt keinem Gescheiterten je eine Antwort. Wovon Kroetz hier redet, weiß ich. Kann die gleiche Liste runterbeten – jeder in diesem Beruf kann das. Ich habe die Stimmen meiner toten und lebenden (leider sehr selten lebendigen) Kollegen gut im Ohr, ihre lärmenden Klagen, ihre empörten Tiraden, den Wortschwall ihrer müden Wollust. Geliebtes Leid – ich kenne die Wunde, und ich weiß, wie man sich blutig kratzt und mit welcher Wonne wir das tun – wenigstens so lange, bis wir von dieser Lustseuche des Leidens geheilt und auf trockenen Humor umgestiegen sind.

»Jesus, wir sind die nutzlosesten Leute der Welt«, schrieb Chandler. »Wir sind Alkoholiker, Selbstmörder, mit den Nerven fertig, schwul, drogensüchtig, und keiner macht's lange«, setzte Algren hinzu. »Die Literatur geht mir im höchsten Maße auf die Nerven«, teilte Flaubert mit. Gründe also genug zum Haß auf die Literatur – er gehört (wie Liebe und Tod) zu den wahrhaft ewigen Themen dieser Kunst. Besonders in Briefen, in Tagebüchern verfluchten die Schriftsteller die Mühsal ihrer Arbeit.

Aber die Literatur scherte sich nicht darum, sie blieb heil – und undankbar. Trost kann nur bedeuten: Erfolg. Den verschenkt sie hin und wieder. Ja, der Franz Xaver ist selbst einer der reichlich Beschenkten. Aber er wird wissen, daß auch der Erfolg einen in der Regel leer, betroffen, armselig zurückläßt.

Ich habe dieses Gedicht meinen Freunden vorgelesen und dabei immer wieder die gleiche Reaktion bemerkt. Alle dachten, daß sich da wieder ein Dichter leerheult aus enttäuschter Liebe. Bis dann nicht von einer Frau, einer Anna oder Klara die Rede war, sondern von ihr, der Literatur.

Ihr hat er alles gegeben, seine Kraft, seine Gesundheit, sein Leben. Und die Undankbare, launisch und stumm, denkt nicht daran, sich tröstlich zu revanchieren. Im übrigen ist das Gedicht ja in jeder Küche, noch mehr wohl in jedem deutschen Schlafzimmer ein rechter Evergreen – nur daß hier Lady L. gemeint ist, kein Mensch, sondern diese verfluchte, verhaßte Literatur – und auch dieser Haß riecht doch wohl nach Liebe.

»Und doch muß es sein, daß aufgezeichnet wird«, schreibt Kroetz. Und das hört sich wieder einigermaßen nüchtern und vernünftig an. Und es wird kommen der Tag, da sich Kroetz eine Zigarette anzündet, den Stuhl an den Tisch heranrückt und das Blatt in die Schreibmaschine spannt. Es ist das, wofür er lebt. Und, weiß Gott, es läßt sich dieses Leben aushalten. Keiner, auch Kroetz nicht, haßt wirklich den Zauber, der aus einem Abschnitt oder einem Satz oder eben aus seinem Gedicht etwas macht, was im Wesen eine neue Schöpfung ist.

Und Krotz hat ja auf seiner Seite noch die Gnade einiger Illusionen. »Bauern sind grade, stehen da und haben Herzen, in die alles zu pflanzen ist, was gut ist.« Wenn man gelernt hat, wenigstens die Dauer eines Wimpernschlags daran wirklich zu glauben, ist es gut so.

PETER MAIWALD
GRABSCHRIFT

War kein Mörder.
Sah ihnen zu.
Hob keine Hand.
Kam nicht dazu.

WULF SEGEBRECHT
TOD EINES ZUSCHAUERS

Viel Platz hat der Steinmetz nicht, wenn er eine Grabplatte zu beschriften hat. Nur das Notwendigste kann er auf dem Grabstein unterbringen. Äußerste Kürze ist das Gesetz epigrammatischer Kunst, und gerade diese Kürze soll dem Leser zu denken geben. Die Grabschrift, so könnte man sagen, will eine einprägsame Denkschrift sein, und sie setzt einen Leser voraus, der bereit ist, vorübergehend innezuhalten und nachzudenken über den, der da begraben liegt, und vielleicht am Ende auch über sich selbst.
»Kein Mörder« sei er gewesen, behauptet die Grabschrift, nur Zuschauer. Als Zuschauer eines mörderischen Geschehens ist er ums Leben gekommen, nicht als Täter, wie vielleicht vermutet werden könnte oder vermutet worden ist. Solchen Mutmaßungen tritt die Grabschrift entgegen. Andererseits hat der Verstorbene aber offensichtlich in das Mordgeschehen, das er erlebt hat, auch nicht eingegriffen. Er »kam nicht dazu«. Das kann heißen: Er hatte (damals) anderes zu tun, er setzte andere Prioritäten. Es kann aber auch heißen: Bevor er überhaupt irgendeine Reaktion zeigen konnte, wurde er selbst getötet. Jedenfalls hat er keine Hand gehoben, so daß nicht erkennbar ist, ob er unter anderen Umständen vielleicht den Versuch gemacht hätte, dem mörderischen Treiben Einhalt zu gebieten, oder ob er ihm im Gegenteil applaudiert hätte. Es ist zu keiner Geste der Unschuldsbeteuerung, des Grußes, der Sympathiekundgebung, des Widerstands oder der Abwehr gekom-

men, nicht einmal eine möglicherweise mißverständliche Handbewegung kann ihm nachgesagt werden. Er war nur Zuschauer, nur Mitläufer, sonst nichts.

Die Grabschrift läßt sich deshalb zunächst als Apologie des Toten lesen: Hier liegt einer begraben, der unschuldig war; er hatte absolut nichts getan! Nichts Böses, aber auch nichts Gutes. Vor allem hatte er nicht gemordet, ganz im Unterschied zu denen, denen er zugeschaut hatte, ohne irgendein Anzeichen seiner Zustimmung oder Ablehnung ihres mörderischen Tuns erkennen zu lassen. Ein solches indifferentes Verhalten ist allerdings schlimm und schändlich, aber ist es auch sträflich? Oder wäre es nicht vielmehr darauf angekommen, die wirklichen Mörder zur Rechenschaft zu ziehen, ihre bloßen Zuschauer dagegen zur Einsicht zu bringen und ihnen wenigstens Gelegenheit zu geben, sich gegen die Mörder zu bekennen? Diese Gelegenheit erhielt der Verstorbene nicht, oder er nahm sie doch nicht wahr. Und die Mörder? Wie mit ihnen verfahren wurde, teilt die Grabschrift nicht mit. Bleiben sie etwa ganz verschont? Jedenfalls registriert der Leser der Grabschrift ein doppeltes Fehlverhalten angesichts des Mordgeschehens: das des unbeteiligten Zuschauers und das der (oder gar: seiner) Mörder.

Welches tatsächliche Ereignis der Grabschrift von Peter Maiwald möglicherweise zugrunde liegt und ob sie sich überhaupt auf ein konkretes Ereignis bezieht, geht aus ihrem Wortlaut nicht hervor. Namen und Daten nennt sie nicht, ganz im Unterschied zu den Grabschriften, denen wir sonst, beispielsweise auf Friedhöfen oder in Kirchen, begegnen. Gerade deshalb läßt sie sich auf viele Vorgänge »anwenden«, von denen wir wissen oder doch täglich in der Zeitung lesen und aus dem Fernseher erfahren. Spektakuläre Bilder mögen uns dabei durch den Kopf gehen: Bilder von Entführungen und Geiselnahmen, von Brandanschlägen und Attentaten, die sich unter den Augen der Öffentlichkeit abspielten, Bilder von Demonstrationen, von beifallklatschenden Zuschauern, von Nazis und Neonazis, die ihre Hand zum Hitlergruß heben – Bilder, die uns vielleicht erschrecken, aber nicht eigentlich betreffen: Schließlich sind wir ja keine Mörder! Wir schauen ihnen nur zu, unbeteiligt und schuldlos, wie es derjenige war, der ebenfalls keine Hand rührte und dessen Grabschrift Peter Maiwald aufgeschrieben hat. Es könnte morgen Ihre sein oder auch meine oder die von anderen Leuten, die absolut nichts getan haben.

PETER MAIWALD
HIMMELGEISTER SONETT

Die Marie Ross, verschlagen in die kleine Stadt.
Der Rheinfluß hat sie aufgeschwemmt.
Sorgt, daß ihr Grab im Herbstwind Efeu hat.
Sie liegt hier in zu leichtem Hemd.

Und ging seit Jahren durch uns durch mit manchem Mann
für wenig Lust und wenig Geld.
Da fing die Haut zu falten an.
Sie hat die Tage abgezählt.

Da ist sie in den Fluß gegangen, der glatt floß.
Die Nacht war gnädig, ohne Schein.
Die Luft war warm, daß sie die Kälte fast genoß
und ließ sich fallen wie ein Stein.

Die, wird man sagen, war so eine, die tief sank.
Sie hatte Durst nur, und ertrank.

Himmelgeist ist ein Ort am Rhein, wo der Fluß Bögen schlägt und dem Land die Ertrunkenen zurückgibt.

WOLFGANG BRENNEISEN
EIN ALTES STÜCK

Dieses Gedicht eignet sich zu zweierlei: zum »sich darein versenken« (mit den Worten von Ernst Jandl) und zum Räsonieren. Beginnen wir mit dem zweiten. Der literarisch leidlich Bewanderte wird nach dem ersten Lesen nicht umhinkönnen, sich an Ähnliches erinnert zu fühlen. Ertrunkenes Mädchen? Da war doch was. Ja richtig: Brecht, Heym, Benn, ein Lieblingsmotiv des Expressionismus. Und dann natürlich die Ophelia in Shakespeares Hamlet, die literarische Ahnherrin sozusagen. Die Sonettform mit den drei Quartetten und dem abschließenden Reimpaar ist die Shakespeare-Variante, und der Balladenton erinnert an François Villon.

Haben wir hier also einen fatalen, beklagenswerten Fall von postmoderner Fertigteilmontage? Alles scheint schon erfunden, vorgegeben, zu Ende gedichtet zu sein, und Peter Maiwald, Jahrgang 1946, vermag offensichtlich nur noch die tradierten Bausteine neu zusammenzusetzen, kann jedoch keine neuen erfinden. 1986 erhielt er zwar für seinen Gedichtband »Balladen von Samstag auf Sonntag«, dem unser Gedicht entnommen ist, den Berliner Kritikerpreis, aber war das nicht ein resignativer Akt desillusionierter Literaturbegutachter? *Les jeux sont faits. Rien ne va plus.*

So kann man das sehen, gewiß, doch zugleich wäre diese Sicht auch grundfalsch. Denn die Dichtkunst ist eine unendliche Geschichte, ein ständiges Weiterdichten, keine bloße Wiederholung und kein völliger Neuanfang. Jede Ophelia-Gestalt ist von einer eigenen Aura umgeben, über die eine beugt sich Hamlet, die andere wird allmählich von Gott vergessen, und all diese dunkel glühenden Dichterwelten geben unserem themenverwandten Gedicht Tiefe und Klang. Peter Maiwald steht in bester Tradition und bereichert sie auf seine Art.

Die Ballade erzählt von einer Marie Ross, die einst von irgendwoher »in die kleine Stadt« verschlagen, also schon damals gleichsam angeschwemmt wurde, von der Zeit, durch die Umstände, vom Schicksal. Die kleine Stadt – das klingt idyllisch, gemütlich, da wird es einem warm ums Herz. Doch von entsprechend liebenswerten Bewohnern erfährt man nichts. Im Gegenteil, das männliche Personal bleibt seltsam gesichtslos, anonym, figurenhaft, das kommt und geht, das fließt wie ein unpersönlicher Menschenstrom.

Aber ist das verwunderlich? Ist die Marie Ross nicht eine Hure, zu deren Leben ein ständiges Kommen und Gehen einfach gehört? Sie ist keine Marie Rose, aufgrund ihres Namens stellen wir uns vielleicht ein etwas derbes Mädchen mit nicht unschönen, aber auch leicht groben Gesichtszügen vor. Die kann doch froh sein, wenn ihr die kleine Stadt mit ihren rechtschaffenen Männern ein Auskommen am Rande der Legalität ermöglicht. Daß da mit dem Alter und den Falten nichts mehr läuft, sollte ihr doch klar sein.

Im Grunde erfahren wir nicht viel von dieser Marie Ross. Sie könnte uns egal sein. Und doch steigt geheimnisvollerweise in der dritten Strophe, in der eigentlich der nächtliche Fluß beschrieben wird, vor uns das Bild eines Mädchens auf mit glatter Haut und warmem Körper, dürstend nach Glück, Zärtlichkeit und Liebe. Es ist die uralte Geschichte von der Sehnsucht eines Menschen und dem Elend dieser Welt.

PETER MAIWALD
LETZTE STUNDE

In der letzten Stunde da
konnten wir nichts machen.

Du wolltest nicht traurig sein,
ich konnte nicht lachen.

So packten wir die Zeit
in Papier und Reden.

Danach gingen wir zu zweit
allein beschwert von jedem.

KARL KROLOW
OHNE AUFSEHEN

Ein Gedicht, acht Zeilen kurz: kann ein Abschied, die Trennung zweier Menschen, das Fortgehen überhaupt noch einfacher gesagt werden? Peter Maiwald hat den Text 1983 geschrieben. Das Datum besagt aber nichts. Das kleine Gedicht, das in seinem neuesten Lyrikband steht, hätte von ihm zu jeder Zeit und genau in diesem Ton geschrieben werden können. Aber was ist an diesem spezifischen Ton des Dichters Maiwald? Ist es überhaupt das, was man den »eigenen Ton« nennt? Wer so fragt, ist bei Maiwald auf dem falschen Weg. Jeder steht in einem Kraftfeld von Einflüssen. Das war auch bei Maiwald schon vor zwanzig Jahren so, als er ganz jung und ganz unbekannt war und doch so ähnlich schrieb: nicht von weither kommend mit seiner Sprache, die von Anfang an unter den Leuten, unter den Lesern ist.

Das Anonyme, die Namenlosigkeit, die scheinbare Herkunftslosigkeit (nicht nur Brecht hat ihm beim Schreiben über die Schulter geschaut), das Bänkelsängerische, das Balladeske, auch das Gereimte von durchaus Ungereimtem, auf das sich Peter Maiwald seit je einen Vers machte: Dies alles gehört wohl zusammen, wenn die erste Zeile, die erste Strophe eines Gedichts von ihm einsetzt. Man hatte sie gleichsam schon vorher im Ohr. Man ist nicht überrascht. Man soll es nicht sein. Aber Aufmerksamkeit wird erregt. Die Einfachheit der »Letzten Stunde« ist die Einfachheit vieler seiner Gedichte. Sie ist das Gegenteil von Einfalt. Maiwalds Schlichtheit, wenn ich so sagen soll, hat es in sich. Sie weiß Bescheid. Sie hat es gewissermaßen hinter den Ohren, hinter den Reimen: da könne man nichts machen, heißt es hier schon anfangs, lässig und resignativ.

Bei Peter Maiwald ist es nicht nur in der »Letzten Stunde« des Abschieds so, nach der das Leben und das Dichten weitergehen. Achselzucken allein ist es nicht. Einsicht kommt hinzu. Und hinzu kommt eine Unauffälligkeit, die nicht nur traurig sein mag, die aber auch nicht lachen kann. Zeitvergehen wird mit »Papier und Reden« überwunden. Der schwierige Augenblick kommt: »Danach gingen wir zu zweit/allein beschwert von jedem.« Fast formelhaft geschrumpft ist in den zwei letzten Gedichtzeilen das Einfache, das Komplizierte, für das derart ruhige Worte gefunden werden. Die Worte sind belastet genug: »allein beschwert von jedem«. Ohne Schaden – weiß man, indem man liest – geht es auch hier nicht ab. Der leichte Ton und das nebenbei Gesprochene sind bedrückend noch in diesem hier angeschlagenen Ton.

Es bleibt zurück, was vor Gedichtanfang schon war: eine sonderbare und für den, der es aufschrieb, charakteristische Namenlosigkeit. Es ist ein Kommen und ein Gehen, und man ist versucht, hinzuzufügen: wie bei manchen volksliedhaften Texten, die man gehört hatte und bei denen man von vornherein erkannte, was gemeint sein und was passieren konnte – nicht gleich »Scheiden und Meiden«, nicht gleich Sentiment oder gar Tränen. Das Gedicht bleibt trocken. Es wird nirgends Emotion laut. Es gibt keine geschluchzte Silbe, nicht einmal die sogenannte Seufzeratmung. Es wird konstatiert: »da konnten wir nichts machen.« Es ist der Refrain und der Anfang und das

Ende vom Lied. Es bleiben Worte aus unserem Alltag; kein Alltagsdeutsch, kein Jargon, dessen sich hier bedient würde.

Man hat bei Peter Maiwald von der Unverbrauchtheit der Bilder gesprochen. Es geht aber über die Bilder hinaus und bis ins Einzelwort hinein. Schlichtheit, Feststellung, gleichgültig ob Glück oder Abschied, mal bitterer, mal süßer. Die Skala dieser einfach scheinenden Schreibweise reicht weiter, als sie im einzelnen Gedichttext zeigt. Sie hat ebenso Aktualität, und man kann bei ihr genauso Abgrund und Euphorie vermuten. Und solche Schreibart reicht bis zum schwierigen Kinderreim, ein anderes Mal. Diesmal geht nur jeder »allein beschwert von jedem« davon.

URSULA KRECHEL
EPISODE AM ENDE

Kaum hat der unbequeme junge Schriftsteller
die Schlösser seines Koffers zuschnappen lassen
kaum hat er seiner Freundin, der kurzweiligen
noch einmal über das Haar gestrichen, ich
komme ja wieder, bestimmt, sagt er, aber
mit seinem Kopf ist er schon weg.
Halte dich aufrecht, Mädchen!
Sie weiß nicht, ob sie weinen soll. Schließlich
hat sie keine Übung im Umgang mit Männern wie ihm.
Kaum ist er ins Taxi gestiegen, das hier sonnengelb ist
hat diese knappe Liebe und diese Stadt
mein Gott, diese wahnsinnige Stadt am anderen Ende
der Welt, in der einer wie er ein Mädchen braucht
wie das tägliche Brot, wie Toast, was sag ich
wie Buchweizenpfannkuchen mit Sirup
zuhause wird er es selbst nicht mehr glauben
hinter sich gelassen am Nachmittag
kaum ist im Flughafengebäude sein Körper
flüchtig abgetastet von einem Uniformierten
sitzt er schon im Flugzeug, Fensterplatz, Raucher
angeschnallt zwischen jetzt und später
macht es sich bequem in seinen fliegenden Schuhen
und schreibt ein Gedicht: kaum hab ich
die Schlösser meines Koffers zuschnappen lassen.

WALTER HELMUT FRITZ
DER SCHRIFTSTELLER UND DAS MÄDCHEN

In nicht wenige zeitgenössische Gedichte dringen seit einer Reihe von Jahren in verstärktem Maß erzählende Elemente ein. Ursula Krechels Text ist ein Beispiel für diese Tendenz. Ein kleiner Vorgang bringt Bewegung in die Zeilen. Eine »Episode« wird erzählt.
In diesem Fall das Ende einer »knappen Liebe« zwischen einem jungen Schriftsteller und seiner »kurzweiligen« Freundin. Der Ton ist kühl, von betonter Sachlichkeit. Die Beteuerung des Mannes, er komme wieder, ist leer, denn mit seinem Kopf ist er schon »weg«. Von einem Gefühl ist kaum die Rede, dennoch ist es – zumindest bei der jungen Frau – als Schmerz vorhanden, erkennbar in der Bemerkung, sie wisse nicht, ob sie weinen soll, und in der Art, wie sie sich selbst zuspricht: »Halt dich aufrecht.« Die Erfahrung, die sie macht, die Flüchtigkeit der Beziehung, ist für sie neu, im Umgang mit Männern wie ihm, heißt es, habe sie noch keine »Übung«.
Wird sie sie noch bekommen? Wird sie sich darauf einstellen? Wird sie darunter leiden? Woher rührt die Distanz, woher der Verlust an Intensität? Ist Glück etwas, woran sie schon nicht mehr denkt? Woher die Ratlosigkeit?
Das Gedicht ist diskret. Es deutet bei aller Ausführlichkeit nur an, zielt auf den Schluß: kaum sitzt der Schriftsteller im Flugzeug, hat er es sich bequem gemacht, ist er angeschnallt »zwischen jetzt und später«, schreibt er ein Gedicht über seine Begegnung mit dem Mädchen, und das

Gedicht fängt an mit den (variierten) Worten, mit denen Ursula Krechel das ihre beginnt.

Erfahrung vor allem als Material, Anlaß, Vorwand für das Gedicht? Denkt man nicht einen Moment an Max Frischs Bemerkung (in »Montauk«), Leben sei langweilig, er mache Erfahrungen nur noch beim Schreiben? Der Schriftsteller, als er seiner Freundin beim Abschied noch einmal über das Haar streicht, ist in Gedanken schon draußen, im Taxi, in der Stadt, im Flughafengebäude – auch schon bei seinem Gedicht?

Ursula Krechel geht gerade so weit, daß die Fragen im Lesenden sich von selbst einstellen. Die Gleichgültigkeit (mehr von seiten des Mannes), Irritation, Sprachlosigkeit, die zwischen den beiden bestehen, ergeben sich, ganz indirekt, aus der Wiedergabe des Ablaufs der Episode. Der Schriftsteller erscheint als der, der Emotionen eher vortäuscht, der schon im Augenblick der Erfahrung keine Hemmung hat, daran zu denken, was er daraus machen wird. Keine Scheu, das Erlebte sofort umzumünzen? Zynismus? Oder selbstverständliche Voraussetzung für seine Arbeit?

Ein einfaches Gedicht, aber keins, das es sich einfach macht. Ein Gedicht, das Schwierigkeiten, die aus der Beziehungslosigkeit unter Menschen resultieren, ohne Umstände, auch mit geheimer Trauer, auch mit einem Anflug von Ironie, zeigt, das nicht dazu auffordert, ihnen auszuweichen, sondern ins Auge zu sehen. An anderer Stelle ihres Bandes (es ist Ursula Krechels erster) sagt sie, die großen Vereinfacher hätten das Schwierige einfach genannt. »Jetzt müssen wir das Schwierige schwierig nennen...«

THOMAS ROSENLÖCHER
DER ENGEL MIT DER EISENBAHNERMÜTZE

Er steht im Schnee, wo alle Züge enden.
Und zählt die Toten, die man, Stück für Stück,
an ihm vorüberträgt, von links nach rechts.

Doch schon bei sieben weiß er nicht mehr weiter.

Daß man die Toten, die von links nach rechts
an ihm vorbeigetragen worden waren,
erneut vorüberträgt, von rechts nach links.

Doch schon bei sieben weiß er nicht mehr weiter.

So zählt er immer noch am letzten Krieg,
obwohl der nächste schon gesichert ist
und wieder Tote angeliefert werden.

ALEXANDER VON BORMANN
TOTE AM STÜCK

Thomas Rosenlöcher, 1947 in Dresden geboren, ist als Lyriker so liebenswürdig unzeitgemäß, wie man es wohl nur in Kleinzschachwitz/Beerwalde sein kann. Natur, Gebrauchsgegenstände, lyrische Bilder behandelt er wie Requisiten aus einer verschollenen Welt, die erinnert werden sollte, wenn wir nicht ohne Zukunft leben wollen.
Das gilt auch für die Engel. Sie erscheinen als »Himmelsvögel« in seinen Gedichten, eine – »als Insekt sakraler Art« – vielfach bedrohte Gattung. Der Dichter räumt ihnen den Konjunktiv, die Möglichkeitsform, ein, sagt zum »Schutzengel« … *Komm. / Siehe, ich bin fromm. / Säßest du im Bethaus drin, / hätte Beten seinen Sinn.* Das klingt nicht eben zuversichtlich. Ursprünglich galten Engel als Sternenbeweger und herrschten bei den Griechen wie bei den Christen über den Kosmos und die Elemente. In der Dichtung und Kunst treten sie als Mittler zwischen Himmel und Erde auf, so schön wie schrecklich, »fast tödliche Vögel der Seele« (Rilke). Ein wenig davon läßt Rosenlöcher noch gelten: Auch der Engel mit der Eisenbahnermütze steht an einer Grenze. Die Bezeichnung deutet freilich an, daß er mit einer recht profanen Arbeit betraut ist.
Das darf uns nicht täuschen. Die Bilder weisen ihm eine hochbedeutsame Stellung an: außerhalb der Lebenswärme und des Hin und Her unseres Verkehrs. Wo er steht, geht es nicht mehr weiter. »Im Schnee« fallen die Unterschiede

dahin. Ist es der Ort der Übersicht, der großen Bilanz? So haben wir uns das Jenseits lange gedacht: wo Rechenschaft und Ausgleich (un)endlich zu Hause sind. Der Bereitschaft, einander abzuschlachten, hat das eher auf- denn abgeholfen.

Das Zählvermögen des Engels ist dem Töten, das die Form einer Produktion von Massenware angenommen hat, nicht gewachsen. Rührend, ja herzbewegend, wie schnell er aufhört: Sieben sind ihm schon genug. Jeder Mensch wäre ihm überlegen. So gehört dem »man« in der zweiten Zeile die Wahrnehmung »Stück für Stück«. Dem Dichter aber die ingeniöse Sparsamkeit, daß es dieselben Toten sind, die vorbeigetragen werden: von links nach rechts, von rechts nach links. Es sind, unerachtet der Richtungen, getötete Menschen, die da »angeliefert werden«.

Der fünffüßige Jambus ist der Vers der Klassik und hier in doppelter Bedeutung eingesetzt: human im Refrain, der Ohnmachtsgeste des Engels; »verteufelt human« (Goethe) in den Terzinen, als Denunziation einer Zivilisation, deren letzte Auskunft stets »wieder Tote« sind. Die Zeitungen bestätigen das mit jeder Ausgabe.

Das Gedicht ist streng gebaut, drei Strophen mit drei Zeilen, dazwischen jeweils die Verweigerungsgeste des Engels. Ein dreifacher Anruf (wessen?), der nach alter Tradition nicht negiert werden darf. Eine solche Regel gilt nicht mehr. Die Richtungsangaben meinen das Hin und Her, nicht ohne politischen Beigeschmack. Es war üblich, die Toten »von links nach rechts« zu schieben: auf den Faschismus; dann wieder umgekehrt, »von rechts nach links«, auf den Kommunismus. Der Engel bleibt davon unberührt: weiß nicht weiter als sieben.

Die Schlußstrophe, die Schlußzeile sind lakonisch im Ton.

Die »lakonische Kürze« gehörte zur Kriegssprache, in der man sich schnell verständigen mußte, keine großen Worte machen durfte. Es ist eine trostlose Strophe, die keine andere Perspektive offenläßt: So ist es. Vielleicht ließe sich ja die zu den Engeln ausgelagerte Humanität neu begreifen, ergreifen. Das Gedicht sagt dazu nichts, es weiß, wie sein Engel, auch nicht mehr weiter.

THOMAS ROSENLÖCHER
DES KREISCHENS BRUMMBASS

Das Fest war ziemlich müde, komm
mach mich mal lustig, sagte sie
und küßte mich, mir fehlte fast die Zunge.
Da schlichen wir, sternkalt der Januar,
hinaus und eins hielt sich am andern
im Gehen fest. Mein Gott, sind wir denn Tiere,
dachte ich noch und lehnte sie ans Haus,
darin des Kreischens Brummbaß stetig klopfte.
Doch sie sprach los. Ich konnte kaum die Menge
der Schnüren, Bänder ihres Leibchens lösen,
doch als ich da war, war es da ganz warm,
daß wir momentlang flüsternd schwiegen
und nur des Kreischens Brummbaß weiterklopfte.
Mehr weiß ich nicht. Ich glaube, daß ein Mensch
auf finstrem Steig vorüberhastete.
Die Straßenbahn mit aufgesteckten Lichtern
rasselte plötzlich mitten durch uns durch,
daß heller Tag war in der dunklen Nacht,
und endlich auch des Kreischens Brummbaß schwieg.
So standen wir noch etwas beieinander,
eh sie erneut mit wem davonschlich, dem,
mach mich mal lustig, fast die Zunge fehlte.

KARL MICKEL
DAS SÄCHSISCHE NATURELL

Der Dialekt ist in deutscher Hochliteratur immer anwesend, gerade weil eben sie keine Mundartdichtung ist. Denn Mundartdichtung vermummt ein Äußerliches lokalsprachlich; die Eigenheiten des Dialekts braucht sie als Hülle, idiomatische Wendungen und phonetisch notiertes Klangbild biedern schulterklopferisch sich an. Wohingegen Hochliteratur das örtlich Beschränkte abstreift, aus der Engnis ausbricht und die je besondere Mentalität und Tradition dem umfassenden geistigen Austausch gesellt. Schiller ist und bleibt Schwabe, Kleist Märker; beider Dichter Sprachcharaktere sind, obwohl sie innerhalb der Nationalsprache einander verstehen, prägnant geschieden. Dies schließt ein, daß der Ludwigshafener Ernst Bloch den weit nördlicheren Kleist bewundernswürdig, also adäquat, spricht; der Philosoph, ein Polterer wie der Dichter, erkennt die Satzperioden seines Kollegen Kant in der Syntax des Poeten. So verstanden, ist Thomas Rosenlöcher ein sächsischer, ein Dresdner Dichter.

Die Fabel des Gedichts ist simpel: Der Mann trifft auf der Tanzdiele mit einer echten Nymphomanin zusammen. Der Einheimische wird den Ort mühelos identifizieren: das Volkshaus Laubegast. Das beglaubigt den Vorgang, hindert aber keinen unkundigen Auswärtigen am Verstehen. Das Besondere der Verse entspringt der Art und Weise, wie der Mann reagiert: *Mein Gott, sind wir denn Tiere.* Er spricht kein abfälliges Urteil, denn er vollzieht

sofort angeregt den Akt. Auch hernach, da sie zum nächsten eilt, entrüstet er sich nicht. Beide Male ist die Reaktion ein erkennendes Kopfschütteln, eine verwunderte Gewißheit, daß es, das Naturereignis, tatsächlich ist, wie es ist. Ja is denn das de Meechlichkeet (ohne Ausrufezeichen), pflegt der Sachse zu sagen, wenn er kapiert hat, daß ein Wirkliches unweigerlich auch möglich gewesen sein muß. Art und Weise der Reaktion entdecken uns musterhaft die klassisch-sächsische Gemütsart und Denkweise; kein Be-, also Zerreden will dem Leser eine sogenannte Aussage beibiegen: poetisch rein birgt und entwickelt die blanke Mitteilung ihren melancholisch-komischen Kern. Gegenstand des Gedichts ist das sächsische Naturell; eben drum entwächst es dem mundartlichen Vortrag, den es aber, wie ein Schillertext, gut verträgt.
Worüber schüttelt der Dresdner erkennend den Kopf? Das selbstverständlich-rabiate weibliche Ansinnen (im aktuellen, präzis-vulgären Sprachbrauch: Anhauen; nicht Anmachen) signalisiert eine verkehrte Welt. So herum funktioniert der nichtprofessionelle Sexualkontakt noch lange bei weitem nicht überall. Dergestalt aber tritt Frau Welt tagtäglich jedwedem gegenüber: *mach mich mal lustig,* und dann steht er da. Wer könnte ihr sich verweigern? Es ist ausgeschlossen, man verlöre die Existenz. Das rare verdrehte Persönchen verkörpert die Welt, wie sie ist. Die Welt, wie sie ist, ist verdreht, und zwar generell. *Sind wir denn Tiere;* ohne Fragezeichen heißt das: Ja, wir sind. *Ich glaube, daß ein Mensch / auf finstrem Steig vorüberhastete:* der wird dann wohl ein Hund gewesen sein. Fixer Ritus beherrscht den Ablauf: vier Wörter; die gebissene Zunge; die Wand; Schnüre und Bänder; Orgasmustalk; das Ganze von vorne. Die Sphären kreisen; das Kreischen

ist ihre Musik, sein Brummbaß (Trieb, Eros, Hormondruck) ordnet den Tanz.
»Wie! – so wäre denn dieses Bumslokal, das Volkshaus Laubegast, ein Mikrokosmos?«
»Nu freilich. Wenn doch's Aphrotittchen drinne rumläufd.«

FRIEDERIKE ROTH
AUF UND NIRGENDS AN

Mir durch Wort und Gemurmel
in zügelloser Phantasie
einen tiefblassen Mann erschaffen
Federlin, Hölderlein, Allerleiwollust.

Und ein unbekanntes dunkles Weib
einsam, einfältig trauernd, bedrängt
will sie den Mond
vom Himmel herab reißen.

Im vertrauten Verhältnis
mit jungen, hübschen Verderbten
hinterläßt er sein Mal
an Bauch, Hüften, Schenkeln
am Leib der Schönen.

So über Nacht
verwandelt sich manches zu Dung, dürrem Laub.

Ihr aber durch Wort und Gemurmel
zerplatzt der Rachen der Natter
auch die Eich', aus dem Boden gerüttelt,
    rafft sie hinweg
und reißt den Mond vom Himmel herab
fahrig, wunderbar kalt.

HARALD HARTUNG
MONDZAUBER UND HEXENTRADITION

»Auf und nirgends an« – das scheint keine verlockende Überschrift für ein Gedicht, kein heiteres »up, up and away«, das uns entführt. Und doch ist Verführung im Spiel, Zauberei; schwermütig, schwerblütig, und sie zieht uns ein Stück weit ins Vertrauen.

Jemand beginnt, wie aus tiefem Selbstgespräch, mit einem Vorsatz – und gleich mit dem kühnsten, der sich denken läßt: Menschen zu erschaffen. Aber die Zeit der Götter und Halbgötter ist vorbei und auch die des Genies, das stellvertretend sagen kann: »Hier sitz' ich und forme Menschen nach meinem Bilde.« Eine vorsichtigere, weichere Stimme spricht wie zu sich selbst: »Mir durch Wort und Gemurmel.« Und in diesem Schwanken zwischen Artikulation und Beschwörung soll etwas zustande kommen, soll der Vorsatz Gestalt werden: ein Mensch, ein Mann.

Und da die Phantasie sich schon einmal verstiegen hat, was die Sprechende als »zügellos« leise zu rügen scheint, kann sie auch gleich aufs Ganze gehen: der »tiefblasse« Mann – *tiefblaß*, weil noch vom Schöpfungsakt gezeichnet – muß selber ein Mann der Schöpfung, der Feder, der Poesie sein, im Silbentausch dem höchsten, holdesten Namen verwandt und doch – im zärtlichen Diminutiv »Federlin, Hölderlein« – dem Gefühl erreichbar.

Denn auch die Fühlende ist schon zur Stelle, als Liebende und Geliebte, auf jeden Fall unbekannt und dunkel, dazu im voraus verlassen – denn nur so kann ihre Kapazität ungeheuer sein; im Leiden, aber auch im Handeln, das alles Leiden kompensiert. Denn sie leidet ja nur – so läßt sich vermuten –, damit sie nach dem Höchsten greifen kann. Warum aber nicht prometheisch nach der Sonne, sondern nach dem Mond, dem Widerschein wirklichen Feuers? Vielleicht, weil längst etwas vorgefallen ist, das Einsamkeit, Trauer und Bedrängnis erzeugte: die alte Geschichte von Untreue, Schuld und Verletzung. Sie muß nicht ausführlich erzählt werden – auf das Mal, das sie hinterläßt, kommt es an. Und so lautet sibyllinisch und zugleich sehr nüchtern das Resümee: »So über Nacht / verwandelt sich manches zu Dung, dürrem Laub.«

Manches, aber nicht alles. Denn jetzt beginnt die eigentliche Aufwärtsbewegung, wird der Zauber gültig, wird die weibliche Figur zur Zauberin, die ihren Vorsatz wahr macht durch »Wort und Gemurmel«. Wie überzeugend, daß ihr die Routine noch fernliegt. »Ihr aber zerplatzt« – so könnte ein Mißgeschick beginnen; aber es ist ihr erster Triumph. Fragen wir nicht der Natter nach, woher sie kommt und wen sie verschlingen will; und bei der »Eich'« nicht, ob sie etwa ein Relikt aus Goethes Prometheus ist. Das wird offenkundig alles hinweggerafft, um freie Bahn zu haben für den entscheidenden Griff, der noch Ungeduld und Nervosität zeigt, »fahrig« ist. »Wunderbar kalt«, so darf man annehmen, ist schließlich beides: die Gebärde und das Errungene, der vom Abglanz leuchtende Mond – das poetische Objekt, die Poesie selbst. Alle Bewegung mündet in diesem »nirgends«, dem Nicht-Ort, der U-topie des Gedichts.

»Tollkirschenhochzeit« ist der Titel des ersten Gedichtbands von Friederike Roth; dort steht auch dieses Gedicht. »Schöne Braut«, heißt es im Titelpoem, »sie soll sich auf mancherlei Künste verstehn.« Nicht daß Friederike Roth einmal Linguistik studierte, macht diese Kunst aus, sondern daß sie in die Gegenwartslyrik Zauberei, Goldmacherei, ja Hexerei brachte. Auf der »Bettelmannswies'« der geräderten und verdorbenen Sprache soll noch einmal die »Wunderblume« erwachsen. Nur ist sie nicht mehr blau wie die der Romantik, sondern eine »milchweiße Blume mit schwarzer Wurzel« – eine Blume auf dem Papier, das Schwarze der Buchstaben auf dem Weiß des Papiers, eine Blume aus Sprache.

Von Mallarmé über George zu Paul Celan führt die Reihe der Sprachmagier, die solche – wenn man so sagen darf – »linguistische« Poesie schufen. Friederike Roth ist Enkelin von Enkeln, wie sollte es anders sein. Auch Hexen haben Tradition.

FRIEDERIKE ROTH
MIMOSEN

Mimosen, schau!
Schon breche ich aus ins Ach
Bin ich wach? oder was
hab ich denn immer gelesen, gehört
von der Mimosenhaftigkeit.
Mich stört
dieses fast selbstbewußt kräftige Gelb.

Eine Frau
die scheinbar nie etwas anficht
die gelegentlich doch in Tränen ausbricht
erklärt mir ruhig lächelnd dann:
Der Mimosenbaum sei wie ein Schwamm
Nicht daß die Blätter bei Berührung zucken

Nicht daß die gelben Blütenstände
sonnenlos
sich ducken
sei das Mimosenhafte der Mimose.

Aber wenn es tagelang regnet
betet
vollgesogen von
sagen wir ruhig statt Regen
den Wassern des Himmels
schwer und schwerer geworden

der Mimosenbaum
sich der Erde entgegen
und reißt
mit mimosenhaft müdschwerer Kraft
die eigenen Wurzeln sich aus dem Saft.

LUDWIG HARIG
NEUE EMPFINDLICHKEIT

Schaue ich aus meinem Vorderfenster der Villa Massimo hinaus in den Park, dann fällt mein Blick auf zwei graue steinerne Löwen, schaue ich aus dem Hinterfenster, dann erkenne ich zwei Mimosenbäume, grün und quicklebendig. Vorne die Löwen und hinten die Mimosen, das sind, metaphorisch betrachtet, empfindsam gedeutet, so etwas wie die poetischen Außenpfeiler der Villa und ihrer Bewohner, die Schaustücke ihres Wesens.

Friederike Roth, die aus denselben Fenstern auf dieselben Dinge schaute, hatten es die Mimosen angetan, und in ihrem Gedicht gibt sie, frisch und unbefangen, eine neue Auslegung der Mimosenhaftigkeit. Erst fordert sie zum Schauen auf, bricht selbst in Erstaunen aus, dann fragt sie verwundert, fällt es ihr wie Schuppen von den Augen: nicht etwas Zartes, Feines, im überlieferten Sinne Empfindliches entdeckt sie beim Betrachten dieser Pflanze, sondern Anzeichen eines unerwarteten Selbstbewußtseins, das sie sogar stört, das kräftige Gelb der Blüten.

Von einer Frau hört sie die Erklärung, die herkömmlichen Attribute seien, wolle man das Wesen der Mimose begreifen, durch ganz neue zu ersetzen. »Der Mimosenbaum sei wie ein Schwamm«, heißt es in indirekter Rede, aber am Ende wechselt die Autorin in direkte Rede über, und da ist es nicht mehr die ungenannte Frau, die spricht. Vollgesogen von Regenwasser, sagt nun die Sprecherin Friederike

Roth, neige sich der Baum schließlich tief zur Erde nieder und entwurzele sich selbst.

Was ist daran so mimosenhaft? Und was ist das Neue dabei? Friederike Roth macht die Mimose zur Dulderin, zur selbstbewußten Schmerzensfrau, die ihr Leid erträgt, ihr Kreuz auf sich nimmt, bis die Kräfte erschöpft sind, und auch dann gibt sie nicht auf. Sie reißt »die eigenen Wurzeln sich aus dem Saft« heißt es wörtlich, sie selbst entscheidet über ihr Leben. Das Mimosenhafte ist eine »müdschwere Kraft«, sagt Friederike Roth, damit ist die Eigenschaft angezeigt, die man bislang an der Mimose nicht beobachtet hat, ein ganz besonderes Merkmal: die neue Empfindlichkeit.

Das Gedicht ist der Direktorin der Villa Massimo in Rom gewidmet. Ist sie die Frau, »die scheinbar nie etwas anficht«? Ist sie die Frau, »die gelegentlich in Tränen ausbricht«, dieses mimosenhafte Geschöpf, das sich mit »müdschwerer Kraft« selbst entwurzelt?

Friederike Roths Gelegenheitsgedicht, einer Lebenden gewidmet, keck im Tonfall, zuweilen keß gereimt, gibt womöglich Intimitäten preis, ist aber darüber hinaus eine poetische Signalisierung des neuen Frauenbilds, ein Zeichen der neuen Empfindlichkeit. Diese versteht sich von innen heraus als eine »müdschwere Kraft« und gibt sich nach außen durch ein »fast selbstbewußt kräftiges Gelb« zu erkennen.

Es ist bemerkenswert, daß gerade die Kraft in beiden Aussagen als Begriff der neuen weiblichen Empfindlichkeit auftaucht, und folgerichtig wird sie substantivisch zum Benennen des Wesens und attributiv zum Bezeichnen des Erscheinungsbildes benutzt.

Das soll jeder hören. Und vor allem jede.

FRIEDERIKE ROTH
WIR BEIDE

Draußen bei den stillen, den schönen
Lippenblütlern, ach dieses Wort
(weißt du noch die alte Mühle?)
hab ich von dir, Lippenblütler
sagen gelernt. Du hast

was weiß ich
erzählt von blassen von ins Traurigzart
getauchten Farben.

Ich hab nicht zugehört.
Bloß deine Lippen mir
die weichen angesehen
so dünnhäutig damals so zart
ach, wie denn
verschwindet warum
so eine Lippenkleinigkeit?

Geh nicht fort.
Ich find dir den Ort.

Geschichten hast du erzählt
von Wolken vom herabgefallenen Mond
vom alleinigen Wind
und von der Kraft der Wörter der Töne
der Farben.

Dann waren
wie denn verschwinden warum
eingezogen die Lippen ein Schnitt.

Hier steh ich. Hier
neben dir
erloschenem Bündel aus Narben.

Beide lachen wir
lange schon nicht mehr über die Kraft
der Farben.

HARALD HARTUNG
DIE BLÜTE DER LIPPEN

Ein Wort berührt uns. Wir denken ihm nicht weiter nach. Eines Tages aber kann der nicht mehr zu uns reden, von dem wir es hörten. Da erinnern wir uns. »Ach dieses Wort«, seufzen wir und meinen schon mehr als bloß das Wort. Doch auch das Wort bleibt uns wichtig – dieses alltägliche oder ungewöhnliche, für uns jedenfalls bedeutsame Wort. In Friederike Roths Gedicht ist es ein Fachwort aus der Botanik, aber ein besonders anschauliches, sprechendes, ein wahrhaftes Blumenwort: »Lippenblütler«. Pflanzliches und Menschliches kommen darin zusammen. Was wunder, daß der, der es sprach, für die Hörende zu dem wurde, von dem er redete: zum Lippenblütler – zu jener Blütenform, deren Kronblätter zwei Lippen zeigen.
Wie immer damals seine Erläuterung gelautet haben mag, die Zuhörende war nicht bei der Sache gewesen. »Ich hab nicht zugehört«, sagt sie heute knapp. Denn sie war bei einer ganz anderen Sache. Sie hat nicht zugehört, sie hat sich – wie der Volksmund sagen würde – »verguckt«. Verguckt in die zarten Details eines menschlichen Mundes, wie sie nur das Auge der Liebe festhalten kann. Festhalten? Der Schmerz des Verlusts läßt sich nicht betrügen. Die Beschreibung der »Lippenkleinigkeit« gerät zu einem zweiten Ach, zur fast schon stammelnden Frage nach Wie und Warum des Verlusts.
Doch schon die nächste Zeile will ihn nicht wahrhaben,

nimmt ihn zurück, macht ihn ungeschehen in der beschwörenden Bitte. In der höchsten Verlegenheit ist Magie zur Stelle, ein schneller Reim – der erste dieses Gedichts: »Geh nicht fort. / Ich find dir den Ort.« Ein un-bedachtes, ein kühnes Versprechen – wer wird schon fragen, wo und wann?

Vielleicht hilft Erinnerung, hilft der »Lippenblütler« selbst. Er war ja nicht bloß der sorgsame Erklärer, er war auch ein Geschichtenerzähler der schönen und bitteren Märchen vom »herabgefallenen Mond«. Und er erzählte ja von der »Kraft der Wörter der Töne der Farben«. Da drängt sich wieder das Gefühl des Verlusts ins Bewußtsein: Die geliebte »Lippenkleinigkeit« wird jetzt wahrhaft klein, der Mund eingezogen zu einer schmalen Linie im Schnitt des Todes. Angesichts des erloschenen Bündels aus Narben scheint die Kraft der Farben nicht einmal ein Gelächter wert – aber doch einen Reim! Und auch das Hier, das die Sprechende zweimal evoziert, reimt sich auf ein Gemeinsames, das sich – so dürfen wir vermuten – erst jetzt einstellt. Das saloppe »Wir beide« des Titels erhält hier sein Pathos. »Hier steh ich«, das klingt wie Bekenntnis, und man ist versucht fortzufahren: »ich kann nicht anders ...« Diesen Bekenntniston im Ohr, begreift man, warum die beiden schon lange nicht mehr über die Kraft der Farben lachen konnten. Wohl weil sie größer ist als gedacht.

Und auch der jähe Wunsch ging in Erfüllung und das kühne Versprechen. Der Freund ging ja nicht fort. Das Hier seines Todes ist ohne Flüchtigkeit. Der Ort ist gefunden: das Gedicht, eine Blüte der Lippen, mit »blassen«, »ins Traurigzart getauchten Farben«.

WERNER SÖLLNER
LIEBENDE

Sie wollen nichts als sein. Nicht mehr. Das Dach
ist ihnen Dach, die Last noch Lust. Noch ganz
die Silbe Wort, geteilt. Ein naher Glanz
macht sie für uns zu Fremden. Sie sind wach

und schlafen ruhig. Sie leben einen Traum,
als gäbe es fürs Leben keine Frist,
als wäre tot, was nur vergangen ist.
Sie tragen nichts; nur jenen einen Raum,

in dem der andre trägt. Allein zu zweit,
sind sie im Einen. Was hat die Endlichkeit
zu tun mit ihrer Zeit? Und welche Welt

ist so in ihrem Sein wie jener Schlaf,
der jedem sagt, was je den andern traf?
Sie liegen nah, sind ganz auf sich gestellt.

JOCHEN HIEBER
DAS BERÜHMTE GEFÜHL

Werner Söllner, 1951 im rumänischen Horia geboren und seit zehn Jahren in der Bundesrepublik lebend, ist auf dem Weg, ein bedeutender Dichter zu werden. »Kopfland. Passagen« hieß der Band, mit dem er 1988 debütierte, »Der Schlaf des Trommlers«, sein zweites Gedichtbuch, wurde im Frühjahr 1992 veröffentlicht. Was zeichnet Söllners Verse aus? Bisher vor allem eine mühelos erscheinende, in Wahrheit streng erarbeitete Balance aus Ursprünglichkeit und Überlieferung.

Nein, dieser Poet gehört nicht zu den lyrischen Brachialgenies, die mit Aplomb auftreten, einen Sommer der Emphase erleben, dann erschöpft schweigen oder sich nur noch selbst kopieren. Andererseits ist sein Verhältnis zur Tradition frei von postmoderner Beliebigkeit. Ob er Heines Ton für seine Verse erprobt, ob er lyrisch mit Brecht konferiert oder Celans magisch-genaue Dunkelheiten aufscheinen läßt: unübersehbar ist der Respekt vor den Vorbildern. Dieser Respekt aber ist nur die Kehrseite von Söllners überaus ernsthafter und energischer Radikalität bei der Suche nach dem eigenen Stil.

Unschwer ist auch der Ahnherr des Sonetts »Liebende« auszumachen: natürlich ists Rilke, wenn es glänzt. Und *Glanz* ist ein Schlüsselwort des Gedichts, jenes Leuchten, das stets zwei Menschen umgibt, die mitten im Alltagsgetriebe nichts kennen als ihre Umarmung: *Allein zu zweit, / sind sie im Einen*. An ihnen vorübergehend, sie unwillkürlich beobachtend, wird man zwangsläufig zum Voyeur. Im flüchtigen Anschauen der ebenso nahen wie fremden Innigkeit aber wird blitzartig auch eigenes Glück erinnert – und künftiges erhofft.

Sehnt es dich aber, so singe die Liebenden; / lange noch nicht unsterblich genug ist ihr berühmtes Gefühl, hatte Rilke in der ersten Duineser Elegie postuliert. Der Nachfahr Söllner nimmt den Auftrag an. Von seiner Sehnsucht ist dabei mit keinem Wort die Rede – im Dienst am Gesang ist sie anwesend genug. Ein Inbild der Liebe führen die Verse vor und halten es fest. Ruhig und fließend, fast traumwandlerisch sicher ist ihre Kunstfertigkeit. Mit Bedacht werden die Reim- und Rhythmusgebote des Sonetts erfüllt, mit Bedacht und ganz in Rilkes Sinn wird auch die einzige Abweichung vom strengen Schema inszeniert: der Zeilensprung vom zweiten Quartett zum ersten Terzett überspielt die traditionell harte Zäsur zwischen den beiden Hälften des Sonetts. Aus Entgegensetzung entsteht so Harmonie, aus den Zwängen des Genres erwächst die Freiheit zum Liebeslob.

Das Gedicht »Liebende« ist singulär in Söllners Werk. Denn dieser Poet hat bislang vor allem Zwischenzustände vermessen. Dem *Halbschlaf* also galten seine Verse oder der *halben Geliebten*. Gerade auch auf seine wenigen Liebesgedichte traf die Formel zu, die für seine gesamte Lyrik charakteristisch scheint: *Ganz ist, wo Menschen sind, nichts*. Von aller Ambivalenz befreit sind einzig die Liebenden dieses Poems: Einheit und Ganzheit, ungeteilt und ungebrochen, gewährt ihnen Söllner vierzehn Zeilen lang – sein Beitrag zur Unsterblichkeit des berühmten Gefühls. Er bewahrt sich und uns damit eine letzte, eine unverzichtbare Utopie: die Utopie des Paars. Daß er darauf besteht, führt ihn zugleich über Rilke hinaus. *Denn Bleiben ist nirgends*: gegen Rilkes elegische Klage über die Flüchtigkeit der Liebe und des Paars setzt Söllner eine überwältigende Frage: *Was hat die Endlichkeit / zu tun mit ihrer Zeit?* Nichts. Ewigkeitsaugenblicke vergehen nicht, wenn sie enden.

WERNER SÖLLNER
WAS BLEIBT

Das Haus der Welt ist schlecht gebaut,
ich sitze krumm und schief darin.
Ach Sprache, meine stumme Braut,
sag mir, wo ich zuhause bin.

Hier steht ein Bett, ein Stuhl, ein Tisch,
da ist noch Brot und dort ist Wein.
Was bleibt? Versteinertes Gemisch
aus Sätzen vom Lebendigsein.

Der Sinn der Wörter ist die Haut,
die langsam auseinanderfällt.
Ach Sprache, meine stumme Braut –
das Aug weint, was die Silbe hält.

GÜNTER KUNERT
DIE STUMME BRAUT

Gefragt, was den Dichter vor den Schriftstellern anderer Gattungen auszeichne, würde ich sagen: Sein Umgang mit der Sprache. Sein Verhältnis zu ihr ist intimer, ja, schmerzlicher, manchmal sogar rabiater (wozu die Intimität berechtigt) als das von, beispielsweise, Prosaautoren zu ihrem Medium. Auf den Dichter wie auf niemand sonst scheint die Phrase von der Goldwaage, auf die man jedes Wort legt, zuzutreffen. Also wäre das untrügliche Kennzeichen, woran man den Dichter, fast hätte ich gesagt: den *wahren* Dichter unter den Massen der scheinbaren herausfinden kann, sein erstaunlicher Instinkt für das einzig richtige Wort, für die allein mögliche Wortwahl, für das Stimmige der Metaphern, für das apodiktisch Unabänderliche des Gesagten.

Und doch. Den geborenen Dichter (und andere gibt es nicht) verläßt niemals eine gewisse Unzufriedenheit gegenüber seinen Ausdrucksmitteln, selbst wenn er sich ihrer mit Perfektion bedient. Und das Gefühl von Befriedigung nach Vollendung eines Gedichts ist der seltene Preis für die Mühe, die Sprache im gewünschten und ersehnten Sinne zum Reden gebracht zu haben. Darum die vielen Gedichte über die Sprache, über den Akt des lyrischen Sprechens selber. Der Dichter wirkt geradezu undankbar, da er mittels seines Werkzeuges just dessen Mangel und Schwäche beklagt. Werner Söllner macht da keine Ausnahme. Er, der kritischen Einsicht halber, personifiziert

die Sprache und nennt sie dann seine Braut, als sei sie etwas Besseres als eine willfährige Prostituierte, die sich jedem Nebenbuhler, sprich: Konkurrenten hingibt.
Bloß: Wie kommt es, daß diese Braut, die Söllners Klage überhaupt erst ermöglicht, als »stumm« bezeichnet wird? Und wie kann eine Stumme ihm mitteilen, wo er zu Hause sei? Weil gerade diese widersprüchliche Formulierung das Wesen der Sprache trifft, ihre Doppelexistenz: nichtssagend und doch verräterisch aufrichtig zu sein, zur Lüge wie zur Wahrheit prächtig disponiert. Bedeutsam jedoch wird sie erst im Gedicht, wie in dem Söllners, da ihm das erwähnte dialektische Moment der Sprache als Modell für seine zwölf Zeilen dient: Spannung entsteht von der »stummen Braut« über das »versteinerte Gemisch aus Sätzen vom Lebendigsein« bis zu »das Aug weint, was die Silbe hält«. Das Modell Sprache wird Daseinsbild.
Söllners besondere wortbezogene Empfindlichkeit stammt nicht zuletzt von seiner Herkunft: Für den Rumäniendeutschen, auf einer Sprachinsel im Reiche des modernen Dracula Ceausescu lebend, war wenig mehr als Sprache an Heimat vorhanden. Ohnehin ist ein Schriftsteller, in extremem Maße ein Dichter, eher in der Literatur daheim als im »Haus der Welt«, dessen Konstruktion für jedes poetische Bewußtsein sowieso dem eines Kerkers gleicht.
Die letzte Strophe vermittelt dem Leser die unauflösliche Einheit von »Sein und Schreiben«, da der Sinn der Wörter letzten Endes die Selbstversicherung des dichtenden Individuums zu besorgen hat und für die Ganzheit der Persönlichkeit geradestehen muß. Und die Schlußzeile gar in ihrer bemerkenswerten grammatikalischen Ambivalenz läßt offen, ob nun das Auge eigentlich über das weine, was die

Silbe im Sinne von Vorgabe verspricht, oder ob die Silbe das bewahrt, was das Auge weint, ergo: was der Autor an Gefühl einzubringen hat.
Doch wie immer man das »... was die Silbe hält« deuten mag: Jede Lesart zeigt an, daß die »Silbe«, als eines der Synonyme für Sprache, das letzte Wort behält, damit aber entgegen allem Lamento über Sprachverlust und Sprachverfall dennoch über die Melancholie der Verse triumphiert. Wir wollen nicht den Titel vergessen, der vorankündigt, worum es geht: Was bleibt, ist die Sprache, ist das Gedicht, ist die Mitteilungsfähigkeit des einzelnen, der, während er mit seiner stummen Braut verhandelt und hadert, zugleich mit uns, den Lesern, gedankenvoll parliert.

JÖRG KOWALSKI
NECKARPARTIE MIT HÖLDERLINTURM

das zimmer im turm
leer, so sind wir
haltlos, ausgeliefert
den schatten
der fensterkreuze
auf den dielen

fragloser augenblick
voller einverständnis.
an der ufermauer
ein graffito:
wir lieben ihn
und begreifen nichts.

GERHARD SCHULZ
BESITZANSPRÜCHE

Wann Jörg Kowalski, Jahrgang 1952, zum erstenmal den Hölderlin-Turm in Tübingen gesehen hat, ist mir nicht bekannt. Sehr lange aber kann es nicht her sein, denn zum Reisekader wurde er in der vergangenen DDR nicht erhoben. In Halle, wo er zu Hause ist, gehörte er zu einem kleinen Kreis experimentierender Poeten, deren Versuche mit visueller Dichtung und mit den Tiefen oder Untiefen der Wörter fernab von aller offiziell gewünschten und geförderten Literatur lagen. Erst allmählich treten nun die Zeugnisse ihres Tuns ans Licht.

Daß Dichter zuweilen ihre Berufskollegen von einst und jetzt zum Gegenstand der eigenen Verse machen, ist seit antiken Zeiten geläufig. Solcher Bezug auf die anderen ist entweder Beschwörung von Autoritäten, Bewunderung, Spott oder aber die Reflexion auf eigene Konflikte, eigenes Leiden, Gelingen oder Mißlingen. Für letzteres bieten sich am ehesten die Mißachteten der Vergangenheit, die ihrer Zeit fremd Gebliebenen an, auf die sich die eigene Unerfülltheit und die eigenen Sorgen mit der Gegenwart übertragen lassen. Wie kaum ein anderer läßt sich der von seinen Zeitgenossen verkannte Hölderlin, der nach tiefster Erkenntnis und zartestem Ausdruck oft qualvoll Suchende, der einsam Gewordene, sich verfolgt Fühlende und schließlich Umnachtete zum Gefäß machen für all das, was in einem Poetenkopf an Schöpfernot und Zeitklage enthalten ist.

Von solcher Art nun freilich ist Kowalskis kleines Gedicht nicht. Viel eher ist es eine Reflexion auf derartige Reflexionen, die ja immer die Gefahr des Modischen, der Entstellung oder gar der gewaltsamen Anbiederung in sich tragen, wenn man etwa die Verblichenen, die sich nicht mehr wehren können, zu den Bürgen eigener Wunschbilder macht. Hölderlins Beitrag zum »nationalen Kulturerbe« bestand, wie es ein DDR-Lexikon behauptet, in der »vorwärtsweisenden ideologischen Substanz« seines Werkes; Peter Weiss ließ in seinem Hölderlin-Drama den jungen Marx einen symbolischen Besuch bei dem im Turm Dahindämmernden abstatten; und mit belegter Stimme vorwurfsvoll vom *pauvre Holterling* zu reden ist in verschiedenen geistigen Lagern fast zum Sprachzwang geworden.

Kowalski erspart sich das. Er zeichnet kein Hölderlin-Bild, eignet ihn sich nicht an, versucht nicht Interpretation und Deutung. Das leere Zimmer im Turm, Schatten und Licht darin, die *fensterkreuze / auf den dielen* sprechen anschaulich, sinnlich von einem im Grunde recht nüchternen Verhältnis zu Vergangenem, von einer Kluft, die nie überbrückt werden kann und die doch in der Begegnung mit einem Kunstwerk immer wieder zu verschwinden scheint.

Solcher Widerspruch zwischen bleibender Fremdheit des Einstigen und der immer wieder empfundenen Unmittelbarkeit aller großen Kunst kommt eindringlich und klar in Kowalskis zweiter Strophe zum Ausdruck. Gewiß gibt es diesen Augenblick des Einverständnisses mit dem Kunstwerk, fraglos im enthusiastischen, hingegebenen Empfangen. Aber das ist dann nur ein erster, wenn auch bei jedem Lesen wiederholbarer Schritt. Das Begreifen, das Verstehen hingegen fordert mehr, fordert kritische Erkenntnis von Distanz zum Erkannten wie zum Erkennenden. Niemand kann sich über seine Zeit erheben, wohl aber die Grenzen des eigenen Horizonts sehen. Ohne einen derartigen Erkenntnisprozeß blieben Enthusiasmus und Liebe flüchtig und leer.

Kowalskis Verse sind eine Huldigung an Hölderlin, aber sie sind auch ein Gedicht über den Umgang mit Dichtung. Sie mahnen zur Bescheidenheit gegenüber dem Vergangenen und zur Vorsicht hinsichtlich unserer Selbstsicherheit und Selbstgefälligkeit bei allen Besitzansprüchen.

HANS-ULRICH TREICHEL
VON GROSSEN DINGEN

Das Blau des Himmels
ist bloß schlecht kopiert.
Ich hab gelebt, geliebt und
mich rasiert. Die Wolken ziehn
so sinnlos leicht und weiß,
die Luft ist mild und mir wird
kalt und heiß. Am liebsten
läg ich nur noch faul im Bett,
von großen Dingen träumend,
stumm und fett. Um dann von
euch zu gehn, auf daß man mich
verfluche: Ich hab gefunden,
Freunde, was ich suche.

LOTHAR SCHÖNE
DIE GEGENWOLKEN

Die Gedichte Hans-Ulrich Treichels locken und verführen auf ungewöhnliche Weise. Denn sie sind spröd und schmiegsam zugleich, sie sind ironisch und doch voller Aggression. Vor allem aber haben sie Musikalität. Mit seinem ersten Lyrikband »Liebe Not«, aus dem dieses Gedicht stammt, hat der 1952 geborene Treichel schon einen unverwechselbaren Ton gefunden.
Dieser Ton ist selbst dann eigenständig, wenn er sich auf Zitate stützt. »Von großen Dingen« – hier sind die Brecht-Anklänge unüberhörbar, möglicherweise ist das Gedicht eine Hommage an Brecht. Schon die ersten beiden Zeilen sprechen selbstironisch von Kopie. Welche Kopie ist gemeint? Ist das Blau des Himmels wirklich noch blau oder bloß eine Kopie aus früheren Zeiten, oder kopiert der Dichter das Blau eines anderen Dichters? Der Einschub des Banalen (»hab ... mich rasiert«) wird sogleich von einem sinnträchtigen Bild unterbrochen: »Die Wolken ziehn.«
In Brechts »Die Liebenden« ziehen ebenfalls die Wolken, allerdings ganz anders, nämlich mit den Kranichen »aus einem Leben in ein andres Leben«. Bei Hans-Ulrich Treichel ziehen sie nur noch »so sinnlos leicht und weiß«. Brechts Wolken tragen Hoffnung, die Treichels transportieren Skepsis, Brechts Wolken fragen nach Sehnsucht und Glück, die Treichels antworten mit großem Mißtrauen. Die Verse jenes sind so schön, doch ist's die Liebe gleichermaßen?

Offenbar ist die Liebe, das Leben lediglich ein Surrogat, eine Kopie eben; und wo ein anderer nackt »in der Sünder schamvollen Gewimmel« lag, möchte Treichels lyrisches Ich lediglich faul im Bett liegen, »stumm und fett«, und keineswegs würde er wie Brechts »Baal« ausrufen: »Seid nur nicht so faul und so verweicht / Denn Genießen ist bei Gott nicht leicht!« Von diesen »großen Dingen« träumt er lieber. Emphase ist nicht angebracht. Temperament ein überholtes Gefühl, Lebenshunger ein Fremdwort.
Was aber bleibt? Und stiftet es der Dichter, den man ob seiner Ratlosigkeit eher verflucht? Immer nach Hause gehen wir ohnehin, »den Strick gut wegzulegen«, wie es in einem anderen Gedicht Treichels heißt. So zeigt »Von großen Dingen« die Sinnlichkeit der Welt und zugleich das Zurückschrecken vor ihrer Wirklichkeit. Hans-Ulrich Treichel erweist sich als Miniaturist der Skepsis, als ein Sänger der Vergeblichkeit, freilich einer mit hinreißender Melodie.

C.W. AIGNER
FRÖSCHE IN WIEPERSBOROUGH

Nach Mitternacht und die Luft keinen Daumensprung
kühler als zu Mittag am Feldrand in
der Stille die aufgekocht wurde vom Fliegensurren

Umständlich schwarz wars um den Teich. Die Schritte
am Kies unhörbar im Froschgeknatter
Und Rüpel sind unter den Fröschen die imitieren
Menschen wenn sie Speichel tief aus dem Hals ziehn

Sie schwirren obenauf im brackigen Wasser
rutschen von den pirolgelben Fenstern aufs Dach
des kopfunter stehenden Schlosses und in die Kronen
der Eichen und drüber hinaus wo der Mond in
durchscheinender
Schale am Grund liegt dem hohen Blätterbett

SARAH KIRSCH
EIN SOMMERNACHTSTRAUM

Ein magisches Stückchen springt in die Augen. Die erste Strophe läßt drei, die zweite vier, die dritte fünf Zeilen verweilen. Mit dem Titel sind es dreizehn. Und der glitzert wie eine nördliche Fata Morgana, es könnte sich um Wiepersdorf handeln, den literarisch fixierten, oft beschworenen Ort, wo die Amphibien rudern. Heut geht es also um Frösche allhie. Ein Stück Natur, etwas Feuchtes aus der berühmten märkischen Streusandbüchse, nicht dem Gefäß der Pandora.
Der Mitteilende, welcher von weit her kam aus Salzburg, mittags am Feldrand stand, jetzt in der Nacht einen Daumensprung weiter, in der Nähe des Schlosses – Sie erinnern, was ein Daumensprung ist? Landvermessung nach Art der Maler und Dichter. Ausgestreckter Arm, der Daumen über der Faust nach oben gerichtet, mit dem Schloß zur Deckung gebracht, von einem Aug' nur fixiert, dem rechten. Nun schließt der Betrachter dieses und öffnet das linke, und siehe, das Schloß ist nach links gehüpft, und der Daumen bedeckt nun das Feld.
Wir empfinden, es ist im nächtlichen Schatten der Eichen am Teich noch ebenso heiß wie mittags am Feldrand, Sandboden, der einem schier die Sohlen verbrannte. In einer Stille, die aufgekocht wurde vom Fliegensurren. Das klingt wie aus der Hexenküche und läßt an Urzeugung denken. Das war der Mittag. Jetzt herrscht wie gesagt Nacht. Umständlich schwarz war's um den Teich. Eine

aufgespaltene Finsternis. Welch schöner Ausdruck für etwas. So viel, was durch die beiden Wörter vorstellbar wird. Viele Anblicke, Abstufungen von Dunkelheiten, das ist verrückt. So gibt es im Schwarzen schwarze stochernde Äste, denen wir ausweichen müssen, unsere Augen zu schützen, Zweige, die uns das Haar ausreißen, und gleichzeitig stoßen die Füße in schwarzen Schuhen in schwarzer Nacht an womöglich dunkle Steine, während nicht erkennbar ist, wo der Teich gleich beginnt.
Es ist nicht länger möglich, sich an Geräuschen zu orientieren, denen des Fußes auf knirschendem Kies, denn Froschgeknatter – was ein treffender Ausdruck! – ist, was alles nun übertönt. Während man die Ohren bemüht, wird man lachen. Weil die maßlosen Frösche nicht nur Weltmeister im Knattern sind, sondern auch noch – unanständige Geräusche, hätte man vorgestern gesagt, aus der Lamäng auf uns zukommen lassen. Ein abgrundtiefes Hochziehen von Rotz. Bis die Verwandten rufen, hast denn kein Schneuztuch. Geschrei sondergleichen, daß dem Lesenden die Ohren gleich dröhnen und sausen.
In der dritten Strophe gerät das chorische Stück auf den Höhepunkt. Sie schwirren obenauf, heißt es von Fröschen, und damit vertauschen sich akustisch Himmel und Erde, denn eigentlich schwirren Vögel, Tiere der Luft. Aber im Finsteren waltet viel Sinnestäuschung, die Elemente sind durcheinandergeraten. Oje! – die Frösche rutschen von den pirolgelben Fenstern des Schlosses auf das zwiefache Dach, bis wir finden, daß wir uns im Spiegelbild abmühn. Kopfüber kopfunter im spiegelnden Spiegelbild, uns wird bleumourant vor den Augen. Noch weiter gelangen die Frösche in Wiepersborough, bis in die Kronen der Eichen, drüber hinaus, hin, wo der Mond in durchscheinender

Schale am Grund liegt, dem hohen Blätterbett. Letzteres ist ein wirklich weiches, der Teichgrund befindet sich ja voller nur langsam verrottender Eichenblätter, daß Schlamm von großer Sanftheit entsteht und das leuchtende Ei aufnahm, den Mond. Wie meschugge das macht, selbstverständlich auch Frösche dicht auf dem Leib und zaubrisch wie Vollmond das letzte schöne Wort des Gedichts: Blätterbett. Rhythmisch und sanft, endlich knallt der Mond dort hinein, federt ein wenig – ne süße Verwirrung breitet sich weiterhin aus, so man die Worte laut las, kann einer die Noten gleich schreiben.

Alles ist Teil der Natur, und das Schloß ist ein Bau, eine Höhle, ein Vogelnest für den, der aus dem Wald kommt. Unseren Dichter. Es ist seine Verwandlung, wir verwandeln uns mit, es ist ein Spiel von allem mit allem, ein Stück Sommernachtstraum. Der Froschlärm bleibt in den Ohren hängen, und seine eigenen Hervorbringungen, so sagt der Dichter an anderem Ort, seien Stücke von seinem Leib. Wären Frösche in Wiepersborough, wenn wir ihm folgen, wie Magenknurren. Viel Lärm auch um nichts dort an Ort und Stelle, kann einem schwarz vor Augen werden vor so viel Bemühn. Schaut aus, als wüchsen die Kleinkünstler da über sich raus bis in den Himmel, während sie doch ins Trübe nur fallen.

C. W. Aigner, Jahrgang 1954, veröffentlichte bisher fünf Gedichtbände, eine lange Erzählung »Anti Amor«, die wundersame Übertragung der Liebesgedichte des »Mönchs« aus dem Mittelhochdeutschen. Aigners Gedichte sind unherkömmlich, traditionslos und brennend. Jedes ein Abenteuer, wildes Terrain für den, der dort geht, und doch streng geordnet.

CLEMENS EICH
ALS ICH DICH UMBRACHTE, INDIANERBRUDER

Wir mit den Fischerstiefeln im
Uferwasser,
haben mit uns gebrochen,
bevor es uns gab.
Mit den Brombeersträuchern
schlinge ich mich um dich,
mit dem Würgegriff
meiner Hingabe
halte ich zu dir,
deine Haare sind
naß und schwarz,
das Weiße in deinen
Augen liebt
deinen Bruder,
mich.

ULRICH GREINER
ABSCHIED VON DER KINDHEIT

Indianerspiele, Mannbarkeitsspiele im Ufergebüsch, so sieht es aus. Jugendlich verwegene Raufereien, bei denen Spiel und Ernst, Mordlust und das kurze Aufleuchten einer homo-erotischen Neigung ein und dasselbe sind. Das Weiße im Auge des Feindes erblickt man im Nahkampf. Der Kämpfende umschlingt seinen Gegner mit Brombeerranken und nimmt ihn in den Würgegriff. Das schmeckt nach Blut. Aber die bedrohlichen Bilder enthalten zugleich ihr Gegenteil. Der Würgegriff ist auch eine Umarmung, der Kampf ist auch eine Hingabe, und der Blick ins Weiße des Auges ist zugleich ein Blick der Liebe.

So könnte es sein. Aber wir haben bei dieser Deutung die Überschrift vergessen: »Als ich dich umbrachte, Indianerbruder«. Der Zweikampf nahm offenbar kein friedliches Ende. Starb da einer den Liebestod? Der erste Satz des Gedichts gibt einen Hinweis: Dieses »Wir« meint nicht nur die zwei Kämpfenden, sondern es spricht von einer allgemeinen Erfahrung. Sie erinnert an den Titel eines Buches von Thomas Brasch: »Vor den Vätern sterben die Söhne«. Im Gedicht heißt es: »Wir haben mit uns gebrochen, bevor es uns gab.« Ein merkwürdiger Satz. Der Riß geht durch das Wir hindurch. Und er war schon vorher da, vor der Geburt: »Wir mit den Fischerstiefeln« – das ist das Bild einer Zwischengeneration. Sie hat das feste Land schon verlassen, das freie Meer noch nicht gewonnen. Man gewinnt es nicht in Fischerstiefeln. Entweder

schwimmt man hinaus ins Offene, oder man bleibt unter den Brombeersträuchern hocken.
So gesehen können wir eine andere Lesart probieren. Zwar handelt es sich um einen Zweikampf, aber es geht um nur eine Person, um eine gespaltene. Der Kämpfende kämpft mit sich selber. Die Stiefel im Wasser, verstrickt in die Brombeeren, nimmt er Abschied von der Kindheit. Den Indianerbruder bringt er um, den pubertären Teil seines Ich. Ihm blickt er ins Weiße des Auges, zum letzten Mal. Ringend mit sich selber, verläßt er festen Boden und wagt sich ein Stück weit vom Ufer weg ins Ungewisse.
Bei Nestroy sagt der Holofernes: »Ich möcht' mich einmal mit mir selbst zusammenhetzen, nur um zu sehen, wer der Stärkere is, ich oder ich.« Aber Clemens Eich ist nicht komisch. Die Erfahrung, von der er berichtet, ist schmerzlich. Erwachsen zu werden heißt, viele kleine Tode zu überleben. Das Gedicht treibt keinen Aufwand damit. Pathos liegt ihm fern. Eine immer noch jugendliche Leichtfüßigkeit treibt den Rhythmus an, der sich beschleunigt: von der ersten Zeile, die zugleich die längste ist, bis zur letzten und kürzesten Zeile. Es ist der Weg vom Wir zum Ich.
Nahezu alle Gedichte des ersten Buches von Clemens Eich nehmen Abschied: von den Eltern, von der Kindheit und ihren vertrauten, geordneten Bildern. »Leben lernen« heißt ein Gedicht. Das ist bekanntlich mühsam. Aber Eichs Gedichte erzählen nicht von der Mühe, und sie kultivieren auch nicht den ewigen Zorn der Jungen gegen die Alten. Ihr Ton ist der einer plötzlichen Verwunderung, eines überraschten Gewahrwerdens. Jemandem gehen die Augen auf, und er sieht etwas, was du nicht siehst. »Aufstehn und gehn« heißt der Gedichtband. Es ist das Motto

einer Generation, die nach den Achtundsechzigern kam und einen anderen Weg als den des Protests ging.

Clemens Eich, Jahrgang 1954, ist der Sohn von Ilse Aichinger und Günter Eich. Zwei berühmte Dichter als Eltern zu haben ist ein spezielles Handicap, und mancher Sohn hätte daraus den Schluß gezogen, Lokomotivführer zu werden. Clemens Eich wurde Schauspieler. Er brachte es bis zu jenem Punkt, an dem eine Karriere hätte beginnen können. Die äußeren Bedingungen waren günstig (1976 bis 1979 Engagement am Schauspiel Frankfurt), nicht jedoch die inneren. Clemens Eich brach ab und begann zu schreiben. Ausgerechnet Gedichte. Sie beweisen, daß er nicht nur der Sohn ist, sondern ein Dichter eigener Qualität.

BRIGITTE OLESCHINSKI
WIE ENG, WIE LEICHT: EIN TANKFLÜGEL-

stutzen, weil in den Tankstutzengriff sich eine
staubweiche Falte
schmiegt, Fühler und Augen

und das meilenweite

Summen rundum, das tief in der Hitze
sich entspannt

wie in der Hand der Bügel
der Zapfpistole

HUBERT WINKELS
VOLLGETANKT UND ABGEHOBEN

»Mental heat control« heißt der erste Gedichtband von Brigitte Oleschinski. Er erschien 1990. Seitdem gilt die heute zweiundvierzigjährige Berlinerin als eine der wichtigsten lyrischen Stimmen der mittleren Generation. Der modernistische Titel des Buchs ist indes eine Täuschung. Hinter ihm verbergen sich privat und hermetisch wirkende Gedichte mit einer eigenwilligen Bildsprache, die manchmal an Träume erinnert, aber immer streng kalkuliert bleibt. Nicht selten öffnen sich die Gedichte auf die dunklen Seiten der deutschen Geschichte hin.

Ein wenig in die Irre führt auch der schwergängige Titel ihres neuen Bandes »Your passport is not Guilty« mit seiner Anspielung auf Asylsuche und auf das Verhältnis von Schuld und Identität. Vor allem läßt er nichts ahnen von der Leichtigkeit und gelegentlich auch Anmut, die den strengen Gedichten zu eigen ist.

Die acht Zeilen des »Tankstellengedichts« erscheinen auf den ersten Blick wie hingetupft. Erst allmählich wird klar, daß und wie sie es vermögen, jenen flüchtigen Augenblick hervorzurufen, in dem bei heißem Wetter an einer Tankstelle rund um Zapfpistole und Einfüllstutzen die Luft zu flirren beginnt und eine irreale, traumhafte Zone sich mitten im alltäglichen Ablauf zeigt. Wie heißt es eigentlich richtig: Tankstutzen, Tankfüllstutzen, Einfüllstutzen? Der Gedichttitel, bereits Teil der Versfolge, provoziert eine kurze Unsicherheit über den korrekten technischen Begriff. Das Vorstellungsvermögen beschäftigt sich mit der alltäglichen Situation des Auftankens an einer SB-Tankstelle. Es stellt einen normalen Ablauf vor Augen, und es vermittelt die Atmosphäre einer nur allzu vertrauten Situation. Zugleich ist das eingeübte Sprachvermögen herausgefordert.

»Tankflügelstutzen« – der in den technischen Begriff eingefügte »flügel« sprengt die sprachliche Routine, mit der wir uns über praktische Abläufe verständigen. Und auf der Stelle wird auch der Ablauf, also die Situation des Tankens selbst, in unserer Vorstellung fremd. Was tun wir eigentlich, wenn wir tanken? Wir transportieren flüssige Energie, den Rest und den Abfall organischen Lebens auf der Erde. Und während wir dies tun, fallen wir, ohne es deutlich zu registrieren, momentweise in Träume.

Von hier aus lassen sich auch die ersten beiden Wendungen der Titelzeile verstehen: »Wie eng« – die Begriffe und Abläufe des Alltags; »wie leicht« – die poetische Öffnung der Situation: ein »flügel« genügt, und wir erheben uns über die enge Weltauslegung, die eine funktionale Handlung trägt. Ein solch Geringes genügt, um einen prosaischen, etwas stumpfen Weltausschnitt wie eine Tankstelle für einen Augenblick buchstäblich »auf-fliegen« zu lassen.

Der Fortgang des Gedichts ist das Protokoll dieses Aufflugs. Mit der »staubweichen Falte«, dem »Fühler«, den »Augen« sind wir im Reich der Insekten, der Schmetterlinge, den zarten Farben auf ihren Flügeln. Wir hören Bienen bei der Arbeit der Befruchtung. Doch verläßt das Gedicht nicht die Ebene der Tankstelle, um sich romantisch-sehnsuchtsvoll davonzumachen ins Ungefähre der zarten Natur. Es hält seine technischen und organischen Teile strikt zusammen: ein frühlingshaftes Fluggeräusch und das Betriebsgeräusch einer Benzinpumpe; ein Schmetterlingsflügel und der weiche Widerstand des Griffs der Tankpistole.

Die zwei Sphären Natur und Technik sind zusammengedacht, und sie klingen zusammen. »Meilenweit« ist jetzt der Raum der freien Natur, aber auch die Fahrleistung eines vollgetankten Fahrzeugs. Lesend vereinen wir das Unvereinbare. Die Spannung der Gegensätze verliert sich. In der Hitze flimmert das vom Benzingemisch aufsteigende Gas. Konturen verschwimmen, Trennungen heben sich auf, Entspannung setzt ein. Ganz leicht nur berührt das Gedicht das Motiv der Aufhebung aller Gegensätze. Doch es ist zu klug und zu ironisch, um seine Tricks an einen solch schweren Effekt zu verraten.

Das Gedicht besteht aus einem einzigen Satz, dessen buchstäblichen Schwerpunkt zu Beginn die harten Konsonanten des »Tankstutzens« bilden und an dessen Ende die martialische Zapfpistole steht. Dazwischen der poetische Aufflug. Brigitte Oleschinski karikiert nicht die Tankstelle als unwirtlichen Ort von Naturausbeutung und Technikkult; im Gegenteil: sie erotisiert die Tankstelle, macht sie zum Ort der Poesie selbst. Sie braucht kein Pathos, um die banalen Dinge in Schwingung zu versetzen. Sie schafft es, indem sie uns die sprachlichen Mittel, die dazu nötig sind, vorführt. Seht her, sagt sie: »Wie eng« die Welt ist und »wie leicht« wir sie öffnen können: mit einem weit ausschwingenden Satz in wenigen Versen, mit einem »flügel« und einer »staubweichen falte«. So einfach ist das. Nein, so einfach sieht das aus. Sieben Jahre hat Brigitte Oleschinski gewartet, bis sie ihren neuen Gedichtband vorlegte. Vierundvierzig Gedichte umfaßt er, sprachlich hochkonzentrierte Gebilde; die besten leicht wie ein Tankflügelstutzen.

MATTHIAS POLITYCKI
TANKWART, DAS LIED VOM VOLLTANKEN SINGEND

Ist doch
ziemlich egal, ob du einer von denen bist –
einer der lausigen Lichthupenfürsten,
die (mit 'ner Beifahrerloge in Blond)
hier ihren Unterarm raushängen müssen …

Ist doch
wirklich egal, ob du einer von denen bist,
die (mit 'ner schönen Bescherung zur Rechten
und auch drei schreienden Schrazen im Fond)
vollauf beschäftigt sind, Chips ranzuschaffen …

Ist doch
völlig egal, ob du hier deine Mühle mal
volltanken läßt, denn schon morgen, da hab ich
wieder komplett den Tag frei und da steig ich, ihr
windigen Manta- und Mazda-Rummurkser, ihr
hochwürd'gen Audi- und Volvo-Schnarchsäcke, steig
in meinen Turbo-Metallic und dann: nix wie
weg! Mann, die Kurven gekratzt …

bis zu
dieser, oh ja: *dieser* Tankstelle, und wenn das
Fenster ich dann kaum 'nen Spalt runterkurble und
keinen Mucks leiser gar dreh die Musik und auch
keinen Deut rauf in die Stirn etwa schiebe die

Brille mit blickdichtem Sonnenglas und wenn ich beiläufig dann nur so nicke und – na? Ist doch absolut! schnurzpiepegal …

UWE WITTSTOCK
LEBEN ZWISCHEN MANTA UND MAZDA

Gute Dichter ziehen aus, neue Sprachterritorien zu erbeuten. Gewiß, sie kennen jene wunderbaren Wortlandschaften, in denen die Poeten früherer Jahre ihre Lyrikernte einbrachten, und sie tun sich dort ebenfalls um. Aber solche bereits bekannten Areale allein genügen ihnen nicht. Sie wollen Neuland gewinnen und erforschen – denn sie wissen, daß sich die Sprache unentwegt wandelt.
Aber selbst unter den Autoren, die in ihren Versen der steten Spracherneuerung auf den Fersen bleiben, bilden sich immer wieder fade Konventionen aus. So ist in unserer Gegenwartslyrik oft – mit wackerer Gesinnung, aber meist ein wenig abstrakt – die Rede von übertriebenem Wohlstand oder vergifteter Natur, von der Fremdheit zwischen den Menschen und deren mangelnder Selbsterkenntnis. Sehr selten dagegen treten in heutigen Gedichten »Tankstellen« oder »Chips«, »Mazda-Rummurkser« oder »Volvo-Schnarchsäcke« in Erscheinung – und das ist verwunderlich, handelt es sich hierbei doch um höchst heutige Phänomene.
Matthias Politycki (Jahrgang 1955) liebt es, die Leser seiner Gedichte mit alltäglichen, scheinbar banalen Worten und Wendungen zu konfrontieren, die nicht zum üblichen Lyrik-Vokabular gehören wie Sonne, Mond und Sterne. So ist das »Lied vom Volltanken«, das sein Tankwart singt, ganz auf das Adjektiv »egal« eingestimmt: liebevoll gesteigert von »ziemlich egal« über »wirklich egal« und »völlig egal« bis zu »absolut! schnurzpiepegal«.

Das unscheinbare Wort ist, so zeigt Polityckis Gedicht, zu einem zentralen Begriff unserer weitgehend egalitären Gesellschaft geworden. Natürlich gibt es nach wie vor Unterschiede zwischen den einzelnen, zwischen »lausigen Lichthupenfürsten« oder wackeren Familienvätern mit »drei schreienden Schrazen im Fond«, zwischen »Manta«- oder »Mazda«-Besitzern. Und natürlich werden diese Differenzen, die, nüchtern betrachtet, minimal sind, von den Beteiligten gern mit ungeheurer Bedeutung aufgeladen, um sich wenigstens eine Illusion von klaren Rangordnungen zu retten.

Aber letztlich stehen wir, erinnert uns der Autor, dann doch alle an der gleichen Tankstelle. Das einstmals so gravierende soziale Gefälle ist in beträchtlichem Maße applaniert worden. Der Tankwart, der seine Kunden bedienen muß, ist heute kein Diener mehr, und die anderen sind nicht seine Herren: Schon morgen hat er »wieder komplett den Tag frei«, steigt in seinen »Turbo-Metallic«, fährt zur nächstgelegenen Zapfsäule und ist dort seinerseits Kunde, der auf ein beiläufiges Nicken seines mit »blickdichtem Sonnenglas« bewehrten Kopfes eilfertig bedient wird.

Doch dieser Gedanke, diese Beobachtung allein macht aus Polityckis sechsundzwanzig Zeilen noch kein Gedicht. Zum Gedicht werden sie, weil Politycki seine Überlegungen ganz von selbst, ganz ungezwungen aus den genau geschilderten Bildern hervortreten läßt, anstatt die Bilder zu praktischen Belegen für eine abstrakte These zu degradieren. Zum Gedicht werden sie außerdem durch die Sprach-Sinnlichkeit und Sprach-Freude ihres Autors: Politycki beschreibt einen bestimmten gesellschaftlichen Zustand (der nicht nur Vorzüge hat) und macht ihn zugleich durch das saloppe Schwingen der Verse, durch die kunstvolle

Lässigkeit des Tonfalls spürbar. Er führt seinen Lesern nicht nur einen Ausschnitt des Lebens unter egalitären Verhältnissen vor, er läßt sie mit Worten gleichsam kosten von diesem Leben in Gleichheit – und Gleichgültigkeit.

KURT DRAWERT
... ZUM DEUTSCHEN LIEDGUT

Ich bin ganz von selber gegangen,
und fühlte mich doch wie vertrieben.
Ich bin sehr entschieden gegangen,
und wäre doch gern auch geblieben.

Ich wußte, ich müsse jetzt gehen,
kein Weg war ein Heimweg mir mehr.
Und doch blieb ich einmal noch stehen,
und Schnee lag schon hoch um mich her.

Was hatte ich hier noch zu suchen,
was hielt mich am lichtlosen Ort.
Die Liebe ging fort unter Buchen,
ich wollte ihr gültiges Wort.

Ich habe es nicht mehr gefunden
und habe auch nichts in der Hand.
Im Nebel ist alles verschwunden.
Wir hatten kein brauchbares Land.

GÜNTER KUNERT
KEIN BRAUCHBARES LAND

Der Titel des Gedichts klingt ironisch und melancholisch zugleich. Weil das apostrophierte »Liedgut« ein ganz spezielles ist. Nämlich jenes, das vom Schicksal Exilierter und »Heimatvertriebener« Kunde gibt. Von Heine bis Brecht, von Huchel bis Biermann ist in den letzten hundertfünfzig Jahren nirgendwo in Europa eine im Umfang vergleichbare Dichtung entstanden. Das »Heilig Herz der Völker« schlug weniger für seine Poeten denn für seine Autokraten und Diktatoren. Die deutsche Literaturgeschichte vermeldet den Exodus von Autoren als immer wiederkehrende Reprise.

Ein Nachzügler der verjagten Schriftsteller ist Kurt Drawert. 1956 in Henningsdorf (Brandenburg) geboren, verbringt er seine Kindheit im eingemauerten Ost-Berlin, übersiedelt 1967 nach Dresden, geht diversen Tätigkeiten nach, bis zu den literarischen Anfängen, die ihm zwischen 1982 und 1985 das Studium am »Institut für Literatur« in Leipzig ermöglichen. Dürre, unpersönliche Daten, aus denen Drawerts Entwicklung nicht hervorgeht – eine des sich Freischreibens von Ideologie, von Kompromiß und Rücksichtnahme.

Trotz der Wiedervereinigung und der Hoffnung, daß sich nun alles, alles wandeln müsse, bleibt das Empfinden der Fremdheit unüberwindlich. Das Trauma DDR sitzt zu tief. Drawert glaubte wohl, durch einen Ortswechsel sich kurieren zu können. 1993 zieht er von Leipzig in die Nähe von Bremen. Freilich: Man kann seiner Biographie nicht entkommen. Der Fluchtversuch, der Zwang zum Fortgehen, um die eigene Kreativität zu bewahren, taucht im Gedicht wieder auf und damit der altbekannte seelische Zwiespalt: gern geblieben und doch als Außenseiter ausgeschlossen worden zu sein aus einer Gemeinschaft, der die Freiheit weniger bedeutet als die ehemalige gemütliche »Nische«.

Die in der ersten Zeile betonte Freiwilligkeit des Wechsels von Ost nach West täuscht; die Ungunst der Umstände hat den Entschluß hervorgerufen, sich einem von Nostalgie erfüllten Umfeld zu entziehen.

Unter dem kritischen Blick hat sich der gewohnte Lebensraum in einen fast feindlichen verändert. Die Gefahr innerlichen Absterbens durch allgemeine Ignoranz und Indolenz drückt das leicht durchschaubare Schnee-Symbol aus. Folge davon, daß auch die Liebe vergeht, das Wort, die Wörter, die Sprache. Verlust um Verlust listet das Gedicht auf, das sich, im Gegensatz zu den meisten Drawert-Gedichten, formal den Klagen und Anklagen der lyrischen Vorgänger verpflichtet weiß. Der Sechzehnzeiler mit seinem einfachen Reimschema erweist sich als bewußtes Unternehmen; Drawert sieht sich in der langen Reihe von Leidensgenossen.

Allein die Schlußzeilen weichen von den zahllosen Versen der Exilierten und Emigrierten ab. Während bei diesen Sehnsucht und Verlangen nach der verlorenen Heimat wesentlich sind, das Erinnern an einstmals bessere Zeiten scheinbarer Zugehörigkeit, entfällt bei Drawert jegliche Sentimentalität, ja, sogar die Erinnerung selber: »Im Nebel ist alles verschwunden ...« Da gibt es keine Wehmut, keine Träne; die eigene Vergangenheit wie ihre realen Stätten sind ausgelöscht. Keine Wut, keine Larmoyanz kennzeichnen das Resümee. Die nüchterne Wertung aus einem immerhin fast vierzigjährigen Leben in der DDR heißt: »Wir hatten kein brauchbares Land.« Ein schlichteres und schlimmeres Urteil kann kaum gefällt werden.

BERT PAPENFUSS-GOREK
RASENDER SCHMERTS WEITERLACHEN

ich such die kreuts & die kwehr
kreutsdeutsch treff ich einen
gruess ich ihn kwehrdeutsch
auf wiedersehen faterland
ich such das meuterland

dort müssen sie landen
die kleinen gruenen jungs
in ihren warmhalteuniformen
daumenlutscher lutschen dorne
streifzuegler im grossfeuerholz

spannend erzaehlt weitermachen

FRIEDRICH CHRISTIAN DELIUS
WEITERLACHEN, WEITERMACHEN

Kein mitreißendes, kein, »schönes«, aber ein romantisches Gedicht – aus den achtziger Jahren. Zwölf Zeilen, die mich anziehen und abstoßen, also über Kräfte verfügen, die erklärt werden wollen. Manchen mag zuerst die eigenwillige Orthographie schrecken; ich sehe in solchen Variationen grammatikalischer und anderer Normen eher bescheidene Versuche, in turbulenten politischen Epochen (wie zur Zeit des Dreißigjährigen oder des Ersten Weltkriegs) der Sprache Herr zu bleiben. Papenfuß-Gorek ist einer der Autoren aus der ehemaligen DDR, die den Starrsinn der Staatsreden, den Szene-Jargon und die allzu ausgeklügelte Literatursprache attackiert und im Zerfetzen der fremden ihre eigene Stimme gefunden haben.

Das Eigene liegt in der spröden Anziehungskraft des Gedichts, in den Bewegungen zwischen den Extremen »rasender schmerts« und »weiterlachen«, in der eher spielerischen als ernsthaften Suche, zunächst ohne Ziel und Objekt. »die kreuts & die kwehr«, als modale Bestimmung zu verstehen, kann auch substantiviert gelesen werden: Suche nach dem Durcheinander. Dabei kommt es herum, das suchende Ich, und trifft andere Wanderer, die sich selbst von heiteren Grüßen leicht verstören lassen, ob »kreutsdeutsch« oder »kwehrdeutsch«. Dazwischen sucht einer den eigenen Weg, verabschiedet nebenbei mit einer liebevollen Schmähung das »faterland«, das teure, denn das Ziel ist »das meuterland«.

Der Lautsprung von Mutterland in »meuterland« ergibt einen gelungenen Kalauer, aber doch mehr, denn er öffnet neue Bedeutungen. Die Assoziationen in Richtung Meutern, Verweigerung haben neben dem politischen Sinn einen sprachlichen, literarischen. Sie erinnern daran, daß Poesie, auch die stille und demütige, unter anderem aus rebellischen Motiven gespeist wird: Das Gedicht als Widerspruch eines einzelnen, als Versuch, eine eigene Sprache zu finden gegen die andern, die Mehrheit, gegen die Übereinkünfte von rechts und links und der bequemen Mitte. Der Radikalismus der Romantik, »daß die Willkür des Dichters kein Gesetz über sich leide« (Friedrich Schlegel), könnte in Papenfuß-Goreks »meuterland« zum Grundgesetz werden. Ein Land für Selbstgefällige und Idylliker des Protests jedenfalls ist das nicht.
Das verdeutlicht die zweite Strophe. Das Ich tritt zurück – und erwartet »die kleinen gruenen jungs / in ihren warmhalteuniformen«. Der Text im Jahr der deutschen Einheit publiziert, läßt offen, ob hier die Volkspolizisten die Vorstellung bestimmt haben oder die mit westlichen Uniformen verkleideten Vopos oder schon die selbstbewußteren westlichen Kollegen oder doch nur die kleinen Männchen vom anderen Stern. Es sind keine Feinde, eher unbedarfte »kleine jungs« und »gruen«, wenn nicht sogar »daumenlutscher«: das »meuterland« wird diese Invasion aushalten.
Nun scheint sich das kantige Gedicht zwischen »dornen« und »grossfeuerholz« zu verlieren oder wie ein Videoclip zu verlöschen. Doch da, nach seiner schwachen Stelle, kommt von außen ein befremdliches Schulterklopfen: »spannend erzaehlt weitermachen«. So spricht jemand ironisch zu sich selbst oder als Fan, Kritiker oder Sponsor

gönnerhaft von oben herab. Der Autor setzt den saloppen Spruch ans Ende und zeigt damit, daß er sein Dilemma als rebellischer Poet kennt. Er stößt also noch einmal zum Weiterdenken an.

Denn im »Weitermachen«, mit Ausrufungszeichen zu lesen, steckt die Aufforderung »Bleib, wie du bist, wie wir dich mögen!«, die für den Künstler, wenn er sie ernst nimmt, tödlich ist. Indem Papenfuß dieses Mißverständnis (oder diese Unverschämtheit) lachend zitiert, deutet er an, daß er nicht »so« weitermacht. Der Verzicht auf Interpunktion hilft mir nun, am Schluß, verstärkt durch den entfernten Reim auf »weiterlachen«, ein Fragezeichen zu entdecken, das hinter dem Schlüsselwort der neunziger Jahre wartet: Weitermachen?

LIOBA HAPPEL
ICH SAH IM ABENDROT

Und ich sah einen Kahn
Und ich sah einen Kahn auf dem Weiher
Und ich sah einen Kahn auf dem Weiher am Abend
Und ich sah Schilf und es richtete die Segel auf
Und ich sah ich schwöre ich sah Vogelaufschwung

(Zungenblatt, den roten Hals im Wasser, schwarz
geblähte Stirnkrause, den Abendüberschall
im Schattenrachen) und es war zum Verrücktwerden

Ich sah Nachtwolkenanprall
Ich sah das Sägeblatt der Tannenwipfel wanken
Und Sturmstrenge herrschte die Nacht an
Die bellwütigen Fichtenföhren rissen sich
Querübersfeld und ich öffnete meine Hand meine Hand

Und ich sah einen verfemten Mond durch die Finger
Aufsteigen, in der Augenschräge sah ich

Und ich sah einen Kahn
Und ich sah einen Kahn auf dem Weiher
Und ich sah einen Kahn auf dem Weiher am Abend

Und ich schwöre ich sah einen Kahn auf dem Weiher am
Abend

Und ich sah Schilf und es richtete die Segel auf
Und ich schwöre ich sah Vogelaufschwung

HEINRICH DETERING
DIE SCHÖNE APOKALYPSE

Die Bedenken und Verbote sind schnell bei der Hand: von Vogelsang im Abendrot zu singen, von Kahn und gar »Weiher« wie zu romantischen Zeiten – du liebe Zeit! Bilder und Wörter wie diese gehören zu denen, die als unmöglich gelten, ungehörig. »Verfemt« ist der Mond, und aus gutem Grund. Mag ja sein, daß Leser, denen die Tagesnachrichten Angst machen, einen besonderen Bedarf an Eskapismus haben – aber diesen Bedarf zu stillen sind doch schon die Musikantenstadln da. Wie also fängt eine Dichterin es an, trotzdem Verse zu schreiben über Tannenwipfel am abendlichen See?

Das Anfangen fällt diesem Gedicht so schwer, daß es zur Hälfte aus Anfang besteht. In fünf Anläufen bringt es heraus, was es über das Verfemte zu sagen hat. Vorsichtig, durch die Finger nur sieht es den Mond an, gegen begründete Zweifel hebt es die Hand zum Schwur; der Rest ist Bekräftigung, schießlich triumphierende Wiederholung. Denn was es da zu sehen gab am abendlichen Weiher, das »war zum Verrücktwerden«.

Tatsächlich, je näher man hinsieht, desto bedrohlicher zeigt sich die Idylle: Kämpfe spielen sich ab im Übergang vom Tag zur Nacht, Sturm und Bäume liegen im Streit, selbst der Ruf der Wasservögel hat als »Abendüberschall« einen gefährlichen Klang. Unter dieser Übermacht des Geschehens wirkt das Öffnen der Hand wie eine magische Beschwörung. Und nicht nur diese Geste hat etwas sonderbar Zeremonielles, sondern das ganze Gedicht, mit wachsendem, beschwörendem Nachdruck.

»Und ich sah« – das ist die Formel, mit der die biblischen Propheten die Schilderungen ihrer Offenbarungen einleiten. Der Seher Johannes auf Patmos eröffnet mit diesen Worten die Visionen seiner Apokalypse von den Kämpfen der Endzeit, vom Gericht über die alte Welt und dem Anbruch einer neuen. Eine große und heikle Tradition der Poesie hat diese Pose aufgenommen und den Dichter als Offenbarer inszeniert, der im Alleinbesitz höherer Wahrheiten ist und sie in dunkler Rede verkündet. Hölderlins Hymne nennt den biblischen Ursprungsort dieser Poesie beim Namen: »Patmos«.

Aber wie eigentümlich verschoben ist diese Position hier! Schilf und Sturm, Kahn und See –; weiter gibt es hier eigentlich nichts zu sehen. Keine richtenden Engel, kein neuer Himmel, bloß eine Landschaft im Zwielicht. Vom beinah Alltäglichen ist die Rede – aber so, als sei es das Ende der Welt. Eine herausfordernd pathetische Verklärung des Gewöhnlichen vollziehen, nein: sehen diese Verse vor sich – den »Schattenrachen« des Todes und die Offenbarung einer Schönheit, die alltäglich ist und doch nicht ganz von dieser Welt; ein Abendrot, in dem sich die Erde zeigt, wie sie vielleicht einmal gemeint war.

Lioba Happel ist eine Idyllikerin der Apokalypse. Und eben in dieser Vereinbarung des Unvereinbaren entfaltet ihr Gedicht eine ganz zarte Ironie. So macht sie das Pathos möglich, indem sie es anlächelt. So wird die heilige Ekstase salopp wiederbelebt: »es war zum Verrücktwerden«. Man muß die Verse laut lesen, um etwas von diesem Zauber zu spüren.

Soviel Wohlklang ist ungehörig. Aber ein Gedicht, so steht

es kurz zuvor im selben Band, ist ja auch »eine Scheußlichkeit«, denn »es hat sich der Schönheit verpflichtet«. Eskapismus? Im Gegenteil: Das schöne Gedicht ist »das böse Gewissen der Welt«.

THOMAS KLING
GEWEBEPROBE

der bach der stürzt
ist nicht ein spruchband
textband weißn rau-
schnnz;
                    schrift schon;
der sichtliche bach di
textader, einstweilen
ein nicht drossel-, nicht
abstellbares textadersystem,
in rufweite, in auflösender
naheinstellun'.
                                bruchstücke,
ständig überspült, über-
löschte blöcke, weiße schrift-
blöcke und glitschige, teils,
begreifbare anordnungn ein un-
unterbrochn ununterbrochenes.
am bergstrich krakelige unruhe
und felsskalpell. schäumendes
ausschabn.
                        bezifferbarer bach,
der bach der stürzt: guß
megagerinnsel, hirnstrom.

HUBERT WINKELS
VOM WEBSTUHL ZUM SEZIERTISCH

Thomas Kling, Jahrgang 1957, interessiert sich wie nur wenige zeitgenössische Dichter für die mündliche Seite der Sprache. Insofern ist er ein legitimer Nachfahre jener Wiener Poeten Konrad Bayer, Gerhard Rühm und H. C. Artmann, die in den fünfziger Jahren das Dichten in deutscher Sprache radikal modernisierten. »gewebeprobe« habe ich ausgesucht, weil das Gedicht eine kleine öffentliche Geschichte hinter sich hat. Es wurde 1994 in dieser Zeitung vorabgedruckt und provozierte einen entgeisterten Leserbrief, in dem ein Arzt eine häufig an zeitgenössische Poesie gerichtete Frage zu einem Verdacht zuspitzte, nämlich ob es sich hier um »Sprachchaos (handele) zur Verschleierung der Tatsache, daß es da gar keinen mitteilbaren Gedanken gibt«. Das ist der Punkt. In der Moderne ist der Zusammenhang von Gedanke und Mitteilung gerissen, und die Poesie webt ihren Schleier nicht über, sondern in ebenjenem Riß, der die Welt aus den Fugen bricht. *der bach der stürzt / ist nicht ein spruchband*, muß man dem lesenden Mediziner antworten. Die Mitteilung ist in der stürzenden Bewegung, nicht jenseits. Wenn man sie nicht anderswo sucht, dann ist alles ganz einfach, dann fängt es auch an zu klingen.

Von vorne: »das weben und gewebe, daher die zusammenfügung, der zusammenhang«, so übersetzten Jacob und Wilhelm Grimm das lateinische *textus*. Schon damals war dem Gebildeten der metaphorische Zusammenhang von

Web- und Dichtkunst so selbstverständlich, daß er kaum noch ein Weberschiffchen bei der Arbeit gesehen haben dürfte, wenn Text im Text stand. »gewebeprobe« – der Titel des Gedichts von Thomas Kling ist von bescheidener Mehrdeutigkeit: Er kündigt eine Textprobe an, eine Vorlage für einen Test und zugleich den Test selbst. Thomas Kling zerlegt und seziert. Aber das ist nur die grundlegende, besser gesagt: grundstürzende dichterische Operation. Aus ihr entwickelt er ganz selbstverständlich eine neue Kunst der Zusammenfügung, so speziell und eigenwillig, daß sie immer wieder von jüngeren Kollegen kopiert wird.

In »gewebeprobe« setzt er zunächst eine andere Metapher für das Gedicht und zeigt deren Reichweite: *der bach der stürzt*. Man darf den Ausdruck lesen wie ein Wort. Stürzen ist eine Bewegung, die Innehalten, Feststellen, Beruhigung ausschließt. Also auch jene Sinnberuhigung, die von Sentenzen, Weisheiten und Sprüchen ausgeht, jenen herkömmlichen Ergebnissen einer bekömmlichen Metaphernkunst. Deshalb beginnt das Gedicht, das eine andere Metaphernarbeit leistet, mit einer Verneinung. Nun ist der rheinische Dichter Thomas Kling mit seinem Hang zu alten verborgenen Sprachtraditionen nichts weniger als ein dichtender Sprengmeister oder Sprachanarchist, für den ihn immer noch viele – auch seiner Bewunderer – halten. Er ist ein skrupulöser und genauer Formulierer: *einstweilen / ein nicht drossel-, nicht / abstellbares textadersystem, / in rufweite, in auflösender / naheinstellun'*. Die statische Gewebemetapher wird hier erweitert und in Bewegung versetzt. Das Gedicht ist zu diesem Zeitpunkt *(einstweilen)* nicht fixierbar, und es ist nicht überschaubar. Das kann sich also noch ändern. Kling rechnet mit dem klugen

Leser, der am Ende doch erfolgreich gedrosselt haben wird, was so wild den Fels herunterschäumt.
Das Gedicht sucht die Nähe zu einem alltäglichen Sprechen, das ebenfalls gern Vokale und Endungen bei Infinitiven und Partizipien verschleift. Ein Verfahren, das beschleunigt und Festlegung erschwert. Ihm entspricht die *auflösende naheinstellun'*, die es nicht mehr erlaubt, das Gesehene als Ganzes, als Sinneinheit zu erfassen. Beides zielt auch auf die objektive Not, die wir Zeitgenossen mit einer überkomplexen Wirklichkeit haben. Kling zieht die sprachliche Konsequenz aus der Lage des Beobachters, der das Bild nicht übersieht und deshalb mit Bruchstücken arbeiten muß, der seine Beobachtungen immer wieder *überspült* sieht: Er versetzt den Leser in ebendiese Lage.
Mit dem paradoxen Ausdruck *bezifferbarer bach*, mit dem die vierte Strophe anhebt, ist das Gedicht an seinem rätselhaften Wendepunkt. Allerdings ist der sprachliche Weg, der vom Stürzen zur Ziffer führt, solide vorbereitet durch die Ausdrücke *felsskalpell* und *ausschabn*. Das Gedicht ist nicht mehr dem textilen Gewebe oder seiner metaphorischen Erweiterung in den Raum der Naturelemente hinein zugeordnet, sondern dem Gewebe als konkreter biologisch-körperlicher Tatsache, »gewebeprobe« verankert das Gedicht jetzt im Fleischlichen und tiefer noch im Hirn: *megagerinnsel* – das ist Poesie, wenn man sie von der Begegnung von Hirn(-Pathologie) und Schrift her denkt.
Man schaue sich das Kling-Gedicht an: seine Zeilenbrüche, seinen Zeilenfall insgesamt: ein Stürzen über Klippen, teils *begreifbare anordnungn*, teils *über- / löschte blöcke*. Und vor allem: Man höre es: das Schäumen der Um- und Zischlaute, wenn es stürzt und spült; das Knirschen und Reiben der harten Konsonanten, wenn Berg und Fels zum

Vorschein kommen; die kühle Reihung am Ende, wenn das Gedicht in Hirn und Ziffern übergeht. Zur vollen Gestalt kommen Kling-Gedichte, wenn sie laut gelesen werden, vorzüglich vom performanceerprobten Dichter selbst.

UWE KOLBE
FÜR DEN ANFANG

Ich will es hier zu Anfang gleich gestehen,
wie das Gewissen mir noch immer schlägt
und sie, fernab, mir stets vor Augen steht,
die Heimat, die zugleich ich lauthals schmähe.

Lieb Freunde, halb im Wohl und ganz im Wehe,
wenn mir der Westfraß oft den Darm aufbläht,
liegts daran, was die Elbe mir herträgt.
Da wird die zartste Taube letztlich zähe.

Wähnt Mutter nicht mich im Schlaraffenlande?
Spricht Vater nicht Treue als Tugend an
und deutet seltsam heimlich auf die Reußen?

Ich aber suche, endets dreist im Wahne,
ein undeutsch (und drum ungeteiltes) Land,
gleichweit entfernt von Daimlerland und Preußen.

KURT OESTERLE
WEDER MUTTER- NOCH VATERLAND

Dieses Gedicht hat Schlagseite. Es taumelt und schlingert dahin, wenn auch auf kunstvolle Weise. So imitiert es, was es besingt: das zweifache Elend eines innerdeutschen Grenzüberschreiters, der aus dem Osten kommend, gerade im Westen angelangt ist und *für den Anfang* ein paar beruhigende Worte zu sich selbst spricht.

Das war die Lage Uwe Kolbes, als er 1987 mit einem Dauervisum aus der DDR in die Bundesrepublik übersiedelte. Sein Gedicht entstand nicht lange danach. Zu finden ist es aber nicht in Kolbes Gedichtbänden, sondern in dem Band »Renegatentermine«, einer Sammlung mit Kurzprosa, Essays und Zeitgedichten, in denen der Autor Abschied nimmt von den Hoffnungen, die ihn einmal mit dem »Dreibuchstabenland«, verbunden haben. Nach der Ernüchterung muß er sich als Deutscher des Jahrgangs 1957 aufs neue seiner selbst vergewissern – zwischen einer Vergangenheit, für die der Name Auschwitz steht, und einer Zukunft, die durch die sozialistische Utopie nicht mehr gedeckt ist. »Renegatentermine« sind eine von Kolbe ersonnene Kategorie, eine Art Lokaltermin mit sich selbst, vorgenommen in Krisenmomenten zwischen Abbruch und Neubeginn. Stets ist dabei eine Fortentwicklung, ein Reifesprung verlangt. Allzu lange stand »Renegat« für »Verräter«, Kolbe gebraucht das Wort als Ehrenname.

Auch sein Grenzübertritt ist ein »Renegatentermin«, zumal es sich um einen System- und Lagerwechsel handelt.

Wer *Für den Anfang* laut liest, merkt dem Gedicht seine Arhythmien am schnellsten an. Zeitgedichte müssen Entlastung bringen, sie sollen Überdruck ventilieren, und es schadet nichts, wenn sie von den Umständen ihres Entstehens gezeichnet sind. Ironischerweise ist dieses hier auch noch ein Sonett. Kolbe hat sich also einer der strengsten und symmetrischsten Formen bedient, um sein Leiden desto besser sichtbar werden zu lassen. Eine Menge Unregelmäßigkeiten beherrschen das Gedicht: Die Reime treten auf, wenn man nicht mehr mit ihnen rechnet (*herträgt* auf *schlägt*), außerdem sind sie zum Teil unecht (*gestehen / Wehe*). Die Sprache schwankt zwischen Straßenslang (*Westfraß*), altertümelndem Pathos (*endet dreist im Wahne*) und angestaubten Moralbegriffen (*Tugend*). Und die Russen in der Manier des achtzehnten Jahrhunderts *Reußen* zu nennen grenzt schon ans Lächerliche.

Das Gedicht gehört in die Gattung der Deutschlandklagen. Man meint, aus ihm wie ein fernes Echo eines der Hauptlieder des Genres zu hören, Ernst Moritz Arndts 1813 geschriebenes *Was ist des Deutschen Vaterland? / Ist's Preußenland, ist's Schwabenland? / O nein! nein! nein! // das ganze Deutschland soll es sein!* Aber solche Töne würden dem armen Dichter den Magen vollends umdrehen. Wenn sein Gedicht in einer Beziehung zu dem Arndtschen steht, dann in einer parodistischen. Dafür sorgt schon die Wirklichkeit. Denn Kolbes Deutschlandschmerz ist nicht so sehr seelischer als körperlicher Natur. Seine Verdauungsschwierigkeiten sind wörtlich gemeint. Die Nahrung im freien Westen bekommt ihm nicht. Der Leib krümmt sich – das Gedicht krümmt sich mit. Dennoch ist es kein wehleidiges Gedicht. Ein trotziger Humor flackert durch seine Zeilen. Recht besehen, wirft die Lage des Dichters

ihn auf die Stufe eines plappernden Kindes zurück. Die Mutter verklärt den konsumfreudigen Westen, der Vater beschwört die Bündnistreue zum Osten.
Beide sind ihm als Instanzen nicht mehr geheuer, er will erwachsen werden. Und genau das wird mit dem auftrumpfenden *Ich aber* der letzten Strophe versucht. Das Deutschland, in dem der Sohn einzig leben möchte, könnte nur eine doppelte Negation sein: *undeutsch* und *ungeteilt*. Der Gebrauch der Negation verrät seine Definitionsfurcht. Ganz offensichtlich gehört er zu jenen, die eine ganze Menge Gespenster in Schach halten müssen, wenn sie an Deutschland denken.
Wohlgemerkt: Kolbe wünscht es sich *ungeteilt*, nicht etwa »wiedervereinigt«. Geteilt war ein Synonym für deutsch, hieß Frontstellung zweier Staaten derselben Nationalität, die vor allem eines gemeinsam hatten: die Teilung. Deren Aufhebung mag er sich nur als Zuwachs an Freiheit und Freundlichkeit vorstellen. Und als gemeinsame Verantwortung für eine schwierige Geschichte. Wie *ungeteilt* aber genau aussähe, wäre noch zu entdecken.

BARBARA KÖHLER
GUTEN TAG

immer hinterher im regen stehen
gelassen bleiben als ob gehen
die frage sei: dahingestellt
& was aus allen wolken fällt

mir zu betrifft mich offenherzig
verheult verlacht den rest verschmerz ich
vergeh verkomme auf dich zu
entferne mich was bleibt bist du

bei trost bei dir beizeiten
JUST TRAVELLIN' es kommt nicht an
auf sprüche soviel ist versprochen

und haltlos was ich sagen kann
verstummt verspielt zwischen uns beiden
der regen naß bis auf die knochen

WERNER FULD
ALLES VERSPIELT

Das Sonett ist nicht nur eine der bekanntesten, sondern auch eine der traditionellsten Gedichtformen. Durch seine klare tektonische Struktur bestimmt es die strophische Gliederung des Inhalts und läßt dabei kaum Experimente zu. So beliebt es einst war, so verpönt ist es heute, zumal bei der jüngeren Dichtergeneration. Deshalb ist es um so überraschender, wenn eine experimentierfreudige, junge Autorin wie Barbara Köhler (geboren 1959) auf diese scheinbar abgenutzte Form zurückgreift. Was macht sie damit?

Auf den ersten Blick erfüllt sie das literarhistorisch geforderte Muster. Ihr Gedicht ist sofort als Sonett kenntlich und wirbt mit dieser formalen Vertrautheit. Dann aber merkt man, daß etwas so nicht ganz stimmen kann: Die Zeilen bieten nämlich verschiedene Lesarten an. Eine Möglichkeit ist, das Zeilenende traditionell als Zäsur zu verstehen; die andere, über dieses Ende hinwegzulesen und mit neuen Zäsuren einen ganz anderen Sinn zu finden. Das sähe am Beispiel der ersten Strophe dann so aus: *immer hinterher im regen stehen gelassen / bleiben als ob gehen die frage sei: / dahingestellt / & was aus allen wolken fällt mir zu...*

Solche Varianten lassen sich durch das ganze Gedicht verfolgen. Die Autorin eröffnet also hinter der soliden Fassade ihres Sonetts eine zweite Sprechbühne, auf der das Geschehen, quasi aus dem *Off*, kommentiert wird. Sie fällt sich selbst ins wohlgesetzte Wort, verdreht und variiert es. Dabei bleibt die Situation immer eindeutig: die schmerzliche Trennung von einem Freund oder einer Freundin. Doch das abschiedsschwere, wenngleich noch immer liebevolle Ende des zweiten Quartetts *was bleibt bist du* ist keineswegs das letzte Wort, denn anders gelesen heißt es in der Verknüpfung mit der ersten Terzine *bist du bei trost* – das schießt wie ein Bewußtseinsblitz widerständig durch die gleichsam offizielle Lesart.

Solche Doppelbödigkeit des Sprachspiels ist für Barbara Köhlers Gedichte charakteristisch. Vielleicht hängt es mit ihrer Herkunft aus der DDR zusammen, daß sie eine eigene deutsche Zweisprachigkeit entwickelt hat, um sich inmitten aller Sprachschablonen noch mit sich selbst verständigen zu können. Daß es eine Sprache geben könnte, »die nicht gebraucht werden kann«, ist ihre immer wieder auf die poetische Probe gestellte Hoffnung. Deshalb erschließen sich ihre Gedichte, wie dieses Sonett, nicht bei der ersten, beiläufigen Lektüre. Doch wäre es ein Mißverständnis, sie für kompliziert zu halten. Im Gegenteil: Kompliziert wäre der Versuch einer Einigung auf eine verbindliche Lesart, während die Freiheit, beim Lesen zwischen den Sinnebenen wählen zu dürfen, sich mit der Phantasie des Lesers verbündet und gelernte Regeln einfach außer Kraft setzt.

Am Ergebnis ändert das hier freilich nichts; am Ende ist alles *verspielt,* und beide sind *naß bis auf die knochen.* Nur der Titel »Guten Tag« setzt da noch einen ironischen Akzent.

KERSTIN HENSEL
VITA

Wem dient ich? dient ich nicht
Dem eignen Schwein.
Wem sagt ich (halbwegs züngelnd) was
Allein zu sagen mir den Kopf bedrohlich knicken
Ließ? und alles bog man
Ab zum Nicken!
Nach Maulschelln heischt ich, da mich
Dieses rühmte, doch bläht sich mir das
Haupt vom Streicheln.
Das Speicheln hinter mir, vor mir das Schmeicheln.
Ich bin zerschlagen, vor ich schlage: was
Mich trifft.
Seh ich mich an und weiß: ich fresse Gift –
Es schluckt das Ekle mich, weil ich
Es bin. So häng ich
An dem alten
Simplen Sehnen: sein was
Nicht anficht – und erwach:
Zu viele Höfe waren für mich lohnend
Der ich, im Hinterhofe wohnend,
Doch nur das Saure, nicht die Sau rausließ.
Ist was vorbei? Bin ich
Der Mächtgen Konterfei
Des Machtlosen nun frei?

WALTER HINCK
SELBSTPORTRÄT IN GIFTFARBE

Dieses Gedicht handelt zwar auch vom Schmeicheln, aber es schmeichelt sich nicht ein. Wörter und Wendungen wie »eignes Schwein« oder »die Sau rauslassen« gehören der Vulgärsprache an; die unregelmäßigen Verse, mal reimend, mal nicht, und Satzfügungen, die das Fließende des Enjambements verschmähen und den Rhythmus beim Übergang vom einen zum anderen Vers zerhacken, legen sich der Gedichtlektüre sperrig in den Weg. Weder lyrische Einstimmung noch poetische Verklärung ist beabsichtigt, auch keine Selbstbespiegelung. Ziemlich in der Mitte des Gedichts gibt sich ein Beweggrund des Sprechens zu erkennen: *Es schluckt das Ekle mich, weil ich/Es bin.*

Kerstin Hensel, 1961 in Sachsen geboren, lebt als freie Schriftstellerin in Berlin. Drei Gedichtbände der Trägerin des Leonce-und-Lena-Preises von 1991 liegen vor: »Stillleben mit Zukunft« (1988), »Gewitterfront« (1991) und »Angestaut« (1993). Mit den beiden Erzählungen »Im Schlauch« und »Tanz am Kanal« teilt unser Gedicht das Thema: die Rückschau auf Lebensverhältnisse und Lebenshaltungen in der DDR. Anders aber als in den Erzählungen verzichtet die Autorin im Gedicht auf Ausmalung von Milieukolorit. Metaphern ziehen auf prägnante Weise Situation und Verhalten zusammen. So wird die konzentrierende Kraft des lyrischen Bildes genutzt.

Der Anfang intoniert sogleich das Leitmotiv: »Dienen« hieß die Forderung. Doch fächert das Gedicht die beiden

Bedeutungsvarianten des Wortes auseinander: Dienen als Untertansein bediente das eigene Vorteilsstreben, da der Unterwerfung Belohnung winkte. Dieses Grundmuster des Paradoxen, des steten inneren Widerspruchs beherrscht das ganze Gedicht. Ungesagt blieb, womit man den eigenen Kopf riskierte. Das Kopfnicken, das Jasagen wurde zur Ausdruckshaltung der ganzen Person. Der deswegen Gerühmte war sich selbst zuwider, aber die zugeteilte Huld ließ sein Selbstbewußtsein schwellen. Diese erbötige Haltung faßt sich zusammen im Wort »Speicheln«, das seinen eigentlichen Sinn preisgibt und die Bedeutung von »Speichellecken« aufnimmt.

Und zum erstenmal kommt nun zur Sprache, was bevorsteht: Schmeicheln als andere Form der Erbötigkeit, Überleben als Geschlagenwerden und Schlagen. Das Selbstbild in der Mitte steht unter dem Widerspruch von Sucht und Selbstekel. So gewinnt noch einmal der alte Sehnsuchtstraum von einem konflikt- und anfechtungslosen Dasein seine Faszination zurück. Aber für die Erwachte wird das Selbstgericht unausweichlich. Trotz der Wohnung im Hinterhof wie ein Höfling belohnt, verletzte sie auch niemals ernstlich die Regeln des Höflings.

Die drei letzten Verse richten ihre Frage an die Zukunft. Das Verständnis dieser Schlußzeilen hängt davon ab, wie man die fehlenden Satzzeichen in Gedanken ergänzt. *Bin ich / Der Mächtigen Konterfei, / Des Machtlosen nun frei?* Oder: *Bin ich / Der Mächtigen, Konterfei / Des Machtlosen, nun frei?* Im ersten Falle hätte die Fragende teil an der Freiheit der Mächtigen, im anderen wäre sie machtlos, aber dennoch frei. Dieser doppelte Kunstgriff der Offenheit des Fragens und der zweifachen Deutbarkeit der Frage zeigt: die Fragende ist zwar aus der Unfreiheit entlassen, aber nicht aus der Skepsis.

Absichtsvoll aufgerauht wirkt die lyrische Form. An vertrackte barocke Sprachformen erinnert manchmal der Satzbau. Selbst der End- und Binnenreim der Worttrias »Streicheln«, »Speicheln« und »Schmeicheln« entwickelt keinen Klangreiz, sondern weckt die Assoziation des Widerwärtigen. Dieses lyrische Selbstporträt beschönigt nichts, überzeichnet eher, ist wie mit giftiger Farbe übertuscht. In keine Selbstberuhigung geht die bohrende Selbstanalyse über. So spricht Kerstin Hensel in diesem Gedicht exemplarisch für alle, die in ihrer Vita Vergangenes nicht unter den Teppich kehren, aber auch nicht auf dem fliegenden Teppich neuer Illusionen Platz nehmen wollen.

ULRIKE DRAESNER
SCHNABELHEIM

hackt den küken nie
die augen aus sich die milchfarbene
brust auf, schnäbelnde pelikänin
überm gebrüt einbrechender schützenraum heute ist
die muttersprache in den meisten
vamilien überflüssig, »s werd scho«,
»s schert mi an feuchten«, undsofort
geflunschter schnabel schreit sich rot die
verzogene milchperle der untern vater als plastikente
gestopften pelikänin maulversiegt
mit verdämmernden augen im
angstgeflößten gitterbett:
der rest, blutfeder kind,
nacht um nacht die
nacht hinab-
geflößt.

HERMANN KURZKE
ERLÖSUNG, MIT FÜSSEN GETRETEN

Was andere nicht mehr brauchen können, liebt der Poet. Er durchstreift die Rumpelkammern der Sprache, angefüllt mit dem Vergessenen der Jahrtausende. Die Pelikänin, lehrte die allegorische Naturkunde des Mittelalters, reißt sich, wenn ihre Kinder tot sind, mit dem Schnabel die Brust auf, das Blut tropft auf die Leichen der Jungen und erweckt sie wieder. Der Pelikan gilt deshalb als Bild Christi, der die Menschen mit seinem Blut erlöst hat.

Abgelegenen Pfaden muß nachspüren, wer der Lyrik von Ulrike Draesner folgen will. Das Geheimnislose ist unbrauchbar. Das heißt nicht, daß künstliche Geheimnistuerei angesagt wäre. Eher folgt Ulrike Draesner dem Satz des Novalis: »Jedes wahre Geheimnis muß die Profanen von selbst ausschließen.« Die Sprache der Gewöhnlichen ist verdorben, wie das unartikulierte »s werd scho« und »s schert mi an feuchten« des der »Va-milie« vorstehenden Vaters, das ins filigran Geschnäbelte einbricht wie eine Wildsau ins Biedermeier. Die Sprache der Mutter aber ist eine schützende Nisthöhle voller Geheimgänge, Umwege, Durchschlüpfe und Guckfenster, wo man, selber ungesehen, den flutenden Hauptverkehr der Vatersprache beobachten und ihm doch aus dem Weg gehen kann.

Das versteckte Wissen der Sprache will Ulrike Draesner zum Sprechen bringen. Sie sucht dabei nicht in erster Linie die ehelichen Kinder der Sprachwissenschaft, die syn- und diachronen Wortverwandtschaften, sondern die Assoziationsbastarde, die das Unerlaubte zueinander in Beziehung setzen. Der Schutzraum ist eingebrochen, weil er unversehens zum Schützenraum, zum Schießstand mutiert war; Krieg ist, wo Kinderstube sein müßte. Von der milchfarbenen Brust reicht eine andere Anspielungsbrücke zur Milchperle, zum Perlmutt, zur Muttermuschel, die die Perle in sich trägt, und damit wieder zu einem verschlüsselten Bild Christi, der von alters her seine Gottheit als Perle in der Muschel seiner Menschheit verbirgt.

Aber Gräßliches geschieht. Der Kostbarkeit, als Plastikente untern Vater gestopft, ist der Schnabel gestopft, »maulversiegt« ist sie, das heißt maulversiegelt, so daß ihr Maul versiegt und sie am schnäbelnden Erlösungswerk gehindert ist. Ihre Augen verdämmern, Nacht wird es. Das Gitterbett, in ihm das blutbetropfte Kind, »blutfeder kind«, ist nicht heimelig, sondern ein Ort der Angst. Allzu kompakt erscheint die Metapher »angstgeflößt«. Haben die Küken Angst, denen Blut eingeflößt wird? Liegt die Pelikänin selbst geängstet im gestäbten Bett, vom Vergewaltiger ins ohnmächtig Kindliche zurückgedrückt? Wird das Gitterbett einen nächtlichen Angststrom hinabgeflößt, und zwar nicht zum Tage hin, sondern die Nacht hinab, in den Strudel der Nacht hinunter, mit seiner hilflos erlösten Fracht?

Jedenfalls eine Rücknahme, eine Klage, »geflunschter schnabel schreit sich rot«, die Erlösung wurde niedergetreten von einer fühllosen Vaterwelt. Überm Gebrüt bricht der Schutzraum ein. »Vater« muß man freilich als Chiffre nehmen, nicht platt feministisch. Dann ist das verknäulte Gedicht ein authentischer Ausdruck der Panik, die von der alltäglichen Wohlstandswelt nur unvollkommen übertäubt wird.

DURS GRÜNBEIN
APRÈS L'AMOUR

Gleich nach dem Vögeln ist Liebe der bessere Stil.
Die Tierhaut entspannt sich, das Herz fängt sich ein.
Flacher Atem bläst Schweiß aus den Schlüsselbeinmulden.
Auf der Zunge zergangen, löschen Spermien den Durst
Auf den Nachwuchs. Die Achselhöhlen, den müden
Bauch,
Alles holt sich der Schlaf. Wie nach zuviel Theologie
Kehren die Laken sich um. Altes Dunkel am Rand,
Neue Ränder im Dunkel. Die Kniekehlen zwitschern
Zweistimmig stimmlos ihr Post-Coital, ein Rondeau.
Eben noch naß, richten die Härchen wie Fühler sich auf.
Betäubt, summa summarum gestillt, hört dieser Schmerz
Des Lebendigseins bis zur Erschöpfung auf wehzutun.
Zurück in der Zeit, sind die Körper an keinem Ziel.
Gleich nach der Liebe ist Vögeln der bessere Stil.

JOACHIM SARTORIUS
ÜBER DAS VÖGELN UND SEINE KONSEQUENZEN

Es gibt in unserem Leben so wenig Raum für ein Rondo. Doch wie die Körper nun einmal sind, können sie kaum etwas unerwidert lassen. Lippen kommen auf Lippen, Blut füllt die Kammern, Hände wandern, ein Drang, ein Schwung entsteht wie an einem Gängelband, an einer Doppelschlinge. Nach der Umklammerung ist wieder Raum für Schönes und Höheres, für die Liebe, bis das schöne, niedrige Spiel aufs neue beginnt. Das Gedicht von Durs Grünbein ist vielleicht die erste Endlosschleife in der erotischen Lyrik deutscher Zunge. Es kann weiter und weiter so fortgehen.

Das Post-Coital ist »ein Rondeau«. Das Gedicht nennt selbst seine Form, hervorgegangen aus dem Rondel, dem altfranzösischen Tanzlied, das – wie Grünbeins Gedicht – vierzehn Zeilen hatte. Allerdings waren für dieses ursprüngliche Rondeau in seiner Gänze nur zwei Reime erlaubt und die Wiederholung der Anfangsworte vorgeschrieben, so daß die Form den Text umarmte. Wie passend für ein erotisches Gedicht! Die siebte und achte Zeile von Grünbeins Rondeau bilden dessen exakte Mitte, das Scharnier der endlosen Schleife. Das irritierende »Altes Dunkel am Rand, / Neue Ränder im Dunkel« markiert den Punkt zwischen Entspannung und neuer Anspannung, zwischen Gelassenheit und Höhepunkt, zwischen spitzer Mitte und dunkler Ebene.

Durs Grünbein hat dieses Gedicht vor zehn Jahren in seinem zweiten Lyrikband »Schädelbasislektion« veröffentlicht. Der Ort, von dem der Dichter in jenen Gedichten ausging, war der Körper und sein Nervensystem. Er schrieb nach eigenem Bekunden an einer Ästhetik des Lebendigen »samt seiner Wundränder«. Die Lust, die äußerste Lust nimmt, wenn sie gelingt, ihren Weg am dunkelsten, hintersten Rand des Hirns entlang dieses mit Blüten besetzten, grauverkleideten zentralen Stengels und arbeitet sich in Spasmen vor bis zur Öffnung, die sich öffnet und schließt wie der Kiemen eines Fischs. Sechs, sieben Wellen von den Rändern her. Der Geist leert sich. Das Gesicht zerfällt. Doch ist die Lust flüchtig. So sehr der Körper durchforscht und zerrupft wurde, so sehr zieht er, der genossen hat, sich in seine verschwiegenen, geheimnisvollen Teile wieder zurück. Von all dem berichtet Grünbein, genauester Beobachter des physischen »Umfelds«. Es ist von Achselhöhlen, Kniekehlen, Bauchfalten die Rede, von flachem Atem, der »Schweiß aus den Schlüsselbeinmulden« bläst. Gefühle entstehen durch Wahrnehmungen, will der Dichter sagen, und durch Anstrengungen, bis diese im kleinen Tod, wie es die Franzosen nennen, konsumiert werden. Der Dichter beschreibt diesen Tod als Anästhisierung des »Schmerzes des Lebendigseins«, welcher summa summarum gestillt wird – für eine Weile. Der Dichter läßt zu, daß das Karussell die Fahrt verlangsamt, aber nur um wieder in schwindelerregende Fahrt zu geraten.

Von Lust zu berichten ist heikel. Gemeinhin wird sie mit einem »Außer-sich- und Außer-der-Welt-sein« umschrieben, also auch einem »Außer-der-Zeit-sein«. Doch die Körper, lesen wir bei Durs Grünbein, sind ziellos immer wieder »zurück in der Zeit«. In einem Essay über den wunderbaren, frühverstorbenen Eugen Gottlob Winkler rühmte Grünbein dessen »elenden Scharfsinn«. Er teilt diesen Scharfsinn und setzt ihn ein für dieses kleine, bissige, schonungslose Liebesgedicht, das alle Überhöhung abstreift, sich ansiedelt zwischen Aufbruchssehnsucht und Erstarrung. Wir, die Leser, können nicht anders als es bewundern, weil es schneidend ist, sarkastisch und lustvoll.

DURS GRÜNBEIN
BIOLOGISCHER WALZER

Zwischen Kapstadt und Grönland liegt dieser Wald
Aus Begierden, Begierden die niemand kennt.
Wenn es stimmt, daß wir schwierige Tiere sind
Sind wir schwierige Tiere weil nichts mehr
stimmt.

Steter Tropfen im Mund war das Wort der Beginn
Des Verzichts, einer langen Flucht in die Zeit.
Nichts erklärt, wie ein trockener Gaumen Vokale,
Wie ein Leck in der Kehle Konsonanten erbricht.

Offen bleibt, was ein Ohr im Laborglas sucht,
Eine fleischliche Brosche, gelb in Formaldehyd.
Wann es oben schwimmt, wann es untergeht,
Wie in toten Nerven das Gleichgewicht klingt.

Fraglich auch, ob die tausend Drähtchen im Pelz
Des gelehrigen Affen den Heißhunger stillen.
Was es heißt, wenn sich Trauer im Hirnstrom zeigt.
Jeden flüchtigen Blick ein Phantomschmerz lenkt.

Zwischen Kapstadt und Grönland liegt dieser Wald
...Ironie, die den Körper ins Dickicht schickt.
Wenn es stimmt, daß wir schwierige Tiere sind
Sind wir schwierige Tiere weil nichts mehr
stimmt.

ALEXANDER VON BORMANN
SCHWIERIGE TIERE

Grünbeins Gedicht ist, für moderne Lyrik ungewöhnlich, ganz melodisch angelegt. Wie schön, wieder einmal einen Gedichtwalzer zu hören! Dazu gehört auch, daß Motive wiederkehren, der Schluß im Anfang vorbereitet ist. Die zentrale Geste bleibt haften – als These schließt sie die erste Strophe, als Befund das Gedicht ab: *Wenn es stimmt, daß wir schwierige Tiere sind / Sind wir schwierige Tiere weil nichts mehr stimmt.*

Die Zeilen überzeugen durch ihre Mischung von Vorsicht und Entschiedenheit: Es stimmt ja wirklich nichts mehr. Die Aussage erscheint wie ein Zitat: Jemand muß das behauptet haben; zugleich wie eine Zustimmung, ja Begründung. Sehr gründlich ist die allerdings nicht gemeint. Das Wiederholungsspiel der Formeln, auch das Walzertempo geben den Vorwurf zurück: Wie soll es ein richtiges Leben im falschen geben... Wer glaubte die These nicht. Ernst Bloch etwa hat ihre »Spuren« gesammelt, als Beispiele eines Weniger oder Mehr, »das in den Geschichten nicht stimmt, weil es mit uns und allem nicht stimmt«. Grünbein, 1962 in Dresden geboren, in Berlin lebend, meint die Formel noch genauer.

»Schädelbasislektion« hat er seinen Band von 1991 genannt, das Gedicht war ihm dort »ein gehirnphysiologischer Resonanzkörper«. Für eine »Neuro-Romantik«, eine »biologische Poesie« hat er sich ausgesprochen, möchte einer Stimme nachgeben, die sich »tief in der Sprache, im Dickicht des Nicht-Ich« verliert. Grünbeins Interesse für Anatomie und Physiologie bestimmt die Bildlichkeit des Gedichts. Es motiviert sich politisch, reicht aber vermutlich in tiefere Schichten. Die biomechanischen Studien Pawlows, dem Lenin in der Zeit des Bürgerkriegs die Lebensmittelration verdoppelte, und die amerikanische Spielart, der Taylorismus/Behaviorismus, interessieren Durs Grünbein als »die Geheimgeschichte zweier Totalitarismen«. Von dorther, vom Ideal einer perfekten Steuerung aus, erscheint Bewußtsein als Verhängnis. Der Mensch – ein Versuchstier.

Grünbeins Pointe: Die totalitären Träume sind von der Wirklichkeit längst eingeholt, ja überholt worden. Sein Gedicht läßt sich auch als Antwort auf die Frage lesen, ob der Körper als Widerstand gegen Vergesellschaftung, gegen unsere Abrichtung gedacht werden kann. Nun treibt dieses Gedicht freilich die kulturkritische Attitüde nicht so weit wie der Kontext. »Mensch ohne Großhirn« heißt der folgende Zyklus; durch ein »Museum der Mißbildungen« streift Grünbein wie einst Benn durch die Krebsbaracke. Der »Biologische Walzer« hingegen wiederholt den Gang des Menschen in die Zivilisation: Die unerklärliche Gabe der Sprache, aus dem Begehren gewachsen und dieses paradox vertretend, führt zu Kultur und Geschichte.

Grünbeins Walzer scheut die Dissonanzen nicht. Das Wort ist Begehren, Tropfen im Mund, *und* Verzicht, und die vielen Anstalten zur Beherrschung der Natur werden den Menschen wieder zum Affen machen. Ein metaphysisches Tier heißt ihm der Mensch, streunend zerstreut, nur in Widerspruchsformeln faßbar. Was unsere Hochkultur für die Menschwerdung bedeuten kann, wird skeptisch beurteilt. Den Strophen 3 und 4 zufolge ist der Mensch über seine tierische Biologie nicht weit hinausgekommen: bedingte Reflexe, wohin man sieht. Die biologischen Forschungen, denen auch Grünbeins Interesse gilt, haben nichts geklärt, »offen« und »fraglich« bleiben deren Schlüsse.

So ist es Ironie, täte man so, als ließe sich der Körper, die Biologie des Menschen, vor dem Gestus unterdrückender Beherrschung retten, ins Dickicht zurückschicken. Fraglich, offen, unerklärt bleibt der Mensch hinter seinen Wissensanstrengungen zurück, ein Tier, dem im Walzertakt vielleicht die sokratische Erkenntnis gelingen könnte zu wissen, wie wenig es weiß.

DURS GRÜNBEIN
IN DER PROVINZ 5

(Bei Aquincum)

Wie vom Reisewagen gestreift eines fliehenden Siedlers
Lag auf der Römerstraße die tote Amsel, zerfetzt.

Einer, der immer dabei war, den nie was anging, der
Wind
Hatte aus Flügelfedern ein schwarzes Segel gesetzt.

Daran erkanntest du sie, von fern, die beiseitegefegte,
Beim Einfall der Horde an die Erde geschmiegte
Schwester.

Ob Daker und Hunnen, Mongolenpferde und
Motorräder –
Schimpfend hatte sie abgelenkt von der Nähe der Nester.

Mehr war nicht drin. Sieht aus, als sei sie gleich hin
gewesen.
Der miserablen Sängerin blieb nur sich querzulegen.

Damals im Staub grober Quader, heute auf nassem
Asphalt.
Immer war Völkerwanderung, meistens Gefahr auf den
Wegen.

MANFRED FUHRMANN
NEKROLOG AUF EINE AMSEL

Das Druckbild trügt nicht: Das Gedicht hat eine strenge Form. Es besteht aus zwölf Zeilen oder besser Versen, da jede Zeile sechs Hebungen enthält, so daß sie zum Teil genau dem Schema des Hexameters entsprechen. Je zwei Verse bilden eine Strophe; jede Strophe endet mit einem Punkt. Je zwei Strophen sind dadurch zu Paaren verbunden, daß sich das letzte Wort jeder zweiten auf das letzte Wort jeder ersten Strophe reimt.

Die Überschrift deutet an, daß das Gedicht einem Zyklus angehört. Es steht am Ende einer Reihe von fünf ›Nature-morte‹-Skizzen: mit Tierkadavern in europäischen Landschaften. Die Titel werden jeweils durch einen geographischen Namen näher bestimmt. Die vorangehenden Namen – wie »Normandie«, »Auf Gotland« – sind sofort verständlich, nur »Aquincum« bleibt dunkel.

Immerhin gibt der Autor Hinweise. Die »Römerstraße« der ersten Strophe wird durch die »groben Quader« der letzten bestätigt. Die Mitte des Gedichtes nennt, vorbereitet durch »Horde«, drei Völkernamen: »Daker«, »Hunnen« und »Mongolen«. Am Ende erscheint eine historische Kategorie: »Völkerwanderung«.

Das Gedicht spielt offenbar auf den Zusammenbruch des weströmischen Reiches zu Beginn des 5. Jahrhunderts an. Aquincum, Grenzfeste und zugleich Hauptstadt der Provinz Pannonia inferior, lag an der Stelle des heutigen Buda, des rechts der Donau gelegenen Teils von Budapest. Die

Ortsangabe enthält den Schlüssel für die drei Völkernamen: Dort tummelten sich in der Spätantike die aus ihren Wohnsitzen im Karpatenbogen verjagten Daker und die aus Innerasien vorprellenden Hunnen und im hohen Mittelalter, um das Jahr 1242, auch Mongolen, Teile der ›Goldenen Horde‹.

Die exponierende erste Strophe zielt auf einen bestimmten historischen Sachverhalt. Während die Barbarenflut in den Kernländern des Reiches kein völliges Ende herbeiführte (die dort Ansässigen arrangierten sich mit den Eindringlingen), versanken die Randgebiete, die Alpen- und Donauprovinzen, in einem Chaos, das von der bestehenden Zivilisation nichts übrigließ.

Die zweite Strophe malt mit knappen Strichen aus; zugleich versetzt sie das Geschehen in die Zeitlosigkeit der unbeteiligten Natur. Die dritte wiederum kehrt mit dem »Einfall der Horde«, dem Pendant des »fliehenden Siedlers«, in die historische Szenerie zurück und fährt fort auszumalen: Während die beiden Partizipien der ersten Strophe, »gestreift« und »zerfetzt«, die Tötung der Amsel beschrieben hatten, befassen sich die entsprechenden Wörter der dritten mit dem Schicksal des Kadavers.

Sollte schon die erste Gedichthälfte nicht einfach Vergangenheit schildern (»Daran erkanntest du sie«: als handele es sich um jüngst Geschehenes), hebt die vierte Strophe die Einheit der Zeit auf, und der Begriff »Horde« erweist sich als Klammer, welche die Nichtseßhaften von einst mit denen von heute verbindet.

Dem Nekrolog auf die Amsel (aus der Perspektive eines Zeugen, etwa eines Fahrers: »Mehr war nicht drin«) folgt die Schlußbetrachtung, wie am Ende einer Tierfabel: Die »Schwester« der Gedichtmitte hatte ja bereits angedeutet, daß die Amsel ein Bild für den Menschen sei. Noch einmal geht es um Einst und Jetzt, die sich im Äußerlichen unterscheiden (»Asphalt« statt »grober Quader«), im Kern aber einander gleich sind – das »Immer«, das zunächst nur die Natur charakterisiert hatte, ergreift nun auch die menschliche Dimension, die Geschichte.

Ein kunstvolles und beziehungsreiches, ein jedenfalls diagnostisches und vielleicht auch prophetisches Gedicht: Es könnte ja sein, daß das Sinnbild »Rom in der Völkerwanderungszeit« weiter reicht als bis zum modernen Massentourismus.

DURS GRÜNBEIN
WUSSTEN WIR?

Wußten wir, was den Reigen in Gang hält?
  Daß Lieben einsamer macht,
Schien erwiesen. Jeder behielt ihn für sich,
  Seinen Dorn, bis zur Unzeit
Das Blut die Verbände durchschlug. Selten
  Blieb jemand unverletzt. Eher kroch
Ein Schmerz beim anderen unter. Verlassen
  Zu sein war das größte Übel,
Nichts zu fühlen im Frühling, wie amputiert
  Vor defekten Riesenrädern . . .
Wie uns der Wind in die Baumkronen hob,
  Aus denen wir fallen sollten,
Glücklich, mit einem langen Himmelsschrei.

REINHARD BAUMGART
EIN HIMMELSSCHREI

Schon beim ersten Lesen dieser dreizehn Zeilen fällt ins Auge und erst recht ins Ohr, wie das Gedicht gegen Ende in einer kurzen, mit Punktpunktpunkt angedeuteten Sprech- und Gedankenpause verstummt, um dann in einem jähen Aufschwung neu anzufangen. Eine Zeile lang dauert der, wird schon in der nächsten jäh abgebremst, um in der Schlußzeile noch einmal anzusetzen – alles in allem eine Elevation, die im ungeheuren Gleichmaß und Gleichmut der Grünbeinschen Verskunst wie ein Tabubruch wirkt. Was sich bestätigt, wenn man das Gedicht wieder und wieder liest und das auch im Zusammenhang mit dem Zyklus »Variation auf kein Thema«, einer Folge von 39 Gedichten, in der dieses als das drittletzte figuriert.

Bis kurz vor Schluß folgen die Verse dem stoischen Melancholieprogramm, das der ganze Zyklus durchbuchstabiert, getreu den altlateinischen Formeln: *taedium vitae memento mori, nil admirari*. Also, sehr frei übersetzt: Alles ist eitel, das Leben durchsichtig auf den Tod, nichts gibt es zu feiern, zu bewundern, zu erhoffen. In diesem dunklen Licht wird hier Liebeserfahrung dekonstruiert, der »Reigen« ihrer Illusionen, in dem man miteinander auseinander gerät und gegen alle Erwartung »einsamer« wird, »verlassen« und fühllos trotz Frühling. Liebe wird entzaubert, paradox entstellt als ein Kommunikationsversuch, der nur zu einem Austausch von Wunden, Schmerzen, Verletzungen führt.

Bis in dieses kühle Lamento mit seinen Wund- und Blut- und Einsamkeitsbildern überraschend zwei Gegenmotive einbrechen: der »Frühling« und die »Riesenräder«, beide offenbar positiv aufgeladen, wenn auch die Riesenräder »defekt« scheinen ... Wie ein Atemholen wirkt das nun in den Gedichtverlauf notierte kurze Verstummen, aus dem der überraschende Aufschwung sich löst, mit Wind hoch in die Baumkronen, gefolgt zwar von einer Fallbewegung, doch beendet mit einem Himmels- und Glücksschrei. Es dürfte die Erinnerung an eine Riesenradfahrt sein, die diese Aufwärts- und Abwärtsbewegung auslöst und zugleich erinnert an das Glücksrad, das launische Rad der Fortuna, und damit ein Gegenmotiv setzt zum »Reigen« des Immerwiederundwieder im Gedichtanfang.

Keines der 39 Gedichte des Zyklus aus Dreizehnzeilenblöcken wagt dieses hohe, offene Ende, dieses Jauchzen noch im Fallen. Die meisten enden bitter, resignativ bis sarkastisch, aber alle versuchen in den Schlußzeilen eine Art Fazit. Drei mal dreizehn gleich 39 – auch in diesem Zahlenspiel taucht wieder die Unheilszahl 13 auf. Protestieren diese Gedichte etwa allesamt klammheimlich gegen den Prachtbau des Sonetts, mit seinem vierzehnzeiligen und dazu noch harmonisch in Vier- und Dreizeilenstrophen geordneten Ablauf? Als Folge verwilderter Sonette läßt sich der Grünbeinsche Zyklus tatsächlich lesen: Er verzichtet auf Reime, auf Strophen, auf ein regelmäßiges Versmaß und steuert doch wie der klassische Vorläufer ein Fazit in den Schlußzeilen an, das alle vorausgegangene Bewegung, die thematische wie die rhythmische, auffängt, in sich zusammenfaßt, stillegt.

Nur dieses eine Ausnahmegedicht, verklingend »mit einem langen Himmelsschrei«, im Largorhythmus langer, heller Vokale, scheint im letzten Moment noch zu brechen mit dem spröden Trostlosigkeitspathos des Zyklus. Doch nichts ist damit zurückgenommen oder aufgehoben von der vorausgegangenen Klagelitanei. Gerade der Widerspruch zwischen Anfang und Ende, zwischen Fragesatz und Himmelsschrei hält das Gedicht in Spannung, in Form, ja formt es zu einem knappen Lebensbild. Das Glück im Riesenrad evoziert Kindheit, das Lamento formuliert die erwachsene, die ausgenüchterte Erfahrung. Denn – wie es in einem anderen Gedicht im Zyklus heißt: »Keiner, der nicht hofft . . . Und los geht's / Hinein in den Abend.«

Anhang

QUELLENHINWEISE

C. W. AIGNER 1954 in Wels geboren, lebt in Italien, S. 335.
Frösche in Wiepersborough. Aus: C. W. Aigner, Das Verneinen der Pendeluhr. © 1996 Deutsche Verlags-Anstalt GmbH, Stuttgart.

THOMAS BRASCH 1945 in Westow/Yorkshire geboren, gestorben 2001 in Berlin, S. 193.
Der schöne 27. September. Schlaflied für K. Vorkrieg. Aus: Thomas Brasch, Der schöne 27. September. Gedichte. © Suhrkamp Verlag Frankfurt am Main 1980.
Lied. Aus: Thomas Brasch, Kargo. 32. Versuch auf einem untergehenden Schiff aus der eigenen Haut zu kommen. © Suhrkamp Verlag Frankfurt am Main 1977.

ROLF DIETER BRINKMANN 1940 in Vechta geboren, gestorben 1975 in London, S. 13.
Einen jener klassischen. Hölderlin-Herbst. Oh, friedlicher Mittag. Trauer auf dem Wäschedraht im Januar. Aus: Rolf Dieter Brinkmann, Westwärts 1 & 2. Copyright © 1975 by Rowohlt Taschenbuch Verlag GmbH, Reinbek bei Hamburg.

HERMANN BURGER 1942 in Burg/Schweiz geboren, 1989 in Brunegg/Schweiz gestorben, S. 63.
Eiszeit. Aus: Hermann Burger, Rauchsignale. Artemis Verlag, Zürich 1967. Abdruck mit freundlicher Genehmigung von Frau Anne Marie Carrel.
Koriphäen und Koniferen. Kranzdeponie. Aus: Hermann Burger, Kirchberger Idyllen. © Fischer Taschenbuch Verlag, Frankfurt am Main 1980.

RESI CHROMIK 1943 in Liegnitz geboren, lebt in Kiel, S. 95.
Christian. Aus: Resi Chromik, Unterwegs. Gedichte. © Verlag Dieter Broschat, Nordstrand und Hohenwestedt 1990.

FRIEDRICH CHRISTIAN DELIUS 1943 in Rom geboren, lebt in Berlin, S. 99.
Chinesisch essen. Aus: Friedrich Christian Delius, Die unsichtbaren Blitze. Gedichte. Rotbuch Verlag, Berlin 1981. Abdruck mit freundlicher Genehmigung des Autors.

Junge Frau im Antiquitätenladen. Aus: Friedrich Christian Delius, Ein Bankier auf der Flucht. Gedichte und Reisebilder. Rotbuch Verlag, Berlin 1975. © Sabine Groenewold Verlage KG, Hamburg.

Ulrike Draesner 1962 in München geboren, lebt in Berlin, S. 385.
schnabelheim. Aus: Ulrike Draesner, gedächtnisschleifen. Gedichte. © Suhrkamp Verlag Frankfurt am Main 1995.

Kurt Drawert 1956 in Henningsdorf geboren, lebt in Darmstadt, S. 353.
... zum deutschen Liedgut. Aus: Kurt Drawert, Wo es war. Gedichte. © Suhrkamp Verlag Frankfurt am Main 1996.

Clemens Eich 1954 in Rosenheim geboren, gestorben 1998 in Wien, S. 339.
Als ich dich umbrachte, Indianerbruder. Aus: Clemens Eich, Aufstehn und gehn. Gedichte. © 1980 S. Fischer Verlag GmbH, Frankfurt am Main.

Jörg Fauser 1944 in Bad Schwalbach geboren, gestorben 1987 in München, S. 155.
Der Zwang zur Prosa. Aus: Jörg Fauser, Trotzki, Goethe und das Glück. Verlag Rogner & Bernhard, München 1979. Abdruck mit freundlicher Genehmigung von Frau Gabriele Fauser.

Ludwig Fels 1946 in Treuchtlingen geboren, lebt in Nürnberg, S. 215.
Annäherungsversuch. Aus: Ludwig Fels; Vom Gesang der Bäuche. Ausgewählte Gedichte 1973-1980. Hermann Luchterhand Verlag, Darmstadt und Neuwied. © Ludwig Fels, Wien.

Durs Grünbein 1962 in Dresden geboren, lebt in Berlin, S. 389.
Après l'amour. Aus: Durs Grünbein, Schädelbasislektion. © Suhrkamp Verlag Frankfurt am Main 1991.
Biologischer Walzer. Wußten wir? Aus: Durs Grünbein, Falten und Fallen. Gedichte. © Suhrkamp Verlag Frankfurt am Main 1994.
In der Provinz 5. Aus: Durs Grünbein, Nach den Satiren. Gedichte. © Suhrkamp Verlag Frankfurt am Main 1999.

Ulla Hahn 1946 im Sauerland geboren, lebt in Hamburg, S. 219.
Anständiges Sonett. Ars poetica. Blinde Flecken. Für einen Flieger. Gibt es eine weibliche Ästhetik. Mit Haut und Haar. Winterlied. Aus: Ulla Hahn, Herz über Kopf. © 1981 Deutsche Verlags-Anstalt GmbH, Stuttgart.
Ballade vom Schriftsteller. Für. Aus: Ulla Hahn, Galileo und zwei Frauen. © 1997 Deutsche Verlags-Anstalt GmbH, Stuttgart.

Endlich. Katzenmahlzeit. Mitteilungen der Mutter. Nach Jahr und Tag. Aus: Ulla Hahn, Spielende. © 1983 Deutsche Verlags-Anstalt GmbH, Stuttgart.

Lied der Amsel. Aus: Ulla Hahn, Epikurs Garten. © 1995 Deutsche Verlags-Anstalt GmbH, Stuttgart.

LIOBA HAPPEL 1957 in Aschaffenburg geboren, lebt in der Schweiz, S. 361.

Ich sah im Abendrot. Aus: Lioba Happel, Grüne Nachmittage. Gedichte. © Suhrkamp Verlag Frankfurt am Main 1989.

KERSTIN HENSEL 1961 in Karl-Marx-Stadt (Chemnitz) geboren, S. 381.

Vita. Aus: Kerstin Hensel, Angestaut. Aus meinem Sudelbuch. Mitteldeutscher Verlag, Halle 1993. Abdruck mit freundlicher Genehmigung der Autorin.

WOLFGANG HILBIG 1941 in Meuselwitz bei Leipzig geboren, lebt in Berlin, S. 39.

die ruhe auf der flucht. Aus: Wolfgang Hilbig, Die Territorien der Seele. Fünf Prosastücke und ein Gedicht. © Friedenauer Presse, Berlin 1986.

novalis. Aus: Wolfgang Hilbig, abwesenheit. Gedichte. © Fischer Taschenbuch Verlag, Frankfurt am Main 1979.

BERND JENTZSCH 1940 in Plauen geboren, lebt in Euskirchen, S. 31.

Gedächtnis. Sommer. Aus: Bernd Jentzsch, Quartiermachen. Gedichte. Carl Hanser Verlag, München 1978. Abdruck mit freundlicher Genehmigung des Autors.

GERT JONKE 1946 in Klagenfurt geboren, lebt in Wien, S. 275.

Der Kanal. Aus: Gert Jonke, Im Inland und im Ausland auch. Prosa. Gedichte. Hörspiel. Theaterstück. © Suhrkamp Verlag Frankfurt am Main 1974.

KARIN KIWUS 1942 in Berlin geboren, lebt dort, S. 75.

Im ersten Licht. Aus: Karin Kiwus, Von beiden Seiten der Gegenwart. Gedichte. © Suhrkamp Verlag Frankfurt am Main 1976.

Kleine Erinnerung an den Fortschritt. Straight Flush. Aus: Karin Kiwus, Das Chinesische Examen. Gedichte. © Suhrkamp Verlag Frankfurt am Main 1992.

THOMAS KLING 1957 in Bingen geboren, lebt in Hombroich, S. 367.

gewebeprobe. Aus: Thomas Kling, morsch. Gedichte. © Suhrkamp Verlag Frankfurt am Main 1996.

Barbara Köhler 1959 geboren, lebt in Duisburg, S. 377.
Guten Tag. Aus: Barbara Köhler, Blue Box. Gedichte. © Suhrkamp Verlag Frankfurt am Main 1995.

Uwe Kolbe 1957 in Berlin geboren, lebt in Tübingen, S. 373.
Für den Anfang. Aus: Uwe Kolbe, Renegatentermine. 30 Versuche, die eigene Erfahrung zu behaupten. © Suhrkamp Verlag Frankfurt am Main 1998.

Jörg Kowalski 1952 in Halle geboren, lebt in Dobis, S. 327.
Neckarpartie mit Hölderlinturm. Aus: Jörg Kowalski, Inschrift auf weißem Papier. Träume und Texte. Mit Holzschnitten von Ulrich Tarlatt. Frisingia Verlag, Freising 1991. Abdruck mit freundlicher Genehmigung des Autors.

Ursula Krechel 1947 in Trier geboren, lebt in Berlin, S. 295.
Episode am Ende. Aus: Ursula Krechel, Ungezürnt. Gedichte, Lichter, Lesezeichen. © Suhrkamp Verlag Frankfurt am Main 1997.

Franz Xaver Kroetz 1946 in München geboren, lebt in Kirchberg, S. 279.
Tröste mich. Aus: Franz Xaver Kroetz, Nicaragua-Tagebuch. Roman. Konkret Literatur Verlag, Hamburg 1985. Abdruck mit freundlicher Genehmigung des Autors.

Michael Krüger 1943 in Wittgendorf bei Zeitz geboren, lebt in München, S. 107.
Die Enten. Aus: Michael Krüger, Zoo. Gedichte. Mit acht Lithographien von Veronika Zacharias. © Pfaffenweiler Presse, Pfaffenweiler 1986.
Die Reise nach Jerusalem. Aus: Michael Krüger, Wettervorhersage. Gedichte. © 1998 Residenz Verlag, Salzburg und Wien.

Dieter Leisegang 1942 in Wiesbaden geboren, gestorben 1973 in Offenbach am Main, S. 87.
Einsam und allein. Aus: Dieter Leisegang, Aus privaten Gründen. Gedichte und Aphorismen. Herausgegeben von Joachim Leisegang. Heiderhoff Verlag, Eisingen 1973.

Peter Maiwald 1946 in Grötzingen/Kreis Nördlingen geboren, lebt in Düsseldorf, S. 283.
Grabschrift. Letzte Stunde. Aus: Peter Maiwald, Guter Dinge. © 1987 Deutsche Verlags-Anstalt GmbH, Stuttgart.
Himmelgeister Sonett. Aus: Peter Maiwald, Balladen von Samstag auf Sonntag. © 1984 Deutsche Verlags-Anstalt GmbH, Stuttgart.

Brigitte Oleschinski 1955 geboren in Köln, lebt in Berlin, S. 343.
Wie eng, wie leicht:ein Tankflügel. Aus: Brigitte Oleschinski, Your Passport is Not Guilty. Gedichte. Copyright © 1997 by Rowohlt Verlag GmbH, Reinbek bei Hamburg.

Bert Papenfuss-Gorek 1956 in Stavenhagen/Mecklenburg geboren, lebt in Berlin, S. 357.
rasender schmerts weiterlachen. Aus: Bert Papenfuß-Gorek, Soja. Mit dreizehn Zeichnungen von Wolfram Adalbert Scheffler. © Druckhaus Galrev, Berlin.

Matthias Politycki 1955 geboren, lebt in Hamburg und München, S. 347.
Tankwart, das Lied vom Volltanken singend. Aus: Matthias Politycki, Jenseits von Wurst und Käse. 44 Gedichte. Luchterhand Literaturverlag, München 1995. Abdruck mit freundlicher Genehmigung des Autors.

Reinhard Priessnitz 1945 in Wien geboren, 1985 dort gestorben, S. 209.
herbst. Aus: Reinhard Priessnitz, Werkausgabe in vier Bänden. Band 1: Vierundzwanzig Gedichte. © Droschl, Graz 1987, 3. Auflage.

Jürgen Rennert 1943 in Berlin geboren, lebt dort, S. 115.
Erschaffung des Golems. Aus: Jürgen Rennert, Märkische Depeschen. Gedichte. Union-Verlag, Berlin 1976.

Thomas Rosenlöcher 1947 in Dresden geboren, lebt dort, S. 299.
Der Engel mit der Eisenbahnermütze. Aus: Thomas Rosenlöcher, Schneebier. Gedichte. Residenz Verlag, Salzburg 1989. Abdruck mit freundlicher Genehmigung des Autors.
Des Kreischens Brummbaß. Aus: Schneebier. Gedichte. Mitteldeutscher Verlag Halle, Leipzig 1988. Abdruck mit freundlicher Genehmigung des Autors.

Friederike Roth 1948 in Sindelfingen geboren, lebt in Stuttgart, S. 307.
Auf und nirgends an. Aus: Friederike Roth, Tollkirschenhochzeit. Hermann Luchterhand Verlag, Darmstadt und Neuwied 1978. Abdruck mit freundlicher Genehmigung der Autorin.
Mimosen. Wir beide. Aus: Friederike Roth, Schattige Gärten. Gedichte. © Suhrkamp Verlag Frankfurt am Main 1987.

Doris Runge 1943 in Karow/Mecklenburg geboren, lebt in Cismar, S. 119.

fliegen. ikarus. venedig. Aus: Doris Runge, jagdlied. © 1985 Deutsche Verlags-Anstalt GmbH, Stuttgart.

ich. Aus: Doris Runge, grund genug. © 1995 Deutsche Verlags-Anstalt GmbH, Stuttgart.

mit blick auf den kölner dom. Aus: Doris Runge, Wintergrün. © 1991 Deutsche Verlags-Anstalt GmbH, Stuttgart.

ROBERT SCHINDEL 1944 in Bad Hall geboren, lebt in Wien, S. 161.

Kältelied. Aus: Robert Schindel, Ohneland. Gedichte vom Holz der Paradeiserbäume. © Suhrkamp Verlag Frankfurt am Main 1986.

Leopoldstädter Tanzlied. Aus: Robert Schindel, Geier sind pünktliche Tiere. Gedichte. © Suhrkamp Verlag Frankfurt am Main 1987.

Vineta 1. Aus: Robert Schindel, Ein Feuerchen im Hintennach. Gedichte 1986-1991. © Suhrkamp Verlag Frankfurt am Main 1992.

WERNER SÖLLNER 1951 in Horia/Rumänien geboren, lebt in Frankfurt am Main, S. 319.

Liebende. Aus: Werner Söllner, Kopfland. Passagen. Gedichte. © Suhrkamp Verlag Frankfurt am Main 1988.

Was bleibt. Aus: Werner Söllner, Der Schlaf des Trommlers. Gedichte. © 1992 by Ammann Verlag & Co., Zürich.

JÜRGEN THEOBALDY 1944 in Straßburg geboren, lebt in München, S. 177.

Abenteuer mit Dichtung. Aus: Jürgen Theobaldy, Sperrsitz. Gedichte. Zeichnungen von Berndt Höppner. Palmenpresse Verlag, Köln 1973. Abdruck mit freundlicher Genehmigung des Autors.

Ein Amtsschreiber erwacht. Aus: Jürgen Theobaldy, Der Nachtbildsammler. Gedichte. © Palmenpresse Verlag, Köln 1992.

Weiche Körper. Aus: Jürgen Theobaldy, Blaue Flecken. Rowohlt Taschenbuch Verlag, Reinbek 1974. Abdruck mit freundlicher Genehmigung des Autors.

HANS-ULRICH TREICHEL 1952 in Versmold/Westfalen geboren, lebt in Berlin, S. 331.

Von großen Dingen. Aus: Hans-Ulrich Treichel, Liebe Not. Gedichte. © Suhrkamp Verlag Frankfurt am Main 1986.

GUNTRAM VESPER 1941 in Frohburg/Sachsen geboren, lebt in Göttingen, S. 49.

Die Gewohnheit zu zittern. Tagebuch Anfang Februar. Aus: Guntram Vesper, Die Inseln im Landmeer. Gedichte. Pfaffenweiler Presse, Pfaffenweiler 1982.

Peter Will 1942 geboren, S. 91.
Wetterfahnen. Aus: Vogelbühne. Gedichte im Dialog. Herausgegeben von Dorothea von Törne. © Verlag der Nation, Berlin 1983.

Georg Winter 1941 in Hamburg geboren, lebt dort, S. 57.
Das Faultier oder Die Geschichte zur hakenförmigen Kralle. Aus: Georg Winter, Der Trödelbarde oder Die Schau der seltsamen Dinge. Balladen. Mit Holzschnitten von Walter vom Hove. © Verlag Rolf Kugler, Oberwil/Schweiz 1986.

Wolf Wondratschek 1943 in Rudolstadt/Thüringen geboren, lebt in Wien, S. 139.
Adam jr. Aus: Wolf Wondratschek, Chuck's Zimmer. Gedichte. Lieder. Verlag Zweitausendeins, Frankfurt am Main 1974.
In den Autos. Aus: Wolf Wondratschek, Das leise Lachen am Ohr eines anderen. Gedichte/Lieder II. Verlag Zweitausendeins, Frankfurt am Main 1976.
Lied von der Liebe. Aus: Wolf Wondratschek, Liebesgedichte. Diogenes Verlag, Zürich 1997.

Peter Paul Zahl 1944 in Freiburg geboren, lebt auf Jamaika, S. 189.
mittel der obrigkeit. Aus: Peter Paul Zahl, Schutzimpfung. Gedichte. Rotbuch Verlag, Berlin 1975. © Sabine Groenewold Verlage KG, Hamburg.

ALPHABETISCHES GESAMTVERZEICHNIS DER AUTOREN UND IHRER GEDICHTE IN DEN BÄNDEN 1-12

ABRAHAM A SANCTA CLARA Bd. 1
Grabschrift der Alten (Hans Maier)
HERBERT ACHTERNBUSCH Bd. 11
Wandert das Gelb (Jochen Jung)
ILSE AICHINGER Bd. 10
Briefwechsel (Gertrud Fussenegger)
Gebirgsrand (Heinz Politzer)
Nachruf (Michael Krüger)
Schneeleute (Walter Helmut Fritz)
Widmung (Hilde Spiel)
Winter, gemalt (Eckart Kleßmann)
Winterantwort (Walter Hinck)
C. W. AIGNER Bd. 12
Frösche in Wiepersborough (Sarah Kirsch)
HERMANN ALLMERS Bd. 5
Feldeinsamkeit (Gabriele Wohmann)
Heidenacht (Hermann Kunisch)
GÜNTHER ANDERS Bd. 9
Sprachelegie (Günter Kunert)
ERNST MORITZ ARNDT Bd. 3
Klage um den kleinen Jakob (Elisabeth Borchers)
ACHIM VON ARNIM Bd. 3
Mir ist zu licht zum Schlafen (Gerhard Schulz)
Mit jedem Druck der Feder (Christa Melchinger)
Nur was ich liebe (Rolf Vollmann)
HANS ARP Bd. 7
Bei grünem Leibe (Ludwig Harig)
Blatt um Feder um Blatt (Karl Krolow)
In einem Hause (Michael Hamburger)
H. C. ARTMANN Bd. 10
den hintern sollte ich dir (Elisabeth Borchers)

ein reißbrett aus winter (Karl Krolow)
es zupft die mandoline (Barbara Frischmuth)
taprobane (Jochen Jung)
CYRUS ATABAY Bd. 10
Schutzfarben (Marie Luise Kaschnitz)
ROSE AUSLÄNDER Bd. 9
Ein Märchen (Walter Hinck)
Jerusalem (Horst Krüger)
Mein Venedig (Joseph Anton Kruse)
Paul Celans Grab (Karl Krolow)
Salzburg (Ulrich Weinzierl)
INGEBORG BACHMANN Bd. 10
Alle Tage (Thomas Anz)
An die Sonne (Peter von Matt)
Anrufung des Großen Bären (Wolfgang Leppmann)
Aria I (Helmut Koopmann)
Böhmen liegt am Meer (Hermann Burger)
Die gestundete Zeit (Hilde Spiel)
Eine Art Verlust (Jochen Hieber)
Fort mit dem Schnee (Werner Ross)
Harlem (Eva Demski)
Hinter der Wand (Gertrud Fussenegger)
Mein Vogel (Ludwig Harig)
Reklame (Walter Hinck)
Römisches Nachtbild (Ulla Hahn)
Wahrlich (Horst Bienek)
Was wahr ist (Ruth Klüger)
WOLFGANG BÄCHLER Bd. 10
Erwartung (Werner Ross)
Nüsse (Hilde Domin)
HUGO BALL Bd. 7
Die Erfindung (Ludwig Harig)
Intermezzo (Klaus-Peter Walter)
EMIL BARTH Bd. 8
Kreuzweg (Joseph Anton Kruse)
KURT BARTSCH Bd. 11
Abriß (Günter Kunert)
Die Leichenwäscherin ist tot (Peter Maiwald)

Konrad Bayer Bd. 11
die oberfläche der vögel (Ursula Krechel)
Johannes R. Becher Bd. 7
Auferstanden aus Ruinen (Hermann Kurzke)
Brecht und der Tod (Wolfgang Koeppen)
Erinnerungsbild (Kurt Oesterle)
Sommer (Peter Demetz)
Stein-Gesicht (Hans Christoph Buch)
Walt Disney (Günter Kunert)
Jürgen Becker Bd. 11
Das Fenster am Ende des Korridors (Walter Hinck)
Gedicht, sehr früh (Walter Hinck)
Gedicht über Schnee im April (Harald Hartung)
Richard Beer-Hofmann Bd. 5
Schlaflied für Mirjam (Peter Härtling)
Gottfried Benn Bd. 7
Astern (Hermann Burger)
Das sind doch Menschen (Ludwig Harig)
Den jungen Leuten (Heinrich Detering)
Ebereschen (Ulrich Karthaus)
Ein Schatten an der Mauer (Wolfdietrich Rasch)
Einsamer nie – (Eckart Kleßmann)
Eure Etüden (Harald Hartung)
Fragmente (Heinz Ludwig Arnold)
Gedichte (Walter Hinck)
Herr Wehner (Hanspeter Brode)
Kann keine Trauer sein (Alexander von Bormann)
Kleine Aster (Uwe Kolbe)
Kommt – (Hartmut von Hentig)
Letzter Frühling (Walter Busse)
Mann und Frau gehen durch die Krebsbaracke (Peter Rühmkorf)
Melodie (Wolfgang Rothe)
Menschen getroffen (Günter Blöcker)
Nachtcafé (Marian Szyrocki)
Nur zwei Dinge (Helmuth Kiesel)
Reisen (Dieter E. Zimmer/Horst Krüger)
Saal der kreißenden Frauen (Claus-Ulrich Bielefeld)
Satzbau (Ludwig Harig)

Schöne Jugend (Sibylle Wirsing)
Stilleben (Gershom Schocken)
Turin (Hans J. Fröhlich)
Von Bremens Schwesterstadt bis Sils Maria (Hermann Kunisch)
Was schlimm ist (Werner Ross)
Wirklichkeit (Michael Zeller)
Worte (Albert von Schirnding)
Werner Bergengruen Bd. 7
Der Engel spricht (Klara Obermüller)
Die Flöte (Dominik Jost)
Die letzte Epiphanie (Matthias Wegner)
Die Lüge (Hanspeter Brode)
Thomas Bernhard Bd. 11
Unten liegt die Stadt (Rüdiger Görner)
F. W. Bernstein Bd. 11
Wachtel Weltmacht? (Robert Gernhardt)
Horst Bienek Bd. 11
Berlin, Chausseestraße 125 (Walter Hinck)
Gartenfest (Rudolf Hartung)
Otto Julius Bierbaum Bd. 5
Er entsagt (Hans Christoph Buch)
Wolf Biermann Bd. 11
Ballade vom preußischen Ikarus (Walter Hinck)
Ermutigung (Beate Pinkerneil)
Kleines Lied von den bleibenden Werten (Ulrich Greiner)
Nachricht (Dieter E. Zimmer)
Ernst Blass Bd. 7
Der Nervenschwache (Thomas Anz)
Kreuzberg (Günter Kunert)
Nachts (Günter Kunert)
Johannes Bobrowski Bd. 9
Anruf (Werner Keller)
Bericht (Andreas F. Kelletat)
Der Muschelbläser (Harald Hartung)
Der Samländische Aufstand 1525 (Rudolf Jürgen Bartsch)
Dorfmusik (Gerhard Schulz)
Hölderlin in Tübingen (Hermann Burger)
Holunderblüte (Werner Keller)

Im Strom (Heinrich Detering)
Immer zu benennen (Jürgen Theobaldy)
J. S. Bach (Eckart Kleßmann)
Märkisches Museum (Sarah Kirsch)
Nänie (Eckart Kleßmann)
Namen für den Verfolgten (Siegfried Lenz)
Ilona Bodden Bd. 11
Epitaph (Benno von Wiese)
Paul Boldt Bd. 6
In der Welt (Marcel Reich-Ranicki)
Junge Pferde (Peter Härtling)
Rudolf Borchardt Bd. 6
Auf die Rückseite eines Handspiegels (Ralph-Rainer Wuthenow)
Das Mädchen liest das Buch und spricht (Hans Christian Kosler)
Elisabeth Borchers Bd. 10
Das Begräbnis in Bollschweil (Hilde Domin)
Die große Chance (Walter Hinck)
eia wasser regnet schlaf (Ulrich Greiner)
Herbst (Gert Ueding)
Ich betrete nicht (Jochen Hieber)
Von einer Stadt (Peter Wapnewski)
Wolfgang Borchert Bd. 10
Antiquitäten (Günter Kunert)
In Hamburg (Matthias Wegner)
Edwin Bormann Bd. 5
Kinderscene (Jürgen Stenzel)
Nicolas Born Bd. 11
Das Erscheinen eines jeden in der Menge (Günter Kunert)
Dies Haus (Günter Kunert)
Drei Wünsche (Hans Christoph Buch)
Es ist Sonntag (Hadayatullah Hübsch)
Horror, Dienstag (Jürgen Theobaldy)
Vaterhaus (Wolfgang Werth)
Rainer Brambach Bd. 9
Meine Vorfahren kamen nie vom Norden los (Kurt Marti)
Thomas Brasch Bd. 12
Der schöne 27. September (Uwe Wittstock)
Lied (Cyrus Atabay)

Schlaflied für K. (Günter Kunert)
Vorkrieg (Reinhold Grimm)
Volker Braun Bd. 11
Das Eigentum (Sibylle Wirsing)
Durchgearbeitete Landschaft (Peter Rühmkorf)
Tagtraum (Reinhold Grimm)
Zu Brecht. Die Wahrheit einigt (Wolfgang Werth)
Bertolt Brecht Bd. 8
Ach, wie sollen wir die kleine Rose buchen? (Gerhard Schulz)
Als ich in weißem Krankenzimmer der Charité (Michael Hamburger)
Als ich nachher von dir ging (Marcel Reich-Ranicki)
An den Schwankenden (Jost Hermand)
An meine Landsleute (Wolfgang Werth)
Apfelböck oder die Lilie auf dem Felde (Ruth Klüger)
Auf einen chinesischen Theewurzellöwen (Wulf Segebrecht)
Auslassungen eines Märtyrers (Robert Gernhardt)
Das dreizehnte Sonett (Eckart Kleßmann)
Das erste Sonett (Eckhard Heftrich)
Das Lied von der Moldau (Elisabeth Borchers)
Das Schiff (Siegfried Melchinger)
Das zehnte Sonett (Werner Fuld)
Der Bauch Laughtons (Peter von Matt)
Der Blumengarten (Wulf Segebrecht/Carsten Gansel)
Der Gast (Wolfgang Rothe)
Der Kirschdieb (Werner Ross)
Der Pflaumenbaum (Wolfgang Brenneisen)
Der Radwechsel (Gabriele Wohmann)
Der Rauch (Gabriele Wohmann)
Deutschland 1952 (Friedrich Dieckmann)
Deutschland, du Blondes, Bleiches (Hanspeter Brode)
Die gute Nacht (Walter Jens)
Die Krücken (Rainer Kirsch)
Die Liebenden (Peter Wapnewski)
Die Maske des Bösen (Ludwig Harig)
Die Musen (Jan Knopf)
Die Pappel vom Karlsplatz (Walter Hinck)
Die Rückkehr (Wulf Segebrecht)
Die Wahrheit einigt (Wolfgang Werth)

Ein neues Haus (Helmut Koopmann)
Entdeckung an einer jungen Frau (Joseph Anton Kruse)
Erinnerung an die Marie A. (Marcel Reich-Ranicki)
Fragen eines lesenden Arbeiters (Jürgen Theobaldy)
Gegen Verführung (Horst Krüger)
Gemeinsame Erinnerung (Günter Kunert)
Glücklicher Vorgang (Harald Weinrich)
Großer Dankchoral (Thomas Anz)
Kinderhymne (Iring Fetscher)
Lied der Mutter über den Heldentod des Feiglings Wessowtschikow (Reinhard Baumgart)
Lob der Vergeßlichkeit (Jürgen Jacobs)
Maria (Hermann Kurzke)
Meine Mutter (Walter Hinck)
Morgens und abends zu lesen (Klara Obermüller)
O Falladah, die Du hangest! (Hilde Spiel)
O Lust des Beginnens (Reinhold Grimm)
Schlechte Zeit für Lyrik (Kurt Drawert)
Sieben Rosen hat der Strauch (Sibylle Wirsing)
Sonett (Harald Hartung)
Tannen (Volker Bohn)
Über das Lehren ohne Schüler (Günter Kunert)
Über Goethes Gedicht: »Der Gott und die Bajadere« (Norbert Mecklenburg)
Über induktive Liebe (Reinhold Grimm)
Über Kleists Stück »Der Prinz von Homburg« (Joachim Kaiser)
Über Schillers Gedicht »Die Bürgschaft« (Helmut Koopmann)
Vergnügungen (Harald Weinrich)
Vom armen B. B. (Peter Demetz)
Vom ertrunkenen Mädchen (Hans-Ulrich Treichel)
Vom Sprengen des Gartens (Walter Hinderer)
Von den verführten Mädchen (Doris Runge)
Von der Freundlichkeit der Welt (Thomas Anz)
Von der Willfährigkeit der Natur (Hans-Harald Müller)
Wechsel der Dinge (Iring Fetscher)
Weihnachtslegende (Barbara Frischmuth)
Zufluchtsstätte (Walter Hinck)
CLEMENS BRENTANO Bd. 3
Ein Becher voll von süßer Huld (Hermann Kurzke)

Geheime Liebe (Rüdiger Görner)
O schweig nur Herz! (Hanns Grössel)
Über eine Skizze (Gerhard Schulz)
Valerias Lied (Walter Hinck)
Was reif in diesen Zeilen (Walter Helmut Fritz)
Wenn der lahme Weber (Werner Ross)
Wiegenlied (Egon Schwarz)
ROLF DIETER BRINKMANN Bd. 12
Einer jener klassischen (Michael Zeller)
Hölderlin-Herbst (Wolfgang Rothe)
Oh, friedlicher Mittag (Uwe Wittstock)
Trauer auf dem Wäschedraht ... (Undine Gruenter)
GEORG BRITTING Bd. 7
Das weiße Bett (Heinz Piontek)
Vorfrühling (Harald Hartung)
HERMANN BROCH Bd. 7
Diejenigen, die im kalten Schweiß (Paul Michael Lützeler)
Kulinarisches Liebeslied (Heinz Politzer)
BARTHOLD HINRICH BROCKES Bd. 1
Der gestirnte Baum (Eckart Kleßmann)
Gedanken bey dem Fall der Blätter im Herbst (Eckart Kleßmann)
Kirsch-Blüte bey der Nacht (Hermann Glaser)
GOTTFRIED AUGUST BÜRGER Bd. 1
Mollys Abschied (Guntram Vesper)
Naturrecht (Heinz Politzer)
HERMANN BURGER Bd. 12
Eiszeit (Klara Obermüller)
Koriphäen und Koniferen (Sabine Doering)
Kranzdeponie (Rüdiger Görner)
ERIKA BURKART Bd. 10
Flocke um Flocke (Hermann Burger)
WILHELM BUSCH Bd. 5
Sahst du das wunderbare Bild vom Brouwer? (Gert Ueding)
Tröstlich (Christa Rotzoll)
CHRISTINE BUSTA Bd. 9
Am Rande (Gertrud Fussenegger)
Signale (Heinz Piontek)
HANS CAROSSA Bd. 6
Heimliche Landschaft (Ludwig Harig)

Paul Celan Bd. 9
Anabasis (Jürgen Theobaldy)
Assisi (Ruth Klüger)
Auf Reisen (Hans-Ulrich Treichel)
Bei Wein und Verlorenheit (Christoph Perels)
Das Fremde (Erich Fried)
Die längst Entdeckten (Helmut Koopmann)
Ein Knirschen von eisernen Schuhn (Eckart Kleßmann)
Großes Geburtstagsblaublau mit Reimzeug und Assonanz (Wulf Segebrecht)
In Ägypten (Eckart Kleßmann)
In memoriam Paul Eluard (Karl Krolow)
In Prag (Rolf Schneider)
Keine Sandkunst mehr (Martin Lüdke)
Sprachgitter (Ludwig Harig)
Todesfuge (Peter von Matt)
Tübingen, Jänner (Walter Hinck)
Und Kraft und Schmerz (Harald Weinrich)
Weggebeizt (Hermann Burger)
Wir lagen (Horst Bienek)
Adelbert von Chamisso Bd. 3
Der ausgewanderte Pole (Karl Dedecius)
Der Invalid im Irrenhaus (Hans Christoph Buch)
Tragische Geschichte (Peter von Matt)
Resi Chromik Bd. 12
Christian (Erich Trunz)
Matthias Claudius Bd. 1
Abendlied (Eckart Kleßmann)
An – als ihm die — starb (Walter Hinck)
Der Frühling. Am ersten Maimorgen (Ludwig Harig)
Der Mensch (Günter Kunert)
Der Tod (Hermann Kesten)
Der Tod und das Mädchen (Thomas Anz)
Kriegslied (Peter von Matt)
Heinz Czechowski Bd. 11
Ewald Christian von Kleist (Peter Maiwald)
Notiz für U. B. (Günter Kunert)
Daniel Czepko Bd. 1
Wo Freiheit ist (Albrecht Schöne)

SIMON DACH Bd. 1
An hn. ober-marschallen Ahasv. von Brandt, daß sein gehalt erfolgen möge (Wilhelm Kühlmann)
Die Sonne rennt mit prangen (Wulf Segebrecht)
EDWIN WOLFRAM DAHL Bd. 10
Fontana di Trevi (Marie Luise Kaschnitz)
MAX DAUTHENDEY Bd. 5
Drinnen im Strauß (Ludwig Harig)
FRANZ JOSEF DEGENHARDT Bd. 11
Die alten Lieder (Klaus-Peter Walter)
RICHARD DEHMEL: Bd. 5
Fitzebutze (Matthias Wegner)
Manche Nacht (Peter Rühmkorf)
FRIEDRICH CHRISTIAN DELIUS Bd. 12
Chinesisch essen (Egon Schwarz)
Junge Frau im Antiquitätenladen (Michael Zeller)
DIETMAR VON AIST Bd. 1
Ez stuont ein frouwe alleine (Gert Kaiser)
Slâfest du, vriedel ziere? (Joachim Bumke)
HEIMITO VON DODERER Bd. 8
Auf die Strudlhofstiege zu Wien (Gerhard Kaiser)
FELIX DÖRMANN Bd. 5
Was ich liebe (Ernst Jandl)
HILDE DOMIN Bd. 9
Alternative (Hans Christian Kosler)
Bitte (Elisabeth Noelle-Neumann)
Brennende Stadt (Beirut) (Erich Fried)
Kleine Buchstaben (Karl Krolow)
Köln (Walter Hinck)
Linke Kopfhälfte (Gertrud Fussenegger)
Rückzug (Sebastian Kleinschmidt)
Tokaidoexpreß (Helmut Koopmann)
Wer es könnte (Walter Helmut Fritz)
ULRIKE DRAESNER Bd. 12
schnabelheim (Hermann Kurzke)
KURT DRAWERT Bd. 12
... zum deutschen Liedgut (Günter Kunert)
ANNETTE VON DROSTE-HÜLSHOFF Bd. 4
Am Turme (Ruth Klüger)

An *** (Harald Hartung)
An meine Mutter (Rolf Schneider)
Auf hohem Felsen lieg' ich hier (Joseph Anton Kruse)
Das Spiegelbild (Dieter Borchmeyer)
Die Steppe (Wolfgang Koeppen)
Die Taxuswand (Ulla Hahn)
Guten Willens Ungeschick (Jürgen Jacobs)
Im Grase (Günter Blöcker)
Locke nicht (Wilhelm Gössmann)
FRIEDRICH DÜRRENMATT Bd. 10
Kronenhalle (Heinz Ludwig Arnold)
Siriusbegleiter (Peter von Matt)
MARIE VON EBNER-ESCHENBACH Bd. 5
Ein stummer Vorwurf (Helmuth Nürnberger)
ALBERT EHRENSTEIN Bd. 7
Du mußt zur Ruh (Peter Engel)
CLEMENS EICH Bd. 12
Als ich dich umbrachte, Indianerbruder (Ulrich Greiner)
GÜNTER EICH Bd. 9
Abgelegene Gehöfte (Christoph Perels)
Augenblick im Juni (Albert von Schirnding)
Betrachtet die Fingerspitzen (Ludwig Harig)
Briefstelle (Christa Melchinger)
Der Große Lübbe-See (Rudolf Jürgen Bartsch)
Ende eines Sommers (Eckart Kleßmann)
Fußnote zu Rom (Gerhard Kaiser)
Gespräche mit Clemens (Clemens Eich)
Herrenchiemsee (Elisabeth Borchers)
Hoffnungen (Günter Kunert)
Inventur (Hans-Ulrich Treichel)
Kleine Reparatur (Hans Christoph Buch)
Königin Hortense (Eckart Kleßmann)
Nachhut (Dieter E. Zimmer)
Tage mit Hähern (Hans-Ulrich Treichel)
Wildwechsel (Ingrid Bachér)
Zu spät für Bescheidenheit (Horst Bienek)
Zum Beispiel (Hans Egon Holthusen)
JOSEPH VON EICHENDORFF Bd. 3
An A ... (Hermann Kunisch)

Der Abend (Gertrud Fussenegger)
Der Einsiedler (Hartmut von Hentig)
Der Kehraus (Gert Kaiser)
Der Soldat (Hans Maier)
Die zwei Gesellen (Alexander von Bormann)
Es wandelt, was wir schauen (Armin Ayren)
Familienähnlichkeit (Hermann Kunisch)
Frische Fahrt (Egon Schwarz)
In der Fremde (Hanspeter Brode)
Lied (Claus-Ulrich Bielefeld)
Mandelkerngedicht (Horst Bienek)
Mondnacht (Eckart Kleßmann)
Nachts (Gerhard Storz)
Schöne Fremde (Hans Joachim Kreutzer)
Sehnsucht (Ludwig Harig)
Vorbei (Ulrich Greiner)
Weihnachten (Ludwig Harig)
Zwielicht (Eckart Kleßmann)
Friedrich Eisenlohr s. unter Ludwig Rubiner
Adolf Endler Bd. 11
Des Freundes Wettlauf mit dem Schneemann (Peter Rühmkorf)
Gerrit Engelke Bd. 7
Frühling (Dieter Schwarzenau)
Hans Magnus Enzensberger Bd. 10
Aschermittwoch (Hermann Kurzke)
call it love (Jürgen Becker)
das ende der eulen (Reinhard Baumgart)
Der Fliegende Robert (Wulf Segebrecht)
Der Kamm (Michael Zeller)
Die Scheiße (Peter Horst Neumann)
Die Visite (Andrea Köhler)
Empfänger unbekannt – Retour à l'expéditeur (Kurt Oesterle)
Finnischer Tango (Wolfgang Hildesheimer)
fremder garten (Reinhold Grimm)
Ins Lesebuch für die Oberstufe (Peter von Matt)
kirschgarten im schnee (Hans Christoph Buch)
Kopfkissengedicht (Werner Ross)
Stadtrundfahrt (Eva Zeller)
Utopia (Gertrud Fussenegger)

Jörg Fauser Bd. 12
Der Zwang zur Prosa (Wolf Wondratschek)
Ludwig Fels Bd. 12
Annäherungsversuch (Günter Blöcker)
Werner Finck Bd. 9
Neue Herzlichkeit (Walter Hinck)
Paul Fleming Bd. 1
An Sich (Walter Hinderer)
Wie Er wolle gekűesset seyn (Claus-Ulrich Bielefeld)
Zur Zeit seiner Verstoßung (Marcel Reich-Ranicki)
Walter Flex Bd. 7
Wildgänse rauschen durch die Nacht (Gerhard Kurz)
Theodor Fontane Bd. 5
Aber es bleibt auf dem alten Fleck (Gottfried Honnefelder)
An meinem Fünfundsiebzigsten (Marcel Reich-Ranicki)
Es kribbelt und wibbelt weiter (Günter Kunert)
Haus- und Gartenfronten in Berlin W. (Norbert Mecklenburg)
Lebenswege (Helmuth Nürnberger)
Mein Herze, glaubt's, ist nicht erkaltet (Peter Härtling)
Meine Gräber (Charlotte Jolles)
O trübe diese Tage nicht (Werner Weber)
Publikum (Helmuth Nürnberger)
Vom Fehrbelliner Schlachtfeld (Hans Joachim Kreutzer)
Würd' es mir fehlen, würd' ich's vermissen? (Peter Härtling)
Erich Fried Bd. 10
Angst und Zweifel (Thomas Anz)
Bevor ich sterbe (Beate Pinkerneil)
Die Maßnahmen (Volker Kaukoreit)
Links rechts links rechts (Thomas Anz)
Logos (Marcel Reich-Ranicki)
Macht der Dichtung (Walter Hinck)
Mit den Jahren (Werner Fuld)
Neue Naturdichtung (Karl Otto Conrady)
Reden (Karl Krolow)
Walter Helmut Fritz Bd. 11
Aber dann? (Reinhold Grimm)
Aber eben meine Geschichte (Friedrich Wilhelm Korff)
Atlantis (Gert Ueding)

Don Juan (Gerhard Schulz)
Teilhaben (Uwe Pörksen)
Günter Bruno Fuchs Bd. 10
Für ein Kind (Martin Gregor-Dellin)
Lied des Mannes im Straßenwagen (Karl Krolow)
Peter Gan Bd. 8
Eisblume (Karl Korn)
Herzenshöflich (Wilhelm Kühlmann)
Sprache (Karl Krolow)
Unter vier Augen (Hans Maier)
Emanuel Geibel Bd. 4
Deutschlands Beruf (Jörg von Uthmann)
Stefan George Bd. 5
An baches ranft (Eugen Gomringer)
An Gundolf (Eckhard Heftrich)
Das Wort (Wolfgang Hildesheimer)
der herr der insel (Wolfgang Leppmann)
Der Widerchrist (Gerhard Schulz)
Die Gräber in Speier (Karl Korn)
Die tote Stadt (Dominik Jost)
Einem jungen Führer im ersten Weltkrieg (Joachim Kaiser)
Entführung (Karla Schneider)
Es lacht in dem steigenden jahr dir (Hans Christian Kosler)
Fenster wo ich einst mit dir (Eckart Kleßmann)
Goethe-Tag (Wolfgang Leppmann)
Ich bin freund und führer dir (Albert von Schirnding)
Ihr tratet zu dem Herde (Wolfdietrich Rasch)
Komm in den totgesagten park und schau (Rainer Gruenter)
Wir schreiten auf und ab (Hans Wysling)
Wir stehen an der hecken gradem wall (Günter Blöcker)
Paul Gerhardt Bd. 1
Der 1. Psalm Davids (Tilo Medek)
Weihnachtsgesang (Renate Schostack)
Robert Gernhardt Bd. 11
Ach (Gerhard Schulz)
Alte Künste (Reinhard Baumgart)
Doppelte Begegnung am Strand von Sperlonga (Werner Ross)
Eine Ansichtskarte. Gruß aus dem Wildfreigehege Mölln (Dieter E. Zimmer)

Herbstlicher Baum in der Neuhaußstraße (Jörg Drews)
Noch einmal: Mein Körper (Thomas Anz)
Schön und gut und klar und wahr (Hans Christian Kosler)
Siebenmal mein Körper (Christa Rotzoll)
Elfriede Gerstl Bd. 11
Wer ist denn schon (Elfriede Jelinek)
Hermann von Gilm zu Rosenegg Bd. 4
Allerseelen (Peter von Matt)
Adolf Glassbrenner Bd. 4
Das Märchen vom Reichtum und der Not (Ingrid Heinrich-Jost)
Leopold Friedrich Günther von Goeckingk Bd. 1
Als der erste Schnee fiel (Brigitte Kronauer)
Albrecht Goes Bd. 9
Einem, der davonging, nachgerufen (Gert Ueding)
Motette (Renate Schostack)
Über einer Todesnachricht (Eckart Kleßmann)
Johann Wolfgang von Goethe Bd. 2
Abschied (Gerhard Schulz)
Alle Freuden, die unendlichen (Marcel Reich-Ranicki)
Als Allerschönste (Hans Bender)
Am 28. August 1826 (Katharina Mommsen)
An Charlotte von Stein (Peter Wapnewski)
An den Mond (Gabriele Wohmann)
An den Mond (Thomas Anz)
An Madame Marie Szymanowska (Walter Hinck)
An Mignon (Gerhard Schulz)
An Schwager Kronos (Jochen Hieber)
An Ulrike von Levetzow (Karl Otto Conrady)
Anakreons Grab (Peter Horst Neumann)
Auf dem See (Henning Heske)
Aus den Gruben, hier im Graben (Dolf Sternberger)
Behandelt die Frauen ... (Norbert Mecklenburg)
Bei Betrachtung von Schillers Schädel (Günter Blöcker)
Dämmrung senkte sich von oben (Ludwig Harig)
Das Mädchen spricht (Mathias Schreiber)
Das Sonett (Günter Kunert)
Das Veilchen (Klara Obermüller)
Dauer im Wechsel (Werner Ross)

Dem aufgehenden Vollmonde (Reinhard Baumgart)
Den Vereinigten Staaten (Walter Hinck)
Der Bräutigam (Adolf Muschg)
Der Chinese in Rom (Egon Schwarz)
Der Fischer (Golo Mann)
Der Guckuck wie die Nachtigall (Peter Demetz)
Der Kaiserin Becher (Gertrud Fussenegger)
Der König in Thule (Siegfried Lenz)
Der Park (Elisabeth Borchers)
Der Sänger (Ulla Hahn)
Der Schatzgräber (Friedrich Dieckmann)
Der untreue Knabe (Peter Wapnewski)
Der Zaubrer fordert (Erich Trunz)
Die Jahre nahmen dir (Werner Ross)
Die Liebende abermals (Eckart Kleßmann)
Die wandelnde Glocke (Rainer Kirsch)
Eigentum (Gabriele Wohmann)
Ein grauer, trüber Morgen (Wolfgang Koeppen)
Eines ist mir verdrießlich (Werner Fuld)
Eins und Alles (Jürgen Jacobs)
Epirrhema (Ludwig Harig)
Erlkönig (Golo Mann)
Es ist gut (Eckart Kleßmann)
Frankreichs traurig Geschick (Wulf Segebrecht)
Freudvoll und leidvoll (Marcel Reich-Ranicki)
Froh empfind ich mich (Wolfgang Koeppen)
Früh, wenn Tal, Gebirg und Garten (Reinhard Baumgart)
Frühling übers Jahr (Karl Otto Conrady)
Ganymed (Benno von Wiese)
Gedichte sind gemalte Fensterscheiben (Horst Bienek)
Gefunden (Wolfgang Leppmann)
Gegenwart (Siegfried Unseld)
Gesang der Geister über den Wassern (Peter Härtling)
Getretner Quark (Erwin Koppen)
Gib mir (Werner Fuld)
Gingo biloba (Peter Härtling)
Glückliche Fahrt (Gert Ueding)
Grenzen der Menschheit (Peter von Matt)

Grün ist der Boden der Wohnung (Rudolf Jürgen Bartsch)
Harfenspieler (Kurt Klinger)
Hast du nicht gute Gesellschaft gesehn? (Jürgen Theobaldy)
Hatem/Suleika (Gerhard Schulz)
Heidenröslein (Peter von Matt)
Herbstgefühl (Wolfgang Leppmann)
Herbstlich leuchtet die Flamme (Wolfgang Leppmann)
Hoffnung (Joachim Fest)
Ihr verblühet, süße Rosen (Martin Lüdke)
Im Atemholen (Werner Ross)
Im Dorfe war ein groß Gelag (Gertrud Fussenegger)
Im Gegenwärtigen Vergangnes (Hans Robert Jauß)
In einer Stadt einmal (Hanspeter Brode)
Künstlers Abendlied (Harald Hartung)
Lesebuch (Walter Helmut Fritz)
Lynkeus der Türmer (Gerhard Kaiser)
Mächtiges Überraschen (Helmuth Nürnberger)
Mailied (Hilde Spiel)
Meeres Stille (Eckhard Heftrich)
Mignon (Kennst Du das Land) (Peter von Matt)
Mignon (Nur wer die Sehnsucht kennt) (Gerhard Schulz)
Mit einem gemalten Band (Wolfgang Leppmann)
Nachklang (Renate Schostack)
Nachtgedanken (Harald Hartung)
Nachtgesang (Joachim C. Fest)
Nähe des Geliebten (Eckhard Heftrich)
Natur und Kunst (Günter Kunert)
Neugriechische Liebe-Skolie (Christoph Perels)
Nicht mehr auf Seidenblatt (Hilde Domin)
Nun weiß man erst (Katharina Mommsen)
Phänomen (Peter Rühmkorf)
Philine (Peter von Matt)
Pilgers Morgenlied (Klaus-Dieter Metz)
Prooemion (Hermann Kurzke)
Rastlose Liebe (Werner Keller)
Rezensent (Marcel Reich-Ranicki)
Ritter Kurts Brautfahrt (Wulf Segebrecht)
Sag, was könnt uns Mandarinen (Werner Ross)

Saget, Steine, mir an (Ulla Hahn)
Schenke (Horst Rüdiger)
Selige Sehnsucht (Gert Ueding)
Suleika (Helmut Koopmann)
Um Mitternacht (Benno von Wiese)
Vermächtnis (Eckhard Heftrich)
Versunken (Helmut Koopmann)
Vollmondnacht (Gert Ueding)
Vor Gericht (Walter Jens)
Wandersegen (Joachim Kaiser)
Wandrers Nachtlied (Walter Jens)
Wandrers Nachtlied (Karl Krolow)
Was Völker sterbend hinterlassen (Rolf Hochhuth)
Wenn du am breiten Flusse wohnst (Friedrich Dieckmann)
Willkommen und Abschied (Ernst Jandl)
Wink (Walter Hinck)
Wonne der Wehmut (Robert Gernhardt)
Zünde mir Licht an (Gerhard Kaiser)
JOHANN NIKOLAUS GÖTZ Bd. 1
Die himmlische und irdische Venus (Jürgen Jacobs)
YVAN GOLL Bd. 7
Electric (Christoph Perels)
In uralten Seen (Godehard Schramm)
Kölner Dom (Walter Hinck)
Orpheus (Siegfried Lenz)
EUGEN GOMRINGER Bd. 10
schweigen (Gerhard Kaiser)
FRIEDRICH WILHELM GOTTER Bd. 1
Wiegenlied (Gerhard Schulz)
GÜNTER GRASS Bd. 10
Ehe (Jochen Hieber)
Falada (Gertrud Fussenegger)
Gleisdreieck (Claus-Ulrich Bielefeld)
Kinderlied (Wolfgang Werth)
König Lear (Walter Hinderer)
Polnische Fahne (Horst Bienek)
Racine läßt sein Wappen ändern (Gertrud Fussenegger)
»Tour de France« (Fritz J. Raddatz)

FRITZ GRASSHOFF Bd. 9
Blues (Eva Demski)
CATHARINA REGINA VON GREIFFENBERG Bd. 1
Über das unaussprechliche Heilige Geistes-Eingeben! (Ruth Klüger)
UWE GRESSMANN Bd. 11
Kosmos (Günter Kunert)
LUDWIG GREVE Bd. 10
Hannah Arendt (Kurt Oesterle)
Mein Vater (Uwe Pörksen)
FRANZ GRILLPARZER Bd. 3
Der Halbmond glänzet am Himmel (Günter Blöcker)
GEORGE GROSZ Bd. 7
Gesang an die Welt I (Peter Rühmkorf)
KLAUS GROTH Bd. 5
Min Jehann (Peter Wapnewski)
DURS GRÜNBEIN Bd. 12
Après l'amour (Joachim Sartorius)
Biologischer Walzer (Alexander von Bormann)
In der Provinz 5 (Manfred Fuhrmann)
Wußten wir? (Reinhard Baumgart)
GUSTAF GRÜNDGENS Bd. 8
Wie sind wir beide vornehm (Marcel Reich-Ranicki)
ANDREAS GRYPHIUS Bd. 1
Abend (Hans-Rüdiger Schwab)
Grabschrifft Marianae Gryphiae seines Brudern Pauli Tŏchterlein (Klara Obermüller)
Morgen-Sonnet (Ruprecht Wimmer)
Tränen des Vaterlandes (Marian Szyrocki)
Vanitas, vanitatum, et omnia vanitas (Marian Szyrocki)
FRIEDRICH WILHELM GÜLL Bd. 4
Will sehen, was ich weiß, vom Büblein auf dem Eis (Armin Ayren)
KAROLINE VON GÜNDERODE Bd. 3
Der Kuß im Traume (Franz Josef Görtz)
Der Luftschiffer (Wolfgang Koeppen)
Die Töne (Gertrud Fussenegger)
JOHANN CHRISTIAN GÜNTHER Bd. 1
Als Leonore die Unterredung eiligst unterbrechen mußte (Walter Hinderer)

An die Männer (Ulla Hahn)
Breslau, den 25. Dezember 1719 (Benno von Wiese)
Er klaget gegen seinen Freund (Hans-Jürgen Schings)
Trostaria (Renate Schostack)
ALEXANDER XAVER GWERDER Bd. 10
Ich geh unter lauter Schatten (Peter von Matt)
PETER HÄRTLING Bd. 11
Unreine Elegie (Walter Hinderer)
FRIEDRICH VON HAGEDORN Bd. 1
An eine Schläferinn (Jürgen Stenzel)
LIVINGSTONE HAHN s. unter LUDWIG RUBINER
ULLA HAHN Bd. 12
Anständiges Sonett (Walter Hinderer)
Ars poetica (Thomas Anz)
Ballade vom Schriftsteller (Wulf Segebrecht)
Blinde Flecken (Werner Ross)
Endlich (Hermann Burger)
Für (Alexander von Bormann)
Für einen Flieger (Peter Demetz)
Gibt es eine weibliche Ästhetik (Helmuth Kiesel)
Katzenmahlzeit (Peter Demetz)
Lied der Amsel (Jochen Hieber)
Mit Haut und Haar (Renate Schostack)
Mitteilungen der Mutter (Werner Ross)
Nach Jahr und Tag (Walter Hinck)
Winterlied (Karl Krolow)
PETER HAMM Bd. 11
Niederlegen (Martin Walser)
MARGARETE HANNSMANN Bd. 10
Pfad in Eftalu (Walter Hinderer)
LIOBA HAPPEL Bd. 12
Ich sah im Abendrot (Heinrich Detering)
FERDINAND HARDEKOPF Bd. 6
Angebinde (Peter Härtling)
Zwiegespräch (Eva Demski)
HENRIETTE HARDENBERG Bd. 8
Wir werden (Claus-Ulrich Bielefeld)
LUDWIG HARIG Bd. 10
Das schreibende Subjekt (Gerhard Schulz)

Jakob Haringer Bd. 6
Abend (Hans Christian Kosler)
Hartmann von Aue Bd. 1
Maniger grüezet mich alsô (Joachim Bumke)
Harald Hartung Bd. 11
Das Paar (Karl Krolow)
Walter Hasenclever Bd. 7
Die Lagerfeuer an der Küste (Peter Demetz)
Rolf Haufs Bd. 11
Baum und Himmel (Gert Ueding)
Das hält wer aus (Günter Kunert)
Drei Strophen (Elisabeth Borchers)
Jeden Tag (F. C. Delius)
Peppino Portiere (Peter Rühmkorf)
August Adolph von Haugwitz Bd. 1
Über das heutige Brüderschafft-Sauffen der Deutschen (Gert Kaiser)
Gerhart Hauptmann Bd. 5
Testament (Ulrich Lauterbach)
Albrecht Haushofer Bd. 9
Maschinensklaven (Hans Christoph Buch)
Schuld (Ludwig Harig)
Friedrich Hebbel Bd. 4
Dämmerempfindung (Dieter Wellershoff)
David und Goliath (Peter von Matt)
Herbstbild (Rolf Schneider)
Sommerbild (Reinhold Grimm)
Wenn die Rosen ewig blühten ... (Marcel Reich-Ranicki)
Johann Peter Hebel Bd. 3
Wie heißt des Kaisers Töchterlein? (Peter von Matt)
Manfred Peter Hein Bd. 11
Lauffeuer (Marie Luise Kaschnitz)
Heinrich Heine Bd. 4
An die Jungen (Werner Ross)
An einen ehemaligen Goetheaner (1832) (Hanspeter Brode)
An einen politischen Dichter (Günter Kunert)
An meine Mutter (Hans Christoph Buch)
Anno 1839 (Jost Hermand)
Autodafé (Helmut Koopmann)

Begegnung (Walter Hinck)
Belsatzar (Peter von Matt)
Das Fräulein stand am Meere (Walter Hinderer)
Das Meer erglänzte weit hinaus (Joseph Anton Kruse)
Das neue Israelitische Hospital zu Hamburg (Hans Otto Horch)
Der Asra (Joseph Anton Kruse)
Der Scheidende (Armin Ayren)
Die alten, bösen Lieder (Hans J. Fröhlich)
Die Grenadiere (Joachim C. Fest)
Die Jahre kommen und gehen (Wulf Segebrecht)
Die Loreley (Hans-Ulrich Treichel)
Die schlesischen Weber (Eckart Kleßmann)
Doktrin (Hans Daiber)
Ein Fichtenbaum (Wolf Wondratschek)
Ein Jüngling liebt ein Mädchen (Marcel Reich-Ranicki)
Enfant perdu (Manfred Windfuhr)
Epilog (Eva Demski)
Gedächtnisfeier (Friedrich Torberg)
Helena (Gert Ueding)
Ich hab im Traum geweinet (Werner Weber)
Ich hatte einst ein schönes Vaterland (Walter Hinck)
Ich rief den Teufel (Gert Ueding)
Im Rhein, im schönen Strome (Paul Michael Lützeler)
In den Küssen (Klara Obermüller)
Leise zieht durch mein Gemüt (Marcel Reich-Ranicki)
Lotosblume (Walter Hinck)
Mein Herz, mein Herz (Hans-Ulrich Treichel)
Mein Kind, wir waren Kinder (Guntram Vesper)
Nachtgedanken (Eckhard Heftrich)
»Nicht gedacht soll seiner werden!« (Golo Mann)
Pomare (Dieter Borchmeyer)
Prolog (Ludwig Harig)
Sei mir gegrüßt (Peter Härtling)
Sie haben dir viel erzählet (Peter Härtling)
Wenn ich, beseligt von schönen Küssen (Wolfgang Preisendanz)
Wie langsam kriechet sie dahin (Jürgen Jacobs)
Wo? (Joseph Anton Kruse)
Worte! Worte! Keine Taten! (Rudolf Walter Leonhardt)
Zum Lazarus (Dolf Sternberger)

HEINRICH HETZBOLT VON WISSENSE Bd. 1
Wol mich der stunde (Peter von Matt)
BERNT VON HEISELER Bd. 9
ad me ipsum (Wolfgang Leppmann)
HELMUT HEISSENBÜTTEL Bd. 10
Tage abziehen Ärger zählen exakt funktionieren (Peter Härtling)
KERSTIN HENSEL Bd. 12
Vita (Walter Hinck)
STEPHAN HERMLIN Bd. 9
Terzinen (Elisabeth Endres)
MAX HERRMANN-NEISSE Bd. 7
Der Zauberkünstler (Ludwig Harig)
Die beiden Buckligen (Sibylle Wirsing)
Die Blessierten (Horst Bienek)
Ein Licht geht nach dem andern aus (Günter Kunert)
Himmel erhört mich nicht (Benno von Wiese)
Trostlied der bangen Regennacht (Peter Härtling)
GEORG HERWEGH Bd. 4
Ludwig Uhland (Walter Hinck)
HERMANN HESSE Bd. 6
Gute Stunde (Gabriele Wohmann)
Im Nebel (Peter von Matt)
Knarren eines geknickten Astes (Hans Bender)
Lampions in der Sommernacht (Hermann Burger)
Neid (Ulrich Lauterbach)
GEORG HEYM Bd. 7
Alle Landschaften (Rolf Schneider)
Berlin (Walter Hinck)
Die Märkte (Eckart Kleßmann)
Die Stadt (Herbert Lehnert)
Fröhlichkeit (Ulrich Greiner)
Letzte Wache (Karl Krolow)
Robespierre (Kurt Oesterle)
PAUL HEYSE Bd. 5
Asylrecht (Hans Christoph Buch)
WOLFGANG HILBIG Bd. 12
die ruhe auf der flucht (Jürgen Theobaldy)
Novalis (Gerhard Schulz)

PETER HILLE Bd. 5
Seegesicht (Gertrud Fussenegger)
Waldstimme (Hans Bender)
ROLF HOCHHUTH Bd. 11
Einstein (Walter Hinck)
JAKOB VAN HODDIS Bd. 7
Weltende (Peter Rühmkorf)
FRIEDRICH HÖLDERLIN Bd. 3
Abbitte (Gerhard Schulz)
Abendphantasie (Ludwig Harig)
An die Deutschen (Peter von Matt)
An die Parzen (Marcel Reich-Ranicki)
An Zimmern (Cyrus Atabay)
Da ich ein Knabe war (Eckart Kleßmann)
Das Angenehme dieser Welt hab' ich genossen (Hans Christoph Buch)
Der Frühling (Walter Jens)
Der Gang aufs Land (Jochen Hieber)
Der Spaziergang (Renate Schostack)
Der Tod für's Vaterland (Wolf Biermann)
Der Winkel von Hardt (Peter Härtling)
Der Zeitgeist (Werner Ross)
Ganymed (Samuel Bächli)
Hälfte des Lebens (Ernst Jandl)
Heidelberg (Ulla Hahn)
Lebensalter (Hans Maier)
Lebenslauf (Elisabeth Borchers)
Menschenbeifall (Klaus Siblewski)
Natur und Kunst oder Saturn und Jupiter (Dieter Borchmeyer)
Sokrates und Alkibiades (Walter Hinderer)
Wenn aus dem Himmel ... (Friedrich Wilhelm Korff)
Wie Meeresküsten ... (Ludwig Harig)
WALTER HÖLLERER Bd. 10
Ein Boot ist immer versteckt (Walter Hinck)
LUDWIG CHRISTOPH HEINRICH HÖLTY Bd. 1
Ihr Freunde hänget (Walter Hinck)
Totengräberlied (Werner Fuld)
AUGUST HEINRICH HOFFMANN VON FALLERSLEBEN Bd. 4
Das Lied der Deutschen (Ruth Klüger)

Der deutsche Zollverein (Volker Neuhaus)
Michel-Enthusiast (Peter Demetz)
Christian Hofmann von Hofmannswaldau Bd. 1
Auf den Mund (Wolfgang Koeppen)
Die Welt (Ruprecht Wimmer)
Vergänglichkeit der Schönheit (Marian Szyrocki)
Wo sind die Stunden (Hans Christoph Buch)
Hugo von Hofmannsthal Bd. 6
Der Jüngling in der Landschaft (Richard Alewyn)
Der Schiffskoch, ein Gefangener, singt: (Ruth Klüger)
Die Beiden (Nikolas Benckiser)
Glückliches Haus (Ulrich Weinzierl)
Inschrift (Kurt Klinger)
Lebenslied (Hilde Spiel)
Manche freilich ... (Hilde Spiel)
Reiselied (Ludwig Harig)
Terzinen. Über Vergänglichkeit (Golo Mann)
Tobt der Pöbel (Ulrich Weinzierl)
Was ist die Welt? (Walter Hinck)
Wir gingen einen Weg (Renate Schostack)
Arno Holz Bd. 5
Er klagt/daß der Frühling so kortz blüht (Gerhard Schulz)
Im Thiergarten (Reinhold Grimm)
Ricarda Huch Bd. 5
Mein Herz, mein Löwe (Ulla Hahn)
Nicht alle Schmerzen (Werner Fuld)
Uralter Worte kundig (Ulla Hahn)
Wiegenlied (Ruth Klüger)
Wo hast du all die Schönheit hergenommen (Elisabeth Borchers)
Peter Huchel Bd. 9
Caputher Heuweg (Friedrich Christian Delius)
Chausseen (Joseph Anton Kruse)
Der Garten des Theophrast (Hilde Spiel)
Dezember 1942 (Friedrich Denk)
Exil (Horst Bienek)
König Lear (Walter Hinck)
Kreuzspinne (Rolf Schneider)
Nachlässe (Günter Kunert)

Ophelia (Walter Hinck)
Soldatenfriedhof (Ruth Klüger)
Traum im Tellereisen (Sarah Kirsch)
Unter der blanken Hacke des Monds (Werner Söllner)
RICHARD HUELSENBECK Bd. 7
Dada-Schalmei (Walter Hinck)
ERNST JANDL Bd. 10
an gott (Werner Ross)
aus der dichtung (Hans Christian Kosler)
der fisch (Hanspeter Brode)
glückwunsch (François Bondy)
in der küche ist es kalt (Klaus Siblewski)
lichtung (Volker Hage)
manchmal hab ich eine solche wut ... (Werner Ross)
nachtstück, mit blumen (Ulrich Weinzierl)
schtzngrmm (Rolf Schneider)
sommerlied (Werner Ross)
vater komm erzähl vom krieg (Ulrich Weinzierl)
versenken (Wolfgang Brenneisen)
wien: heldenplatz (Hanspeter Brode)
zertretener mann blues (Peter Wapnewski)
ERICH JANSEN Bd. 8
Annettes Kutsche auf Rüschhaus (Eckart Kleßmann)
BERND JENTZSCH Bd. 12
Gedächtnis (Peter Härtling)
Sommer (Eva Zeller)
GERT JONKE Bd. 12
Der Kanal (Hans Christian Kosler)
FRIEDRICH GEORG JÜNGER Bd. 8
Beschwörung (Günter Blöcker)
ERICH KÄSTNER Bd. 8
Chor der Fräuleins (Egon Schwarz)
Das letzte Kapitel (Eva Demski)
Der Handstand auf der Loreley (Georg Kreisler)
Die Zeit fährt Auto (Wolfgang Brenneisen)
Familiäre Stanzen (Robert Gernhardt)
Kennst Du das Land (Wolfgang Werth)
Maskenball im Hochgebirge (Klara Obermüller)

Moral (Dolf Sternberger)
Sachliche Romanze (Rudolf Walter Leonhardt)
Sogenannte Klassefrauen (Christa Rotzoll)
Zur Fotografie eines Konfirmanden (Iring Fetscher)
Franz Kafka Bd. 6
Kühl und hart (Peter Demetz)
Und die Menschen gehn in Kleidern (Heinz Politzer)
Georg Kaiser Bd. 6
Der Spiegel (Walter Hinck)
Mascha Kaléko Bd. 9
Großstadtliebe (Marcel Reich-Ranicki)
Im Exil (Beate Pinkerneil)
Kleine Havel-Ansichtskarte (Horst Krüger)
Anna Louisa Karsch Bd. 1
An den Domherrn von Rochow (Renate Schostack)
Marie Luise Kaschnitz Bd. 9
Dein Schweigen (Hans Christian Kosler)
Die Gärten (Hilde Domin)
Die Katze (Ruth Klüger)
Ein Gedicht (Horst Rüdiger/Horst Bienek)
Genazzano (Ulla Hahn)
Hiroshima (Dieter Borchmeyer)
Juni (Robert Gernhardt)
Kleine Ballade (Wulf Segebrecht)
Nicht gesagt (Walter Helmut Fritz)
Vögel (Christa Melchinger)
Gottfried Keller Bd. 5
Abendlied (Hans Weigel)
Am fließenden Wasser (Cyrus Atabay)
Die Zeit geht nicht (Helmuth Nürnberger)
Ehescheidung (Peter Horst Neumann)
Friede der Kreatur (Gerhard Kaiser)
Jugendgedenken (Hans Wysling)
Schöne Brücke (Hermann Kunisch)
Seemärchen (Gerhard Schulz)
Waldlied (Peter von Matt)
Weihnachtsmarkt (Peter Hamm)
Wie glänzt der helle Mond (Heinz Politzer)
Winternacht (Hermann Burger/Werner Weber)

Hans Peter Keller Bd. 9
Folge (Hilde Domin)
Friederike Kempner Bd. 5
Frohe Stunden (Rudolf Krämer-Badoni)
Justinus Kerner Bd. 3
Der Wanderer in der Sägmühle (Werner Dürrson)
Ikarus (Wulf Segebrecht)
Liebesplage (Peter Härtling)
Unter dem Himmel (Eckart Kleßmann)
Wer machte dich so krank? (Peter Härtling)
Hermann Kesten Bd. 8
Ich bin der ich bin (Horst Bienek)
Rainer Kirsch Bd. 11
Die Dialektik (Harald Hartung)
Sonett (Peter Maiwald)
Sterbelager preußisch (Karl Mickel)
Sarah Kirsch Bd. 11
Am Walfjord (Hanne F. Juritz)
Beginn der Zerstörung (Peter von Matt)
Bei den Stiefmütterchen (Ulla Hahn)
Datum (Walter Hinck)
Der Süden (Ludwig Harig)
Die Heide (Joachim Kaiser)
Die Luft riecht schon nach Schnee (Horst Bienek)
Die Verdammung (Ruth Klüger)
Einäugig (Harald Weinrich)
Eine Schlehe im Mund komme ich übers Feld (Reiner Kunze)
Erdreich (Hermann Lenz)
Im Juni (Rolf Schneider)
Klosterruine Dshwari (Eberhard Lämmert)
Moorland (Kerstin Hensel)
Nachricht aus Lesbos (Heinz Politzer)
Naturschutzgebiet (Christoph Perels)
Reisezehrung (Gerhard Schulz)
Schöner See Wasseraug (Sabine Doering)
Schwarze Bohnen (Marcel Reich-Ranicki)
Wulf Kirsten Bd. 11
die ackerwalze (Heinz Czechowski)
Gottfried Silbermann (Gerhard Schulz)

grabschrift für meinen großvater (Heinz Piontek)
wüstgefallener jüdischer friedhof in Mähren (Eckart Kleßmann)
Karin Kiwus Bd. 12
Im ersten Licht (Wolfgang Hildesheimer)
Kleine Erinnerung an den Fortschritt (Elisabeth Borchers)
Straight Flush (Gabriele Wohmann)
Klabund Bd. 7
Es werden Tage kommen (Georg Hensel)
Klage der Garde (Heinz Politzer)
Liebeslied (Matthias Wegner)
Man soll in keiner Stadt (Hilde Spiel)
Paul Klee Bd. 6
Herr Waldemar (Peter Maiwald)
Ewald Christian von Kleist Bd. 1
Der gelähmte Kranich (Hans Christoph Buch)
Heinrich von Kleist Bd. 3
An den König von Preußen (Günter de Bruyn)
An die Königin Luise von Preußen (Hermann Kurzke)
Katharina von Frankreich (Heinz Politzer)
Mädchenrätsel (Benno von Wiese)
Prolog (Helmut Koopmann)
Wilhelm Klemm Bd. 6
An der Front (Ernst Jandl)
Eckart Klessmann Bd. 11
E. T. A. Hoffmann beim Fenster (Wulf Segebrecht)
Thomas Kling Bd. 12
gewebeprobe (Hubert Winkels)
Friedrich Gottlieb Klopstock Bd. 1
Das Rosenband (Walter Hinderer)
Der Lehrling der Griechen (Ekkehart Krippendorff)
Die frühen Gräber (Peter Wapnewski)
Die Musik (Eckart Kleßmann)
Furcht der Geliebten (Hans Christian Kosler)
Mein Wäldchen (Heinrich Detering)
Barbara Köhler Bd. 12
Guten Tag (Werner Fuld)
Uwe Kolbe Bd. 12
Für den Anfang (Kurt Oesterle)
Gertrud Kolmar Bd. 8

Abschied (Jürgen Theobaldy)
An der Grenze (Rüdiger Görner)
Die Fahrende (Klaus Jeziorkowski)
Die gelbe Schlange (Jochen Hieber)
Die Kröte (Ruth Klüger)
Die Verlassene (Ulla Hahn)
Ein grünes Kleid (Walter Helmut Fritz)
Zueignung (Ludwig Völker)
MAX KOMMERELL Bd. 9
Spiegelung der Sonne zwischen Seerosenblättern (Dorothea Hölscher-Lohmeyer)
JÖRG KOWALSKI Bd. 12
Neckarpartie mit Hölderlinturm (Gerhard Schulz)
HERTHA KRÄFTNER Bd. 10
Abends (Kurt Klinger)
»Anna«, sagte der Mann (Elisabeth Borchers)
Dorfabend (Peter Härtling)
WERNER KRAFT Bd. 8
Lied (Günter Blöcker)
THEODOR KRAMER Bd. 8
Abschied von einem ausreisenden Freund (Herta Müller)
Die Gaunerzinke (Hans J. Fröhlich)
Lied am Bahndamm (Barbara Frischmuth)
Lob der Verzweiflung (Günter Kunert)
Wenn ein Pfründner einmal Wein will (Gerhard Kaiser)
Wer läutet draußen an der Tür? (Kurt Klinger)
Zur halben Nacht (Milo Dor)
KARL KRAUS Bd. 6
Man frage nicht, was all die Zeit ich machte (Michael Krüger)
Traum vom Fliegen (Hans Christian Kosler)
Wiese im Park (Werner Fuld)
URSULA KRECHEL Bd. 12
Episode am Ende (Walter Helmut Fritz)
GEORG KREISLER Bd. 10
Frühlingsmärchen (Heinz Politzer)
FRANZ XAVER KROETZ Bd. 12
Tröste mich (Wolf Wondratschek)
KARL KROLOW Bd. 9

Ariel (Peter Härtling)
Besuch kommt (Gabriele Wohmann)
Das Bild, das man hinterläßt (Walter Helmut Fritz)
Der Nächtliche (Dieter Kühn)
Die goldene Wolke (Gert Ueding)
Diese alten Männer (Sarah Kirsch)
Es war die Nacht (Werner Fuld)
Für alle Zeit (Gerhard Schulz)
Mit feuchten Händen (Reinhold Grimm)
Noch einmal (Ludwig Harig)
Sieh dir das an (Gabriele Wohmann)
Stele für Catull (Eckart Kleßmann)
Was war, was ist (Walter Helmut Fritz)
Michael Krüger Bd. 12
Die Enten (Herbert Heckmann)
Die Reise nach Jerusalem (Eva Zeller)
Johannes Kühn Bd. 11
Zeitung am Kaffeetisch (Ludwig Harig)
Der von Kürenberg Bd. 1
Ich stuont mir nehtint spâte (Joachim Bumke)
Ich zôch mir einen valken (Peter Rühmkorf)
Günter Kunert Bd. 11
Atlas (Walter Hinck)
Den Fischen (Helmut Lamprecht)
Ernst Balcke (Elisabeth Endres)
Fantasma (Joseph Anton Kruse)
Frist (Marcel Reich-Ranicki)
Im Norden (Reinhold Grimm)
Konjunktiver Doppelgänger (Fritz J. Raddatz)
Unterwegs nach Utopia I (Walter Hinderer)
Vision an der Oberbaumbrücke (Helmut Koopmann)
Vorortabend (Horst Bienek)
Reiner Kunze Bd. 11
Bittgedanke, dir zu Füßen (Gabriele Wohmann)
Das kleine Auto (Werner Ross)
Erste Liebe (Gertrud Fussenegger)
Erster Brief der Tamara A. (Hans Mayer)
Fahrschüler für Lastkraftwagen (Hans Maier)

Hallstatt mit schwarzem Stift (Gertrud Fussenegger)
Literaturarchiv in M. (Gertrud Fussenegger)
Tagebuchblatt 74 (Volker Hage)
Friedo Lampe Bd. 8
Sommer verglüht (Hans Christoph Buch)
Horst Lange Bd. 9
Eine Geliebte aus Luft (Heinz Piontek)
Elisabeth Langgässer Bd. 8
Daphne an der Sonnenwende (Günter Blöcker)
Frühling 1946 (Horst Krüger)
Vorfrühlingswald (Joseph Anton Kruse)
Winterwende (Karl Krolow)
Else Lasker-Schüler Bd. 5
Die Verscheuchte (Heinz Politzer)
Ein alter Tibetteppich (Horst Rüdiger)
Ein Liebeslied (Eckhard Heftrich)
Giselheer dem Tiger (Peter von Matt)
Hingabe (Friedrich Christian Delius)
In meinem Schoße (Rolf Schneider)
Jakob (Ruth Klüger)
Klein Sterbelied (Hans Christian Kosler)
Man muß so müde sein ... (Christa Melchinger)
Mein blaues Klavier (Ruth Klüger)
Pharao und Joseph (Doris Runge)
Christine Lavant Bd. 9
Der Mond kniet auf ... (Michael Krüger)
Kreuzzertretung (Kerstin Hensel)
Seit heute, aber für immer (Hans Maier)
Wie gut (Barbara Frischmuth)
Gertrud von Le Fort Bd. 6
Deutsches Leid (Walter Hinck)
Wilhelm Lehmann Bd. 6
Amnestie (Wolfgang Koeppen/Hilde Domin)
Auf sommerlichem Friedhof (Günter Blöcker)
In Solothurn (Hans Bender)
Mond im Januar (Hans Daiber)
Oberon (Siegfried Lenz)
Hans Leip Bd. 7
Lili Marleen (Rudolf Walter Leonhardt)

Dieter Leisegang Bd. 12
Einsam und allein (Harald Hartung)
Richard Leising Bd. 11
Der Sieg (Karl Mickel)
Nikolaus Lenau Bd. 4
Die bezaubernde Stelle (Rolf Vollmann)
Die drei Zigeuner (Hans Mayer)
Einsamkeit (2) (Sibylle Wirsing)
Hermann Lenz Bd. 9
Regen (Jochen Hieber)
Jakob Michael Reinhold Lenz Bd. 3
An die Sonne (Gert Ueding)
Willkommen (Peter von Matt)
Wo bist du itzt? (Ludwig Harig)
Alexander Lernet-Holenia Bd. 8
Die Bilder (Hilde Spiel)
Linos (Armin Ayren)
Gotthold Ephraim Lessing Bd. 1
Die Sinngedichte an den Leser (Walter Jens)
Lied aus dem Spanischen (Peter von Matt)
Lob der Faulheit (Peter Horst Neumann)
Nix Bodenstrom (Walter Jens)
Alfred Lichtenstein Bd. 7
Abschied (Reinhold Grimm)
Der Morgen (Peter Demetz)
Die Schlacht bei Saarburg (Ludwig Harig)
Gebet vor der Schlacht (Wolfgang Leppmann)
Montag auf dem Kasernenhof (Wolfgang Koeppen)
Detlev von Liliencron Bd. 5
Der Handkuß (Iring Fetscher)
Die Musik kommt (Petra Kipphoff)
Dorfkirche im Sommer (Benno von Wiese)
Einen Sommer lang (Wolfgang Leppmann)
Schöne Junitage (Christa Melchinger)
Hermann Lingg Bd. 5
Das Krokodil (Jörg von Uthmann)
Oskar Loerke Bd. 6
Ans Meer (Siegfried Unseld)

Grab des Dichters (Eckart Kleßmann)
Pansmusik (Eckart Kleßmann)
Timur und die Seherin (Uwe Pörksen)
Webstuhl (Rudolf Jürgen Bartsch)
Winterliches Vogelfüttern (Wolfgang Leppmann)
Daniel Casper von Lohenstein Bd. 1
Aufschrift eines Labyrinths (Michael Krüger)
Umschrift eines Sarges (Wulf Segebrecht)
Paula Ludwig Bd. 8
Nicht mehr mit Blumen (Ulrich Weinzierl)
Martin Luther Bd. 1
Da pacem (Eva Zeller)
Der XLVI. Psalm. Deus noster refugium et virtus (Walter Jens, Kurt Marti, Adolf Muschg, Peter Rühmkorf)
Ein lied von der Heiligen Christlichen Kirchen aus dem XII. capitel Apocalypsis (Walter Jens)
Mitten wyr ym leben sind (Ruprecht Wimmer)
Rebecca Lutter Bd. 11
Mein Platz (Hans Joachim Schrimpf)
Peter Maiwald Bd. 12
Grabinschrift (Wulf Segebrecht)
Himmelgeister Sonett (Wolfgang Brenneisen)
Letzte Stunde (Karl Krolow)
Rainer Malkowski Bd. 11
Schöne seltene Weide (Elisabeth Borchers)
Stadtkirche am Vormittag (Godehard Schramm)
Thomas Mann Bd. 6
Monolog (Hans Mayer)
Alfred Margul-Sperber Bd. 8
Auf den Namen eines Vernichtungslagers (Peter Horst Neumann)
Kurt Marti Bd. 10
großer gott klein (Walter Helmut Fritz)
Friederike Mayröcker Bd. 10
an eine Mohnblume mitten in der Stadt (Peter von Matt)
schwarzer Titel (Ursula Krechel)
zugeschüttetes Gesicht (Hajo Steinert)
Christoph Meckel Bd. 11
An wen auch immer ich mich wende (Harald Weinrich)

Es war der Atem im Schnee (Harald Hartung)
Gedicht für meinen Vater (Hilde Domin)
Geerntet der Kirschbaum, der Juni zu Ende (Gert Ueding)
Süße Person (Rolf Haufs)
Selma Meerbaum-Eisinger Bd. 10
Spaziergang (Ulla Hahn)
Walter Mehring Bd. 8
Denn: Aller Anfang ist schwer (Peter Rühmkorf)
Ernst Meister Bd. 9
Gedenken V (Hans-Georg Gadamer)
Langsame Zeit (Walter Helmut Fritz)
Utopische Fahrt (Egon Schwarz)
Zu wem (Eva Zeller)
Conrad Ferdinand Meyer Bd. 5
Auf dem Canal Grande (Helmut Koopmann)
Dämmergang (Peter von Matt)
Das Ende des Festes (Emil Staiger)
Der römische Brunnen (Hans-Ulrich Treichel)
Die tote Liebe (Elisabeth Endres)
Ein Pilgrim (Golo Mann)
Lethe (Dieter Borchmeyer)
Möwenflug (Ruth Klüger)
Nicola Pesce (Peter von Matt)
Karl Mickel Bd. 11
Elegie (Günter Kunert)
Inferno XXXIV. (Rainer Kirsch)
Maischnee (Peter Maiwald)
Eduard Mörike Bd. 4
Abschied (Hans Joachim Kreutzer)
An eine Äolsharfe (Siegfried Melchinger)
An einem Wintermorgen (Walter Hinderer)
Auf eine Christblume (Hanspeter Brode)
Auf eine Lampe (Wulf Segebrecht)
Auf einen Klavierspieler (Walter Helmut Fritz)
Auf einer Wanderung (Hans Mayer)
Das verlassene Mägdlein (Hermann Kesten)
Denk es, o Seele (Hans Christoph Buch)
Der Tambour (Hanspeter Brode)

Ein Irrsal kam (Renate Schostack)
Früh im Wagen (Barbara Stierle)
Gesang zu Zweien in der Nacht (Walter Hinck)
Maschinka (Reinhard Lauer)
Restauration (Herbert Heckmann)
Sommer-Refektorium (Hermann Burger)
Um Mitternacht (Heinz Politzer)
Verborgenheit (Hermann Burger)
Zu viel (Gertrud Fussenegger)
CHRISTIAN MORGENSTERN Bd. 6
Anto-logie (Egon Schwarz)
Aus stillen Fenstern (Günter Kunert)
Das ästhetische Wiesel (Jürgen Stenzel)
Das große Lalula (Jörg von Uthmann)
Das Huhn (Hanspeter Brode)
Das Knie (Alfred Brendel)
Der Traum der Magd (Eckart Kleßmann)
Der Werwolf (Wolfgang Werth)
Die Schwestern (Klaus Scholder)
Die unmögliche Tatsache (Gerhard Schulz)
Drei Hasen (Ludwig Harig)
Ein Lächeln irrt verflogen (Friedrich Torberg)
Fisches Nachtgesang (Hans Magnus Enzensberger)
Möwenlied (Nikolas Benckiser)
Palmström an eine Nachtigall, die ihn nicht schlafen ließ (Eckart Kleßmann)
Zäzilie (II) (Werner Ross)
FRITZ MÜHLENWEG Bd. 8
Sehnsucht (Hartmut von Hentig)
ERICH MÜHSAM Bd. 6
Der Revoluzzer (Gertrud Fussenegger)
HEINER MÜLLER Bd. 11
Herz der Finsternis nach Joseph Conrad (Joachim Sartorius)
Montaigne meets Tasso I (Uwe Wittstock)
Traumwald (Hans Christoph Buch)
WILHELM MÜLLER Bd. 3
Der Lindenbaum (Jörg von Uthmann)
Der Wegweiser (Hartmut von Hentig)

Die Post (Joachim Kaiser)
Im Dorfe (Hans J. Fröhlich)
Mut (Jürgen Theobaldy)
Rückblick (Sibylle Wirsing)
Tränenregen (Dieter Borchmeyer)
Börries Freiherr von Münchhausen Bd. 6
Die Hesped-Klage (Iring Fetscher)
Johann Nestroy Bd. 4
Lied des Fabian (Walter Jens)
Dagmar Nick Bd. 10
Hybris (Günter Kunert)
Treibjagd (Walter Hinck)
Philipp Nicolai Bd. 1
Ein geistlich Braut-Lied (Eckart Kleßmann)
Friedrich Nietzsche Bd. 5
Der Einsame (Werner Ross)
Der Freigeist (Gert Ueding)
Die Krähen schrei'n (Hermann Kurzke)
Die Sonne sinkt (Werner Ross)
Im Süden (Ludwig Harig)
Trost für Anfänger (Günter Kunert)
Venedig (Christa Melchinger)
Helga M. Novak Bd. 11
bin zu alt (Eva Demski)
Tschechow nach Sachalin (Heinz Ludwig Arnold)
Novalis Bd. 3
Alle Menschen seh ich leben (Eckhard Heftrich)
Ich sehe dich in tausend Bildern (Iring Fetscher)
Walzer (Ludwig Harig)
Wenn nicht mehr Zahlen und Figuren (Hans Maier)
Christine Nöstlinger Bd. 11
Auszählreime (Ludwig Harig)
Brigitte Oleschinski Bd. 12
Wie eng, wie leicht: ein Tankflügel – (Hubert Winkels)
Martin Opitz Bd. 1
An die Deutsche Nation (Wulf Segebrecht)
Das Fieberliedlin (Hanspeter Brode)
Oswald von Wolkenstein Bd. 1
Durch Barbarei (Thomas Kling)

BERT PAPENFUSS-GOREK Bd. 12
rasender schmerts weiterlachen (Friedrich Christian Delius)
OSKAR PASTIOR Bd. 10
Abendlied (Wolfgang Hildesheimer)
ECKART PETERICH Bd. 8
Sonette einer Griechin (XVII) (Nikolas Benckiser)
HEINZ PIONTEK Bd. 10
Schlittenromanze (Horst Bienek)
AUGUST VON PLATEN Bd. 4
Dies Land der Mühe (Horst Rüdiger)
Es liegt an eines Menschen Schmerz (Joachim C. Fest)
Lebensstimmung (Golo Mann)
Mein Auge ließ das hohe Meer zurücke (Hans-Ulrich Treichel)
Mein Herz ist zerrissen (Joseph Anton Kruse)
Tristan (Peter Wapnewski)
Wer wußte je das Leben? (Hans Christoph Buch/Benno von Wiese)
MATTHIAS POLITYCKI Bd. 12
Tankwart, das Lied vom Volltanken singend (Uwe Wittstock)
REINHARD PRIESSNITZ Bd. 12
herbst (Barbara Frischmuth)
WILHELM RAABE Bd. 5
Des Menschen Hand (Walter Helmut Fritz)
FERDINAND RAIMUND Bd. 3
Das Hobellied (Peter von Matt)
CHRISTA REINIG Bd. 10
Der enkel trinkt (Günter Kunert)
Die Prüfung des Lächlers (Horst Bienek)
Robinson (Peter Maiwald)
REINMAR VON ZWETER Bd. 1
in mîner âbentzît (Peter Wapnewski)
JÜRGEN RENNERT Bd. 12
Erschaffung des Golems (Günter Kunert)
RAINER MARIA RILKE Bd. 6
Abschied (Sibylle Wirsing)
An der sonngewohnten Straße (Eckart Kleßmann)
Archaïscher Torso Apollos (Ulrich Karthaus)
Auferstehung (Hilde Spiel)
Blaue Hortensie (Rainer Gruenter)

Corrida (Hans-Ulrich Treichel)
Das Füllhorn (Kurt Klinger)
Das Karussell (Ulrich Weinzierl)
Der Abenteuerer I (Cyrus Atabay)
Der Knabe (Ulrich Greiner)
Der Panther (Wolfgang Leppmann)
Der Pavillon (Wolfgang Preisendanz)
Der Schwan (Hellmuth Karasek)
Der Wahnsinn (Peter Maiwald)
Die Brandstätte (Christoph Perels)
Die Flamingos (Wolfgang Leppmann)
Die Kurtisane (Egon Schwarz)
Du aber, Göttlicher (Werner Weber)
Früher Apollo (Gertrud Höhler)
Früher, wie oft (Jan Knopf)
Frühling ist wiedergekommen (Werner Ross)
Gebet für die Irren und Sträflinge (Wolfgang Koeppen)
Herbsttag (Rainer Kirsch)
Ich fürchte mich so (Walter Müller-Seidel)
Komm du, du letzter (Ralf Rothmann)
Liebes-Lied (Gertrud Höhler)
Magie (Günter Kunert)
Noch fast gleichgültig ... (Eckart Kleßmann)
Römische Fontäne (Hans-Ulrich Treichel)
Rose, oh reiner Widerspruch (Wolfgang Leppmann)
Tränenkrüglein (Harald Hartung)
Wandelt sich rasch auch die Welt (Joachim Kaiser)
Wilder Rosenbusch (Ulrich Fülleborn)

Joachim Ringelnatz Bd. 6

An der Alten Elster (Eckart Kleßmann)
An meinen längst verstorbenen Vater (Eckart Kleßmann)
Die neuen Fernen (Werner Ross)
Die Schnupftabaksdose (Wolfgang Brenneisen)
Ich habe dich so lieb (Peter Horst Neumann)
Kindersand (Wolfgang Werth)
Kniebeuge (Peter Rühmkorf)
Liedchen (Reinhard Lauer)
Logik (Ludwig Harig)

Neujahrsnachtfahrt (Eva Demski)
Sommerfrische (Ludwig Harig)
Vorm Brunnen in Wimpfen (Peter Rühmkorf)
THOMAS ROSENLÖCHER Bd. 12
Der Engel mit der Eisenbahnermütze (Alexander von Bormann)
Des Kreischens Brummbaß (Karl Mickel)
FRIEDERIKE ROTH Bd. 12
Auf und nirgends an (Harald Hartung)
Mimosen (Ludwig Harig)
Wir beide (Harald Hartung)
LUDWIG RUBINER/FRIEDRICH EISENLOHR/LIVINGSTONE HAHN Bd. 6
Gold (Robert Gernhardt)
FRIEDRICH RÜCKERT Bd. 3
Amaryllis (Wolfgang Koeppen)
Das vierzigste Ghasel (Golo Mann)
Die Liebe sprach (Ulla Hahn)
Ich bin der Welt abhanden gekommen (Ulrich Karthaus)
Kehr ein bei mir! (Renate Schostack)
Lob des Abendrotes (Rolf Vollmann)
Nach Dschelaleddin Rumi (Golo Mann)
Über alle Gräber (Gabriele Wohmann)
Was schmiedst du, Schmied? (Albrecht Goes)
PETER RÜHMKORF Bd. 11
Ans Glück verzettelt (Gert Ueding)
Auf eine Weise des Joseph Freiherrn von Eichendorff (Walter Hinck)
Auf was nur einmal ist (Walter Busse)
Bleib erschütterbar und widersteh (Albert von Schirnding)
De mortuis oder: üble Nachrede (Harald Weinrich)
Heinrich-Heine-Gedenk-Lied (Rolf Schneider)
Hochseil (Heinz Ludwig Arnold)
So müde, matt, kapude (Joseph Anton Kruse)
DORIS RUNGE Bd. 12
fliegen (Wulf Segebrecht)
ich (Eckhard Heftrich)
ikarus (Rudolf Walter Leonhardt)
mit blick auf den kölner dom (Ulla Hahn)
venedig (Matthias Hermann)
FERDINAND VON SAAR Bd. 5
Herbst (Helmuth Nürnberger)

Nelly Sachs Bd. 7
Gebet für den toten Bräutigam (Gerhard Schulz)
Völker der Erde (Hilde Domin)
Weiß im Krankenhauspark (Ruth Klüger)
Wenn nicht dein Brunnen (Doris Runge)
Wer aber leerte den Sand aus euren Schuhen? (Rolf Schneider)
Hans Sahl Bd. 9
Charterflug in die Vergangenheit (Walter Hinck)
Strophen (Horst Krüger)
Friedrich von Schiller Bd. 3
Das Mädchen aus der Fremde (Gert Ueding)
Das Mädchen von Orleans (Benno von Wiese)
Der Antritt des neuen Jahrhunderts. An *** (Gerhard Schulz)
Der Pilgrim (Helmut Koopmann)
Der Tanz (Werner Ross)
Die Teilung der Erde (Peter von Matt)
Die Worte des Wahns (Walter Hinderer)
Dithyrambe (Wolfgang Koeppen)
Laura am Klavier (Stefana Sabin)
Nänie (Joachim C. Fest)
Punschlied (Peter von Matt)
Spruch des Confucius (Eckhard Heftrich)
Untertänigstes Pro Memoria (Ruth Klüger)
Robert Schindel Bd. 12
Kältelied (Klara Obermüller)
Leopoldstädter Tanzlied (Walter Hinderer)
Vineta I (Volker Kaukoreit)
Albert von Schirnding Bd. 11
Bitte um Heimsuchung (Wolfdietrich Rasch)
Georg Philipp Schmidt Bd. 3
Der Wanderer (Friedrich Dieckmann)
Max Schneckenburger Bd. 5
Die Wacht am Rhein (Jörg von Uthmann)
Arthur Schnitzler Bd. 5
Fliessen die Tränen (Ulrich Weinzierl)
Arthur Schopenhauer Bd. 3
Auf die Sixtinische Madonna (Hans Maier)

Rudolf Alexander Schröder Bd. 6
Nur mit meines Fingernagels Rande (Karl Korn)
Vom Glück der Untröstlichkeit (Werner Fuld)
Christian Friedrich Daniel Schubart Bd. 1
Der Kupferstecher nach der Mode (Peter Härtling)
Franz Schubert Bd. 4
Klage an das Volk (Friedrich Dieckmann)
Friedrich Schult Bd. 7
Du bist ein anhangloser Mann (Cyrus Atabay)
Sibylla Schwarz Bd. 1
ISt Lieb ein Feur (Wulf Segebrecht)
LIebe schont der Gœtter nicht (Walter Hinck)
Kurt Schwitters Bd. 7
An Anna Blume (Rudolf Augstein)
Basel (Gerhard Schaub)
Der Zigarette Ende (Klaus Siblewski)
Die Nixe. Ballade (Karl Riha)
Frühe rundet Regen blau (Peter Demetz)
Ina Seidel Bd. 6
Trost (Peter Wapnewski)
Werner Söllner Bd. 12
Liebende (Jochen Hieber)
Was bleibt (Günter Kunert)
Friedrich Spee von Langenfeld Bd. 1
Ermahnung zur Buße (Hermann Kurzke)
Ein kurz poetisch Christgedicht vom Ochs und Eselein bei der Krippen (Iring Fetscher)
Zu Bethlehem geboren (Jürgen Busche)
Ernst Stadler Bd. 6
Anrede (Barbara Frischmuth)
Der Spruch (Michael Krüger)
Fahrt über die Kölner Rheinbrücke bei Nacht (Werner Ross)
Gratia divinae pietatis adesto Savinae de petra dura perquam sum facta figura (Karl Ludwig Schneider)
Judenviertel in London (Hans Christoph Buch)
Franz Baermann Steiner Bd. 9
Elefantenfang (Michael Hamburger)
Theodor Storm Bd. 4
Abends (Karl Krolow)

Begegnung (Doris Runge)
Hyazinthen (Hans Bender)
Lied des Harfenmädchens (Marcel Reich-Ranicki)
Meeresstrand (Gerhard Kaiser)
Tiefe Schatten (Gerd Eversberg)
Über die Heide (Helmuth Nürnberger)
August Stramm Bd. 6
Patrouille (Jan Knopf)
Ludwig Strauss Bd. 7
An die Bucht (Bernd Witte)
Eva Strittmatter Bd. 11
Der Amsel (Stefana Sabin)
Süsskind von Trimberg Bd. 1
Wâhebûf und Nichtenvint (Peter Wapnewski)
Jürgen Theobaldy Bd. 12
Abenteuer mit Dichtung (Wulf Segebrecht)
Ein Amtsschreiber erwacht (Hans Christoph Buch)
Weiche Körper (Karl Krolow)
Jesse Thoor Bd. 9
Adventrede (Elisabeth Borchers)
In einem Haus (Siegfried Unseld)
Ludwig Tieck Bd. 3
Der Überlästige (Lutz Hagestedt)
Die Musik spricht (Gerd Ueding)
Ernst Toller Bd. 7
Gemeinsame Haft (Thomas Rietzschel)
Friedrich Torberg Bd. 9
Sehnsucht nach Alt-Aussee (Ulrich Weinzierl)
Georg Trakl Bd. 7
Abend in Lans (Karl Krolow)
De profundis (Erich Fried)
Der Herbst des Einsamen (Walter Hinck)
Die Kirche (Eckart Kleßmann)
Die schöne Stadt (Geno Hartlaub)
Grodek (Rolf Schneider)
Im Herbst (Hans Joachim Schrimpf)
Im Osten (Günter Kunert)
Im Park (Werner Ross)

In den Nachmittag geflüstert (Hans-Ulrich Treichel)
Trompeten (Rainer Malkowski)
Verklärung (Gertrud Fussenegger)
Vorstadt im Föhn (Barbara Frischmuth)
HANS-ULRICH TREICHEL Bd. 12
Von großen Dingen (Lothar Schöne)
KURT TUCHOLSKY Bd. 7
An das Baby (Benno von Wiese)
Danach (Marcel Reich-Ranicki)
Malwine (Sibylle Wirsing)
Park Monceau (Reinhold Grimm)
Rheinsberg (Beate Pinkerneil)
Schepplin (Hellmuth Karasek)
LUDWIG UHLAND Bd. 3
Der gute Kamerad (Peter Horst Neumann)
Fräuleins Wache (Peter von Matt)
Frühlingslied des Rezensenten (Hans Mayer)
In ein Stammbuch (Renate Schostack)
Neujahrswunsch 1817 (Günter Kunert)
REGINA ULLMANN Bd. 6
Alles ist sein ... (Peter von Matt)
GUNTRAM VESPER Bd. 12
Die Gewohnheit zu zittern (Gert Ueding)
Tagebuch Anfang Februar (Peter Horst Neumann)
CLAUDE VIGÉE Bd. 10
Winterweiden (Christa Melchinger)
JOHANN HEINRICH VOSS Bd. 3
Die Kartoffelernte (Wolfgang Werth)
GEORG VON DER VRING Bd. 7
Cap de Bonne-Espérance (Heinz Piontek)
Kavaliershaus (Albert von Schirnding)
Wieskirche (Eckart Kleßmann)
WILHELM HEINRICH WACKENRODER Bd. 3
Siehe wie ich trostlos weine (Hans Rudolf Vaget)
CHRISTIAN WAGNER Bd. 5
Im Garten des Albergo del Sole (Eckart Kleßmann)
Ostersamstag (Peter Härtling)
Spätes Erwachen (Walter Helmut Fritz)

RICHARD WAGNER Bd. 4
Ein rundes, ein schönes Gedicht (Marcel Reich-Ranicki)
ROBERT WALSER Bd. 6
Die Reiterin (Werner Weber)
Die schöne Frau von Thun (Wolfgang Rothe)
Mikrogramm III (Arnim Ayren)
Und ging (Siegfried Unseld)
Was fiel mir ein? (Peter von Matt)
SILJA WALTER Bd. 9
Tänzerin (Peter von Matt)
WALTHER VON DER VOGELWEIDE Bd. 1
Ich hân mîn lêhen (Wolfgang Werth)
In einem zwîvellîchen wân (Hans Christoph Buch)
Mir hât hêr Gêrhart Atze (Joachim Bumke)
Müeste ich noch geleben daz ich die rôsen (Peter Wapnewski)
Under der linden (Marcel Reich-Ranicki)
Vil wol gelobter got (Peter Wapnewski)
FRANK WEDEKIND Bd. 5
Der Tantenmörder (Wulf Segebrecht)
Xanthippe (Georg Wöhrle)
JOSEF WEINHEBER Bd. 7
Ich liebe den Tod (Ulrich Weinzierl)
KONRAD WEISS Bd. 6
Propria Peregrina (Friedhelm Kemp)
FRANZ WERFEL Bd. 7
Das Bleibende (Reinhold Grimm)
Der Dirigent (Ulrich Weinzierl)
Der schöne strahlende Mensch (Eckart Kleßmann)
Katharina (Peter Demetz)
Morgenhymnus (Heinz Politzer)
Traumstadt eines Emigranten (Kurt Klinger)
Unser aller Kinderfrau (Karla Schneider)
Vater und Sohn (Albert von Schirnding)
MATHILDE WESENDONK Bd. 5
Im Treibhaus (H. H. Stuckenschmidt)
WOLFGANG WEYRAUCH Bd. 9
Aber wie (Gert Ueding)
PETER WILL Bd. 12
Wetterfahnen (Reinhold Grimm)

Marianne von Willemer Bd. 3
Ach um deine feuchten Schwingen (Christoph Perels)
Suleika (Eva Demski)
Georg Winter Bd. 12
Das Faultier oder Die Geschichte zur hakenförmigen Kralle (Benno von Wiese)
Ror Wolf Bd. 11
Aus dem Norden (Hans Christian Kosler)
der vater spricht von dem franzos (Hubert Spiegel)
Rammer & Brecher. 3. Sonett (Karl Riha)
Alfred Wolfenstein Bd. 6
Tiger (Günter Kunert)
Wolfram von Eschenbach Bd. 1
Den morgenblic bî wahtærs sange erkôs (Peter Wapnewski)
Karl Wolfskehl Bd. 5
Von umflorten Berges Kimme (Gerhard Schulz)
Wolf Wondratschek Bd. 12
Adam jr. (Lothar Schöne)
In den Autos (Peter Rühmkorf)
Lied von der Liebe (Wolfgang Brenneisen)
Peter Paul Zahl Bd. 12
mittel der obrigkeit (Erich Fried)
Eva Zeller Bd. 10
Das Kind in dem ich stak (Egon Schwarz)
Zu guter Letzt (Gerhard Schulz)
Guido Zernatto Bd. 9
Dieser Wind der fremden Kontinente (Hans Bender)
Albin Zollinger Bd. 8
Stille des Herbstes (Adolf Muschg)
Stefan Zweig Bd. 6
Der Sechzigjährige dankt (Ulrich Weinzierl/Matthias Wegner)

Unbekannter Dichter Bd. 1
Der glückliche Jäger (Eckart Kleßmann)
Dû bist mîn (Peter Wapnewski)
Es ist ein Ros entsprungen (Hermann Kurzke)
Mich dunket ... (Peter Wapnewski)
Verschneiter Weg (Wolfgang Koeppen)
Willst du dein Herz mir schenken (Frank Trommler)

Zweiter Merseburger Zauberspruch (Ruth Klüger)
Unbekannter Dichter/Aus des Knaben Wunderhorn Bd. 4
Das bucklichte Männlein (Heinz Politzer)
Die Judentochter (Gerhard Schulz)
Erntelied (Hermann Kurzke)
Rewelge (Eckart Kleßmann)
Wie kommt es, daß du traurig bist? (Brigitte Kronauer)
Unbekannter Dichter Bd. 4
Kein Feuer, keine Kohle (Ulla Hahn)

ALPHABETISCHES GESAMTVERZEICHNIS DER INTERPRETEN UND DER VON IHNEN INTERPRETIERTEN GEDICHTE IN DEN BÄNDEN 1-12

RICHARD ALEWYN geboren 1902 in Frankfurt am Main, starb 1979 in Prien. Er war Professor für Deutsche Literatur an den Universitäten Köln, Berlin und Bonn. Unter anderem veröffentlichte er »Über Hugo von Hofmannsthal« (1959) und »Probleme und Gestalten« (1974).
Hugo von Hofmannsthal, Der Jüngling in der Landschaft Bd. 6, S. 83

THOMAS ANZ geboren 1948 in Göttingen, ist Professor für Neuere Deutsche Literatur an der Universität Marburg. Er veröffentlichte unter anderem: »Literatur der Existenz im Expressionismus« (1977), »Gesund oder krank? Medizin, Moral und Ästhetik in der Gegenwartsliteratur« (1989), »Franz Kafka« (1989), »Es geht nicht um Christa Wolf« (1992), »Literatur und Lust« (1998) und »Literatur des Expressionismus« (2002).
Ingeborg Bachmann, Alle Tage Bd. 10, S. 265 – Ernst Blass, Der Nervenschwache Bd. 7, S. 359 – Bertolt Brecht, Großer Dankchoral Bd. 8, S. 297 – Bertolt Brecht, Von der Freundlichkeit der Welt Bd. 8, S. 399 – Matthias Claudius, Der Tod und das Mädchen Bd. 1, S. 433 – Erich Fried, Angst und Zweifel Bd. 10, S. 79 – Erich Fried, Links rechts links rechts Bd. 10, S. 91 – Robert Gernhardt, Noch einmal: Mein Körper Bd. 11, S. 531 – Johann Wolfgang von Goethe, An den Mond Bd. 2, S. 13 – Ulla Hahn, Ars poetica Bd. 12, S. 223

HEINZ LUDWIG ARNOLD geboren 1940 in Essen, ist freiberuflicher Publizist in Göttingen und Honorarprofessor der Göttinger Universität. Er ist Herausgeber der Zeitschrift »TEXT + KRITIK«, des »Kritischen Lexikons zur deutschsprachigen Gegenwartsliteratur« sowie des »Kritischen Lexikons zur fremdsprachigen Gegenwartsliteratur«. Er veröffentlichte unter anderem die elfbändige Anthologie »Die deutsche Literatur seit 1945« (1995 ff.).
Gottfried Benn, Fragmente Bd. 7, S. 53 – Friedrich Dürrenmatt, Kronenhalle Bd. 10, 69 – Helga M. Novak, Tschechow nach Sachalin Bd. 11, S. 437 – Peter Rühmkorf, Hochseil Bd. 11, S. 113

CYRUS ATABAY geboren 1929 bei Teheran, starb 1996 in München. Er veröffentlichte unter anderem: »Puschkiniana« (1990), »Gedichte« (1991) und »Leise Revolten« (1992).
Thomas Brasch, Lied Bd. 12, S. 197 – Friedrich Hölderlin, An Zimmern Bd. 3, S. 131 – Gottfried Keller, Am fließenden Wasser Bd. 5, S. 71 – Rainer Maria Rilke, Der Abenteuerer I Bd. 6, S. 197 – Friedrich Schult, Du bist ein anhangloser Mann Bd. 7, S. 341

RUDOLF AUGSTEIN geboren 1923 in Hannover, ist seit 1947 Herausgeber des Nachrichtenmagazins DER SPIEGEL. Er veröffentlichte unter anderem »Preußens Friedrich und die Deutschen« (1986), »Jesus Menschensohn« (1972/99), »Deutschland, einig Vaterland? Ein Streitgespräch« (1990) und »Ein deutsches Jahrzehnt. Reportagen 1985-1995« (1995).
Kurt Schwitters, An Anna Blume Bd. 7, S. 241

ARMIN AYREN geboren 1934 in Friedrichshafen, lebt in Höchenschwand. Er veröffentlichte unter anderem: »Der Mann im Kamin« (1980), »Buhl oder Der Konjunktiv« (1982), »Der flambierte Säugling« (1985), »Das Blaue vom Ei« (1985), »Der Baden-Badener Fenstersturz« (1989) und »Die Trommeln von Mekka« (1990).
Joseph von Eichendorff, Es wandelt, was wir schauen Bd. 3, S. 431 – Friedrich Wilhelm Güll, Will sehen, was ich weiß, vom Büblein auf dem Eis Bd. 4, S. 467 – Heinrich Heine, Der Scheidende Bd. 4, S. 159 – Alexander Lernet-Holenia, Linos Bd. 8, S. 129 – Robert Walser, Mikrogramm III Bd. 6, S. 367

INGRID BACHÉR geboren 1930 in Rostock, lebt in Düsseldorf. Sie veröffentlichte Romane, Erzählungen und Jugendbücher, unter anderem: »Schöner Vogel Quetzal« (1959), »Karibische Fahrt« (1961), »Das Paar« (1980), »Woldsen oder es wird keine Ruhe geben« (1982), »Die Tarotspieler« (1986), »Assisi verlassen« (1993), »Schliemanns Zuhörer« (1995) und »Sarajewo 96« (2001).
Günter Eich, Wildwechsel Bd. 9, S. 245

SAMUEL BÄCHLI geboren 1918 in St. Petersburg, starb 1993 in Zürich. Er war Leiter der Literaturredaktion von Radio Zürich, von 1949 bis 1956 Lektor an der Universität Uppsala und später einer der »Herausgeber« des dritten NDR-Programms.
Friedrich Hölderlin, Ganymed Bd. 3, S. 173

RUDOLF JÜRGEN BARTSCH geboren 1921 in Köslin/Pommern, lebt als freier Schriftsteller und Schauspieler in Köln. Er veröffentlichte Funk-

und Film-Essays, erzählende Prosa in Anthologien und den Roman »Krähenfang« (1964).

Johannes Bobrowski, Der Samländische Aufstand 1525 Bd. 9, S. 459 – Günter Eich, Der Große Lübbe-See Bd. 9, S. 199 – Johann Wolfgang von Goethe, Grün ist der Boden der Wohnung Bd. 2, S. 215 – Oskar Loerke, Webstuhl Bd. 6, S. 535

Reinhard Baumgart geboren 1929 in Breslau, lebt als freier Schriftsteller in München und Berlin. Er lehrte Literaturwissenschaft an der TU Berlin von 1990 bis 1997 und veröffentlichte unter anderem die essayistischen Bücher »Literatur für Zeitgenossen« (1966), »Aussichten des Romans« (1968), »Glücksgeist und Jammerseele« (1986), »Selbstvergessenheit. Drei Wege zum Werk: Thomas Mann, Franz Kafka, Bertolt Brecht« (1989), »Auferstehung und Tod des Joseph Roth« (1991), »Addio – Abschied von der Literatur. Variationen über ein altes Thema« (1995) und den Roman »Liebesspuren« (2000).

Bertolt Brecht, Lied der Mutter über den Heldentod des Feiglings Wessowtschikow Bd. 8, S. 307 – Hans Magnus Enzensberger, das ende der eulen Bd. 10, S. 463 – Robert Gernhardt, Alte Künste Bd. 11, S. 515 – Johann Wolfgang von Goethe, Dem aufgehenden Vollmonde Bd. 2, S. 497 – Johann Wolfgang von Goethe, Früh wenn Tal, Gebirg und Garten Bd. 2, S. 505 – Durs Grünbein, Wußten wir? Bd. 12, S. 401

Jürgen Becker geboren 1932 in Köln, wo er als Redakteur beim Rundfunk tätig ist. Er schrieb die Prosa-Bücher: »Felder« (1964), »Ränder« (1968), »Umgebungen« (1970), »Erzählen bis Ostende« (1981) sowie die Gedichtbände: »Das Ende der Landschaftsmalerei« (1974), »Erzähl mir nichts vom Krieg« (1977), »In der verbleibenden Zeit« (1979), »Fenster und Stimmen« (1982), »Die Abwesenden« (1982) und »Die Tür zum Meer« (1983).

Hans Magnus Enzensberger, call it love Bd. 10, S. 459

Nikolas Benckiser geboren 1903 im Klostergut Fremersberg b. Baden-Baden, wo er 1987 starb. Er war Redakteur und Mitherausgeber der »Frankfurter Allgemeinen Zeitung« und schrieb die Bücher: »Tage wie Schwestern« (1958), »Der Tanz mit dem Cello« (1966) und »Gute Welt, du gehst so stille« (1971).

Hugo von Hofmannsthal, Die Beiden Bd. 6, S. 93 – Christian Morgenstern, Möwenlied Bd. 6, S. 71 – Eckart Peterich, Sonette einer Griechin (XVII) Bd. 8, S. 535

Hans Bender geboren 1919 in Mühlhausen/Kraichgau, lebt in Köln. Er war von 1954 bis 1980 Mitherausgeber der Zeitschrift »Akzente« und veröffentlichte unter anderem die Erzählungsbände »Wölfe und Tauben« (1957), »Mit dem Postschiff« (1962) und »Bruderherz« (1987), die Romane »Wunschkost« (1959), »Eine Sache wie die Liebe« (1991), den Sammelband »Worte Bilder Menschen« (1959) sowie die Aufzeichnungen »Einer von ihnen« (1979) und den Gedichtband »Hier bleiben wir« (1992).

Johann Wolfgang von Goethe, Als Allerschönste Bd. 2, S. 485 – Hermann Hesse, Knarren eines geknickten Astes Bd. 6, S. 325 – Peter Hille, Waldstimme Bd. 5, S. 303 – Wilhelm Lehmann, In Solothurn Bd. 6, S. 415 – Theodor Storm, Hyazinthen Bd. 4, S. 515 – Guido Zernatto, Dieser Wind der fremden Kontinente Bd. 9, S. 159

Claus-Ulrich Bielefeld geboren 1947 in Bad Schwalbach, lebt in Berlin und arbeitet als Literaturredakteur beim Sender Freies Berlin. Er schreibt Literaturkritiken für diverse Zeitungen und Zeitschriften.

Gottfried Benn, Saal der kreißenden Frauen Bd. 7, S. 117 – Joseph von Eichendorff, Lied Bd. 3, S. 447 – Paul Fleming, Wie Er wolle geküsset seyn Bd. 1, S. 211 – Günter Grass, Gleisdreieck Bd. 10, S. 393 – Henriette Hardenberg, Wir werden Bd. 8, S. 29

Horst Bienek geboren 1930 in Gleiwitz, starb 1990 in München. Er veröffentlichte die Gedichte »Gleiwitzer Kindheit« (1976), die Romane »Die Zelle« (1968), »Die erste Polka« (1975), »Septemberlicht« (1977), »Zeit ohne Glocken« (1979), »Erde und Feuer« (1982) sowie die essayistischen Arbeiten »Bakunin, eine Invention« (1976), »Der nichtverlorene Sohn« (1988), »Birken und Hochöfen« (1990) und »Das allmähliche Ersticken von Schreien, Sprache und Exil heute« (1987).

Ingeborg Bachmann, Wahrlich Bd. 10, S. 327 – Paul Celan, Wir lagen Bd. 9, S. 581 – Günter Eich, Zu spät für Bescheidenheit Bd. 9, S. 249 – Joseph von Eichendorff, Mandelkerngedicht Bd. 3, S. 451 – Johann Wolfgang von Goethe, Gedichte sind gemalte Fensterscheiben Bd. 2, S. 465 – Günter Grass, Polnische Fahne Bd. 10, S. 405 – Max Herrmann-Neiße, Die Blessierten Bd. 7, S. 175 – Peter Huchel, Exil Bd. 9, S. 125 – Marie Luise Kaschnitz, Ein Gedicht Bd. 9, S. 49 – Hermann Kesten, Ich bin der ich bin Bd. 8, S. 525 – Sarah Kirsch, Die Luft riecht schon nach Schnee Bd. 11, S. 343 – Günter Kunert, Vorortabend Bd. 11, S. 71 – Heinz Piontek, Schlittenromanze Bd. 10, S. 261 – Christa Reinig, Die Prüfung des Lächlers Bd. 10, S. 375

Wolf Biermann geboren 1936 in Hamburg, lebte bis 1976 in Ost-Ber-

lin und wohnt jetzt in Hamburg. Er veröffentlichte unter anderem die Gedichtbände »Die Drahtharfe« (1965), »Für meine Genossen« (1973), »Preußischer Ikarus« (1978), »Affenfels und Barrikade« (1986), »Klartext im Getümmel« (1990) und »Alle Gedichte« (1995) sowie »Jizchak Katzenelson: Großer Gesang vom ausgerotteten jüdischen Volk« (1994) und »Paradies uff Erden. Ein Berliner Bilderbogen« (1999).
Friedrich Hölderlin, Der Tod für's Vaterland Bd. 3, S. 159

GÜNTER BLÖCKER geboren 1913 in Hamburg, lebt in Berlin. Er ist Literaturkritiker und Essayist. Er veröffentlichte u.a.: »Die neuen Wirklichkeiten« (1957), »Heinrich von Kleist oder Das absolute Ich« (1960), »Kritisches Lesebuch« (1962) und »Literatur als Teilhabe« (1966).
Gottfried Benn, Menschen getroffen Bd. 7, S. 95 – Annette von Droste-Hülshoff, Im Grase Bd. 4, S. 91 – Ludwig Fels, Annäherungsversuch Bd. 12, S. 215 – Stefan George, Wir stehen an der hecken gradem wall Bd. 5, S. 451 – Johann Wolfgang von Goethe, Bei Betrachtung von Schillers Schädel Bd. 2, S. 455 – Franz Grillparzer, Der Halbmond glänzet am Himmel Bd. 3, S. 527 – Friedrich Georg Jünger, Beschwörung Bd. 8, S. 421 – Werner Kraft, Lied Bd. 8, S. 81 – Elisabeth Langgässer, Daphne an der Sonnenwende Bd. 8, S. 501 – Wilhelm Lehmann, Auf sommerlichem Friedhof Bd. 6, S. 411

VOLKER BOHN geboren 1941 in Wiesbaden, ist Professor für Neuere Deutsche Philologie an der Johann Wolfgang Goethe-Universität Frankfurt am Main. Er veröffentlichte zuletzt: »Deutsche Literatur seit 1945«, eine sechsteilige Filmdokumentation (ZDF) und ein Begleitbuch (1993).
Bertolt Brecht, Tannen Bd. 8, S. 353

FRANÇOIS BONDY geboren 1915 in Berlin, lebt in Zürich. Er veröffentlichte unter anderem: »Aus nächster Ferne« (1969), »Der Rest ist Schreiben« (1972), »Eugène Jonesco« (1975), »Alle Katzen sind sterblich« (1976), »Der Nachkrieg muß kein Vorkrieg sein. Europäische Orientierungen« (1985), »Pfade der Neugier« (1989) und »Mein dreiviertel Jahrhundert« (1990).
Ernst Jandl, glückwunsch Bd. 10, S. 215

ELISABETH BORCHERS geboren 1926 in Homberg am Niederrhein, lebt in Frankfurt am Main. Sie veröffentlichte unter anderem: »Gedichte« (1961), »Der Tisch an dem wir sitzen« (1967), »Eine glückliche Familie und andere Prosa« (1970), »Gedichte« (1976), »Wer lebt« (1986), »Von der Grammatik des heutigen Tages« (1992), »Was ist die Antwort« (1998) und »Eine Geschichte auf Erden« (2002).

Ernst Moritz Arndt, Klage um den kleinen Jakob Bd. 3, S. 105 – H. C. Artmann, den hintern sollte ich dir Bd. 10, S. 41 – Bertolt Brecht, Das Lied von der Moldau Bd. 8, S. 177 – Günter Eich, Herrenchiemsee Bd. 9, S. 215 – Johann Wolfgang von Goethe, Der Park Bd. 2, S. 151 – Rolf Haufs, Drei Strophen Bd. 11, S. 303 – Ricarda Huch, Wo hast du all die Schönheit hergenommen Bd. 5, S. 351 – Friedrich Hölderlin, Lebenslauf Bd. 3, S. 193 – Karin Kiwus, Kleine Erinnerung an den Fortschritt Bd. 12, S. 79 – Hertha Kräftner, »Anna«, sagte der Mann Bd. 10, S. 441 – Rainer Malkowski, Schöne seltene Weide Bd. 11, S. 577 – Jesse Thoor, Adventrede Bd. 9, S. 173

Dieter Borchmeyer geboren 1941 in Essen, ist Professor für Neuere Deutsche Literatur- und Theaterwissenschaft an der Universität Heidelberg. Er veröffentlichte unter anderem: »Höfische Gesellschaft und französische Revolution bei Goethe« (1977), »Das Theater Richard Wagners« (1982), »Macht und Melancholie. Schillers Wallenstein« (1988), »Die Götter tanzen Cancan. Richard Wagners Liebesrevolten« (1992), »Weimarer Klassik. Portrait einer Epoche« (1994), »Des Grauens Süße. Annette von Droste-Hülshoff« (1997), »Goethe der Zeitbürger« (1999) und »Richard Wagner. Ahasvers Wandlungen« (2002).

Annette von Droste-Hülshoff, Das Spiegelbild Bd. 4, S. 69 – Heinrich Heine, Pomare Bd. 4, S. 269 – Friedrich Hölderlin, Natur und Kunst oder Saturn und Jupiter Bd. 3, S. 201 – Marie Luise Kaschnitz, Hiroshima Bd. 9, S. 61 – Conrad Ferdinand Meyer, Lethe Bd. 5, S. 175 – Wilhelm Müller, Tränenregen Bd. 3, S. 557

Alexander von Bormann geboren 1936 auf Menzlin/Pommern, ist Professor für Neuere Deutsche Literatur an der Universität von Amsterdam. Er veröffentlichte unter anderem: »Naturpoesie und emblematische Formel bei Joseph von Eichendorff« (1968) und »Geschichte der deutschen Literatur von 1945 bis zur Gegenwart. Lyrik West« (1994).

Gottfried Benn, Kann keine Trauer sein Bd. 7, S. 69 – Joseph von Eichendorff, Die zwei Gesellen Bd. 3, S. 425 – Durs Grünbein, Biologischer Walzer Bd. 12, S. 393 – Ulla Hahn, Für Bd. 12, S. 239 – Thomas Rosenlöcher, Der Engel mit der Eisenbahnermütze Bd. 12, S. 299

Alfred Brendel geboren 1931 in Wiesenberg/Mähren, lebt in London. Er ist Pianist und veröffentlichte neben zahlreichen Schallplatten auch die Bücher »Nachdenken über Musik« (1977) und »Musik beim Wort genommen« (1992).

Christian Morgenstern, Das Knie Bd. 6, S. 35

Wolfgang Brenneisen geboren 1941 in Tilsit, lebt in Biberach. Er schreibt vor allem Satiren und Hörspiele.
Bertolt Brecht, Der Pflaumenbaum Bd. 8, S. 211 – Ernst Jandl, versenken Bd. 10, S. 249 – Erich Kästner, Die Zeit fährt Auto Bd. 8, S. 455 – Peter Maiwald, Himmelgeister Sonett Bd. 12, S. 287 – Joachim Ringelnatz, Die Schnupftabaksdose Bd. 6, S. 453 – Wolf Wondratschek, Lied von der Liebe Bd. 12, S. 151

Hanspeter Brode geboren 1940 in Ludwigshafen, lebt dort. Er veröffentlichte unter anderem: »Benn-Chronik« (1978), »Günter Grass. Autorenbuch« (1979) und »Deutsche Lyrik – eine Anthologie« (1990).
Gottfried Benn, Herr Wehner Bd. 7, S. 63 – Werner Bergengruen, Die Lüge Bd. 7, S. 541 – Bertolt Brecht, Deutschland, du Blondes, Bleiches Bd. 8, S. 227 – Joseph von Eichendorff, In der Fremde Bd. 3, S. 443 – Johann Wolfgang von Goethe, In einer Stadt einmal Bd. 2, S. 387 – Heinrich Heine, An einen ehemaligen Goetheaner (1832) Bd. 4, S. 105 – Ernst Jandl, der fisch Bd. 10, S. 211 – Ernst Jandl, wien: heldenplatz Bd. 10, S. 253 – Eduard Mörike, Auf eine Christblume Bd. 4, S. 361 – Eduard Mörike, Der Tambour Bd. 4, S. 387 – Martin Opitz, Das Fieberliedlin Bd. 1, S. 175 – Christian Morgenstern, Das Huhn Bd. 6, S. 31

Günter de Bruyn geboren 1926 in Berlin, wo er auch heute lebt. Er veröffentlichte Erzählungen, Romane, Essays, unter anderem: »Buridans Esel« (1968), »Das Leben des Jean Paul Friedrich Richter« (1975), »Märkische Forschungen« (1978), »Neue Herrlichkeit« (1984), »Zwischenbilanz« (1992), »Mein Brandenburg« (1993), »Vierzig Jahre. Ein Lebensbericht« (1996) und »Preußens Luise« (2000).
Heinrich von Kleist, An den König von Preußen Bd. 3, S. 253

Hans Christoph Buch geboren 1944 in Wetzlar, lebt in Berlin. Er veröffentlichte Romane, Erzählungen und Essays, unter anderem: »Unerhörte Begebenheiten« (1966), »Aus der neuen Welt« (1975), »Die Hochzeit von Port-au-Prince« (1984), »Haïti Chérie« (1990), »Rede des toten Kolumbus am Tag des Jüngsten Gerichts« (1992), »Der Burgwart der Wartburg – Eine deutsche Geschichte« (1994), »Kain und Abel in Afrika« (2001) und »Blut im Schuh« (2001).
Johannes R. Becher, Stein-Gesicht Bd. 7, S. 475 – Otto Julius Bierbaum, Er entsagt Bd. 5, S. 363 – Nicolas Born, Drei Wünsche Bd. 11, S. 491 – Adelbert von Chamisso, Der Invalid im Irrenhaus Bd. 3, S. 341 – Günter Eich, Kleine Reparatur Bd. 9, S. 229 – Hans Magnus Enzensberger, kirschgarten im schnee Bd. 10, S. 503 – Albrecht Haushofer, Maschi-

nensklaven Bd. 9, S. 101 – Heinrich Heine, An meine Mutter Bd. 4, S. 113 – Paul Heyse, Asylrecht Bd. 5, S. 199 – Friedrich Hölderlin, Das Angenehme dieser Welt hab' ich genossen Bd. 3, S. 141 – Christian Hofmann von Hofmannswaldau, Wo sind die Stunden Bd. 1, S. 253 – Ewald Christian von Kleist, Der gelähmte Kranich Bd. 1, S. 347 – Friedo Lampe, Sommer verglüht Bd. 8, S. 495 – Eduard Mörike, Denk es, o Seele Bd. 4, S. 383 – Heiner Müller, Traumwald Bd. 11, S. 85 – August von Platen, Wer wußte je das Leben? Bd. 4, S. 41 – Ernst Stadler, Judenviertel in London Bd. 6, S. 509 – Jürgen Theobaldy, Ein Amtsschreiber erwacht Bd. 12, S. 181 – Walther von der Vogelweide, In einem zwîvellîchen wân Bd. 1, S. 51

Joachim Bumke geboren 1929 in Berlin, ist Professor em. für Deutsche Philologie in Köln. Er veröffentlichte unter anderem: »Mäzene im Mittelalter« (1979), »Höfische Kultur« (1986), »Geschichte der deutschen Literatur im hohen Mittelalter« (1990), »Die Nibelungenklage« (1999) und »Die Blutstropfen im Schnee« (2001).

Dietmar von Aist, Slâfest du, vriedel ziere Bd. 1, S. 29 – Der von Kürenberg, Ich stuont mir nehtint spâte Bd. 1, S. 33 – Hartmann von Aue, Maniger grüezet mich alsô Bd. 1, S. 43 – Walther von der Vogelweide, Mir hât hêr Gêrhart Atze Bd. 1, S. 55

Hermann Burger geboren 1942 in Burg/Schweiz, starb 1989 in Brunegg/Schweiz. Er veröffentlichte die Romane »Schilten« (1976), »Die künstliche Mutter« (1982) und »Brunsleben« (1989), den Gedichtband »Kirchberger Idyllen« (1980), die Erzählungen »Diabelli« (1979) und »Blankenburg« (1986) und den Essayband »Ein Mann aus Wörtern« (1983).

Ingeborg Bachmann, Böhmen liegt am Meer Bd. 10, S. 285 – Gottfried Benn, Astern Bd. 7, S. 23 – Johannes Bobrowski, Hölderlin in Tübingen Bd. 9, S. 469 – Erika Burkart, Flocke um Flocke Bd. 10, S. 135 – Paul Celan, Weggebeizt Bd. 9, S. 577 – Ulla Hahn, Endlich Bd. 12, S. 235 – Hermann Hesse, Lampions in der Sommernacht Bd. 6, S. 329 – Gottfried Keller, Winternacht Bd. 5, S. 119 – Eduard Mörike, Sommer-Refektorium Bd. 4, S. 413 – Eduard Mörike, Verborgenheit Bd. 4, S. 421

Jürgen Busche geboren 1944 in Belzig/Mark Brandenburg, lebt in Freiburg. Er ist Chefredakteur der »Badischen Zeitung« in Freiburg. Er veröffentlichte unter anderem: »Helmut Kohl. Anatomie eines Erfolges« (1998) und verschiedene Publikationen über Werner Heisenberg, Jean-Paul Sartre und Sören Kierkegaard.

Friedrich Spee von Langenfeld, Zu Bethlehem geboren Bd. 1, S. 163

Walter Busse geboren 1923 in Berlin, starb 1986 in Hamburg. Er veröffentlichte »Ist die Revolution unvermeidbar?« (1968) und »24 Spiegel-Gespräche« (1970).
Gottfried Benn, Letzter Frühling Bd. 7, S. 81 – Peter Rühmkorf, Auf was nur einmal ist Bd. 11, S. 97

Karl Otto Conrady geboren 1926 in Hamm/Westfalen, ist em. Professor für Neuere Deutsche Literaturwissenschaft an der Universität Köln. Er veröffentlichte unter anderem: »Lateinische Dichtungstradition und deutsche Lyrik des 17. Jahrhunderts« (1962), »Einführung in die Neuere deutsche Literaturwissenschaft« (1966), »Literatur und Germanistik als Herausforderung« (1974), »Goethe. Leben und Werk« (1982/84), »Deutsche Literatur zur Zeit der Klassik« (1977), »Das große deutsche Gedichtbuch« (1977), »Völkischnationale Germanistik in Köln« (1990) und »Von einem Land und vom andern. Gedichte zur deutschen Wende 1989/1990« (1993).
Erich Fried, Neue Naturdichtung Bd. 10, S. 109 – Johann Wolfgang von Goethe, An Ulrike von Levetzow Bd. 2, S. 441 – Johann Wolfgang von Goethe, Frühling über's Jahr Bd. 2, S. 403

Heinz Czechowski geboren 1935 in Dresden, lebt in Frankfurt. Er veröffentlichte unter anderem: »Mein Venedig« (1989), »Auf eine in Feuer versunkene Stadt« (1990), »Nachtspur« (1993), »Wüste Mark Kolmen« (1997), »Mein Westfälischer Friede. Ein Zyklus« (1998) und »Das offene Geheimnis« (1999).
Wulf Kirsten, die ackerwalze Bd. 11, S. 261

Hans Daiber geboren 1927 in Breslau, lebt in Rösrath. Er veröffentlichte unter anderem: »Argumente für Lazarus« (1996), »Vor Deutschland wird gewarnt« (1967), »Doppelspiel« (1969), »Gerhart Hauptmann« (1971), »Deutsches Theater seit 1945« (1976) und »Schaufenster der Diktatur. Theater im Machtbereich Hitlers« (1995).
Heinrich Heine, Doktrin Bd. 4, S. 189 – Wilhelm Lehmann, Mond im Januar Bd. 6, S. 419

Karl Dedecius geboren 1921 in Lódz/Polen, lebt in Frankfurt/Main. Er leitete bis 1997 das Deutsche Polen-Institut in Darmstadt und ist Übersetzer für slawische Dichtung. Er veröffentlichte die Essays »Deutsche und Polen« (1973), »Polnische Profile« (1975), »Zur Literatur und Kultur Polens« (1981), »Vom Übersetzen« (1986), »Lebenslauf aus Büchern und Blättern« (1990), »Poetik der Polen« (1991), »Wörterbuch des Friedens« (1993) und »Ost West Basar« (1996).
Adelbert von Chamisso, Der ausgewanderte Pole Bd. 3, S. 337

Friedrich Christian Delius geboren 1943 in Rom, lebt in Berlin. Er veröffentlichte die Gedichtbände »Die unsichtbaren Blitze« (1981) und »Japanische Rolltreppen« (1989), die Romane »Mogadischu Fensterplatz« (1987) und »Himmelfahrt eines Staatsfeindes« (1992), die Erzählungen »Die Birnen von Ribbeck« (1991), »Der Sonntag, an dem ich Weltmeister wurde« (1994), »Der Spaziergang von Rostock nach Syrakus« (1995), »Amerikahaus und der Tanz um die Frauen« (1997) und »Die Flatterzunge« (1999).
Rolf Haufs, Jeden Tag Bd. 11, S. 307 – Peter Huchel, Caputher Heuweg Bd. 9, S. 109 – Else Lasker-Schüler, Hingabe Bd. 5, S. 471 – Bert Papenfuß-Gorek, rasender schmerts weiterlachen Bd. 12, S. 357

Peter Demetz geboren 1922 in Prag. Er ist emeritierter Professor für Germanistik und vergleichende Literaturwissenschaft an der Yale University in New Haven (USA). Hauptwerke: »René Rilkes Prager Jahre« (1953), »Marx, Engels und die Dichter« (1959), »Formen des Realismus – Theodor Fontane« (1964), »Die süße Anarchie« (1970), »Worte in Freiheit: Der italienische Futurismus und die deutsche literarische Avantgarde« (1990) und »Prag in Schwarz und Gold« (1998).
Johannes R. Becher, Sommer Bd. 7, S. 471 – Bertolt Brecht, Vom armen B. B. Bd. 8, S. 381 – Johann Wolfgang von Goethe, Der Guckuck wie die Nachtigall Bd. 2, S. 473 – Ulla Hahn, Für einen Flieger Bd. 12, S. 243 – Ulla Hahn, Katzenmahlzeit Bd. 12, S. 251 – Walter Hasenclever, Die Lagerfeuer an der Küste Bd. 7, S. 375 – August Heinrich Hoffmann von Fallersleben, Michel-Enthusiast Bd. 4, S. 317 – Franz Kafka, Kühl und hart Bd. 6, S. 431 – Alfred Lichtenstein, Der Morgen Bd. 7, S. 325 – Kurt Schwitters, Frühe rundet Regen blau Bd. 7, S. 261 – Franz Werfel, Katharina Bd. 7, S. 437

Eva Demski geboren 1944 in Regensburg, lebt in Frankfurt am Main. Sie veröffentlichte unter anderem die Essaybände »Unterwegs« (1988), »Käferchen und Apfel« (1989), »Land und Leute« (1994) und die Romane »Goldkind« (1979), »Karneval« (1981), »Scheintod« (1984), »Hotel Hölle, guten Tag...« (1987), »Afra« (1992), »Das Narrenhaus« (1997) sowie das Reisebuch »Mama Donau« (2001).
Ingeborg Bachmann, Harlem Bd. 10, S. 305 – Fritz Graßhoff, Blues Bd. 9, S. 349 – Ferdinand Hardekopf, Zwiegespräch Bd. 6, S. 301 – Heinrich Heine, Epilog Bd. 4, S. 205 – Erich Kästner, Das letzte Kapitel Bd. 8, S. 443 – Helga M. Novak, bin zu alt Bd. 11, S. 433 – Joachim Ringelnatz, Neujahrsnachtfahrt Bd. 6, S. 477 – Marianne von Willemer, Suleika Bd. 3, S. 353

Friedrich Denk geboren 1942 in Wohlau (Schlesien), ist Deutschlehrer am Gymnasium im oberbayerischen Weilheim. Er veröffentlichte »Die verborgenen Nachrichten, Versuch einer Pressekritik« (1978) und »Die Zensur der Nachgeborenen. Zur regimekritischen Literatur im Dritten Reich« (1995).

Peter Huchel, Dezember 1942 Bd. 9, S. 121

Heinrich Detering geboren 1959 in Neumünster, ist Professor für Neuere Deutsche und Nordische Literaturen an der Universität Kiel. Er veröffentlichte unter anderem: »Theodizee und Erzählverfahren: Wilhelm Raabe« (1990), »Das offene Geheimnis« (1994), »Grundzüge der Literaturwissenschaft« (1996) und »Dänisch-deutsche Doppelgänger« (2001).

Gottfried Benn, Den jungen Leuten Bd. 7, S. 33 – Johannes Bobrowski, Im Strom Bd. 9, S. 477 – Lioba Happel, Ich sah im Abendrot Bd. 12, S. 361 – Friedrich Gottlieb Klopstock, Mein Wäldchen Bd. 1, S. 385

Friedrich Dieckmann geboren 1937 in Landsberg, lebt in Berlin. Er veröffentlichte unter anderem: »Streifzüge« (1977), »Theaterbilder« (1979), »Richard Wagner in Venedig« (1983), »Hilfsmittel wider die alternde Zeit« (1990), »Die Geschichte Don Giovannis« (1991), »Glockenläuten und offene Fragen« (1991), »Vom Einbringen« (1992), »Temperatursprung« (1995), »Der Irrtum des Verschwindens« (1996), »Franz Schubert« (1996) und »Gespaltene Welt und ein liebendes Paar« (1999).

Bertolt Brecht, Deutschland 1952 Bd. 8, S. 223 – Johann Wolfgang von Goethe, Der Schatzgräber Bd. 2, S. 241 – Johann Wolfgang von Goethe, Wenn du am breiten Flusse wohnst Bd. 2, S. 421 – Georg Philipp Schmidt, Der Wanderer Bd. 3, S. 101 – Franz Schubert, Klage an das Volk Bd. 4, S. 305

Sabine Doering geboren 1961 in Celle, ist Professorin für Neuere Deutsche Literaturwissenschaft an der Universität Oldenburg. Sie ist Mitherausgeberin des Kleist-Jahrbuches und veröffentlichte unter anderem: » Aber was ist diß? Formen und Funktionen der Frage in Hölderlins dichterischem Werk« (1992), »Repertorium der Verlagskorrespondenz Göschen (1783 bis 1828)« (1996), »Heinrich von Kleist. Literaturwissen für Schule und Studium« (1996) und »Die Schwestern des Doktor Faust. Eine Geschichte der weiblichen Faustgestalten« (2001).

Hermann Burger, Koriphäen und Koniferen Bd. 12, S. 67 – Sarah Kirsch, Schöner See Wasseraug Bd. 11, S. 387

HILDE DOMIN geboren 1909 in Köln, lebt in Heidelberg. Zu ihren Hauptwerken gehören die Gedichtsammlungen »Nur eine Rose als Stütze« (1959), »Rückkehr der Schiffe« (1962), »Hier« (1964), »Ich will dich« (1970) und »Der Baum blüht trotzdem« (1999) und die Prosabücher »Wozu Lyrik heute« (1968), »Das zweite Paradies« (1968, 86), »Von der Natur nicht vorgesehen. Autobiographisches« (1974), »Aber die Hoffnung. Autobiographisches aus und über Deutschland« (1982) und »Fast ein Lebenslauf« (1992).

Wolfgang Bächler, Nüsse Bd. 10, S. 195 – Elisabeth Borchers, Das Begräbnis in Bollschweil Bd. 10, S. 337 – Johann Wolfgang von Goethe, Nicht mehr auf Seidenblatt Bd. 2, S. 493 – Marie Luise Kaschnitz, Die Gärten Bd. 9, S. 39 – Hans Peter Keller, Folge Bd. 9, S. 371 – Wilhelm Lehmann, Amnestie Bd. 6, S. 403 – Christoph Meckel, Gedicht für meinen Vater Bd. 11, S. 407 – Nelly Sachs, Völker der Erde Bd. 7, S. 511

MILO DOR geboren 1923 in Budapest, lebt seit mehr als fünfzig Jahren als freier Schriftsteller in Wien. Er veröffentlichte unter anderem die Romane: »Tote auf Urlaub« (1952), »Nichts als Erinnerung« (1959), »Die weiße Stadt« (1969), »Alle meine Brüder« (1978), »Die Schüsse von Sarajewo« (1982) und »Internationale Zone« (1994) sowie die Essaybände »Auf der Suche nach der größeren Heimat« (1988), »Leb wohl, Jugoslawien« (1993) und »Mitteleuropa. Mythos oder Wirklichkeit« (1996).

Theodor Kramer, Zur halben Nacht Bd. 8, S. 119

KURT DRAWERT geboren 1956 in Hennigsdorf (Brandenburg), lebt heute in Darmstadt. Er veröffentlichte die Gedichtbände »Privateigentum« (1989), »Wo es war« (1996) und »Lagebesprechung. Junge deutsche Lyrik« (2001), den Roman »Spiegelland« (1992) und die Essays »Haus ohne Menschen« (1993), »Rückseiten der Herrlichkeit« (2001) und »Reisen im Rückwärtsgang« (2001).

Bertolt Brecht, Schlechte Zeit für Lyrik Bd. 8, S. 341

JÖRG DREWS geboren 1938 in Berlin. Er war von 1969-1973 Feuilletonredakteur der »Süddeutschen Zeitung« in München. Seit 1974 ist er Professor für Literaturkritik und Literatur des 20. Jahrhunderts an der Universität Bielefeld. Literaturhistorische und literaturkritische Arbeiten zu Herbert Achternbusch, Alexander Kluge, Otto Nebel, Arno Schmidt, Walter Serner und Johann Gottfried Seume.

Robert Gernhardt, Herbstlicher Baum in der Neuhaußstraße Bd. 11, S. 527

Werner Dürrson geboren 1932 in Schwenningen, lebt in Riedlingen/Oberschwaben. Er veröffentlichte unter anderem die Gedichtbände »Schattengeschlecht« (1965), »Glasstücke« (1970), »Höhlensprache« (1974), »Das Kattenhorner Schweigen« (1984), »Feierabend« (1985), »Pariser Spitzen« (2000) und »Ausgewählte Gedichte« (2001) sowie den Prosaband »Der Luftkünstler« (1983).
Justinus Kerner, Der Wanderer in der Sägmühle Bd. 3, S. 357

Clemens Eich geboren 1954 in Rosenheim, starb 1998 in Wien. Er veröffentlichte unter anderem: »Aufstehn und gehen. Gedichte« (1980) und die Erzählungen »Zwanzig nach drei« (1987) und »Aufzeichnungen aus Georgien« (1999) sowie den Roman »Das steinerne Meer« (1995).
Günter Eich, Gespräche mit Clemens Bd. 9, S. 211

Elisabeth Endres geboren 1934 in München, starb 2000 dort. Sie war Essayistin und Kritikerin und veröffentlichte unter anderem: »Jean Paul, die Struktur seiner Einbildungskraft« (1971), »Autorenlexikon der deutschen Gegenwartsliteratur 1945-1975« (1975), »Die Literatur der Adenauerzeit« (1980) sowie »Edith Stein. Christliche Philosophin und jüdische Märtyrerin« (1998).
Stephan Hermlin, Terzinen Bd. 9, S. 365 – Günter Kunert, Ernst Balcke Bd. 11, S. 43 – Conrad Ferdinand Meyer, Die tote Liebe Bd. 5, S. 163

Peter Engel geboren 1940 in Eutin, lebt als Kulturredakteur in Hamburg. Er veröffentlichte unter anderem die Gedichtbände »Einige von uns« (1980), »Statt eines Briefes« (1986) und »Rückwärts voraus« (2000) und gab (zusammen mit Volker Michels) die »Gesammelten Werke« (1982) von Ernst Weiß heraus.
Albert Ehrenstein, Du mußt zur Ruh Bd. 7, S. 163

Hans Magnus Enzensberger geboren 1929 in Kaufbeuren/Allgäu, lebt in München. Er veröffentlichte unter anderem die Lyriksammlungen »verteidigung der wölfe« (1957), »landessprache« (1960), »blindenschrift« (1964), »Mausoleum« (1975), »Beschreibung eines Dickichts« (1979), »Die Furie des Verschwindens« (1980), »Die Gedichte« (1983), »Der Fliegende Robert« (1989), »Zukunftsmusik« (1991), »Kiosk. Neue Gedichte« (1995) und »Leichter als Luft« (1999) sowie die Essaybände »Einzelheiten« (1962), »Politik und Verbrechen« (1964), »Aussichten auf den Bürgerkrieg« (1993), »Die Elixiere der Wissenschaft« (2002) sowie den Roman »Der kurze Sommer der Anarchie« (1972).
Christian Morgenstern, Fisches Nachtgesang Bd. 6, S. 67

GERD EVERSBERG geboren 1947 in Magdeburg, ist Leiter des Storm-Hauses in Husum. Er veröffentlichte unter anderem: »Klassische Texte der Philosophie« (1986), »Storm-Haus Husum« (1992), »Theodor Storms Weihnachten« (1993), »Theodor Storms erste große Liebe« (1995) und ist Herausgeber der »Schriften der Theodor-Storm-Gesellschaft« sowie der »Editionen aus dem Storm-Haus«.
Theodor Storm, Tiefe Schatten Bd. 4, S. 527

JOACHIM C. FEST geboren 1926 in Berlin, lebt in Kronberg bei Frankfurt am Main. Er war von 1973 bis 1994 Mitherausgeber der »Frankfurter Allgemeinen Zeitung«. Zu seinen Veröffentlichungen gehören die Bücher »Das Gesicht des Dritten Reiches« (1963), »Hitler« (1973), »Aufgehobene Vergangenheit« (1981), »Die unwissenden Magier. Über Thomas und Heinrich Mann« (1985), »Im Gegenlicht. Eine italienische Reise« (1988), »Der zerstörte Traum. Über das Ende des utopischen Zeitalters« (1991) und »Der Untergang. Hitler und das Ende des Dritten Reiches« (2002).
Johann Wolfgang von Goethe, Hoffnung Bd. 2, S. 95 – Johann Wolfgang von Goethe, Nachtgesang Bd. 2, S. 273 – Heinrich Heine, Die Grenadiere Bd. 4, S. 169 – August von Platen, Es liegt an eines Menschen Schmerz Bd. 4, S. 17 – Friedrich Schiller, Nänie Bd. 3, S. 77

IRING FETSCHER geboren 1922 in Marbach am Neckar, ist emeritierter Professor für Politikwissenschaft und Sozialphilosophie an der Johann Wolfgang Goethe-Universität Frankfurt am Main. Er veröffentlichte unter anderem: »Wer hat Dornröschen wachgeküßt? Das Märchen-Verwirrbuch« (1972), »Utopien, Illusionen, Hoffnungen« (1991), »Überlebensbedingungen der Menschheit – ist der Fortschritt noch zu retten?« (1991), »Neugier und Furcht« (1995) und »Die Dreigroschenoper« (2001).
Bertolt Brecht, Kinderhymne Bd. 8, S. 303 – Bertolt Brecht, Wechsel der Dinge Bd. 8, S. 409 – Erich Kästner, Zur Fotografie eines Konfirmanden Bd. 8, S. 491 – Detlev von Liliencron, Der Handkuß Bd. 5, S. 237 – Börries Freiherr von Münchhausen, Die Hesped-Klage Bd. 6, S. 147 – Friedrich Spee von Langenfeld, Ein kurz poetisch Christgedicht vom Ochs und Eselein bei der Krippen Bd. 1, S. 157 – Novalis, Ich sehe dich in tausend Bildern Bd. 3, S. 225

ERICH FRIED geboren 1921 in Wien, starb 1988 in Baden-Baden. Er veröffentlichte unter anderem die Lyrikbände: »Warngedichte« (1963), »Anfechtungen« (1967), »Zeitfragen« (1968), »Gegengift« (1974), »Die bunten Getüme« (1977), »Liebesgedichte« (1979), »Lebensschatten« (1981), »Um Klarheit« (1985), »Wächst das Rettende auch?« (1987) und »Am Rand unserer Lebenszeit« (1987).

Paul Celan, Das Fremde Bd. 9, S. 527 – Hilde Domin, Brennende Stadt (Beirut) Bd. 9, S. 305 – Georg Trakl, De profundis Bd. 7, S. 269 – Peter Paul Zahl, mittel der obrigkeit Bd. 12, S. 189

Barbara Frischmuth geboren 1941 in Altaussee/Steiermark, lebt als freie Schriftstellerin in Wien und Altaussee. Sie veröffentlichte unter anderem die »Sternwieser Trilogie« (1986), die Romane »Über die Verhältnisse« (1988), »Einander Kind« (1990), »Machtnix oder Der Lauf, den die Welt nahm« (1993), den Erzählband »Hexenherz« (1994) sowie Theaterstücke, Hörspiele und Kinderbücher.

H. C. Artmann, es zupft die mandoline Bd. 10, S. 51 – Bertolt Brecht, Weihnachtslegende Bd. 8, S. 413 – Theodor Kramer, Lied am Bahndamm Bd. 8, S. 103 – Christine Lavant, Wie gut Bd. 9, S. 441 – Reinhard Priessnitz, herbst Bd. 12, S. 209 – Ernst Stadler, Anrede Bd. 6, S. 491 – Georg Trakl, Vorstadt im Föhn Bd. 7, S. 315

Walter Helmut Fritz geboren 1929 in Karlsruhe, lebt dort. Er ist Lyriker und Erzähler und veröffentlichte unter anderem die Bände »Cornelias Traum und andere Aufzeichnungen« (1985), »Immer einfacher, immer schwieriger« (1987), »Zeit des Sehens« (1989), »Die Schlüssel sind vertauscht« (1992), »Gesammelte Gedichte 1979 – 1994« (1994), »Das offene Fenster« (1997) und »Zugelassen im Leben« (1999).

Ilse Aichinger, Schneeleute Bd. 10, S. 25 – Clemens Brentano, Was reif in diesen Zeilen Bd. 3, S. 301 – Hilde Domin, Wer es könnte Bd. 9, S. 329 – Johann Wolfgang von Goethe, Lesebuch Bd. 2, S. 395 – Marie Luise Kaschnitz, Nicht gesagt Bd. 9, S. 73 – Gertrud Kolmar, Ein grünes Kleid Bd. 8, S. 63 – Ursula Krechel, Episode am Ende Bd. 12, S. 295 – Karl Krolow, Das Bild, das man hinterläßt Bd. 9, S. 385 – Karl Krolow, Was war, was ist Bd. 9, S. 425 – Kurt Marti, großer gott klein Bd. 10, S. 127 – Ernst Meister, Langsame Zeit Bd. 9, S. 285 – Eduard Mörike, Auf einen Klavierspieler Bd. 4, S. 371 – Wilhelm Raabe, Des Menschen Hand Bd. 5, S. 205 – Christian Wagner, Spätes Erwachen Bd. 5, S. 229

Hans J. Fröhlich geboren 1932 in Hannover, starb 1986 in München. Er schrieb die Romane »Tandelkeller« (1967), »Engels Kopf« (1971), »Anhand meines Bruders« (1974), »Im Garten der Gefühle« (1975) und »Mit Feuer und Flamme« (1982), die Erzählungen »Einschüchterungsversuche« (1979) und die Biographie »Schubert« (1978).

Gottfried Benn, Turin Bd. 7, S. 135 – Heinrich Heine, Die alten, bösen Lieder Bd. 4, S. 163 – Theodor Kramer, Die Gaunerzinke Bd. 8, S. 99 – Wilhelm Müller, Im Dorfe Bd. 3, S. 545

ULRICH FÜLLEBORN geboren 1920 in der Provinz Posen, ist emeritierter Professor für Neuere Deutsche Literaturgeschichte in Erlangen. Er veröffentlichte unter anderem: »Das Strukturproblem der späten Lyrik Rilkes« (1973), »Das dramatische Geschehen im Werk Franz Grillparzers« (1966) und »Besitzen als besäße man nicht. Besitzdenken und seine Alternativen in der Literatur« (1995).

Rainer Maria Rilke, Wilder Rosenbusch Bd. 6, S. 293

MANFRED FUHRMANN geboren 1925 in Hiddesen bei Detmold, lebt in Überlingen. Er ist Professor emeritus für Lateinische Philologie an der Universität Konstanz. Er veröffentlichte unter anderem: »Cicero und die römische Republik« (1989-1997), »Rom in der Spätantike« (1994-1998), »Seneca und Kaiser Nero« (1997), »Geschichte der römischen Literatur« (1999) und »Der europäische Bildungskanon des bürgerlichen Zeitalters« (1999).

Durs Grünbein, In der Provinz 5 Bd. 12, S. 397

WERNER FULD geboren 1947 in Heidelberg, lebt in Inning/Ammersee. Er veröffentlichte unter anderem die Biographien Walter Benjamins (»Zwischen den Stühlen«, 1979) und Wilhelm Raabes (1993) sowie die Erzählungen »Als Kafka noch die Frauen liebte« (1994), »Paganinis Fluch« (2001) und »Das Lexikon der letzten Worte« (2001).

Bertolt Brecht, Das zehnte Sonett Bd. 8, S. 187 – Erich Fried, Mit den Jahren Bd. 10, S. 105 – Johann Wolfgang von Goethe, Eines ist mir verdrießlich Bd. 2, S. 203 – Johann Wolfgang von Goethe, Gib mir Bd. 2, S. 319 – Ludwig Christoph Heinrich Hölty, Totengräberlied Bd. 1, S. 463 – Ricarda Huch, Nicht alle Schmerzen Bd. 5, S. 337 – Barbara Köhler, Guten Tag Bd. 12, S. 377 – Karl Kraus, Wiese im Park Bd. 6, S. 143 – Karl Krolow, Es war die Nacht Bd. 9, S. 401 – Rudolf Alexander Schröder, Vom Glück der Untröstlichkeit Bd. 6, S. 355

GERTRUD FUSSENEGGER geboren 1912 in Pilsen, lebt in Leonding/Oberösterreich. Sie schrieb Romane, Erzählungen und Essayistisches, unter anderem »Die Pulvermühle« (1969), »Maria Theresia« (1980), »Sie waren Zeitgenossen« (1983), »Nur ein Regenbogen« (1987) und »Herrscherinnen« (1991).

Ilse Aichinger, Briefwechsel Bd. 10, S. 13 – Ingeborg Bachmann, Hinter der Wand Bd. 10, S. 309 – Christine Busta, Am Rande Bd. 9, S. 357 – Hilde Domin, Linke Kopfhälfte Bd. 9, S. 317 – Joseph von Eichendorff, Der Abend Bd. 3, S. 407 – Hans Magnus Enzensberger, Utopia Bd. 10, S. 517 – Johann Wolfgang von Goethe, Der Kaiserin Becher Bd. 2, S. 297 – Johann Wolfgang von Goethe, Im Dorfe war ein groß Gelag Bd. 2, S. 425 – Günter Grass, Falada Bd. 10, S. 389 – Günter Grass, Racine läßt sein Wappen ändern Bd. 10, S. 409 – Karoline von Günderode, Die Töne Bd. 3, S. 321 – Peter Hille, Seegesicht Bd. 5, S. 299 – Reiner Kunze, Erste Liebe Bd. 11, S. 223 – Reiner Kunze, Hallstatt mit schwarzem Stift Bd. 11, S. 237 – Reiner Kunze, Literaturarchiv in M. Bd. 11, S. 241 – Eduard Mörike, Zu viel Bd. 4, S. 425 – Erich Mühsam, Der Revoluzzer Bd. 6, S. 347 – Georg Trakl, Verklärung Bd. 7, S. 311

Hans-Georg Gadamer geboren 1900 in Marburg, starb 2002 in Heidelberg. Er war ordentlicher Professor der Philosophie in Leipzig, Frankfurt am Main und von 1949 bis 1968 in Heidelberg. Er veröffentlichte unter anderem: »Platons dialektische Ethik« (1931), »Wahrheit und Methode« (1960), »Hegels Dialektik« (1971), »Philosophische Lehrjahre« (1977), »Poetica« (1977) »Der Anfang der Philosophie« (1996), »Der Anfang des Wissens« (1999) und »Wege zu Plato« (2001).
Ernst Meister, Gedenken V Bd. 9, S. 281

Carsten Gansel geboren 1955 in Güstrow, ist Professor für Deutsche Literatur und Sprache und ihre Didaktik an der Universität Gießen. Er veröffentlichte unter anderem: »Der gespaltene Dichter. Johannes R. Becher« (1991), »Metamorphosen eines Dichters. Johannes R. Becher« (1992), »Parlament des Geistes. Literatur zwischen Hoffnung und Repression 1945-1961« (1996) und »Verfeindete Einzelgänger. Schriftsteller streiten über Politik und Moral« (1997).
Bertolt Brecht, Der Blumengarten Bd. 8, S. 195

Robert Gernhardt geboren 1937 in Reval/Estland. Nach dem Studium der Malerei und Germanistik lebt er als Zeichner und Autor in Frankfurt am Main. Er veröffentlichte unter anderem »Ich Ich Ich« (1982), »Kippfigur« (1986), »Körper in Cafés« (1987), »Was gibt's denn da zu lachen?« (1988), »Gedanken zum Gedicht« (1990), »Lug und Trug« (1991), »Wege zum Ruhm« (1996), »Lichte Gedichte« (1997), »Herz in Not« (1998), »Klappaltar« (1998), »Der letzte Zeichner« (1999) und »Achterbahn« (1999).
F. W. Bernstein, Wachtel Weltmacht? Bd. 11, S. 553 – Bertolt Brecht, Auslassungen eines Märtyrers Bd. 8, S. 163 – Johann Wolfgang von Goethe, Wonne der Wehmut Bd. 2, S. 91 – Erich Kästner, Familiäre Stanzen Bd. 8, S. 459 – Marie Luise Kaschnitz, Juni Bd. 9, S. 65 – Ludwig Rubiner/Friedrich Eisenlohr/Livingstone Hahn, Gold Bd. 6, S. 391

HERMANN GLASER geboren 1928 in Nürnberg, war Schul- und Kulturdezernent der Stadt Nürnberg. Er veröffentlichte unter anderem: »Spießer-Ideologie« (1964), »Eros in der Politik« (1967), »Sigmund Freuds Zwanzigstes Jahrhundert« (1976), »Maschinenwelt und Alltagsleben« (1981), »Kultur der Wilhelminischen Zeit« (1984), »Kulturgeschichte der Bundesrepublik Deutschland« (1985) und »Deutsche Kultur 1945-2000« (1997).

Barthold Hinrich Brockes, Kirsch-Blüte bey der Nacht Bd. 1, S. 311

ALBRECHT GOES geboren 1908 im Hohenloher Land, starb 2000 in Stuttgart. Er lebte als freier Schriftsteller in Stuttgart-Rohr und war zwanzig Jahre lang Pfarrer in württembergischen Gemeinden. Er veröffentlichte unter anderem die Erzählungen »Unruhige Nacht« (1950), »Das Brandopfer« (1954), »Das Löffelchen« (1965) sowie »Gedichte 1930-1950« (1950), »Lichtschatten, du« (1978) und die essayistischen Bücher »Die guten Gefährten« (1942), »Goethes Mutter« (1980) und »Dunkle Tür, angelehnt. Gedanken an der Grenze des Lebens« (1997).

Friedrich Rückert, Was schmiedst du, Schmied? Bd. 3, S. 515

RÜDIGER GÖRNER geboren 1957 in Rottweil/Neckar, lebt in London. Er ist Professor für Neuere Deutsche Literatur und Kulturgeschichte an der Aston University in Birmingham und seit 1999 Direktor des Institute of Germanic Studies der University of London. Er veröffentlichte unter anderem: »Das Tagebuch« (1986), »Mozarts Wagnis« (1991), »Badener Etüden« (1992), »Hölderlins Mitte« (1993), »Grenzgänger« (1995), »Die Kunst des Absurden« (1996), »Wortwege. Zugänge zur spätmodernen Literatur« (1997), »Nietzsches Kunst. Annäherungen an einen Denkartisten« (2000), » Literarische Betrachtungen zur Musik« (2001) und »Grenzen, Schwellen, Übergänge. Zur Poetik des Transitorischen« (2001).

Thomas Bernhard, Unten liegt die Stadt Bd. 11, S. 147 – Clemens Brentano, Geheime Liebe Bd. 3, S. 281 – Hermann Burger, Kranzdeponie Bd. 12, S. 71 – Gertrud Kolmar, An der Grenze Bd. 8, S. 39

FRANZ JOSEF GÖRTZ geboren 1947 in Aachen, lebt bei Frankfurt. Er ist Redakteur bei der »Frankfurter Allgemeinen Zeitung« und veröffentlichte unter anderem: »Günter Grass – Auskunft für Leser« (1984), »Innenansichten« (1987) und »Erich Kästner. Eine Biographie« (1998).

Karoline von Günderode, Der Kuß im Traume Bd. 3, S. 313

WILHELM GÖSSMANN geboren 1926 in Langenstraße, Kreis Lippstadt, lebt in Düsseldorf. Er ist Professor für Didaktik der deutschen Sprache

und Literatur an der Heinrich-Heine-Universität Düsseldorf. Er veröffentlichte unter anderem: »Theorie und Praxis des Schreibens. Wege zu einer neuen Schreibkultur« (1987), »Annette von Droste-Hülshoff. Ich und Spiegelbild« (1985), »Kulturchristentum. Die Verquickung von Religion und Literatur in der deutschen Geistesgeschichte« (1990) und »Heine und die Droste. Eine literarische Zeitgenossenschaft« (1996).
Annette von Droste-Hülshoff, Locke nicht Bd. 4, S. 97

EUGEN GOMRINGER geboren 1925 in Bolivien, lebt in Rehau/Oberfranken und lehrt an der Kunstakademie Düsseldorf. Er veröffentlichte unter anderem: »Konstellationen« (1953), »33 Konstellationen« (1960), »Die Konstellationen 1953-62« (1962), »Worte sind Schatten« (1969), »81 identitäten« (1981) und »zur sache der konkreten« (1985).
Stefan George, An baches ranft Bd. 5, S. 377

MARTIN GREGOR-DELLIN geboren 1926 in Naumburg, starb 1988 in München. Er veröffentlichte unter anderem die Romane »Der Kandelaber« (1962) und »Föhn« (1974) sowie die Erzählungsbände »Aufbruch ins Ungewisse« (1968) und »Das Riesenrad« (1976). In seinen essayistischen und biographischen Büchern befaßte er sich vor allem mit Richard Wagner und Heinrich Schütz.
Günter Bruno Fuchs, Für ein Kind Bd. 10, S. 429

ULRICH GREINER geboren 1945 in Offenbach/Main, lebt in Hamburg. Er war von 1970 bis 1980 Feuilletonredakteur der FAZ, wechselte danach zur ZEIT, war von 1986 bis 1995 deren Feuilletonchef und ist seit 1998 Leiter des Ressorts ZEIT-Literatur. Er veröffentlichte unter anderem den Band mit Porträts und Aufsätzen zur österreichischen Gegenwartsliteratur »Der Tod des Nachsommers« (1979), die Sammlung kulturkritischer Glossen und Essays »Der Stand der Dinge« (1987) und das Buch über Amerika und die amerikanische Literatur »Gelobtes Land« (1997).
Wolf Biermann, Kleines Lied von den bleibenden Werten Bd. 11, S. 457 – Elisabeth Borchers, eia wasser regnet schlaf Bd. 10, S. 345 – Clemens Eich, Als ich dich umbrachte, Indianerbruder Bd. 12, S. 339 – Joseph von Eichendorff, Vorbei Bd. 3, S. 471 – Georg Heym, Fröhlichkeit Bd. 7, S. 225 – Rainer Maria Rilke, Der Knabe Bd. 6, S. 201

REINHOLD GRIMM geboren 1931 in Nürnberg, ist Professor für Deutsche und Vergleichende Literaturgeschichte an der University of California (USA). Er veröffentlichte unter anderem: »Nach dem Naturalismus. Essays zur modernen Dramatik« (1978) und »Von der Armut und vom Regen. Rilkes Antwort auf die soziale Frage« (1981), »Texturen. Essays und anderes zu Hans Magnus Enzensberger« (1984), »Ein iberischer Gegenentwurf? Antonio Buero Vallejo, Brecht und das moderne Welttheater« (1991).

Thomas Brasch, Vorkrieg Bd. 12, S. 205 – Volker Braun, Tagtraum Bd. 11, S. 567 – Bertolt Brecht, O Lust des Beginnens Bd. 8, S. 337 – Bertolt Brecht, Über induktive Liebe Bd. 8, S. 365 – Hans Magnus Enzensberger, fremder garten Bd. 10, S. 495 – Walter Helmut Fritz, Aber dann? Bd. 11, S. 15 – Friedrich Hebbel, Sommerbild Bd. 4, S. 485 – Arno Holz, Im Thiergarten Bd. 5, S. 329 – Karl Krolow, Mit feuchten Händen Bd. 9, S. 409 – Günter Kunert, Im Norden Bd. 11, S. 55 – Alfred Lichtenstein, Abschied Bd. 7, S. 321 – Kurt Tucholsky, Park Monceau Bd. 7, S. 411 – Franz Werfel, Das Bleibende Bd. 7, S. 425 – Peter Will, Wetterfahnen Bd. 12, S. 91

Hanns Grössel geboren 1932 in Leipzig, lebt in Köln. Er ist Übersetzer und veröffentlichte unter anderem: »Raymond Roussel. Eine Dokumentation« (1977), »Jean-Paul Sartre: Paris unter der Besatzung« (1980) und »Auf der richtigen Seite stehen. Über Louis-Ferdinand Céline« (1981).

Clemens Brentano, O schweig nur Herz! Bd. 3, S. 285

Rainer Gruenter geboren 1918 in Düsseldorf, starb 1993 in Kapellen/Erft. Er war Leiter der »Arbeitsstelle 18. Jahrhundert« an der Bergischen Universität/Gesamthochschule Wuppertal und veröffentlichte Studien über das »Narrenschiff« von Sebastian Brant, über die Satiren von Thomas Murner, Stefan George und Oscar Wilde.

Stefan George, Komm in den totgesagten park und schau Bd. 5, S. 443 – Rainer Maria Rilke, Blaue Hortensie Bd. 6, S. 177

Undine Gruenter geboren 1952 in Köln, lebt in Paris. Sie veröffentlichte die Romane »Ein Bild der Unruhe« (1986) und »Vertreibung aus dem Labyrinth« (1992) sowie die Erzählbände »Nachtblind« (1989), »Das gläserne Café« (1991) und den Prosaband »Epiphanien, abgeblendet« (1993).

Rolf Dieter Brinkmann, Trauer auf dem Wäschedraht Bd. 12, S. 27

Peter Härtling geboren 1933 in Chemnitz, lebt in Walldorf bei Frankfurt am Main. Er veröffentlichte Romane, Gedichte und Kinderbücher, unter anderem: »Niembsch oder Der Stillstand« (1964), »Janek« (1966), »Eine Frau« (1974), »Hölderlin« (1976), »Die dreifache Maria« (1982), »Das Windrad« (1983), »Waiblingers Augen« (1987), »Der Wanderer«

(1988), »Die Gedichte 1953-1987« (1989), »Herzwand« (1990), »Schubert« (1992), »Bozena« (1994) und »Hoffmann oder Die vielfältige Liebe« (2001).

Richard Beer-Hofmann, Schlaflied für Mirjam Bd. 5, S. 367 – Paul Boldt, Junge Pferde Bd. 6, S. 553 – Theodor Fontane, Mein Herze, glaubt's, ist nicht erkaltet Bd. 5, S. 35 – Theodor Fontane, Würd' es mir fehlen, würd' ich's vermissen? Bd. 5, S. 57 – Johann Wolfgang von Goethe, Gesang der Geister über den Wassern Bd. 2, S. 131 – Johann Wolfgang von Goethe, Gingo biloba Bd. 2, S. 375 – Ferdinand Hardekopf, Angebinde Bd. 6, S. 297 – Heinrich Heine, Sei mir gegrüßt Bd. 4, S. 277 – Heinrich Heine, Sie haben dir viel erzählet Bd. 4, S. 281 – Max Herrmann-Neiße, Trostlied der bangen Regennacht Bd. 7, S. 187 – Helmut Heißenbüttel, Tage abziehen Ärger zählen exakt funktionieren Bd. 10, S. 123 – Friedrich Hölderlin, Der Winkel von Hardt Bd. 3, S. 165 – Bernd Jentzsch, Gedächtnis Bd. 12, S. 31 – Justinus Kerner, Liebesplage Bd. 3, S. 367 – Justinus Kerner, Wer machte dich so krank? Bd. 3, S. 377 – Hertha Kräftner, Dorfabend Bd. 10, S. 445 – Karl Krolow, Ariel Bd. 9, S. 375 – Christian Friedrich Daniel Schubart, Der Kupferstecher nach der Mode Bd. 1, S. 407 – Christian Wagner, Ostersamstag Bd. 5, S. 225

Volker Hage geboren 1949 in Hamburg, lebt dort. Er ist seit 1992 Literaturredakteur beim »Spiegel«. Er veröffentlichte literaturtheoretische Bücher, unter anderem: »Die Wiederkehr des Erzählers« (1982), »Max Frisch« (1983), »Alles erfunden« (1988), »Schriftproben« (1990) und »Auf den Spuren der Dichtung« (1999).

Ernst Jandl, lichtung Bd. 10, S. 223 – Reiner Kunze, Tagebuchblatt 74 Bd. 11, S. 245

Lutz Hagestedt geboren 1960 in Goslar, lebt in Frankfurt am Main. Er ist Literaturkritiker und wissenschaftlicher Mitarbeiter am Institut für Neuere Deutsche Literatur und Medien an der Philipps-Universität in Marburg. Er veröffentlichte unter anderem: »Das Genieproblem bei E.T.A. Hoffmann« (1991) und »Ähnlichkeit und Differenz: Aspekte der Realitätskonzeption in Ludwig Tiecks späten Romanen und Novellen« (1997).

Ludwig Tieck, Der Überlästige Bd. 3, S. 237

Ulla Hahn geboren 1946 im Sauerland, lebt als Schriftstellerin in Hamburg. Sie veröffentlichte die Gedichtbände »Herz über Kopf« (1981), »Spielende« (1983), »Freudenfeuer« (1985), »Unerhörte Nähe« (1988),

»Liebesgedichte« (1993), »Epikurs Garten« (1995) und »Galileo und zwei Frauen« (1997) sowie die Romane »Ein Mann im Haus« (1991) und »Das verborgene Wort« (2001).

Ingeborg Bachmann, Römisches Nachtbild Bd. 10, S. 323 – Annette von Droste-Hülshoff, Die Taxuswand Bd. 4, S. 79 – Johann Wolfgang von Goethe, Der Sänger Bd. 2, S. 155 – Johann Wolfgang von Goethe, Saget, Steine, mir an Bd. 2, S. 185 – Johann Christian Günther, An die Männer Bd. 1, S. 321 – Friedrich Hölderlin, Heidelberg Bd. 3, S. 183 – Ricarda Huch, Mein Herz, mein Löwe Bd. 5, S. 333 – Ricarda Huch, Uralter Worte kundig Bd. 5, S. 341 – Marie Luise Kaschnitz, Genazzano Bd. 9, S. 57 – Sarah Kirsch, Bei den Stiefmütterchen Bd. 11, S. 327 – Gertrud Kolmar, Die Verlassene Bd. 8, S. 59 – Selma Meerbaum-Eisinger, Spaziergang Bd. 10, S. 187 – Friedrich Rückert, Die Liebe sprach Bd. 3, S. 491 – Doris Runge, mit blick auf den kölner dom Bd. 12, S. 131 – Unbekannter Dichter, Kein Feuer, keine Kohle Bd. 4, S. 323

Michael Hamburger geboren 1924 in Berlin, lebt seit 1933 in England. Er schreibt in deutscher und englischer Sprache; unter anderem veröffentlichte er: »Zwischen den Sprachen« (1966), »Vernunft und Rebellion« (1969), »Die Dialektik der modernen Lyrik« (1972), »Wahrheit und Poesie« (1995), »Todesgedichte« (1998) und »In einer kalten Jahreszeit« (2000).

Hans Arp, In einem Hause Bd. 7, S. 199 – Bertolt Brecht, Als ich in weißem Krankenzimmer der Charité Bd. 8, S. 137 – Franz Baermann Steiner, Elefantenfang Bd. 9, S. 277

Peter Hamm geboren 1937 in München, lebt in Tutzing am Starnberger See. Er veröffentlichte unter anderem die Gedichtbände »Der Balken« (1982), »Die verschwindende Welt« (1985) und »Den Traum bewahren« (1989) und die Essays »Aus der Gegengeschichte« (1997). Er ist Autor von Fernsehfilmen über Hanns Eisler, Hans Werner Henze, Alfred Brendel, Heinrich Böll, Ingeborg Bachmann, Robert Walser und Fernando Pessoa.

Gottfried Keller, Weihnachtsmarkt Bd. 5, S. 109

Ludwig Harig geboren 1927 in Sulzbach/Saarland, lebt dort. Er veröffentlichte unter anderem: »Die saarländische Freude« (1977), »Rousseau« (1978), »Der kleine Brixius« (1980), »Trierer Spaziergänge« (1983), »Ordnung ist das ganze Leben« (1986), »Weh dem, der aus der Reihe tanzt« (1990), »Die Hortensien der Frau von Roselius« (1992), »Der Uhrwerker von Glarus« (1993), »Wer mit den Wölfen heult, wird

Wolf« (1996), »Spaziergänge mit Flaubert« (1997), »Pelés Knie« (1999) und »Reise mit Yoshimi« (2000).

Hans Arp, Bei grünem Leibe Bd. 7, S. 191 – Ingeborg Bachmann, Mein Vogel Bd. 10, S. 313 – Hugo Ball, Die Erfindung Bd. 7, S. 14 – Gottfried Benn, Das sind doch Menschen Bd. 7, S. 27 – Gottfried Benn, Satzbau Bd. 7, S. 121 – Bertolt Brecht, Die Maske des Bösen Bd. 8, S. 247 – Hans Carossa, Heimliche Landschaft Bd. 6, S. 339 – Paul Celan, Sprachgitter Bd. 9, S. 559 – Matthias Claudius, Der Frühling. Am ersten Maimorgen Bd. 1, S. 421 – Max Dauthendey, Drinnen im Strauß Bd. 5, S. 373 – Günter Eich, Betrachtet die Fingerspitzen Bd. 9, S. 191 – Joseph von Eichendorff, Sehnsucht Bd. 3, S. 467 – Joseph von Eichendorff, Weihnachten Bd. 3, S. 475 – Johann Wolfgang von Goethe, Dämmrung senkte sich von oben Bd. 2, S. 477 – Johann Wolfgang von Goethe, Epirrhema Bd. 2, S. 417 – Albrecht Haushofer, Schuld Bd. 9, S. 105 – Heinrich Heine, Prolog Bd. 4, S. 273 – Max Herrmann-Neiße, Der Zauberkünstler Bd. 7, S. 167 – Friedrich Hölderlin, Abendphantasie Bd. 3, S. 115 – Friedrich Hölderlin, Wie Meeresküsten ... Bd. 3, S. 217 – Hugo von Hofmannsthal, Reiselied Bd. 6, S. 115 – Sarah Kirsch, Der Süden Bd. 11, S. 335 – Johannes Kühn, Zeitung am Kaffeetisch Bd. 11, S. 279 – Karl Krolow, Noch einmal Bd. 9, S. 413 – Jakob Michael Reinhold Lenz, Wo bist du itzt? Bd. 3, S. 21 – Alfred Lichtenstein, Die Schlacht bei Saarburg Bd. 7, S. 329 – Christian Morgenstern, Drei Hasen Bd. 6, S. 59 – Friedrich Nietzsche, Im Süden Bd. 5, S. 281 – Christine Nöstlinger, Auszählreime Bd. 11, S. 467 – Novalis, Walzer Bd. 3, S. 229 – Joachim Ringelnatz, Logik Bd. 6, S. 473 – Joachim Ringelnatz, Sommerfrische Bd. 6, S. 481 – Friederike Roth, Mimosen Bd. 12, S. 311

Geno Hartlaub geboren 1916 in Mannheim, lebt in Hamburg. Sie veröffentlichte unter anderem: »Die Entführung« (1942), »Nicht jeder ist Odysseus« (1968), »Lokaltermin« (1970), »Das Gör« (1980), »Muriel« (1985) und »Die Uhr der Träume« (1986).

Georg Trakl, Die schöne Stadt Bd. 7, S. 281

Harald Hartung geboren 1932 in Herne, war bis 1998 Professor für Deutsche Sprache und Literatur an der Technischen Universität Berlin. Er veröffentlichte u.a. das Essaybuch »Masken und Stimmen. Figuren der modernen Lyrik« (1996), die Anthologien »Luftfracht« (1991) und »Jahrhundertgedächtnis« (1998); sowie sechs Gedichtbände, zuletzt »Jahre mit Windrad« (1996).

Jürgen Becker, Gedicht über Schnee im April Bd. 11, S. 175 – Gottfried

Benn, Eure Etüden Bd. 7, S. 49 – Bertolt Brecht, Sonett Bd. 8, S. 349 – Georg Britting, Vorfrühling Bd. 7, S. 487 – Johannes Bobrowski, Der Muschelbläser Bd. 9, S. 455 – Annette von Droste-Hülshoff, An*** Bd. 9, S. 455 – Johann Wolfgang von Goethe, Künstlers Abendlied Bd. 2, S. 83 – Johann Wolfgang von Goethe, Nachtgedanken Bd.2, S. 257 – Rainer Kirsch, Die Dialektik Bd. 11, S. 249 – Dieter Leisegang, Einsam und allein Bd. 12, S. 87 – Christoph Meckel, Es war der Atem im Schnee Bd. 11, S. 403 – Rainer Maria Rilke, Tränenkrüglein Bd. 6, S. 285 – Friederike Roth, Auf und nirgends an Bd. 12, S. 307 – Friederike Roth, Wir beide Bd. 12, S. 315

RUDOLF HARTUNG geboren 1914 in München, starb 1985 in Berlin. Er war Chefredakteur der »Neuen Rundschau« und veröffentlichte den Gedichtband »Vor grünen Kulissen« (1959) und den Aufsatzband »Kritische Dialoge« (1973).

Horst Bienek, Gartenfest Bd. 11, S. 127

ROLF HAUFS geboren 1935 in Düsseldorf, leitet die Literaturabteilung des Senders Freies Berlin. Er veröffentlichte unter anderem die Gedichtbände »Straße nach Kohlhasenbrück« (1962), »Sonntage in Moabit« (1964), »Vorstadtbeichte« (1967), »Das Dorf« (1968), »Die Geschwindigkeit eines einzigen Tages« (1976), »Größer werdende Entfernung« (1979), »Juniabschied« (1984), »Vorabend« (1994) und »Augustfeuer« (1996) sowie den Prosaband »Der Linkshänder oder Schicksal ist ein hartes Wort« (1970).

Christoph Meckel, Süße Person Bd. 11, S. 417

HERBERT HECKMANN geboren 1930 in Frankfurt am Main, starb 1999 in Bad Vilbel. Er war Professor an der Hochschule für Gestaltung in Offenbach und seit 1984 Präsident der Deutschen Akademie für Sprache und Dichtung in Darmstadt. Er veröffentlichte unter anderem die Romane »Benjamin und seine Väter« (1962) und »Der große Knock-out in sieben Runden« (1972), die Erzählbände »Schwarze Geschichten« (1964) und »Ein Bauer wechselt die Kleidung und verliert sein Leben« (1980) sowie das Sachbuch »Die andere Schöpfung« (1982), »Frankfurter Lesebuch. Literarische Streifzüge durch Frankfurt von der Gründung bis 1933« (1986), »Das Feuer ist ein Akrobat. Gedichte« (1986), »Weinpredigten« (1987) und »Über die Wolkenguckerei« (1987).

Michael Krüger, Die Enten Bd. 12, S. 107 – Eduard Mörike, Restauration Bd. 4, S. 409

ECKHARD HEFTRICH geboren 1928 in Stockach/Bodensee, ist Professor em. für Neuere Deutsche Literatur und Vergleichende Literaturwissenschaft an der Universität Münster. Er veröffentlichte unter anderem: »Nietzsches Philosophie« (1962), »Stefan George« (1968), »Novalis« (1969), »Zauberbergmusik. Über Thomas Mann, Bd. 1« (1975), »Lessings Aufklärung« (1977), »Vom Verfall zur Apokalypse. Über Thomas Mann, Bd. 2« (1982), »Musil« (1986) sowie »Geträumte Taten – Über Thomas Mann, Bd. 3« (1993).

Bertolt Brecht, Das erste Sonett Bd. 8, S. 173 – Stefan George, An Gundolf Bd. 5, S. 381 – Johann Wolfgang von Goethe, Meeres Stille Bd. 2, S. 223 – Johann Wolfgang von Goethe, Nähe des Geliebten Bd. 2, S. 233 – Johann Wolfgang von Goethe, Vermächtnis Bd. 2, S. 517 – Heinrich Heine, Nachtgedanken Bd. 4, S. 257 – Else Lasker-Schüler, Ein Liebeslied Bd. 5, S. 463 – Novalis, Alle Menschen seh ich leben Bd. 3, S. 221 – Doris Runge, ich Bd. 12, S. 123 – Friedrich Schiller, Spruch des Confucius Bd. 3, S. 87

Ingrid Heinrich-Jost geboren 1950 in Bad Vilbel, starb 1994 in der Schweiz. Sie veröffentlichte unter anderem: »Literarische Publizistik Adolf Glaßbrenners« (1980), »Hoffmann von Fallersleben« (1982) und »Kladderadatsch. Die Geschichte eines Berliner Witzblattes« (1982).

Adolf Glaßbrenner, Das Märchen vom Reichtum und der Not Bd. 4, S. 459

Georg Hensel geboren 1923 in Darmstadt, wo er 1996 starb. Er war Theaterkritiker und Redakteur der »Frankfurter Allgemeinen Zeitung«. Unter anderem veröffentlichte er den Schauspielführer »Spielplan« (1966/81/92) sowie die Bücher »Das Theater der siebziger Jahre« (1980), »Theaterskandale und andere Anlässe zum Vergnügen« (1983), »Spielt's noch einmal. Das Theater der achtziger Jahre« (1990) sowie »Glück gehabt« (1994) und »Glücks-Pfennige« (1995).

Klabund, Es werden Tage kommen Bd. 7, S. 379

Kerstin Hensel geboren 1961 in Karl-Marx-Stadt, lebt als freie Autorin in Berlin. Lehrauftrag an der Hochschule für Schauspielkunst. Sie veröffentlichte unter anderem die Gedichtbände »Stilleben mit Zukunft« (1986), »Gewitterfront« (1989) und »Freistoß« (1995), die Erzählungen »Tanz am Kanal« (1994) und »Neunerlei« (1997) sowie den Roman »Auditorium panopticum« (1991).

Sarah Kirsch, Moorland Bd. 11, S. 371 – Christine Lavant, Kreuzzertretung Bd. 9, S. 433

Hartmut von Hentig geboren 1925 in Posen, ist emeritierter Professor für Pädagogik an der Universität Bielefeld. Er veröffentlichte unter anderem: »Platonisches Lehren« (1965), »Systemzwang und Selbstbestimmung« (1968), »Aufgeräumte Erfahrungen – Texte zur eigenen Person« (1983), »... der werfe den ersten Stein. Schuld und Vergebung in unserer Welt« (1992), »Bildung« (1996) und »Meine deutschen Gedichte« (1999).

Gottfried Benn, Kommt – Bd. 7, S. 77 – Joseph von Eichendorff, Der Einsiedler Bd. 3, S. 411 – Fritz Mühlenweg, Sehnsucht Bd. 8, S. 429 – Wilhelm Müller, Der Wegweiser Bd. 3, S. 537

Jost Hermand geboren 1930 in Kassel, ist seit 1958 Professor für Deutsche Literatur an der Universität Wisconsin (USA). Er publizierte unter anderem: »Synthetisches Interpretieren« (1968), »Von Mainz nach Weimar« (1969), »Unbequeme Literatur« (1971), »Streitobjekt Heine« (1975), »Sieben Arten an Deutschland zu leiden« (1979), »Orte. Irgendwo. Formen utopischen Denkens« (1981), »Formen des Eros in der Kunst« (2000) und »Zuhause und anderswo. Erfahrungen im Kalten Krieg« (2001).

Bertolt Brecht, An den Schwankenden Bd. 8, S. 145 – Heinrich Heine, Anno 1839 Bd. 4, S. 119

Matthias Hermann geboren 1958 in Bitterfeld, lebt jetzt im Odenwald. Er veröffentlichte unter anderem den Gedichtband »72 Buchstaben« (1989) und »Der gebeugte Klang« (2002).

Doris Runge, venedig Bd. 12, S. 135

Henning Heske geboren 1960 in Düsseldorf, lebt in Dinslaken. Er veröffentlichte unter anderem Kinderbücher sowie die Gedichtbände »Eisbärensommer« (1986) und »Hafenreste« (1991).

Johann Wolfgang von Goethe, Auf dem See Bd. 2, S. 41

Jochen Hieber geboren 1951 in Aalen/Württemberg, lebt in Stornfels/Vogelsberg. Ab 1983 in der »Frankfurter Allgemeinen Zeitung«, zuerst in der Literaturredaktion, seit 1994 in der Wochenendbeilage »Bilder und Zeiten«. Er veröffentlichte unter anderem den Band »Wörterhelden, Landvermesser. Aufsätze und Kritiken« (1994) und »Lieber Marcel. Briefe an Reich-Ranicki« (1995).

Ingeborg Bachmann, Eine Art Verlust Bd. 10, S. 295 – Elisabeth Borchers, Ich betrete nicht Bd. 10, S. 355 – Johann Wolfgang von Goethe, An Schwager Kronos Bd. 2, S. 77 – Günter Grass, Ehe Bd. 10, S. 383 – Ulla Hahn, Lied der Amsel Bd. 12, S. 255 – Friedrich Hölderlin, Der Gang aufs Land Bd. 3, S. 149 – Gertrud Kolmar, Die gelbe Schlange Bd.

8, S. 47 – Hermann Lenz, Regen Bd. 9, S. 353 – Werner Söllner, Liebende Bd. 12, S. 319

Wolfgang Hildesheimer geboren 1916 in Hamburg, starb 1991 in Poschiavo/Schweiz. Er veröffentlichte unter anderem die Romane »Tynset« (1965) und »Masante« (1973), die Erzählungsbände »Lieblose Legenden« (1952), »Vergebliche Aufzeichnungen« (1963), »Mozart« (1977), »Marbot« (1981), »In Erwartung der Nacht« (1986) und »Klage und Anklage« (1989).

Hans Magnus Enzensberger, Finnischer Tango Bd. 10, S. 491 – Stefan George, Das Wort Bd. 5, S. 385 – Karin Kiwus, Im ersten Licht Bd. 12, S. 75 – Oskar Pastior, Abendlied Bd. 10, S. 421

Walter Hinck geboren 1922 in Selsingen/Niedersachsen, ist em. Professor für Deutsche Literatur an der Universität Köln. Er veröffentlichte unter anderem: »Goethe – Mann des Theaters« (1982), »Theater der Hoffnung« (1988), »Die Wunde Deutschland. Heinrich Heines Dichtung« (1990), »Magie und Tagtraum. Das Selbstbild des Dichters in der deutschen Lyrik« (1994), »Im Wechsel der Zeiten. Leben und Literatur« (Autobiographie, 1998), »Stationen der deutschen Lyrik« (2000) und »Literatur als Gegenspiel« (2001).

Ilse Aichinger, Winterantwort Bd. 10, S. 37 – Rose Ausländer, Ein Märchen Bd. 9, S. 15 – Ingeborg Bachmann, Reklame Bd. 10, S. 319 – Jürgen Becker, Das Fenster am Ende des Korridors Bd. 11, S. 167 – Jürgen Becker, Gedicht, sehr früh Bd. 11, S. 171 – Gottfried Benn, Gedichte Bd. 7, S. 59 – Horst Bienek, Berlin, Chausseestraße 125 Bd. 11, S. 121 – Wolf Biermann, Ballade vom preußischen Ikarus Bd. 11, S. 445 – Elisabeth Borchers, Die große Chance Bd. 10, S. 341 – Bertolt Brecht, Die Pappel vom Karlsplatz Bd. 8, S. 255 – Bertolt Brecht, Meine Mutter Bd. 8, S. 323 – Bertolt Brecht, Zufluchtsstätte Bd. 8, S. 417 – Clemens Brentano, Valerias Lied Bd. 3, S. 295 – Paul Celan, Tübingen, Jänner Bd. 9, S. 569 – Matthias Claudius, An – als ihm die – starb Bd. 1, S. 417 – Hilde Domin, Köln Bd. 9, S. 313 – Werner Finck, Neue Herzlichkeit Bd. 9, S. 85 – Erich Fried, Macht der Dichtung Bd. 10, S. 99 – Johann Wolfgang von Goethe, Den Vereinigten Staaten Bd. 2, S. 489 – Johann Wolfgang von Goethe, An Madame Marie Szymanowska (Die Leidenschaft bringt Leiden) Bd. 2, S. 445 – Johann Wolfgang von Goethe, Wink Bd. 2, S. 355 – Yvan Goll, Kölner Dom Bd. 7, S. 499 – Ulla Hahn, Nach Jahr und Tag Bd. 12, S. 267 – Heinrich Heine, Begegnung Bd. 4, S. 129 – Heinrich Heine, Ich hatte einst ein schönes Vaterland Bd. 4, S. 221 –

Heinrich Heine, Lotosblume Bd. 4, S. 241 – Kerstin Hensel, Vita Bd. 12, S. 381 – Georg Herwegh, Ludwig Uhland Bd. 4, S. 503 – Georg Heym, Berlin Bd. 7, S. 211 – Rolf Hochhuth, Einstein Bd. 11, S. 159 – Walter Höllerer, Ein Boot ist immer versteckt Bd. 10, S. 141 – Ludwig Christoph Heinrich Hölty, Ihr Freunde hänget Bd. 1, S. 459 – Hugo von Hofmannsthal, Was ist die Welt? Bd. 6, S. 127 – Peter Huchel, König Lear Bd. 9, S. 129 – Peter Huchel, Ophelia Bd. 9, S. 141 – Richard Huelsenbeck, Dada-Schalmei Bd. 7, S. 545 – Georg Kaiser, Der Spiegel Bd. 6, S. 343 – Sarah Kirsch, Datum Bd. 11, S. 331 – Günter Kunert, Atlas Bd. 11, S. 35 – Gertrud von Le Fort, Deutsches Leid Bd. 6, S. 305 – Eduard Mörike, Gesang zu Zweien in der Nacht Bd. 4, S. 401 – Dagmar Nick, Treibjagd Bd. 10, S. 367 – Peter Rühmkorf, Auf eine Weise des Joseph Freiherrn von Eichendorff Bd. 11, S. 93 – Hans Sahl, Charterflug in die Vergangenheit Bd. 9, S. 97 – Sibylla Schwarz, Liebe schont der Gӧtter nicht Bd. 1, S. 269 – Georg Trakl, Der Herbst des Einsamen Bd. 7, S. 273

Walter Hinderer geboren 1934 in Ulm, ist Professor für Neuere Deutsche Literatur an der Princeton University/USA. Er veröffentlichte unter anderem: »Elemente der Literaturkritik« (1976), »Büchner-Kommentar zum dichterischen Werk« (1977), »Der Mensch in der Geschichte. Ein Versuch über Schillers ›Wallenstein‹« (1980), »Über deutsche Literatur und Rede« (1981) sowie »Arbeit an der Gegenwart« (1994), »Von der Idee des Menschen« (1998) und »Geschichte der deutschen Lyrik vom Mittelalter bis zur Gegenwart« (2001).

Bertolt Brecht, Vom Sprengen des Gartens Bd. 8, S. 391 – Paul Fleming, An Sich Bd. 1, S. 207 – Günter Grass, König Lear Bd. 10, S. 401 – Johann Christian Günther, Als Leonore die Unterredung eiligst unterbrechen mußte Bd. 1, S. 317 – Peter Härtling, Unreine Elegie Bd. 11, S. 207 – Ulla Hahn, Anständiges Sonett Bd. 12, S. 219 – Margarete Hannsmann, Pfad in Eftalu Bd. 10, S. 119 – Heinrich Heine, Das Fräulein stand am Meere Bd. 4, S. 141 – Friedrich Hölderlin, Sokrates und Alkibiades Bd. 3, S. 207 – Friedrich Gottlieb Klopstock, Das Rosenband Bd. 1, S. 363 – Günter Kunert, Unterwegs nach Utopia I Bd. 11, S. 63 – Eduard Mörike, An einem Wintermorgen, vor Sonnenaufgang Bd. 4, S. 355 – Friedrich Schiller, Die Worte des Wahns Bd. 3, S. 61 – Robert Schindel, Leopoldstädter Tanzlied Bd. 12, S. 167

Rolf Hochhuth geboren 1931 in Eschwege. Er war von 1955 bis 1963 Verlagslektor, seit 1963 lebt er als freier Schriftsteller bei Basel. Er veröffentlichte unter anderem die Dramen »Der Stellvertreter« (1963),

»Soldaten« (1967), »Ärztinnen« (1980) und »Judith« (1984), die Romane »Eine Liebe in Deutschland« (1978) und »Wessis in Weimar« (1992) sowie »Julia oder der Weg zur Macht« (1994).
Johann Wolfgang von Goethe, Was Völker sterbend hinterlassen Bd. 2, S. 277

GERTRUD HÖHLER geboren 1941 in Wuppertal, lehrte Germanistik und Allgemeine Literaturwissenschaft an der Universität Paderborn. Sie veröffentlichte unter anderem: »Niemandes Sohn. Zur Poetologie Rainer Maria Rilkes« (1978), »Die Anspruchsgesellschaft« (1979), »Das Glück. Analyse einer Sehnsucht« (1981), »Die Zukunftsgesellschaft« (1986), und »Wölfin unter Wölfen« (2000).
Rainer Maria Rilke, Früher Apollo Bd. 6, S. 237 – Rainer Maria Rilke, Liebes-Lied Bd. 6, S. 265

DOROTHEA HÖLSCHER-LOHMEYER geboren 1913 in Berlin, lebt in München. Sie ist Germanistin und veröffentlichte literaturhistorische Arbeiten, unter anderem: »Faust und die Welt« (1975) und »Das moderne Ich« (1980).
Max Kommerell, Spiegelung der Sonne zwischen Seerosenblättern Bd. 9, S. 89

HANS EGON HOLTHUSEN geboren 1913 in Rendsburg, starb 1997 in München. Er veröffentlichte unter anderem: »Der unbehauste Mensch« (1951), »Das Schöne und das Wahre« (1958), »Kritisches Verstehen« (1961), »Plädoyer für den Einzelnen« (1967), »Sartre in Stammheim« (1982), »Opus 19. Reden und Widerreden aus 25 Jahren« (1983) und zuletzt den Essayband »Vom Eigensinn der Literatur« (1989).
Günter Eich, Zum Beispiel Bd. 9, S. 253

GOTTFRIED HONNEFELDER geboren 1946 in Köln, war bis 1996 Leiter des Insel Verlages in Frankfurt am Main und ist seit 1997 Leiter des Kölner DuMont Buchverlages. Er veröffentlichte Darstellungen zur deutschen Literatur des 18. und 19. Jahrhunderts.
Theodor Fontane, Aber es bleibt auf dem alten Fleck Bd. 5, S. 13

HANS OTTO HORCH geboren 1944 in Lörrach, 1984 Habilitation mit einer Arbeit über die Literaturkritik der »Allgemeinen Zeitung des Judentums« (1837-1922); seit 1992 Inhaber der »Ludwig Strauß-Professur« für deutsch-jüdische Literaturgeschichte an der RWTH Aachen. Zahlreiche Aufsätze insbesondere über die Literatur deutsch-jüdischer Autoren, aber auch zu Fontane, Raabe und Benn.
Heinrich Heine, Das neue Israelitische Hospital zu Hamburg Bd. 4, S. 149

HADAYATULLAH HÜBSCH geboren 1946 in Chemnitz, lebt in Frankfurt/M. Er veröffentlichte die Lyriksammlungen »mach was du willst« (1969), »ausgeflippt« (1971) und »Liebe-Gedichte« (1983) sowie den Prosaband »Ein neuer Morgen mit Dir« (1974), »Islam« (1983), »Macht den Weg frei« (1998) und »Tickets« (2002).
Nicolas Born, Es ist Sonntag Bd. 11, S. 495

JÜRGEN JACOBS geboren 1936 in Aachen, ist Professor für Neuere Deutsche Literatur an der Bergischen Universität in Wuppertal. Er veröffentlichte unter anderem Bücher zu Wieland (1969) und zum Bildungsroman (1972), ferner »Prosa der Aufklärung« (1976), »Der deutsche Schelmenroman« (1983), »Lessing« (1986), »Don Quijote in der Aufklärung« (1992), »Der deutsche Bildungsroman« (1989) und »Aporien der Aufklärung« (2001).
Bertolt Brecht, Lob der Vergeßlichkeit Bd. 8, S. 311 – Annette von Droste-Hülshoff, Guten Willens Ungeschick Bd. 4, S. 85 – Johann Wolfgang von Goethe, Eins und Alles Bd. 2, S. 437 – Johann Nikolaus Götz, Die himmlische und irdische Venus Bd. 1, S. 353 – Heinrich Heine, Wie langsam kriechet sie dahin Bd. 4, S. 289

ERNST JANDL geboren 1925 in Wien, wo er 2000 starb. Er veröffentlichte unter anderem die Lyrikbände »Laut und Luise« (1966), »dingfest« (1973), »Der gelbe hund« (1980), »selbstporträt des schachspielers als trinkende uhr« (1983), »Idyllen« (1989), »stanzen« (1992), »lechts und rinks« (1995) und »Aus dem wirklichen Leben« (1999), das Theaterstück »Aus der Fremde« (1980) sowie die Poetikvorlesungen »Das Öffnen und Schließen des Mundes« (1985).
Felix Dörmann, Was ich liebe Bd. 5, S. 505 – Johann Wolfgang von Goethe, Willkommen und Abschied Bd. 2, S. 21 – Friedrich Hölderlin, Hälfte des Lebens Bd. 3, S. 179 – Wilhelm Klemm, An der Front Bd. 6, S. 387

HANS ROBERT JAUSS geboren 1921 in Göppingen/Württemberg, starb 1997 in Konstanz. Er war Professor für Literaturwissenschaften an der Universität Konstanz und veröffentlichte unter anderem die Bücher »Literaturgeschichte als Provokation (1967), »Kleine Apologie der ästhetischen Erfahrung« (1972) und »Ästhetische Erfahrung und literarische Hermeneutik« (1977).
Johann Wolfgang von Goethe, Im Gegenwärtigen Vergangnes Bd. 2, S. 339

ELFRIEDE JELINEK geboren 1946 in Mürzzuschlag/Steiermark, lebt als Schriftstellerin in Wien und München. Sie schrieb unter anderem die

Theaterstücke »Krankheit oder Moderne Frauen« (1987), »Wolken.Heim« (1988), »Totenauberg« (1992) und »Ein Sportstück« (1998), Hörspiele und die Romane »Die Klavierspielerin« (1983), »Lust« (1989) und »Die Kinder der Toten« (1995).

Elfriede Gerstl, Wer ist denn schon Bd. 11, S. 179

Walter Jens geboren 1923 in Hamburg, war Professor für Rhetorik an der Universität Tübingen. Er veröffentlichte Romane, Essays, Fernsehspiele und Theaterstücke, unter anderem: »Nein – die Welt der Angeklagten« (1950), »Von deutscher Rede« (1966), »Republikanische Reden« (1976), »Eine deutsche Universität. 500 Jahre Tübinger Gelehrtenrepublik« (1977), »Ort der Handlung ist Deutschland« (1981), »Kanzel und Katheder« (1983), »Juden und Christen in Deutschland« (1989), »Wer am besten redet, ist der reinste Mensch« (2000) und »Statt einer Literaturgeschichte« (2001).

Bertolt Brecht, Die gute Nacht Bd. 8, S. 233 – Johann Wolfgang von Goethe, Vor Gericht Bd. 2, S. 111 – Johann Wolfgang von Goethe, Wandrers Nachtlied Bd. 2, S. 137 – Friedrich Hölderlin, Der Frühling Bd. 3, S. 145 – Gotthold Ephraim Lessing, Nix Bodenstrom Bd. 1, S. 403 – Gotthold Ephraim Lessing, Die Sinngedichte an den Leser Bd. 1, S. 391 – Martin Luther, Der XLVI. Psalm. Deus noster refugium et virtus Bd. 1, S. 105 – Martin Luther, Ein lied von der Heiligen Christlichen Kirchen aus dem XII. capitel Apocalypsis Bd. 1, S. 123 – Johann Nestroy, Lied des Fabian Bd. 4, S. 327

Klaus Jeziorkowski geboren 1935 in Chemnitz, lebt in Dreieich bei Frankfurt am Main. Er ist Professor für Germanistik an der Universität Frankfurt und veröffentlichte unter anderem: »Rhythmus und Figur« (1968), »Literarität und Historismus« (1979), »Gottfried Keller: Kleider machen Leute. Literaturkommentar« (1984), »Eine Iphigenie rauchend« (1990) und »Kleist in Sprüngen« (1999).

Gertrud Kolmar, Die Fahrende Bd. 8, S. 43

Charlotte Jolles geboren 1909 in Berlin, lebt in London. Sie lehrte als Professorin für Deutsche Sprache und Literatur am Birbeck College der Universität London und veröffentlichte unter anderem: »Theodor Fontane« (1983/93) und »Fontane und die Politik« (1983), »Die Briefe von Theodor Fontane. Verzeichnis und Register«, herausgegeben zusammen mit Walter Müller-Seidel (1988/98).

Theodor Fontane, Meine Gräber Bd. 5, S. 39

Dominik Jost geboren 1922 in Luzern, starb 1994 in St. Gallen. Er veröffentlichte unter anderem: »Ludwig Derleth. Gestalt und Leistung«

(1965), »Die Wirklichkeit des Dichters« (1977), »Deutsche Klassik. Goethes ›Römische Elegien‹« (1978) und »Literarischer Jugendstil« (1980).

Werner Bergengruen, Die Flöte Bd. 7, S. 531 – Stefan George, Die tote Stadt Bd. 5, S. 407

Jochen Jung geboren 1942 in Frankfurt am Main, ist seit 1975 im Residenz Verlag in Salzburg tätig. Er ist Herausgeber der Anthologien »Märchen, Sagen und Abenteuergeschichten auf alten Bilderbogen« (1974), »Glückliches Österreich« (1978), »Deutschland, Deutschland« (1979), »Ich hab im Traum die Schweiz gesehn« (1980), »Österreichische Porträts« (1985), »Reden an Österreich« (1988), »Von A bis Zett« (1990) und »querlandein« (1995).

Herbert Achternbusch, Wandert das Gelb Bd. 11, S. 549 – H. C. Artmann, taprobane Bd. 10, S. 57

Hanne F. Juritz geboren 1942 in Straßburg, lebt in Dreieich. Sie veröffentlichte unter anderem die Erzählungen »Die Unbezähmbarkeit der Piranhas« (1982), die Gedichtbände »Die Nacht des Trommlers« (1986), »Verwehung im Park« (1988) und »Blicke eines Freundes« (1993).

Sarah Kirsch, Am Walfjord Bd. 11, S. 317

Gerhard Kaiser geboren 1927 in Tannroda/Thüringen, ist em. Professor für Neuere Deutsche Philologie und Literaturwissenschaft an der Universität Freiburg. Er veröffentlichte unter anderem: »Wandrer und Idylle« (1977), »Von Arkadien nach Elysium« (1978), »Gottfried Keller. Das gedichtete Leben« (1987), »Augenblicke deutscher Lyrik« (1990), »Geschichte der deutschen Lyrik von Goethe bis zur Gegenwart« (1988-1991), »Wozu noch Literatur?« (1996) und »Rede, daß ich dich sehe« (2000).

Heimito von Doderer, Auf die Strudlhofstiege zu Wien Bd. 8, S. 77 – Günter Eich, Fußnote zu Rom Bd. 9, S. 207 – Johann Wolfgang von Goethe, Zünde mir Licht an Bd. 2, S. 199 – Johann Wolfgang von Goethe, Lynkeus der Türmer Bd. 2, S. 523 – Eugen Gomringer, schweigen Bd. 10, S. 199 – Gottfried Keller, Friede der Kreatur Bd. 5, S. 87 – Theodor Kramer, Wenn ein Pfründner einmal Wein will Bd. 8, S. 111 – Theodor Storm, Meeresstrand Bd. 4, S. 523

Gert Kaiser ist seit 1977 Inhaber des Lehrstuhls für Ältere Germanistik an der Heinrich-Heine-Universität Düsseldorf, seit 1983 Rektor der Universität und seit 1988 Leiter des Wissenschaftszentrums Nordrhein-Westfalen. Er veröffentlichte Bücher über Minnesang, über Artusromane und Totentänze, unter anderem »Der Tod und die schönen Frauen« (1997) und »Der tanzende Tod. Mittelalterliche Totentänze« (2000).

Dietmar von Aist, Ez stuont ein frouwe alleine Bd. 1, S. 25 – Joseph von Eichendorff, Der Kehraus Bd. 3, S. 415 – August Adolph von Haugwitz, Über das heutige Brüderschafft-Sauffen der Deutschen Bd. 1, S. 295

Joachim Kaiser geboren 1928 in Milken/Ostpreußen, ist Redakteur bei der »Süddeutschen Zeitung« und war von 1977 bis 1996 ordentlicher Professor an der Staatlichen Hochschule für Musik und Darstellende Kunst in Stuttgart. Er veröffentlichte unter anderem: »Große Pianisten unserer Zeit« (1965), »Beethovens 32 Klaviersonaten und ihre Interpreten« (1975), »Erlebte Literatur« (1988), »Leben mit Wagner« (1990), »Vieles ist auf Erden zu thun« (1991), »Was mir wichtig ist« (1996), »Kaisers Klassik. 100 Meisterwerke der Musik« (2001) und »Von Wagner bis Walser. Neues zu Literatur und Musik« (1999).

Bertolt Brecht, Über Kleists Stück »Der Prinz von Homburg« Bd. 8, S. 369 – Stefan George, Einem jungen Führer im ersten Weltkrieg Bd. 5, S. 411 – Johann Wolfgang von Goethe, Wandersegen Bd. 2, S. 429 – Sarah Kirsch, Die Heide Bd. 11, S. 339 – Wilhelm Müller, Die Post Bd. 3, S. 541 – Rainer Maria Rilke, Wandelt sich rasch auch die Welt Bd. 6, S. 289

Hellmuth Karasek geboren 1934 in Brünn, lebt in Hamburg. Er war langjähriger Mitarbeiter beim »Spiegel« und ist jetzt Herausgeber des »Tagesspiegels«. Er veröffentlichte unter anderem die literarkritischen Bücher »Carl Sternheim« (1966), »Max Frisch« (1967), »Brecht – der jüngste Fall eines Klassikers« (1970), die Komödien »Die Wachtel« (1985), »Hitchcock« (1987), »Billy Wilder« (1992), »Das Magazin« (1998) und »Betrug« (2001).

Rainer Maria Rilke, Der Schwan Bd. 6, S. 213 – Kurt Tucholsky, Schepplin Bd. 7, S. 419

Ulrich Karthaus geboren 1935 in Düsseldorf, ist Professor für Neuere Deutsche Literatur an der Universität Gießen. Er veröffentlichte die Bücher »Der Andere Zustand. Zeitstrukturen im Werke Robert Musils« (1965), »Sturm und Drang und Empfindsamkeit« (1988) und »Novelle« (1991).

Gottfried Benn, Ebereschen Bd. 7, S. 37 – Rainer Maria Rilke, Archaïscher Torso Apollos Bd. 6, S. 169 – Friedrich Rückert, Ich bin der Welt abhanden gekommen Bd. 3, S. 495

Marie Luise Kaschnitz geboren 1901 in Karlsruhe, starb 1974 in Rom. Sie veröffentlichte unter anderem die Lyrikbände »Dein Schweigen – meine Stimme« (1962), »Ein Wort weiter« (1965), »Kein Zauberspruch« (1972), sowie die Erzählungsbände »Lange Schatten« (1960), »Ferngespräche« (1966), »Beschreibung eines Dorfes« (1966), »Griechische Mythen« (1973), »Orte« (1973) und »Gesang vom Menschenleben« (1974).

Cyrus Atabay, Schutzfarben Bd. 10, S. 449 – Edwin Wolfram Dahl, Fontana di Trevi Bd. 10, S. 425 – Manfred Peter Hein, Lauffeuer Bd. 11, S. 155

Volker Kaukoreit geboren 1955 in Dormagen/Niederrhein, ist seit 1992 wissenschaftlicher Mitarbeiter des Österreichischen Literaturarchivs der Österreichischen Nationalbibliothek in Wien. Zahlreiche (verstreute) Publikationen zur deutschsprachigen Literatur des 19. und 20. Jahrhunderts. Mitherausgeber der »Gesammelten Werke« Erich Frieds (1993).

Erich Fried, Die Maßnahmen Bd. 10, S. 87 – Robert Schindel, Vineta I Bd. 12, S. 173

Werner Keller geboren 1930 in Calmbach, ist Professor für Neuere Deutsche Literatur an der Universität Köln und Präsident der Goethe-Gesellschaft in Weimar. Er veröffentlichte unter anderem: »Das Pathos in Schillers Jugendlyrik« (1964) und »Goethes dichterische Bildlichkeit« (1972).

Johannes Bobrowski, Anruf Bd. 9, S. 445 – Johannes Bobrowski, Holunderblüte Bd. 9, S. 473 – Johann Wolfgang von Goethe, Rastlose Liebe Bd. 2, S. 103

Andreas F. Kelletat geboren 1954, ist Professor für Interkulturelle Germanistik an der Johannes Gutenberg-Universität Mainz. Er veröffentlichte unter anderem: »Herder und die Weltliteratur. Zur Geschichte des Übersetzens im 18. Jahrhundert« (1984), »Aus der Wortschatztruhe des Richard Pietraß« (1991) und »Schlemgewoge und Lendenmäulchen. Zu Erich Arendts ›Venus von Archipenko‹« (1993).

Johannes Bobrowski, Bericht Bd. 9, S. 451

Friedhelm Kemp geboren 1914 in Köln, lebt als Schriftsteller und Übersetzer in München. Er veröffentlichte unter anderem »Dichtung und Sprache« (1965) und »Kunst und Vergnügen des Übersetzens« (1965), »... das Ohr, das spricht« (1989), »Deutsche Liebesdichtung aus acht Jahrhunderten« (1996) und »Französische Dichtung« (2001).

Konrad Weiss, Propria Peregrina Bd. 6, S. 383

Hermann Kesten geboren 1900 in Nürnberg, starb 1996 in Riehen bei Basel. Er veröffentlichte unter anderem die Romane »Josef sucht die Freiheit« (1928), »Ferdinand und Isabella« (1936), »Die Kinder von Gernika« (1939) sowie die Essaybände »Meine Freunde die Poeten« (1959), »Lauter Literaten« (1963) und »Revolutionäre mit Geduld« (1973).
Matthias Claudius, Der Tod Bd. 1, S. 429 – Eduard Mörike, Das verlassene Mägdlein Bd. 4, S. 379

Helmuth Kiesel geboren 1947, ist seit 1990 Professor für Neuere Deutsche Literaturgeschichte in Heidelberg. Er veröffentlichte zahlreiche Bücher und Aufsätze zur Literatur des 15. bis 18. und 20. Jahrhunderts.
Gottfried Benn, Nur zwei Dinge Bd. 7, S. 105 – Ulla Hahn, Gibt es eine weibliche Ästhetik Bd. 12, S. 247

Petra Kipphoff geboren 1937 in Hamburg, ist Redakteurin im Feuilleton der »Zeit«.
Detlev von Liliencron, Die Musik kommt Bd. 5, S. 243

Rainer Kirsch geboren 1934 in Döbeln/Sachsen, lebt in Berlin. Er veröffentlichte unter anderem: »Kopien nach Originalen« (1974), »Auszog das Fürchten zu lernen« (1978), »Ordnung im Spiegel« (1985), »Sauna oder Die fernherwirkende Trübung« (1985), »Kunst in Mark Brandenburg« (1988), »Anna Katarina oder Die Nacht am Moorbusch« (1991) und »Die Talare der Gottesgelehrten« (2001).
Bertolt Brecht, Die Krücken Bd. 8, S. 239 – Johann Wolfgang von Goethe, Die wandlende Glocke Bd. 2, S. 305 – Karl Mickel, Inferno XXXIV. Bd. 11, S. 425 – Rainer Maria Rilke, Herbsttag Bd. 6, S. 253

Sarah Kirsch geboren 1935 in Limlingrode/Südharz, lebt in Thielenhemme/Schleswig-Holstein. Sie veröffentlichte unter anderem die Gedichtbände »Landaufenthalt« (1967), »Zaubersprüche« (1977), »Drachensteigen« (1980), »Erdreich« (1982), »Katzenleben« (1984), »Erlkönigs Tochter« (1992), »Bodenlos« (1996), »Die Luftspringerin« (1997) und »Schwanenliebe« (2001).
C. W. Aigner, Frösche in Wiepersborough Bd. 12, S. 335 – Johannes Bobrowski, Märkisches Museum Bd. 9, S. 491 – Peter Huchel, Traum im Tellereisen Bd. 9, S. 151 – Karl Krolow, Diese alten Männer Bd. 9, S. 397

Sebastian Kleinschmidt geboren 1948 in Schwerin, ist Chefredakteur der Zeitschrift »Sinn und Form«. Er veröffentlichte unter anderem:

»Walter Benjamin. Allegorien kultureller Erfahrung« (1984), »Georg Lukács. Über die Vernunft in der Kultur« (1985) und »Walter Benjamin. Beroliniana« (1987).
Hilde Domin, Rückzug Bd. 9, S. 321

Eckart Klessmann geboren 1933 in Lemgo/Lippe, lebt in Mecklenburg. Er veröffentlichte Bücher über den Prinzen Louis Ferdinand von Preußen (1972), Caroline Schlegel-Schelling (1975) und E.T.A. Hoffmann (1988) sowie »Die Mendelssohns. Bilder aus einer deutschen Familie« (1990), »Christiane – Goethes Geliebte und Gefährtin« (1992), »Ein Fest der Sinne« (1998), »Napoleon. Ein Charakterbild« (2000) und »Das schöne Kolorit der Welt« (2000).
Ilse Aichinger, Winter, gemalt Bd. 10, S. 33 – Gottfried Benn, Einsamer nie Bd. 7, S. 45 – Bertolt Brecht, Das dreizehnte Sonett Bd. 8, S. 169 – Johannes Bobrowski, J. S. Bach Bd. 9, S. 487 – Johannes Bobrowski, Nänie Bd. 9, S. 499 – Barthold Hinrich Brockes, Der gestirnte Baum Bd. 1, S. 299 – Barthold Hinrich Brockes, Gedanken bey dem Fall der Blätter im Herbst Bd. 1, S. 305 – Paul Celan, Ein Knirschen von eisernen Schuhn Bd. 9, S. 535 – Paul Celan, In Ägypten Bd. 9, S. 543 – Matthias Claudius, Abendlied Bd. 1, S. 411 – Günter Eich, Ende eines Sommers Bd. 9, S. 203 – Günter Eich, Königin Hortense Bd. 9, S. 233 – Joseph von Eichendorff, Mondnacht Bd. 3, S. 455 – Joseph von Eichendorff, Zwielicht Bd. 3, S. 479 – Stefan George, Fenster wo ich einst mit dir Bd. 5, S. 425 – Albrecht Goes, Über einer Todesnachricht Bd. 9, S. 269 – Johann Wolfgang von Goethe, Die Liebende abermals Bd. 2, S. 289 – Johann Wolfgang von Goethe, Es ist gut Bd. 2, S. 359 – Heinrich Heine, Die schlesischen Weber Bd. 4, S. 183 – Georg Heym, Die Märkte Bd. 7, S. 215 – Friedrich Hölderlin, Da ich ein Knabe war Bd. 3, S. 135 – Erich Jansen, Annettes Kutsche auf Rüschhaus Bd. 8, S. 89 – Wulf Kirsten, wüstgefallener jüdischer friedhof in Mähren Bd. 11, S. 275 – Justinus Kerner, Unter dem Himmel Bd. 3, S. 371 – Friedrich Gottlieb Klopstock, Die Musik Bd. 1, S. 377 – Karl Krolow, Stele für Catull Bd. 9, S. 421 – Oskar Loerke, Grab des Dichters Bd. 6, S. 521 – Oskar Loerke, Pansmusik Bd. 6, S. 525 – Christian Morgenstern, Der Traum der Magd Bd. 6, S. 39 – Christian Morgenstern, Palmström an eine Nachtigall, die ihn nicht schlafen ließ Bd. 6, S. 75 – Philipp Nicolai, Ein geistlich Braut-Lied Bd. 1, S. 139 – Rainer Maria Rilke, An der sonngewohnten Straße Bd. 6, S. 165 – Rainer Maria Rilke, Noch fast gleichgültig ... Bd. 6, S. 273 – Joachim Ringelnatz, An der Alten Elster

Bd. 6, S. 441 – Joachim Ringelnatz, An meinen längst verstorbenen Vater Bd. 6, S. 445 – Georg Trakl, Die Kirche Bd. 7, S. 277 – Unbekannter Dichter, Der glückliche Jäger Bd. 1, S. 135 – Unbekannter Dichter/Des Knaben Wunderhorn, Rewelge Bd. 4, S. 447 – Georg von der Vring, Wieskirche Bd. 7, S. 355 – Christian Wagner, Im Garten des Albergo del Sole (Pompeji) Bd. 5, S. 221 – Franz Werfel, Der schöne strahlende Mensch Bd. 7, S. 433

Thomas Kling geboren 1957 in Bingen, lebt als Schriftsteller in Köln. Er veröffentlichte unter anderem die Gedichtbände: »geschmacksverstärker« (1989), »brennstabm« (1991), »nacht.sicht.gerät« (1993), »morsch« (1996), »Itinerar« (1997), »Das Haar der Berenice« (1998), »Gelände« sowie »Fernhandel« (1999), »Botenstoffe« (2001) und »Sondagen« (2002).
Oswald von Wolkenstein, Durch Barbarei Bd. 1, S. 91

Kurt Klinger geboren 1928 in Linz, lebt in Wien. Er ist Herausgeber der Monatszeitschrift »Literatur und Kritik« und veröffentlichte unter anderem die Gedichtbände »Auf dem Limes« (1980) und »Zeitsprung« (1987), die Erzählungen »Die vierte Wand« (1966) und »Erinnerung an Gärten« (1989) sowie die Essaybände »Theater und Tabus« (1984) und »Die Ungnade der Geburt. Literatur als Schicksal« (1999).
Johann Wolfgang von Goethe, Harfenspieler Bd. 2, S. 161 – Hugo von Hofmannsthal, Inschrift Bd. 6, S. 101 – Hertha Kräftner, Abends Bd. 10, S. 437 – Theodor Kramer, Wer läutet draußen an der Tür? Bd. 8, S. 115 – Rainer Maria Rilke, Das Füllhorn Bd. 6, S. 187 – Franz Werfel, Traumstadt eines Emigranten Bd. 7, S. 445

Ruth Klüger geboren 1931 in Wien, ist Literaturwissenschaftlerin an der University of California, Irvine (USA). Sie veröffentlichte unter anderem: »weiter leben. Eine Jugend« (1992), »Katastrophen. Über deutsche Literatur« (1994), »Von hoher und niedriger Literatur« (1996), »Frauen lesen anders. Essays« (1996) und »Still Alive: A Holocaust Girlhood Remembered« (2001).
Ingeborg Bachmann, Was wahr ist Bd. 10, S. 331 – Bertolt Brecht, Apfelböck oder die Lilie auf dem Felde Bd. 8, S. 153 – Paul Celan, Assisi Bd. 9, S. 515 – Annette von Droste-Hülshoff, Am Turme Bd. 4, S. 57 – Catharina Regina von Greiffenberg, Über das unaussprechliche Heilige Geistes-Eingeben! Bd. 1, S. 273 – August Heinrich Hoffmann von Fallersleben, Das Lied der Deutschen Bd. 4, S. 309 – Hugo von Hofmannsthal, Der Schiffskoch, ein Gefangener, singt Bd. 6, S. 89 – Ricarda

Huch, Wiegenlied Bd. 5, S. 345 – Peter Huchel, Soldatenfriedhof Bd. 9, S. 145 – Marie Luise Kaschnitz, Die Katze Bd. 9, S. 43 – Sarah Kirsch, Die Verdammung Bd. 11, S. 347 – Gertrud Kolmar, Die Kröte Bd. 8, S. 53 – Else Lasker-Schüler, Jakob Bd. 5, S. 479 – Else Lasker-Schüler, Mein blaues Klavier Bd. 5, S. 491 – Conrad Ferdinand Meyer, Möwenflug Bd. 5, S. 181 – Nelly Sachs, Weiß im Krankenhauspark Bd. 7, S. 515 – Friedrich Schiller, Untertänigstes Pro Memoria Bd. 3, S. 91 – Unbekannter Dichter, Zweiter Merseburger Zauberspruch Bd. 1, S. 13

Jan Knopf geboren 1944 in Arnstadt, ist Professor für Literaturwissenschaft an der Universität Karlsruhe. Er veröffentlichte unter anderem: »Friedrich Dürrenmatt« (1976/80), das zweibändige »Brecht-Handbuch« (1980-1984/1996), »Gelegentlich: Poesie« (1996) und ist Mitherausgeber der »Großen kommentierten Berliner und Frankfurter Ausgabe« der Werke Brechts (1988 ff.).
Bertolt Brecht, Die Musen Bd. 8, S. 251 – Rainer Maria Rilke, Früher, wie oft Bd. 6, S. 241 – August Stramm, Patrouille Bd. 6, S. 153

Andrea Köhler geboren 1957 in Bad Pyrmont, ist Literaturredakteurin der »Neuen Zürcher Zeitung«. Sie veröffentlichte unter anderem: »Maulhelden und Königskinder. Zur Debatte über die deutschsprachige Gegenwartsliteratur« (1998).
Hans Magnus Enzensberger, Die Visite Bd. 10, S. 483

Wolfgang Koeppen geboren 1906 in Greifswald, starb 1996 in München. Er veröffentlichte die Romane »Eine unglückliche Liebe« (1934), »Jakob Littners Aufzeichnungen aus einem Erdloch« (1948/92), »Tauben im Gras« (1951), »Das Treibhaus« (1953) und »Der Tod in Rom« (1954), die Erzählungen »Jugend« (1976) und »Es war einmal in Masuren« (1991), den Aufsatzband »Die elenden Skribenten« (1981) sowie Reisebücher, unter anderem »Nach Rußland und anderswohin« (1958).
Johannes R. Becher, Brecht und der Tod Bd. 7, S. 463 – Annette von Droste-Hülshoff, Die Steppe Bd. 4, S. 75 – Johann Wolfgang von Goethe, Ein grauer, trüber Morgen Bd. 2, S. 17 – Johann Wolfgang von Goethe, Froh empfind ich mich Bd. 2, S. 189 – Karoline von Günderode, Der Luftschiffer Bd. 3, S. 317 – Christian Hofmann von Hofmannswaldau, Auf den Mund Bd. 1, S. 241 – Wilhelm Lehmann, Amnestie Bd. 6, S. 403 – Alfred Lichtenstein, Montag auf dem Kasernenhof Bd. 7, S. 337 – Rainer Maria Rilke, Gebet für die Irren und Sträflinge Bd. 6, S. 249 – Friedrich Rückert, Amaryllis Bd. 3, S. 483 – Friedrich Schiller, Dithyrambe Bd. 3, S. 67 – Unbekannter Dichter, Verschneiter Weg Bd. 1, S. 97

Uwe Kolbe geboren 1957 in Ost-Berlin/DDR, ist seit 1979 freiberuflich als Autor, Nachdichter und Übersetzer tätig. Er veröffentlichte die Gedichtsammlungen »Hineingeboren« (1980), »Abschiede« (1981), »Bornholm II« (1986), »Nicht wirklich platonisch« (1994), »Vineta. Gedichte« (1998) und »Die Farben des Wassers« (2001).
Gottfried Benn, Kleine Aster Bd. 7, S. 73

Helmut Koopmann geboren 1933 in Bochum, ist seit 1974 Professor für Neuere Deutsche Literaturwissenschaft an der Universität Augsburg. Er veröffentlichte unter anderem: »Das junge Deutschland« (1970), »Das Drama der Aufklärung« (1978), »Der klassisch-moderne Roman in Deutschland. Thomas Mann – Döblin – Broch« (1983), »Schiller« (1988), das »Thomas-Mann-Handbuch« (1990), »Thomas Mann: Buddenbrooks« (1995) und »Schiller-Handbuch« (1998).
Ingeborg Bachmann, Aria I Bd. 10, S. 281 – Bertolt Brecht, Ein neues Haus Bd. 8, S. 267 – Bertolt Brecht, Über Schillers Gedicht »Die Bürgschaft« Bd. 8, S. 373 – Paul Celan, Die längst Entdeckten Bd. 9, S. 531 – Hilde Domin, Tokaidoexpreß Bd. 9, S. 325 – Johann Wolfgang von Goethe, Suleika Bd. 2, S. 369 – Johann Wolfgang von Goethe, Versunken Bd. 2, S. 327 – Heinrich Heine, Autodafé Bd. 4, S. 125 – Heinrich von Kleist, Prolog Bd. 3, S. 271 – Günter Kunert, Vision an der Oberbaumbrücke Bd. 11, S. 67 – Conrad Ferdinand Meyer, Auf dem Canal Grande Bd. 5, S. 145 – Friedrich Schiller, Der Pilgrim Bd. 3, S. 47

Erwin Koppen geboren 1929 in Berlin, starb 1990 in Bonn. Er war Professor für Vergleichende Literaturwissenschaft an der Universität Bonn. Er veröffentlichte unter anderem: »Laclos' ›Liaisons dangereuses‹ in der Kritik« (1961) und »Dekadenter Wagnerismus« (1973).
Johann Wolfgang von Goethe, Getretner Quark Bd. 2, S. 331

Friedrich Wilhelm Korff geboren 1939 in Hohenlimburg, ist Professor am Philosophischen Seminar der Technischen Universität Hannover. Er veröffentlichte unter anderem: »Diastole und Systole – Zum Thema Jean Paul und Adalbert Stifter« (1969), »Der Katarakt von San Miguel« (1974), »Drachentanz« (1981) und »Auswege« (1983).
Walter Helmut Fritz, Aber eben meine Geschichte Bd. 11, S. 19 – Friedrich Hölderlin, Wenn aus dem Himmel ... Bd. 3, S. 211

Karl Korn geboren 1908 in Wiesbaden, starb 1991 in Bad Homburg. Er war bis 1973 Mitherausgeber der »Frankfurter Allgemeinen Zeitung«. Er veröffentlichte unter anderem: »Sprache in der verwalteten Welt« (1958), »Lange Lehrzeit« (1975), »Über Land und Meer« (1977) und »Zola in seiner Zeit« (1980).

Peter Gan, Eisblume Bd. 8, S. 13 – Stefan George, Die Gräber in Speier Bd. 5, S. 401 – Rudolf Alexander Schröder, Nur mit meines Fingernagels Rande Bd. 6, S. 351

HANS CHRISTIAN KOSLER geboren 1950 in Dresden, lebt in München. Er veröffentlichte unter anderem: »Peter Altenberg. Leben und Werk in Texten und Bildern« (1981) und »Gert Hofmann. Auskunft für Leser« (1987).

Rudolf Borchardt, Das Mädchen liest das Buch und spricht Bd. 6, S. 313 – Hilde Domin, Alternative Bd. 9, S. 297 – Stefan George, Es lacht in dem steigenden jahr dir Bd. 5, S. 421 – Robert Gernhardt, Schön und gut und klar und wahr Bd. 11, S. 537 – Jakob Haringer, Abend Bd. 6, S. 427 – Ernst Jandl, aus der dichtung Bd. 10, S. 207 – Gert Jonke, Der Kanal Bd. 12, S. 275 – Marie Luise Kaschnitz, Dein Schweigen Bd. 9, S. 35 – Friedrich Gottlieb Klopstock, Furcht der Geliebten Bd. 1, S. 381 – Karl Kraus, Traum vom Fliegen Bd. 6, S. 139 – Else Lasker-Schüler, Klein Sterbelied Bd. 5, S. 483 – Ror Wolf, Aus dem Norden Bd. 11, S. 187

RUDOLF KRÄMER-BADONI geboren 1913 in Rüdesheim, starb 1989 in Wiesbaden. Er veröffentlichte Romane und Essays, unter anderem: »In der großen Drift« (1949), »Der arme Reinhold« (1951), »Vorsicht, gute Menschen von links« (1962), »Die niedliche Revolution« (1974), »Gleichung mit einer Unbekannten« (1977), »Galileo Galilei« (1983) und »Zwischen allen Stühlen« (1985).

Friederike Kempner, Frohe Stunden Bd. 5, S. 233

URSULA KRECHEL geboren 1947 in Trier, lebt in Frankfurt. Sie veröffentlichte die Gedichtbände »Nach Mainz!« (1977), »Verwundbar wie in den besten Zeiten« (1979), »Rohschnitt« (1983), »Vom Feuer lernen« (1985), »Kakaoblau« (1989), »Technik des Erwachens« (1992), »Landläufiges Wunder« (1995), »Verbeugungen vor der Luft« (1999) und die Erzählungen »Sizilianer des Gefühls« (1993) und »Der Übergriff« (2001).

Konrad Bayer, die oberfläche der vögel Bd. 11, S. 163 – Friederike Mayröcker, schwarzer Titel Bd. 10, S. 179

GEORG KREISLER geboren 1922 in Wien, lebt in Basel. Er veröffentlichte unter anderem: »Zwei alte Tanten tanzen Tango« (1961), »Nichtarische Arien« (1967), »Taubenvergiften für Fortgeschrittene« (1983), »Ist Wien überflüssig?« (1987), »Ein Prophet ohne Zukunft« (1990), »Der Schattenspringer« (1996) und »Wenn ihr lachen wollt« (2001).

Erich Kästner, Der Handstand auf der Loreley Bd. 8, S. 449

Hans Joachim Kreutzer geboren 1935 in Essen, ist Professor für Literaturwissenschaft an der Universität Regensburg. Er veröffentlichte unter anderem »Die dichterische Entwicklung Heinrichs von Kleist« (1968), »Überlieferung und Edition« (1976), »Der Mythos vom Volksbuch« (1977) und »Obertöne. Literatur und Musik« (1994).
Joseph von Eichendorff, Schöne Fremde Bd. 3, S. 463 – Theodor Fontane, Vom Fehrbelliner Schlachtfeld Bd. 5, S. 53 – Eduard Mörike, Abschied Bd. 4, S. 345

Ekkehart Krippendorff geboren 1934 in Eisenach, lehrt Politikwissenschaft an der Freien Universität Berlin. Er veröffentlichte neben einschlägigen Arbeiten in seiner Disziplin Studien zu Goethes Politik: »Wie die Großen mit den Menschen spielen« (1988), »Politik in Shakespeares Dramen« (1992), »Goethe. Politik gegen den Zeitgeist« (1999), »Die Kunst, nicht regiert zu werden. Ethische Politik von Sokrates bis Mozart« (1999) und »Kritik der Außenpolitik« (1999).
Friedrich Gottlieb Klopstock, Der Lehrling der Griechen Bd. 1, S. 367

Karl Krolow geboren 1915 in Hannover, starb 1999 in Darmstadt. Er veröffentlichte unter anderem die Lyrikbände »Tage und Nächte« (1956), »Nichts weiter als Leben« (1970), »Zeitvergehen« (1972), »Der Einfachheit halber« (1977), »Herbstsonett mit Hegel« (1981), »Als es soweit war« (1988), »Ich höre mich sagen« (1992) und »Die zweite Zeit« (1995) sowie die Prosabände »Im Gehen« (1980), »In Kupfer gestochen« (1987) und »Etwas brennt« (1994).
Hans Arp, Blatt um Feder um Blatt Bd. 7, S. 195 – H. C. Artmann, ein reißbrett aus winter Bd. 10, S. 47 – Rose Ausländer, Paul Celans Grab Bd. 9, S. 27 – Paul Celan, In memoriam Paul Eluard Bd. 9, S. 547 – Hilde Domin, Kleine Buchstaben Bd. 9, S. 309 – Erich Fried, Reden Bd. 10, S. 115 – Günter Bruno Fuchs, Lied des Mannes im Straßenwagen Bd. 10, S. 433 – Peter Gan, Sprache Bd. 8, S. 21 – Johann Wolfgang von Goethe, Wandrers Nachtlied Bd. 2, S. 99 – Ulla Hahn, Winterlied Bd. 12, S. 271 – Harald Hartung, Das Paar Bd. 11, S. 183 – Georg Heym, Letzte Wache Bd. 7, S. 229 – Elisabeth Langgässer, Winterwende Bd. 8, S. 517 – Peter Maiwald, Letzte Stunde Bd. 12, S. 291 – Theodor Storm, Abends Bd. 4, S. 507 – Jürgen Theobaldy, Weiche Körper Bd. 12, S. 185 – Georg Trakl, Abend in Lans Bd. 7, S. 265

Brigitte Kronauer geboren 1940 in Essen, lebt als freie Schriftstellerin in Hamburg. Sie veröffentlichte unter anderem: »Frau Mühlenbeck im Gehäus« (1980), »Rita Münster« (1983), »Berittener Bogenschütze«

(1986), »Schnurrer« (1992) und »Literatur und schöns Blümelein« (1993), »Das Taschentuch« (1994) und »Teufelsbrück« (2000).

Leopold Friedrich Günther von Goeckingk, Als der erste Schnee fiel Bd. 1, S. 455 – Unbekannter Dichter/Des Knaben Wunderhorn, Wie kommt es, daß du traurig bist Bd. 4, S. 453

Horst Krüger geboren 1919 in Magdeburg, starb 1999 in Frankfurt am Main. Er schrieb die Prosabücher »Das zerbrochene Haus« (1966), »Deutsche Augenblicke« (1969), »Fremde Vaterländer« (1971), »Zeitgelächter« (1973), »Ostwest-Passagen« (1975), »Poetische Erdkunde« (1978), »Spötterdämmerung« (1981), »Tiefer deutscher Traum« (1983) und »Diese Lust am Leben. Zeitbilder« (1993).

Rose Ausländer, Jerusalem Bd. 9, S. 19 – Gottfried Benn, Reisen Bd. 7, S. 109 – Bertolt Brecht, Gegen Verführung Bd. 8, S. 285 – Mascha Kaléko, Kleine Havel-Ansichtskarte Bd. 9, S. 343 – Elisabeth Langgässer, Frühling 1946 Bd. 8, S. 507 – Hans Sahl, Strophen Bd. 9, S. 93

Michael Krüger geboren 1943 in Wittgendorf, lebt in München als Verlagsleiter und Herausgeber der Zeitschrift »Akzente«. Er veröffentlichte Lyrik und Essays, unter anderem: »Nekrologe« (1979), »Aus der Ebene« (1982), »Die Dronte« (1985), »Wieso ich? Eine deutsche Geschichte« (1987), »Das Ende des Romans. Eine Novelle« (1990), die Romane »Der Mann im Turm« (1991), »Himmelfarb« (1993) und »Die Cellospielerin« (2000) sowie die Gedichtbände »Nachts, unter Bäumen« (1996) und »Wettervorhersage« (1998).

Ilse Aichinger, Nachruf Bd. 10, S. 21 – Christine Lavant, Der Mond kniet auf Bd. 9, S. 429 – Daniel Casper von Lohenstein, Aufschrift eines Labyrinths Bd. 1, S. 277 – Karl Kraus, Man frage nicht, was all die Zeit ich machte Bd. 6, S. 135 – Ernst Stadler, Der Spruch Bd. 6, S. 495

Joseph Anton Kruse geboren 1944 in Dingden bei Bocholt, ist seit 1975 Direktor des Heinrich-Heine-Instituts in Düsseldorf und Honorarprofessor an der dortigen Universität. Er veröffentlichte unter anderem: »Heines Hamburger Zeit« (1972), »Heinrich Heine. Leben und Werk in Daten und Bildern« (1983) sowie »Denk ich an Heine« (1986).

Rose Ausländer, Mein Venedig Bd. 9, S. 23 – Emil Barth, Kreuzweg Bd. 8, S. 521 – Bertolt Brecht, Entdeckung an einer jungen Frau Bd. 8, S. 271 – Annette von Droste-Hülshoff, Auf hohem Felsen lieg' ich hier Bd. 4, S. 63 – Heinrich Heine, Das Meer erglänzte weit hinaus Bd. 4, S. 145 – Heinrich Heine, Der Asra Bd. 4, S. 155 – Heinrich Heine, Wo? Bd. 4, S. 293 – Peter Huchel, Chausseen Bd. 9, S. 113 – Günter Kunert,

Fantasma Bd. 11, S. 47 – Elisabeth Langgässer, Vorfrühlingswald Bd. 8, S. 513 – August von Platen, Mein Herz ist zerrissen Bd. 4, S. 31 – Peter Rühmkorf, So müde, matt, kapude Bd. 11, S. 117

WILHELM KÜHLMANN geboren 1946 in Gelsenkirchen, ist seit 1987 Professor für Neuere Deutsche Literaturgeschichte an der Universität Heidelberg. Er veröffentlichte zahlreiche Bücher, Aufsätze etc., darunter »Gelehrtenrepublik und Fürstenstaat« (1982).

Simon Dach, An hn. ober-marschallen Ahasv. von Brandt, daß sein gehalt erfolgen möge Bd. 1, S. 183 – Peter Gan, Herzenshöflich Bd. 8, S. 17

DIETER KÜHN geboren 1935 in Köln, lebt in Düren. Er veröffentlichte Romane, Erzählungen und Biographien, unter anderem: »N« (1970), »Ausflüge im Fesselballon« (1971), »Die Präsidentin« (1973), »Ich Wolkenstein« (1977), »Der Himalaya im Wintergarten« (1984) und »Die Kammer des schwarzen Lichts« (1984), »Der Parzival des Wolfram von Eschenbach« (1986), »Tristan und Isolde des Gottfried von Straßburg« (1991), »Clara Schumann« (1996), »Frau Merian!« (2002).

Karl Krolow, Der Nächtliche Bd. 9, S. 389

GÜNTER KUNERT geboren 1929 in Berlin, lebt in Kaisborstel/Schleswig-Holstein. Hauptwerke: die Gedichtsammlungen »Erinnerungen an einen Planeten« (1963), »Unterwegs nach Utopia« (1977), »Abtötungsverfahren« (1980), »Berlin bei Zeiten« (1987) und »Mein Golem« (1996) sowie die Prosabände »Die Beerdigung findet in aller Stille statt« (1968), »Verspätete Monologe« (1981), »Im toten Winkel« (1992), »Baum Stein Beton« (1995), »Erwachsenenspiele« (1997) und »Nachrichten aus Ambivalencia« (2001).

Günther Anders, Sprachelegie Bd. 9, S. 81 – Kurt Bartsch, Abriß Bd. 11, S. 473 – Johannes R. Becher, Walt Disney Bd. 7, S. 479 – Ernst Blass, Kreuzberg Bd. 7, S. 363 – Ernst Blass, Nachts Bd. 7, S. 367 – Wolfgang Borchert, Antiquitäten Bd. 10, S. 61 – Nicolas Born, Das Erscheinen eines jeden in der Menge Bd. 11, S. 483 – Nicolas Born, Dies Haus Bd. 11, S. 487 – Thomas Brasch, Schlaflied für K. Bd. 12, S. 201 – Bertolt Brecht, Gemeinsame Erinnerung Bd. 8, S. 289 – Bertolt Brecht, Über das Lehren ohne Schüler Bd. 8, S. 357 – Matthias Claudius, Der Mensch Bd. 1, S. 425 – Heinz Czechowski, Notiz für U. B. Bd. 11, S. 291 – Kurt Drawert, ... zum deutschen Liedgut Bd. 12, S. 353 – Günter Eich, Hoffnungen Bd. 9, S. 219 – Theodor Fontane, Es kribbelt und wibbelt weiter Bd. 5, S. 23 – Johann Wolfgang von Goethe, Natur und Kunst Bd.

2, S. 253 – Johann Wolfgang von Goethe, Das Sonett Bd. 2, S. 257 – Uwe Greßmann, Kosmos Bd. 11, S. 201 – Rolf Haufs, Das hält wer aus Bd. 11, S. 299 – Heinrich Heine, An einen politischen Dichter Bd. 4, S. 109 – Max Herrmann-Neiße, Ein Licht geht nach dem andern aus Bd. 7, S. 179 – Peter Huchel, Nachlässe Bd. 9, S. 137 – Theodor Kramer, Lob der Verzweiflung Bd. 8, S. 107 – Karl Mickel, Elegie Bd. 11, S. 421 – Christian Morgenstern, Aus stillen Fenstern Bd. 6, S. 19 – Dagmar Nick, Hybris Bd. 10, S. 363 – Friedrich Nietzsche, Trost für Anfänger Bd. 5, S. 287 – Christa Reinig, Der enkel trinkt Bd. 10, S. 371 – Jürgen Rennert, Erschaffung des Golems Bd. 12, S. 115 – Rainer Maria Rilke, Magie Bd. 6, S. 269 – Werner Söllner, Was bleibt Bd. 12, S. 323 – Georg Trakl, Im Osten Bd. 7, S. 295 – Ludwig Uhland, Neujahrswunsch 1817 Bd. 3, S. 399 – Alfred Wolfenstein, Tiger Bd. 6, S. 513

Hermann Kunisch geboren 1901 in Osnabrück, starb 1991 in München. Er war Professor für Deutsche Philologie in Berlin und München. Er veröffentlichte unter anderem »Kleine Schriften« (1968), »Rainer Maria Rilke« (1975) und »Von der Reichsunmittelbarkeit der Poesie« (1979).

Hermann Allmers, Heidenacht Bd. 5, S. 141 – Gottfried Benn, Von Bremens Schwesterstadt bis Sils Maria Bd. 7, S. 139 – Joseph von Eichendorff, An A ... Bd. 3, S. 403 – Joseph von Eichendorff, Familienähnlichkeit Bd. 3, S. 435 – Gottfried Keller, Schöne Brücke Bd. 5, S. 97

Reiner Kunze geboren 1933 in Oelsnitz/Erzgebirge, lebt in Obernzell-Erlau/Niederbayern. Er veröffentlichte die Gedichtsammlungen »Sensible Wege« (1969), »Zimmerlautstärke« (1972), »Auf eigene Hoffnung« (1981), »Eines jeden einziges Leben« (1986), »Wohin der Schlaf sich schlafen legt« (1991) und »Ein Tag auf dieser Erde« (1998) sowie die Prosabände »Die wunderbaren Jahre« (1976), »Das weiße Gedicht« (1989), »Am Sonnenhang« (1993) und »Auf eigene Hoffnung« (2000).

Sarah Kirsch, Eine Schlehe im Mund komme ich übers Feld Bd. 11, S. 355

Gerhard Kurz geboren 1943 in Heiligenmoschel/Pfalz, ist Professor für Neuere Deutsche Literaturgeschichte und Allgemeine Literaturwissenschaft an der Universität Gießen. Er veröffentlichte unter anderem: »Mittelbarkeit und Vereinigung. Zum Verhältnis von Poesie, Reflexion und Revolution bei Hölderlin« (1975), »Traum – Schrecken. Kafkas literarische Existenzanalyse« (1980), »Der junge Kafka« (1984), »Idealismus und Aufklärung« (1988), »Metapher, Allegorie, Symbol« (1992).

Walter Flex, Wildgänse rauschen durch die Nacht Bd. 7, S. 203

Hermann Kurzke geboren 1943 in Berlin, lehrt Neuere Deutsche Literaturgeschichte an der Universität Mainz. Er veröffentlichte unter anderem: »Romantik und Konservatismus. Das politische Werk Friedrich von Hardenbergs (Novalis) im Horizont seiner Wirkungsgeschichte« (1983), »Thomas Mann. Epoche-Werk-Wirkung« (1985), »Hymnen und Lieder der Deutschen« (1990), »Mondwanderungen« (1993), »Thomas Mann. Das Leben als Kunstwerk« (1999) und »Novalis« (2001), Er ist Herausgeber einer kommentierten Ausgabe der Essays von Thomas Mann (6 Bände, 1993-97).
Johannes R. Becher, Auferstanden aus Ruinen Bd. 7, S. 459 – Bertolt Brecht, Maria Bd. 8, S. 317 – Clemens Brentano, Ein Becher voll von süßer Huld Bd. 3, S. 275 – Ulrike Draesner, schnabelheim Bd. 12, S. 305 – Hans Magnus Enzensberger, Aschermittwoch Bd. 10, S. 453 – Johann Wolfgang von Goethe, Prooemion Bd. 2, S. 399 – Heinrich von Kleist, An die Königin Luise von Preußen Bd. 3, S. 259 – Friedrich Nietzsche, Die Krähen schrei'n Bd. 5, S. 273 – Friedrich Spee von Langenfeld, Ermahnung zur Buße Bd. 1, S. 151 – Unbekannter Dichter/Des Knaben Wunderhorn, Erntelied Bd. 4, S. 441 – Unbekannter Dichter, Es ist ein Ros entsprungen Bd. 1, S. 145

Eberhard Lämmert geboren 1924 in Bonn, war Professor für Deutsche Philologie an der Universität Heidelberg und von 1976 bis 1983 Präsident der Freien Universität Berlin. Er veröffentlichte unter anderem »Bauformen des Erzählens« (1955) und »Reimsprecherkunst im Spätmittelalter« (1969), »Die Entfesselung des Prometheus« (1985), »Das überdachte Labyrinth« (1991) und »Die erzählerische Dimension« (1999).
Sarah Kirsch, Klosterruine Dshwari Bd. 11, S. 367

Helmut Lamprecht geboren 1925 in Ivenrode bei Magdeburg, starb 1997 in Bremen. Er war Leiter der Kulturabteilung bei Radio Bremen und veröffentlichte Gedichte, Aphorismen und Essays, unter anderem: »Erfolg und Gesellschaft« (1964), »Die Hörner beim Stier gepackt« (1975) und »Früher hat Lächerlichkeit getötet« (1979).
Günter Kunert, Den Fischen Bd. 11, S. 39

Reinhard Lauer 1935 in Bad Frankenhausen geboren, ist seit 1969 Professor für slavische Philologie an der Universität Göttingen. Er veröffentlichte Studien zur russischen, serbischen, kroatischen und bulgarischen Literatur, darunter die Bücher »Heine in Serbien« (1961), »Gedichtform zwischen Schema und Verfall« (1975), »Europäischer Realismus« (1980), »Miroslav Krlela und der deutsche Expressionis-

mus« (1984), »Geschichte der russischen Literatur« (2000) und »Die slavischen Literaturen heute« (2000).
Eduard Mörike, Maschinka Bd. 4, S. 405 – Joachim Ringelnatz, Liedchen Bd. 6, S. 469

ULRICH LAUTERBACH geboren 1911 in Berlin, starb 1988 in Frankfurt am Main. Er leitete von 1951 bis 1976 die Hörspielabteilung des Hessischen Rundfunks und veröffentlichte unter anderem: »Hermann Bang. Studien zum dänischen Impressionismus« (1937) und gab »Das erzählerische Werk« von Gerhart Hauptmann heraus (1981-83).
Gerhart Hauptmann, Das Testament Bd. 5, S. 307 – Hermann Hesse, Neid Bd. 6, S. 333

HERBERT LEHNERT geboren 1925 in Lübeck, ist Professor für Literaturwissenschaft an der University of California, Irvine (USA). Er veröffentlichte unter anderem: »Thomas Mann: Fiktion, Mythos, Religion« (1965), »Struktur und Sprachmagie« (1966), »Thomas-Mann-Forschung. Ein Bericht« (1969) und »Geschichte der deutschen Literatur vom Jugendstil bis zum Expressionismus« (1978/96).
Georg Heym, Die Stadt Bd. 7, S. 221

HERMANN LENZ geboren 1913 in Stuttgart, starb 1998 in München. Von ihm erschienen unter anderem »Gedichte« (1936), die Erzählungen »Das doppelte Gesicht« (1949), die Romane »Der russische Regenbogen« (1959), »Die Augen eines Dieners« (1964), »Der Kutscher und der Wappenmaler« (1973), »Neue Zeit« (1975), »Tagebuch vom Leben und Überleben« (1978), »Der Wanderer« (1986) und der Band »Die Schlangen haben samstags frei« (2002) sowie »Leben und Schreiben, Frankfurter Poetik-Vorlesungen« (1986) und die Romane »Herbstlicht« (1992), »Der innere Bezirk« (1993), »Freunde« (1997) und »Vergangene Gegenwart. Die Eugen-Rapp-Romane« (2000).
Sarah Kirsch, Erdreich Bd. 11, S. 359

SIEGFRIED LENZ geboren 1926 in Lyck/Ostpreußen, lebt seit 1945 in Hamburg. Er veröffentlichte unter anderem die Romane »Brot und Spiele« (1959), »Deutschstunde« (1968), »Das Vorbild« (1973), »Heimatmuseum« (1978), »Exerzierplatz« (1985) und »Die Klangprobe« (1990) sowie die Erzählungsbände »So zärtlich war Suleyken« (1955), »Jäger des Spotts« (1958), »Das Feuerschiff« (1960), »Einstein überquert die Elbe bei Hamburg« (1975), »Die Klangprobe« (1990) und »Arnes Nachlaß« (1999).
Johannes Bobrowski, Namen für den Verfolgten Bd. 9, S. 495 – Johann

Wolfgang von Goethe, Der König in Thule Bd. 2, S. 65 – Yvan Goll, Orpheus Bd. 7, S. 503 – Wilhelm Lehmann, Oberon Bd. 6, S. 423

RUDOLF WALTER LEONHARDT geboren 1921 in Altenburg, gehörte seit 1957 der Redaktion der Wochenzeitung »Die Zeit« an, deren stellvertretender Chefredakteur er von 1973 bis 1985 war. Er veröffentlichte unter anderem: »Xmal Deutschland« (1961), »Wer wirft den ersten Stein« (1969), »Das Weib, das ich geliebet hab'. Heines Mädchen und Frauen« (1975), »Journalismus und Wahrheit« (1980) und »Auf gut Deutsch gesagt« (1983).

Heinrich Heine, Worte! Worte! Keine Taten! Bd. 4, S. 297 – Erich Kästner, Sachliche Romanze Bd. 8, S. 481 – Hans Leip, Lili Marleen Bd. 7, S. 565 – Doris Runge, ikarus Bd. 12, S. 127

WOLFGANG LEPPMANN geboren 1922 in Berlin, war Professor für Deutsche Literatur an der University of Oregon (USA). Er veröffentlichte unter anderem: »Goethe und die Deutschen« (1962), »Pompeji, eine Stadt in Literatur und Leben« (1966), »J. J. Winckelmann« (1971), »Rilke – Leben und Werk« (1981), »Gerhart Hauptmann« (1986) und »Die Roaring Twenties« (1992) und »Winckelmann. Ein Leben für Apoll« (2000).

Ingeborg Bachmann, Anrufung des Großen Bären Bd. 10, S. 275 – Stefan George, der herr der insel Bd. 5, S. 391 – Stefan George, Goethe-Tag Bd. 5, S. 429 – Johann Wolfgang von Goethe, Gefunden Bd. 2, S. 311 – Johann Wolfgang von Goethe, Herbstgefühl Bd. 2, S. 87 – Johann Wolfgang von Goethe, Herbstlich leuchtet die Flamme Bd. 2, S. 195 – Johann Wolfgang von Goethe, Mit einem gemalten Band Bd. 2, S. 27 – Bernt von Heiseler, ad me ipsum Bd. 9, S. 257 – Alfred Lichtenstein, Gebet vor der Schlacht Bd. 7, S. 333 – Detlev von Liliencron, Einen Sommer lang Bd. 5, S. 253 – Oskar Loerke, Winterliches Vogelfüttern Bd. 6, S. 539 – Rainer Maria Rilke, Der Panther Bd. 6, S. 205 – Rainer Maria Rilke, Die Flamingos Bd. 6, S. 225 – Rainer Maria Rilke, Rose, oh reiner Widerspruch Bd. 6, S. 281

MARTIN LÜDKE geboren 1943 in Apolda/Thüringen, lebt in Baden-Baden und Frankfurt/M. Er ist Leiter der Literaturredaktion im Südwestfunk Baden-Baden und veröffentlichte unter anderem: »Anmerkungen zu einer ›Logik des Zerfalls‹. Adorno/Beckett« (1981) sowie »Für den Spiegel geschrieben. Eine kleine Literaturgeschichte« (1991).

Paul Celan, Keine Sandkunst mehr Bd. 9, S. 555 – Johann Wolfgang von Goethe, Ihr verblühet, süße Rosen Bd. 2, S. 509

Paul Michael Lützeler geboren 1943 in Hückelhoven/Rheinland, ist Professor für Neuere Deutsche Literatur an der Washington University in St. Louis/USA. Er veröffentlichte unter anderem: »Hermann Broch. Eine Biographie« (1985), »Zeitgeschichte in Geschichten der Zeit« (1986), »Geschichte in der Literatur« (1987).

Hermann Broch, Diejenigen, die im kalten Schweiß Bd. 7, S. 155 – Heinrich Heine, Im Rhein, im schönen Strome Bd. 4, S. 229

Hans Maier geboren 1931 in Freiburg, ist seit 1962 Professor für politische Wissenschaft, seit 1988 für Religions- und Kulturtheorie an der Universität München. 1970-1986 war er Bayerischer Staatsminister für Unterricht und Kultus. Hauptveröffentlichungen: »Revolution und Kirche« (1959/88), »Die ältere deutsche Staats- und Verwaltungslehre« (1966/80), »Katholizismus und Demokratie« (1983), »Das Freiheitsproblem in der deutschen Geschichte« (1992), »Totalitarismus und politische Religionen« (1996) und »Cäcilia unter den Deutschen und andere Essays zur Musik« (1998).

Abraham a Sancta Clara, Grabschrift der Alten Bd. 1, S. 289 – Joseph von Eichendorff, Der Soldat Bd. 3, S. 421 – Peter Gan, Unter vier Augen Bd. 8, S. 25 – Friedrich Hölderlin, Lebensalter Bd. 3, S. 189 – Reiner Kunze, Fahrschüler für Lastkraftwagen Bd. 11, S. 233 – Christine Lavant, Seit heute, aber für immer Bd. 9, S. 437 – Arthur Schopenhauer, Auf die Sixtinische Madonna Bd. 3, S. 519 – Novalis, Wenn nicht mehr Zahlen und Figuren Bd. 3, S. 233

Peter Maiwald geboren 1946 in Grötzingen/Kreis Esslingen, lebt in Düsseldorf. Er veröffentlichte unter anderem die Gedichtbände »Balladen vom Samstag auf Sonntag« (1984), »Guter Dinge« (1987), »Der Baum, das Haus, der Himmel« (1989), »Das Gutenbergsche Völkchen« (1990), »Springinsfeld« (1992), »Zugänge-Ausgänge« (1989) und »Wortkino. Notizen zur Poesie« (1993).

Kurt Bartsch, Die Leichenwäscherin ist tot Bd. 11, S. 477 – Heinz Czechowski, Ewald Christian von Kleist Bd. 11, S. 287 – Rainer Kirsch, Sonett Bd. 11, S. 253 – Paul Klee, Herr Waldemar Bd. 6, S. 379 – Karl Mickel, Maischnee Bd. 11, S. 429 – Christa Reinig, Robinson Bd. 10, S. 379 – Rainer Maria Rilke, Der Wahnsinn Bd. 6, S. 217

Rainer Malkowski geboren 1939 in Berlin, lebt in Brannenburg/Bayern. Er veröffentlichte unter anderem: »Was für ein Morgen« (1975), »Einladung ins Freie« (1977), »Zu Gast« (1983), »Was auch immer geschieht« (1986), »Das Meer steht auf« (1989) und »Hunger und Durst« (1997).

Georg Trakl, Trompeten Bd. 7, S. 307

Golo Mann geboren 1909 in München, starb 1994 in Leverkusen. Er schrieb unter anderem: »Friedrich von Gentz – Geschichte eines europäischen Staatsmannes« (1946), »Deutsche Geschichte des 19. und 20. Jahrhunderts« (1958), »Geschichte und Geschichten« (1962), »Wallenstein« (1971), »Erinnerungen und Gedanken. Eine Jugend in Deutschland« (1986), »Wir alle sind, was wir gelesen« (1989), »Wissen und Trauer« (1992).
Johann Wolfgang von Goethe, Der Fischer Bd. 2, S. 121 – Johann Wolfgang von Goethe, Erlkönig Bd. 2, S. 145 – Heinrich Heine, »Nicht gedacht soll seiner werden!« Bd. 4, S. 263 – Hugo von Hofmannsthal, Terzinen. Über Vergänglichkeit Bd. 6, S. 119 – Conrad Ferdinand Meyer, Ein Pilgrim Bd. 5, S. 169 – August von Platen, Lebensstimmung Bd. 4, S. 21 – Friedrich Rückert, Das vierzigste Ghasel Bd. 3, S. 487 – Friedrich Rückert, Nach Dschelaleddin Rumi Bd. 3, S. 507

Kurt Marti geboren 1921 in Bern, lebt dort. Er veröffentlichte Lyrik- und Prosabände, unter anderem: »Leichenreden« (1969), »Abendland« (1980), »Bürgerliche Geschichten« (1981), »Dorfgeschichten« (1983), »Ausgewählte Gedichte« (1989), »Herausgehoben. Notizen zur Zeit« (1991), »da geht dasein« (1994), »Zeitrevue« (1999), »Im Innern des Landes« (1999) und »Der Heilige Geist ist keine Zimmerlinde« (2000).
Rainer Brambach, Meine Vorfahren kamen nie vom Norden los Bd. 9, S. 503 – Martin Luther, Der XLVI. Psalm. Deus noster refugium et virtus Bd. 1, S. 105

Peter von Matt geboren 1937 in Luzern, ist Professor für Neuere Deutsche Literatur an der Universität Zürich. Er veröffentlichte Bücher über Grillparzer (1965) und E.T.A. Hoffmann (1971) sowie die Untersuchungen »Literaturwissenschaft und Psychoanalyse« (1972/2001), »... fertig ist das Angesicht« (1984), »Liebesverrat« (1989), »Das Schicksal der Phantasie« (1994), »Verkommene Söhne, mißratene Töchter« (1995), »Die verdächtige Pracht« (1998) und »Die tintenblauen Eidgenossen« (2001).
Ingeborg Bachmann, An die Sonne Bd. 10, S. 269 – Bertolt Brecht, Der Bauch Laughtons Bd. 8, S. 191 – Paul Celan, Todesfuge Bd. 9, S. 563 – Adelbert von Chamisso, Tragische Geschichte Bd. 3, S. 345 – Matthias Claudius, Kriegslied Bd. 1, S. 437 – Friedrich Dürrenmatt, Siriusbegleiter Bd. 10, S. 75 – Hans Magnus Enzensberger, Ins Lesebuch für die Oberstufe Bd. 10, S. 499 – Hermann von Gilm zu Rosenegg, Allerseelen Bd. 4, S. 463 – Johann Wolfgang von Goethe, Grenzen der Mensch-

heit Bd. 2, S. 125 – Johann Wolfgang von Goethe, Heidenröslein Bd. 2, S. 37 – Johann Wolfgang von Goethe, Mignon (Kennst du das Land) Bd. 2, S. 165 – Johann Wolfgang von Goethe, Philine Bd. 2, S. 227 – Alexander Xaver Gwerder, Ich geh unter lauter Schatten Bd. 10, S. 149 – Friedrich Hebbel, David und Goliath Bd. 4, S. 477 – Johann Peter Hebel, Wie heißt des Kaisers Töchterlein? Bd. 3, S. 97 – Heinrich Heine, Belsatzar Bd. 4, S. 135 – Heinrich Hetzbolt von Wissense, Wol mich der stunde Bd. 1, S. 87 – Hermann Hesse, Im Nebel Bd. 6, S. 321 – Friedrich Hölderlin, An die Deutschen Bd. 3, S. 121 – Gottfried Keller, Waldlied Bd. 5, S. 105 – Sarah Kirsch, Beginn der Zerstörung Bd. 11, S. 323 – Else Lasker-Schüler, Giselheer dem Tiger Bd. 5, S. 467 – Jakob Michael Reinhold Lenz, Willkommen Bd. 3, S. 17 – Gotthold Ephraim Lessing, Lied aus dem Spanischen Bd. 1, S. 395 – Friederike Mayröcker, an eine Mohnblume mitten in der Stadt Bd. 10, S. 175 – Conrad Ferdinand Meyer, Dämmergang Bd. 5, S. 149 – Conrad Ferdinand Meyer, Nicola Pesce Bd. 5, S. 185 – Ferdinand Raimund, Das Hobellied Bd. 3, S. 523 – Friedrich Schiller, Die Teilung der Erde Bd. 3, S. 57 – Friedrich Schiller, Punschlied Bd. 3, S. 81 – Ludwig Uhland, Fräuleins Wache Bd. 3, S. 385 – Regina Ullmann, Alles ist sein ... Bd. 6, S. 543 – Robert Walser, Was fiel mir ein? Bd. 6, S. 375 – Silja Walter, Tänzerin Bd. 9, S. 507

Hans Mayer geboren 1907 in Köln, starb 2001 in Tübingen. Er lehrte von 1948 bis 1963 Deutsche Literatur an der Universität Leipzig und dann bis 1971 an der Technischen Universität Hannover. Er veröffentlichte unter anderem: »Ansichten« (1962), »Zur deutschen Literatur der Zeit« (1967), »Goethe« (1973), »Außenseiter« (1975), »Ein Deutscher auf Widerruf« (1982), »Das unglückliche Bewußtsein – Zur deutschen Literaturgeschichte von Lessing und Heine« (1986), »Der Turm von Babel« (1991), »Der Widerruf. Über Deutsche und Juden« (1994), »Zeitgenossen. Erinnerungen und Deutungen« (1998) und »Bürgerliche Endzeit. Reden und Vorträge 1980 bis 2000« (2000).

Reiner Kunze, Erster Brief der Tamara A. Bd. 11, S. 229 – Nikolaus Lenau, Die drei Zigeuner Bd. 4, S. 335 – Thomas Mann, Monolog Bd. 6, S. 157 – Eduard Mörike, Auf einer Wanderung Bd. 4, S. 375 – Ludwig Uhland, Frühlingslied des Rezensenten Bd. 3, S. 391

Norbert Mecklenburg geboren 1943 in Insterburg, lebt in Köln. Er ist Professor für Neuere Deutsche Literatur an der Universität Köln. Er veröffentlichte unter anderem: »Kritisches Interpretieren« (1972), »Erzählte Provinz« (1986), »Die grünen Inseln« (1987), »Die Erzählkunst Uwe Johnsons« (1997) und »Theodor Fontane« (1998).

Bertolt Brecht, Über Goethes Gedicht: »Der Gott und die Bajadere« Bd. 8, S. 361 – Theodor Fontane, Haus- und Gartenfronten in Berlin W. Bd. 5, S. 27 – Johann Wolfgang von Goethe, Behandelt die Frauen mit Nachsicht! Bd. 2, S. 379

Tilo Medek geboren 1940 in Jena, lebt als freier Komponist in Remagen. Zu seinen Arbeiten gehören Aufsätze über Fragen der Musik sowie Vertonungen von Paul Celans »Todesfuge« (1966), Sarah Kirschs »Die betrunkene Sonne« (1968) und die Oper »Katharina Blum« (1984)1986).

Paul Gerhardt, Der 1. Psalm Davids Bd. 1, S. 195

Christa Melchinger geboren 1943 in Frankfurt am Main, lebt in Freiburg. Sie veröffentlichte unter anderem: »Illusion und Wirklichkeit im dramatischen Werk Arthur Schnitzlers« (1968), die Monographie »Albert Camus« (1969) und schreibt Literaturkritiken für Presse und Rundfunk.

Achim von Arnim, Mit jedem Druck der Feder Bd. 3, S. 329 – Günter Eich, Briefstelle Bd. 9, S. 195 – Marie Luise Kaschnitz, Vögel Bd. 9, S. 77 – Else Lasker-Schüler, Man muß so müde sein Bd. 5, S. 487 – Detlev von Liliencron, Schöne Junitage Bd. 5, S. 259 – Friedrich Nietzsche, Venedig Bd. 5, S. 291 – Claude Vigée, Winterweiden Bd. 10, S. 131

Siegfried Melchinger geboren 1906 in Stuttgart, starb 1988 in Höchenschwand. Er war Professor für Musik und Darstellende Kunst und veröffentlichte unter anderem: »Theater der Gegenwart« (1956), »Modernes Welttheater« (1958), »Schauspieler« (1968), »Geschichte des politischen Theaters« (1971) und »Die Welt als Tragödie I/II« (1979/80).

Bertolt Brecht, Das Schiff Bd. 8, S. 181 – Eduard Mörike, An eine Äolsharfe Bd. 4, S. 349

Klaus-Dieter Metz geboren 1942 in Bad Homburg, lebt dort. Er ist Lehrer an der Kaiserin Friedrich-Schule Bad Homburg und nimmt museumspädagogische Tätigkeiten im Schloßmuseum wahr. Er veröffentlichte unter anderem »Korrespondenzen. Der Brief in Gottfried Kellers Dichtung« (1984) und »Gottfried Keller. Die drei gerechten Kammacher. Interpretation« (1990).

Johann Wolfgang von Goethe, Pilgers Morgenlied Bd. 2, S. 45

Karl Mickel geboren 1935 in Dresden, starb 2000 in Berlin. Er veröffentlichte neben essayistischen Arbeiten die Gedichtsammlungen »Vita nova mea« (1966), »Mottek sagt« (1990), »Gedichte 1957-1974«

(1990), »Palimpsest« (1990) sowie »Lachmunds Freunde« (1998) und »Schriften 5. Gelehrtenrepublik. Beiträge zur Deutschen Dichtungsgeschichte« (2000).

Rainer Kirsch, Sterbelager preußisch Bd. 11, S. 257 – Richard Leising, Der Sieg Bd. 11, S. 283 – Thomas Rosenlöcher, Des Kreischens Brummbaß Bd. 12, S. 303

Katharina Mommsen geboren 1925 in Berlin, lehrt deutsche Literatur an der Stanford University in Kalifornien. Sie veröffentlichte unter anderem: »Goethe und 1001 Nacht« (1960), »Natur- und Fabelreich in Faust II« (1968), »Gesellschaftskritik bei Fontane und Thomas Mann« (1973), »Kleists Kampf mit Goethe« (1974) und »Hofmannsthal und Fontane« (1978), »Who is Goethe?«, »Goethes Märchen« (1984), »Goethe und die arabische Welt« (1988), »Goethe und der Islam« (2001).

Johann Wolfgang von Goethe, Am 28. August 1826 Bd. 2, S. 449 – Johann Wolfgang von Goethe, Nun weiß man erst Bd. 2, S. 481

Hans-Harald Müller geboren 1943 in Hamburg, lehrt an der dortigen Universität Neuere Deutsche Literatur. Er veröffentlichte unter anderem: »Intellektueller Linksradikalismus in der Weimarer Republik« (1977), »Der Krieg und die Schriftsteller« (1986) und »Leo Perutz« (1992).

Bertolt Brecht, Von der Willfährigkeit der Natur Bd. 8, S. 403

Herta Müller geboren 1953 in Nitzkydorf/Rumänien, lebt als Schriftstellerin in Berlin. Sie ist seit 1995 Mitglied der Deutschen Akademie für Sprache und Dichtung und veröffentlichte unter anderem: »Niederungen« (1984), »Der Mensch ist ein großer Fasan auf der Welt« (1986), »Eine warme Kartoffel ist ein warmes Bett« (1992), »Hunger und Seide. Essays« (1995) sowie die Romane »Der Fuchs war damals schon der Jäger« (1992), »Herztier« (1994) und »Heute wär ich mir lieber nicht begegnet« (1997).

Theodor Kramer, Abschied von einem ausreisenden Freund Bd. 8, S. 95

Walter Müller-Seidel geboren 1918 in Schöna, war Professor für Neuere Deutsche Literatur in München. Er veröffentlichte unter anderem: »Verstehen und Erkennen. Eine Studie über Heinrich von Kleist« (1961), »Probleme der literarischen Wertung« (1965), »Theodor Fontane« (1975) und »Die Geschichtlichkeit der deutschen Klassik. Literatur und Denkformen um 1800« (1983).

Rainer Maria Rilke, Ich fürchte mich so Bd. 6, S. 257

Adolf Muschg geboren 1934 in Zollikon bei Zürich, ist Professor für Germanistik an der Eidgenössischen Hochschule in Zürich. Er veröffentlichte die Romane »Im Sommer des Hasen« (1965), »Mitgespielt« (1969), »Albissers Grund« (1974) und »Das Licht und der Schlüssel« (1984), »Der Rote Ritter« (1993) und »Sutters Glück« (2001) sowie die Erzählungsbände »Fremdkörper« (1968), »Liebesgeschichten« (1972/2000), »Leib und Leben« (1981), »Noch ein Wunsch« (1981/93), »Der Turmhahn und andere Liebesgeschichten« (1987) und »Literatur als Therapie? Frankfurter Vorlesungen« (2000).
Johann Wolfgang von Goethe, Der Bräutigam Bd. 2, S. 501 – Martin Luther, Der XLVI. Psalm. Deus noster refugium et virtus Bd. 1, S. 105 – Albin Zollinger, Stille des Herbstes Bd. 8, S. 73

Volker Neuhaus geboren 1943 in Breslau, ist Professor für Neuere Deutsche und Vergleichende Literaturwissenschaft in Köln. Er veröffentlichte unter anderem: »Typen multiperspektivischen Erzählens« (1971), »Der zeitgeschichtliche Sensationsroman in Deutschland« (1979), eine Monographie zu Günter Grass (1979) und gab 1987 die zehnbändige Grass-Werkausgabe heraus.
Hoffmann von Fallersleben, Der deutsche Zollverein Bd. 4, S. 313

Peter Horst Neumann geboren 1936 in Neiße/Oberschlesien, ist Professor für Neuere Deutsche Literatur an der Universität Erlangen. Er veröffentlichte unter anderem: »Jean Pauls ›Flegeljahre‹« (1968), »Der Preis der Mündigkeit. Über Lessings Dramen« (1977) und »Die Rettung der Poesie im Unsinn. Der Anarchist Günter Eich« (1981).
Hans Magnus Enzensberger, Die Scheiße Bd. 10, S. 479 – Johann Wolfgang von Goethe, Anakreons Grab Bd. 2, S. 173 – Gottfried Keller, Ehescheidung Bd. 5, S. 81 – Gotthold Ephraim Lessing, Lob der Faulheit Bd. 1, S. 399 – Alfred Margul-Sperber, Auf den Namen eines Vernichtungslagers Bd. 8, S. 425 – Joachim Ringelnatz, Ich habe dich so lieb Bd. 6, S. 457 – Ludwig Uhland, Der gute Kamerad Bd. 3, S. 381 – Guntram Vesper, Tagebuch Anfang Februar Bd. 12, S. 53

Elisabeth Noelle-Neumann geboren 1916 in Berlin, ist Leiterin des von ihr gegründeten Instituts für Demoskopie Allensbach. Von 1965-1983 war sie Direktorin des Instituts für Publizistik der Universität Mainz, seit 1978 ist sie Gastprofessorin der University of Chicago. Sie veröffentlichte unter anderem »Einführung in die Methoden der Demoskopie« (1963), »Die Schweigespirale« (1980/91) und ist Mitherausgeberin der »Allensbacher Jahrbücher für Demoskopie«.
Hilde Domin, Bitte Bd. 9, S. 301

Helmuth Nürnberger geboren 1930 in Brüx/Böhmen, lehrte deutsche Literatur an der Bildungswissenschaftlichen Hochschule/Universität Flensburg und an der Universität Hamburg. Er ist Herausgeber der »Werke, Schriften und Briefe Theodor Fontanes« (1962-97) und veröffentlichte unter anderem die Monographien »Der frühe Fontane« (1967), »Joseph Roth« (1981) und »Fontanes Welt« (1997/99).
Marie von Ebner-Eschenbach, Ein stummer Vorwurf Bd. 5, S. 195 – Theodor Fontane, Lebenswege Bd. 5, S. 31 – Theodor Fontane, Publikum Bd. 5, S. 49 – Johann Wolfgang von Goethe, Mächtiges Überraschen Bd. 2, S. 281 – Gottfried Keller, Die Zeit geht nicht Bd. 5, S. 75 – Ferdinand von Saar, Herbst Bd. 5, S. 217 – Theodor Storm, Über die Heide Bd. 4, S. 531

Klara Obermüller geboren 1940, lebt in Zürich. Sie war Redakteurin bei der »Neuen Zürcher Zeitung« und der »Weltwoche«. Heute ist sie Redakteurin und Moderatorin im Schweizer Fernsehen. Sie hat neben Hörspielen und Jugendbüchern die Bücher »Dem Leben recht geben. Gespräche mit Jean Rudolf von Salis« (1994) und »Schweizer auf Bewährung. Klara Obermüller im Gespräch mit Sigi Feigel« (1998) veröffentlicht.
Werner Bergengruen, Der Engel spricht Bd. 7, S. 527 – Bertolt Brecht, Morgens und abends zu lesen Bd. 8, S. 327 – Hermann Burger, Eiszeit Bd. 12, S. 63 – Johann Wolfgang von Goethe, Das Veilchen Bd. 2, S. 55 – Andreas Gryphius, Grabschrift Marianae Gryphiae seines Brudern Pauli Töchterlein Bd. 1, S. 225 – Heinrich Heine, In den Küssen Bd. 4, S. 233 – Erich Kästner, Maskenball im Hochgebirge Bd. 8, S. 471 – Robert Schindel, Kältelied Bd. 12, S. 161

Kurt Oesterle geboren 1955 in Oberrot/Württemberg, lebt als freier Autor und Kritiker in Tübingen und arbeitet unter anderem für die »Süddeutsche Zeitung«.
Johannes R. Becher, Erinnerungsbild Bd. 7, S. 467 – Hans Magnus Enzensberger, Empfänger unbekannt – Retour à l'expéditeur Bd. 10, S. 487 – Ludwig Greve, Hannah Arendt Bd. 10, S. 163 – Georg Heym, Robespierre Bd. 7, S. 233 – Uwe Kolbe, Für den Anfang Bd. 12, S. 373

Christoph Perels geboren 1938 in Rehfelde, ist seit 1983 Direktor des Freien Deutschen Hochstifts in Frankfurt am Main. Er veröffentlichte unter anderem: »Studien zur Aufnahme und Kritik der Rokokolyrik zwischen 1740 und 1760« (1974), »Lyrik verlegen in dunkler Zeit. Heinrich Ellermanns Blätter für die Dichtung 1934-1944« (1984),

»Sturm und Drang« (1988) und »Dichterwege. Eine kleine Goethe-Biographie« (2000).

Paul Celan, Bei Wein und Verlorenheit Bd. 9, S. 523 – Günter Eich, Abgelegene Gehöfte Bd. 9, S. 181 – Johann Wolfgang von Goethe, Neugriechische Liebe-Skolie Bd. 2, S. 433 – Yvan Goll, Electric Bd. 7, S. 491 – Sarah Kirsch, Naturschutzgebiet Bd. 11, S. 379 – Rainer Maria Rilke, Die Brandstätte Bd. 6, S. 221 – Marianne von Willemer, Ach um deine feuchten Schwingen Bd. 3, S. 349

Beate Pinkerneil geboren 1942 in Bochum, lebt in Köln. Von 1983-1991 leitete sie die Redaktion »Literatur und Kunst« im Zweiten Deutschen Fernsehen sowie das Büchermagazin »Literatur im Gespräch« und ist seitdem Literaturredakteurin im ZDF. Sie gab Gedichtanthologien und literaturwissenschaftliche Sammelbände heraus.

Wolf Biermann, Ermutigung Bd. 11, S. 451 – Erich Fried, Bevor ich sterbe Bd. 10, S. 83 – Mascha Kaléko, Im Exil Bd. 9, S. 339 – Kurt Tucholsky, Rheinsberg Bd. 7, S. 415

Heinz Piontek geboren 1925 in Kreuzburg, lebt in München. Er ist vorwiegend Lyriker und veröffentlichte unter anderem die Gedichtbände »Mit einer Kranichfeder« (1962), »Klartext« (1966), »Wie sich Musik durchschlug« (1978), »Was mich nicht losläßt« (1981) und »Morgenwache« (1991) sowie den Essayband »Männer, die Gedichte machen« (1970) und die Romane »Dichterleben« (1976), »Juttas Neffe« (1979) und »Zeit meines Lebens« (1984).

Georg Britting, Das weiße Bett Bd. 7, S. 483 – Christine Busta, Signale Bd. 9, S. 361 – Wulf Kirsten, grabschrift für meinen großvater Bd. 11, S. 271 – Horst Lange, Eine Geliebte aus Luft Bd. 9, S. 163 – Georg von der Vring, Cap de Bonne-Espérance Bd. 7, S. 347

Uwe Pörksen geboren 1935 in Breklum, lebt in Freiburg. Er ist Professor an der Universität Freiburg für Deutsche Sprache und Ältere Literatur. Er veröffentlichte neben wissenschaftlichen Arbeiten »Deutsche Naturwissenschaftssprachen. Historische und kritische Studien« (1986), »Wissenschaftssprache und Sprachkritik« (1994), die Essays »Plastikwörter. Die Sprache einer internationalen Diktatur« (1988) und Romane, zuletzt »Schauinsland« (1991/2000).

Walter Helmut Fritz, Teilhaben Bd. 11, S. 31 – Ludwig Greve, Mein Vater Bd. 10, S. 169 – Oskar Loerke, Timur und die Seherin Bd. 6, S. 529

Heinz Politzer geboren 1910 in Wien, starb 1978 in Berkeley. Er lehrte Deutsche Literatur an der University of California in Berkeley

(USA). Er veröffentlichte unter anderem »Franz Kafka, der Künstler« (1965), »Das Schweigen der Sirenen« (1968) und »Hatte Ödipus einen Ödipus-Komplex?« (1974).

Ilse Aichinger, Gebirgsrand Bd. 10, S. 17 – Hermann Broch, Kulinarisches Liebeslied Bd. 7, S. 159 – Gottfried August Bürger, Naturrecht Bd. 1, S. 451 – Franz Kafka, Und die Menschen gehn in Kleidern Bd. 6, S. 437 – Gottfried Keller, Wie glänzt der helle Mond Bd. 5, S. 115 – Klabund, Klage der Garde Bd. 7, S. 383 – Heinrich von Kleist, Katharina von Frankreich Bd. 3, S. 263 – Sarah Kirsch, Nachricht aus Lesbos Bd. 11, S. 375 – Georg Kreisler, Frühlingsmärchen Bd. 10, S. 145 – Else Lasker-Schüler, Die Verscheuchte Bd. 5, S. 455 – Eduard Mörike, Um Mitternacht Bd. 4, S. 417 – Unbekannter Dichter/Des Knaben Wunderhorn, Das bucklichte Männlein Bd. 4, S. 429 – Franz Werfel, Morgenhymnus Bd. 7, S. 441

Wolfgang Preisendanz geboren 1920 in Pforzheim, ist emeritierter Professor der Literaturwissenschaft an der Universität Konstanz. Er veröffentlichte unter anderem »Die Spruchform in der Lyrik des alten Goethe und ihre Vorgeschichte seit Opitz« (1952), »Humor als dichterische Einbildungskraft« (1963/1985), »Über den Witz« (1970), »Heinrich Heine« (1973/1983), »Wege des Realismus« (1977).

Heinrich Heine, Wenn ich, beseligt von schönen Küssen Bd. 4, S. 285 – Rainer Maria Rilke, Der Pavillon Bd. 6, S. 209

Fritz J. Raddatz geboren 1931 in Berlin, lebt in Hamburg. Er war von 1977 bis 1985 Feuilletonchef der »Zeit« und gab die Werke Kurt Tucholskys heraus. Er veröffentlichte Biographien, Romane, Erzählungen und Essays, unter anderem: »Traditionen und Tendenzen« (1971), »Verwerfungen« (1972), »Georg Lukács« (1972), »Karl Marx – Eine politische Biographie« (1975), »Kuhauge« (1984), »Kurt Tucholsky« (1989), »Taubenherz und Geierschnabel« (1997) »Ich habe dich anders gedacht« (2001) und »Gottfried Benn. Leben – niederer Wahn« (2001) sowie die Romane »Der Wolkentrinker« (1987) und »Gestörte Balance« (1996).

Günter Grass, »Tour de France« Bd. 10, S. 413 – Günter Kunert, Konjunktiver Doppelgänger Bd. 11, S. 59

Wolfdietrich Rasch geboren 1903 in Breslau, starb 1986. Er war Professor für Neuere Deutsche Literaturgeschichte in Münster. Er veröffentlichte unter anderem »Die Erzählweise Jean Pauls« (1961), »Über Robert Musils Roman ›Der Mann ohne Eigenschaften‹« (1967), »Zur

deutschen Literatur seit der Jahrhundertwende« (1967), »Goethes Iphigenie auf Tauris als Drama der Autonomie« (1979) und »Die literarische Décadence um 1900. Grundbegriffe und Variationen« (1985/91).
Gottfried Benn, Ein Schatten an der Mauer Bd. 7, S. 41 – Stefan George, Ihr tratet zu dem herde Bd. 5, S. 439 – Albert von Schirnding, Bitte um Heimsuchung Bd. 11, S. 441

Marcel Reich-Ranicki geboren 1920 in Włocławek an der Weichsel, leitete von 1973 bis 1988 die Literatur-Redaktion der »Frankfurter Allgemeinen Zeitung«. Er veröffentlichte unter anderem: »Über Ruhestörer« (1973), »Nachprüfung« (1977), »Lauter Lobreden« (1985), »Thomas Mann und die Seinen« (1987), »Thomas Bernhard« (1990), »Max Frisch« (1991), »Ohne Rabatt. Über Literatur aus der DDR (1991), »Günter Grass« (1992), »Der doppelte Boden« (1992), »Die Anwälte der Literatur« (1994), »Martin Walser« (1994), »Wladimir Nabokov« (1995), »Ungeheuer oben. Über Bertolt Brecht« (1996), »Wolfgang Koeppen« (1996), »Der Fall Heine« (1997), »Mein Leben« (1999), »Vom Tag gefordert« (2001) »Erst leben, dann spielen. Über polnische Literatur« (2002) und »Sieben Wegbereiter. Schriftsteller des 20. Jahrhunderts« (2002).
Paul Boldt, In der Welt Bd. 6, S. 549 – Bertolt Brecht, Als ich nachher von dir ging Bd. 8, S. 141 – Bertolt Brecht, Erinnerung an die Marie A. Bd. 8, S. 275 – Paul Fleming, Zur Zeit seiner Verstoßung Bd. 1, S. 217 – Theodor Fontane, An meinem Fünfundsiebzigsten Bd. 5, S. 17 – Erich Fried, Logos Bd. 10, S. 95 – Johann Wolfgang von Goethe, Alle Freuden, die unendlichen Bd. 2, S. 107 – Johann Wolfgang von Goethe, Freudvoll und leidvoll Bd. 2, S. 169 – Johann Wolfgang von Goethe, Rezensent Bd. 2, S. 51 – Gustaf Gründgens, Wie sind wir beide vornehm Bd. 8, S. 431 – Friedrich Hebbel, Wenn die Rosen ewig blühten ... Bd. 4, S. 489 – Heinrich Heine, Ein Jüngling liebt ein Mädchen Bd. 4, S. 197 – Heinrich Heine, Leise zieht durch mein Gemüt Bd. 4, S. 237 – Friedrich Hölderlin, An die Parzen Bd. 3, S. 125 – Mascha Kaléko, Großstadtliebe Bd. 9, S. 333 – Sarah Kirsch, Schwarze Bohnen Bd. 11, S. 393 – Günter Kunert, Frist Bd. 11, S. 51 – Theodor Storm, Lied des Harfenmädchens Bd. 4, S. 519 – Kurt Tucholsky, Danach Bd. 7, S. 399 – Richard Wagner, Ein rundes, ein schönes Gedicht Bd. 4, S. 493 – Walther von der Vogelweide, Under der linden Bd. 1, S. 63

Thomas Rietzschel geboren 1951 in Dresden, ist Mitarbeiter der Frankfurter Allgemeinen Zeitung und lebt in Roßdorf bei Darmstadt.

Neben verschiedenen Anthologien zur expressionistischen Literatur veröffentlichte er unter anderem eine Theodor Däubler-Biographie.

Ernst Toller, Gemeinsame Haft Bd. 7, S. 571

Karl Riha geboren 1935 in Krummau an der Moldau, ist Professor für Germanistik und Allgemeine Literaturwissenschaft an der Universität-Gesamthochschule Siegen. Er veröffentlichte Arbeiten über »Moritat, Song, Bänkelsang« (1965), »Die Beschreibung der großen Stadt« (1970) und über die »Commedia dell'arte« (1980), »Deutsche Großstadtlyrik« (1983), »Nicht alle Fische sind Vögel« (1981), »In diesem/diesem Moment« (1984), »Gomringer« (1998), »Ich in einem Stück und andere Prosa« (1999).

Kurt Schwitters, Die Nixe. Ballade Bd. 7, S. 255 – Ror Wolf, Rammer & Brecher. 3. Sonett Bd. 11, S. 197

Werner Ross geboren 1912 in Krefeld-Uerdingen, lebt in München. Er veröffentlichte unter anderem: »Der ängstliche Adler. Friedrich Nietzsches Leben« (1980). »Die Feder führend« (1987), »Lou Andreas-Salomé« (1992), »Baudelaire und die Moderne« (1993), »Der wilde Nietzsche« (1994), »Venezianische Promenade« (1996) und »Bohemiens und Belle Epoque« (1997).

Ingeborg Bachmann, Fort mit dem Schnee Bd. 10, S. 301 – Wolfgang Bächler, Erwartung Bd. 10, S. 191 – Gottfried Benn, Was schlimm ist Bd. 7, S. 143 – Bertolt Brecht, Der Kirschdieb Bd. 8, S. 207 – Clemens Brentano, Wenn der lahme Weber Bd. 3, S. 305 – Hans Magnus Enzensberger, Kopfkissengedicht Bd. 10, S. 507 – Robert Gernhardt, Doppelte Begegnung am Strand von Sperlonga Bd. 11, S. 519 – Johann Wolfgang von Goethe, Dauer im Wechsel Bd. 2, S. 261 – Johann Wolfgang von Goethe, Die Jahre nahmen dir Bd. 2, S. 413 – Johann Wolfgang von Goethe, Im Atemholen Bd. 2, S. 323 – Johann Wolfgang von Goethe, Sag, was könnt' uns Mandarinen Bd. 2, S. 469 – Ulla Hahn, Blinde Flecken Bd. 12, S. 231 – Ulla Hahn, Mitteilungen der Mutter Bd. 12, S. 263 – Heinrich Heine, An die Jungen Bd. 4, S. 101 – Friedrich Hölderlin, Der Zeitgeist Bd. 3, S. 169 – Ernst Jandl, an gott Bd. 10, S. 203 – Ernst Jandl, manchmal hab ich eine solche wut Bd. 10, S. 227 – Ernst Jandl, sommerlied Bd. 10, S. 241 – Reiner Kunze, Das kleine Auto Bd. 11, S. 219 – Christian Morgenstern, Zäzilie (II) Bd. 6, S. 79 – Friedrich Nietzsche, Der Einsame Bd. 5, S. 263 – Friedrich Nietzsche, Die Sonne sinkt Bd. 5, S. 277 – Rainer Maria Rilke, Frühling ist wiedergekommen Bd. 6, S. 245 – Joachim Ringelnatz, Die neuen Fernen

Bd. 6, S. 449 – Friedrich Schiller, Der Tanz Bd. 3, S. 51 – Ernst Stadler, Fahrt über die Kölner Rheinbrücke bei Nacht Bd. 6, S. 499 – Georg Trakl, Im Park Bd. 7, S. 299

Wolfgang Rothe geboren 1929 in Berlin, lebt in Heidelberg. Er ist Essayist und Literaturwissenschaftler und veröffentlichte unter anderem: »James Joyce« (1957), »Der Roboter und der andre« (1958), »Schriftsteller und totalitäre Welt« (1966), »Der Expressionismus« (1977), »Tänzer und Täter« (1979), »Ernst Toller« (1983), »Deutsche Revolutionsdramatik seit Goethe« (1989), »Goethe, der Pazifist« (1998) und »Der politische Goethe« (1998).

Gottfried Benn, Melodie Bd. 7, S. 91 – Bertolt Brecht, Der Gast Bd. 8, S. 203 – Rolf Dieter Brinkmann, Hölderlin-Herbst Bd. 12, S. 17 – Robert Walser, Die schöne Frau von Thun Bd. 6, S. 363

Ralf Rothmann geboren 1953 in Schleswig, lebt in Berlin. Er veröffentlichte Gedichte und Erzählungen und die Romane »Stier« (1992), »Wäldernacht« (1994), »Berlin Blues« (1997), »Flieh, mein Freund!« (1998) und die Erzählungen »Messers Schneide« (1986), »Milch und Kohle« (2000) und »Ein Winter unter Hirschen« (2001).

Rainer Maria Rilke, Komm du, du letzter Bd. 6, S. 261

Christa Rotzoll geboren 1921 in Berlin, wo sie 1995 starb. Sie war Feuilletonredakteurin beim »Kurier« in Berlin und hat später für Zeitungen und Sender gearbeitet. Sie veröffentlichte »Frauen und Zeiten« (1987).

Wilhelm Busch, Tröstlich Bd. 5, S. 213 – Robert Gernhardt, Siebenmal mein Körper Bd. 11, S. 541 – Erich Kästner, Sogenannte Klassefrauen Bd. 8, S. 485

Horst Rüdiger geboren 1908 in Geringswald, starb 1984 in Patschins. Er war Professor für Komparatistik an der Universität Bonn und veröffentlichte unter anderem: »Italien ganz privat« (1933) und »Winckelmann und Italien« (1956), »Die Gattungen in der Vergleichenden Literaturwissenschaft« (1974), »Literatur und Dichtung« (1982) und »Goethe und Europa« (1990).

Johann Wolfgang von Goethe, Schenke Bd. 2, S. 351 – Marie Luise Kaschnitz, Ein Gedicht Bd. 9, S. 49 – Else Lasker-Schüler, Ein alter Tibetteppich Bd. 5, S. 459 – August von Platen, Dies Land der Mühe Bd. 4, S. 13

Peter Rühmkorf geboren 1929 in Dortmund, lebt als Schriftsteller in Hamburg. Er veröffentlichte unter anderem die Gedichtbände »Haltbar bis Ende 1999« (1979), »agar agar zaurzaurim« (1985), »Selbstredend und selbstreimend« (1987), »Einmalig wie wir alle« (1989) »Lethe mit Schuß« (1998), »Wenn – aber dann. Vorletzte Gedichte« (1999), »Von mir, zu euch, für uns« (1999) und die Bücher »Die Jahre die Ihr kennt. Anfälle und Erinnerungen« (1999) sowie »Schachtelhalme. Schriften zur Poetik und Literatur« (2001).

Gottfried Benn, Mann und Frau gehen durch die Krebsbaracke Bd. 7, S. 85 – Volker Braun, Durchgearbeitete Landschaft Bd. 11, S. 561 – Richard Dehmel, Manche Nacht Bd. 5, S. 321 – Der von Kürenberg, Ich zôch mir einen valken Bd. 1, S. 37 – Adolf Endler, Des Freundes Wettlauf mit dem Schneemann Bd. 11, S. 131 – Johann Wolfgang von Goethe, Phänomen Bd. 2, S. 335 – George Grosz, Gesang an die Welt I Bd. 7, S. 561 – Rolf Haufs, Peppino Portiere Bd. 11, S. 311 – Jakob van Hoddis, Weltende Bd. 7, S. 237 – Martin Luther, Der XLVI. Psalm. Deus noster refugium et virtus Bd. 1, S. 105 – Walter Mehring, Denn: Aller Anfang ist schwer Bd. 8, S. 85 – Joachim Ringelnatz, Kniebeuge Bd. 6, S. 465 – Joachim Ringelnatz, Vorm Brunnen in Wimpfen Bd. 6, S. 485 – Wolf Wondratschek, In den Autos Bd. 12, S. 145

Doris Runge geboren 1943 in Mecklenburg, lebt als freie Schriftstellerin in Cismar/Ostholstein. Sie veröffentlichte unter anderem die Gedichtbände: »jagdlied« (1985), »kommt zeit« (1988), »wintergrün« (1991) und »grund genug« (1995), »trittfeste schatten« (2000) und den Essayband »Welch ein Weib. Mädchen- und Frauengestalten bei Thomas Mann« (1998).

Bertolt Brecht, Von den verführten Mädchen Bd. 8, S. 395 – Else Lasker-Schüler, Pharao und Joseph Bd. 5, S. 495 – Nelly Sachs, Wenn nicht dein Brunnen Bd. 7, S. 519 – Theodor Storm, Begegnung Bd. 4, S. 511

Stefana Sabin geboren 1955 in Bukarest, ist Kulturjournalistin in Frankfurt. Sie hat mehrere Anthologien zeitgenössischer Prosa herausgegeben und biographische Monographien zu klassischen Autoren der Moderne veröffentlicht.

Friedrich Schiller, Laura am Klavier Bd. 3, S. 71 – Eva Strittmatter, Der Amsel Bd. 11, S. 141

Joachim Sartorius geboren 1946 in Fürth, lebt als Lyriker, Übersetzer und Publizist in Berlin und ist Intendant der Berliner Festspiele. Er veröffentlichte unter anderem die Gedichtbände »Sage ich zu wem« (1988), »Der Tisch wird kalt« (1992), »Keiner gefriert anders« (1996) und »In den Ägyptischen Filmen« (2000).

Durs Grünbein, Après l'amour Bd. 12, S. 389 – Heiner Müller, Herz der Finsternis nach Joseph Conrad Bd. 11, S. 75

Gerhard Schaub geboren 1938 in Kassel, ist Professor für Neuere Deutsche Literaturwissenschaft an der Universität Trier. Er veröffentlichte unter anderem: »Le Génie Enfant. Die Kategorie des Kindlichen bei Clemens Brentano« (1973), »Die schriftstellerischen Anfänge Georg Büchners unter dem Einfluß der Schulrhetorik« (1980), »Bürger und Idiot. Beiträge zu Werk und Wirkung eines Gesamtkünstlers« (1993), »Kurt Schwitters und die ›andere‹ Schweiz« (1998) und »Schwitters-Anekdoten« (1999).

Kurt Schwitters, Basel Bd. 7, S. 245

Hans-Jürgen Schings geboren 1937 in Königsberg, ist Professor für Neuere Deutsche Literatur an der Freien Universität Berlin. Er veröffentlichte unter anderem: »Die patristische und stoische Tradition bei Andreas Gryphius« (1966), »Melancholie und Aufklärung« (1977), »Die Brüder des Marquis Posa. Schiller und der Geheimbund der Illuminaten« (1996).

Johann Christian Günther, Er klaget gegen seinen Freund Bd. 1, S. 331

Albert von Schirnding geboren 1935 in Regensburg, lebt in München. Er veröffentlichte unter anderem die Gedichtbände »Bedenkzeit« (1977), »Mit anderen Augen« (1986/97), die Erzählung »Herkommen« (1987), »Halbkreise« (1997) sowie die Essays »Am Anfang war das Staunen« (1978), »Durchs Labyrinth der Zeit« (1979), »Linien des Lesens« (1982), »Maske und Mythos« (1991), »Literarische Landschaften« (1998) und »Alphabet meines Lebens« (2000).

Gottfried Benn, Worte (Bd. 19) Bd. 7, S. 151 – Günter Eich, Augenblick im Juni Bd. 9, S. 185 – Stefan George, Ich bin freund und führer dir Bd. 5, S. 435 – Peter Rühmkorf, Bleib erschütterbar und widersteh Bd. 11, S. 101 – Georg von der Vring, Kavaliershaus Bd. 7, S. 351 – Franz Werfel, Vater und Sohn Bd. 7, S. 453

Karla Schneider geboren 1938 in Dresden, lebt in Wuppertal. Sie veröffentlichte unter anderem: »Der Mensch und sein Drachen« (1988), »Der Knabenkrautgarten« (1989), »Kor, der Engel« (1992), »Almuth und Helene« (1993), »Rückkehr nach Podgoritza« (2001) sowie zahlreiche Kinder- und Jugendromane.

Stefan George, Entführung Bd. 5, S. 417 – Franz Werfel, Unser aller Kinderfrau Bd. 7, S. 449

Karl Ludwig Schneider geboren 1919 in Hamburg, wo er 1981 starb. Er war Professor für Deutsche Literatur an der Universität Hamburg,

gab die Werke Ernst Stadlers und Georg Heyms heraus und veröffentlichte unter anderem den Essayband »Zerbrochene Formen« (1967).
Ernst Stadler, Gratia divinae pietatis adesto Savinae de petra dura perquam sum facta figura Bd. 6, S. 503

ROLF SCHNEIDER geboren 1932 in Chemnitz, lebt in Schöneiche. Er veröffentlichte unter anderem »Brücken und Gitter« (1965), »Die Tage in W.« (1965), »Pilzomelette und andere Nekrologe« (1974), »Die Reise nach Jaroslaw« (1975), »November« (1979), »Unerwartete Veränderung« (1980), »Jede Seele auf Erden« (1990), »Volk ohne Trauer« (1992), »Berliner Wege« (1993), »Leben in Wien« (1994) sowie »Potsdam. Garnison und Arkadien« (1994).
Paul Celan, In Prag Bd. 9, S. 551 – Annette von Droste-Hülshoff, An meine Mutter Bd. 4, S. 53 – Friedrich Hebbel, Herbstbild Bd. 4, S. 481 – Georg Heym, Alle Landschaften Bd. 7, S. 207 – Peter Huchel, Kreuzspinne Bd. 9, S. 133 – Ernst Jandl, schtzngrmm Bd. 10, S. 235 – Sarah Kirsch, Im Juni Bd. 11, S. 363 – Else Lasker-Schüler, In meinem Schoße Bd. 5, S. 475 – Peter Rühmkorf, Heinrich-Heine-Gedenk-Lied Bd. 11, S. 109 – Nelly Sachs, Wer aber leerte den Sand aus euren Schuhen? Bd. 7, S. 523 – Georg Trakl, Grodek Bd. 7, S. 287

GERSHOM SCHOCKEN geboren 1912 in Zwickau in Sachsen, starb 1990 in Tel Aviv. Er war Chefredakteur der hebräischen Tageszeitung Ha'Aretz und veröffentlichte Essays und Gedichte.
Gottfried Benn, Stilleben Bd. 7, S. 131

ALBRECHT SCHÖNE geboren 1925 in Barby a. d. Elbe, ist emeritierter Professor der Deutschen Philologie an der Universität Göttingen. Er veröffentlichte unter anderem: »Emblematik und Drama im Zeitalter des Barock« (1964/1993), »Über politische Lyrik im 20. Jahrhundert.« (1965/1972), »Emblemata. Handbuch zur Sinnbildkunst des 16. und 17. Jahrhunderts« (1967/1978), »Aufklärung aus dem Geist der Experimentalphysik. Lichtenbergsche Konjunktive« (1982/1993), »Götterzeichen, Liebeszauber, Satanskult (1982/1993), »Goethes Farbentheologie« (1987), »Vom Biegen und Brechen« (1991), »Goethe: Faust« (1994) und »Schillers Schädel« (2001).
Daniel Czepko, Wo Freiheit ist Bd. 1, S. 179

LOTHAR SCHÖNE geboren 1949 in Herrnhut, lebt in Heidenrod. Er veröffentlichte unter anderem die Romane »Der Einzelkämpfer« (1980), »Sahlheimer« (1984/2002), »Der blaue Geschmack der Welt« (2001), »Das jüdische Begräbnis« (1996/99) und »Gescheiterte Küsse« (2002)

sowie das Theaterstück »Bad Byron« (1986), »Vaterländer. Ein Dramulett« (1988).

Hans-Ulrich Treichel, Von großen Dingen Bd. 12, S. 331 – Wolf Wondratschek, Adam jr. Bd. 12, S. 139

Klaus Scholder geboren 1930 in Erlangen, starb 1985 in Tübingen. Er war Professor für Kirchenordnung und kirchliche Zeitgeschichte an der Universität Tübingen und veröffentlichte unter anderem: »Ursprünge und Probleme der Bibelkritik im 17. Jahrhundert« (1966), »Grenzen der Zukunft. Aporien von Planung und Prognose« (1973), »Die Kirchen und das Dritte Reich« (1977) und »Die Mittwochs-Gesellschaft« (1982).

Christian Morgenstern, Die Schwestern Bd. 6, S. 49

Renate Schostack geboren 1938 in Pforzheim, lebt in München und ist seit 1969 Redakteurin der »Frankfurter Allgemeinen Zeitung«. Sie veröffentlichte die Romane »Zwei Arten zu lieben« (1977) und »Niedere Gangarten« (1991), die Erzählungen »Hände weg von meinem Regenbogen« (1979) und den Prosaband »Heiratsversuche oder die Einschiffung nach Cythera« (1985) sowie »Wer liebt, hat recht« (1994) und die Biographie »Hinter Wahnfrieds Mauern. Gertrud Wagner. Ein Leben« (1998).

Paul Gerhardt, Weihnachtsgesang Bd. 1, S. 201 – Albrecht Goes, Motette Bd. 9, S. 265 – Johann Wolfgang von Goethe, Nachklang Bd. 2, S. 391 – Johann Christian Günther, Trostaria Bd. 1, S. 337 – Ulla Hahn, Mit Haut und Haar Bd. 12, S. 259 – Friedrich Hölderlin, Der Spaziergang Bd. 3, S. 155 – Hugo von Hofmannsthal, Wir gingen einen Weg Bd. 6, S. 131 – Anna Louisa Karsch, An den Domherrn von Rochow Bd. 1, S. 357 – Eduard Mörike, Ein Irrsal kam Bd. 4, S. 391 – Friedrich Rückert, Kehr ein bei mir! Bd. 3, S. 499 – Ludwig Uhland, In ein Stammbuch Bd. 3, S. 395

Godehard Schramm geboren 1943 in Konstanz, lebt in Nürnberg. Er veröffentlichte unter anderem die Prosabände »Nachts durch die Biscaya« (1978), »Sankt Johannis, rosenschön« (2000), die Romane »Der Traumpilot« (1983) und »Die Sonnenrose« (1995) und den Gedichtband »Meine Lust ist größer als mein Schmerz« (1975/82).

Yvan Goll, In uralten Seen Bd. 7, S. 495 – Rainer Malkowski, Stadtkirche am Vormittag Bd. 11, S. 581

Mathias Schreiber geboren 1943 in Berlin, war von 1982 bis 1991 Feuilletonredakteur der »Frankfurter Allgemeinen Zeitung« und leitet

jetzt das Kulturressort des »Spiegel«. Er veröffentlichte unter anderem die Gedichtbände »Maulschellenbaum« (1974) und »Gänseblume auf der Nord-Süd-Fahrt« (1984) sowie den Band »Kunst zwischen Askese und Exhibitionismus« (1974).
Johann Wolfgang von Goethe, Das Mädchen spricht Bd. 2, S. 293

Hans Joachim Schrimpf geboren 1927 in Mülheim an der Ruhr, ist emeritierter Professor für Neugermanistik an der Ruhr-Universität Bochum. Er veröffentlichte unter anderem: »Das Weltbild des späten Goethe« (1956), »Lessing und Brecht. Von der Aufklärung auf dem Theater« (1965), »Der Schriftsteller als öffentliche Person« (1977), »Komödie und Lustspiel« (1978) und »Karl Philipp Moritz« (1980).
Rebecca Lutter, Mein Platz Bd. 11, S. 135 – Georg Trakl, Im Herbst Bd. 7, S. 291

Gerhard Schulz geboren 1928 in Löbau/Sachsen, ist emeritierter Professor für Deutsche Sprache und Literatur an der University of Melbourne. Er veröffentlichte unter anderem: »Novalis« (1969), »Arno Holz« (1974), »Die deutsche Literatur zwischen Französischer Revolution und Restauration« (2 Bde., 1983/1989) und »Romantik« (1996).
Achim von Arnim, Mir ist zu licht zum Schlafen Bd. 3, S. 325 – Bertolt Brecht, Ach, wie sollen wir die kleine Rose buchen? Bd. 8, S. 133 – Clemens Brentano, Über eine Skizze Bd. 3, S. 291 – Johannes Bobrowski, Dorfmusik Bd. 9, S. 463 – Walter Helmut Fritz, Don Juan Bd. 11, S. 27 – Stefan George, Der Widerchrist Bd. 5, S. 395 – Robert Gernhardt, Ach Bd. 11, S. 509 – Johann Wolfgang von Goethe, Abschied Bd. 2, S. 285 – Johann Wolfgang von Goethe, An Mignon Bd. 2, S. 247 – Johann Wolfgang von Goethe, Hatem (Nicht Gelegenheit macht Diebe)/Suleika (Hochbeglückt in deiner Liebe) Bd. 2, S. 363 – Johann Wolfgang von Goethe, Mignon (Nur wer die Sehnsucht kennt) Bd. 2, S. 177 – Friedrich Wilhelm Gotter, Wiegenlied Bd. 1, S. 441 – Ludwig Harig, Das schreibende Subjekt Bd. 10, S. 417 – Wolfgang Hilbig, Novalis Bd. 12, S. 43 – Friedrich Hölderlin, Abbitte Bd. 3, S. 111 – Arno Holz, Er klagt/ daß der Frühling so kortz blüht Bd. 5, S. 325 – Gottfried Keller, Seemärchen Bd. 5, S. 101 – Sarah Kirsch, Reisezehrung Bd. 11, S. 383 – Wulf Kirsten, Gottfried Silbermann Bd. 11, S. 265 – Jörg Kowalski, Neckarpartie mit Hölderlinturm Bd. 12, S. 327 – Karl Krolow, Für alle Zeit Bd. 9, S. 405 – Christian Morgenstern, Die unmögliche Tatsache Bd. 6, S. 53 – Nelly Sachs, Gebet für den toten Bräutigam Bd. 7, S. 507 – Friedrich Schiller, Der Antritt des neuen Jahrhunderts Bd. 3, S. 41 –

Unbekannter Dichter/Des Knaben Wunderhorn, Die Judentochter Bd. 4, S. 435 – Karl Wolfskehl, Von umflorten Berges Kimme Bd. 5, S. 499 – Eva Zeller, Zu guter Letzt Bd. 10, S. 157

HANS-RÜDIGER SCHWAB geboren 1955 in Karlsruhe, lebt in Garching bei München und ist leitender Redakteur beim Bayerischen Fernsehen. Er edierte verschiedene literarische Werkausgaben und Anthologien und drehte die Filme »Liebeshaß. Ein Versuch über August Strindberg« und »Anarch im Widerspruch. Nachdenken über Ernst Jünger«. Zuletzt veröffentlichte er »München. Dichter sehen eine Stadt« (1996).
Andreas Gryphius, Abend Bd. 1, S. 221

EGON SCHWARZ geboren 1922 in Wien, lehrte Deutsche Literatur an der Washington University in St. Louis (USA). Er veröffentlichte unter anderem: »Hofmannsthal und Calderón« (1962), »Joseph von Eichendorff« (1969), »Das verschluckte Schluchzen – Poesie und Politik bei Rainer Maria Rilke« (1972), »Keine Zeit für Eichendorff: Chronik unfreiwilliger Wanderjahre« (1979) und »Dichtung, Kritik, Geschichte: Essays zur Literatur 1900 – 1930« (1983).
Clemens Brentano, Wiegenlied Bd. 3, S. 309 – Friedrich Christian Delius, Chinesisch essen Bd. 12, S. 99 – Joseph von Eichendorff, Frische Fahrt Bd. 3, S. 439 – Johann Wolfgang von Goethe, Der Chinese in Rom Bd. 2, S. 237 – Erich Kästner, Chor der Fräuleins Bd. 8, S. 439 – Ernst Meister, Utopische Fahrt Bd. 9, S. 289 – Christian Morgenstern, Antologie Bd. 6, S. 13 – Rainer Maria Rilke, Die Kurtisane Bd. 6, S. 229 – Eva Zeller, Das Kind in dem ich stak Bd. 10, S. 153

DIETER SCHWARZENAU geboren 1937 in Dortmund, war Leiter des ZDF-Kulturmagazins »Aspekte« und Pressechef des ZDF. Er veröffentlichte unter anderem Arbeiter-Autobiographien in »Beiträge zur Kulturgeschichte der Arbeiterbewegung« (1979).
Gerrit Engelke, Frühling Bd. 7, S. 371

WULF SEGEBRECHT geboren 1935 in Neuruppin, ist Professor für Neuere Deutsche Literaturwissenschaft an der Universität Bamberg. Er veröffentlichte u.a.: »Das Gelegenheitsgedicht. Ein Beitrag zur Geschichte und Poetik der deutschen Lyrik« (1977), »Goethes Gedicht ›Über allen Gipfeln ist Ruh‹« (1978), »Der Bamberger Dichterkreis« (1985), »Poetische Grabschriften« (1987), »Heterogenität und Integration. Studien zu Leben, Werk und Wirkung E.T.A. Hoffmanns« (1996), »Fundbuch der Gedichtinterpretationen« (1997) und »Was sollen Germanisten lesen?« (2000).

Bertolt Brecht, Auf einen chinesischen Theewurzellöwen Bd. 8, S. 159 – Bertolt Brecht, Der Blumengarten Bd. 8, S. 195 – Bertolt Brecht, Die Rückkehr Bd. 8, S. 259 – Paul Celan, Großes Geburtstagsblaublau mit Reimzeug und Assonanz Bd. 9, S. 539 – Simon Dach, Die Sonne rennt mit prangen Bd. 1, S. 189 – Hans Magnus Enzensberger, Der Fliegende Robert Bd. 10, S. 469 – Johann Wolfgang von Goethe, Frankreichs traurig Geschick Bd. 2, S. 207 – Johann Wolfgang von Goethe, Ritter Curts Brautfahrt Bd. 2, S. 267 – Ulla Hahn, Ballade vom Schriftsteller Bd. 12, S. 227 – Heinrich Heine, Die Jahre kommen und gehen Bd. 4, S. 175 – Marie Luise Kaschnitz, Kleine Ballade Bd. 9, S. 69 – Justinus Kerner, Ikarus Bd. 3, S. 363 – Eckart Kleßmann, E.T.A. Hoffmann beim Fenster Bd. 11, S. 211 – Daniel Casper von Lohenstein, Umschrift eines Sarges Bd. 1, S. 283 – Peter Maiwald, Grabschrift Bd. 12, S. 283 – Eduard Mörike, Auf eine Lampe Bd. 4, S. 367 – Martin Opitz, An die Deutsche Nation Bd. 1, S. 169 – Doris Runge, fliegen Bd. 12, S. 119 – Sibylla Schwarz, ISt Lieb ein Feur Bd. 1, S. 265 – Jürgen Theobaldy, Abenteuer mit Dichtung Bd. 12, S. 177 – Frank Wedekind, Der Tantenmörder Bd. 5, S. 355

Klaus Siblewski geboren 1950 in Frankfurt am Main, lebt in Holzkirchen bei München. Er ist Verlagslektor und Herausgeber der Gesammelten Werke von Ernst Jandl (1985, 1996) und Peter Härtling (1993) und veröffentlichte unter anderem Arbeiten über Martin Walser, Günter Herburger und Peter Turrini.

Friedrich Hölderlin, Menschenbeifall Bd. 3, S. 197 – Ernst Jandl, in der küche ist es kalt Bd. 10, S. 219 – Kurt Schwitters, Der Zigarette Ende Bd. 7, S. 251

Werner Söllner geboren 1951 in Neupanat/Rumänien, lebt in Frankfurt am Main. Er veröffentlichte unter anderem die Gedichtbände: »Mitteilungen eines Privatmannes« (1978), »Eine Entwöhnung« (1980), »Kopfland. Passagen« (1988) und »Der Schlaf des Trommlers« (1992).

Peter Huchel, Unter der blanken Hacke des Monds Bd. 9, S. 155

Hubert Spiegel geboren 1962 in Essen, ist seit 1993 Feuilletonredakteur der »Frankfurter Allgemeinen Zeitung« und leitet seit 2001 das Ressort »Literatur und literarisches Leben«. Er veröffentlichte: »Welch ein Leben. Marcel Reich-Ranickis Erinnerungen« (2000).

Ror Wolf, der vater spricht von dem franzos Bd. 11, S. 193

Hilde Spiel geboren 1911 in Wien, wo sie 1990 starb. Sie war von 1963 bis 1984 Wiener Kulturkorrespondentin der »Frankfurter Allgemeinen

Zeitung«. Hauptwerke: »Fanny von Arnstein oder die Emanzipation« (1962), »Glanz und Untergang. Wien 1866 bis 1938« (1987), »Die hellen und die finsteren Zeiten« (1989), »Welche Welt ist meine Welt« (1990) und »Die Dämonie der Gemütlichkeit« (1991).

Ilse Aichinger, Widmung Bd. 10, S. 29 – Ingeborg Bachmann, Die gestundete Zeit Bd. 10, S. 291 – Bertolt Brecht, O Falladah, die Du hangest! Bd. 8, S. 331 – Johann Wolfgang von Goethe, Mailied Bd. 2, S. 31 – Hugo von Hofmannsthal, Lebenslied Bd. 6, S. 105 – Hugo von Hofmannsthal, Manche freilich ... Bd. 6, S. 111 – Peter Huchel, Der Garten des Theophrast Bd. 9, S. 117 – Klabund, Man soll in keiner Stadt Bd. 7, S. 391 – Alexander Lernet-Holenia, Die Bilder Bd. 8, S. 123 – Rainer Maria Rilke, Auferstehung Bd. 6, S. 173

Emil Staiger geboren 1908 in Kreuzlingen/Schweiz, starb 1987 in Horgen bei Zürich. Er war Professor für Deutsche Literatur an der Universität Zürich. Er veröffentlichte unter anderem: »Meisterwerke deutscher Sprache« (1943), »Grundbegriffe der Poetik« (1946), »Goethe« (1952/1959), »Die Kunst der Interpretation« (1955) und »Schiller« (1967).

Conrad Ferdinand Meyer, Das Ende des Festes Bd. 5, S. 155

Hajo Steinert geboren 1952 in Goslar, ist Leiter der Literaturredaktion beim Deutschlandfunk in Köln und schreibt Literaturkritiken für »Die Zeit«. Er veröffentlichte unter anderem: »Das Schreiben über den Tod. Von Thomas Bernhards ›Verstörung‹ zur Erzählprosa der siebziger Jahre« (1984).

Friederike Mayröcker, Zugeschüttetes Gesicht Bd. 10, S. 183

Jürgen Stenzel geboren 1937 in Leipzig, ist Professor für Deutsche Literatur an der Technischen Universität Braunschweig. Er veröffentlichte unter anderem: »Zeichensetzung. Stiluntersuchungen an deutscher Prosadichtung« (1966), »Epochen der deutschen Lyrik 1700-1770« (1969) und Lessings Werke 1743-50 (1989).

Edwin Bormann, Kinderscene Bd. 5, S. 295 – Friedrich von Hagedorn, An eine Schläferinn Bd. 1, S. 343 – Christian Morgenstern, Das ästhetische Wiesel Bd. 6, S. 23

Dolf Sternberger geboren 1907 in Wiesbaden, starb 1989 in Frankfurt am Main. Er war bis 1972 Professor der Politischen Wissenschaften an der Universität Heidelberg. Er veröffentlichte unter anderem »Panorama oder Ansichten vom 19. Jahrhundert« (1938), »Kriterien« (1965), »Heinrich Heine und die Abschaffung der Sünde« (1972), »Drei Wurzeln der Politik« (1978), »Die Politik und der Friede« (1986) und »Gut und Böse« (1988).

Johann Wolfgang von Goethe, Aus den Gruben, hier im Graben Bd. 2, S. 459 – Heinrich Heine, Zum Lazarus Bd. 4, S. 301 – Erich Kästner, Moral Bd. 8, S. 477

Barbara Stierle geboren 1938 in Hamburg, lebt in Bochum. Sie veröffentlichte »Der Weg des Liebenden. Eine Studie zur mittelalterlichen Allegorie in Frankreich« (1979).
Eduard Mörike, Früh im Wagen Bd. 4, S. 395

Gerhard Storz geboren 1898 in Rottenacker/Oberschwaben, starb 1983 in Stuttgart. Er war von 1958 bis 1964 Kultusminister von Baden-Württemberg und dann Honorarprofessor für Deutsche Philologie an der Universität Tübingen. Er veröffentlichte unter anderem: »Figuren und Prospekte« (1963), »Eduard Mörike« (1967), »Über den deutschen Vers« (1970) und »Heinrich Heines lyrische Dichtung« (1971).
Joseph von Eichendorff, Nachts Bd. 3, S. 459

H. H. Stuckenschmidt geboren 1901 in Straßburg, starb 1988 in Berlin. Er war Professor an der Technischen Universität Berlin und Musikkritiker der »Frankfurter Allgemeinen Zeitung«. Unter anderem veröffentlichte er die Monographien »Maurice Ravel« (1966), »Ferruccio Busoni« (1967) und »Schönberg – Leben, Umwelt, Welt« (1974) sowie die Bücher »Die Musik eines halben Jahrhunderts. Essays und Kritik« (1975), »Zum Hören geboren« (1979) und »Schöpfer klassischer Musik« (1983).
Mathilde Wesendonk, Im Treibhaus Bd. 5, S. 189

Marian Szyrocki geboren 1928 in Lublinec/Polen, starb 1992 in Wroclaw. Er war Professor für Deutsche Literatur an der Universität Breslau. Er veröffentlichte unter anderem »Martin Opitz« (1956), »Der junge Gryphius« (1959) und »Andreas Gryphius« (1964).
Gottfried Benn, Nachtcafé Bd. 7, S. 99 – Andreas Gryphius, Tränen des Vaterlandes Bd. 1, S. 233 – Andreas Gryphius, Vanitas, vanitatum, et omnia vanitas Bd. 1, S. 237 – Christian Hofmann von Hofmannswaldau, Vergänglichkeit der Schönheit Bd. 1, S. 249

Jürgen Theobaldy geboren 1944 in Straßburg, lebt in Bern. Er veröffentlichte unter anderem die Gedichtbände »Blaue Flecken« (1974), »Zweiter Klasse« (1976), »Die Sommertour« (1983), »Der Nachtbildsammler« (1992), »In den Aufwind« (1990) und »Immer wieder alles« (2000) sowie den Roman »Sonntags Kino« (1978), die Erzählung »Das Festival im Hof« (1985) und »In der Ferne zitternde Häuser« (2000).
Johannes Bobrowski, Immer zu benennen Bd. 9, S. 483 – Nicolas Born,

Horror, Dienstag Bd. 11, S. 499 – Bertolt Brecht, Fragen eines lesenden Arbeiters Bd. 8, S. 279 – Paul Celan, Anabasis Bd. 9, S. 511 – Johann Wolfgang von Goethe, Hast du nicht gute Gesellschaft gesehn? Bd. 2, S. 211 – Wolfgang Hilbig, die ruhe auf der flucht Bd. 12, S. 39 – Gertrud Kolmar, Abschied Bd. 8, S. 33 – Wilhelm Müller, Mut Bd. 3, S. 549

Friedrich Torberg geboren 1908 in Wien, starb dort 1979. Er veröffentlichte unter anderem die Romane »Der Schüler Gerber« (1930), »Hier bin ich, mein Vater« (1948), »Die zweite Begegnung« (1950) und »Süßkind von Trimberg« (1972) sowie den Erzählungsband »Golems Wiederkehr« (1968).

Heinrich Heine, Gedächtnisfeier Bd. 4, S. 209 – Christian Morgenstern, Ein Lächeln irrt verflogen Bd. 6, S. 63

Hans-Ulrich Treichel geboren 1952 in Versmold/Westfalen, lebt in Berlin und Leipzig und ist Professor am Deutschen Literaturinstitut Leipzig (Universität Leipzig). Er veröffentlichte unter anderem die Monographie »Fragment ohne Ende. Eine Studie über Wolfgang Koeppen« (1984), sowie mehrere Gedichtbände, Opernlibretti und die Prosabände »Von Leib und Seele. Berichte« (1992), »Heimatkunde oder Alles ist heiter und edel. Besichtigungen« (1996), die Erzählung »Der Verlorene« (1998), die Romane »Tristanakkord« (2000) und »Der irdische Amor« (2002) und »Über die Schrift hinaus. Essays zur Literatur« (2000).

Bertolt Brecht, Vom ertrunkenen Mädchen Bd. 8, S. 387 – Paul Celan, Auf Reisen Bd. 9, S. 519 – Günter Eich, Inventur Bd. 9, S. 223 – Günter Eich, Tage mit Hähern Bd. 9, S. 241 – Heinrich Heine, Die Loreley Bd. 4, S. 179 – Heinrich Heine, Mein Herz, mein Herz Bd. 4, S. 245 – Conrad Ferdinand Meyer, Der römische Brunnen Bd. 5, S. 159 – August von Platen, Mein Auge ließ das hohe Meer zurücke Bd. 4, S. 27 – Rainer Maria Rilke, Corrida Bd. 6, S. 181 – Rainer Maria Rilke, Römische Fontäne Bd. 6, S. 277 – Georg Trakl, In den Nachmittag geflüstert Bd. 7, S. 303

Frank Trommler geboren 1939 in Zwickau, ist seit 1970 Professor für Neuere Deutsche Literatur an der University of Pennsylvania. Er veröffentlichte unter anderem »Roman und Wirklichkeit« (1966), »Sozialistische Literatur in Deutschland« (1976), »Die Kultur der Weimarer Republik« (1978), »Amerika und die Deutschen« (1986) und »Deutsch-Amerikanische Begegnungen« (2001).

Unbekannter Dichter, Willst du dein Herz mir schenken Bd. 1, S. 259

ERICH TRUNZ geboren 1905 in Königsberg, starb 2001 in Kiel. Er war Professor für Deutsche Literaturgeschichte an der Universität Kiel und veröffentlichte die Monographie »Ein Tag aus Goethes Leben« (1990) und »Weltbild und Dichtung im Zeitalter Goethes« (1995).

Resi Chromik, Christian Bd. 12, S. 95 – Johann Wolfgang von Goethe, Der Zaubrer fordert Bd. 2, S. 513

GERT UEDING geboren 1942 in Bunzlau, ist Professor für Allgemeine Rhetorik an der Universität Tübingen. Er veröffentlichte unter anderem »Schillers Rhetorik« (1971), »Glanzvolles Elend. Versuch über Kitsch und Kolportage« (1973), »Wilhelm Busch« (1977), »Klassik und Romantik« (1987), »Friedrich Schiller« (1990), »Jean Paul« (1993), »Klassische Rhetorik« (1995) und »Moderne Rhetorik« (2000).

Elisabeth Borchers, Herbst Bd. 10, S. 351 – Wilhelm Busch, Sahst du das wunderbare Bild von Brouwer? Bd. 5, S. 209 – Walter Helmut Fritz, Atlantis Bd. 11, S. 23 – Albrecht Goes, Einem, der davonging, nachgerufen Bd. 9, S. 261 – Johann Wolfgang von Goethe, Glückliche Fahrt Bd. 2, S. 219 – Johann Wolfgang von Goethe, Selige Sehnsucht Bd. 2, S. 345 – Johann Wolfgang von Goethe, Vollmondnacht Bd. 2, S. 383 – Rolf Haufs, Baum und Himmel Bd. 11, S. 295 – Heinrich Heine, Helena Bd. 4, S. 213 – Heinrich Heine, Ich rief den Teufel Bd. 4, S. 225 – Karl Krolow, Die goldene Wolke Bd. 9, S. 393 – Jakob Michael Reinhold Lenz, An die Sonne Bd. 3, S. 13 – Christoph Meckel, Geerntet der Kirschbaum, der Juni zu Ende Bd. 11, S. 413 – Friedrich Nietzsche, Der Freigeist Bd. 5, S. 267 – Peter Rühmkorf, Ans Glück verzettelt Bd. 11, S. 89 – Friedrich Schiller, Das Mädchen aus der Fremde Bd. 3, S. 31 – Ludwig Tieck, Die Musik spricht Bd. 3, S. 243 – Guntram Vesper, Die Gewohnheit zu zittern Bd. 12, S. 49 – Wolfgang Weyrauch, Aber wie Bd. 9, S. 169

SIEGFRIED UNSELD geboren 1924 in Ulm, ist Verleger (Suhrkamp und Insel) in Frankfurt am Main. Er ist Herausgeber zahlreicher Editionen und veröffentlichte unter anderem: »Begegnungen mit Hermann Hesse« (1975), »Peter Suhrkamp. Zur Biographie eines Verlegers« (1975), »›Das Tagebuch‹ Goethes und Rilkes ›Sieben Gedichte‹« (1978), »Der Autor und sein Verleger« (1978), »Hermann Hesse – Werk und Wirkungsgeschichte« (1973/1985), »Goethe und seine Verleger« (1991) sowie »Goethe und der Ginkgo. Ein Baum und ein Gedicht« (1998).

Johann Wolfgang von Goethe, Gegenwart Bd. 2, S. 301 – Oskar Loerke, Ans Meer Bd. 6, S. 517 – Jesse Thoor, In einem Haus Bd. 9, S. 177 – Robert Walser, Und ging Bd. 6, S. 371

JÖRG VON UTHMANN geboren 1936 in Düsseldorf, verließ 1985 den diplomatischen Dienst und war Korrespondent der »Frankfurter Allgemeinen Zeitung« in New York. Er lebt jetzt in Paris. Er veröffentlichte zuletzt: »Die Diplomatie« (1985), »Die Sehnsucht nach dem Paradies« (1986), »Volk ohne Eigenschaften – Amerika und seine Widersprüche« (1988).
Emanuel Geibel, Deutschlands Beruf Bd. 4, S. 497 – Hermann Lingg, Das Krokodil Bd. 5, S. 133 – Christian Morgenstern, Das große Lalula Bd. 6, S. 27 – Wilhelm Müller, Der Lindenbaum Bd. 3, S. 531 – Max Schneckenburger, Die Wacht am Rhein Bd. 5, S. 127

HANS RUDOLF VAGET geboren 1938 in Marienbad, ist Professor für Neuere Deutsche Literatur am Smith College, Northampton, USA. Er gab zahlreiche Veröffentlichungen zur Literatur der Goethezeit und der Moderne heraus, unter anderem »Dilettantismus Meisterschaft« (1971) und »Goethe, der Mann von sechzig Jahren« (1985).
Wilhelm Heinrich Wackenroder, Siehe wie ich trostlos weine Bd. 3, S. 247

GUNTRAM VESPER geboren 1941 in Frohburg, lebt in Göttingen. Er veröffentlichte unter anderem die Gedichtbände »Fahrplan« (1964), »Die Illusion des Unglücks« (1980), »Leuchtfeuer auf dem Festland« (1989) und »Das Atmen der Bilder« (1996) sowie den Prosaband »Kriegerdenkmal ganz hinten« (1970) und den Roman »Nördlich der Liebe und südlich des Hasses« (1979).
Gottfried August Bürger, Mollys Abschied Bd. 1, S. 445 – Heinrich Heine, Mein Kind, wir waren Kinder Bd. 4, S. 251

LUDWIG VÖLKER geboren 1938 in Stuttgart, ist Professor für Neuere Deutsche Literatur an der Westfälischen Wilhelms-Universität Münster. Er veröffentlichte unter anderem »Langeweile. Untersuchungen zur Vorgeschichte eines literarischen Motivs« (1975), »Muse Melancholie – Therapeutikum Poesie. Studien zum Melancholie-Problem in der deutschen Lyrik von Hölty bis Benn« (1978) und »Gottfried Benn. Sprache – Form – Wirklichkeit« (1990).
Gertrud Kolmar, Zueignung Bd. 8, S. 67

ROLF VOLLMANN geboren 1934 in Treptow an der Rega, lebt als freier Schriftsteller in Tübingen. Er veröffentlichte Bücher über Jean Paul (1975), über Nietzsche und Italien (1977), über Darwins Weltreise (1980) und über Shakespeare (1988).
Achim von Arnim, Nur was ich liebe Bd. 3, S. 333 – Nikolaus Lenau,

Die bezaubernde Stelle Bd. 4, S. 331 – Friedrich Rückert, Lob des Abendrotes Bd. 3, S. 503

Martin Walser geboren 1927 in Wasserburg/Bodensee, lebt in Überlingen. Er veröffentlichte unter anderem die Romane »Ehen in Philippsburg« (1957), »Halbzeit« (1960), »Ein fliehendes Pferd« (1978), »Brandung« (1985), Meßmers Gedanken« (1985), »Die Verteidigung der Kindheit« (1991), »Finks Krieg« (1996), »Ein springender Brunnen« (1998) und »Der Lebenslauf der Liebe« (2001)

Peter Hamm, Niederlegen Bd. 11, S. 545

Klaus-Peter Walter geboren 1955 in Michelstadt/Odenwald, lebt in Bitburg in der Eifel. Er ist Slawist und seit 1983 freier Fachautor und Literaturkritiker, unter anderem für die »Frankfurter Allgemeine Zeitung«.

Hugo Ball, Intermezzo Bd. 7, S. 19 – Franz Josef Degenhardt, Die alten Lieder Bd. 11, S. 151

Peter Wapnewski geboren 1922 in Kiel, ist emeritierter Professor der Germanistik und Gründungsrektor des Wissenschaftskollegs zu Berlin. Er veröffentlichte vor allem mediävistische Arbeiten und überdies »Richard Wagner. Die Szene und ihr Meister« (1978), »Der traurige Gott. Richard Wagner in seinen Helden« (1978/2002) sowie »Zumutungen; Essays zur Literatur des 20. Jahrhunderts« (1979). Außerdem »Zuschreibungen. Gesammelte Schriften« (1994), »Weißt Du wie das wird...? Richard Wagner. Der Ring der Nibelungen« (1995) und »Tristan der Held Richard Wagners« (2001).

Elisabeth Borchers, Von einer Stadt Bd. 10, S. 359 – Bertolt Brecht, Die Liebenden Bd. 8, S. 243 –Johann Wolfgang von Goethe, Der untreue Knabe Bd. 2, S. 59 – Johann Wolfgang von Goethe, An Charlotte v. Stein: Woher sind wir geboren Bd. 2, S. 181 – Klaus Groth, Min Jehann Bd. 5, S. 61 – Ernst Jandl, zertretener mann blues Bd. 10, S. 257 – Friedrich Gottlieb Klopstock, Die frühen Gräber Bd. 1, S. 373 – August von Platen, Tristan Bd. 4, S. 37 – Ina Seidel, Trost Bd. 6, S. 557 – Reinmar von Zweter, in mîner âbentzît Bd. 1, S. 79 – Süsskind von Trimberg, Wâhebûf und Nichtenvint Bd. 1, S. 83 – Unbekannter Dichter, Dû bist mîn Bd. 1, S. 17 – Unbekannter Dichter, Mich dunket ... Bd. 1, S. 21 – Walther von der Vogelweide, Müeste ich noch geleben daz ich die rôsen Bd. 1, S. 59 – Walther von der Vogelweide, Vil wol gelobter got Bd. 1, S. 69 – Wolfram von Eschenbach, Den morgenblic bî wahtærs sange erkôs Bd. 1, S. 73

Werner Weber geboren 1919 in Huttwil, war von 1951 bis 1973 Feuilletonchef der »Neuen Zürcher Zeitung« und ist Professor für Literaturkritik an der Universität Zürich. Er veröffentlichte die Essaybände »Figuren und Fahrten« (1956), »Zeit ohne Zeit« (1959), »Tagebuch eines Lesers« (1965) und »Forderungen« (1970). Er ist Herausgeber von »Fontane, Schriften und Glossen zur europäischen Literatur« (1965/1967) sowie »Belege. Gedichte aus der deutschsprachigen Schweiz seit 1900« (1978) und »Helvetische Steckbriefe. 47 Schriftsteller aus der deutschen Schweiz seit 1800« (1981).
Theodor Fontane, O trübe diese Tage nicht Bd. 5, S. 45 – Heinrich Heine, Ich hab im Traum geweinet Bd. 4, S. 217 – Gottfried Keller, Winternacht Bd. 5, S. 119 – Rainer Maria Rilke, Du aber, Göttlicher Bd. 6, S. 233 – Robert Walser, Die Reiterin Bd. 6, S. 359

Matthias Wegner geboren 1937 in Hamburg, lebt dort nach langjähriger Verlagstätigkeit (Rowohlt, Bertelsmann) als Autor und Publizist. Er veröffentlichte unter anderem »Exil und Literatur. Deutsche Schriftsteller im Exil« (1967), »Klabund und Carola Neher. Eine Geschichte von Liebe und Tod.« (1996), »Hanseaten. Von stolzen Bürgern und schönen Legenden« (1999) und »Aber die Liebe. Der Lebenstraum der Ida Dehmel« (2001).
Werner Bergengruen, Die letzte Epiphanie Bd. 7, S. 537 – Wolfgang Borchert, In Hamburg Bd. 10, S. 65 – Richard Dehmel, Fitzebutze Bd. 5, S. 315 – Klabund, Liebeslied Bd. 7, S. 387 – Stefan Zweig, Der Sechzigjährige dankt Bd. 6, S. 395

Hans Weigel geboren 1908 in Wien, starb 1991 dort. Er war Satiriker, Erzähler, Kritiker, Kabarettist und Übersetzer. Er veröffentlichte unter anderem: »O du mein Österreich« (1955), »Flucht vor der Größe« (1960), »Das tausendjährige Kind« (1965), »Karl Kraus oder Die Macht der Ohnmacht« (1968) und »Die Leiden der jungen Wörter« (1974).
Gottfried Keller, Abendlied Bd. 5, S. 67

Harald Weinrich geboren 1927 in Wismar, ist Professor für Deutsch als Fremdsprache an der Universität München. Er veröffentlichte unter anderem: »Tempus – Besprochene und erzählte Welt« (1964), »Linguistik der Lüge« (1966), »Sprache in Texten« (1976), »Wege der Sprachkultur« (1985), »Lethe. Kunst und Kritik des Vergessens« (1997) und den Gedichtband »Sag Schibboleth« (1997).
Bertolt Brecht, Glücklicher Vorgang Bd. 8, S. 293 – Bertolt Brecht, Vergnügungen Bd. 8, S. 377 – Paul Celan, Und Kraft und Schmerz

Bd. 9, S. 573 – Sarah Kirsch, Einäugig Bd. 11, S. 351 – Christoph Meckel, An wen auch immer ich mich wende Bd. 11, S. 397 – Peter Rühmkorf, De mortuis oder: üble Nachrede Bd. 11, S. 105

Ulrich Weinzierl geboren 1954 in Wien, ist seit 1987 Feuilleton-Redakteur der »Frankfurter Allgemeinen Zeitung« für Österreich. Er veröffentlichte unter anderem Monographien über Carl Seelig (1982), Alfred Polgar (1985) und Arthur Schnitzler (1994).

Rose Ausländer, Salzburg Bd. 9, S. 31 – Arthur Schnitzler, Fliessen die Thränen Bd. 5, S. 311 – Hugo von Hofmannsthal, Glückliches Haus Bd. 6, S. 97 – Hugo von Hofmannsthal, Tobt der Pöbel Bd. 6, S. 123 – Ernst Jandl, nachtstück, mit blumen Bd. 10, S. 231 – Ernst Jandl, vater komm erzähl vom krieg Bd. 10, S. 245 – Paula Ludwig, Nicht mehr mit Blumen Bd. 8, S. 529 – Rainer Maria Rilke, Das Karussell Bd. 6, S. 191 – Friedrich Torberg, Sehnsucht nach Alt-Aussee Bd. 9, S. 273 – Josef Weinheber, Ich liebe den Tod Bd. 7, S. 557 – Franz Werfel, Der Dirigent Bd. 7, S. 429 – Stefan Zweig, Der Sechzigjährige dankt Bd. 6, S. 395

Dieter Wellershoff geboren 1925 in Neuß am Rhein, lebt in Köln. Er veröffentlichte unter anderem die Novelle »Die Sirene« (1980) und »Zikadengeschrei« (1995), die Romane »Einladung an alle« (1972), »Der Sieger nimmt alles« (1983) und »Liebeswunsch« (2000), die Autobiographie »Die Arbeit des Lebens« (1985), die Erzählungsbände »Die Körper und die Träume« (1986) und die Essays »Wahrnehmung und Phantasie« (1987) und »Das geordnete Chaos« (1992). Er ist Herausgeber der »Gesammelten Werke« von Gottfried Benn (1958 f.).

Friedrich Hebbel, Dämmerempfindung Bd. 4, S. 473

Wolfgang Werth geboren 1937 in Rudolstadt/Thüringen, veröffentlichte kritische Arbeiten, Reportagen und Erzählungen in diversen Sammelbänden.

Nicolas Born, Vaterhaus Bd. 11, S. 503 – Volker Braun, Zu Brecht. Die Wahrheit einigt Bd. 11, S. 573 – Bertolt Brecht, An meine Landsleute Bd. 8, S. 149 – Bertolt Brecht, Die Wahrheit einigt Bd. 8, S. 263 – Günter Grass, Kinderlied Bd. 10, S. 397 – Erich Kästner, Kennst Du das Land, wo die Kanonen blühn Bd. 8, S. 465 – Christian Morgenstern, Der Werwolf Bd. 6, S. 43 – Joachim Ringelnatz, Kindersand Bd. 6, S. 461 – Johann Heinrich Voss, Die Kartoffelernte Bd. 3, S. 25 – Walther von der Vogelweide, Ich hân mîn lêhen Bd. 1, S. 47

Benno von Wiese geboren 1903 in Frankfurt am Main, starb 1987 in München. Er lehrte Deutsche Literatur an der Universität Bonn. Er veröffentlichte unter anderem: »Der Mensch in der Dichtung« (1958), »Friedrich Schiller« (1959), »Zwischen Utopie und Wirklichkeit« (1963) und »Literatur für Leser« (1971) sowie die Autobiographie »Ich erzähle mein Leben« (1982).

Ilona Bodden, Epitaph Bd. 11, S. 585 – Johann Wolfgang von Goethe, Ganymed Bd. 2, S. 71 – Johann Wolfgang von Goethe, Um Mitternacht Bd. 2, S. 409 – Johann Christian Günther, Breslau, den 25. Dezember 1719 Bd. 1, S. 325 – Heinrich von Kleist, Mädchenrätsel Bd. 3, S. 267 – Detlev von Liliencron, Dorfkirche im Sommer Bd. 5, S. 249 – Max Herrmann-Neiße, Himmel erhört mich nicht Bd. 7, S. 183 – August von Platen, Wer wußte je das Leben? Bd. 4, S. 41 – Friedrich Schiller, Das Mädchen von Orleans Bd. 3, S. 37 – Kurt Tucholsky, An das Baby Bd. 7, S. 395 – Georg Winter, Das Faultier oder Die Geschichte zur hakenförmigen Kralle Bd. 12, S. 57

Ruprecht Wimmer geboren 1942 in München, ist Präsident der Katholischen Universität Eichstätt. Er veröffentlichte unter anderem: »Deutsch und Latein im Osterspiel« (1974) und »Jesuitentheater. Didaktik und Fest« (1982) und gab »Ludwig Tieck. Gedichte« (1995) heraus.

Martin Luther, Mitten wyr ym leben sind Bd. 1, S. 129 – Andreas Gryphius, Morgen Sonnet Bd. 1, S. 229 – Christian Hofmann von Hofmannswaldau, Die Welt Bd. 1, S. 245

Manfred Windfuhr geboren 1930 in Remscheid/Lippe, ist Professor für Deutsche Literatur an der Universität Düsseldorf. Er veröffentlichte unter anderem: »Immermanns erzählerisches Werk« (1957), »Die barocke Bildlichkeit und ihre Kritiker« (1966) und »Heinrich Heine« (1968).

Heinrich Heine, Enfant perdu Bd. 4, S. 201

Hubert Winkels geboren 1955 in Gohr, ist Literaturredakteur beim Deutschlandfunk in Köln. Er veröffentlichte unter anderem: »Ausnahmezustand. Erzählungen« (1988), »Einschnitte. Zur Literatur der 80er Jahre« (1989), »Freistil. Kurze Prosa« (1993), »Leselust und Bildermacht. Über Literatur, Fernsehen und Neue Medien« (1997).

Thomas Kling, gewebeprobe Bd. 12, S. 367 – Brigitte Oleschinski, Wie eng, wie leicht: ein Tankflügel – Bd. 12, S. 343

Sibylle Wirsing geboren 1936 in München, lebt in Berlin. Sie war langjährige Feuilletonredakteurin des »Tagesspiegel« und von 1974 bis 1991 Berliner Kulturkorrespondentin der »Frankfurter Allgemeinen Zeitung«.

Gottfried Benn, Schöne Jugend Bd. 7, S. 127 – Volker Braun, Das Eigentum Bd. 11, S. 557 – Bertolt Brecht, Sieben Rosen hat der Strauch Bd. 8, S. 345 – Max Herrmann-Neiße, Die beiden Buckligen Bd. 7, S. 171 – Nikolaus Lenau, Einsamkeit (2) Bd. 4, S. 341 – Wilhelm Müller, Rückblick Bd. 3, S. 553 – Rainer Maria Rilke, Abschied Bd. 6, S. 161 – Kurt Tucholsky, Malwine Bd. 7, S. 405

Bernd Witte geboren 1942 in Idar-Oberstein, ist Professor für Neuere Deutsche Literatur an der Heinrich-Heine-Universität Düsseldorf. Er veröffentlichte unter anderem: »Walter Benjamin« (1985) und ist Mitherausgeber des »Goethe-Handbuch« (5 Bände, 1996 ff.).

Ludwig Strauß, An die Bucht Bd. 7, S. 551

Uwe Wittstock geboren 1955 in Leipzig, aufgewachsen in Köln, war von 1980 bis 1989 Literaturredakteur der Frankfurter Allgemeinen Zeitung, bis 2000 Lektor für neue deutschsprachige Literatur im S. Fischer Verlag und Mitherausgeber der »Neuen Rundschau« und ist jetzt stellvertretender Feuilletonleiter der »Welt«. Er veröffentlichte unter anderem die Monographie »Franz Fühmann« (1988), ein Buch über die DDR-Literatur »Von der Stalinallee zum Prenzlauer Berg« (1989) und den Band »Leselust. Wie unterhaltsam ist die neue deutsche Literatur« (1995).

Thomas Brasch, Der schöne 27. September Bd. 12, S. 193 – Rolf Dieter Brinkmann, Oh, friedlicher Mittag Bd. 12, S. 21 – Heiner Müller, Montaigne meets Tasso I Bd. 11, S. 81 – Matthias Politycki, Tankwart, das Lied vom Volltanken singend Bd. 12, S. 347

Gabriele Wohmann geboren 1932 in Darmstadt, lebt dort. Sie veröffentlichte neun Gedichtbände, zuletzt »Das könnte ich sein« (1989). Ihre neuesten Prosabücher sind die Erzählungsbände »Vielleicht versteht er alles« (1997), »Bleibt doch über Weihnachten« (1998), »Schwestern« (1999), »Frauen machens am späten Nachmittag« (2000) und die Romane »Bitte nicht sterben« (1993), »Aber das war noch nicht das Schlimmste« (1995), »Das Handicap« (1996) und »Das Hallenbad« (2000).

Hermann Allmers, Feldeinsamkeit Bd. 5, S. 137 – Bertolt Brecht, Der Radwechsel Bd. 8, S. 215 – Bertolt Brecht, Der Rauch Bd. 8, S. 219 – Johann Wolfgang von Goethe, An den Mond Bd. 2, S. 115 – Johann Wolfgang von Goethe, Eigentum Bd. 2, S. 315 – Hermann Hesse, Gute Stunde Bd. 6, S. 317 – Karin Kiwus, Straight Flush Bd. 12, S. 83 – Karl Krolow, Besuch kommt Bd. 9, S. 379 – Karl Krolow, Sieh dir das an

Bd. 9, S. 417 – Reiner Kunze, Bittgedanke, dir zu Füßen Bd. 11, S. 215 – Friedrich Rückert, Über alle Gräber Bd. 3, S. 511

GEORG WÖHRLE geboren 1953 in Würzburg, ist Professor für Klassische Philologie an der Universität Trier. Er veröffentlichte unter anderem: »Studien zur Theorie der antiken Gesundheitslehre« (1998), »Telemachs Reise« (1999), »Geschichte der Mathematik und der Naturwissenschaften in der Antike« (1999) und »50 Griechische Gedichte« (2001).
Frank Wedekind, Xanthippe Bd. 5, S 359

WOLF WONDRATSCHEK geboren 1943 in Rudolstadt, lebt in München und Wien. Er veröffentlichte unter anderem die Lyrikbände »Chucks Zimmer« (1974), »Das leise Lachen am Ohr eines anderen« (1976), »Männer und Frauen« (1978), »Letzte Gedichte« (1980), »Die Einsamkeit der Männer« (1983), »Carmen. Oder bin ich das Arschloch der achtziger Jahre?« (1986), »Liebesgedichte« (1997), den Roman »Einer von der Straße« (1992) und die Erzählungen »Die große Beleidigung« (2001) und »Mozarts Friseur« (2002).
Jörg Fauser, Der Zwang zur Prosa Bd. 12, S. 155 – Heinrich Heine, Ein Fichtenbaum Bd. 4, S. 193 – Franz Xaver Kroetz, Tröste mich Bd. 12, S. 279

RALPH-RAINER WUTHENOW geboren 1928 in Rendsburg/Holstein, ist em. Professor für Deutsche Philologie an der Universität Frankfurt am Main. Er veröffentlichte unter anderem: »Der Erzähler Jean Paul« (1965), »Das fremde Kunstwerk« (1969), »Vernunft und Republik. Studien zu Georg Forsters Schriften« (1970), »Das erinnerte Ich« (1974), »Im Buch der Bücher oder Der Held als Leser« (1980), »Das Bild und der Spiegel« (1984) und zuletzt »Friedrich Nietzsche« (2000).
Rudolf Borchardt, Auf die Rückseite eines Handspiegels Bd. 6, S. 309

HANS WYSLING geboren 1926 in Zürich, starb 1995 in Zürich. Er war Professor an der Universität Zürich und leitete seit 1961 das Thomas Mann-Archiv der Eidgenössischen Technischen Hochschule in Zürich. Er veröffentlichte unter anderem: »Thomas Mann heute« (1976), »Narzißmus und illusionäre Existenzform. Zu den Bekenntnissen des Hochstaplers Felix Krull« (1982) und »Gottfried Keller« (1990).
Stefan George, Wir schreiten auf und ab Bd. 5, S. 447 – Gottfried Keller, Jugendgedenken Bd. 5, S. 91

EVA ZELLER geboren 1923 in Eberswalde, lebt in Heidelberg. Sie veröffentlichte unter anderem die Romane: »Lampenfieber« (1974), »Solange ich denken kann« (1981), »Nein und Amen« (1985), die Erzählungen »Der Turmbau« (1973), »Tod der Singschwäne« (1983), »Das Sprungtuch« (1991), sowie die Gedichtbände »Stellprobe« (1989), »Ein Stein aus Davids Hirtentasche« (1992) und die Biographie »Die Lutherin. Spurensuche nach Katharina von Bora« (1996).

Hans Magnus Enzensberger, Stadtrundfahrt Bd. 10, S. 511 – Bernd Jentzsch, Sommer Bd. 12, S. 35 – Michael Krüger, Die Reise nach Jerusalem Bd. 12, S. 111 – Martin Luther, Da pacem Bd. 1, S. 101 – Ernst Meister, Zu wem Bd. 9, S. 293

MICHAEL ZELLER geboren 1944 in Berlin, lebt in Nürnberg. Er veröffentlichte unter anderem: »Gedichte haben Zeit« (1982), »Lieben Sie Dallas?« (1984), den Roman »Follens Erbe« (1986) und die Erzählungsbände »Cafe Europa« (1994), »Nächstes Jahr in Jerusalem« (1999), »Die Sonne. Früchte. Ein Tod« (2000) und »Noch ein Glas mit Pan Tadeusz« (2000).

Gottfried Benn, Wirklichkeit Bd. 7, S. 147 – Rolf Dieter Brinkmann, Einen jener klassischen Bd. 12, S. 13 – Friedrich Christian Delius, Junge Frau im Antiquitätenladen Bd. 12, S. 103 – Hans Magnus Enzensberger, Der Kamm Bd. 10, S. 473

DIETER E. ZIMMER geboren 1934 in Berlin, ist seit 1959 Redakteur in der Wochenzeitung »Die Zeit«. Er veröffentlichte unter anderem den Gedichtband »Ich möchte lieber nicht, sagte Bartleby« (1979) und mehrere Sachbücher über Themen aus Psychologie, Anthropologie, Biologie, zuletzt »So kommt der Mensch zur Sprache« (1986), »Deutsch und anders. Die Sprache im Modernisierungsfieber« (1998) und »Die Bibliothek der Zukunft« (2000) und »Nabokovs Berlin« (2001) und gab »Die gesammelten Werke« von Vladimir Nabokov heraus.

Gottfried Benn, Reisen Bd. 7, S. 109 – Wolf Biermann, Nachricht Bd. 11, S. 463 – Günter Eich, Nachhut Bd. 9, S. 237 – Robert Gernhardt, Eine Ansichtskarte. Gruß aus dem Wildfreigehege Mölln Bd. 11, S. 523

ALPHABETISCHES GESAMTVERZEICHNIS DER GEDICHTÜBERSCHRIFTEN UND -ANFÄNGE IN DEN BÄNDEN 1-12

Abbitte (Friedrich Hölderlin) Bd. 3, S. 111
Abend (Andreas Gryphius) Bd. 1, S. 221
Abend (Jakob Haringer) Bd. 6, S. 427
Abend in Lans (Georg Trakl) Bd. 7, S. 265
Abendlied (Matthias Claudius) Bd. 1, S. 411
Abendlied (Gottfried Keller) Bd. 5, S. 67
Abendlied (Oskar Pastior) Bd. 10, S. 421
Abendphantasie (Friedrich Hölderlin) Bd. 3, S. 115
Abends (Hertha Kräftner) Bd. 10, S. 437
Abends (Theodor Storm) Bd. 4, S. 507
Abends entspannen uns (Elisabeth Borchers) Bd. 10, S. 341
Abenteuer mit Dichtung (Jürgen Theobaldy) Bd. 12, S. 177
Aber dann? (Walter Helmut Fritz) Bd. 11, S. 15
Aber eben meine Geschichte (Walter Helmut Fritz) Bd. 11, S. 19
Aber es bleibt auf dem alten Fleck (Theodor Fontane) Bd. 5, S. 13
Aber selbst noch durch die Flügeltüren (Rainer Maria Rilke) Bd. 6, S. 209
Aber wie (Wolfgang Weyrauch) Bd. 9, S. 169
Abgelegene Gehöfte (Günter Eich) Bd. 9, S. 181
Abriß (Kurt Bartsch) Bd. 11, S. 473
Abschied (Johann Wolfgang von Goethe) Bd. 2, S. 285
Abschied (Gertrud Kolmar) Bd. 8, S. 33
Abschied (Alfred Lichtenstein) Bd. 7, S. 321
Abschied (Eduard Mörike) Bd. 4, S. 345
Abschied (Rainer Maria Rilke) Bd. 6, S. 161
Abschied von einem ausreisenden Freund (Theodor Kramer) Bd. 8, S. 95
Ach (Robert Gernhardt) Bd. 11, S. 509
Ach, daß die innre Schöpfungskraft (Johann Wolfgang von Goethe) Bd. 2, S. 83
Ach, es ist so dunkel (Matthias Claudius) Bd. 1, S. 429

Ach, es kommt ja der Krug (Bertolt Brecht) Bd. 8, S. 403
Ach knallige Welt (George Grosz) Bd. 7, S. 561
Ach steh noch einmal auf (Joachim Ringelnatz) Bd. 6, S. 445
Ach um deine feuchten Schwingen (Marianne von Willemer) Bd. 3, S. 349
Ach, wie sollen wir die kleine Rose buchen? (Bertolt Brecht) Bd. 8, S. 133
ad me ipsum (Bernt von Heiseler) Bd. 9, S. 257
Adam jr. (Wolf Wondratschek) Bd. 12, S. 139
Adam las die Bibel (Wolf Wondratschek) Bd. 12, S. 139
Adonai (Jürgen Rennert) Bd. 12, S. 115
Adventrede (Jesse Thoor) Bd. 9, S. 173
All ihr herbstlich Fliegenden (Günter Eich) Bd. 9, S. 215
Alle Eisenbahnen dampfen (Gertrud Kolmar) Bd. 8, S. 43
Alle Freuden, die unendlichen (Johann Wolfgang von Goethe) Bd. 2, S. 107
Alle haben den Himmel (Gottfried Benn) Bd. 7, S. 121
Alle Landschaften (Georg Heym) Bd. 7, S. 207
Alle Menschen seh ich leben (Novalis) Bd. 3, S. 221
Alle stehn um dich herum (Kurt Tucholsky) Bd. 7, S. 395
Alle Tage (Ingeborg Bachmann) Bd. 10, S. 265
Allein: du mit den Worten (Gottfried Benn) Bd. 7, S. 151
Allerseelen (Hermann von Gilm zu Rosenegg) Bd. 4, S. 463
Alles geben die Götter (Johann Wolfgang von Goethe) Bd. 2, S. 107
Alles in Blau (Günter Eich) Bd. 9, S. 233
Alles ist in Roma (Ulla Hahn) Bd. 12, S. 251
Alles ist sein ... (Regina Ullmann) Bd. 6, S. 543
Alles kündet Dich an (Johann Wolfgang von Goethe) Bd. 2, S. 301
Als Allerschönste (Johann Wolfgang von Goethe) Bd. 2, S. 485
Als der erste Schnee fiel (Leopold Friedrich Günther Goeckingk) Bd. 1, S. 455
Als die Spitzengruppe (Günter Grass) Bd. 10, S. 413
Als ich aufsah von (Hans Magnus Enzensberger) Bd. 10, S. 483
Als ich dich umbrachte, Indianerbruder (Clemens Eich) Bd. 12, S. 339
Als ich Goethe (Jürgen Theobaldy) Bd. 12, S. 177
Als ich heute (Ulla Hahn) Bd. 12, S. 271
Als ich in weißem Krankenzimmer der Charité (Bertolt Brecht) Bd. 8, S. 137
Als ich nachher von dir ging (Bertolt Brecht) Bd. 8, S. 141
Als ich zum ersten Male diesen Narren (Hugo Ball) Bd. 7, S. 15

als ihm die luft (Christa Reinig) Bd. 10, S. 375
Als Leonore die Unterredung eiligst unterbrechen mußte (Johann Christian Günther) Bd. 1, S. 317
Als ob das Alles nicht gewesen wäre (Gottfried Benn) Bd. 7, S. 33
Als sie einander (Erich Kästner) Bd. 8, S. 481
Als sie ertrunken war (Bertolt Brecht) Bd. 8, S. 387
Als sie nun aus war (Bertolt Brecht) Bd. 8, S. 323
Als sie zurückkamen (Hans Sahl) Bd. 9, S. 97
als Tschechow (Helga M. Novak) Bd. 11, S. 437
Als wir zerfielen einst (Bertolt Brecht) Bd. 8, S. 173
Also heut: zum Ersten (Peter Rühmkorf) Bd. 11, S. 101
Alte Künste (Robert Gernhardt) Bd. 11, S. 515
Alte Plätze sonnig schweigen (Georg Trakl) Bd. 7, S. 281
Alternative (Hilde Domin) Bd. 9, S. 297
Am 28. August 1826 (Johann Wolfgang von Goethe) Bd. 2, S. 449
Am Abend liegt die Stätte (Georg Trakl) Bd. 7, S. 315
Am Abend nahen (Peter Huchel) Bd. 9, S. 125
Am Abend tönen (Georg Trakl) Bd. 7, S. 287
Am Brunnen vor dem Tore (Wilhelm Müller) Bd. 3, S. 531
Am fließenden Wasser (Gottfried Keller) Bd. 5, S. 71
Am Grunde der Moldau (Bertolt Brecht) Bd. 8, S. 177
Am heiligen Christabend heut (Bertolt Brecht) Bd. 8, S. 413
Am Kap da steht (Georg von der Vring) Bd. 7, S. 347
Am liebsten aber nenne ich (Bertolt Brecht) Bd. 8, S. 187
Am Morgen spricht die Magd (Christian Morgenstern) Bd. 6, S. 39
Am Rande (Christine Busta) Bd. 9, S. 357
Am See, tief zwischen Tann (Bertolt Brecht) Bd. 8, S. 195
Am Turme (Annette von Droste-Hülshoff) Bd. 4, S. 57
Am Walfjord (Sarah Kirsch) Bd. 11, S. 317
Am 12. Juli des Jahres 2003 (Erich Kästner) Bd. 8, S. 443
Amara, bittre, was du tust (Friedrich Rückert) Bd. 3, S. 483
Amaryllis (Friedrich Rückert) Bd. 3, S. 483
Amerika, du hast es besser (Johann Wolfgang von Goethe) Bd. 2, S. 489
Amnestie (Wilhelm Lehmann) Bd. 6, S. 403
*An**** (Annette von Droste-Hülshoff) Bd. 4, S. 49
An – als ihm die – starb (Matthias Claudius) Bd. 1, S. 417
An A ... (Joseph von Eichendorff) Bd. 3, S. 403
An Anna Blume (Kurt Schwitters) Bd. 7, S. 241

An baches ranft (Stefan George) Bd. 5, S. 377
An Charlotte v. Stein (Johann Wolfgang von Goethe) Bd. 2, S. 181
An das Baby (Kurt Tucholsky) Bd. 7, S. 395
An den Domherrn von Rochow (Anna Louisa Karsch) Bd. 1, S. 357
An den König von Preußen (Heinrich von Kleist) Bd. 3, S. 253
An den Mond (Füllest wieder Busch und Tal) (Johann Wolfgang von Goethe) Bd. 2, S. 115
An den Mond (Schwester von dem ersten Licht) (Johann Wolfgang von Goethe) Bd. 2, S. 13
An den Schwankenden (Bertolt Brecht) Bd. 8, S. 145
An der Alten Elster (Joachim Ringelnatz) Bd. 6, S. 441
An der Brücke stand (Friedrich Nietzsche) Bd. 5, S. 291
An der Front (Wilhelm Klemm) Bd. 6, S. 387
An der Grenze (Gertrud Kolmar) Bd. 8, S. 39
An der sonngewohnten Straße (Rainer Maria Rilke) Bd. 6, S. 165
An die Bucht (Ludwig Strauß) Bd. 7, S. 551
An die Deutsche Nation (Martin Opitz) Bd. 1, S. 169
An die Deutschen (Friedrich Hölderlin) Bd. 3, S. 121
An die Jungen (Heinrich Heine) Bd. 4, S. 101
An die Königin Luise von Preußen (Heinrich von Kleist) Bd. 3, S. 259
An die Männer (Johann Christian Günther) Bd. 1, S. 321
An die Parzen (Friedrich Hölderlin) Bd. 3, S. 125
An die Sonne (Ingeborg Bachmann) Bd. 10, S. 269
An die Sonne (Jakob Michael Reinhold Lenz) Bd. 3, S. 13
An eine Äolsharfe (Eduard Mörike) Bd. 4, S. 349
an eine Mohnblume mitten in der Stadt (Friederike Mayröcker) Bd. 10, S. 175
An eine Schläferinn (Friedrich von Hagedorn) Bd. 1, S. 343
An einem frühen Morgen (Bertolt Brecht) Bd. 8, S. 207
An einem Wintermorgen, vor Sonnenaufgang (Eduard Mörike) Bd. 4, S. 355
An einen ehemaligen Goetheaner (Heinrich Heine) Bd. 4, S. 105
An einen politischen Dichter (Heinrich Heine) Bd. 4, S. 109
an gott (Ernst Jandl) Bd. 10, S. 203
An Gundolf (Stefan George) Bd. 5, S. 381
An hn. ober-marschallen Ahasv. von Brandt, daß sein gehalt erfolgen möge (Simon Dach) Bd. 1, S. 183
An jenem Tag im blauen Mond (Bertolt Brecht) Bd. 8, S. 275

An Lila (Johann Wolfgang von Goethe) Bd. 2, S. 41
An Madame Marie Szymanowska (Johann Wolfgang von Goethe) Bd. 2, S. 445
An meine Landsleute (Bertolt Brecht) Bd. 8, S. 149
An meine Mutter (Annette von Droste-Hülshoff) Bd. 4, S. 53
An meine Mutter B. Heine, geborene v. Geldern (Heinrich Heine) Bd. 4, S. 113
An meinem Fünfundsiebzigsten (Theodor Fontane) Bd. 5, S. 17
An meinen längst verstorbenen Vater (Joachim Ringelnatz) Bd. 6, S. 445
An meiner Wand hängt ein (Bertolt Brecht) Bd. 8, S. 247
An Mignon (Johann Wolfgang von Goethe) Bd. 2, S. 247
An Schwager Kronos (Johann Wolfgang von Goethe) Bd. 2, S. 77
An Sich (Paul Fleming) Bd. 1, S. 207
An Ulrike von Levetzow (Johann Wolfgang von Goethe) Bd. 2, S. 441
An wen auch immer ich mich wende (Christoph Meckel) Bd. 11, S. 397
An Zimmern (Friedrich Hölderlin) Bd. 3, S. 131
An's Haf nun fliegt die Möwe (Theodor Storm) Bd. 4, S. 523
Anabasis (Paul Celan) Bd. 9, S. 511
Anakreons Grab (Johann Wolfgang von Goethe) Bd. 2, S. 173
Andere fassen den Wein (Rainer Maria Rilke) Bd. 6, S. 285
Angebinde (Ferdinand Hardekopf) Bd. 6, S. 297
Angelehnt an die Efeuwand (Eduard Mörike) Bd. 4, S. 349
Angst und Zweifel (Erich Fried) Bd. 10, S. 79
Anmut sparet nicht noch Mühe (Bertolt Brecht) Bd. 8, S. 303
»Anna«, sagte der Mann (Hertha Kräftner) Bd. 10, S. 441
Annäherungsversuch (Ludwig Fels) Bd. 12, S. 215
Annettes Kutsche auf Rüschhaus (Erich Jansen) Bd. 8, S. 89
Anno 1839 (Heinrich Heine) Bd. 4, S. 119
Anrede (Ernst Stadler) Bd. 6, S. 491
Anruf (Johannes Bobrowski) Bd. 9, S. 445
Anrufung des Großen Bären (Ingeborg Bachmann) Bd. 10, S. 275
Ans Glück verzettelt (Peter Rühmkorf) Bd. 11, S. 89
Ans Meer (Oskar Loerke) Bd. 6, S. 517
Anständiges Sonett (Ulla Hahn) Bd. 12, S. 219
Antiquitäten (Wolfgang Borchert) Bd. 10, S. 61
Anto-logie (Christian Morgenstern) Bd. 6, S. 13
Apfelböck oder die Lilie auf dem Felde (Bertolt Brecht) Bd. 8, S. 153
Après l'amour (Durs Grünbein) Bd. 12, S. 389

April-Schnee; schnell (Jürgen Becker) Bd. 11, S. 175
Archaïscher Torso Apollos (Rainer Maria Rilke) Bd. 6, S. 169
Aria I (Ingeborg Bachmann) Bd. 10, S. 281
Ariel (Karl Krolow) Bd. 9, S. 375
Arm am Beutel (Johann Wolfgang von Goethe) Bd. 2, S. 241
Arm in Arm und Kron an Krone (Gottfried Keller) Bd. 5, S. 105
Ars poetica (Ulla Hahn) Bd. 12, S. 223
Aschermittwoch (Hans Magnus Enzensberger) Bd. 10, S. 453
Assisi (Paul Celan) Bd. 9, S. 515
Astern (Gottfried Benn) Bd. 7, S. 23
Asylrecht (Paul Heyse) Bd. 5, S. 199
Atlantis (Walter Helmut Fritz) Bd. 11, S. 23
Atlas (Günter Kunert) Bd. 11, S. 35
Auch das Schöne muß sterben! (Friedrich von Schiller) Bd. 3, S. 77
Auf dem Canal grande (Conrad Ferdinand Meyer) Bd. 5, S, 145
Auf dem See (Johann Wolfgang von Goethe) Bd. 2, S. 41
Auf den Baustellen (Rolf Dieter Brinkmann) Bd. 12, S. 17
Auf den Mund (Christian Hofmann von Hofmannswaldau) Bd. 1, S. 241
Auf den Namen eines Vernichtungslagers (Alfred Margul-Sperber) Bd. 8, S. 425
Auf der Flöte groß und bieder (Richard Huelsenbeck) Bd. 7, S. 545
Auf die Erde voller kaltem (Bertolt Brecht) Bd. 8, S. 399
Auf die Leiter des Eiffelturms steigt (Yvan Goll) Bd. 7, S. 491
Auf die Rückseite eines Handspiegels (Rudolf Borchardt) Bd. 6, S. 309
Auf die Sixtinische Madonna (Arthur Schopenhauer) Bd. 3, S. 519
Auf die Strudlhofstiege zu Wien (Heimito von Doderer) Bd. 8, S. 77
Auf eine Christblume (Eduard Mörike) Bd. 4, S. 361
Auf eine Lampe (Eduard Mörike) Bd. 4, S. 367
Auf eine Weise des Joseph Freiherrn von Eichendorff (Peter Rühmkorf) Bd. 11, S. 93
Auf einem offenen Altane sang (Hugo von Hofmannsthal) Bd. 6, S. 97
Auf einen chinesischen Theewurzellöwen (Bertolt Brecht) Bd. 8, S. 159
Auf einen Klavierspieler (Eduard Mörike) Bd. 4, S. 371
Auf einer Wanderung (Eduard Mörike) Bd. 4, S. 375
Auf hohem Felsen lieg' ich hier (Annette von Droste-Hülshoff) Bd. 4, S. 63
Auf irgendwas (Karl Krolow) Bd. 9, S. 375
Auf Reisen (Paul Celan) Bd. 9, S. 519

auf, sagte die sonne (Reinhard Priessnitz) Bd. 12, S. 209
Auf schnelleren Schlitten (Heinz Piontek) Bd. 10, S. 261
Auf sommerlichem Friedhof (Wilhelm Lehmann) Bd. 6, S. 411
Auf und nirgends an (Friederike Roth) Bd. 12, S. 307
Auf was nur einmal ist (Peter Rühmkorf) Bd. 11, S. 97
Auferstanden aus Ruinen (Johannes R. Becher) Bd. 7, S. 459
Auferstehung (Rainer Maria Rilke) Bd. 6, S. 173
Aufschrift eines Labyrinths (Daniel Casper von Lohenstein) Bd. 1, S. 277
Aufsteigt der Strahl und fallend gießt (Conrad Ferdinand Meyer) Bd. 5, S. 159
Augen, meine lieben Fensterlein (Gottfried Keller) Bd. 5, S. 67
Augenblick im Juni (Günter Eich) Bd. 9, S. 185
Augenrund zwischen den Stäben (Paul Celan) Bd. 9, S. 559
Aus dem Norden (Ror Wolf) Bd. 11, S. 187
Aus den Gruben, hier im Graben (Johann Wolfgang von Goethe) Bd. 2, S. 459
aus der dichtung (Ernst Jandl) Bd. 10, S. 207
Aus der engen Höhle (Guntram Vesper) Bd. 12, S. 49
Aus der Heimat hinter den Blitzen (Joseph von Eichendorff) Bd. 3, S. 443
aus meinen köpfen (Friederike Mayröcker) Bd. 10, S. 175
Aus Stein war dein Gesicht (Johannes R. Becher) Bd. 7, S. 475
Aus stillen Fenstern (Christian Morgenstern) Bd. 6, S. 19
Aus unbeschreiblicher Verwandlung stammen (Rainer Maria Rilke) Bd. 6, S. 269
Aus weitem Spiegel kam ich mir (Georg Kaiser) Bd. 6, S. 343
Auslassungen eines Märtyrers (Bertolt Brecht) Bd. 8, S. 163
Ausrufer Kuckuck (Wilhelm Lehmann) Bd. 6, S. 403
Auszählreime (Christine Nöstlinger) Bd. 11, S. 467
Autodafé (Heinrich Heine) Bd. 4, S. 125
Bajla Gelblung (Johannes Bobrowski) Bd. 9, S. 451
Ballade vom preußischen Ikarus (Wolf Biermann) Bd. 11, S. 445
Ballade vom Schriftsteller (Ulla Hahn) Bd. 12, S. 227
Basel (Kurt Schwitters) Bd. 7, S. 245
Bauern, ein Heer (Johannes Bobrowski) Bd. 9, S. 459
Baum und Himmel (Rolf Haufs) Bd. 11, S. 295
Bäume irdisch (Johannes Bobrowski) Bd. 9, S. 469
Begegnung (Heinrich Heine) Bd. 4, S. 129
Begegnung (Theodor Storm) Bd. 4, S. 511

Beginn der Zerstörung (Sarah Kirsch) Bd. 11, S. 323
Behandelt die Frauen mit Nachsicht! (Johann Wolfgang von Goethe) Bd. 2, S. 379
Bei Betrachtung von Schillers Schädel (Johann Wolfgang von Goethe) Bd. 2, S. 455
Bei den Stiefmütterchen (Sarah Kirsch) Bd. 11, S. 327
Bei grünem Leibe (Hans Arp) Bd. 7, S. 191
Bei Mondeschein im Paradeis (Johann Wolfgang von Goethe) Bd. 2, S. 359
Bei Wein und Verlorenheit (Paul Celan) Bd. 9, S. 523
Beim weißen Oleander (Hertha Kräftner) Bd. 10, S. 445
Belsatzar (Heinrich Heine) Bd. 4, S. 135
Bericht (Johannes Bobrowski) Bd. 9, S. 451
Berlin (Georg Heym) Bd. 7, S. 211
Berlin du späte (Günter Kunert) Bd. 11, S. 67
Berlin wird ihm Rom (Eckart Kleßmann) Bd. 11, S. 211
Berlin, Chausseestraße 125 (Horst Bienek) Bd. 11, S. 121
Beschwörung (Friedrich Georg Jünger) Bd. 8, S. 421
Besuch kommt (Karl Krolow) Bd. 9, S. 379
Betrachtet die Fingerspitzen (Günter Eich) Bd. 9, S. 191
Bevor ich sterbe (Erich Fried) Bd. 10, S. 83
bin zu alt (Helga M. Novak) Bd. 11, S. 433
Biologischer Walzer (Durs Grünbein) Bd. 12, S. 393
Bitte (Hilde Domin) Bd. 9, S. 301
Bitte um Heimsuchung (Albert von Schirnding) Bd. 11, S. 441
Bittgedanke, dir zu Füßen (Reiner Kunze) Bd. 11, S. 215
Blaßmond hat Hall und Dinge (Ernst Blaß) Bd. 7, S. 363
Blatt um Feder um Blatt (Hans Arp) Bd. 7, S. 195
Blaue Hortensie (Rainer Maria Rilke) Bd. 6, S. 177
Bleib erschütterbar und widersteh (Peter Rühmkorf) Bd. 11, S. 101
Blinde Flecken (Ulla Hahn) Bd. 12, S. 231
Blues (Fritz Graßhoff) Bd. 9, S. 349
Blumen, o Freundin, dir mitzubringen (Theodor Fontane) Bd. 5, S. 53
Böhmen liegt am Meer (Ingeborg Bachmann) Bd. 10, S. 285
Brecht und der Tod (Johannes R. Becher) Bd. 7, S. 463
Brennende Stadt (Beirut) (Hilde Domin) Bd. 9, S. 305
Breslau, den 25. Dezember 1718 (Johann Christian Günther) Bd. 1, S. 25
Briefstelle (Günter Eich) Bd. 9, S. 195

Briefwechsel (Ilse Aichinger) Bd. 10, S. 13
bucklicht Männlein (Wolfgang Weyrauch) Bd. 9, S. 169
call it love (Hans Magnus Enzensberger) Bd. 10, S. 459
Cap de Bonne-Espérance (Georg von der Vring) Bd. 7, S. 347
Caputher Heuweg (Peter Huchel) Bd. 9, S. 109
Charterflug in die Vergangenheit (Hans Sahl) Bd. 9, S. 97
Chausseen (Peter Huchel) Bd. 9, S. 113
Chinesisch essen (Friedrich Christian Delius) Bd. 12, S. 99
Chor der Fräuleins (Erich Kästner) Bd. 8, S. 439
Christian (Resi Chromik) Bd. 12, S. 95
Cidli, du weinest (Friedrich Gottlieb Klopstock) Bd. 1, S. 381
Corrida (Rainer Maria Rilke) Bd. 6, S. 181
Da bin ich noch (Volker Braun) Bd. 11, S. 557
Da drüben kauert (Hans Magnus Enzensberger) Bd. 10, S. 511
Da habe ich mich verstellt (Cyrus Atabay) Bd. 10, S. 449
Da hatt ich einen Kerl (Johann Wolfgang von Goethe) Bd. 2, S. 51
Da ich dein Hüglein (Max Herrmann-Neiße) Bd. 7, S. 171
Da ich ein Knabe war (Friedrich Hölderlin) Bd. 3, S. 135
Da mit Sokrates die Freunde tranken (Conrad Ferdinand Meyer) Bd. 5, S. 155
Da pacem (Martin Luther) Bd. 1, S. 101
Da steht er nun (Erich Kästner) Bd. 8, S. 491
Da steht nicht nur (Nicolas Born) Bd. 11, S. 503
Da streiten sich die Leut herum (Ferdinand Raimund) Bd. 3, S. 523
Da, wo die Friedrichstraße (Wolf Biermann) Bd. 11, S. 445
Dada-Schalmei (Richard Huelsenbeck) Bd. 7, S. 545
Dafür, daß du bis (Hans Magnus Enzensberger) Bd. 10, S. 507
Dahlien, Astern, Gladiolen (Friedo Lampe) Bd. 8, S. 495
Damals, um zwei Uhr (Christine Busta) Bd. 9, S. 361
Dämmerempfindung (Friedrich Hebbel) Bd. 4, S. 473
Dämmergang (Conrad Ferdinand Meyer) Bd. 5, S. 149
Dämmrung senkte sich von oben (Johann Wolfgang von Goethe) Bd. 2, S. 477
Dämmrung will die Flügel (Joseph von Eichendorff) Bd. 3, S. 479
Danach (Kurt Tucholsky) Bd. 7, S. 399
Danke ich brauch keine neuen (Ulla Hahn) Bd. 12, S. 223
Daphne an der Sonnenwende (Elisabeth Langgässer) Bd. 8, S. 501
Das Abendrot ist schöner (Friedrich Rückert) Bd. 3, S. 503

Das Angenehme dieser Welt hab' ich genossen (Friedrich Hölderlin) Bd. 3, S. 141
Das ästhetische Wiesel (Christian Morgenstern) Bd. 6, S. 23
Das Beet schon lockert sich's (Johann Wolfgang von Goethe) Bd. 2, S. 403
Das Begräbnis in Bollschweil (Elisabeth Borchers) Bd. 10, S. 337
Das Bild, das man hinterläßt (Karl Krolow) Bd. 9, S. 385
Das Blau des Himmels (Hans-Ulrich Treichel) Bd. 12, S. 331
Das Bleibende (Franz Werfel) Bd. 7, S. 425
Das blonde Haar (Wolfgang Bächler) Bd. 10, S. 195
Das bucklichte Männlein (Unbekannter Dichter) Bd. 4, S. 429
Das dreizehnte Sonett (Bertolt Brecht) Bd. 8, S. 169
Das edle Bild der Menschheit zu verhöhnen (Friedrich von Schiller) Bd. 3, S. 37
Das Eigentum (Volker Braun) Bd. 11, S. 557
Das eine Tor bewacht (Emil Barth) Bd. 8, S. 521
das ende der eulen (Hans Magnus Enzensberger) Bd. 10, S. 463
Das Ende des Festes (Conrad Ferdinand Meyer) Bd. 5, S. 155
Das Erscheinen eines jeden in der Menge (Nicolas Born) Bd. 11, S. 483
Das erste Sonett (Bertolt Brecht) Bd. 8, S. 173
Das Faultier oder Die Geschichte zur hakenförmigen Kralle (Georg Winter) Bd. 12, S. 57
Das Fenster am Ende des Korridors (Jürgen Becker) Bd. 11, S. 167
Das Fest war ziemlich (Thomas Rosenlöcher) Bd. 12, S. 303
Das Fieberliedlin (Martin Opitz) Bd. 1, S. 175
Das Fräulein stand am Meere (Heinrich Heine) Bd. 4, S. 141
Das Fremde (Paul Celan) Bd. 9, S. 527
Das Füllhorn (Rainer Maria Rilke) Bd. 6, S. 187
Das Gedicht steht (Walter Helmut Fritz) Bd. 11, S. 15
Das Glück stellt sich (Rolf Haufs) Bd. 11, S. 295
Das große Lalula (Christian Morgenstern) Bd. 6, S. 27
Das hält wer aus (Rolf Haufs) Bd. 11, S. 299
das Hand in Hand (Harald Hartung) Bd. 11, S. 183
Das Haus der Welt (Werner Söllner) Bd. 12, S. 323
das herz randvoll (Doris Runge) Bd. 12, S. 127
Das Hobellied (Ferdinand Raimund) Bd. 3, S. 523
Das Huhn (Christian Morgenstern) Bd. 6, S. 31
Das ist der alte Baum (Joseph von Eichendorff) Bd. 3, S. 471

Das ist der Sieg (Richard Leising) Bd. 11, S. 283
Das Karussell (Rainer Maria Rilke) Bd. 6, S. 191
Das Kind in dem ich stak (Eva Zeller) Bd. 10, S. 153
Das Kind kommt gelaufen (Bertolt Brecht) Bd. 8, S. 293
Das kleine Auto (Reiner Kunze) Bd. 11, S. 219
Das kleine Haus (Bertolt Brecht) Bd. 8, S. 219
Das Knie (Christian Morgenstern) Bd. 6, S. 35
Das Krokodil (Hermann Lingg) Bd. 5, S. 133
Das Land ist öde (Wilhelm Klemm) Bd. 6, S. 387
Das letzte Gedicht (Günter Kunert) Bd. 11, S. 47
Das letzte Kapitel (Erich Kästner) Bd. 8, S. 443
Das Lied der Deutschen (Hoffmann von Fallersleben) Bd. 4, S. 309
Das Lied von der Moldau (Bertolt Brecht) Bd. 8, S. 177
Das Mädchen aus der Fremde (Friedrich von Schiller) Bd. 3, S. 31
Das Mädchen liest das Buch und spricht (Rudolf Borchardt) Bd. 6, S. 313
Das Mädchen spricht (Johann Wolfgang von Goethe) Bd. 2, S. 293
Das Mädchen von Orleans (Friedrich von Schiller) Bd. 3, S. 37
Das Märchen vom Reichtum und der Not (Adolf Glaßbrenner) Bd. 4, S. 459
Das Meer erglänzte weit hinaus (Heinrich Heine) Bd. 4, S. 145
Das neue israelitische Hospital zu Hamburg (Heinrich Heine) Bd. 4, S. 149
Das Paar (Harald Hartung) Bd. 11, S. 183
Das Publikum ist eine einfache Frau (Theodor Fontane) Bd. 5, S. 49
Das Rosenband (Friedrich Gottlieb Klopstock) Bd. 1, S. 363
Das Schiff (Bertolt Brecht) Bd. 8, S. 181
Das Schönste für Kinder ist Sand (Joachim Ringelnatz) Bd. 6, S. 461
Das schreibende Subjekt (Ludwig Harig) Bd. 10, S. 417
Das sind doch Menschen (Gottfried Benn) Bd. 7, S. 27
Das Sonett (Johann Wolfgang von Goethe) Bd. 2, S. 257
Das Spiegelbild (Annette von Droste-Hülshoff) Bd. 4, S. 69
Das süße Lächeln starb dir im Gesicht (Theodor Storm) Bd. 4, S. 511
Das süße Zeug ohne Saft und Kraft (Eduard Mörike) Bd. 4, S. 409
Das Veilchen (Johann Wolfgang von Goethe) Bd. 2, S. 55
Das verlassene Mägdlein (Eduard Mörike) Bd. 4, S. 379
Das vierzigste Ghasel (Friedrich Rückert) Bd. 3, S. 487
das waldsein könnte (Reiner Kunze) Bd. 11, S. 245
Das Wasser rauscht' (Johann Wolfgang von Goethe) Bd. 2, S. 121

Das Wasser, das sich wölbt (Walter Helmut Fritz) Bd. 11, S. 31
Das weiße Bett (Georg Britting) Bd. 7, S. 483
Das Wort (Stefan George) Bd. 5, S. 385
Das Wort ist mein Schwert (Erich Fried) Bd. 10, S. 95
Das Wort, das du mir oft schon (Bertolt Brecht) Bd. 8, S. 169
Das zehnte Sonett (Bertolt Brecht) Bd. 8, S. 187
das zimmer im turm (Jörg Kowalski) Bd. 12, S. 327
daß an gott geglaubt (Ernst Jandl) Bd. 10, S. 203
Daß du so krank geworden (Justinus Kerner) Bd. 3, S. 377
Daß es bei Weimar liegt (Alfred Margul-Sperber) Bd. 8, S. 425
Daß ich drin könnte wohnen (Georg von der Vring) Bd. 7, S. 351
Daß Liebe paaret sich mit Pein (Justinus Kerner) Bd. 3, S. 367
Daß wir so uneins sind (Ulla Hahn) Bd. 12, S. 231
Datum (Sarah Kirsch) Bd. 11, S. 331
Dauer im Wechsel (Johann Wolfgang von Goethe) Bd. 2, S. 261
David und Goliath (Friedrich Hebbel) Bd. 4, S. 477
De mortuis oder: üble Nachrede (Peter Rühmkorf) Bd. 11, S. 105
De profundis (Georg Trakl) Bd. 7, S. 269
Dein geniales Gedicht (Erich Fried) Bd. 10, S. 99
Dein Mund, der schön geschweifte (Klabund) Bd. 7, S. 387
Dein Schweigen (Marie Luise Kaschnitz) Bd. 9, S. 35
Deine Jahre (Edwin Wolfram Dahl) Bd. 10, S. 425
deine schönheit (Doris Runge) Bd. 12, S. 135
Deine Seele, die die meine (Else Lasker-Schüler) Bd. 5, S. 459
Dem aufgehenden Vollmonde (Johann Wolfgang von Goethe) Bd. 2, S. 497
Dem Bürger fliegt vom spitzen (Jakob van Hoddis) Bd. 7, S. 237
Dem Schnee, dem Regen (Johann Wolfgang von Goethe) Bd. 2, S. 103
den Baum, den Vogel (Johannes Bobrowski) Bd. 9, S. 483
Den Berg hinab (Oskar Loerke) Bd. 6, S. 535
Den Erben laß verschwenden (Hugo von Hofmannsthal) Bd. 6, S. 105
Den Fischen (Günter Kunert) Bd. 11, S. 39
den hintern sollte ich dir (H. C. Artmann) Bd. 10, S. 41
Den jungen Leuten (Gottfried Benn) Bd. 7, S. 33
Den Kater (Ilona Bodden) Bd. 11, S. 585
Den morgenblic bî wahtærs sange erkôs (Wolfram von Eschenbach) Bd. 1, S. 73
Den Schmerz, der anklopft (Bernt von Heiseler) Bd. 9, S. 257
Den Schneemann dort (Adolf Endler) Bd. 11, S. 131

Den Vereinigten Staaten (Johann Wolfgang von Goethe) Bd. 2, S. 489
Den wilden Orgeln des Wintersturms (Georg Trakl) Bd. 7, S. 295
Denk es, o Seele (Eduard Mörike) Bd. 4, S. 383
Denk ich an Deutschland in der Nacht (Heinrich Heine) Bd. 4, S. 257
Denn: Aller Anfang ist schwer (Walter Mehring) Bd. 8, S. 85
Denn was täte ich (Ilse Aichinger) Bd. 10, S. 17
Der 1. Psalm Davids (Paul Gerhardt) Bd. 1, S. 195
Der Abend (Joseph von Eichendorff) Bd. 3, S. 407
Der Abendhimmel leuchtet (Max Dauthendey) Bd. 5, S. 373
Der Abenteuerer 1 (Rainer Maria Rilke) Bd. 6, S. 197
Der Amsel (Eva Strittmatter) Bd. 11, S. 141
Der Antritt des neuen Jahrhunderts (Friedrich von Schiller) Bd. 3, S. 41
Der Asra (Heinrich Heine) Bd. 4, S. 155
Der ausgewanderte Pole (Adelbert von Chamisso) Bd. 3, S. 337
der bach der stürzt (Thomas Kling) Bd. 12, S. 367
Der Bauch Laughtons (Bertolt Brecht) Bd. 8, S. 191
DEr blinden Venus Werck (Martin Opitz) Bd. 1, S. 169
Der Blumengarten (Bertolt Brecht) Bd. 8, S. 195
Der Bräutigam (Johann Wolfgang von Goethe) Bd. 2, S. 501
Der Chinese in Rom (Johann Wolfgang von Goethe) Bd. 2, S. 237
Der, den ich liebe (Bertolt Brecht) Bd. 8, S. 327
Der den Tod auf Hiroshima warf (Marie Luise Kaschnitz) Bd. 9, S. 61
Der deutsche Zollverein (Hoffmann von Fallersleben) Bd. 4, S. 313
Der Dirigent (Franz Werfel) Bd. 7, S. 429
Der du die Wälder färbst (Ferdinand von Saar) Bd. 5, S. 217
Der du von dem Himmel bist (Johann Wolfgang von Goethe) Bd. 2, S. 99
Der dunkle Herbst kehrt ein (Georg Trakl) Bd. 7, S. 273
Der Einsame (Friedrich Nietzsche) Bd. 5, S. 263
Der Einsiedler (Joseph von Eichendorff) Bd. 3, S. 411
Der Engel mit der Eisenbahnermütze (Thomas Rosenlöcher) Bd. 12, S. 299
Der Engel spricht (Werner Bergengruen) Bd. 7, S. 527
Der enkel trinkt (Christa Reinig) Bd. 10, S. 371
Der erste Blick (Bertolt Brecht) Bd. 8, S. 377
der fisch (Ernst Jandl) Bd. 10, S. 211
Der Fischer (Johann Wolfgang von Goethe) Bd. 2, S. 121
Der Fliegende Robert (Hans Magnus Enzensberger) Bd. 10, S. 469

Der Fliegenschnäpper steinauf, steinab (Wilhelm Lehmann) Bd. 6, S. 411
Der Frauen Liebe (Gottfried Benn) Bd. 7, S. 99
Der Freigeist (Friedrich Nietzsche) Bd. 5, S. 267
Der Frühling (Friedrich Hölderlin) Bd. 3, S. 145
Der Frühling. Am ersten Maimorgen (Matthias Claudius) Bd. 1, S. 421
Der Galgen. Offiziere. Jeder drängt (Johannes R. Becher) Bd. 7, S. 467
Der Gang aufs Land (Friedrich Hölderlin) Bd. 3, S. 149
Der Garten des Theophrast (Peter Huchel) Bd. 9, S. 117
Der Gast (Bertolt Brecht) Bd. 8, S. 203
Der gelähmte Kranich (Ewald Christian von Kleist) Bd. 1, S. 347
Der gestirnte Baum (Barthold Hinrich Brockes) Bd. 1, S. 299
der glanze heldenplatz (Ernst Jandl) Bd. 10, S. 253
Der glückliche Jäger (Unbekannter Dichter) Bd. 1, S. 135
Der Graf vernimmt die Töne (Rainer Maria Rilke) Bd. 6, S. 173
Der große Bacon baute auf (Bertolt Brecht) Bd. 8, S. 365
Der Große Lübbe-See (Günter Eich) Bd. 9, S. 199
Der Guckuck wie die Nachtigall (Johann Wolfgang von Goethe) Bd. 2, S. 473
Der gute Kamerad (Ludwig Uhland) Bd. 3, S. 381
Der Häher wirft mir (Günter Eich) Bd. 9, S. 241
Der halbe Tod (Paul Celan) Bd. 9, S. 551
Der Halbmond glänzet am Himmel (Franz Grillparzer) Bd. 3, S. 527
Der Handkuß (Detlev von Liliencron) Bd. 5, S. 237
Der Handstand auf der Loreley (Erich Kästner) Bd. 8, S. 449
Der Herbst des Einsamen (Georg Trakl) Bd. 7, S. 273
Der Herbst entlaubte schon (Ewald Christian von Kleist) Bd. 1, S. 347
Der hereinkommt (Johannes Bobrowski) Bd. 9, S. 495
der herr der insel (Stefan George) Bd. 5, S. 391
Der Himmel glänzt vom reinsten (Eduard Mörike) Bd. 4, S. 425
Der Himmel, die Landschaft (Jürgen Becker) Bd. 11, S. 167
der holde fisch (Ernst Jandl) Bd. 10, S. 211
Der Invalid im Irrenhaus (Adelbert von Chamisso) Bd. 3, S. 341
Der Jüngling in der Landschaft (Hugo von Hofmannsthal) Bd. 6, S. 83
Der Kaiserin Becher (Johann Wolfgang von Goethe) Bd. 2, S. 297
Der kam am 28. Februar (Sarah Kirsch) Bd. 11, S. 331
Der Kamm (Hans Magnus Enzensberger) Bd. 10, S. 473
Der Kanal (Gert Jonke) Bd. 12, S. 275
Der Kehraus (Joseph von Eichendorff) Bd. 3, S. 415

Der Kirschdieb (Bertolt Brecht) Bd. 8, S. 207
Der Knabe (Rainer Maria Rilke) Bd. 6, S. 201
Der König in Thule (Johann Wolfgang von Goethe) Bd. 2, S. 65
Der Krieg wird nicht mehr (Ingeborg Bachmann) Bd. 10, S. 265
Der Kupferstecher nach der Mode (Christian Friedrich Daniel Schubart) Bd. 1, S. 407
Der Kuß im Traume (Karoline von Günderode) Bd. 3, S. 313
Der Lehrling der Griechen (Friedrich Gottlieb Klopstock) Bd. 1, S. 367
Der Lindenbaum (Wilhelm Müller) Bd. 3, S. 531
Der Luftschiffer (Karoline von Günderode) Bd. 3, S. 317
Der Mandelbaum blüht (Werner Kraft) Bd. 8, S. 81
Der Mann: hier diese Reihe (Gottfried Benn) Bd. 7, S. 85
Der Meister wirbelt (Ror Wolf) Bd. 11, S. 197
Der Mensch (Matthias Claudius) Bd. 1, S. 425
Der Mond hängt (Mascha Kaléko) Bd. 9, S. 343
Der Mond ist aufgegangen (Matthias Claudius) Bd. 1, S. 411
Der Mond kniet auf (Christine Lavant) Bd. 9, S. 429
Der Morgen (Alfred Lichtenstein) Bd. 7, S. 325
Der Mund eines Mädchens (Gottfried Benn) Bd. 7, S. 127
Der Muschelbläser (Johannes Bobrowski) Bd. 9, S. 455
Der Nächtliche (Karl Krolow) Bd. 9, S. 389
Der Nebel reißt (Oskar Loerke) Bd. 6, S. 517
Der Nervenschwache (Ernst Blass) Bd. 7, S. 359
Der Panther (Rainer Maria Rilke) Bd. 6, S. 205
Der Park (Johann Wolfgang von Goethe) Bd. 2, S. 151
Der Pavillon (Rainer Maria Rilke) Bd. 6, S. 209
Der Pflaumenbaum (Bertolt Brecht) Bd. 8, S. 211
Der Pilgrim (Friedrich von Schiller) Bd. 3, S. 47
Der Radwechsel (Bertolt Brecht) Bd. 8, S. 215
Der Rauch (Bertolt Brecht) Bd. 8, S. 219
Der Revoluzzer (Erich Mühsam) Bd. 6, S. 347
Der römische Brunnen (Conrad Ferdinand Meyer) Bd. 5, S. 159
Der Säemann säet (Matthias Claudius) Bd. 1, S. 417
Der Samländische Aufstand 1525 (Johannes Bobrowski) Bd. 9, S. 459
Der Sänger (Johann Wolfgang von Goethe) Bd. 2, S. 155
Der Schatzgräber (Johann Wolfgang von Goethe) Bd. 2, S. 241
Der Scheidende (Heinrich Heine) Bd. 4, S. 159
Der Schiffskoch, ein Gefangener, singt: (Hugo von Hofmannsthal) Bd. 6, S. 89

Der schnelle Tag ist hin (Andreas Gryphius) Bd. 1, S. 221
Der Schnellzug tastet sich (Ernst Stadler) Bd. 6, S. 499
Der schöne Luftgeist bläst (Johannes Bobrowski) Bd. 9, S. 455
Der schöne 27. September (Thomas Brasch) Bd. 12, S. 193
Der schöne strahlende Mensch (Franz Werfel) Bd. 7, S. 433
Der Schwan (Rainer Maria Rilke) Bd. 6, S. 213
Der Sechzigjährige dankt (Stefan Zweig) Bd. 6, S. 395
Der Sieg (Richard Leising) Bd. 11, S. 283
Der Soldat (Joseph von Eichendorff) Bd. 3, S. 421
Der Spaziergang (Friedrich Hölderlin) Bd. 3, S. 155
Der Spiegel (Georg Kaiser) Bd. 6, S. 343
Der Spruch (Ernst Stadler) Bd. 6, S. 495
Der Süden (Sarah Kirsch) Bd. 11, S. 335
Der Tag legt sein Verhalten (Oskar Pastior) Bd. 10, S. 421
Der Tag steigt auf (Hans Magnus Enzensberger) Bd. 10, S. 517
Der Tag, vor dem der große (Bertolt Brecht) Bd. 8, S. 233
Der Tambour (Eduard Mörike) Bd. 4, S. 387
Der Tantenmörder (Frank Wedekind) Bd. 5, S. 355
Der Tanz (Friedrich von Schiller) Bd. 3, S. 51
Der Tanz ist aus (Silja Walter) Bd. 9, S. 507
Der Tod (Matthias Claudius) Bd. 1, S. 429
Der Tod fürs Vaterland (Friedrich Hölderlin) Bd. 3, S. 159
Der Tod und das Mädchen (Matthias Claudius) Bd. 1, S. 433
Der Traum der Magd (Christian Morgenstern) Bd. 6, S. 39
der triftige Grund (Hans Peter Keller) Bd. 9, S. 371
Der Überlästige (Ludwig Tieck) Bd. 3, S. 237
Der untreue Knabe (Johann Wolfgang von Goethe) Bd. 2, S. 59
der vater spricht von dem franzos (Ror Wolf) Bd. 11, S. 193
Der Wahnsinn (Rainer Maria Rilke) Bd. 6, S. 217
Der Wanderer (Georg Philipp Schmidt) Bd. 3, S. 101
Der Wanderer in der Sägmühle (Justinus Kerner) Bd. 3, S. 357
Der Wegweiser (Wilhelm Müller) Bd. 3, S. 537
Der Werwolf (Christian Morgenstern) Bd. 6, S. 43
Der Widerchrist (Stefan George) Bd. 5, S. 395
Der Wind auf leeren (Friedrich Spee von Langenfeld) Bd. 1, S. 157
Der Wind ist fremd (Nikolaus Lenau) Bd. 4, S. 341
Der Winkel von Hardt (Friedrich Hölderlin) Bd. 3, S. 165
Der XLVI. Psalm. Deus noster refugium et virtus (Martin Luther) Bd. 1, S. 105

Der Zauberkünstler (Max Herrmann-Neiße) Bd. 7, S. 167
Der Zaubrer fordert (Johann Wolfgang von Goethe) Bd. 2, S. 513
Der Zeitgeist (Friedrich Hölderlin) Bd. 3, S. 169
Der Zigarette Ende (Kurt Schwitters) Bd. 7, S. 251
Der Zwang zur Prosa (Jörg Fauser) Bd. 12, S. 155
Des Freundes Wettlauf mit dem Schneemann (Adolf Endler) Bd. 11, S. 131
Des Kreischens Brummbaß (Thomas Rosenlöcher) Bd. 12, S. 303
Des Menschen Hand (Wilhelm Raabe) Bd. 5, S. 205
Des Menschen Seele (Johann Wolfgang von Goethe) Bd. 2, S. 131
Des Menschen Tage (Johann Wolfgang von Goethe) Bd. 2, S. 449
Des Morgens nüchterner Abschied (Bertolt Brecht) Bd. 8, S. 271
Des Morgens zwischen drein und vieren (Des Knaben Wunderhorn) Bd. 4, S. 447
Des Motors Mondgebrumm (Ernst Meister) Bd. 9, S. 289
Deutsches Leid (Gertrud von Le Fort) Bd. 6, S. 305
Deutschland 1952 (Bertolt Brecht) Bd. 8, S. 223
Deutschland, Deutschland über alles (Hoffmann von Fallersleben) Bd. 4, S. 309
Deutschland, du Blondes, Bleiches (Bertolt Brecht) Bd. 8, S. 227
Deutschlands Beruf (Emanuel Geibel) Bd. 4, S. 497
Dezember 1942 (Peter Huchel) Bd. 9, S. 121
Dich, klein geblümt Gefäß (Johann Wolfgang von Goethe) Bd. 2, S. 297
Dicht an den Glanz (Ernst Stadler) Bd. 6, S. 509
die ackerwalze (Wulf Kirsten) Bd. 11, S. 261
Die alten Lieder (Franz Josef Degenhardt) Bd. 11, S. 151
Die alten, bösen Lieder (Heinrich Heine) Bd. 4, S. 163
Die ärmsten Frauen von Berlin (Gottfried Benn) Bd. 7, S. 117
Die Bäume treten (Johannes Bobrowski) Bd. 9, S. 491
Die Beiden (Hugo von Hofmannsthal) Bd. 6, S. 93
Die beiden Buckligen (Max Herrmann-Neiße) Bd. 7, S. 171
Die bezaubernde Stelle (Nikolaus Lenau) Bd. 4, S. 331
Die Bilder (Alexander Lernet-Holenia) Bd. 8, S. 123
Die Blessierten (Max Herrmann-Neiße) Bd. 7, S. 175
Die böse Frau Xanthippe heißt (Frank Wedekind) Bd. 5, S. 359
Die Brandstätte (Rainer Maria Rilke) Bd. 6, S. 221
Die braunen Mönche (Sarah Kirsch) Bd. 11, S. 367
Die brennende Stadt (Hilde Domin) Bd. 9, S. 305

Die Dialektik (Rainer Kirsch) Bd. 11, S. 249
Die Dinge auferstehn aus ihrem Schweigen (Johannes R. Becher) Bd. 7, S. 479
Die drei Zigeuner (Nikolaus Lenau) Bd. 4, S. 335
Die Enten (Michael Krüger) Bd. 12, S. 107
Die Erde verschimmelt (Alfred Lichtenstein) Bd. 7, S. 329
Die Erfindung (Hugo Ball) Bd. 7, S. 14
Die ewig-helle Schaar will nun (Andreas Gryphius) Bd. 1, S. 229
Die Fahrende (Gertrud Kolmar) Bd. 8, S. 43
Die Faulen werden geschlachtet (Erich Fried) Bd. 10, S. 87
Die fischer überliefern (Stefan George) Bd. 5, S. 391
Die Flamingos (Rainer Maria Rilke) Bd. 6, S. 225
Die Flöte (Werner Bergengruen) Bd. 7, S. 531
Die Flut steigt bis an den Ararat (Theodor Fontane) Bd. 5, S. 23
Die Freunde, die mit mir (Franz Werfel) Bd. 7, S. 433
Die frühen Gräber (Friedrich Gottlieb Klopstock) Bd. 1, S. 373
Die Gärten (Marie Luise Kaschnitz) Bd. 9, S. 39
Die Gärtner legten ihre Beete frei (Hugo von Hofmannsthal) Bd. 6, S. 83
Die Gaunerzinke (Theodor Kramer) Bd. 8, S. 99
Die gelbe Schlange (Gertrud Kolmar) Bd. 8, S. 47
Die gestundete Zeit (Ingeborg Bachmann) Bd. 10, S. 291
Die Gewohnheit zu zittern (Guntram Vesper) Bd. 12, S. 49
Die goldene Wolke (Karl Krolow) Bd. 9, S. 393
Die Gräber in Speier (Stefan George) Bd. 5, S. 401
Die Grenadiere (Heinrich Heine) Bd. 4, S. 169
Die große Chance (Elisabeth Borchers) Bd. 10, S. 341
Die große Sonne (Alfred Wolfenstein) Bd. 6, S. 513
Die großen Lügner (Wolf Biermann) Bd. 11, S. 457
Die gute Nacht (Bertolt Brecht) Bd. 8, S. 233
Die Heide (Sarah Kirsch) Bd. 11, S. 339
Die Hesped-Klage (Börries Freiherr von Münchhausen) Bd. 6, S. 147
Die himmlische und irdische Venus (Johann Nikolaus Götz) Bd. 1, S. 353
Die hin zur Kaaba pilgern gehn (Friedrich Rückert) Bd. 3, S. 487
Die Hitze ist ganz klebrig (Alfred Lichtenstein) Bd. 7, S. 337
Die Hühner und Enten (Günter Eich) Bd. 9, S. 181
Die Jahre kommen und gehen (Heinrich Heine) Bd. 4, S. 175
Die Jahre nahmen dir (Johann Wolfgang von Goethe) Bd. 2, S. 413
Die Judentochter (Des Knaben Wunderhorn) Bd. 4, S. 435

Die Kälte nehm ich (Hermann Burger) Bd. 12, S. 63
Die Kanone sprach zur Glocke (Christian Morgenstern) Bd. 6, S. 49
Die Kartoffelernte (Johann Heinrich Voss) Bd. 3, S. 25
Die Katze (Marie Luise Kaschnitz) Bd. 9, S. 43
Die Kirche (Georg Trakl) Bd. 7, S. 277
Die Krähen schrei'n (Friedrich Nietzsche) Bd. 5, S. 273
Die Krähen schrei'n (Friedrich Nietzsche) Bd. 5, S. 267
Die Kröte (Gertrud Kolmar) Bd. 8, S. 53
Die Krücken (Bertolt Brecht) Bd. 8, S. 239
Die Kurtisane (Rainer Maria Rilke) Bd. 6, S. 229
Die Küste ruht (Peter Hille) Bd. 5, S. 299
Die Lagerfeuer an der Küste (Walter Hasenclever) Bd. 7, S. 375
Die längst Entdeckten (Paul Celan) Bd. 9, S. 531
Die Leichenwäscherin ist tot (Kurt Bartsch) Bd. 11, S. 477
Die Leidenschaft bringt Leiden (Johann Wolfgang von Goethe) Bd. 2, S. 445
Die letzte Epiphanie (Werner Bergengruen) Bd. 7, S. 537
Die Liebe sprach (Friedrich Rückert) Bd. 3, S. 491
Die Liebende abermals (Johann Wolfgang von Goethe) Bd. 2, S. 289
Die Liebenden (Bertolt Brecht) Bd. 8, S. 243
Die Loreley (Heinrich Heine) Bd. 4, S. 179
Die Loreley, bekannt als Fee (Erich Kästner) Bd. 8, S. 449
Die Luft ist brüchig (Peter Huchel) Bd. 9, S. 145
Die Luft riecht schon nach Schnee (Sarah Kirsch) Bd. 11, S. 343
Die Lüge (Werner Bergengruen) Bd. 7, S. 541
Die Marie Ross (Peter Maiwald) Bd. 12, S. 287
Die Märkte (Georg Heym) Bd. 7, S. 215
Die Maske des Bösen (Bertolt Brecht) Bd. 8, S. 247
Die Maßnahmen (Erich Fried) Bd. 10, S. 87
Die Mitternacht zog näher schon (Heinrich Heine) Bd. 4, S. 135
Die Möwen sehen alle aus (Christian Morgenstern) Bd. 6, S. 71
Die Musen (Bertolt Brecht) Bd. 8, S. 251
Die Musik (Friedrich Gottlieb Klopstock) Bd. 1, S. 377
Die Musik kommt (Detlev von Liliencron) Bd. 5, S. 243
Die Musik spricht (Ludwig Tieck) Bd. 3, S. 243
Die Nacht ihrer ersten Geburt (Bertolt Brecht) Bd. 8, S. 317
Die Nacht war kalt (Joachim Ringelnatz) Bd. 6, S. 473
Die Nebel zerreißen (Johann Wolfgang von Goethe) Bd. 2, S. 219

Die neuen Fernen (Joachim Ringelnatz) Bd. 6, S. 449
Die Nixe. Ballade (Kurt Schwitters) Bd. 7, S. 255
die oberfläche der vögel (Konrad Bayer) Bd. 11, S. 163
Die Pappel vom Karlsplatz (Bertolt Brecht) Bd. 8, S. 255
Die Post (Wilhelm Müller) Bd. 3, S. 541
Die Prüfung des Lächlers (Christa Reinig) Bd. 10, S. 375
Die Putzfraun ziehen von Ost (Günter Grass) Bd. 10, S. 393
Die Reise nach Jerusalem (Michael Krüger) Bd. 12, S. 111
Die Reiterin (Robert Walser) Bd. 6, S. 359
Die Rückkehr (Bertolt Brecht) Bd. 8, S. 259
die ruhe auf der flucht (Wolfgang Hilbig) Bd. 12, S. 39
Die ruhenden (Nicolas Born) Bd. 11, S. 499
Die Schafe am Walfjord (Sarah Kirsch) Bd. 11, S. 317
Die Scheiße (Hans Magnus Enzensberger) Bd. 10, S. 479
Die Schiffe fahren ohne mich (Wolfgang Bächler) Bd. 10, S. 191
Die Schlacht bei Saarburg (Alfred Lichtenstein) Bd. 7, S. 329
Die Schlechten fürchten (Bertolt Brecht) Bd. 8, S. 159
Die schlesischen Weber (Heinrich Heine) Bd. 4, S. 183
Die Schnupftabaksdose (Joachim Ringelnatz) Bd. 6, S. 453
Die schöne Frau von Thun (Robert Walser) Bd. 6, S. 363
Die schöne Stadt (Georg Trakl) Bd. 7, S. 281
Die Schwestern (Christian Morgenstern) Bd. 6, S. 49
Die Sinngedichte an den Leser (Gotthold Ephraim Lessing) Bd. 1, S. 391
Die Sondermarken sind gestempelt (Günter Eich) Bd. 9, S. 219
Die Sonne blendet mich (Sarah Kirsch) Bd. 11, S. 339
Die Sonne glänzt (Friedrich Hölderlin) Bd. 3, S. 145
Die Sonne rennt mit prangen (Simon Dach), Bd. 1, S. 189
Die Sonne sinkt (Friedrich Nietzsche) Bd. 5, S. 277
Die Sonne stand schon (Robert Gernhardt) Bd. 11, S. 519
Die Sonnenblumen leuchten (Georg Trakl) Bd. 7, S. 291
Die Spur im Schnee (Georg Britting) Bd. 7, S. 483
Die Stadt (Georg Heym) Bd. 7, S. 221
Die Stadt hat dreizehn Linden (Elisabeth Borchers) Bd. 10, S. 359
Die Stadt und alles darin ist (Hans Arp) Bd. 7, S. 191
Die Städte wachsen (Erich Kästner) Bd. 8, S. 455
Die Steine feinden (August Stramm) Bd. 6, S. 153
Die Steppe (Annette von Droste-Hülshoff) Bd. 4, S. 75
Die stillste Straße (Theodor Kramer) Bd. 8, S. 99

Die Taxuswand (Annette von Droste-Hülshoff) Bd. 4, S. 79
Die Teilung der Erde (Friedrich von Schiller) Bd. 3, S. 57
Die Töne (Karoline von Günderode) Bd. 3, S. 321
Die tote Liebe (Conrad Ferdinand Meyer) Bd. 5, S. 163
Die tote Stadt (Stefan George) Bd. 5, S. 407
Die unmögliche Tatsache (Christian Morgenstern) Bd. 6, S. 53
Die Vaterstadt, wo find ich sie doch? (Bertolt Brecht) Bd. 8, S. 259
Die Veränderungen der Haut (Manfred Peter Hein) Bd. 11, S. 155
Die Verdammung (Sarah Kirsch) Bd. 11, S. 347
Die Verlassene (Gertrud Kolmar) Bd. 8, S. 59
Die Verscheuchte (Else Lasker-Schüler) Bd. 5, S. 455
Die versunkene Stadt (Hilde Domin) Bd. 9, S. 313
Die Visite (Hans Magnus Enzensberger) Bd. 10, S. 483
Die Wacht am Rhein (Max Schneckenburger) Bd. 5, S. 127
Die Wahrheit einigt (Bertolt Brecht) Bd. 8, S. 263
Die Wanderjahre sind nun angetreten (Johann Wolfgang von Goethe) Bd. 2, S. 429
Die wandelnde Glocke (Johann Wolfgang von Goethe) Bd. 2, S. 305
Die weite bucht erfüllt (Stefan George) Bd. 5, S. 407
Die Welt (Christian Hofmann von Hofmannswaldau) Bd. 1, S. 245
Die Welt ist aus dem Stoff (Ilse Aichinger) Bd. 10, S. 37
Die weltstädtischen Kaninchen (Sarah Kirsch) Bd. 11, S. 379
Die Worte des Wahns (Friedrich von Schiller) Bd. 3, S. 61
Die Worte warten (Stephan Hermlin) Bd. 9, S. 365
Die zahmen tiere (Franz Baermann Steiner) Bd. 9, S. 277
Die Zeit (Peter Hamm) Bd. 11, S. 545
Die Zeit fährt Auto (Erich Kästner) Bd. 8, S. 455
Die Zeit geht nicht (Gottfried Keller) Bd. 5, S. 75
Die Zeit vergeht (Joachim Ringelnatz) Bd. 6, S. 469
Die Zeit, in ihrem Fluge (Ludwig Uhland) Bd. 3, S. 395
Die Zigarette lag im Gras (Kurt Schwitters) Bd. 7, S. 251
Die zwei Gesellen (Joseph von Eichendorff) Bd. 3, S. 425
Die Zweige, welche sonst (Barthold Hinrich Brockes) Bd. 1, S. 299
Diejenigen, die im kalten Schweiß (Hermann Broch) Bd. 7, S. 155
Dies Haus (Nicolas Born) Bd. 11, S. 487
Dies ist ein Herbsttag (Friedrich Hebbel) Bd. 4, S. 481
Dies ist meine Mütze (Günter Eich) Bd. 9, S. 223
Dies ist meiner (Gottfried Benn) Bd. 7, S. 63

Dies ist nicht so laut zu sagen (Rudolf Borchardt) Bd. 6, S. 313
Dies Land der Mühe (August von Platen) Bd. 4, S. 13
Diese alten Männer (Karl Krolow) Bd. 9, S. 397
diese gedichte sind nicht zum (Ernst Jandl) Bd. 10, S. 249
Diese Mühsal, durch noch Ungetanes (Rainer Maria Rilke) Bd. 6, S. 213
Diese Richtung ist gewiß (Johann Wolfgang von Goethe) Bd. 2, S. 433
Diesen Riesen zu töten (Friedrich Hebbel) Bd. 4, S. 477
Dieser schwellende Mund (Eduard Mörike) Bd. 4, S. 405
Dieser Wind der fremden Kontinente (Guido Zernatto) Bd. 9, S. 159
Dieses Baums Blatt (Johann Wolfgang von Goethe) Bd. 2, S. 375
Dieses schmal zwischen Mauern (Paul Celan) Bd. 9, S. 511
Dir bleiben ja (Günter Kunert) Bd. 11, S. 55
Dithyrambe (Friedrich von Schiller) Bd. 3, S. 67
Doctor Schein und Doctor Sinn (Ferdinand Hardekopf) Bd. 6, S. 301
Doktrin (Heinrich Heine) Bd. 4, S. 189
Don Juan (Walter Helmut Fritz) Bd. 11, S. 27
Doppelte Begegnung am Strand von Sperlonga (Robert Gernhardt) Bd. 11, S. 519
Dorfabend (Hertha Kräftner) Bd. 10, S. 445
Dorfkirche im Sommer (Detlev von Liliencron) Bd. 5, S. 249
Dorfmusik (Johannes Bobrowski) Bd. 9, S. 463
Dort kommt er vom berge (Stefan George) Bd. 5, S. 395
Dort unten in der Mühle (Justinus Kerner) Bd. 3, S. 357
Dort war es schön (Robert Walser) Bd. 6, S. 359
Draußen bei den stillen (Friederike Roth) Bd. 12, S. 315
Drei Hasen (Christian Morgenstern) Bd. 6, S. 59
Drei Strophen (Rolf Haufs) Bd. 11, S. 303
Drei Worte hört man (Friedrich von Schiller) Bd. 3, S. 61
Drei Wünsche (Nicolas Born) Bd. 11, S. 491
Drei Zigeuner fand ich einmal (Nikolaus Lenau) Bd. 4, S. 335
Drei, vier Stufen tastet herab (Ludwig Greve) Bd. 10, S. 163
Dreifach ist der Schritt der Zeit (Friedrich von Schiller) Bd. 3, S. 87
Drinnen im Strauß (Max Dauthendey) Bd. 5, S. 373
Du aber, Göttlicher (Rainer Maria Rilke) Bd. 6, S. 233
Du bist die Ruh (Friedrich Rückert) Bd. 3, S. 499
Du bist ein anhangloser Mann (Friedrich Schult) Bd. 7, S. 341
Du bist kein du (Joachim Ringelnatz) Bd. 6, S. 485
Dû bist mîn (Unbekannter Dichter) Bd. 1, S. 17

Du entfernst dich so schnell (Marie Luise Kaschnitz) Bd. 9, S. 35
Du fliegst über (Rose Ausländer) Bd. 9, S. 31
Du giltst für eine große (Oskar Loerke) Bd. 6, S. 529
Du hast mich beschworen (Heinrich Heine) Bd. 4, S. 213
Du irrst dich (Gertrud Kolmar) Bd. 8, S. 59
Du kömmst, o Schlacht! (Friedrich Hölderlin) Bd. 3, S. 159
Du latscht uff deine jroßen Botten (Kurt Tuckolsky) Bd. 7, S. 419
Du lebst meerüber (Conrad Ferdinand Meyer) Bd. 5, S. 149
Du legst Sand (Ludwig Strauß) Bd. 7, S. 551
Du mußt zur Ruh (Albert Ehrenstein) Bd. 7, S. 163
Du sagst: Es steht schlecht (Bertolt Brecht) Bd. 8, S. 145
Du scheuchst den frommen Freund (Annette von Droste-Hülshoff) Bd. 4, S. 85
Du Schüler Howards (Johann Wolfgang von Goethe) Bd. 2, S. 441
Du siehst so ernst, Geliebter (Johann Wolfgang von Goethe) Bd. 2, S. 293
Du singst wie einst Tyrtäus sang (Heinrich Heine) Bd. 4, S. 109
Du sollst zum Aug der Fremden (Paul Celan) Bd. 9, S. 543
Du über dem Spieltisch (Alexander Lernet-Holenia) Bd. 8, S. 123
Du ungeseh'ner Blitz (Catharina Regina von Greiffenberg) Bd. 1, S. 273
Du waltest hoch am Tag' (Friedrich Hölderlin) Bd. 3, S. 201
Du willst dem Geschicke (Regina Ullmann) Bd. 6, S. 543
Du, laß dich nicht (Wolf Biermann) Bd. 11, S. 451
Dumm ist mein Kopf (Friedrich von Schiller) Bd. 3, S. 91
Durch Barbarei (Oswald von Wolkenstein) Bd. 1, S. 91
Durch den warmen Lehm (Wilhelm Lehmann) Bd. 6, S. 423
Durch die klaren Wasser (Bertolt Brecht) Bd. 8, S. 181
Durch so viel Formen geschritten (Gottfried Benn) Bd. 7, S. 105
Durchgearbeitete Landschaft (Volker Braun) Bd. 11, S. 561
E.T.A. Hoffmann beim Fenster (Eckart Kleßmann) Bd. 11, S. 211
Ebereschen (Gottfried Benn) Bd. 7, S. 37
Edler Freund! Wo öffnet sich dem Frieden (Friedrich von Schiller) Bd. 3, S. 41
Ehe (Günter Grass) Bd. 10, S. 383
Ehescheidung (Gottfried Keller) Bd. 5, S. 81
eia wasser regnet schlaf (Elisabeth Borchers) Bd. 10, S. 345
Eigentum (Johann Wolfgang von Goethe) Bd. 2, S. 315
Ein alter Tibetteppich (Else Lasker-Schüler) Bd. 5, S. 459
Ein Amtsschreiber erwacht (Jürgen Theobaldy) Bd. 12, S. 181

Ein Becher voll von süßer Huld (Clemens Brentano) Bd. 3, S. 275
Ein blaues Dämmer sinkt (Gertrud Kolmar) Bd. 8, S. 53
Ein Boot ist immer versteckt (Walter Höllerer) Bd. 10, S. 141
Ein ersoffener Bierfahrer (Gottfried Benn) Bd. 7, S. 73
Ein feste burg ist unser Gott (Martin Luther) Bd. 1, S. 105
Ein Fichtenbaum (Heinrich Heine) Bd. 4, S. 193
Ein Fischlein steht am kühlen Grund (Gottfried Keller) Bd. 5, S. 71
Ein Floß schwimmt (Oskar Loerke) Bd. 6, S. 525
Ein Gedicht (Marie Luise Kaschnitz) Bd. 9, S. 49
Ein geistlich Braut-Lied (Philipp Nicolai) Bd. 1, S. 139
Ein grauer trüber Morgen (Johann Wolfgang von Goethe) Bd. 2, S. 17
Ein grünes Kleid (Gertrud Kolmar) Bd. 8, S. 63
Ein halbes Jährchen hab ich nun (Conrad Ferdinand Meyer) Bd. 5, S. 185
ein handwerksbursche (Wulf Kirsten) Bd. 11, S. 271
Ein heraldischer Schwan (Günter Grass) Bd. 10, S. 409
Ein Hospital für arme, kranke Juden (Heinrich Heine) Bd. 4, S. 149
Ein Irrsal kam (Eduard Mörike) Bd. 4, S. 391
Ein Jüngling liebt ein Mädchen (Heinrich Heine) Bd. 4, S. 197
Ein Kaufmann, der sein Gut (Paul Fleming) Bd. 1, S. 217
Ein Knirschen von eisernen Schuhn (Paul Celan) Bd. 9, S. 535
Ein Kupferstecher stach (Christian Friedrich Daniel Schubart) Bd. 1, S. 407
Ein kurz poetisch Christgedicht vom Ochs und Eselein bei der Krippen (Friedrich Spee von Langenfeld) Bd. 1, S. 157
Ein Lächeln irrt verflogen (Christian Morgenstern) Bd. 6, S. 63
Ein Land (Walter Helmut Fritz) Bd. 11, S. 23
Ein Licht geht nach dem andern aus (Max Herrmann-Neiße) Bd. 7, S. 179
Ein Liebeslied (Else Lasker-Schüler) Bd. 5, S. 463
Ein lied von der Heiligen Christlichen Kirchen aus dem XII. capitel Apocalypsis (Martin Luther) Bd. 1, S. 123
Ein Märchen (Rose Ausländer) Bd. 9, S. 15
Ein neues Haus (Bertolt Brecht) Bd. 8, S. 267
Ein Paar Vögel (Marie Luise Kaschnitz) Bd. 9, S. 77
Ein Pilgrim (Conrad Ferdinand Meyer) Bd. 5, S. 169
ein reißbrett aus winter (H. C. Artmann) Bd. 10, S. 47
Ein Ruder liegt auf dem Dach (Bertolt Brecht) Bd. 8, S. 417
Ein rundes, ein schönes Gedicht (Richard Wagner) Bd. 4, S. 493

Ein Schatten an der Mauer (Gottfried Benn) Bd. 7, S. 41
Ein schwarzes Kätzchen (Robert Walser) Bd. 6, S. 363
Ein Strom entrauscht (Johann Wolfgang von Goethe) Bd. 2, S. 281
Ein Stück Draht (Rolf Dieter Brinkmann) Bd. 12, S. 27
Ein stummer Vorwurf (Marie von Ebner-Eschenbach) Bd. 5, S. 195
Ein Tännlein grünet wo (Eduard Mörike) Bd. 4, S. 383
Ein trockner Wind (Karl Krolow) Bd. 9, S. 413
Ein Veilchen auf der Wiese stand (Johann Wolfgang von Goethe) Bd. 2, S. 55
Ein Waggon fährt (Ulla Hahn) Bd. 12, S. 267
Ein Werwolf eines Nachts entwich (Christian Morgenstern) Bd. 6, S. 43
Ein Wiesel saß auf (Christian Morgenstern) Bd. 6, S. 23
Einäugig (Sarah Kirsch) Bd. 11, S. 351
Eine Ansichtskarte. Gruß aus dem Wildfreigehege Mölln (Robert Gernhardt) Bd. 11, S. 523
Eine Art Verlust (Ingeborg Bachmann) Bd. 10, S. 295
Eine Flocke (Erika Burkart) Bd. 10, S. 135
Eine Geliebte aus Luft (Horst Lange) Bd. 9, S. 163
Eine Pappel steht am Karlsplatz (Bertolt Brecht) Bd. 8, S. 255
Eine Schlehe im Mund komme ich übers Feld (Sarah Kirsch) Bd. 11, S. 355
Eine Schleife (Günter Kunert) Bd. 11, S. 43
Eine Wirklichkeit ist nicht (Gottfried Benn) Bd. 7, S. 147
Einem jungen Führer im ersten Weltkrieg (Stefan George) Bd. 5, S. 411
Einem, der davonging, nachgerufen (Albrecht Goes) Bd. 9, S. 261
Einen Chinesen sah ich (Johann Wolfgang von Goethe) Bd. 2, S. 237
Einen jener klassischen (Rolf Dieter Brinkmann) Bd. 12, S. 13
Einen Sommer lang (Detlev von Liliencron) Bd. 5, S. 253
Einer ist reich (Christine Nöstlinger) Bd. 11, S. 467
Eines ist mir verdrießlich (Johann Wolfgang von Goethe) Bd. 2, S. 203
Eines schönen Abends wurden alle (Erich Kästner) Bd. 8, S. 471
Eins und Alles (Johann Wolfgang von Goethe) Bd. 2, S. 437
Einsam ist ja noch (Dieter Leisegang) Bd. 12, S. 87
Einsam und allein (Dieter Leisegang) Bd. 12, S. 87
Einsamer nie – (Gottfried Benn) Bd. 7, S. 45
Einsamkeit (2) (Nikolaus Lenau) Bd. 4, S. 341
Einstein (Rolf Hochhuth) Bd. 11, S. 159
Eisblume (Peter Gan) Bd. 8, S. 13

Eiszeit (Hermann Burger) Bd. 12, S. 63
Electric (Yvan Goll) Bd. 7, S. 491
Elefantenfang (Franz Baermann Steiner) Bd. 9, S. 277
Elegie (Karl Mickel) Bd. 11, S. 421
Empfangen und genähret (Matthias Claudius) Bd. 1, S. 425
Empfänger unbekannt – Retour à l'expéditeur (Hans Magnus Enzensberger) Bd. 10, S. 487
Ende eines Sommers (Günter Eich) Bd. 9, S. 203
Endlich (Ulla Hahn) Bd. 12, S. 235
Endlich bleibt nicht ewig aus (Johann Christian Günther) Bd. 1, S. 337
Enfant perdu (Heinrich Heine) Bd. 4, S. 201
Entdeckung an einer jungen Frau (Bertolt Brecht) Bd. 8, S. 271
Entführung (Stefan George) Bd. 5, S. 417
Entgegen wandeln wir (Conrad Ferdinand Meyer) Bd. 5, S. 163
Enthaltsamkeit (Helga M. Novak) Bd. 11, S. 433
Entzieh dich nicht dem einzigen (Hugo von Hofmannsthal) Bd. 6, S. 101
Epilog (Heinrich Heine) Bd. 4, S. 205
Epirrhema (Johann Wolfgang von Goethe) Bd. 2, S. 417
Episode am Ende (Ursula Krechel) Bd. 12, S. 295
Epitaph (Ilona Bodden) Bd. 11, S. 585
Er entsagt (Otto Julius Bierbaum) Bd. 5, S. 363
Er erfand Blätter (Rolf Haufs) Bd. 11, S. 311
Er hat es wieder getan (Ulla Hahn) Bd. 12, S. 227
Er ist sehr traurig (Max Herrmann-Neiße) Bd. 7, S. 167
Er klaget gegen seinen Freund (Johann Christian Günther) Bd. 1, S. 331
Er klagt / daß der Frühling so kortz blüht (Arno Holz) Bd. 5, S. 325
Er kommt zu früh (Johannes R. Becher) Bd. 7, S. 463
Er meckert vor sich hin (Georg Heym) Bd. 7, S. 233
Er schlug nach ihr (Hertha Kräftner) Bd. 10, S. 437
Er schwenkte leise seinen Hut (Robert Walser) Bd. 6, S. 371
Er steht im Schnee (Thomas Rosenlöcher) Bd. 12, S. 299
Er weiß, daß es eintönig (Erich Fried) Bd. 10, S. 109
Erdbeeren glühn im Garten (Hermann Hesse) Bd. 6, S. 317
Erdreich (Sarah Kirsch) Bd. 11, S. 359
Ergreift der Mensch den Stift (Ludwig Harig) Bd. 10, S. 417
Erinnerung an die Marie A. (Bertolt Brecht) Bd. 8, S. 275
Erinnerungsbild (Johannes R. Becher) Bd. 7, S. 467
Erlkönig (Johann Wolfgang von Goethe) Bd. 2, S. 145

Ermahnung zur Buße (Friedrich Spee von Langenfeld) Bd. 1, S. 151
Ermutigung (Wolf Biermann) Bd. 11, S. 451
Ernst Balcke (Günter Kunert) Bd. 11, S. 43
Erntelied (Des Knaben Wunderhorn) Bd. 4, S. 441
Erschaffung des Golems (Jürgen Rennert) Bd. 12, S. 115
Erst springe ich über (Sarah Kirsch) Bd. 11, S. 371
Erste Liebe (Reiner Kunze) Bd. 11, S. 223
Erster Brief der Tamara A. (Reiner Kunze) Bd. 11, S. 229
Erstorben ist in meiner Brust (Heinrich Heine) Bd. 4, S. 159
Erwache, schöne Schläferinn (Friedrich von Hagedorn) Bd. 1, S. 343
Erwäg ich, wie in jenen Schreckenstagen (Heinrich von Kleist) Bd. 3, S. 259
Erwartung (Wolfgang Bächler) Bd. 10, S. 191
Erwürgte Abendröte (Peter Huchel) Bd. 9, S. 113
Es bellen die Hunde (Wilhelm Müller) Bd. 3, S. 545
Es braust ein Ruf wie Donnerhall (Max Schneckenburger) Bd. 5, S. 127
Es brennt mir unter beiden Sohlen (Wilhelm Müller) Bd. 3, S. 553
Es fiedeln die Geigen (Joseph von Eichendorff) Bd. 3, S. 415
Es geht ein Bischen rauf (Kurt Schwitters) Bd. 7, S. 245
Es gibt nicht Gutes (Erich Kästner) Bd. 8, S. 477
Es graut vom Morgenreif (Eduard Mörike) Bd. 4, S. 395
Es hat ein Kuß mir (Karoline von Günderode) Bd. 3, S. 313
Es ist der Tag im Nebel (Else Lasker-Schüler) Bd. 5, S. 455
Es ist ein Ros entsprungen (Unbekannter Dichter) Bd. 1, S. 145
Es ist ein Schnee gefallen (Unbekannter Dichter) Bd. 1, S. 97
Es ist ein Schnitter (Des Knaben Wunderhorn) Bd. 4, S. 441
Es ist ein Stoppelfeld (Georg Trakl) Bd. 7, S. 269
Es ist eine Stunde (Paul Celan) Bd. 9, S. 519
Es ist gut (Johann Wolfgang von Goethe) Bd. 2, S. 359
es ist heiß (Hans Magnus Enzensberger) Bd. 10, S. 495
Es ist Sonntag (Nicolas Born) Bd. 11, S. 495
Es klingt so prächtig (Johann Wolfgang von Goethe) Bd. 2, S. 391
Es kommen härtere Tage (Ingeborg Bachmann) Bd. 10, S. 291
Es kommt (Johannes Bobrowski) Bd. 9, S. 473
Es kribbelt und wibbelt weiter (Theodor Fontane) Bd. 5, S. 23
Es lacht in dem steigenden Jahr dir (Stefan George) Bd. 5, S. 421
Es liegt an eines Menschen Schmerz (August von Platen) Bd. 4, S. 17
Es rauschen die Wipfel (Joseph von Eichendorff) Bd. 3, S. 463

Es rauscht und saust (Georg Heym) Bd. 7, S. 225
Es reicht den Violinen (Franz Werfel) Bd. 7, S. 429
Es reist so mancher Philister (Hoffmann von Fallersleben) Bd. 4, S. 317
Es richten Freundschafft auff Soldaten (August Adolph von Haugwitz) Bd. 1, S. 295
Es schienen so golden (Joseph von Eichendorff) Bd. 3, S. 467
Es schlug mein Herz (Johann Wolfgang von Goethe) Bd. 2, S. 21
Es singt in mir mit Vogelstimmen (Gerrit Engelke) Bd. 7, S. 371
Es wandelt, was wir schauen (Joseph von Eichendorff) Bd. 3, S. 431
Es war der Atem im Schnee (Christoph Meckel) Bd. 11, S. 403
Es war die Nacht (Karl Krolow) Bd. 9, S. 401
Es war ein Kind (Johann Wolfgang von Goethe) Bd. 2, S. 305
Es war ein Knabe (Johann Wolfgang von Goethe) Bd. 2, S. 59
Es war ein König (Johann Wolfgang von Goethe) Bd. 2, S. 65
Es war eine Schnupftabaksdose (Joachim Ringelnatz) Bd. 6, S. 453
Es war eine schöne Jüdin (Des Knaben Wunderhorn) Bd. 4, S. 435
Es war einmal ein Mann (Kurt Schwitters) Bd. 7, S. 255
Es war, als hätt der Himmel (Joseph von Eichendorff) Bd. 3, S. 455
Es werden Tage kommen (Klabund) Bd. 7, S. 379
Es wird der bleiche Tod (Christian Hofmann von Hofmannswaldau) Bd. 1, S. 249
Es wird keine Strafe (Walter Helmut Fritz) Bd. 11, S. 27
Es wird nach einem happy end (Kurt Tucholsky) Bd. 7, S. 399
Es zogen zwei rüst'ge Gesellen (Joseph von Eichendorff) Bd. 3, S. 425
es zupft die mandoline (H. C. Artmann) Bd. 10, S. 51
Eskapismus, ruft ihr (Hans Magnus Enzensberger) Bd. 10, S. 469
Euch bedaur' ich (Johann Wolfgang von Goethe) Bd. 2, S. 141
Eure Beschattung kühlt schon lange (Friedrich Gottlieb Klopstock) Bd. 1, S. 385
Eure Etüden (Gottfried Benn) Bd. 7, S. 49
Ewald Christian von Kleist (Heinz Czechowski) Bd. 11, S. 287
Exil (Peter Huchel) Bd. 9, S. 125
Ez stuont ein frouwe alleine (Dietmar von Eist) Bd. 1, S. 25
Fahl zieht der Strom (Otto Julius Bierbaum) Bd. 5, S. 363
Fahrschüler für Lastkraftwagen (Reiner Kunze) Bd. 11, S. 233
Fahrt über die Kölner Rheinbrücke bei Nacht (Ernst Stadler) Bd. 6, S. 499
Falada (Günter Grass) Bd. 10, S. 389
Fällt hin der Mann (Rolf Haufs) Bd. 11, S. 307

Familiäre Stanzen (Erich Kästner) Bd. 8, S. 459
Familienähnlichkeit (Joseph von Eichendorff) Bd. 3, S. 435
Fantasma (Günter Kunert) Bd. 11, S. 47
Faulheit, jetzo will ich (Gotthold Ephraim Lessing) Bd. 1, S. 399
Feldeinsamkeit (Hermann Allmers) Bd. 5, S. 137
Fenster wo ich einst mit dir (Stefan George) Bd. 5, S. 425
Fern hallt Musik (Theodor Storm) Bd. 4, S. 515
Fetter grüne, du Laub' (Johann Wolfgang von Goethe) Bd. 2, S. 87
Finnischer Tango (Hans Magnus Enzensberger) Bd. 10, S. 491
Fisches Nachtgesang (Christian Morgenstern) Bd. 6, S. 67
Fitzebutze (Richard Dehmel) Bd. 5, S. 315
Flieg mit mir hinauf (Ulla Hahn) Bd. 12, S. 255
fliegen (Doris Runge) Bd. 12, S. 119
Fliegt der Schnee mir in's Gesicht (Wilhelm Müller) Bd. 3, S. 549
Fliessen die Thränen (Arthur Schnitzler) Bd. 5, S. 311
Flocke um Flocke (Erika Burkart) Bd. 10, S. 135
Folge (Hans Peter Keller) Bd. 9, S. 371
Fontana di Trevi (Edwin Wolfram Dahl) Bd. 10, S. 425
Fort mit dem Schnee (Ingeborg Bachmann) Bd. 10, S. 301
Fragen eines lesenden Arbeiters (Bertolt Brecht) Bd. 8, S. 279
Fragmente (Gottfried Benn) Bd. 7, S. 53
Frankreichs traurig Geschick (Johann Wolfgang von Goethe) Bd. 2, S. 207
Fräuleins Wache (Ludwig Uhland) Bd. 3, S. 385
Fred wird in einem braunen (Friedrich Eisenlohr/Livingstone Hahn/Ludwig Rubiner) Bd. 6, S. 391
fremder garten (Hans Magnus Enzensberger) Bd. 10, S. 495
Freudvoll und leidvoll (Johann Wolfgang von Goethe) Bd. 2, S. 169
Freunde, ich wünschte (Bertolt Brecht) Bd. 8, S. 263
Friede der Kreatur (Gottfried Keller) Bd. 5, S. 87
Frische Fahrt (Joseph von Eichendorff) Bd. 3, S. 439
Frist (Günter Kunert) Bd. 11, S. 51
Froh empfind ich mich (Johann Wolfgang von Goethe) Bd. 2, S. 189
Frohe Stunden (Friederike Kempner) Bd. 5, S. 233
Fröhlichkeit (Georg Heym) Bd. 7, S. 225
Frösche in Wiepersborough (C. W. Aigner) Bd. 12, S. 335
Früh im Wagen (Eduard Mörike) Bd. 4, S. 395
Früh sah ich vorne (Oskar Loerke) Bd. 6, S. 521

Früh wenn Tal, Gebirg und Garten (Johann Wolfgang von Goethe) Bd. 2, S. 505
Früh, wann die Hähne krähn (Eduard Mörike) Bd. 4, S. 379
Frühe rundet Regen blau (Kurt Schwitters) Bd. 7, S. 261
Früher Apollo (Rainer Maria Rilke) Bd. 6, S. 237
Früher, wie oft (Rainer Maria Rilke) Bd. 6, S. 241
Frühling 1946 (Elisabeth Langgässer) Bd. 8, S. 507
Frühling (Gerrit Engelke) Bd. 7, S. 371
Frühling ist wiedergekommen (Rainer Maria Rilke) Bd. 6, S. 245
Frühling ist's, ich laß' es gelten (Ludwig Uhland) Bd. 3, S. 391
Frühling übers Jahr (Johann Wolfgang von Goethe) Bd. 2, S. 403
Frühlingslied des Rezensenten (Ludwig Uhland) Bd. 3, S. 391
Frühlingsmärchen (Georg Kreisler) Bd. 10, S. 145
Fühlt es das Weltherz (Albrecht Goes) Bd. 9, S. 269
Füllest wieder Busch und Tal (Johann Wolfgang von Goethe) Bd. 2, S. 115
Fünfzig Jahre werden es (Theodor Fontane) Bd. 5, S. 31
Für (Ulla Hahn) Bd. 12, S. 239
Für alle Zeit (Karl Krolow) Bd. 9, S. 405
Für den Anfang (Uwe Kolbe) Bd. 12, S. 373
Für ein Kind (Günter Bruno Fuchs) Bd. 10, S. 429
Für einen Flieger (Ulla Hahn) Bd. 12, S. 243
Furcht der Geliebten (Friedrich Gottlieb Klopstock) Bd. 1, S. 381
Fußnote zu Rom (Günter Eich) Bd. 9, S. 207
Ganymed (Johann Wolfgang von Goethe) Bd. 2, S. 71
Ganymed (Friedrich Hölderlin) Bd. 3, S. 173
Gartenfest (Horst Bienek) Bd. 11, S. 127
Gebet für den toten Bräutigam (Nelly Sachs) Bd. 7, S. 507
Gebet für die Irren und Sträflinge (Rainer Maria Rilke) Bd. 6, S. 249
Gebet vor der Schlacht (Alfred Lichtenstein) Bd. 7, S. 333
Gebirgsrand (Ilse Aichinger) Bd. 10, S. 17
Gebohren in der Flucht (Andreas Gryphius) Bd. 1, S. 225
Gedächtnis (Bernd Jentzsch) Bd. 12, S. 31
Gedächtnisfeier (Heinrich Heine) Bd. 4, S. 209
Gedanken bey dem Fall der Blätter im Herbst (Barthold Hinrich Brockes) Bd. 1, S. 305
Gedenken V (Ernst Meister) Bd. 9, S. 281
Gedicht für meinen Vater (Christoph Meckel) Bd. 11, S. 407
Gedicht, sehr früh (Jürgen Becker) Bd. 11, S. 171

Gedicht über Schnee im April (Jürgen Becker) Bd. 11, S. 175
Gedichte (Gottfried Benn) Bd. 7, S. 59
Gedichte sind gemalte Fensterscheiben (Johann Wolfgang von Goethe) Bd. 2, S. 465
Geerntet der Kirschbaum, der Juni zu Ende (Christoph Meckel) Bd. 11, S. 413
Gefahren bin ich in (Karoline von Günderode) Bd. 3, S. 317
Gefangen bist du, Traum (Peter Huchel) Bd. 9, S. 151
Gefroren hat es heuer (Friedrich Wilhelm Güll) Bd. 4, S. 467
Gefunden (Johann Wolfgang von Goethe) Bd. 2, S. 311
Gegen Verführung (Bertolt Brecht) Bd. 8, S. 285
Gegenwart (Johann Wolfgang von Goethe) Bd. 2, S. 301
Geheime Liebe (Clemens Brentano) Bd. 3, S. 281
Gehorche. Was für ein Lohn (Werner Bergengruen) Bd. 7, S. 527
Gelassen stieg die Nacht ans Land (Eduard Mörike) Bd. 4, S. 417
Gemalte Engel hüten die Altäre (Georg Trakl) Bd. 7, S. 277
Gemeinsam benutzt (Ingeborg Bachmann) Bd. 10, S. 295
Gemeinsame Erinnerung (Bertolt Brecht) Bd. 8, S. 289
Gemeinsame Haft (Ernst Toller) Bd. 7, S. 571
Gemieden von dem Frühherbstmorgen (Rainer Maria Rilke) Bd. 6, S. 221
Genagelt die gelockte Mähne (Günter Grass) Bd. 10, S. 389
Genazzano (Marie Luise Kaschnitz) Bd. 9, S. 57
General! Wir sind des (Klabund) Bd. 7, S. 383
Gepfercht in einen schmalen Käfiggang (Ernst Toller) Bd. 7, 571
Gern bring' ich wie von ungefähr (Peter Gan) Bd. 8, S. 25
Gesang an die Welt I (George Grosz) Bd. 7, S. 561
Gesang der Geister über den Wassern (Johann Wolfgang von Goethe) Bd. 2, S. 131
Gesang zu Zweien in der Nacht (Eduard Mörike) Bd. 4, S. 401
Geschrieben habe dir (Reiner Kunze) Bd. 11, S. 229
Gespräche mit Clemens (Günter Eich) Bd. 9, S. 211
Gestern liebt ich (Gotthold Ephraim Lessing) Bd. 1, S. 395
Gestern, mit der Eisenbahn (Ror Wolf) Bd. 11, S. 187
Getretner Quark (Johann Wolfgang von Goethe) Bd. 2, S. 331
gewebeprobe (Thomas Kling) Bd. 12, S. 367
Gewundne Stengel hoben (Max Kommerell) Bd. 9, S. 89
Gib mir (Johann Wolfgang von Goethe) Bd. 2, S. 319

Gib mir den Mantel (Ilse Aichinger) Bd. 10, S. 21
Gibt es eine weibliche Ästhetik (Ulla Hahn) Bd. 12, S. 247
Gingo biloba (Johann Wolfgang von Goethe) Bd. 2, S. 375
Gips-Smog in Weimar (Karl Mickel) Bd. 11, S. 425
Giselheer dem Tiger (Else Lasker-Schüler) Bd. 5, S. 467
Gleich einem König (Leopold Friedrich Günther Goeckingk) Bd. 1, S. 455
Gleich nach den Vögeln (Durs Grünbein) Bd. 12, S. 389
Gleisdreieck (Günter Grass) Bd. 10, S. 393
Glückliche Fahrt (Johann Wolfgang von Goethe) Bd. 2, S. 219
Glücklicher Vorgang (Bertolt Brecht) Bd. 8, S. 293
Glückliches Haus (Hugo von Hofmannsthal) Bd. 6, S. 97
glückwunsch (Ernst Jandl) Bd. 10, S. 215
Goethe-Tag (Stefan George) Bd. 5, S. 429
Gold (Friedrich Eisenlohr/Livingstone Hahn/Ludwig Rubiner) Bd. 6, S. 391
Gott mit uns! (Sarah Kirsch) Bd. 11, S. 363
Gott und alle Engel (Ulla Hahn) Bd. 12, S. 239
Gottfried Silbermann (Wulf Kirsten) Bd. 11, S. 265
Grab des Dichters (Oskar Loerke) Bd. 6, S. 521
Grabe, Spaden, grabe (Ludwig Christoph Heinrich Hölty) Bd. 1, S. 463
Grabschrifft Marianae Gryphiae seines Brudern Pauli Töchterlein (Andreas Gryphius) Bd. 1, S. 225
Grabschrift (Peter Maiwald) Bd. 12, S. 283
Grabschrift der Alten (Abraham a Sancta Clara) Bd. 1, S. 289
grabschrift für meinen großvater (Wulf Kirsten) Bd. 11, S. 271
Gräfin, dazu bin ich zu vornehm (Gustav Gründgens) Bd. 8, S. 431
Gratia divinae pietatis adesto Savinae de petra dura perquam sum facta figura (Ernst Stadler) Bd. 6, S. 503
Grenzen der Menschheit (Johann Wolfgang von Goethe) Bd. 2, S. 125
Griechenlands steinerne Faust (Michael Krüger) Bd. 12, S. 111
Grodek (Georg Trakl) Bd. 7, S. 287
Groß ist das Reh (Robert Gernhardt) Bd. 11, S. 523
Große Kälte (Guntram Vesper) Bd. 12, S. 53
Großer Bär, komm herab (Ingeborg Bachmann) Bd. 10, S. 275
Großer Dankchoral (Bertolt Brecht) Bd. 8, S. 297
großer gott klein (Kurt Marti) Bd. 10, S. 127
Größers wolltest auch du (Friedrich Hölderlin) Bd. 3, S. 193

Großes Geburtstagsblau mit Reimzeug und Assonanz (Paul Celan) Bd. 9, S. 539
Großstadtliebe (Mascha Kaléko) Bd. 9, S. 333
Grün ist der Boden der Wohnung (Johann Wolfgang von Goethe) Bd. 2, S. 215
Grün nun (Ernst Meister) Bd. 9, S. 281
Gut ist die Vergeßlichkeit! (Bertolt Brecht) Bd. 8, S. 311
Gute Stunde (Hermann Hesse) Bd. 6, S. 317
Guten Tag (Barbara Köhler) Bd. 12, S. 377
Guten Tag, Straße! (Günter Bruno Fuchs) Bd. 10, S. 433
Guten Willens Ungeschick (Annette von Droste-Hülshoff) Bd. 4, S. 85
hackt den küken nie (Ulrike Draesner) Bd. 12, S. 385
Halb hängend (Reiner Kunze) Bd. 11, S. 237
Hälfte des Lebens (Friedrich Hölderlin) Bd. 3, S. 179
Hallstatt mit schwarzem Stift (Reiner Kunze) Bd. 11, S. 237
Hannah Arendt (Ludwig Greve) Bd. 10, S. 163
Harfenspieler (Johann Wolfgang von Goethe) Bd. 2, S. 161
Harlem (Ingeborg Bachmann) Bd. 10, S. 305
Hast du nicht gute Gesellschaft gesehn? (Johann Wolfgang von Goethe) Bd. 2, S. 211
Hast du wirklich dich erhoben (Heinrich Heine) Bd. 4, S. 105
Hat man genug getan? (Karl Krolow) Bd. 9, S. 405
Hatem/Suleika (Johann Wolfgang von Goethe) Bd. 2, S. 363
Haus- und Gartenfronten in Berlin W. (Theodor Fontane) Bd. 5, S. 27
Heidelberg (Friedrich Hölderlin) Bd. 3, S. 183
Heidenacht (Hermann Allmers) Bd. 5, S. 141
Heidenröslein (Johann Wolfgang von Goethe) Bd. 2, S. 37
Heilig Wesen! gestört hab ich (Friedrich Hölderlin) Bd. 3, S. 111
Heimliche Landschaft (Hans Carossa) Bd. 6, S. 339
Heinrich-Heine-Gedenk-Lied (Peter Rühmkorf) Bd. 11, S. 109
Heiterkeit, güldene, komm! (Friedrich Nietzsche) Bd. 5, S. 277
Helena (Heinrich Heine) Bd. 4, S. 213
Herbst (Elisabeth Borchers) Bd. 10, S. 351
herbst (Reinhard Priessnitz) Bd. 12, S. 209
Herbst (Ferdinand von Saar) Bd. 5, S. 217
Herbstbild (Friedrich Hebbel) Bd. 4, S. 481
Herbstgefühl (Johann Wolfgang von Goethe) Bd. 2, S. 87
Herbstlich leuchtet die Flamme (Johann Wolfgang von Goethe) Bd. 2, S. 195

Herbstlicher Baum in der Neuhaußstraße (Robert Gernhardt) Bd. 11, S. 527
Herbsttag (Rainer Maria Rilke) Bd. 6, S. 253
Herr Waldemar (Paul Klee) Bd. 6, S. 379
Herr Wehner (Gottfried Benn) Bd. 7, S. 63
Herr, ich bin kein hofeman (Simon Dach) Bd. 1, S. 183
Herr: es ist Zeit (Rainer Maria Rilke) Bd. 6, S. 253
Herrenchiemsee (Günter Eich) Bd. 9, S. 215
Herrin! sag' was heißt (Johann Wolfgang von Goethe) Bd. 2, S. 383
Herz der Finsternis nach Joseph Conrad (Heiner Müller) Bd. 11, S. 75
Herzenshöflich (Peter Gan) Bd. 8, S. 17
Heut nacht durchschritt ich (Heiner Müller) Bd. 11, S. 85
Heute früh, nach gut durchschlafener Nacht (Theodor Fontane) Bd. 5, S. 57
Heute hast du gut (Johann Wolfgang von Goethe) Bd. 2, S. 351
Heute will ich fröhlich (Matthias Claudius) Bd. 1, S. 421
Heute, nur heute (Theodor Storm) Bd. 4, S. 519
Hielte diesen frühen Segen (Johann Wolfgang von Goethe) Bd. 2, S. 261
Hier geht die Luft (Günter Kunert) Bd. 11, S. 71
Hier in den Mulden (Bernd Jentzsch) Bd. 12, S. 35
Hier ist es hübsch (Kurt Tucholsky) Bd. 7, S. 411
Hier sind wir durchgegangen (Volker Braun) Bd. 11, S. 561
Hier, hier ist Mozart (Albrecht Goes) Bd. 9, S. 261
Himmel erhört mich nicht (Max Herrmann-Neiße) Bd. 7, S. 183
Himmelgeister Sonett (Peter Maiwald) Bd. 12, S. 287
Hingabe (Else Lasker-Schüler) Bd. 5, S. 471
Hinter der Wand (Ingeborg Bachmann) Bd. 10, S. 309
Hinter versteinertem Bach (Claude Vigée) Bd. 10, S. 131
Hinunter die Pfade des Lebens (Novalis) Bd. 3, S. 229
Hinunter sinket der Wald (Friedrich Hölderlin) Bd. 3, S. 165
Hiroshima (Marie Luise Kaschnitz) Bd. 9, S. 61
Hochbeglückt in deiner Liebe (Marianne von Willemer) Bd. 3, S. 353
Hochgewölbte Blätterkronen (Mathilde Wesendonk) Bd. 5, S. 189
Hochseil (Peter Rühmkorf) Bd. 11, S. 113
hof- und landorgelbauer (Wulf Kirsten) Bd. 11, S. 265
Hoffnung (Johann Wolfgang von Goethe) Bd. 2, S. 95
Hoffnungen (Günter Eich) Bd. 9, S. 219
Holde Anemone (Elisabeth Langgässer) Bd. 8, S. 507
Hölderlin in Tübingen (Johannes Bobrowski) Bd. 9, S. 469

Hölderlin-Herbst (Rolf Dieter Brinkmann) Bd. 12, S. 17
Holunderblüte (Johannes Bobrowski) Bd. 9, S. 473
Horch, Kind, horch (Ricarda Huch) Bd. 5, S. 345
Horror, Dienstag (Nicolas Born) Bd. 11, S. 499
Hört ihn und seht sein dürftig Instrument (Eduard Mörike) Bd. 4, S. 371
Hundert Briefe sind gekommen (Theodor Fontane) Bd. 5, S. 17
Hyazinthen (Theodor Storm) Bd. 4, S. 515
Hybris (Dagmar Nick) Bd. 10, S. 363
ich (Doris Runge) Bd. 12, S. 123
Ich betrete nicht (Elisabeth Borchers) Bd. 10, S. 355
Ich bin an wenigen Orten (Friedrich Dürrenmatt) Bd. 10, S. 69
Ich bin der große Gaukler (Hugo Ball) Bd. 7, S. 19
Ich bin der ich bin (Hermann Kesten) Bd. 8, S. 525
Ich bin der Welt abhanden gekommen (Friedrich Rückert) Bd. 3, S. 495
Ich bin ein Jud (Robert Schindel) Bd. 12, S. 173
Ich bin ein kindischer und schwacher (Thomas Mann) Bd. 6, S. 157
Ich bin freund und führer dir (Stefan George) Bd. 5, S. 435
Ich bin ganz von selber (Kurt Drawert) Bd. 12, S. 353
Ich bin gegangen durch (Ernst Blaß) Bd. 7, S. 367
Ich bin nicht tot (Franz Werfel) Bd. 7, S. 441
Ich bin nur Flamme (Ernst Stadler) Bd. 6, S. 491
Ich bins gewohnt, den Kopf (Heinrich Heine) Bd. 4, S. 113
Ich blicke in das Glas (Horst Lange) Bd. 9, S. 163
Ich denke dein (Johann Wolfgang von Goethe) Bd. 2, S. 233
Ich fürchte mich so (Rainer Maria Rilke) Bd. 6, S. 257
Ich geh unter lauter Schatten (Alexander Xaver Gwerder) Bd. 10, S. 149
Ich geh' all Nacht die Runde (Ludwig Uhland) Bd. 3, S. 385
Ich gehe langsam (Hans Sahl) Bd. 9, S. 93
Ich ging auf einer Straße (Konrad Weiß) Bd. 6, S. 383
Ich ging im Walde (Johann Wolfgang von Goethe) Bd. 2, S. 311
ich ging von ihren tischen (Wolfgang Hilbig) Bd. 12, S. 43
Ich hab im Traum geweinet (Heinrich Heine) Bd. 4, S. 217
Ich habe dich so lieb (Joachim Ringelnatz) Bd. 6, S. 457
Ich hab' meine Tante geschlachtet (Frank Wedekind) Bd. 5, S. 355
Ich habe gebetet (Günter Bruno Fuchs) Bd. 10, S. 429
Ich habe heute nacht (Thomas Brasch) Bd. 12, S. 205
Ich habe keine Zeitung (Thomas Brasch) Bd. 12, S. 193
Ich habe Lust auf Lüftesprünge (Robert Schindel) Bd. 12, S. 167

Ich habe Menschen getroffen (Gottfried Benn) Bd. 7, S. 95
Ich habe mich deinetwegen (Kurt Tuckolsky) Bd. 7, S. 405
Ich habe mir zurecht gelegt (Karl Krolow) Bd. 9, S. 379
Ich habe zu Hause ein blaues Klavier (Else Lasker-Schüler) Bd. 5, S. 491
Ich hân mîn lêhen (Walther von der Vogelweide) Bd. 1, S. 47
Ich hänge als Schnee (Ingeborg Bachmann) Bd. 10, S. 309
Ich hatt einen Kameraden (Ludwig Uhland) Bd. 3, S. 381
Ich hatte dies Land in mein Herz (Werner Bergengruen) Bd. 7, S. 537
Ich hatte einst (Mascha Kaléko) Bd. 9, S. 339
Ich hatte einst ein schönes Vaterland (Heinrich Heine) Bd. 4, S. 221
ich kann die hand (Ernst Jandl) Bd. 10, S. 257
Ich kenne jeden Stein (Kurt Bartsch) Bd. 11, S. 473
Ich komme vom Gebirge her (Georg Philipp Schmidt) Bd. 3, S. 101
Ich lasse mein Gesicht (Paul Boldt) Bd. 6, S. 549
»Ich laufe auf zerrissenen Sohlen« (Gottfried Benn) Bd. 7, S. 135
Ich lebte auf einer Wolke (Hilde Domin) Bd. 9, S. 297
Ich liebe den Tod (Josef Weinheber) Bd. 7, S. 557
Ich liebe die hektischen (Felix Dörmann) Bd. 5, S. 505
Ich mische mich nicht (Ilse Aichinger) Bd. 10, S. 25
Ich möchte einer werden (Rainer Maria Rilke) Bd. 6, S. 201
Ich mußte eine Menge (Sarah Kirsch) Bd. 11, S. 383
Ich öffne die Hand (Jürgen Theobaldy) Bd. 12, S. 181
Ich rief den Teufel (Heinrich Heine) Bd. 4, S. 225
Ich ruhe still im hohen grünen Gras (Hermann Allmers) Bd. 5, S. 137
Ich sah im Abendrot (Lioba Happel) Bd. 12, S. 361
Ich sah des Sommers letzte Rose (Friedrich Hebbel) Bd. 4, S. 485
Ich sahe mit betrachtendem (Barthold Hinrich Brockes) Bd. 1, S. 311
Ich schreibe euch (Ilse Aichinger) Bd. 10, S. 29
Ich seh' wohin ich seh (Andreas Gryphius) Bd. 1, S. 237
Ich sehe deine Augen (Ulla Hahn) Bd. 12, S. 247
Ich sehe dich in tausend Bildern (Novalis) Bd. 3, S. 225
Ich sehe mir die Bilderreihen (Else Lasker-Schüler) Bd. 5, S. 471
Ich sitze am Straßenrand (Bertolt Brecht) Bd. 8, S. 215
Ich spiele es (Reiner Kunze) Bd. 11, S. 233
Ich spreche Mond (Wilhelm Lehmann) Bd. 6, S. 419
ich spreche von euerm nicht (Hans Magnus Enzensberger) Bd. 10, S. 463
Ich steh' auf hohem Balkone (Annette von Droste-Hülshoff) Bd. 4, S. 57
Ich stehe an der Barriere (Hermann Kesten) Bd. 8, S. 525

Ich stehe gern vor dir (Annette von Droste-Hülshoff) Bd. 4, S. 79
Ich steig in jeden Vorortzug (Yvan Goll) Bd. 7, S. 503
Ich stell dir hin die blassen (Ferdinand Hardekopf) Bd. 6, S. 297
Ich sterbe an diesem Sommer (Gottfried Benn) Bd. 7, S. 91
Ich stuont mir nehtint spâte (Der von Kürenberg) Bd. 1, S. 33
ich such die kreuts (Bert Papenfuß-Gorek) Bd. 12, S. 357
Ich trage leicht an dem (Albrecht Haushofer) Bd. 9, S. 105
Ich wache (Eckart Peterich) Bd. 8, S. 535
Ich wandre durch die stille Nacht (Joseph von Eichendorff) Bd. 3, S. 459
Ich war ein Mädchen (Gertrud Kolmar) Bd. 8, S. 47
Ich weiche ab (Sarah Kirsch) Bd. 11, S. 375
Ich weiß doch: nur der Glückliche (Bertolt Brecht) Bd. 8, S. 341
Ich weiß nicht was soll es bedeuten (Heinrich Heine) Bd. 4, S. 179
Ich weiß, daß mir nichts angehört (Johann Wolfgang von Goethe) Bd. 2, S. 315
Ich werfe keine Münzen (Günter Eich) Bd. 9, S. 207
Ich will es hier zu Anfang (Uwe Kolbe) Bd. 12, S. 373
Ich will spiegeln mich in (Gottfried Keller) Bd. 5, S. 91
Ich wollt'ein Sträußlein (Clemens Brentano) Bd. 3, S. 295
Ich wühle mich in Gram (Rudolf Alexander Schröder) Bd. 6, S. 355
Ich zôch mir einen valken (Der von Kürenberg) Bd. 1, S. 37
Ich zog dich (Ulla Hahn) Bd. 12, S. 259
Ich zog meine Fuhre (Bertolt Brecht) Bd. 8, S. 331
Ich zum Beispiel spiele Billard (Bertolt Brecht) Bd. 8, S. 163
Ich, Bertolt Brecht (Bertolt Brecht) Bd. 8, S. 381
Ihr Freunde hänget (Ludwig Christoph Heinrich Hölty) Bd. 1, S. 459
Ihr Städte des Euphrats! (Friedrich Hölderlin) Bd. 3, S. 189
Ihr tiefen Seelen (Karoline von Günderode) Bd. 3, S. 321
Ihr tratet zu dem herde (Stefan George) Bd. 5, S. 439
Ihr verblühet, süße Rosen (Johann Wolfgang von Goethe) Bd. 2, S. 509
Ihr Wälder schön an der Seite (Friedrich Hölderlin) Bd. 3, S. 155
ihr, die ihr euch (Nelly Sachs) Bd. 7, S. 511
Ihr, die ihr überlebtet (Bertolt Brecht) Bd. 8, S. 149
Ihr, von denen das Sein (Rainer Maria Rilke) Bd. 6, S. 249
Ik wull, wi weern noch kleen (Klaus Groth) Bd. 5, S. 61
Ikarus (Justinus Kerner) Bd. 3, S. 363
ikarus (Doris Runge) Bd. 12, S. 127
Im Anfang lebte (Christian Morgenstern) Bd. 6, S. 13

Im Atemholen (Johann Wolfgang von Goethe) Bd. 2, S. 323
Im Dorfe (Wilhelm Müller) Bd. 3, S. 545
Im Dorfe war ein groß Gelag (Johann Wolfgang von Goethe) Bd. 2, S. 425
Im düstern Auge keine Träne (Heinrich Heine) Bd. 4, S. 183
Im ernsten Beinhaus (Johann Wolfgang von Goethe) Bd. 2, S. 455
Im ersten Licht (Karin Kiwus) Bd. 12, S. 75
Im Exil (Mascha Kaléko) Bd. 9, S. 339
Im Fremden ungewollt (Bernd Jentzsch) Bd. 12, S. 31
Im Frühlingsschatten fand ich (Friedrich Gottlieb Klopstock) Bd. 1, S. 363
Im Garten des Albergo del Sole (Pompeji) (Christian Wagner) Bd. 5, S. 221
Im Gegenwärtigen Vergangnes (Johann Wolfgang von Goethe) Bd. 2, S. 339
Im Grase (Annette von Droste-Hülshoff) Bd. 4, S. 91
Im Grenzenlosen sich zu finden (Johann Wolfgang von Goethe) Bd. 2, S. 437
Im heil'gen Teich zu Singapur (Hermann Lingg) Bd. 5, S. 133
Im Herbst (Georg Trakl) Bd. 7, S. 291
Im Herbste kommen der Wiese (Albin Zollinger) Bd. 8, S. 73
Im Hofe steht ein Pflaumenbaum (Bertolt Brecht) Bd. 8, S. 211
Im Juni (Sarah Kirsch) Bd. 11, S. 363
Im Moor verdorren (Georg von der Vring) Bd. 7, S. 355
Im Namen dessen (Gottfried Benn) Bd. 7, S. 59
Im Namen dessen (Johann Wolfgang von Goethe) Bd. 2, S. 399
Im Nebel (Hermann Hesse) Bd. 6, S. 321
Im Niemandslande (Volker Braun) Bd. 11, S. 567
Im Norden (Günter Kunert) Bd. 11, S. 55
Im Osten (Georg Trakl) Bd. 7, S. 295
Im Park (Georg Trakl) Bd. 7, S. 299
Im Pruth hüpften die Spiegelbilder (Rose Ausländer) Bd. 9, S. 15
Im Rhein, im schönen Strome (Heinrich Heine) Bd. 4, S. 229
Im Schnee die Frau geht (Nelly Sachs) Bd. 7, S. 515
Im Strom (Johannes Bobrowski) Bd. 9, S. 477
Im Süden (Friedrich Nietzsche) Bd. 5, S. 281
Im Süden steht (Ludwig Fels) Bd. 12, S. 215
Im Thiergarten (Arno Holz) Bd. 5, S. 329

Im Traum (Rebecca Lutter) Bd. 11, S. 135
Im Treibhaus (Mathilde Wesendonk) Bd. 5, S. 189
im zimmer, drin ich (Ernst Jandl) Bd. 10, S. 231
immer hinterher (Barbara Köhler) Bd. 12, S. 377
Immer zu benennen (Johannes Bobrowski) Bd. 9, S. 483
Immerzu höre ich (Hans Magnus Enzensberger) Bd. 10, S. 479
Immutemur habitu (Hans Magnus Enzensberger) Bd. 10, S. 453
In Ägypten (Paul Celan) Bd. 9, S. 543
In Badehäusern (Karl Krolow) Bd. 9, S. 409
In das große, graue (Georg Britting) Bd. 7, S. 487
In dem Reisekorb (Robert Walser) Bd. 6, S. 367
in dem wir wohnen (Nicolas Born) Bd. 11, S. 487
In den Autos (Wolf Wondratschek) Bd. 12, S. 145
In den Küssen (Heinrich Heine) Bd. 4, S. 233
In den Nachmittag geflüstert (Georg Trakl) Bd. 7, S. 303
In der Bahnhofhalle (Christian Morgenstern) Bd. 6, S. 31
In der Fremde (Joseph von Eichendorff) Bd. 3, S. 443
In der Frühe (Jürgen Becker) Bd. 11, S. 171
In der Frühe (Bertolt Brecht) Bd. 8, S. 353
In der Gruft (Theodor Storm) Bd. 4, S. 527
In der Halle (Günter Grass) Bd. 10, S. 401
in der küche ist es kalt (Ernst Jandl) Bd. 10, S. 219
In der letzten Stunde (Peter Maiwald) Bd. 12, S. 291
In der Provinz 5 (Durs Grünbein) Bd. 12, S. 397
In der R-Mitage (Paul Celan) Bd. 9, S. 539
In der Stratosphäre (Joachim Ringelnatz) Bd. 6, S. 449
In der Valuta-Bar (Heiner Müller) Bd. 11, S. 75
In der Welt (Paul Boldt) Bd. 6, S. 549
In diesem Kleide möcht ich (Gertrud Kolmar) Bd. 8, S. 63
In dieser kleinen Halbkugel (Hilde Domin) Bd. 9, S. 317
In ein freundliches Städtchen (Eduard Mörike) Bd. 4, S. 375
In ein Stammbuch (Ludwig Uhland) Bd. 3, S. 395
In eine Stadt des alten Hellas kam (Paul Heyse) Bd. 5, S. 199
In einem alten Buche (Ernst Stadler) Bd. 6, S. 495
In einem angenehmen Herbst (Barthold Hinrich Brockes) Bd. 1, S. 305
In einem Haus (Jesse Thoor) Bd. 9, S. 177
In einem Hause (Hans Arp) Bd. 7, S. 199
In einem Knochenkopfe (Peter Rühmkorf) Bd. 11, S. 93

In einem kühlen Grunde (Joseph von Eichendorff) Bd. 3, S. 447
In einem Tal bei armen Hirten (Friedrich von Schiller) Bd. 3, S. 31
In einem zwîvellîchen wân (Walther von der Vogelweide) Bd. 1, S. 51
In einer Stadt einmal (Johann Wolfgang von Goethe) Bd. 2, S. 387
In Gemäldegalerien (Heinrich Heine) Bd. 4, S. 273
In goldner Wolke (Karl Krolow) Bd. 9, S. 393
In Hamburg (Wolfgang Borchert) Bd. 10, S. 65
In jenem kleinen Bett (Gottfried Benn) Bd. 7, S. 69
In Liebeskampf? (Clemens Brentano) Bd. 3, S. 291
In meinem Schoße (Else Lasker-Schüler) Bd. 5, S. 475
In memoriam Paul Eluard (Paul Celan) Bd. 9, S. 547
In mildem Lichte Jakob Apfelböck (Bertolt Brecht) Bd. 8, S. 153
In mîner âbentzît (Reinmar von Zweter) Bd. 1, S. 79
In Prag (Paul Celan) Bd. 9, S. 551
In Solothurn (Wilhelm Lehmann) Bd. 6, S. 415
In Spiegelbildern wie von (Rainer Maria Rilke) Bd. 6, S. 225
In uralten Seen (Yvan Goll) Bd. 7, S. 495
Inbrünstig singt die Mannschaft (Alfred Lichtenstein) Bd. 7, S. 333
Inferno XXXIV. (Karl Mickel) Bd. 11, S. 425
Ins Lesebuch für die Oberstufe (Hans Magnus Enzensberger) Bd. 10, S. 499
Inschrift (Hugo von Hofmannsthal) Bd. 6, S. 101
Intermezzo (Hugo Ball) Bd. 7, S. 19
Inventur (Günter Eich) Bd. 9, S. 223
Irdisches und sterblich Volk (Daniel Casper von Lohenstein) Bd. 1, S. 283
Ist doch ziemlich egal (Matthias Politycki) Bd. 12, S. 347
Ist es eine Wohltat (Nicolas Born) Bd. 11, S. 483
Ist es noch Zeit? (Franz Werfel) Bd. 7, S. 449
ISt Lieb ein Feur (Sibylla Schwarz) Bd. 1, S. 265
Ist nicht heilig mein Herz (Friedrich Hölderlin) Bd. 3, S. 197
J. S. Bach (Johannes Bobrowski) Bd. 9, S. 487
Ja Ente mit Mandeln (Friedrich Christian Delius) Bd. 12, S. 99
Ja, damals, als (Karin Kiwus) Bd. 12, S. 79
Ja, es war hübsch für mich (Robert Walser) Bd. 6, S. 375
Ja, ich bin recht (Franz Werfel) Bd. 7, S. 445
Ja, selbst die grüne Lampe (Franz Werfel) Bd. 7, S. 437
Jakob (Else Lasker-Schüler) Bd. 5, S. 479

Jeden Tag (Rolf Haufs) Bd. 11, S. 307
Jedes Mal, wenn frohe Stunden (Friederike Kempner) Bd. 5, S. 233
Jerusalem (Rose Ausländer) Bd. 9, S. 19
jetzt summen in den (Hans Magnus Enzensberger) Bd. 10, S. 459
Judenviertel in London (Ernst Stadler) Bd. 6, S. 509
Jugendgedenken (Gottfried Keller) Bd. 5, S. 91
Junge Frau im Antiquitätenladen (Friedrich Christian Delius) Bd. 12, S. 103
Junge Pferde (Paul Boldt) Bd. 6, S. 553
Jüngst im Traume sah ich (Conrad Ferdinand Meyer) Bd. 5, S. 175
Juni (Marie Luise Kaschnitz) Bd. 9, S. 65
Kältelied (Robert Schindel) Bd. 12, S. 161
Kann keine Trauer sein (Gottfried Benn) Bd. 7, S. 69
Katharina (Franz Werfel) Bd. 7, S. 437
Katharina von Frankreich (Heinrich von Kleist) Bd. 3, S. 263
Katzenmahlzeit (Ulla Hahn) Bd. 12, S 251
Kaum hat der unbequeme (Ursula Krechel) Bd. 12, S. 295
Kavaliershaus (Georg von der Vring) Bd. 7, S. 351
Kehr ein bei mir! (Friedrich Rückert) Bd. 3, S. 499
Kehre ich heim in mein Vaterhaus (Marie Luise Kaschnitz) Bd. 9, S. 69
Kein Besinnen (Ernst Meister) Bd. 9, S. 293
Kein Erbbegräbnis mich stolz erfreut (Theodor Fontane) Bd. 5, S. 39
Kein Feuer, keine Kohle (Unbekannter Dichter) Bd. 4, S. 323
Kein Wesen kann zu nichts zerfallen (Johann Wolfgang von Goethe) Bd. 2, S. 517
Keine Blumen gepflanzt (Rose Ausländer) Bd. 9, S. 27
Keine Furcht der Erde (Max Herrmann-Neiße) Bd. 7, S. 187
Keine Messe wird man singen (Heinrich Heine) Bd. 4, S. 209
Keine Sandkunst mehr (Paul Celan) Bd. 9, S. 555
Keins von den Büchern (Günter Eich) Bd. 9, S. 195
Kenner von dem saphischen Gesange! (Anna Louisa Karsch) Bd. 1, S. 357
Kennst du das Land (Johann Wolfgang von Goethe) Bd. 2, S. 165
Kennst du das Land, wo die Kanonen blühn? (Erich Kästner) Bd. 8, S. 465
Kinderhymne (Bertolt Brecht) Bd. 8, S. 303
Kinderlied (Günter Grass) Bd. 10, S. 397
Kindersand (Joachim Ringelnatz) Bd. 6, S. 461

Kinderscene (Edwin Bormann) Bd. 5, S. 295
Kindlein, sammelt mit Gesang (Johann Heinrich Voss) Bd. 3, S. 25
Kirsch-Blüte bey der Nacht (Barthold Hinrich Brockes) Bd. 1, S. 311
kirschgarten im schnee (Hans Magnus Enzensberger) Bd. 10, S. 503
Klage an das Volk (Franz Schubert) Bd. 4, S. 305
Klage der Garde (Klabund) Bd. 7, S. 383
Klage um den kleinen Jakob (Ernst Moritz Arndt) Bd. 3, S. 105
Klein Sterbelied (Else Lasker-Schüler) Bd. 5, S. 483
Kleine Aster (Gottfried Benn) Bd. 7, S. 73
Kleine Ballade (Marie Luise Kaschnitz) Bd. 9, S. 69
Kleine Bluhmen wie auß Glaß (Arno Holz) Bd. 5, S. 325
Kleine Blumen, kleine Blätter (Johann Wolfgang von Goethe) Bd. 2, S. 27
Kleine Buchstaben (Hilde Domin) Bd. 9, S. 309
Kleine Erinnerung an den Fortschritt (Karin Kiwus) Bd. 12, S. 79
Kleine Havel-Ansichtskarte (Mascha Kaléko) Bd. 9, S. 343
Kleine Reparatur (Günter Eich) Bd. 9, S. 229
Kleines Lied von den bleibenden Werten (Wolf Biermann) Bd. 11, S. 457
Klingling, bumbum (Detlev von Liliencron) Bd. 5, S. 243
Klosterruine Dshwari (Sarah Kirsch) Bd. 11, S. 367
Knarren eines geknickten Astes (Hermann Hesse) Bd. 6, S. 325
Kniebeuge (Joachim Ringelnatz) Bd. 6, S. 465
Kniee – beugt! (Joachim Ringelnatz) Bd. 6, S. 465
Köln (Hilde Domin) Bd. 9, S. 313
Kölner Dom (Yvan Goll) Bd. 7, S. 499
Komm beiß dich fest (Ulla Hahn) Bd. 12, S. 219
Komm du, du letzter (Rainer Maria Rilke) Bd. 6, S. 261
Komm in den totgesagten park und schau (Stefan George) Bd. 5, S. 443
Komm und laßt uns Christum ehren (Paul Gerhardt) Bd. 1, S. 201
Komm zu mir in der Nacht (Else Lasker-Schüler) Bd. 5, S. 463
Komm! ins Offene, Freund! (Friedrich Hölderlin) Bd. 3, S. 149
Komm, Trost der Welt (Joseph von Eichendorff) Bd. 3, S. 411
Kommt – (Gottfried Benn) Bd. 7, S. 77
König Lear (Günter Grass) Bd. 10, S. 401
König Lear (Peter Huchel) Bd. 9, S. 129
Königin Hortense (Günter Eich) Bd. 9, S. 233
Konjunktiver Doppelgänger (Günter Kunert) Bd. 11, S. 59
Kopfkissengedicht (Hans Magnus Enzensberger) Bd. 10, S. 507

Koriphäen und Koniferen (Hermann Burger) Bd. 12, S. 67
Kosmos (Uwe Greßmann) Bd. 11, S. 201
Krampel, Krüppel, Krimpelwar (Abraham a Sancta Clara) Bd. 1, S. 289
Kraniche, Vogelzüge (Günter Eich) Bd. 9, S. 199
Kranzdeponie (Hermann Burger) Bd. 12, S. 71
Kreuzberg (Ernst Blaß) Bd. 7, S. 363
Kreuzspinne (Peter Huchel) Bd. 9, S. 133
Kreuzweg (Emil Barth) Bd. 8, S. 521
Kreuzzertretung (Christine Lavant) Bd. 9, S. 433
Kriegslied (Matthias Claudius) Bd. 1, S. 437
Kroklokwafzi? (Christian Morgenstern) Bd. 6, S. 27
Kronenhalle (Friedrich Dürrenmatt) Bd. 10, S. 69
Kühl und hart (Franz Kafka) Bd. 6, S. 431
Kulinarisches Liebeslied (Hermann Broch) Bd. 7, S. 159
Künstlers Abendlied (Johann Wolfgang von Goethe) Bd. 2, S. 83
Lampions in der Sommernacht (Hermann Hesse) Bd. 6, S. 329
Lange lieb ich dich schon (Friedrich Hölderlin) Bd. 3, S. 183
Langsam fortgehn (Karl Krolow) Bd. 9, S. 385
Langsam schließen sich (Peter Rühmkorf) Bd. 11, S. 105
Langsame Zeit (Ernst Meister) Bd. 9, S. 285
Laß dich nicht kirren (Heinrich Heine) Bd. 4, S. 101
Laß die heil'gen Parabolen (Heinrich Heine) Bd. 4, S. 301
Laß, o Welt, o laß mich sein (Eduard Mörike) Bd. 4, S. 421
Laßt euch nicht verführen! (Bertolt Brecht) Bd. 8, S. 285
Laßt mich in Gras (Justinus Kerner) Bd. 3, S. 371
Laue Luft kommt blau (Joseph von Eichendorff) Bd. 3, S. 439
Lauffeuer (Manfred Peter Hein) Bd. 11, S. 155
Laura am Klavier (Friedrich von Schiller) Bd. 3, S. 71
Lebe wohl, du Mann (Gottfried August Bürger) Bd. 1, S, 445
Leben (Resi Chromik) Bd. 12, S. 95
Lebensalter (Friedrich Hölderlin) Bd. 3, S. 189
Lebenslang (Christoph Meckel) Bd. 11, S. 407
Lebenslauf (Friedrich Hölderlin) Bd. 3, S. 193
Lebenslied (Hugo von Hofmannsthal) Bd. 6, S. 105
Lebensstimmung (August von Platen) Bd. 4, S. 21
Lebenswege (Theodor Fontane) Bd. 5, S. 31
Lege dem Toten (Paul Celan) Bd. 9, S. 547
Legt in die Hand das Schicksal dir (Wilhelm Raabe) Bd. 5, S. 205

Lehren ohne Schüler (Bertolt Brecht) Bd. 8, S. 357
Leicht begeht den Wald (Friedrich Georg Jünger) Bd. 8, S. 421
Leipzig, Leipzig! arger Boden (Adelbert von Chamisso) Bd. 3, S. 341
Leise zieht durch mein Gemüt (Heinrich Heine) Bd. 4, S. 237
Leopoldstädter Tanzlied (Robert Schindel) Bd. 12, S. 167
Lesebuch (Johann Wolfgang von Goethe) Bd. 2, S. 395
Lethe (Conrad Ferdinand Meyer) Bd. 5, S. 175
Letzte Stunde (Peter Maiwald) Bd. 12, S. 291
Letzte Wache (Georg Heym) Bd. 7, S. 229
Letzter Frühling (Gottfried Benn) Bd. 7, S. 81
Letztes Boot darin (Johannes Bobrowski) Bd. 9, S. 463
lichtung (Ernst Jandl) Bd. 10, S. 223
LIebe schont der Götter nicht (Sibylla Schwarz) Bd. 1, S. 269
Liebende (Werner Söllner) Bd. 12, S. 319
Liebende, die weinend mußten scheiden (Nikolaus Lenau) Bd. 4, S. 331
Lieber, ßöner Hampelmann (Richard Dehmel) Bd. 5, S. 315
Liebeslied (Klabund) Bd. 7, S. 387
Liebes-Lied (Rainer Maria Rilke) Bd. 6, S. 265
Liebesplage (Justinus Kerner) Bd. 3, S. 367
Lied (Thomas Brasch) Bd. 12, S. 197
Lied (Joseph von Eichendorff) Bd. 3, S. 447
Lied (Werner Kraft) Bd. 8, S. 81
Lied am Bahndamm (Theodor Kramer) Bd. 8, S. 103
Lied aus dem Spanischen (Gotthold Ephraim Lessing) Bd. 1, S. 395
Lied der Amsel (Ulla Hahn) Bd. 12, S. 255
Lied der Mutter über den Heldentod des Feiglings Wessowtschikow (Bertolt Brecht) Bd. 8, S. 307
Lied des Fabian (Johann Nestroy) Bd. 4, S. 327
Lied des Harfenmädchens (Theodor Storm) Bd. 4, S. 519
Lied des Mannes im Straßenwagen (Günter Bruno Fuchs) Bd. 10, S. 433
Lied von der Liebe (Wolf Wondratschek) Bd. 12, S. 151
Liedchen (Joachim Ringelnatz) Bd. 6, S. 469
Liegen ungebunden auf der Erde (Albrecht Goes) Bd. 9, S. 265
Lies keine Oden (Hans Magnus Enzensberger) Bd. 10, S. 499
Lili Marleen (Hans Leip) Bd. 7, S. 565
Linder schwebt der Stunden Reigen (Stefan Zweig) Bd. 6, S. 395
Linke Kopfhälfte (Hilde Domin) Bd. 9, S. 317
Links rechts links rechts (Erich Fried) Bd. 10, S. 91

Linos (Alexander Lernet-Holenia) Bd. 8, S. 129
Literaturarchiv in M. (Reiner Kunze) Bd. 11, S. 241
Lob der Faulheit (Gotthold Ephraim Lessing) Bd. 1, S. 399
Lob der Vergeßlichkeit (Bertolt Brecht) Bd. 8, S. 311
Lob der Verzweiflung (Theodor Kramer) Bd. 8, S. 107
Lob des Abendrotes (Friedrich Rückert) Bd. 3, S. 503
Lobet die Nacht und die Finsternis (Bertolt Brecht) Bd. 8, S. 297
Locke nicht (Annette von Droste-Hülshoff) Bd. 4, S. 97
Logik (Joachim Ringelnatz) Bd. 6, S. 473
Logos (Erich Fried) Bd. 10, S. 95
Lotosblume (Heinrich Heine) Bd. 4, S. 241
LudwigUhland (Georg Herwegh) Bd. 4, S. 503
Lynkeus der Türmer (Johann Wolfgang von Goethe) Bd. 2, S. 523
Macht der Dichtung (Erich Fried) Bd. 10, S. 99
Mächtiges Überraschen (Johann Wolfgang von Goethe) Bd. 2, S. 281
Mädchenrätsel (Heinrich von Kleist) Bd. 3, S. 267
Märkisches Museum (Johannes Bobrowski) Bd. 9, S. 491
Magie (Rainer Maria Rilke) Bd. 6, S. 269
Mailied (Johann Wolfgang von Goethe) Bd. 2, S. 31
Maischnee (Karl Mickel) Bd. 11, S. 429
Malwine (Kurt Tuckolsky) Bd. 7, S. 405
Man frage nicht, was all die Zeit ich machte (Karl Kraus) Bd. 6, S. 135
Man lernt sich irgendwo (Mascha Kaléko) Bd. 9, S. 337
Man muß die Schuhe (Horst Bienek) Bd. 11, S. 121
man muß sie gesehen haben (Peter Paul Zahl) Bd. 12, S. 189
Man muß so müde sein (Else Lasker-Schüler) Bd. 5, S. 487
Man soll in keiner Stadt (Klabund) Bd. 7, S. 391
Man sollte ihm Maine und Anjou (Heinrich von Kleist) Bd. 3, S. 263
Manche freilich (Hugo von Hofmannsthal) Bd. 6, S. 111
manche meinen (Ernst Jandl) Bd. 10, S. 223
Manche Nacht (Richard Dehmel) Bd. 5, S. 321
Manchmal auf einer Schwelle (Christine Busta) Bd 9, S. 357
Manchmal fragt man (Peter Rühmkorf) Bd. 11, S. 97
manchmal hab ich eine solche wut (Ernst Jandl) Bd. 10, S. 227
manchmal weint er (Christa Reinig) Bd. 10, S. 379
Manchmal, nach einem (Rainer Malkowski) Bd. 11, S. 577
Mandelkerngedicht (Joseph von Eichendorff) Bd. 3, S. 451
Maniger grüezet mich âlso (Hartmann von Aue) Bd. 1, S. 43

Mann und Frau gehen durch die Krebsbaracke (Gottfried Benn) Bd. 7, S. 85
Maria (Bertolt Brecht) Bd. 8, S. 317
Markt und Straßen stehn verlassen (Joseph von Eichendorff) Bd. 3, S. 475
Maschinensklaven (Albrecht Haushofer) Bd. 9, S. 101
Maschinka (Eduard Mörike) Bd. 4, S. 405
Maskenball im Hochgebirge (Erich Kästner) Bd. 8, S. 471
Meeres Stille (Johann Wolfgang von Goethe) Bd. 2, S. 223
Meeresstrand (Theodor Storm) Bd. 4, S. 523
Mein Auge ließ das hohe Meer zurücke (August von Platen) Bd. 4, S. 27
Mein blaues Klavier (Else Lasker-Schüler) Bd. 5, S. 491
Mein Freund! In holder Jugendzeit (Richard Wagner) Bd. 4, S. 493
Mein Herz ist zerrissen (August von Platen) Bd. 4, S. 31
Mein Herz, mein Herz (Heinrich Heine) Bd. 4, S. 245
Mein Herz, mein Löwe (Ricarda Huch) Bd. 5, S. 333
Mein Herz, was fangen wir noch (Johann Christian Günther) Bd. 1, S. 325
Mein Herze, glaubt's, ist nicht erkaltet (Theodor Fontane) Bd. 5, S. 35
Mein Kind, wir waren Kinder (Heinrich Heine) Bd. 4, S. 251
Mein Körper ist ein (Robert Gernhardt) Bd. 11, S. 541
Mein Körper rät mir (Robert Gernhardt) Bd. 11, S. 531
Mein Kriegsherr (Christoph Meckel) Bd. 11, S. 397
Mein Leben ist (Rolf Haufs) Bd. 11, S. 303
Mein Platz (Rebecca Lutter) Bd. 11, S. 135
Mein Vater (Ludwig Greve) Bd. 10, S. 169
mein vater, perfekter steinmetz (Wulf Kirsten) Bd. 11, S. 261
Mein Venedig (Rose Ausländer) Bd. 9, S. 23
Mein Vogel (Ingeborg Bachmann) Bd. 10, S. 313
Mein Wäldchen (Friedrich Gottlieb Klopstock) Bd. 1, S. 385
meine flügel ließ ich dir (Doris Runge) Bd. 12, S. 119
Meine Gräber (Theodor Fontane) Bd. 5, S. 39
Meine Mutter (Bertolt Brecht) Bd. 8, S. 323
Meine Rechte (wer glaubt es ihr heut?) (Hilde Domin) Bd. 9, S. 321
Meine Vorfahren kamen nie vom Norden los (Rainer Brambach) Bd. 9, S. 503
Meinem Freund, der seinen Paß schon hatte (Theodor Kramer) Bd. 8, S. 95

Meinen Sie Zürich zum Beispiel (Gottfried Benn) Bd. 7, S. 109
Melodie (Gottfried Benn) Bd. 7, S. 91
Menschen getroffen (Gottfried Benn) Bd. 7, S. 95
Menschenbeifall (Friedrich Hölderlin) Bd. 3, S. 197
Merkbare Sätze (Rainer Kirsch) Bd. 11, S. 257
Mich dunket ... (Unbekannter Dichter) Bd. 1, S. 21
Mich ließ Apoll (Johann Nikolaus Götz) Bd. 1, S. 353
Michel-Enthusiast (Hoffmann von Fallersleben) Bd. 4, S. 317
Mignon (Kennst du das Land) (Johann Wolfgang von Goethe) Bd. 2, S. 165
Mignon (Nur wer die Sehnsucht kennt) (Johann Wolfgang von Goethe) Bd. 2, S. 177
Mikrogramm III (Robert Walser) Bd. 6, S. 367
Mimosen (Friederike Roth) Bd. 12, S. 311
Min Jehann (Klaus Groth) Bd. 5, S. 61
Mir durch Wort (Friederike Roth) Bd. 12, S. 307
Mir hât hêr Gêrhart Atze (Walther von der Vogelweide) Bd. 1, S. 55
Mir ist zu licht zum Schlafen (Achim von Arnim) Bd. 3, S. 325
Mir träumt, ich flög (Justinus Kerner) Bd. 3, S. 363
mit blick auf den kölner dom (Doris Runge) Bd. 12, S. 131
Mit den Flößen hinab (Johannes Bobrowski) Bd. 9, S. 477
Mit den Jahren (Erich Fried) Bd. 10, S. 105
Mit des Bräutigams Behagen (Johann Wolfgang von Goethe) Bd. 2, S. 267
Mit einem gemalten Band (Johann Wolfgang von Goethe) Bd. 2, S. 27
Mit einer Stirn (Ernst Blaß) Bd. 7, S. 359
Mit feuchten Händen (Karl Krolow) Bd. 9, S. 409
Mit gelben Birnen hänget (Friedrich Hölderlin) Bd. 3, S. 179
Mit Haut und Haar (Ulla Hahn) Bd. 12, S. 259
Mit jedem Druck der Feder (Achim von Arnim) Bd. 3, S. 329
Mit langsam tastenden (Max Herrmann-Neiße) Bd. 7, S. 175
Mit Lust tät ich ausreiten (Unbekannter Dichter) Bd. 1, S. 135
Mit meiner Erfahrung (Erich Fried) Bd. 10, S. 105
Mit seinem Dach und seinem Schatten (Rainer Maria Rilke) Bd. 6, S. 191
Mit seiner dünnsten Stimme (Volker Braun) Bd. 11, S. 573
Mitteilungen der Mutter (Ulla Hahn) Bd. 12, S. 263
mittel der obrigkeit (Peter Paul Zahl) Bd. 12, S. 189
mitten in der Stadt (Rolf Dieter Brinkmann) Bd. 12, S. 21

Mitten wyr ym leben sind (Martin Luther) Bd. 1, S. 129
Mitternacht, die Gärten lauschen (Detlev von Liliencron) Bd. 5, S. 259
Möchtest du dich nicht in einen Fisch (Christian Morgenstern) Bd. 6, S. 75
Mollys Abschied (Gottfried August Bürger) Bd. 1, S. 445
Mond im Januar (Wilhelm Lehmann) Bd. 6, S. 419
Mondnacht (Joseph von Eichendorff) Bd. 3, S. 455
Monolog (Thomas Mann) Bd. 6, S. 157
Montag auf dem Kasernenhof (Alfred Lichtenstein) Bd. 7, S. 337
Montaigne meets Tasso I (Heiner Müller) Bd. 11, S. 81
Moorland (Sarah Kirsch) Bd. 11, S. 371
Moral (Erich Kästner) Bd. 8, S. 477
Morgen ist es (Fritz Mühlenweg) Bd. 8, S. 429
Morgen zum Geburtstagsfeste (Edwin Bormann) Bd. 5, S. 295
Morgen Sonnet (Andreas Gryphius) Bd. 1, S. 229
Morgenhymnus (Franz Werfel) Bd. 7, S. 441
Morgennebel, Lila (Johann Wolfgang von Goethe) Bd. 2, S. 45
Morgens und abends zu lesen (Bertolt Brecht) Bd. 8, S. 327
Motette (Albrecht Goes) Bd. 9, S. 265
Möwen sah um einen Felsen kreisen (Conrad Ferdinand Meyer) Bd. 5, S. 181
Möwenflug (Conrad Ferdinand Meyer) Bd. 5, S. 181
Möwenlied (Christian Morgenstern) Bd. 6, S. 71
Müeste ich noch geleben daz ich die rôsen (Walther von der Vogelweide) Bd. 1, S. 59
Mund! der die Seelen (Christian Hofmann von Hofmannswaldau) Bd. 1, S. 241
Müsset im Naturbetrachten (Johann Wolfgang von Goethe) Bd. 2, S. 417
Mut (Wilhelm Müller) Bd. 3, S. 549
Nach Dschelaleddin Rumi (Friedrich Rückert) Bd. 3, S. 507
Nach Frankreich zogen zwei Grenadier (Heinrich Heine) Bd. 4, S. 169
Nach Jahr und Tag (Ulla Hahn) Bd. 12, S. 267
Nach Mitternacht (C. W. Aigner) Bd. 12, S. 335
Nach Osten send ich mein Gesicht (Gertrud Kolmar) Bd. 8, S. 33
Nach vieler Müh (Johann Christian Günther) Bd. 1, S. 317
Nachbar Nickel ist verdrießlich (Wilhelm Busch) Bd. 5, S. 213
Nachdem er Blatt um Feder (Hans Arp) Bd. 7, S. 195
Nachhut (Günter Eich) Bd. 9, S. 237

Nachklang (Johann Wolfgang von Goethe) Bd. 2, S. 391
Nachlässe (Peter Huchel) Bd. 9, S. 137
Nachmittags nehme ich ein Buch (Sarah Kirsch) Bd. 11, S. 393
Nachricht (Wolf Biermann) Bd. 11, S. 463
Nachricht aus Lesbos (Sarah Kirsch) Bd. 11, S. 375
Nachrichten aus (Sarah Kirsch) Bd. 11, S. 359
Nachruf (Ilse Aichinger) Bd. 10, S. 21
Nacht auf der Nyborgschaluppe (Bertolt Brecht) Bd. 8, S. 289
Nacht, Furcht, Tod, Stummheit, Qual (Ludwig Tieck) Bd. 3, S. 243
Nacht oder Tag (Thomas Brasch) Bd. 12, S. 201
Nachtcafé (Gottfried Benn) Bd. 7, S. 99
Nachtgedanken (Heinrich Heine) Bd. 4, S. 257
Nachtgedanken (Johann Wolfgang von Goethe) Bd. 2, S. 141
Nachtgesang (Johann Wolfgang von Goethe) Bd. 2, S. 273
Nachts (Ernst Blaß) Bd. 7, S. 367
Nachts (Joseph von Eichendorff) Bd. 3, S. 459
nachtstück, mit blumen (Ernst Jandl) Bd. 10, S. 231
Nähe des Geliebten (Johann Wolfgang von Goethe) Bd. 2, S. 233
Namen für den Verfolgten (Johannes Bobrowski) Bd. 9, S. 495
Nänie (Johannes Bobrowski) Bd. 9, S. 499
Nänie (Friedrich von Schiller) Bd. 3, S. 77
Natur und Kunst (Johann Wolfgang von Goethe) Bd. 2, S. 253
Natur und Kunst oder Saturn und Jupiter (Friedrich Hölderlin) Bd. 3, S. 201
Natürlich kommt das nie mehr (Kurt Tucholsky) Bd. 7, S. 415
Naturrecht (Gottfried August Bürger) Bd. 1, S. 451
Naturschutzgebiet (Sarah Kirsch) Bd. 11, S. 379
Nechst als zugleiche lagen (Martin Opitz) Bd. 1, S. 175
Neckarpartie mit Hölderlinturm (Jörg Kowalski) Bd. 12, S. 327
Nehmt hin die Welt! (Friedrich von Schiller) Bd. 3, S. 57
Neid (Hermann Hesse) Bd. 6, S. 333
Neue Herzlichkeit (Werner Finck) Bd. 9, S. 85
Neue Naturdichtung (Erich Fried) Bd. 10, S. 109
Neugriechische Liebe-Skolie (Johann Wolfgang von Goethe) Bd. 2, S. 433
Neujahrsnachtfahrt (Joachim Ringelnatz) Bd. 6, S. 477
Neujahrswunsch 1817 (Ludwig Uhland) Bd. 3, S. 399
Nicht alle Schmerzen (Ricarda Huch) Bd. 5, S. 337

Nicht ein Flügelschlag ging durch die Welt (Gottfried Keller) Bd. 5, S. 119
»Nicht gedacht soll seiner werden« (Heinrich Heine) Bd. 4, S. 263
Nicht Gelegenheit macht Diebe (Johann Wolfgang von Goethe) Bd. 2, S. 363
Nicht gesagt (Marie Luise Kaschnitz) Bd. 9, S. 73
Nicht mehr auf Seidenblatt (Johann Wolfgang von Goethe) Bd. 2, S. 493
Nicht mehr mit Blumen (Paula Ludwig) Bd. 8, S. 529
Nicht schlafen nicht wachen (Karl Mickel) Bd. 11, S. 421
Nicola Pesce (Conrad Ferdinand Meyer) Bd. 5, S. 185
Niederlegen (Peter Hamm) Bd. 11, S. 545
Nimm die Forsythien tief (Gottfried Benn) Bd. 7, S. 81
Nimmer, das glaubt mir (Friedrich von Schiller) Bd. 3, S. 67
NIrgends hin (Paul Fleming) Bd. 1, S. 211
Nix Bodenstrom (Gotthold Ephraim Lessing) Bd. 1, S. 403
Noch einmal (Karl Krolow) Bd. 9, S. 413
Noch einmal: Mein Körper (Robert Gernhardt) Bd. 11, S. 531
Noch einmal sprechen (Erich Fried) Bd. 10, S. 83
Noch fast gleichgültig ... (Rainer Maria Rilke) Bd. 6, S. 273
Noch findet er statt (Wolf Biermann) Bd. 11, S. 463
Noch hält auf uns (Adelbert von Chamisso) Bd. 3, S. 337
Noch in meines Lebens Lenze (Friedrich von Schiller) Bd. 3, S. 47
Noch spür ich ihren Atem (Hugo von Hofmannsthal) Bd. 6, S. 119
Noch unverrückt, o schöne Lampe (Eduard Mörike) Bd. 4, S. 367
Noch webt die Spinne (Peter Huchel) Bd. 9, S. 133
Notiz für U. B. (Heinz Czechowski) Bd. 11, S. 291
Novalis (Wolfgang Hilbig) Bd. 12, S. 43
Nun der Regen strömt (Hermann Lenz) Bd. 9, S. 353
Nun ist alles besprochen (Günter Eich) Bd. 9, S. 211
Nun weiß man erst (Johann Wolfgang von Goethe) Bd. 2, S. 481
Nur einen Sommer gönnt (Friedrich Hölderlin) Bd. 3, S. 125
Nur mit meines Fingernagels Rande (Rudolf Alexander Schröder) Bd. 6, S. 351
Nur selten noch, fast graut's mir (Georg Herwegh) Bd. 4, S. 503
Nur was ich liebe (Achim von Arnim) Bd. 3, S. 333
Nur wer die Sehnsucht kennt (Johann Wolfgang von Goethe) Bd. 2, S. 177
Nur zwei Dinge (Gottfried Benn) Bd. 7, S. 105

Nüsse (Wolfgang Bächler) Bd. 10, S. 195
O bittrer Argwohn unsrer Mahadöhs (Bertolt Brecht) Bd. 8, S. 361
O, Deutschland, meine ferne Liebe (Heinrich Heine) Bd. 4, S. 119
O Deutschland, wie bist du zerrissen (Bertolt Brecht) Bd. 8, S. 223
O du, Geliebte meiner siebenundzwanzig (Kurt Schwitters) Bd. 7, S. 241
O edle Zeit (Bertolt Brecht) Bd. 8, S. 373
O Falladah, die Du hangest! (Bertolt Brecht) Bd. 8, S. 331
O flaumenleichte Zeit (Eduard Mörike) Bd. 4, S. 355
O Garten, künstlich (Bertolt Brecht) Bd. 8, S. 369
O! gib, vom weichen Pfühle (Johann Wolfgang von Goethe) Bd. 2, S. 273
O Jugend unsrer Zeit, Du bist dahin! (Franz Schubert) Bd. 4, S. 305
O laß dich doch nur nicht (Johann Christian Günther) Bd. 1, S. 331
O Lust des Beginnens (Bertolt Brecht) Bd. 8, S. 337
O schweig nur Herz! (Clemens Brentano) Bd. 3, S. 285
O Sprengen des Gartens (Bertolt Brecht) Bd. 8, S. 391
O trübe diese Tage nicht (Theodor Fontane) Bd. 5, S. 45
ob du mit roten Füßen (Friederike Mayröcker) Bd. 10, S. 179
Oberon (Wilhelm Lehmann) Bd. 6, S. 423
Oh, friedlicher Mittag (Rolf Dieter Brinkmann) Bd. 12, S. 21
Ohne Hoffnung (Heinz Czechowski) Bd. 11, S. 287
Ophelia (Peter Huchel) Bd. 9, S. 141
Orpheus (Yvan Goll) Bd. 7, S. 503
Ostersamstag (Christian Wagner) Bd. 5, S. 225
Palmström an eine Nachtigall, die ihn nicht schlafen ließ (Christian Morgenstern) Bd. 6, S. 75
Palmström, etwas schon an Jahren (Christian Morgenstern) Bd. 6, S. 53
Pansmusik (Oskar Loerke) Bd. 6, S. 525
Park Monceau (Kurt Tucholsky) Bd. 7, S. 411
Patrouille (August Stramm) Bd. 6, S. 153
Paul Celans Grab (Rose Ausländer) Bd. 9, S. 27
Peppino Portiere (Rolf Haufs) Bd. 11, S. 311
Pfad in Eftalu (Margarete Hannsmann) Bd. 10, S. 119
Phänomen (Johann Wolfgang von Goethe) Bd. 2, S. 335
Pharao und Joseph (Else Lasker-Schüler) Bd. 5, S. 495
Philine (Johann Wolfgang von Goethe) Bd. 2, S. 227
Phol ende Wuodan (Unbekannter Dichter) Bd. 1, S. 13
Pilgers Morgenlied (Johann Wolfgang von Goethe) Bd. 2, S. 45
Polnische Fahne (Günter Grass) Bd. 10, S. 405

Pomare (Heinrich Heine) Bd. 4, S. 269
Prolog (Heinrich Heine) Bd. 4, S. 273
Prolog (Heinrich von Kleist) Bd. 3, S. 271
Prooemion (Johann Wolfgang von Goethe) Bd. 2, S. 399
Propria Peregrina (Konrad Weiß) Bd. 6, S. 383
Publikum (Theodor Fontane) Bd. 5, S. 49
Punschlied (Friedrich von Schiller) Bd. 3, S. 81
Racine läßt sein Wappen ändern (Günter Grass) Bd. 10, S. 409
Rammer & Brecher. 3. Sonett (Ror Wolf) Bd. 11, S. 197
Rasch verdorrt ist der Schmuck (Hermann Burger) Bd. 12, S. 71
rasender schmerts weiterlachen (Bert Papenfuß-Gorek) Bd. 12, S. 357
Rastlose Liebe (Johann Wolfgang von Goethe) Bd. 2, S. 103
Rate aus, ratet ein! (Johann Peter Hebel) Bd. 3, S. 97
Ravenna, Salzburg, München (Albrecht Haushofer) Bd. 9, S. 101
Reden (Erich Fried) Bd. 10, S. 115
Regen (Hermann Lenz) Bd. 9, S. 353
Reich verstreute Tempeltrümmer (Hans Carossa) Bd. 6, S. 339
Reiselied (Hugo von Hofmannsthal) Bd. 6, S. 115
Reisen (Gottfried Benn) Bd. 7, S. 109
Reisezehrung (Sarah Kirsch) Bd. 11, S. 383
Reklame (Ingeborg Bachmann) Bd. 10, S. 319
Restauration (Eduard Mörike) Bd. 4, S. 409
Rewelge (Des Knaben Wunderhorn) Bd. 4, S. 447
Rezensent (Johann Wolfgang von Goethe) Bd. 2, S. 51
Rheinkohle statt Gold (Yvan Goll) Bd. 7, S. 499
Rheinsberg (Kurt Tucholsky) Bd. 7, S. 415
Riesenschmetterling (Johannes Kühn) Bd. 11, S. 279
Ritter Curts Brautfahrt (Johann Wolfgang von Goethe) Bd. 2, S. 267
Robespierre (Georg Heym) Bd. 7, S. 233
Robinson (Christa Reinig) Bd. 10, S. 379
Rogasen (Theodor Fontane) Bd. 5, S. 27
Römische Fontäne (Rainer Maria Rilke) Bd. 6, S. 277
Römisches Nachtbild (Ingeborg Bachmann) Bd. 10, S. 323
Ros' und Lilie morgentaulich (Johann Wolfgang von Goethe) Bd. 2, S. 339
Rosa nasses Löschpapier (Fritz Graßhoff) Bd. 9, S. 349
Rose, oh reiner Widerspruch (Rainer Maria Rilke) Bd. 6, S. 281
Rückblick (Wilhelm Müller) Bd. 3, S. 553
Rückzug (Hilde Domin) Bd. 9, S. 321

Runde das Grün (Kurt Schwitters) Bd. 7, S. 261
's ist im Sabinerland (Conrad Ferdinand Meyer) Bd. 5, S. 169
's ist Krieg! (Matthias Claudius) Bd. 1, S. 437
's war einer, dem's zu Herzen ging (Adelbert von Chamisso) Bd. 3, S. 345
's war einmal Bruder und Schwester (Adolf Glaßbrenner) Bd. 4, S. 459
Saal der kreißenden Frauen (Gottfried Benn) Bd. 7, S. 117
Sachliche Romanze (Erich Kästner) Bd. 8, S. 481
Sag was könnt' uns Mandarinen (Johann Wolfgang von Goethe) Bd. 2, S. 469
sagen sie mir doch (Konrad Bayer) Bd. 11, S. 163
Saget, Steine, mir an (Johann Wolfgang von Goethe) Bd. 2, S. 185
Sagt es niemand (Johann Wolfgang von Goethe) Bd. 2, S. 345
sagt diese stimme (Doris Runge) Bd. 12, S. 123
Sah ein Knab' ein Röslein stehn (Johann Wolfgang von Goethe) Bd. 2, S. 37
Sahst du das wunderbare Bild vom Brouwer? (Wilhelm Busch) Bd. 5, S. 209
Salzburg (Rose Ausländer) Bd. 9, S. 31
Satzbau (Gottfried Benn) Bd. 7, S. 121
Schaff, das Tagwerk (Johann Wolfgang von Goethe) Bd. 2, S. 95
Schatten wie Hunde (Elisabeth Langgässer) Bd. 8, S. 513
Schauspieler sollen mich (Gerhart Hauptmann) Bd. 5, S. 307
Schaust du mich an aus dem Kristall (Annette von Droste-Hülshoff) Bd. 4, S. 69
Schaut Euch nur die Wachtel an! (F. W. Bernstein) Bd. 11, S. 553
Schenke (Johann Wolfgang von Goethe) Bd. 2, S. 351
Schepplin (Kurt Tucholsky) Bd. 7, S. 419
Schiffer, zieh fort die Brücke (Gertrud von Le Fort) Bd. 6, S. 305
Schlaf, mein Kind – schlaf (Richard Beer-Hofmann) Bd. 5, S. 367
Schlafe mein Prinzchen! (Friedrich Wilhelm Gotter) Bd. 1, S. 441
Schlaflied für K. (Thomas Brasch) Bd. 12, S. 201
Schlaflied für Mirjam (Richard Beer-Hofmann) Bd. 5, S. 367
Schläfrig singt der Küster vor (Detlev von Liliencron) Bd. 5, S. 249
Schlage die Trommel (Heinrich Heine) Bd. 4, S. 189
Schlechte Zeit für Lyrik (Bertolt Brecht) Bd. 8, S. 341
Schleifender Füße sind tausend (Georg Heym) Bd. 7, S. 215
Schlittenromanze (Heinz Piontek) Bd. 10, S. 261
schnabelheim (Ulrike Draesner) Bd. 12, S. 385
Schneeleute (Ilse Aichinger) Bd. 10, S. 25
Schneeüberkrusteter See (Michael Krüger) Bd. 12, S. 107

Schön und gut und klar und wahr (Robert Gernhardt) Bd. 11, S. 537
Schön wie niemals (Marie Luise Kaschnitz) Bd. 9, S. 65
Schöne Brücke (Gottfried Keller) Bd. 5, S. 97
Schöne Fremde (Joseph von Eichendorff) Bd. 3, S. 463
Schöne Jugend (Gottfried Benn) Bd. 7, S. 127
Schöne Junitage (Detlev von Liliencron) Bd. 5, S. 259
Schöne seltene Weide (Rainer Malkowski) Bd. 11, S. 577
Schöner als der beachtliche Mond (Ingeborg Bachmann) Bd. 10, S. 269
Schöner See Wasseraug (Sarah Kirsch) Bd. 11, S. 387
Schornsteine stehn in großem (Georg Heym) Bd. 7, S. 211
schtzngrmm (Ernst Jandl) Bd. 10, S. 235
Schuld (Albrecht Haushofer) Bd. 9, S. 105
Schutzfarben (Cyrus Atabay) Bd. 10, S. 449
Schwarze Bohnen (Sarah Kirsch) Bd. 11, S. 393
Schwarze Milch der Frühe (Paul Celan) Bd. 9, S. 563
schwarzen Tangos (Rolf Dieter Brinkmann) Bd. 12, S. 13
schwarzer Titel (Friederike Mayröcker) Bd. 10, S. 179
Schwefelhölzer, Fenchel, Bricken (Hoffmann von Fallersleben) Bd. 4, S. 313
schweigen (Eugen Gomringer) Bd. 10, S. 199
Schweigt der Menschen laute Lust (Joseph von Eichendorff) Bd. 3, S. 407
Schweigt still (Günter Eich) Bd. 9, S. 245
Schwester von dem ersten Licht (Johann Wolfgang von Goethe) Bd. 2, S. 13
Schwirren sie von allen Seiten (Oskar Loerke) Bd. 6, S. 539
Schwung und Form des gebendsten Gefäßes (Rainer Maria Rilke) Bd. 6, S. 187
Seegesicht (Peter Hille) Bd. 5, S. 299
Seele der Welt, unermüdete Sonne! (Jakob Michael Reinhold Lenz) Bd. 3, S. 13
Seemärchen (Gottfried Keller) Bd. 5, S. 101
Sehnsucht (Fritz Mühlenweg) Bd. 8, S. 429
Sehnsucht (Joseph von Eichendorff) Bd. 3, S. 467
Sehnsucht nach Alt-Aussee (Friedrich Torberg) Bd. 9, S. 273
Sehr weit ist diese Nacht (Georg Heym) Bd. 7, S. 221
Seht das Kind umgrunzt von Schweinen (Friedrich Nietzsche) Bd. 5, S. 287
Sei mir gegrüßt (Heinrich Heine) Bd. 4, S. 277
Sein Blick ist vom Vorübergehn (Rainer Maria Rilke) Bd. 6, S. 205
Seit er, klein beinah (Rainer Maria Rilke) Bd. 6, S. 181

Seit heute, aber für immer (Christine Lavant) Bd. 9, S. 437
»Seit Jahren hängst du ... « (Georg Winter) Bd. 12, S. 57
Selige Sehnsucht (Johann Wolfgang von Goethe) Bd. 2, S. 345
Seltsam, im Nebel zu wandern (Hermann Hesse) Bd. 6, S. 321
Seufzer gibt's (Reiner Kunze) Bd. 11, S. 219
SEY dennoch unverzagt (Paul Fleming) Bd. 1, S. 207
Sich in erneutem Kunstgebrauch (Johann Wolfgang von Goethe) Bd. 2, S. 257
Sie alle schleppen ihre Bäuche (Bertolt Brecht) Bd. 8, S. 191
Sie blenden mich (Hans Magnus Enzensberger) Bd. 10, S. 473
Sie fragt ihn viel (Bertolt Brecht) Bd. 8, S. 203
Sie haben dir viel erzählet (Heinrich Heine) Bd. 4, S. 281
Sie hat Krebs (Ulla Hahn) Bd. 12, S. 263
Sie ist mir lieb (Martin Luther) Bd. 1, S. 123
Sie meinen jeder (Johann Christian Günther) Bd. 1, S. 321
Sie muß immer sinnen (Rainer Maria Rilke) Bd. 6, S. 217
Sie nahm den Silberstift (Gertrud Kolmar) Bd. 8, S. 67
Sie sagte nichts (Karl Mickel) Bd. 11, S. 429
Sie tanzt (Heinrich Heine) Bd. 4, S. 269
Sie trägt zur Welt ihn (Arthur Schopenhauer) Bd. 3, S. 519
Sie trug den Becher (Hugo von Hofmannsthal) Bd. 6, S. 93
Sie wollen nichts als (Werner Söllner) Bd. 12, S. 319
Sieben Jahre wollt kein Schritt (Bertolt Brecht) Bd. 8, S. 239
Sieben Mandeln fand ich (Margarete Hannsmann) Bd. 10, S. 119
Sieben Rosen hat der Strauch (Bertolt Brecht) Bd. 8, S. 345
Siebenmal mein Körper (Robert Gernhardt) Bd. 11, S. 541
Sieh dir das an (Karl Krolow) Bd. 9, S. 417
Sieh jene Kraniche (Bertolt Brecht) Bd, 8, S. 243
Siehe wie ich trostlos weine (Wilhelm Heinrich Wackenroder) Bd. 3, S. 247
Siehe wie schwebenden Schritts (Friedrich von Schiller) Bd. 3, S. 51
Signale (Christine Busta) Bd. 9, S. 361
Sind die Worte nicht (Alexander Lernet-Holenia) Bd. 8, S. 129
Sind hierorts Häuser (Ingeborg Bachmann) Bd. 10, S. 285
Sind sie nicht pfui teuflisch (Erich Kästner) Bd. 8, S. 485
Sind Tatsachen nicht quälend (Nicolas Born) Bd. 11, S. 491
Singet leise, leise, leise (Clemens Brentano) Bd. 3, S. 309
Singet nicht in Trauertönen (Johann Wolfgang von Goethe) Bd. 2, S. 227
Siriusbegleiter (Friedrich Dürrenmatt) Bd. 10, S. 75

Slâfest du, vriedel ziere? (Dietmar von Aist) Bd. 1, S. 29
So gern hätt ich ein schönes Lied (Annette von Droste-Hülshoff) Bd. 4, S. 53
So häng ich denn auf krummem Aste (Friedrich Nietzsche) Bd. 5, S. 281
So müde, matt, kapude (Peter Rühmkorf) Bd. 11, S. 117
So still ich bin (Else Lasker-Schüler) Bd. 5, S. 483
... so viele Hühner (Selma Meerbaum-Eisinger) Bd. 10, S. 187
So wie das letzte Grün (Rainer Maria Rilke) Bd. 6, S. 177
So wie ein Mensch nach lärmendem Gelag (Christian Wagner) Bd. 5, S. 229
Sogenannte Klassefrauen (Erich Kästner) Bd. 8, S. 485
Sokrates und Alkibiades (Friedrich Hölderlin) Bd. 3, S. 207
Solang noch der Tatrawind (Franz Werfel) Bd. 7, S. 425
Soldatenfriedhof (Peter Huchel) Bd. 9, S. 145
Soll's denn ewig von Gewittern (Emanuel Geibel) Bd. 4, S. 497
Sommer (Bernd Jentzsch) Bd. 12, S. 35
Sommer (Johannes R. Becher) Bd. 7, S. 471
Sommer verglüht (Friedo Lampe) Bd. 8, S. 495
Sommerbild (Friedrich Hebbel) Bd. 4, S. 485
Sommerfrische (Joachim Ringelnatz) Bd. 6, S. 481
Sommerlich hell empfängt dich (Eduard Mörike) Bd. 4, S. 413
sommerlied (Ernst Jandl) Bd. 10, S. 241
Sommer-Refektorium (Eduard Mörike) Bd. 4, S. 413
Sonett (Bertolt Brecht) Bd. 8, S. 349
Sonett (Rainer Kirsch) Bd. 11, S. 253
Sonette einer Griechin (Eckart Peterich) Bd. 8, S. 535
Sonne, herbstlich dünn und zag (Georg Trakl) Bd. 7, S. 303
Spät in der Nacht (Horst Bienek) Bd. 11, S. 127
Spät komme ich (Ludwig Greve) Bd. 10, S. 169
Später, am Morgen (Peter Huchel) Bd. 9, S. 141
Spätes Erwachen (Christian Wagner) Bd. 5, S. 229
Spätsommer, dieses Gespür (Dagmar Nick) Bd. 10, S. 367
Spaziergang (Selma Meerbaum-Eisinger) Bd. 10, S. 187
Spiegel, wenn dich ihre Augen (Rudolf Borchardt) Bd. 6, S. 309
Spiegelung der Sonne zwischen Seerosenblättern (Max Kommerell) Bd. 9, S. 89
Spielt ein Neger (Georg Kreisler) Bd. 10, S. 145
Spinnen waren mir auch zuwider (Gottfried Keller) Bd. 5, S. 87
Splittrig geknickter Ast (Hermann Hesse) Bd. 6, S. 325
Spottet ja nicht des Kinds (Friedrich Hölderlin) Bd. 3, S. 121

Sprache (Peter Gan) Bd. 8, S 21
Sprache weiß alles (Peter Gan) Bd. 8, S. 21
Sprachelegie (Günther Anders) Bd. 9, S. 81
Sprachgitter (Paul Celan) Bd. 9, S. 559
Sprechen mit dem (Reiner Kunze) Bd. 11, S. 223
Spruch des Confucius (Friedrich von Schiller) Bd. 3, S. 87
Spude dich Kronos (Johann Wolfgang von Goethe) Bd. 2, S. 77
Stadtkirche am Vormittag (Rainer Malkowski) Bd. 11, S. 581
Stadtrundfahrt (Hans Magnus Enzensberger) Bd. 10, S. 511
Standest du je am Strande (Annette von Droste-Hülshoff) Bd. 4, S. 75
Steh auf (Günter Eich) Bd. 9, S. 237
Stein-Gesicht (Johannes R. Becher) Bd. 7, S. 475
Stele für Catull (Karl Krolow) Bd. 9, S. 421
Stell' auf den Tisch (Hermann von Gilm zu Rosenegg) Bd. 4, S. 463
Sterbelager preußisch (Rainer Kirsch) Bd. 11, S. 257
Sterbliche nur genössen (Friedrich Gottlieb Klopstock) Bd. 1, S. 377
Stille des Herbstes (Albin Zollinger) Bd. 8, S. 73
Stilleben (Gottfried Benn) Bd. 7, S. 131
Stimmen, der Wind (Johannes Bobrowski) Bd. 9, S. 499
Stirb früher als ich (Reiner Kunze) Bd. 11, S. 215
Stoß um Stoß (Johannes R. Becher) Bd. 7, S. 471
Straight Flush (Karin Kiwus) Bd. 12, S. 83
Strophen (Hans Sahl) Bd. 9, S. 93
stutzen, weil in den (Brigitte Oleschinski) Bd. 12, S. 343
Such dir beizeiten (Eva Zeller) Bd. 10, S. 157
Suleika (Johann Wolfgang von Goethe) Bd. 2, S. 369
Suleika (Marianne von Willemer) Bd. 3, S. 353
Süß das schwarze Gleis entlang (Theodor Kramer) Bd. 8, S. 103
Süße Person (Christoph Meckel) Bd. 11, S. 417
Süße Ruh, süßer Taumel (Annette von Droste-Hülshoff) Bd. 4, S. 91
Tänzerin (Silja Walter) Bd. 9, S. 507
Tage abziehen Ärger zählen exakt funktionieren (Helmut Heißenbüttel) Bd. 10, S. 123
Tage mit Hähern (Günter Eich) Bd. 9, S. 241
Tagebuch Anfang Februar (Guntram Vesper) Bd. 12, S. 53
Tagebuchblatt 74 (Reiner Kunze) Bd. 11, S. 245
Täglich ging die wunderschöne (Heinrich Heine) Bd. 4, S. 155
Tagtraum (Volker Braun) Bd. 11, S. 567

Tankwart, das Lied vom Volltanken singend (Matthias Politycki) Bd. 12, S. 347
Tannen (Bertolt Brecht) Bd. 8, S. 353
taprobane (H. C. Artmann) Bd. 10, S. 57
Tasso in den Abruzzen (Heiner Müller) Bd. 11, S. 81
Teilhaben (Walter Helmut Fritz) Bd. 11, S. 31
Terzinen (Stephan Hermlin) Bd. 9, S. 365
Terzinen. Über Vergänglichkeit (Hugo von Hofmannsthal) Bd. 6, S. 119
Testament (Gerhart Hauptmann) Bd. 5, S. 307
Tiefe Schatten (Theodor Storm) Bd. 4, S. 527
Tiefe Stille herrscht (Johann Wolfgang von Goethe) Bd. 2, S. 223
Tiger (Alfred Wolfenstein) Bd. 6, S. 513
Timur und die Seherin (Oskar Loerke) Bd. 6, S. 529
Ting – tang – Tellerlein (Peter Rühmkorf) Bd. 11, S. 109
Tobt der Pöbel (Hugo von Hofmannsthal) Bd. 6, S. 123
Tochter des Walds (Eduard Mörike) Bd. 4, S. 361
Tod und Leben, nahe hier beisammen (Christian Wagner) Bd. 5, S. 221
Todesfuge (Paul Celan) Bd. 9, S. 563
Tokaidoexpress (Hilde Domin) Bd. 9, S. 325
Tot in toter Sprache (Karl Krolow) Bd. 9, S. 421
Totengräberlied (Ludwig Christoph Heinrich Hölty) Bd. 1, S. 463
»Tour de France« (Günter Grass) Bd. 10, S. 413
Tragische Geschichte (Adelbert von Chamisso) Bd. 3, S. 345
Tränen des Vaterlandes (Andreas Gryphius) Bd. 1, S. 233
Tränenkrüglein (Rainer Maria Rilke) Bd. 6, S. 285
Tränenregen (Wilhelm Müller) Bd. 3, S. 557
Trauer auf dem Wäschedraht (Rolf Dieter Brinkmann) Bd. 12, S. 27
Traum im Tellereisen (Peter Huchel) Bd. 9, S. 151
Traum vom Fliegen (Karl Kraus) Bd. 6, S. 139
Traumstadt eines Emigranten (Franz Werfel) Bd. 7, S. 445
Träumt er zur Erde, wen (Heinrich von Kleist) Bd. 3, S. 267
Traumwald (Heiner Müller) Bd. 11, S. 85
Treibjagd (Dagmar Nick) Bd. 10, S. 367
Tristan (August von Platen) Bd. 4, S. 37
Trocknet nicht, trocknet (Johann Wolfgang von Goethe) Bd. 2, S. 91
Trompeten (Georg Trakl) Bd. 7, S. 307
Trost (Ina Seidel) Bd. 6, S. 557
Trost für Anfänger (Friedrich Nietzsche) Bd. 5, S. 287

Trostaria (Johann Christian Günther) Bd. 1, S. 337
Tröste mich (Franz Xaver Kroetz) Bd. 12, S. 279
Tröstlich (Wilhelm Busch) Bd. 5, S. 213
Trostlied der bangen Regennacht (Max Herrmann-Neiße) Bd. 7, S. 187
Tschechow nach Sachalin (Helga M. Novak) Bd. 11, S. 437
Tu auf, tu auf du schönes Blut (Friedrich Spee von Langenfeld) Bd. 1, S. 151
Tübingen, Jänner (Paul Celan) Bd. 9, S. 569
Turin (Gottfried Benn) Bd. 7, S. 135
Über alle Gräber (Friedrich Rückert) Bd. 3, S. 511
Über allen Gipfeln ist Ruh' (Johann Wolfgang von Goethe) Bd. 2, S. 137
Über das heutige Brüderschafft-Sauffen der Deutschen (August Adolph von Haugwitz) Bd. 1, S. 295
Über das Lehren ohne Schüler (Bertolt Brecht) Bd. 8, S. 357
Über das unaussprechliche Heilige Geistes-Eingeben (Catharina Regina von Greiffenberg) Bd. 1, S. 273
Über dein Gesicht schleichen (Else Lasker-Schüler) Bd. 5, S. 467
Über die Heide (Theodor Storm) Bd. 4, S. 531
Über eine Skizze (Clemens Brentano) Bd. 3, S. 291
Über einer Todesnachricht (Albrecht Goes) Bd. 9, S. 269
Über Goethes Gedicht »Der Gott und die Bajadere« (Bertolt Brecht) Bd. 8, S. 361
Über induktive Liebe (Bertolt Brecht) Bd. 8, S. 365
Über Kleists Stück »Der Prinz von Homburg« (Bertolt Brecht) Bd. 8, S. 369
Über Schillers Gedicht »Die Bürgschaft« (Bertolt Brecht) Bd. 8, S. 373
Über Tal und Fluß getragen (Johann Wolfgang von Goethe) Bd. 2, S. 247
Um Mitternacht (Eduard Mörike) Bd. 4, S. 417
Um Mitternacht (Um Mitternacht ging ich) (Johann Wolfgang von Goethe) Bd. 2, S. 409
Um Mitternacht, ich schlief (Johann Wolfgang von Goethe) Bd. 2, S. 501
Umbrische Nacht (Paul Celan) Bd. 9, S. 515
Umschrift eines Sarges (Daniel Casper von Lohenstein) Bd. 1, S. 283
Unangeklopft ein Herr tritt (Eduard Mörike) Bd. 4, S. 345
Unbegehbar von Mooren (Sarah Kirsch) Bd. 11, S. 323
Unbeglückt muß ich (Clemens Brentano) Bd. 3, S. 281
Unbequemer Mann (Johannes Bobrowski) Bd. 9, S. 487
Und alle Straßen liegen glatt (Alfred Lichtenstein) Bd. 7, S. 325
Und als die Nixe (Gottfried Keller) Bd. 5, S. 101
Und als die siebente (Rainer Kirsch) Bd. 11, S. 253

Und als er an der Reling stand (Walter Mehring) Bd. 8, S. 85
Und die Bewegtheit (Jesse Thoor) Bd. 9, S. 173
Und die Menschen gehn in Kleidern (Franz Kafka) Bd. 6, S. 437
Und doch haben Sie recht (Johann Wolfgang von Goethe) Bd. 2, S. 355
Und frische Nahrung, neues Blut (Johann Wolfgang von Goethe) Bd. 2, S. 41
Und ging (Robert Walser) Bd. 6, S. 371
Und hast du nichts im Maul (Robert Schindel) Bd. 12, S. 161
Und ich sah einen Kahn (Lioba Happel) Bd. 12, S. 361
Und ich war alt (Bertolt Brecht) Bd. 8, S. 409
Und in den weißen (Ilse Aichinger) Bd. 10, S. 33
Und Kraft und Schmerz (Paul Celan) Bd. 9, S. 573
Und Sonne war (Günter Kunert) Bd. 11, S. 51
Und wenn es einst dunkelt (Joseph von Eichendorff) Bd. 3, S. 421
Und wer kennt nicht (Uwe Greßmann) Bd. 11, S. 201
Und wieder mir träumte (Karl Kraus) Bd. 6, S. 139
Under der linden (Walther von der Vogelweide) Bd. 1, S. 63
Unreine Elegie (Peter Härtling) Bd. 11, S. 207
Uns zuckt die hand (Stefan George) Bd. 5, S. 401
Unser aller Kinderfrau (Franz Werfel) Bd. 7, S. 449
Unser Grab erwärmt der Ruhm (Heinrich Heine) Bd. 4, S. 205
Unsterblich duften die Linden (Ina Seidel) Bd. 6, S. 557
Unten liegt die Stadt (Thomas Bernhard) Bd. 11, S. 147
Unter dem Himmel (Justinus Kerner) Bd. 3, S. 371
Unter dem Steinbruch (Peter Huchel) Bd. 9, S. 129
Unter der blanken Hacke des Monds (Peter Huchel) Bd. 9, S. 155
Unter verschnittenen Weiden (Georg Trakl) Bd. 7, S. 307
Unter vier Augen (Peter Gan) Bd. 8, S. 25
Unterkellert bis (Reiner Kunze) Bd. 11, S. 241
Untertänigstes Pro Memoria (Friedrich von Schiller) Bd. 3, S. 91
Unterwegs nach Utopia I (Günter Kunert) Bd. 11, S. 63
Uralter Worte kundig (Ricarda Huch) Bd. 5, S. 341
Utopia (Hans Magnus Enzensberger) Bd. 10, S. 517
Utopische Fahrt (Ernst Meister) Bd. 9, S. 289
Valerias Lied (Clemens Brentano) Bd. 3, S. 295
Vanitas, vanitatum, et omnia vanitas (Andreas Gryphius) Bd. 1, S. 237
vater komm erzähl vom krieg (Ernst Jandl) Bd. 10, S. 245
Vater und Sohn (Franz Werfel) Bd. 7, S. 453

Vaterhaus (Nicolas Born) Bd. 11, S. 503
Venedig (Friedrich Nietzsche) Bd. 5, S. 291
venedig (Doris Runge) Bd. 12, S. 135
Venedig meine Stadt (Rose Ausländer) Bd. 9, S. 23
Venedigs Sonne wird in meinem Haar (Rainer Maria Rilke) Bd. 6, S. 229
Verborgenheit (Eduard Mörike) Bd. 4, S. 421
Vergänglichkeit der Schönheit (Christian Hofmann von Hofmannswaldau) Bd. 1, S. 249
Vergnügungen (Bertolt Brecht) Bd. 8, S. 377
Verhasst ist mir das Folgen (Friedrich Nietzsche) Bd. 5, S. 263
Verklärung (Georg Trakl) Bd. 7, S. 311
Verleih uns Frieden gnädiglich (Martin Luther) Bd. 1, S. 101
Verlorner Posten in dem Freiheitskriege (Heinrich Heine) Bd. 4, S. 201
Vermächtnis (Johann Wolfgang von Goethe) Bd. 2, S. 517
Verschneiter Weg (Unbekannter Dichter) Bd. 1, S. 97
Verschone mich (Albert von Schirnding) Bd. 11, S. 441
Versehen mit (Heinz Czechowski) Bd. 11, S. 291
versenken (Ernst Jandl) Bd. 10, S. 249
Versunken (Johann Wolfgang von Goethe) Bd. 2, S. 327
Verwüstet liegt das gute Land (Günther Anders) Bd. 9, S. 81
Verzweiflung, Freund des Armen (Theodor Kramer) Bd. 8, S. 107
Viel Kirschen (Günter Grass) Bd. 10, S. 405
Vielen Dank für die Wolken (Hans Magnus Enzensberger) Bd. 10, S. 487
Vier Elemente (Friedrich von Schiller) Bd. 3, S. 81
Viere lang (Detlev von Liliencron) Bd. 5, S. 237
Vil wol gelobter got (Walther von der Vogelweide) Bd. 1, S. 69
Vineta I (Robert Schindel) Bd. 12, S. 173
Vision an der Oberbaumbrücke (Günter Kunert) Bd. 11, S. 67
Vita (Kerstin Hensel) Bd. 12, S. 381
Vögel (Marie Luise Kaschnitz) Bd. 9, S. 77
Vögel: fliegende Tiere (Günter Kunert) Bd. 11, S. 63
Völker der Erde (Nelly Sachs) Bd. 7, S. 511
Voll Locken kraus ein Haupt (Johann Wolfgang von Goethe) Bd. 2, S. 327
Vollmondnacht (Johann Wolfgang von Goethe) Bd. 2, S. 383
Vom armen B. B. (Bertolt Brecht) Bd. 8, S. 381
Vom ertrunkenen Mädchen (Bertolt Brecht) Bd. 8, S. 387
Vom Fehrbelliner Schlachtfeld (Theodor Fontane) Bd. 5, S. 53
Vom Glück der Untröstlichkeit (Rudolf Alexander Schröder) Bd. 6, S. 355

Vom Regen gewaschen (Günter Kunert) Bd. 11, S. 59
Vom Sprengen des Gartens (Bertolt Brecht) Bd. 8, S. 391
Von allen Wolken lösen sich (Ingeborg Bachmann) Bd. 10, S. 305
Von Blum und Frucht (Gottfried August Bürger) Bd. 1, S. 451
Von Bremens Schwesterstadt bis Sils Maria (Gottfried Benn) Bd. 7, S. 139
Von den Dingen, die ich sah (Friedrich Dürrenmatt) Bd. 10, S. 75
Von den verführten Mädchen (Bertolt Brecht) Bd. 8, S. 395
Von der Freundlichkeit der Welt (Bertolt Brecht) Bd. 8, S. 399
Von der Straße her ein Posthorn klingt (Wilhelm Müller) Bd. 3, S. 541
Von der Willfährigkeit der Natur (Bertolt Brecht) Bd. 8, S. 403
Von einem Menschen sag ich (Friedrich Hölderlin) Bd. 3, S. 131
Von einer Stadt (Elisabeth Borchers) Bd. 10, S. 359
Von großen Dingen (Hans-Ulrich Treichel) Bd. 12, S. 331
Von umflorten Berges Kimme (Karl Wolfskehl) Bd. 5, S. 499
Von wem ich's habe (Johann Wolfgang von Goethe) Bd. 2, S. 111
Vor der Kaserne (Hans Leip) Bd. 7, S. 565
Vor Gericht (Johann Wolfgang von Goethe) Bd. 2, S. 111
Vor hundert Jahren suchte (Wilhelm Lehmann) Bd. 6, S. 415
Vor seiner Hütte ruhig im Schatten (Friedrich Hölderlin) Bd. 3, S. 115
Vorbei (Joseph von Eichendorff) Bd. 3, S. 471
Vorfrühling (Georg Britting) Bd. 7, S. 487
Vorfrühlingswald (Elisabeth Langgässer) Bd. 8, S. 513
Vorhin besuchte uns (Walter Helmut Fritz) Bd. 11, S. 19
Vorkrieg (Thomas Brasch) Bd. 12, S. 205
Vorm Brunnen in Wimpfen (Joachim Ringelnatz) Bd. 6, S. 485
Vorm Sterben mache ich noch (Alfred Lichtenstein) Bd. 7, S. 321
Vorortabend (Günter Kunert) Bd. 11, S. 71
Vorstadt im Föhn (Georg Trakl) Bd. 7, S. 315
Vorüber! Ach, vorüber! (Matthias Claudius) Bd. 1, S. 433
Wachet auf, ruft uns (Philipp Nicolai) Bd. 1, S. 139
Wachtel Weltmacht? (F. W. Bernstein) Bd. 11, S. 553
Wâhebûf und Nichtenvint (Süsskind von Trimberg) Bd. 1, S. 83
Wahrhaftig, wir beide bilden (Heinrich Heine) Bd. 4, S. 241
Wahrlich (Ingeborg Bachmann) Bd. 10, S. 327
Waldlied (Gottfried Keller) Bd. 5, S. 105
Waldstimme (Peter Hille) Bd. 5, S. 303
Walt Disney (Johannes R. Becher) Bd. 7, S. 479
Walzer (Novalis) Bd. 3, S. 229

Wandelt sich rasch auch die Welt (Rainer Maria Rilke) Bd. 6, S. 289
Wanderschaft durch dämmernden Sommer (Georg Trakl) Bd. 7, S. 265
Wandersegen (Johann Wolfgang von Goethe) Bd. 2, S. 429
Wandert das Gelb (Herbert Achternbusch) Bd. 11, S. 549
Wandrers Nachtlied (Der du von dem Himmel bist) (Johann Wolfgang von Goethe) Bd. 2, S. 99
Wandrers Nachtlied (Über allen Gipfeln) (Johann Wolfgang von Goethe) Bd. 2, S. 137
War einmal ein Revoluzzer (Erich Mühsam) Bd. 6, S. 347
War kein Mörder (Peter Maiwald) Bd. 12, S. 283
War unersättlich (Johann Wolfgang von Goethe) Bd. 2, S. 285
Warm in dunkler Gartenkühle (Hermann Hesse) Bd. 6, S. 329
warten – (Wolfgang Hilbig) Bd. 12, S. 39
Warum duften die Levkojen (Theodor Storm) Bd. 4, S. 507
Warum huldigest du, heiliger Sokrates (Friedrich Hölderlin) Bd. 3, S. 207
Warum ich wieder zum Papier (Johann Wolfgang von Goethe) Bd. 2, S. 289
Warum so viel in fernen menschen forschen (Stefan George) Bd. 5, S. 381
Was auch geschieht (Ingeborg Bachmann) Bd. 10, S. 313
Was bedeutet die Bewegung (Johann Wolfgang von Goethe) Bd. 2, S. 369
Was bin ich plötzlich aufgewacht (Theodor Kramer) Bd. 8, S. 119
Was bleibt (Werner Söllner) Bd. 12, S. 323
Was blickst du doch zu Boden (Heinrich von Kleist) Bd. 3, S. 253
was einst baum war (Hans Magnus Enzensberger) Bd. 10, S. 503
Was fiel mir ein? (Robert Walser) Bd. 6, S. 375
Was gestern abend war (Hans Magnus Enzensberger) Bd. 10, S. 491
Was hör' ich draußen (Johann Wolfgang von Goethe) Bd. 2, S. 155
Was ich habe (Thomas Brasch) Bd. 12, S. 197
Was ich liebe (Felix Dörmann) Bd. 5, S. 505
Was ich von früher her noch kannte (Bertolt Brecht) Bd. 8, S. 349
Was ist denn das (Alexander Xaver Gwerder) Bd. 10, S. 149
Was ist die Lust der Welt? (Christian Hofmann von Hofmannswaldau) Bd. 1, S. 245
Was ist die Welt (Hugo von Hofmannsthal) Bd. 6, S. 127
Was reif in diesen Zeilen (Clemens Brentano) Bd. 3, S. 301
Was schläfst du, Bergsohn (Friedrich Hölderlin) Bd. 3, S. 173
Was schlimm ist (Gottfried Benn) Bd. 7, S. 143
Was schmiedst du, Schmied? (Friedrich Rückert) Bd. 3, S. 515
Was treibt mich hier von hinnen? (Friedrich Hebbel) Bd. 4, S. 473

Was vermeid ich denn die Wege (Wilhelm Müller) Bd. 3, S. 537
Was Völker sterbend hinterlassen (Johann Wolfgang von Goethe) Bd. 2, S. 277
Was wahr ist (Ingeborg Bachmann) Bd. 10, S. 331
Was war, was ist (Karl Krolow) Bd. 9, S. 425
was wird sein wenn (Friederike Mayröcker) Bd. 10, S. 183
Wasser stürzt, uns zu verschlingen (Hugo von Hofmannsthal) Bd. 6, S. 115
Webstuhl (Oskar Loerke) Bd. 6, S. 535
Wechsel der Dinge (Bertolt Brecht) Bd. 8, S. 409
Weggebeizt (Paul Celan) Bd. 9, S. 577
Weh, geschieden von den Meinigen (Hugo von Hofmannsthal) Bd. 6, S. 89
Weiche Körper (Jürgen Theobaldy) Bd. 12, S. 185
Weidenbaum trieb Weidenrute (Robert Gernhardt) Bd. 11, S. 515
Weihnachten (Joseph von Eichendorff) Bd. 3, S. 475
Weihnachtsgesang (Paul Gerhardt) Bd. 1, S. 201
Weihnachtslegende (Bertolt Brecht) Bd. 8, S. 413
Weihnachtsmarkt (Gottfried Keller) Bd. 5, S. 109
Weil es Abend wird (Werner Bergengruen) Bd. 7, S. 531
Weil ihm zu sterben (Sarah Kirsch) Bd. 11, S. 347
Weiß im Krankenhaus (Nelly Sachs) Bd. 7, S. 515
Weißt du's noch? (Hermann Broch) Bd. 7, S. 159
Weitab vom Lärm (Wolfgang Borchert) Bd. 10, S. 61
Welch ein himmlischer (Johann Wolfgang von Goethe) Bd. 2, S. 151
Welch lustiger Wald um das hohe Schloß (Gottfried Keller) Bd. 5, S. 109
Welches Kommen! (Elisabeth Langgässer) Bd. 8, S. 517
Welke Veilchen (Heinrich Heine) Bd. 4, S. 125
Weltende (Jakob van Hoddis) Bd. 7, S. 237
Wem dein wachsender Schmerz (August von Platen) Bd. 4, S. 21
Wem der Tag die Kniee (Börries Freiherr von Münchhausen) Bd. 6, S. 147
Wem dient ich? (Kerstin Hensel) Bd. 12, S. 381
Wem es ein Wort (Ingeborg Bachmann) Bd. 10, S. 327
Wen des Genius Blick (Friedrich Gottlieb Klopstock) Bd. 1, S. 367
Wenn alles abgeblättert daliegt (Gottfried Benn) Bd. 7, S. 131
Wenn aus dem Himmel (Friedrich Hölderlin) Bd. 3, S. 211
Wenn das Fenster geöffnet (Günter Eich) Bd. 9, S. 185
Wenn das Schaukelbrett (Ingeborg Bachmann) Bd. 10, S. 323
Wenn dein Finger durch die Saiten (Friedrich von Schiller) Bd. 3, S. 71
Wenn der Eiserne (Bertolt Brecht) Bd. 8, S. 251

Wenn der lahme Weber (Clemens Brentano) Bd. 3, S. 305
Wenn der uralte (Johann Wolfgang von Goethe) Bd. 2, S. 125
Wenn die Blätter (Heimito von Doderer) Bd. 8, S. 77
Wenn die Felder sich verdunkeln (Richard Dehmel) Bd. 5, S. 321
wenn die kindheit fertig wird (H. C. Artmann) Bd. 10, S. 57
Wenn die Pappeln (Joachim Ringelnatz) Bd. 6, S. 441
Wenn die Post nachts (Ilse Aichinger) Bd. 10, S. 13
Wenn die Rosen ewig blühten ... (Friedrich Hebbel) Bd. 4, S. 489
Wenn du am breiten Flusse wohnst (Johann Wolfgang von Goethe) Bd. 2, S. 421
Wenn du Glück hast (Karin Kiwus) Bd. 12, S. 83
Wenn du in Bausch (Ulla Hahn) Bd. 12, S. 243
Wenn du nachts in ein Auto steigst (Joachim Ringelnatz) Bd. 6, S. 477
Wenn ein Linker denkt (Erich Fried) Bd. 10, S. 91
Wenn ein Pfründner einmal Wein will (Theodor Kramer) Bd. 8, S. 111
Wenn er unter jene (Rainer Maria Rilke) Bd. 6, S. 197
Wenn es Abend wird (Georg Trakl) Bd. 7, S. 311
Wenn es nach mir ginge (Sarah Kirsch) Bd. 11, S. 335
Wenn ich den blauweißen (Rose Ausländer) Bd. 9, S. 19
Wenn ich doch Banjo spielen könnte (Hermann Hesse) Bd. 6, S. 333
Wenn ich nur wüßte (Nelly Sachs) Bd. 7, S. 507
Wenn ich, beseligt von schönen Küssen (Heinrich Heine) Bd. 4, S. 285
Wenn in die heimat du kamst (Stefan George) Bd. 5, S. 411
Wenn jemand gestorben ist (Elisabeth Borchers) Bd. 10, S. 337
Wenn man kein Englisch kann (Gottfried Benn) Bd. 7, S. 143
Wenn meine Mutter hexen könnt (Eduard Mörike) Bd. 4, S. 387
Wenn mir die Zunge (Peter Härtling) Bd. 11, S. 207
Wenn mittags das weiße (Peter Huchel) Bd. 9, S. 117
Wenn nicht dein Brunnen (Nelly Sachs) Bd. 7, S. 519
Wenn nicht mehr Zahlen und Figuren (Novalis) Bd. 3, S. 233
Wenn sich Leute (Erich Kästner) Bd. 8, S. 459
Wenn trüb das verlöschende (Hermann Allmers) Bd. 5, S. 141
Wenn wir uns gedankenlos (Karin Kiwus) Bd. 12, S. 75
Wenn zu der Regenwand (Johann Wolfgang von Goethe) Bd. 2, S. 335
Wer aber leerte den Sand aus euren Schuhen? (Nelly Sachs) Bd. 7, S. 523
wer auch sollt (Wulf Kirsten) Bd. 11, S. 275
Wer baute das siebentorige Theben? (Bertolt Brecht) Bd. 8, S. 279
Wer die blühenden Wiesen (Paul Boldt) Bd. 6, S. 553

Wer die Schönheit angeschaut mit Augen (August von Platen) Bd. 4, S. 37
Wer die Tür nicht (Rainer Malkowski) Bd. 11, S. 581
Wer es könnte (Hilde Domin) Bd. 9, S. 329
Wer ist denn schon (Elfriede Gerstl) Bd. 11, S. 179
Wer lacht hier (Günter Grass) Bd. 10, S. 397
Wer läutet draußen an der Tür? (Theodor Kramer) Bd. 8, S. 115
Wer machte dich so krank? (Justinus Kerner) Bd. 3, S. 377
Wer möchte leben ohne (Günter Eich) Bd. 9, S. 203
Wer nie sein Brod (Johann Wolfgang von Goethe) Bd. 2, S. 161
Wer redlich hält zu seinem Volke (Ludwig Uhland) Bd. 3, S. 399
Wer reitet so spät (Johann Wolfgang von Goethe) Bd. 2, S. 145
Wer wird nicht (Gotthold Ephraim Lessing) Bd. 1, S. 391
Wer wußte je das Leben? (August von Platen) Bd. 4, S. 41
Wetterfahnen (Peter Will) Bd. 12, S. 91
Wettre hinein, o du (Heinrich von Kleist) Bd. 3, S. 271
Widerwärtiger, verhaßter (Ludwig Tieck) Bd. 3, S. 237
Widmung (Ilse Aichinger) Bd. 10, S. 29
Wie also war er? (Bertolt Brecht) Bd. 8, S. 307
Wie deine grüngoldenen Augen funkeln (Peter Hille) Bd. 5, S. 303
Wie die Frauen (Christian Wagner) Bd. 5, S. 225
Wie die Kirchtürme zittern (Elisabeth Borchers) Bd. 10, S. 351
Wie dunkel sind deine Schläfen (Georg Heym) Bd. 7, S. 229
Wie ein Tokaidoexpress (Hilde Domin) Bd. 9, S. 325
Wie eng, wie leicht: ein Tankflügel- (Brigitte Oleschinski) Bd. 12, S. 343
Wie Er wolle geküsset seyn (Paul Fleming) Bd. 1, S. 211
Wie glänzt der helle Mond (Gottfried Keller) Bd. 5, S. 115
Wie graue Seide (Erich Jansen) Bd. 8, S. 89
Wie gut (Christine Lavant) Bd. 9, S. 441
Wie hab ich das gefühlt (Rainer Maria Rilke) Bd. 6, S. 161
Wie heißt des Kaisers Töchterlein? (Johann Peter Hebel) Bd. 3, S. 97
Wie herrlich leuchtet (Johann Wolfgang von Goethe) Bd. 2, S. 31
Wie im Morgenglanze (Johann Wolfgang von Goethe) Bd. 2, S. 71
Wie irrt ihr Sterblichen (Daniel Casper von Lohenstein) Bd. 1, S. 277
Wie kommt es, daß du traurig bist? (Des Knaben Wunderhorn) Bd. 4, S. 453
»Wie konnt' ich *das* tun« (Theodor Fontane) Bd. 5, S. 13
Wie langsam kriechet sie dahin (Heinrich Heine) Bd. 4, S. 289
Wie manches Mal durch das noch unbelaubte (Rainer Maria Rilke) Bd. 6, S. 237
Wie Meeresküsten (Friedrich Hölderlin) Bd. 3, S. 217

Wie oft wirst du gesehn (Christian Morgenstern) Bd. 6, S. 19
Wie Ölbäume (Sarah Kirsch) Bd. 11, S. 351
Wie sehr bemerkenswert (Robert Gernhardt) Bd. 11, S. 527
Wie sehr bewundere ich (Eva Strittmatter) Bd. 11, S. 141
Wie sind wir beide vornehm (Gustaf Gründgens) Bd. 8, S. 431
Wie soll ich meine Seele halten (Rainer Maria Rilke) Bd. 6, S. 265
Wie steht er da vor vor den Verdunkelungen (Rainer Maria Rilke) Bd. 6, S. 293
Wie süß der Nachtwind (Eduard Mörike) Bd. 4, S. 401
Wie vom Reisewagen (Durs Grünbein) Bd. 12, S. 397
Wie Wintergewitter ein rollender Hall (Peter Huchel) Bd. 9, S. 121
Wie wir einst (Franz Werfel) Bd. 7, S. 453
Wie wird mir zeitlos (Karl Kraus) Bd. 6, S. 143
Wieder die Gedanken (Jürgen Theobaldy) Bd. 12, S. 185
Wieder ist es Sommer (Friedrich Torberg) Bd. 9, S. 273
Wieder wandelnd im alten Park (Georg Trakl) Bd. 7, S. 299
Wiegenlied (Clemens Brentano) Bd. 3, S. 309
Wiegenlied (Friedrich Wilhelm Gotter) Bd. 1, S. 441
Wiegenlied (Ricarda Huch) Bd. 5, S. 345
wien: heldenplatz (Ernst Jandl) Bd. 10, S. 253
Wiese im Park (Karl Kraus) Bd. 6, S. 143
Wieskirche (Georg von der Vring) Bd. 7, S. 355
Wilder Rosenbusch (Rainer Maria Rilke) Bd. 6, S. 293
Wildgänse rauschen durch die Nacht (Walter Flex) Bd. 7, S. 203
Wildwechsel (Günter Eich) Bd. 9, S. 245
Will ich in mein Gärtlein gehn (Unbekannter Dichter) Bd. 4, S. 429
Will sehen, was ich weiß, vom Büblein auf dem Eis (Friedrich Wilhelm Güll) Bd. 4, S. 467
Willkommen (Jakob Michael Reinhold Lenz) Bd. 3, S. 17
Willkommen kleine Bürgerin (Jakob Michael Reinhold Lenz) Bd. 3, S. 17
Willkommen, o silberner Mond (Friedrich Gottlieb Klopstock) Bd. 1, S. 373
Willkommen und Abschied (Johann Wolfgang von Goethe) Bd. 2, S. 21
Willst du dein Herz mir schenken (Unbekannter Dichter) Bd. 1, S. 259
Willst du mich sogleich verlassen (Johann Wolfgang von Goethe) Bd. 2, S. 497
Wilna, Eiche (Johannes Bobrowski) Bd. 9, S. 445
Wink (Johann Wolfgang von Goethe) Bd. 2, S. 355
Winter wurde (Peter Gan) Bd. 8, S. 13

Winter, gemalt (Ilse Aichinger) Bd. 10, S. 33
Winterantwort (Ilse Aichinger) Bd. 10, S. 37
Winterliches Vogelfüttern (Oskar Loerke) Bd. 6, S. 539
Winterlied (Ulla Hahn) Bd. 12, S. 271
Winternacht (Gottfried Keller) Bd. 5, S. 119
Winterweiden (Claude Vigée) Bd. 10, S. 131
Winterwende (Elisabeth Langgässer) Bd. 8, S. 517
wir alle wünschen (Ernst Jandl) Bd. 10, S. 215
Wir beide (Friederike Roth) Bd. 12, S. 315
Wir brachen mit dem zarten frührot auf (Stefan George) Bd. 5, S. 429
Wir gingen einen Weg (Hugo von Hofmannsthal) Bd. 6, S. 131
Wir haben Kinder (Günter Grass) Bd. 10, S. 383
Wir hämmern auf (Erich Kästner) Bd. 8, S. 439
Wir hatten das Haus bestellt (Günter Eich) Bd. 9, S. 249
Wir kannten nicht sein unerhörtes Haupt (Rainer Maria Rilke) Bd. 6, S. 169
Wir küssen den stahl (Christa Reinig) Bd. 10, S. 371
Wir lagen (Paul Celan) Bd. 9, S. 581
Wir lagen, faul (Wolf Wondratschek) Bd. 12, S. 151
Wir lange, faul vor Liebe (Wolf Wondratschek) Bd. 12, S. 151
Wir mit den Fischerstiefeln (Clemens Eich) Bd. 12, S. 339
Wir saßen so traulich beisammen (Wilhelm Müller) Bd. 3, S. 557
Wir schreiten auf und ab (Stefan George) Bd. 5, S. 447
wir sehen nicht (Doris Runge) Bd. 12, S. 131
Wir stehn vor einer neuen Periode (Werner Finck) Bd. 9, S. 85
Wir sind die menschen (Ernst Jandl) Bd. 10, S. 241
Wir sind doch nunmehr ganz (Andreas Gryphius) Bd. 1, S. 233
Wir sind nicht mehr (Dagmar Nick) Bd. 10, S. 363
Wir sind so tief betrübt (Joseph von Eichendorff) Bd. 3, S. 403
Wir stehen an der hecken gradem wall (Stefan George) Bd. 5, S. 451
Wir suchen in Jeder (Jakob Haringer) Bd. 6, S 427
Wir turnen in höchsten Höhen (Peter Rühmkorf) Bd. 11, S. 113
Wir waren ruhig (Wolf Wondratschek) Bd. 12, S. 145
Wir werden (Henriette Hardenberg) Bd. 8, S. 29
Wir werden eingetaucht (Hilde Domin) Bd. 9, S. 301
Wir Wetterfahnen (Peter Will) Bd. 12, S. 91
Wird die Verfolgte sich retten (Elisabeth Langgässer) Bd. 8, S. 501
Wird dir sogar die Liebe (Albert Ehrenstein) Bd. 7, S. 163
Wird uns'reins alt (Johann Nestroy) Bd. 4, S. 327

Wirklichkeit (Gottfried Benn) Bd. 7, S. 147
Wo bin ich? (Peter Huchel) Bd. 9, S. 109
Wo bist du itzt? (Jakob Michael Reinhold Lenz) Bd. 3, S. 21
Wo die Rose hier blüht (Johann Wolfgang von Goethe) Bd. 2, S. 173
Wo Freiheit ist (Daniel Czepko) Bd. 1, S. 179
Wo hast du all die Schönheit hergenommen (Ricarda Huch) Bd. 5, S. 351
Wo ist das Volk (Werner Bergengruen) Bd. 7, S. 541
Wo ist der kleine Jakob geblieben (Ernst Moritz Arndt) Bd. 3, S. 105
Wo sind die Stunden (Christian Hofmann von Hofmannswaldau) Bd. 1, S. 253
Wo sind eure Lieder (Franz Josef Degenhardt) Bd. 11, S. 151
Wo wird einst des Wandermüden (Heinrich Heine) Bd. 4, S. 293
Wo? (Heinrich Heine) Bd. 4, S. 293
Woher sind wir geboren (Johann Wolfgang von Goethe) Bd. 2, S. 181
Wohin aber gehen wir (Ingeborg Bachmann) Bd. 10, S. 319
Wohin wir uns wenden (Ingeborg Bachmann) Bd. 10, S. 281
Wohl endet Tod des Lebens Noth (Friedrich Rückert) Bd. 3, S. 507
Wohl unter der Linde erklingt (Heinrich Heine) Bd. 4, S. 129
Wol dem Menschen (Paul Gerhardt) Bd. 1, S. 195
Wol mich der stunde (Heinrich Hetzbolt von Wissense) Bd. 1, S. 87
Wonne der Wehmut (Johann Wolfgang von Goethe) Bd. 2, S. 91
Worte (Gottfried Benn) Bd. 7, S. 151
Worte! Worte! Keine Taten! (Heinrich Heine) Bd. 4, S. 297
Wunder von ferne (Stefan George) Bd. 5, S. 385
Wunderlichstes Buch der Bücher (Johann Wolfgang von Goethe) Bd. 2, S. 395
Würd' es mir fehlen, würd' ich's vermissen? (Theodor Fontane) Bd. 5, S. 57
Wußten wir? (Durs Grünbein) Bd. 12, S. 401
wüstgefallener jüdischer friedhof in Mähren (Wulf Kirsten) Bd. 11, S. 275
Xanthippe (Frank Wedekind) Bd. 5, S. 359
Zäzilie (II) (Christian Morgenstern) Bd. 6, S. 79
Zeitung am Kaffeetisch (Johannes Kühn) Bd. 11, S. 279
zertretener mann blues (Ernst Jandl) Bd. 10, S. 257
Zieh mit mir geliebtes kind (Stefan George) Bd. 5, S. 417
Zu Bethlehem geboren (Friedrich Spee von Langenfeld) Bd. 1, S. 163
Zu Brecht. Die Wahrheit einigt (Volker Braun) Bd. 11, S. 573
Zu den Menschen (Erich Fried) Bd. 10, S. 115
Zu den seichten, braunversumpften (Bertolt Brecht) Bd. 8, S. 395

Zu guter Letzt (Eva Zeller) Bd. 10, S. 157
Zu lang schon waltest (Friedrich Hölderlin) Bd. 3, S. 169
Zu spät für Bescheidenheit (Günter Eich) Bd. 9, S. 249
Zu viel (Eduard Mörike) Bd. 4, S. 425
Zu wem (Ernst Meister) Bd. 9, S. 293
Zueignung (Gertrud Kolmar) Bd. 8, S. 67
Zufluchtsstätte (Bertolt Brecht) Bd. 8, S. 417
Zugeschüttetes Gesicht (Friederike Mayröcker) Bd. 10, S. 183
Zuletzt, da alles Werk (Ernst Stadler) Bd. 6, S. 503
Zum Beispiel (Günter Eich) Bd. 9, S. 253
... zum deutschen Liedgut (Kurt Drawert) Bd. 12, S. 353
Zum Lazarus (Heinrich Heine) Bd. 4, S. 301
Zum Pfäffel kam ein Pärchen (Gottfried Keller) Bd. 5, S. 81
Zum Sehen geboren (Johann Wolfgang von Goethe) Bd. 2, S. 523
Zünde mir Licht an (Johann Wolfgang von Goethe) Bd. 2, S. 199
Zupackend tändeln (Rainer Kirsch) Bd. 11, S. 249
Zupf dir ein Wölkchen (Joachim Ringelnatz) Bd. 6, S. 481
Zur Blindheit über- (Paul Celan) Bd. 9, S. 569
Zur Fotografie eines Konfirmanden (Erich Kästner) Bd. 8, S. 491
Zur halben Nacht (Theodor Kramer) Bd. 8, S. 119
Zur Zeit seiner Verstoßung (Paul Fleming) Bd. 1, S. 217
Zurückgekehrt nach fünfzehnjährigem (Bertolt Brecht) Bd. 8, S. 267
Zwar noch gebeugt (Günter Kunert) Bd. 11, S. 35
Zwei Arten von Gethieren (Joseph von Eichendorff) Bd. 3, S. 435
Zwei Becken, eins das andre übersteigend (Rainer Maria Rilke) Bd. 6, S. 277
Zwei Koniferen (Hermann Burger) Bd. 12, S. 67
Zweifle nicht (Erich Fried) Bd. 10, S. 79
Zweiter Merseburger Zauberspruch (Unbekannter Dichter) Bd. 1, S. 13
Zwiegespräch (Ferdinand Hardekopf) Bd. 6, S. 301
Zwielicht (Joseph von Eichendorff) Bd. 3, S. 479
Zwischen Akten, dunkeln Wänden (Joseph von Eichendorff) Bd. 3, S. 451
Zwischen dem üblichen (Friedrich Christian Delius) Bd. 12, S. 103
Zwischen Kapstadt und Grönland (Durs Grünbein) Bd. 12, S. 393
Zwischen meinen wilden (Karl Krolow) Bd. 9, S. 389
Zwischen Roggenfeld und Hecken (Detlev von Liliencron) Bd. 5, S. 253